STEFANIE NEEB

PARTEM

WIE DER TOD SO EWIG

Roman

DRAGONFLY

Bisher bei Dragonfly erschienen:
PARTEM. Wie die Liebe so kalt

1. Auflage 2022
Originalausgabe

Dieses Werk wurde vermittelt durch die
Agentur Brauer
Gesetzt aus der Sabon LT
von GGP Media GmbH, Pößneck
Druck und Bindung: GGP Media GmbH, Pößneck
Printed in Germany · ISBN 978-3-7488-0083-5

www.dragonfly-verlag.de
Facebook: facebook.de/dragonflyverlag
Instagram: @dragonflyverlag

Klimaneutral
Druckprodukt
ClimatePartner.com/15109-2009-1001

MIX
Papier
FSC FSC® C014496

»Sei du selbst die Veränderung,
die du dir für diese Welt wünschst.«

Mahatma Gandhi

PROLOG

Dunkler Rauch kroch über den Boden der unterirdischen Kathedrale. Er breitete seine Fänge aus, umschlang die Toten.

Ihr Herz krampfte sich zusammen und schrie stumm auf.

Die Welt irrte sich!

Der Teufel, das war kein Mann. Das war eine Frau.

Und sie hatte sich ihn geschnappt. Ausgerechnet *ihn*.

Blut quoll unter dem Messer an seinem Hals hervor. Viel zu viel Blut!

»Noch einen Schritt, du Miststück, und ich schneide seine Kehle durch!« Gezischte Worte nur, doch alle hatten sie gehört. Totenstill war es. Niemand kämpfte mehr. Ihre Freunde nicht, der Partem nicht, selbst der Brunnen hatte aufgehört, Blut zu spucken.

Tränen stiegen ihr in die Augen, als er flehend seine Hand ausstreckte. Um ihre zu finden. Ein letztes Mal? Nein!

Er hatte ihr vertraut.

Er hatte seine Welt verlassen müssen.

Er hatte gekämpft – ihr verboten, sich zu opfern.

Um jetzt selbst zu sterben?

Wer war sie ohne ihn? Was war ihr Leben dann noch wert?

Gar nichts.

Zorn flammte in ihr auf, und mit ihm eine Entschlossenheit, die ihr Kraft verlieh. Ruckartig fuhr sie herum.

»Tu es!« Ihre Worte donnerten durch die Kathedrale, galten dem Altarraum. »Wenn du meine Freundin bist, meine Schwester, dann … tu es. Jetzt!« Sie hatte es versprochen!

Schritte? Hoffnungsvoll lauschte sie.

Ja – sie kam!

Begleitet von einem Wächter tauchte sie unter der Empore auf, in Weiß gekleidet wie sie alle, den silberfarbenen Dolch in ihren Händen.

Entsetzte Schreie zerrissen die Stille. Schatten sprangen aus der Dunkelheit heraus. Die Überlebenden. Sie brüllten, griffen die Wächter an.

Ihr Blick aber flog wieder zu ihm. Er hockte auf dem Boden. Die Teufelin lag vor ihm, mit aufgerissenen Augen. Die Klinge des Messers steckte tief in ihrer Brust.

»Hört sofort auf!«, schrie er, sprang auf und lief zu ihr herüber. Fast grob griff er nach ihrem Arm, zog sie mit sich zum Brunnen, erstarrte dann aber.

Ihre Freundin stand bereits am Wasser, in ihrer Hand der Dolch. Die Klinge blitzte im Fackelschein auf, die Spitze war blutrot gefärbt.

Ein Tropfen nur. Wenn es stimmte, musste nur ein einziger Tropfen fallen.

Sie … Sie hatten es geschafft?

»Warum tust du das?« Seine Arme umschlangen sie. Über seine Wangen liefen Tränen. »Ich hatte Nein gesagt. Verdammt, wir alle hatten Nein gesagt!«

»Ich weiß.« Hinter ihr fauchte der Brunnen auf. Sie aber sah zu ihm. In die Augen, die sie liebte. Und von denen sie jetzt Abschied nehmen musste?

Sein Körper begann zu zittern. »Was kann ich tun? Sag es mir, bitte! Du darfst nicht sterben. Was muss ich tun?«

»Halt mich.« Müdigkeit tauchte sie in sanften Nebel. »Halt mich ganz fest.«

Sie lehnte sich an seine Brust. Sein Herz. Sie lächelte. Es schlug. Und würde weiter schlagen?

»Bleib bei mir. Hörst du? Geh nicht, bitte …« Sanft umfasste er ihr Gesicht. Seine Lippen fanden ihre. Küssten sie.

»Auch wenn ich gehen muss, bleibe ich für immer bei dir.« Ihre Tränen mischten sich mit seinen. »Nur nicht hier.«

JAEL

Treue. Loyalität. Gehorsam.

Treue. Ich schwöre.

Gehorsam.

Die Worte stiegen in ihm auf und begleiteten seine Schritte, die er in die Dunkelheit setzte. Wieder mal hatte man ihm mit einer Augenbinde die Sicht genommen, doch seinen Verstand, seinen Instinkt konnte niemand ausschalten.

Witternd hob er den Kopf und folgte seinen Begleitern, der Hand auf seiner Schulter, die ihn durch die Gänge steuerte. Dabei nahm er alles um sich herum wahr, jedes noch so kleine Detail: die weichen Teppichläufer auf dem Holzboden unter seinen Füßen, das leise Surren der Kameras, die spürbare Weite der Flure, den Geruch nach edler Politur. Später würde er versuchen, alles zu einem Bild zusammenzusetzen, die Eindrücke jetzt und seine Erinnerungen.

Er war wieder da, im *Castillo*. In der Burg des Partems.

Nach rechts? Eine Tür quietschte auf, und kühle Luft wehte ihm entgegen.

»Kopf runter.«

Jael bückte sich, taumelte dabei leicht. Reste des Nebels saßen noch immer in seinem Körper fest, der nur wenige Sekunden nach Fahrtbeginn aus der Seitenverkleidung des Wagens geströmt war. Chloroform. Den Timer seiner Uhr hatte er noch drücken können, bevor er das Bewusstsein verloren hatte. Für fast drei Stunden.

Ein Meter. Zwei. Der Boden wurde uneben. Die Decke, die Wände rückten näher, warfen den Schall der Schritte schneller zurück. Dazu die nasskalte Luft. Sie mussten sich in den Mauern befinden. Es gab geheime Gänge?

»Sieben Stufen.« Die Anweisung kam von vorn, und das Tasten, das er vorhin bereits wahrgenommen hatte, wurde lauter. Es war ihm bekannt. Schon als Kind hatte es ihn gleichermaßen abgeschreckt wie fasziniert. Die Regel galt also heute noch: Das gesamte Personal der Burg war blind.

Wieder ertönte ein Quietschen. Eine weitere Tür wurde geöffnet, nur strömte ihm diesmal Wärme entgegen. In ihr lag der Geruch von Fackeln.

Die Hand an seiner Schulter rutschte ab, ergriff seinen Ellenbogen und steuerte ihn weiter, hinein in den Raum. Zu einem Stuhl? Eine harte Kante berührte seine Beine oberhalb der Kniekehlen. Man schnitt ihm die Handfesseln durch, dann verschwanden seine Begleiter aus seinem Rücken.

Jael atmete in den Raum, er spürte seine Weite. Und die Anwesenheit von weiteren Personen, denn er atmete nicht allein.

Der Partem!

Geflüsterte Worte, weit entfernt. Aus wie vielen Mündern?

Als Stille einkehrte, nahm er Haltung an. Angewinkelte Arme, die Handflächen geöffnet, den Kopf dem Himmel zugewandt.

»*Sic itur ad astra.*« Stimmen aus der Dunkelheit begrüßten ihn. Vier? Oder fünf?

»*Per aspera ad astra.*« Seine Antwort klang kraftvoll.

»Setz dich, Jael.« Es war der Supremus, der ihn dazu aufforderte und ihm dann erlaubte, die Augenbinde abzunehmen.

Hier empfingen sie ihn? Er kannte den Saal. Schmal war er, lang gezogen und holzvertäfelt – bis unter die Decke.

Wie ein Piratenschiff, hatte er damals gedacht, vor Jahren, als er sich zitternd umgeschaut und dann die Besatzung gesehen hatte: große, furchteinflößende Gestalten.

Damals war der Saal hell erleuchtet gewesen, jetzt spendeten nur verloren wirkende Fackeln an den Wänden dämmriges Licht.

Im Schatten, weit hinten, knarrte Holz. Jael kniff die Augen zusammen. Fünf Gestalten konnte er ausmachen, fünf Umrisse, die sich setzten.

»Dein Auftreten, Jael, hat hier für großen Unmut gesorgt. Noch nie, und ich betone das Wort NIE, ist bisher auch nur einer von euch hier unangemeldet und vor allem ungebeten aufgetaucht. Wir sind uns uneins, welche Konsequenzen dein Verhalten nach sich ziehen wird. Bevor wir aber ein Urteil über dich sprechen, geben wir dir die Chance, dich zu erklären.«

»Danke.« Er neigte den Kopf. »Ich bin mir bewusst, dass mein Aufkreuzen hier Verwunderung ausgelöst hat, doch meine Nachricht an euch erlaubte keinen Aufschub mehr. Zu lange habe ich bereits gewartet. Doch da das, was ich zu melden habe, weitreichende Konsequenzen mit sich bringt, benötigte ich Gewissheit. Jetzt habe ich sie und möchte euch verkünden, dass ich …« Zerfließendes Goldbraun. Aus dem Nichts tauchten sie plötzlich auf, ihre Augen. Sahen ihn an.

Nicht jetzt! Jael wischte sie sich mit nur einem Blinzeln gewaltsam aus der Erinnerung. »Ich habe eine Immunitin gefunden.«

Die Veränderung der Atmosphäre war greifbar. Erregte Sprachlosigkeit. Sekunden der absoluten Stille, in der sich ungläubige Worte sammelten, dann herausbrachen.

Drei Gestalten erhoben sich, doch der Supremus hielt sie zurück. »Eine Immunitin? Wir sind ganz Ohr.«

Mit knappen Sätzen schilderte er die Begegnungen mit Xenia, berichtete von den Veränderungen in seinem Körper. Beschleunigter Puls, beschleunigter Herzschlag. »Die Tatsache allerdings, dass sie genau passend wäre und damit ein Segen sowohl für euch als auch für mich, riefen in mir Zweifel hervor. Unglaube. Daher hielt ich mich mit einer sofortigen Meldung zurück. Ich wollte keine Hoffnung schüren, die sich dann zerschlagen würde.«

»Eine Entscheidung, die zu treffen nicht deine Aufgabe gewesen wäre.« Die scharf ausgesprochene Anklage des Sprechers erhielt begleitende Zustimmung, und er senkte den Kopf. Demut, das Eingestehen eines Fehlers, erforderte diese Geste. »Dessen bin ich mir bewusst. Und noch deutlicher spüre ich den Fehler dieser Entscheidung jetzt, in der Gewissheit, dass mein erster Eindruck richtig war.«

»Wer ist sie?«

Xenia. Wieder sah er sie vor sich. Diesmal nicht nur ihre Augen. Er sah ihren schmalen Körper, in schwere Ketten gelegt. Wenn es so weit war, würde sie schreien? Mit schwindenden Kräften gegen ihr Ende ankämpfen? Oder hätte sie Glück, und das Grauen würde ihren Verstand schon vorher abschalten?

Er blickte auf seine Hände. Ihr Blut würde an ihnen kleben. Über den Schichten unzähliger anderer.

»Jael? Wie heißt das Mädchen?« Ungeduld schwang in der sonst so beherrschten Stimme des Supremus mit, und Jael erhob sich.

»Ihr Name ist Xenia Morin. Ihr Interesse habe ich bereits, sie beginnt mir zu vertrauen, und ich bin mir sicher …«, ein kaltes Lächeln legte sich auf seine Lippen, »ihr Herz wird ganz bald für mich schlagen, bevor es dann für immer verstummt.«

XENIA

Sie wollen dein Herz, Xenia!

Eine Hand tauchte plötzlich über ihr auf. Eine Hand mit einem Messer! Sie sah die scharfe Klinge. Wollte weg, wollte fliehen, doch man hielt sie fest. Das Messer senkte sich über ihrer Brust, immer weiter. Ein kurzes Ausholen, dann stach es zu. Xenia schrie …

… und schreckte hoch. Ihr Puls raste. Schweiß lief ihr über die Stirn. Vor ihr lagen Papiere. Sie sah eine Teetasse, ihren Laptop. Sie saß am Schreibtisch?

Tageslicht blendete sie. Das Radio lief. Xenia fuhr sich mit beiden Händen über das Gesicht. Sie war tatsächlich weggenickt.

Aber wen wunderte es?

Wenn es dunkel wurde, wenn es still in der Wohnung war, kroch tief in ihr die Angst aus ihrem Versteck und hielt sie vom Schlafen ab. Zusammen mit der Stimme, die unablässig flüsterte.

Sie wollen dein Herz, Xenia.

Der Satz kreiste in ihrem Kopf und nahm ihr immer mehr die Luft.

Wer war in der Wohnung gewesen?

Wer kam durch verschlossene Türen?

Und … vor wem wollte er sie warnen?

Vor Jael? Nein. Er war derjenige gewesen, der sie eingeweiht hatte. Ihr vertraute. Wenn er vorhatte, sie zu töten, warum hätte er ihr dann so viel erzählt?

Blieb der Typ auf der Messe. Und natürlich diese beschissene Organisation.

Mit noch immer flatternden Fingern schloss sie die Bücher und ihren Laptop.

Gefühllosigkeit. Den ganzen Vormittag hatte sie recherchiert. Es gab viele Ursachen, aber als möglicher Auslöser wurde eine am häufigsten genannt: traumatischer Schock.

Xenia hob den Kopf und sah aus dem Fenster, rüber zur anderen Straßenseite. Gab es etwas Traumatischeres, als den Tsunami überlebt zu haben? Als Einziger aus der Familie?

Durch unzählige Therapieansätze hatte sie sich gelesen, und es gab sie: vielversprechende Methoden, Erfahrungsberichte von Betroffenen, hoffnungsvolle Ausblicke.

Nur musste sich jemand kümmern.

Es musste sich jemand um Jael kümmern.

Ihre Zunge glitt über den verkrusteten Riss an ihrer Lippe. Sie sah seine Augen wieder vor sich, spürte seine Nähe, hörte seine geflüsterten Worte.

War das normal? War es normal, dass sie ihn immer noch mochte, nach allem, was sie jetzt über ihn wusste?

Gefühlskalte Diebe waren sie, alle da drüben, denen es scheißegal war, was sie anderen nahmen.

Wem sie etwas nahmen.

Fiene!

Sie schluckte. Gestern hatte sie es nicht geschafft, sich aufzuraffen, aber heute konnte sie nicht wieder kneifen. Sie musste ins Krankenhaus. Zu Fiene. Und zu Felix. Nur vorher noch einkaufen.

Xenia stand auf und klemmte sich die Bücher unter den Arm. Sie mussten zurück ins Zimmer ihrer Mutter. Eigentlich durfte sie ihr Heiligtum gar nicht betreten, geschweige denn sich an ihrem Arbeitsmaterial vergreifen. Doch sie war nicht da. Geistig sowieso nicht, körperlich aber auch nicht. Ihr Schulschwänzen gestern war ihrer Mutter nicht mal aufgefallen. Wie auch? Ein neuer Prozess stand an, und sie verbrachte ihre Zeit fast ausschließlich im Büro. Dementsprechend sah es bei ihr aus. Xenia stieg über die Klamottenberge auf dem Boden und steuerte auf das Regal neben ihrem Schreibtisch zu. Sie hatte sich die Stelle gemerkt, aus der sie die Bücher gezogen hatte, extra eine Lücke gelassen, die sie jetzt wieder schloss. Dann wollte sie sich wegdrehen und das Zimmer verlassen, doch etwas auf dem Tisch hielt ihren Blick fest. Eine aufgeschlagene grüne Mappe. In ihr wie üblich Unterlagen einer Klientin. Nur war Xenia diese hier bekannt. Miriam Marquardt. Ihr Name stand oben auf einer der Seiten.

Miriam war bei ihrer Mutter in Therapie?

Zögernd näherte sie sich der Mappe.

Hypnose. Sie kannte den vorgedruckten Bogen, den ihre Mutter dazu immer ausfüllte, sah ihre Randnotizen. Weiter unten bekannte Namen. Rafi. Geno. Chrystal. Akrom. Und … Jael.

Enttäuschung breitete sich in ihr aus. Deswegen also.

Ihre Mutter hatte sich vor Tagen interessiert nach den Neuen erkundigt, sie gefragt, wie die so sind. Wie die Party gewesen war. Und sie? Sie hatte sich so über ihr Interesse gefreut. Über ihre Aufmerksamkeit. Nur war es gar nicht um sie gegangen. Ihre Mutter hatte sie ausgehorcht.

Ganz klar eine Grenzüberschreitung.

Dann durfte sie auch, oder?

Sie zog sich die Mappe heran und überflog die Notizen. Zum Teil heftiges Gekrakel, nicht alles lesbar, doch eins war klar: Es ging im Großen und Ganzen tatsächlich um die Feier. Irgendetwas hatte Miriam dort erlebt, das sie nachhaltig beschäftigte. Sogar beschämte. Und immer wieder musste sie von einer Blume gesprochen haben, ihre Mutter verwies am Rand auf eine Skizze, die Xenia weiter hinten in der Mappe fand. Die Blume hatte eine runde Mitte, von der aus sechs Blütenblätter abgingen, nach außen spitz zulaufend. Jedes Kind konnte so was malen, und doch kamen ihr der Schwung der Linien und die kleinen Verzierungen an den Rändern auf eine unheimliche Weise bekannt vor.

Jaels Namen hatte ihre Mutter immer wieder eingekreist.

Hatte er doch etwas mit Miriams Selbstmordversuch zu tun? Sie hatte die beiden zusammen im Flur gesehen. Er konnte Liebe stehlen.

Xenia setzte sich, griff nach einem Stift und einem Zettel und zeichnete die Blume nach.

Wäre er nicht abgetaucht, könnte sie ihn direkt fragen, ihn noch einmal auf Miriam ansprechen. Doch Jael reagierte nicht, weder auf ihre Anrufe noch auf Nachrichten, und in der Schule war er wohl auch nicht gewesen. Er ließ sie komplett ins Leere laufen. Oder ... konnte er sich nicht mehr melden? Hatte die Organisation ihn abgezogen?

Wut, Sorge, dazu die Angst.

Xenia erhob sich und steckte die Zeichnung ein. Es war Zeit zu reden. Als Erstes mit Felix. Ihm alles zu erzählen, brachte ihn in Gefahr, denn ihr Wissen war tödlich. Doch zu schweigen bedeutete keinen Schutz. Er würde entleert werden. Zu eng war es schon zwischen ihm und Chrystal, und sie würde es sich nie verzeihen, ihn nicht wenigstens gewarnt zu haben.

Sie schrieb ihm, dass sie gleich kommen würde, holte ihr Portemonnaie, zwei Beutel, und schnappte sich im Flur den Schlüssel. Die leeren Pizzakartons, die an der Wohnungstür lehnten, entlockten ihr ein schmales Lächeln. Liva war gestern für sie da gewesen, hatte sogar das Treffen mit Geno ausfallen lassen. Ihretwegen.

LPN-Therapie hatte sie ihren Einsatz gegen schlechte Stimmung bei ihr genannt: Liva, Pizza, Netflix.

Mit ihr musste sie auch sprechen, doch momentan war sie außer Gefahr. Das Wochenende verbrachte sie bei ihrer Oma und hatte schon Bilder geschickt, lustige Familienfotos, im Hintergrund die Berge.

Wie gerne würde sie auch einfach weg und davon.

Draußen vor dem Haus standen die Mülltonnen. Sie wollte die Pizza-Schachteln gerade hineinstopfen, sah dann aber einen

Zettel. Er klebte unter einem der Kartons. Die Rechnung? Nein. Liva hatte sie in der Hand gehabt und ihr gezeigt, um den Betrag zu teilen.

Vorsichtig löste sie das Papier vom Boden und runzelte die Stirn. Notenlinien? Darauf fünf Töne. Fünf ausgemalte kleine Kreise. Die erste hatte ein Vorzeichen, ein Kreuz. Die zweite war ein c. Oder?

Unter den Linien stand ein Datum. Das von morgen.

Daneben: 16 Uhr.

Ein Treffen? Xenia blickte über die Schulter Richtung Straße.

Jael? Wohl kaum. Das hätte er einfacher haben können.

Außerdem – die Nachricht musste ja gar nicht für sie sein. Vielleicht hatte der Pizzabote sie aus Verse…

Nein, hatte er nicht. Ein kaltes Kribbeln schlängelte sich ihre Wirbelsäule hoch. Xenia. Auf der Rückseite stand ihr Name. In geschwungenen Buchstaben – wie beim letzten Mal. Darunter hatte jemand eine Blume gezeichnet. Nicht die mit den sechs Blütenblättern. Es war … eine Nelke?

CHRYSTAL

Stille. Durch die verschlossene Tür drang kein Laut mehr. Das Poltern hatte aufgehört. Was aber hatte Rafi alles schon zerschlagen?

Vorsichtig drehte sie den Schlüssel um und öffnete die Tür einen Spaltbreit. Durch die zugezogenen Gardinen fiel nur dämmriges Licht ins Zimmer, doch es war ausreichend, um das Chaos zu sehen. Der Schreibtisch lag auf der Seite, davor Bruchstücke des Stuhls, auf dem Boden Kleidungsstücke, Scherben, zerfetzte Bücher.

Rafi war völlig außer Kontrolle.

Sie sah zum Bett hinüber, sah die zusammengerollte Decke. Schlief er darunter? Langsam schob sie die Tür weiter auf und betrat sein Zimmer.

Vor ihren Füßen stand sein unangetastetes Frühstück, und sie wollte das Tablett gerade aufheben, als etwas anderes ihren Blick auf sich zog. Ein Teil einer Karte. Blau schimmerte ihr Hintergrund, und die Zacke eines Sternes war noch sichtbar. Die Himmelskarte! Die, die er Fiene abgenommen hatte.

Rafi hatte sie zerrissen?

Ihr Blick flog über den Boden, sie brauchte die anderen Teile. Sie brauchte sie alle, um sie wieder zusammenzusetzen. Eine Ecke! Sie griff nach ihr, steckte sie ein, als sie plötzlich ein harter Schlag von hinten zu Boden warf. Chrystal stöhnte auf, rollte sich über die Seite, um wieder aufzuspringen. Doch ein fester Tritt gegen ihre Hüfte schleuderte sie zurück. Rafi! Sie ignorierte den stechenden Schmerz, schnappte sich die Scherbe neben ihrem Fuß und griff an. Sie kannte seine Schwachstelle, sie kannte die Schwachstellen jedes Einzelnen. Bei ihm war es die Deckung. Seine linke Hand, die nicht oben blieb. Wie jetzt. Sein Kiefer war frei. Doch dann trafen sich ihre Blicke, und Chrystal fiel die Scherbe aus der Hand.

Blutunterlaufen waren seine Augen, und ein blinder Schleier überzog das sonst so funkelnde Braun in ihnen.

Sie konnte ihn nicht angehen, ließ ein paar seiner nachlässigen Angriffe ins Leere laufen, zwang ihn dann auf den Boden. Unter seinem zerknitterten Shirt pumpten seine Lungen Luft, ansonsten wirkte er völlig abwesend.

»Rafi?«

Keine Antwort. Nicht mal seine Augenlider zuckten.

»Hey!« Chrystal hockte sich neben ihn. »Du weißt, dass das hier nur vorübergehend ist, oder?«

Wieder keine Reaktion. Er blickte nur stumm zur Wand und ließ auch ihre Warnung, dass sie ihn fertigmachen würde, wenn er sie nochmals anginge, völlig teilnahmslos über sich hinwegziehen.

»Mann, reiß dich zusammen!« Sie klopfte ihm auf die Brust und stand auf. Den Rest der Himmelskarte musste sie sich wann anders zusammensuchen.

Auf dem Weg zur Tür blickte sie zu seinem Kleiderschrank. Er stand offen. In ihm herrschte gähnende Leere, vor ihm aber lagen Papiere. Herausgerissene Seiten aus Heften, aus Ordnern, aus Büchern. Und überall stand nur ein Wort drauf, in Großbuchstaben geschrieben.

JAEL.

Shit! Wenn der hier nicht bald wieder auftauchte und ihn in den Griff bekam, war es das für Rafi gewesen.

Auf Genos fragende Miene im Flur, auf Akroms hochgezogene Augenbraue zuckte sie nur ratlos mit den Schultern, wünschte ihnen dann mit Blick auf ihre Joggingklamotten viel Spaß.

Frische Luft würde ihr auch guttun, doch abwechselnd mussten sie hier Babysitter spielen, das war die Anweisung.

»Zwei Stunden, Jungs, dann bin ich dran.«

Langsam wurde es eng, auch für sie. Von daher konnte sie nur hoffen, dass bald der Anruf kam.

Kaum dass sie ihr Zimmer betreten hatte, brummte ihr Handy tatsächlich. Friseur stand auf dem Display, und als sie das Gespräch annahm, erinnerte sie eine Computerstimme an einen vereinbarten Termin. In fünf Minuten. *4. Etage. KR.*

Zum ersten Mal heute schafften es ihre Lippen, so etwas wie ein Lächeln zustande zu bringen. Endlich neue Informationen. Und was noch besser war: KR stand für Kontrollraum. Sie bekam Zugang?

Nur Sekunden nach dem Anruf erhielt sie eine Nachricht. Es war eine Zahlungsaufforderung. Die angeblich von ihr bestellte Ware interessierte sie nicht, sie brauchte nur den Betrag, den sie überweisen sollte. 78,52 Euro. Chrystal merkte sich die Zahlen, schlüpfte aus der Wohnung und schlich die wenigen Stufen hoch, ins angebliche Nichts. Die kleine Haustechnikkammer im Dachgeschoss der Hausnummer 17 mal ausgenommen. Sie war gleich rechts und für jeden zugänglich, doch ansonsten wirkten die Wände hier oben frisch verputzt, nahezu unberührt. Nur bei genauerem Hinsehen konnte man links an der Bodenleiste einen kleinen Spalt erahnen, schließlich lag die Wand dahinter quasi auf Schienen. Etwas auffälliger war da schon der Mauervorsprung unterhalb der Decken. Auch weiß gestrichen, doch machte er dort, wo er sich befand, statisch gesehen überhaupt keinen Sinn. Chrystals Finger glitten über den Handlauf des Treppengeländers, sie fand den kleinen Knopf, eine kaum spürbare Erhebung an der Seite, und drückte ihn sacht nach unten. Sofort öffnete sich der Mauervorsprung, und mit einem leisen Surren schwebte das Display an einem Stab herunter. 7852. Sie gab den Code ein, und wie von Geisterhand schob sich die Wand vor ihr zur Seite.

Fast ehrfurchtsvoll betrat sie den Raum, in dem alles, die gesamte Technik des Hauses, zusammenlief. Die inoffizielle zumindest. Ein Meer an Apparaturen empfing sie, unzählige Rechner, massenhaft Kabel, Tastaturen. Dazu an der Wand vor ihr eine Reihe an Monitoren. Direkt gesteuert wurde aus diesem Raum heraus nichts. Noch nicht. Er war für Notfälle eingerichtet worden.

Chrystal setzte sich auf einen der beiden Stühle, rollte an den Tisch, der die gesamte Breite des Raumes einnahm, und zuckte zusammen, als einer der Bildschirme sich plötzlich vor ihr blau erhellte. Es knackte, dann ertönte eine Stimme. »Pünktlich. Wenigstens das, Chrysalia.«

Chrysalia? Verächtlich verzog sie die Lippen. So nannte sie sich seit hundert Jahren nicht mehr, doch ihre Mutter ignorierte das. Wie immer.

»Hallo, Armata!« Chrystal straffte den Rücken, als das Blau vor ihr verschwand und dem Gesicht ihrer Mutter Platz machte. Ihre schwarzen, langen Haare glänzten. Sie trug sie offen, nur mit zwei silbernen Spangen an den Seiten zurückgehalten. Akkurat gezupfte Augenbrauen, dezent geschminkt. Die Haut ihrer Mutter brauchte ebenso wie ihre eigene kein Make-up. Sie war makellos. Faltenfrei.

Wie oft hatte sie sich anhören müssen, sie und Armata sähen wie Schwestern aus? Einziger Unterschied: die Augenfarbe. Sie hatte das Kristallblau ihres Vaters geerbt. Armatas hatten die Farbe von sanft grünen Wiesen. Eine trügerische Falle.

»Kannst du dir vorstellen, wie enttäuscht ich bin?« Ihre Mutter saß vornübergebeugt, sprach leise. »Das war deine Chance, endlich mal etwas Tragendes beizusteuern. Und du hast sie nicht ergriffen? Wie konnte dir die Immunitin entgehen?«

Super! Chrystal schluckte den Frontalangriff, versuchte es zumindest, doch ein kratzender Schmerz blieb ihr im Rachen hängen. »Ich kenne sie kaum. Sie geht nicht in meine Klasse. Außerdem hab ich hier echt hundert andere Dinge zu tun.« Sie hasste es, sich rechtfertigen zu müssen, noch mehr aber, dass sie mit ihrer Erklärung nicht mal durchkam. Armatas akkurat gezupfte Augenbrauen zogen sich düster zusammen. »Andere Dinge zu tun? Eine Immunitin! Seit Jahren gab es das nicht mehr. Und dann jetzt. Gerade jetzt!« Ihre Augen flogen kurz zur Seite, dann rutschte sie noch näher an den Bildschirm. »Ich glaube, du bist dir nicht bewusst, wie sehr sich deine Position innerhalb des Clans verbessert hätte, wäre die Meldung von dir ausgegangen. Du wolltest doch endlich aufsteigen.«

Chrystal presste die Lippen zusammen. Mehr Beachtung. Mehr Mitspracherecht für die Jüngeren. Dafür kämpfte sie tatsächlich seit Jahren. Nur interessierte ihre Mutter das sonst einen Scheiß. »Schön, dass du an uns alle denkst. Nur versteh ich den Aufriss grad nicht. Wir stehen kurz vor dem rettenden Ende. Und du? Meckerst rum?«

»Na schön«, antwortete sie, dabei hätte das Wort Versagerin viel besser zu ihrem Gesichtsausdruck gepasst, doch irgendetwas war passiert. Hinter Armata im Raum. Ihr Gesicht verschwand aus dem Bildschirm. Da war ein Schatten, oder? An der Wand, schräg links. Und er bewegte sich. Armata, eines der ranghöchsten Mitglieder, wurde kontrolliert?

»Also gut.« Ihre Mutter tauchte wieder auf und hatte ihr Gesicht ausgetauscht. Dabei nicht nach einem freundlicheren gegriffen, aber professioneller gab sie sich jetzt. »Jaels Bericht hat für Aufsehen gesorgt. Momentan unterzieht er sich einigen Tests. Er wird sein Briefing erhalten und voraussichtlich heute noch in die WG zurückkehren.«

»Sehr gut.« Chrystal hob den Daumen. »Rafi hat sich komplett abgeschaltet, und der Einzige, der ihn wieder auf Spur bringen könnte, ist sicher Jael.«

»Auf die Spur?« Ihre Mutter zögerte. »Chrysalia, noch ist nicht klar, wie mit Rafi verfahren wird, aber das ist jetzt nicht Thema.

Und es wird auch nicht mehr dein Thema sein. Du wirst dich da raushalten und vor allem der Immunitin aus dem Weg gehen. Du weißt, wie sensibel die sind, und wir können es uns nicht leisten, sollte sie dahinterkommen, dass du … na, sagen wir mal *anders* als die anderen bist. Dein Auftrag ist jetzt ganz einfach: Du machst nur noch das, was du am besten kannst. Du säuberst. Ganz oben auf der Liste steht Miriam. Wir wissen nicht, wer ihre Therapeutin ist und was die schon aus ihr herausgekitzelt hat. Von daher: Zieh sie schnellstmöglich aus dem Verkehr. Sei dabei aber bitte kreativ, wir wollen kein Aufsehen erregen.«

Chrystal nickte. Mit Miriam hatte sie zum Glück kein Problem, und auch die anderen beiden Namen, die ihre Mutter nannte, bereiteten ihr kein Magendrücken. Melanie und Christian. Dass sie den Hund vergiftet hatte, entlockte Armata sogar ein knappes Lächeln. »Gut. Alles weitere bei den beiden übernehmen wir. Kommen wir jetzt aber zur Familie Steinkamp. Wie gut kennst du sie?«

Professionell bleiben. Kalt bleiben. Chrystal riss sich zusammen, trotzdem rutschte ihr das Lächeln von den Lippen. »Ich kenne die alle recht gut.« Sie reckte ihr Kinn. »Was muss ich tun?«

»Treib sie in den Ruin. Geldsorgen überblenden alles. Mach sie fertig. Verstanden? Sie sollen an nichts anderes mehr denken als an das blanke Überleben.«

Besser als der Tod. Besser als der Tod.

Chrystal versuchte sich diesen Satz einzureden. Doch war es das wirklich? Besser als der Tod?

Felix würde sich wehren, gegen jeden Einschlag, der seine Familie treffen würde. Und am Ende trotz allem verlieren.

»Mum?« Selten nannte Chrystal sie so. Noch seltener so bittend. Und es schien anzukommen, der Blick ihrer Mutter wurde für einen flüchtigen Moment weicher. »Ja?«

»Ich hätte vielleicht eine bessere Lösung.«

»Und die wäre?«

»Das Gegenteil. Ich glaube, ein finanzieller Aufstieg würde die Familie eher zum Schweigen bringen. Das sind Kämpfer. Leute, die alles hinterfragen, sich für jeden einsetzen. So …« Sie lachte auf. »So Spinner halt. Von daher wäre ein plötzlicher Geldsegen eher etwas, das sie verwirren würde. Und den sie brauchen könnten, bei dem Zustand der Kleinen.«

In die Porzellanhaut ihrer Mutter zogen sich Falten. Dann blickte sie kurz zur Seite. Nickte auf Worte, die Chrystal nur dumpf hörte. Mit wem tauschte sie sich aus?

»Das ist gegen unseren Plan. Aber …« Sie wandte sich ihr wieder zu. »Versuch es. Die Gelder bewilligen wir. Sollte allerdings irgendwas dabei schiefgehen, stoppst du die Aktion. Und schaffst sie uns anderweitig aus dem Weg.«

»Sicher.«

»Was aber Fiene betrifft, dulden wir keinen Gegenvorschlag. Du wirst sie spritzen.«

»Jetzt noch?« Chrystals Magen zog sich zusammen. Der Vorfall war drei Tage her. Wie hoch mussten sie die Dosis setzen, um ihre Erinnerung noch zu löschen? »Wenn wir das wirklich mach…«

»Nicht wir.« Die Stimme ihrer Mutter schnitt ihr ins Wort. »Du machst das. Und glaub nicht, du müsstest uns aufklären. Wir wissen, dass sie dabei sterben kann. Dann ist das so. Das wäre auch nicht die schlechteste Variante. Das Mittel lassen wir dir heute noch zukommen.«

»Verstanden.«

»Gut. Von uns aus wäre es das.« Armata legte ihre Handflächen aneinander und senkte den Kopf.

Dann wurde der Bildschirm schwarz.

Chrystal saß da, einfach so, und starrte vor sich hin.

Nie hätte sie geglaubt, dass es ihr was ausmachen würde, das Säubern. Es gehörte zu ihren Aufgaben, seit Beginn an. Zudem ging es gerade um ihr eigenes Schicksal. Um das des Clans. Um ihr aller Überleben. Doch zu welchem Preis? Xenia war ihr egal. Miriam noch mehr. Christian und Melanie? Bedeutungslos. Nicht aber Felix. Zum ersten Mal gab es jemanden, der alles verschob. Richtig und Falsch infrage stellte. Auf seine so direkte Art. Doch er hatte zu viel Aufsehen erregt, und damit stand sein Todesurteil jetzt schon so gut wie fest.

Ein Piepsen schreckte sie auf. Es wiederholte sich, und die Computer fuhren herunter. Zeit zu gehen.

Um irgendwann wiederzukommen?

Chrystal stand auf und sah sich nach Kameras um. Sie kannte die kleinen unauffälligen Biester, konnte hier aber keine entdecken. Gut so. Ihr Handy hatte sie dabei, in ihm die Technik, die sie jetzt brauchte. Die Apparatur an der Wand vor der Tür war ihr vertraut, ihr Mechanismus auch. Und sie wusste, wie sie sich ohne Spuren zu hinterlassen Zugang in das Innenleben des kleinen Kastens verschaffte. 3105. Sie programmierte einen zusätzlichen Code ein. Einen, den sie jederzeit nutzen konnte, ohne aufzufallen. Sie geriet zwischen die Fronten. Und wer weiß, wozu sie diesen Raum und vor allem die Technik darin noch gebrauchen konnte?

Sie trat aus der Tür, wartete, bis sie sich hinter ihr wieder zuschob, und lief die Treppenstufen runter. Vor der Wohnung wollte sie über das Display die Tür öffnen, als sie plötzlich einen Luftzug hinter sich spürte. Zu spät. Ein Schatten überfiel sie. Ein Schatten mit kraftvollen Händen. Die eine verschloss ihren Mund, die andere krallte sich fest um ihre Kehle.

»Schschsch …« Ein warnendes Zischen, direkt an ihrem Ohr. Es mischte sich unter das rasende Pochen ihres Herzens. Sich zu wehren war zwecklos. Der Angreifer stand zu eng, zu nah an ihr dran. Schmerzhaft zog er ihren Kopf nach hinten. Dafür ließ die Hand von ihrem Hals ab, tauchte plötzlich an ihrer Seite wieder auf. Und traf. Die Stelle genau unterhalb ihrer Rippen.

Chrystal verschluckte sich an ihrem Lachen. Sie bekam keine Luft. »E … E-Elias.«

»Ganz brav, okay?«

Sie nickte, wand sich aus seinem Griff, nur um ihn dann fest an sich zu ziehen.

Er war da. Bei ihr.

Shit! Hatte sie jetzt echt Tränen in den Augen?

FELIX

Siebenhundert Euro. Er schickte die Bestätigungsmail raus und schob sein Handy in die Tasche. Sein Lied war damit weg. John Bone würde es singen. Doch … hatte er eine Wahl gehabt? Sie brauchten das Geld. Seine Mutter zerfiel zusehends. Und mit dem Verkauf hatte er ihr jetzt Luft verschafft, wenigstens das Putzen erspart, nicht nur für dieses Wochenende.

Er wandte sich vom Fenster ab und sah zu Fiene. Das Bett schien ihren kleinen Körper mit jedem Tag mehr zu verschlucken. Die Farbe ihres Gesichts hatte sich der Krankenhausbettwäsche angepasst. Gebleichtes Weiß.

Alles seine Schuld.

Sie atmete. Das aber war auch das Einzige, womit sie noch am Leben teilnahm.

Komapatienten bekommen mehr mit, als man denkt. Fiene braucht jetzt bekannte Stimmen. Zuspruch.

Sicher. Dr. Hartmanns Empfehlungen waren überall im Netz nachzulesen, und doch hatte es etwas Unheimliches.

Fiene so still?

Felix nahm seine Gitarre und setzte sich zu ihr aufs Bett. Singen ging für ihn, und es war noch möglich. Fiene hatte ein Einzelzimmer bekommen, zumindest für die ersten Tage ihres Aufenthaltes hier. Das war Chrystals Verdienst gewesen. Wie auch das Angebot der Spezialklinik, von dem ihm Dr. Hartmann vorhin erzählt hatte. Aber 4000 Euro? Außerhalb jeglicher Reichweite.

»Irgendwelche besonderen Wünsche, Kleine?« Felix strich über die Decke, machte Fienes Fuß darunter aus, ihren großen Zeh, und wackelte vorsichtig an ihm. »Ganz schön blöd, dass ich dich grad nennen kann, wie ich will, oder? Ratte. Plappermaul. Klugscheißer.«

Leise stimmte er die Saiten und begann zu spielen.

Nur ein einziges Wort. Es war ihr Lieblingslied, eines seiner ersten. *Wenn Stille zu laut wurde ...* Er hörte Fiene in Gedanken mitsingen, schloss die Augen und schaltete ab. Keine Gedanken mehr. Keine Sorgen. Nur Musik.

Ein Klopfen riss ihn aus den letzten Klängen des Songs. Felix ließ die Hand sinken und blickte zur Tür. Für Hartmann oder sonstige weiße Götter hatte er grad keinen Nerv mehr, doch es war jemand in Schwarz, der im Zimmer erschien. Sein schwarzer Engel. »Hey!«

»Stör ich?«

»Nie.« Lächelnd legte er die Gitarre zur Seite, stand auf und zog Chrystal in seine Arme. Ihre Stirn schmiegte sich an seinen Hals, und Felix schloss die Augen. Ohne sie, ohne ihre Unterstützung in den letzten Tagen, wäre er eingegangen. »Danke.«

»Wofür?« Sie hob ihren Blick. Kristallblau. Chrystalblau nannte er es nur noch, und wie immer fingen ihre Augen ihn ein. Statt ihr zu antworten, klaute er sich einen Kuss von ihren Lippen. Dabei wanderten seine Hände ihren Rücken hinunter, eine fand Zuflucht in ihrer Hosentasche. Weicher Stoff. Kein Leder?

»Wo ist deine legendäre Hose?«

»Ach, ich war vorhin laufen. Hatte dann einiges zu tun.« Sie wich seinem Blick aus, suchte sogar Abstand. »Und hab mir nur schnell was übergezogen.«

Einiges zu tun. Felix konnte sich denken, um was und vor allem um wen es ging, doch sie hatten ein Abkommen. Kein Wort mehr über die Organisation. Kein Wort mehr über Rafi. Sie hielt ihn für unschuldig, er ihn zumindest für beteiligt. Und von Christian und Melanie würde er die Aussage sicher auch noch schriftlich bekommen.

Geflüsterte Worte holten ihn aus seinen Gedanken. Chrystal war zu Fiene rübergegangen. Sie stand an ihrem Bett und strich ihr vorsichtig über die Wange, bevor sie sich ihre Schuhe auszog und ihren Platz bezog. Im Schneidersitz zu Fienes Füßen. »Hast du über die Privatklinik nachgedacht?«

»Nein. Also, ja.« Felix fuhr sich durch die Haare, schob sich dann einen der Stühle ran. »Die Idee ist toll. Aber ich krieg das nicht hin. Ich hab grad mein Lied verkauft. Und …«

»Was hast du?« Ihre Augen weiteten sich. »Aber nicht an das Arschloch, oder?«

Er lehnte sich zurück. »Doch.«

»Mann, warum hast du nicht mit mir darüber gesprochen? Felix, das ist dein Lied! Das Lied, an dem du am meisten hängst.«

»Das musst du mir nicht erzählen. Aber ich brauch das Geld. Du hast meine Mutter heute Morgen gesehen. Und ich glaub, mehr muss ich dazu nicht sagen, oder?«

»Nein.« Chrystals Finger spielten an der Bettdecke rum. Zuerst schaute sie ihnen dabei zu, dann aber hob sie ihren Kopf. »Ich möchte dir was sagen, Felix. Nur … du musst mich ausreden lassen, ja?«

»Okay.« Er versprach es, lächelte aufmunternd, während sein Körper gespannt die Luft anhielt.

»Also, ich … Ich hab deinen Vater gefunden.«

»Was?« Felix schnellte auf seinem Stuhl nach vorn. »Ich gla…«

»Hey, erst zuhören. Ich hab dein Wort.«

Es fiel ihm schwer, tatsächlich die Klappe zu halten. Gerade sie sollte wissen, wie weh es tat, das Thema Väter. Doch er lehnte sich zähneknirschend wieder zurück.

»Er wohnt in New York. Seine Anwaltskanzlei *Steinkamp & Johnson* gehört dort zwar nicht zu den Top 10 Kanzleien, aber unter den ersten 100 wirst du sie finden. Geschätzter Jahresumsatz? Dürfte in den dreistelligen Millionenbereich gehen. Und …« Sie hob ihre Hand, als er sich wieder vorbeugte.

»Er ist zu Unterhalt verpflichtet. Versteht du das, Felix? Es ist euer Recht!«

Stumm schüttelte er den Kopf. Wie sollte er ihr seine Haltung erklären? Er wollte nichts von ihm. Nicht sein Geld, nicht seine Zeit, und schon gar nicht in irgendeine Art Abhängigkeit geraten. Mühsam kramte er die Worte aus sich heraus, doch immer wieder holte sie Luft, um etwas zu sagen, schüttelte den Kopf, so oft, dass sein Ton an Schärfe gewann. »Er ist für uns tot, verstehst du das nicht?«

Die letzten ihr hingeschleuderten Worte hallten zwischen den kahlen Betonwänden nach. Doch Chrystal wirkte weder geschockt noch verletzt. »Und dass ihr dabei zugrunde geht, darf er sich dann auch auf sein gut gefülltes Konto schreiben?« Sie setzte ihre Füße auf den Boden und beugte sich zu ihm. »Felix, der könnte sich die Wände seiner Villa mit Hundertdollarnoten tapezieren. Sein Fuhrpark schluckt wahrscheinlich mehr Benzin als sämtliche SUVs der Ärzteschaft hier.« Sie zählte Automarken auf, alles Modelle, zu denen Felix nicht mal Bilder hatte, die seinem Vater aber wohl zu gehören schienen.

Woher hatte sie die ganzen Informationen?

»Deinen Vater juckt es nicht, dass ihr euch so anstrengt. Dass deine Mutter daran kaputtgeht. Wie auch? Er weiß ja nichts davon. Wenn ihr ihn also schmerzhaft treffen wollt, dann mit Geld.« Sie griff nach seiner Hand. »Und das steht euch zu.«

Er wollte davon nichts hören, versuchte gegenzuhalten, merkte aber, dass ihm immer mehr die Argumente ausgingen. Eigentlich blieb nur eins. »Akzeptier es einfach, Chrystal. Wir wollen es so.«

»Wirklich? Fiene auch?« Sie nickte in ihre Richtung. »Würde Fiene das jetzt auch so wollen?«

Ihre Nachfrage traf ihn. Gezielter Schuss ins Herz.

Mit zusammengepressten Lippen stand er auf, stellte sich ans Fenster, die Hände tief in den Hosentaschen vergraben.

Fiene. Wollte sie es wirklich so?

Tapfer gelächelt hatte sie immer, wenn er ihr einen Wunsch abschlagen musste. Die Welt umarmt, wenn einer wider Erwarten in Erfüllung ging. Und jetzt? Setzte er mit seiner Sturheit, wie Chrystal es ihm vorwarf, ihr Leben aufs Spiel?

Er spürte Chrystals Hände an seiner Taille, ihre Stirn an seinem Rücken. »Ich will nicht, dass du mich falsch verstehst. Wie du dein Leben führst ... Ich bewundere das, Felix. Ich glaub nur, dass jetzt nicht der richtige Zeitpunkt ist, stolz zu sein. Fiene könnte mit dem Geld geholfen werden. Außerdem geht es mir auch um dich. Du verschwindest immer mehr in dir selbst.« Sie schlängelte sich an ihm vorbei, stand dann vor ihm, ihre Hand auf sein Herz gelegt. »Ich mach mir Sorgen, Felix. Um dich.«

Sanft fuhr er mit seinen Fingern über ihre Haare. Dann zog er ihren Kopf zu sich. Ging es ihm wirklich nur darum, dass dreckige Geld seines Vaters nicht annehmen zu müssen? Oder darum, das Gefühl weiter in sich tragen zu dürfen, es allein zu schaffen?

»Und du kennst jemanden, der sich mit Unterhaltszahlungen auskennt?«

Er spürte ihr Lächeln an seiner Brust, und allein für den Blick, den sie ihm dann schenkte, hatte sich die Frage gelohnt. Sie stellte sich auf die Zehenspitzen. Ihre Lippen strichen kaum spürbar über seine, glitten dann rüber zu seinem Ohr. »Mein Onkel«, flüsterte sie, »steckt alle Lars Steinkamps dieser Welt in seine Tasche.«

Felix legte seine Hand in ihren Nacken, er kannte die Stelle, wo sie es besonders mochte, und fuhr mit seinem Daumen über ihren Hals. »Dann frag mal nach.«

Diesmal streiften ihre Lippen seine nicht nur. Felix umfasste ihr Gesicht und schloss die Augen. Chrystal zu küssen war die Welt vergessen.

Leider zerschnitt ein Summen den Moment. Ihr Handy. Seine Hände wollten sie nicht freigeben, noch nicht, doch sie wand sich aus seinen Armen. Ihre Augen baten um Entschuldigung, bevor sie die eingegangene Nachricht checkte.

»Sorry. Ich muss los.«

Worum es ging, sagte sie ihm nicht, von daher konnte er es ahnen. Rafi. Oder irgendein anderes Problem mit der Organisation.

Während sie sich ihre Schuhe anzog, blickte Felix auf sein Armband. Er hatte es nicht verspielen wollen, aber verschenken? Es saß ziemlich fest, war verwaschen und der Verschluss kaum zu öffnen.

»Was machst du?« Chrystals Augen beobachteten seine Finger, die immer wieder an dem Knoten abrutschten.

»Ich will, dass du es be…«

»Nein.«

Ihr hartes Ablehnen ließ ihn verwundert die Hand senken. »Chrystal, ich weiß nicht, wo ich grad ohne dich wäre. Und ich dachte, du wolltest es haben. Von daher …«

Die letzten Worte verhallten stumm in ihm. Sie war aufgestanden, lächelnd zwar. Doch sonst umgab sie dabei ein Strahlen, gerade lag ihr Gesicht wie im Schatten. Warum?

»Ich kann das nicht annehmen. Du … du brauchst das jetzt. Gib es mir erst, wenn es vorbei ist. Ja?«

Felix runzelte die Stirn, nickte aber und begleitete sie dann nach draußen. In die andere Welt. In die Welt, in der die Lautstärke nicht runtergeregelt war. Aus Rücksicht oder Trauer. Junge Leute lungerten an der Bushaltestelle rum. Gesunde Leute. In Trikots und mit Bierflaschen in den Händen. Wie sich Prioritäten doch verschoben?

»Ach Scheiße!« Chrystal griff plötzlich nach seinem Arm. »Ich hab meine Tasche vergessen.«

Hatte sie eine dabeigehabt?

Sein Angebot, sie ihr zu holen, lehnte sie ab.

»Quatsch. Frische Luft brauchst du grad echt dringender. Warte einfach.«

So schnell, wie sie dann loslief, konnte er nichts mehr sagen.

Felix lehnte sich gegen den Abfahrtsplan und sah auf sein Handgelenk. Sie hatte das Band nicht haben wollen. Und erst jetzt wurde ihm klar, warum ihre Worte noch so komisch in ihm festhingen. Sie hatten nach Abschied geklungen.

CHRYSTAL

Die Spritze in ihrer Hand zitterte. So würde sie die Vene niemals finden. Mit tiefen Atemzügen versuchte sie, ihren Puls runterzubringen. Sie konnte das. Professionell sein, Gefühle wegblenden. Aufträge ausführen. Und es funktionierte, die Nadel wurde ruhiger.

Fienes Decke hatte sie bereits zurückgeschlagen, den Ärmel ihres Hemdchens hochgeschoben. Unter ihrer blassen Haut zeichneten sich die blauen Wege deutlich ab. Dazu gab es schon einige Einstiche in der Armbeuge. Einer mehr oder weniger würde nicht auffallen.

Chrystal setzte die Spritze an und stach zu.

Lass deine Erinnerung los, Fiene!

Dank Elias' Wissen hatte sie die Dosis senken können. Dafür musste sie aber wiederkommen. Dreimal.

Schnell beseitigte sie ihre Spuren und griff nach ihrer Tasche. Sie hatte sie vorhin direkt neben den Mülleimer fallen lassen, genau in dem Moment, als Felix seine Gitarre weggelegt hatte. Niemals hätte sie sonst vorgeben können, sie vergessen zu haben.

In der Tür drehte sie sich noch einmal um. Wenn ihr Plan nicht funktionierte, wenn Fienes Körper sich gegen das Mittel wehrte, war es das. Sie würde sterben. Noch heute.

JAEL

Die Stromschläge, die man ihm unerbittlich durch den Körper gejagt hatte, knisterten noch immer in ihm nach. In jedem Muskel, in jeder Sehne. Wie Glühdrähte, die beständig wieder aufflackerten.

Nach außen hin aber ließ er sich nichts anmerken. Er stand aufrecht, mit erhobenem Kopf, im Zentrum der Bibliothek.

Jahrhunderte alte Bücherwände umgaben ihn, durchbrochen von großen Gemälden. Auf allen waren unheimliche Gestalten zu sehen, in der Mitte jemand mit einer Schnabelmaske. Thot, oder? Der Gott der Wissenschaft, der Magie und Weisheit?

Zu gern hätte er sich hier ungestört umgeschaut. Aufgereiht und hinter schmuckvollen Buchrücken versteckt lagerte um ihn herum das gesamte Wissen des Partems. Informationen, die für Xenia so hilfreich sein könnten. Nur war er nicht allein.

Zwei Bewacher, rechts und links am Eingangsportal platziert, hatten ihn zwar nicht im Blick, ihre blinden Augen schauten nur trübe ins Nichts. Und doch, wusste er, nahmen sie jeden seiner Atemzüge, jede Bewegung wahr.

Plötzlich ein Klopfen. Die Bewacher öffneten die Türflügel und traten zur Seite. In dunklen Gewändern, die Hände vor den Körpern gefaltet, zogen Mitglieder des Partems ein. Wieder nur fünf. Die Führungsriege?

Diesmal waren sie es, die schwarze Masken trugen, allerdings mit Schlitzen, die ihnen das Sehen erlaubten. Die Gestalt in der Mitte, ihr scharfkantiges Kinn … Es war der Supremus. Neben ihm eine Frau?

Sie schritten an ihm vorbei und setzten sich auf Stühle, die ihnen bereitgestellt wurden. Die Bewacher verschwanden, und der Supremus ergriff das Wort. »Deine Kondition ist gut, Jael, auch das von dir absolvierte Kampftraining reicht weit über die Anforderungen hinaus. Allerdings liegen uns jetzt auch deine Testergebnisse vor.«

Das Briefing. Jaels Finger spannten sich an. Er wusste, dass er nicht alle Bilder, nicht jede Videosequenz geschafft hatte. Die Sensoren, mit denen er verknüpft worden war, reagierten auf die kleinste Körperreaktion. Ein Zucken, ein Blinzeln. Sie registrierten es und gaben es als Impuls weiter, woraufhin die Apparatur Blitze schleuderte.

Mann auf Gleisen – der Zug kommt: Nichts.

Lawinenabgang – er selbst verschüttet: Leichtes Zucken. Stromschlag.

Weihnachten – glückselige Gesichter: Nichts.

Das Meer – Wellen: Beschleunigter Puls. Stromschlag.

Ein Mann am Boden – Tritte gegen seinen Kopf: Nichts.

Ein Schuss auf ihn – aus nächster Nähe: Nichts.

60 Minuten lang hatte er durchgehalten, seine Kälte immer wieder in sich hervorgerufen, sie durchbrechen lassen und sie damit trainiert. Sie musste abrufbereit sein, jederzeit, um ihn zu schützen.

»Du bist stabil, Jael. Mit Schwachstellen. Führt man sie zusammen, bildet sich ein Muster heraus. Vor allem bei Unglücken, Naturkatastrophen, aber auch bei Kindern bist du oft noch durchlässig. Sei dir dessen bewusst, und schütze deine Erinnerung. Insbesondere im Kontakt mit der Immunitin.«

»Natürlich.« Er nickte.

»Hast du die Unterlagen sorgsam studiert?«

Jael nickte erneut. Doch die Sensoren, würden sie noch an seinem Körper kleben, hätten reagiert, seine Anspannung wahrgenommen und übersetzt. Und sie als das identifiziert, was sie war: Verachtung.

Die Mappe, die sie ihm ausgehändigt hatten, war nicht wirklich hilfreich gewesen. Er kannte jetzt ein paar Details mehr über die Entstehungsgeschichte der Immuniten, hatte über den Streit gelesen, der zur fatalen Spaltung des Partems geführt hatte. Aber wie genau Immuniten vorgingen, wie sich ihre Gabe zeigte und wozu sie wirklich imstande waren, davon hatte nichts dringestanden. Was bedeutete, dass er nichts, absolut gar nichts in den Händen hatte, womit er Xenia helfen konnte. Auf ihre Fragen keine Antworten. Dafür hatte er erneut die strikte Anweisung erhalten, sogar unterschreiben müssen, alles, was im Zusammenhang mit ihr stand, zu melden.

»Jael, dir galt von Anfang an unser Augenmerk.« Die Stimme des Supremus wechselte auf einmal die Klangfarbe, aus autoritärer Härte wurde samtweiche Zuwendung. Jael hörte die Veränderung nicht nur, er spürte sie körperlich. Sein Tattoo. Wie zum Leben erweckt, begann es zu pulsieren.

»Von Beginn an haben wir Großes in dir gesehen. Wir haben dich gerettet, dich gefördert, in der Hoffnung, dass du deinen Weg gehen wirst. Jetzt hast du die Möglichkeit der Wiedergutmachung. Und Jael …« Seine Lippen unterhalb der Maske verzogen sich zu einem Lächeln. »Du wirst dabei nicht alleingelassen. Wir werden da sein. Wir werden dich auf den letzten Metern deiner langen Reise begleiten. Jeden Meter, bis zum Ziel. Es liegt direkt vor dir. Ergreif es!«

Plötzlich erfüllte ein Flüstern den Raum.

Astra. Astra. Astra.

Tjara! Es war ihre Stimme.

War sie hier? War sie schon da?

Er blickte sich um, drehte sich in alle Richtungen und spürte, wie ihm das Herz davonjagte.

Die große Holztür öffnete sich erneut. Gestalten, alle in braunen Gewändern, alle mit Masken, erschienen im Raum. Sie umkreisten ihn unablässig, wickelten ihn wie ein Seil ein. Jaels Knie begannen zu zittern. Tjara flüsterte weiter.

Astra. Astra.

Der Kreis um ihn öffnete sich. Eine Leinwand entrollte sich vor ihm, dann erschienen Bilder. Er erkannte frühere Electi. Vertraute Gesichter aus dem *Domicilius*. Nur ihr fröhliches Lächeln war ihm fremd. Lag es an den Männern, an den Frauen, an den Kindern, die mit offenen Armen auf sie zuliefen? Sie umarmten? Vor Freude weinten?

Jael zuckte, als eine Hand sich von hinten auf seine Schulter legte. »Ganz bald schon wirst auch du deine Schuld beglichen haben und von uns das zurückbekommen, das du verloren geglaubt hast: deine Familie.«

Das Flüstern erstarb.

»Jael, ich …« Tjara lachte auf. »Ich freu mich so auf dich.« Dann hörte er ihren unruhigen Atem, ein flatterndes Luftholen, bevor sie zu singen begann. *Sic itur ad astra.*

Ihre glockenhelle Stimme. Sie durchbrach die letzten Zweifel in ihm. Jael nahm Haltung an, schloss die Augen und sog jeden Ton tief in sich ein.

Mit seiner Meldung hatte er sich Zeit erkämpft. Zeit, um Xenia zu schützen. Doch jetzt wusste er, sie würde nicht ausreichen, und er müsste sich zwischen seiner Familie und ihr entscheiden, würde er Xenia opfern.

XENIA

»Hallo?« Vorsichtig schob sie die Tür weiter auf. »Felix?«

Auf ihr Klopfen hatte niemand reagiert, und auch jetzt kam keine Antwort. Komisch. Chrystal war doch gerade hier rausgekommen.

Xenia holte Luft und betrat das Krankenzimmer.

Steriles Grau-Weiß. Und … Fiene.

Tränen stiegen ihr in die Augen. Nichts an ihr erinnerte sie an die Freude, die Leichtigkeit, die sie ausmachte. Wie tot lag sie da. Und sie war schuld daran.

Zögernd näherte sie sich dem Bett. Durfte sie Fiene berühren? Oder machte sie damit nur alles noch schlimmer?

Sie sah auf ihre geschlossenen Augen, die vor Trockenheit spröden Lippen, den Schlauch in ihrem Arm, der sie ernährte.

»Hi.« Sie wischte sich die Tränen vom Gesicht und griff dann in ihre Jackentasche. »Ich hab dir was mitgebracht.«

Im Supermarkt hatte sie die Verkäuferin um Sammelkarten gebeten, und irgendwie musste sie dabei einen sehr flehenden Gesichtsausdruck gehabt haben. Die Frau hatte tief in die Box gegriffen. Eine Himmelskarte war leider nicht unter den Karten gewesen. Trotzdem legte Xenia den ganzen Packen auf den Nachttisch und setzte sich vorsichtig auf die Bettkante. Die leichte Erschütterung übertrug sich auf Fienes Körper. Er bebte. Und wie von allein musste sich dabei auch ihre Hand bewegt haben, sie lag plötzlich neben ihrer und berührte ihre Finger. Xenia erstarrte. Keine Sirene. Fienes Geräusch war weg! Dafür knisterte es. Rauschte es. Ähnlich wie bei Rafi und Akrom. Warum? Bei Schlafenden waren die Geräusche noch da, leiser zwar, wie von ganz weit her. Aber Fiene war bis auf das Knistern still. Lag es am Koma?

Oder änderten sich die Geräusche, wenn Liebe feh…

»Xen! Hi.«

Sie zuckte zusammen. Felix stand im Raum, und sofort zog sie ihre Hand weg. Die Kälte. Sie spürte sie bereits wieder in den Fingern. Kam auch das Leuchten zurück?

»Hey!« Sie stand auf, versteckte ihre kalte Hand hinter ihrem Rücken und ging auf ihn zu. Felix war schon immer eher schmal gewesen, aber gerade sah er aus, als könnte ihn nur ein Windhauch umpusten. Fragend öffnete er seine Arme und zog sie auf ihr Lächeln hin an sich. Der Löwe begrüßte sie brüllend. Aber absurderweise genoss sie das Geräusch in diesem Moment. Es zeigte doch, dass mit ihm noch alles okay war. Oder nicht?

»Ich wollte grad kurz noch mal nach Fiene sehen, bevor ich gleich in den Bunker muss. Hab aber noch nichts gegessen. Hast du Lust, kurz mit runter in die Kantine zu gehen?«

»Klar.« Nach Essen war ihr nicht, aber mit ihm reden wollte sie, und das ging unten sicher besser als hier.

Während Felix sich an der Selbstbedienungstheke anstellte, um sich ein Brötchen zu holen, suchte sie schon mal nach einem Tisch. Am Fenster?

Sie setzte sich und schaute raus auf den Parkplatz. Novembergrau. Dicke Jacken, hochgezogene Kragen. Fast alle hatten es eilig.

»Ist die Blume von dir?«

»Was?« Sie wandte sich um. Felix war wieder da, stellte gerade sein Tablett auf den Tisch und deutete mit dem Kinn auf den Boden.

Ihre Zeichnung!

»Äh … ja.« Sie schob ihren Stuhl zurück, um sie aufzuheben, doch er war schneller. Stirnrunzelnd betrachtete er die Blume. »Die sieht aus wie Chrystals Tattoo.«

»Echt?« Xenias Herz begann zu rasen. Bisher hatte sie nicht mal gewusst, dass sie überhaupt eins hatte. Miriam wohl schon.

»Ja. So ähnlich zumindest. Ich hab es nur mal kurz gesehen, im Kampfstudio.« Er legte die Zeichnung vor ihr auf den Tisch, setzte sich und griff nach seinem Brötchen. »Wieso hast du sie gemalt?«

»Ach …« Sie versuchte zu lächeln, doch ihr Gedankenchaos ließ es verrutschen. Schweigepflicht hin oder her, sie musste es ihm sagen, oder? »Ich … ich hab sie in den Unterlagen meiner Mutter gesehen. In Miriams Akte.«

»Wie bitte?« Felix ließ das Brötchen sinken. »Du guckst in die Patientenakten deiner Mutter?«

»Nein! Also nicht absichtlich. Sie lag aufgeschlagen auf ihrem Schreibtisch. Und … Scheiße, Felix. Guck nicht so.« Unruhig rutschte sie auf ihrem Stuhl rum. Klar, dass er das verurteilte, sie irritiert ansah, und doch sprach sie weiter. Erzählte ihm von den Notizen, von den Namen der WG, von Miriams Gefühl der Scham. »Und irgendwie hat das alles mit dieser Blume zu tun. Und wenn du sagst, dass Chrystal …«

»Moment.« Felix starrte sie mit eisiger Miene an. »Was willst du damit sagen, Xen? Dass Chrystal etwas mit dem Selbstmordversuch von Miriam zu tun hat?«

»Nein. Nicht direkt. Aber irgendwas ist da an dem Abend …« Sein vehementes Kopfschütteln ließ sie verstummen, sie wollte sich zurückziehen, doch er griff hart nach ihrem Arm.

»Weißt du, was?« Das Löwengebrüll übertönte fast seinen schneidenden Tonfall. »Das ist echt krass hier. Du redest von Dingen, die du eigentlich gar nicht wissen dürftest. Und beschuldigst jetzt Chrystal nur wegen dieser Blume?«

Xenia biss sich auf die Lippe. Natürlich wusste sie mehr. Viel mehr sogar. Aber sie hatte ihn noch nie so zornig gesehen. Seine Hand hatte er zurückgezogen, doch er war noch nicht fertig mit ihr. Leise, aber nicht weniger schneidend, machte er ihr klar, dass Chrystal gerade diejenige war, die ihn überhaupt auf den Beinen hielt. »Wenn du also nicht noch irgendwas in der Akte findest, einen Fingerabdruck, ein Beweisfoto oder was auch immer, dann lass mich in Ruhe, okay?«

»Felix, ich hab doch nur …«

»Nein. Es reicht. Ich weiß echt nicht, was grad bei dir los ist. Aber lass mir das mit Chrystal, okay? Ich hab echt grad genug Probleme.«

Er wollte aufstehen?

»Felix, bitte! Es tut mir leid. Wirklich. Ich …«

»Warte.« Er hob die Hand, während die andere nach seinem Handy griff. Es vibrierte.

Xenia wandte sich ab. Sie wollte nicht lauschen, sah aber aus dem Augenwinkel seine plötzliche Anspannung. Er war zurückgezuckt, gab nur einzelne Worte von sich, legte dann auf.

»Was ist los?«

»Ich weiß es nicht genau. Irgendwas mit Fiene. Ich muss hoch.« Er stand auf, wollte nach dem Tablett greifen, erstarrte aber. »Scheiße. Ich muss im Bunker absagen.« Wieder griff er zu seinem Handy, doch Xenia stoppte ihn.

»Lass mich gehen.«

»Echt?« Er erklärte ihr, dass er jemand Neuem dort die Übungsräume zeigen sollte. Die Bühne. Die Theke. »Jeff hat mich gebeten, um fünf da zu sein. Würdest du das wirklich machen?«

»Klar.«

»Danke!« Er fummelte den Schlüssel von seinem Bund ab und übergab ihn ihr. Dann war er weg.

Xenia sackte nach vorn, stützte ihre Ellenbogen auf dem Tisch auf und verbarg das Gesicht in ihren Händen.

Was für eine verdammte Scheiße war das hier?

Sie hätte Felix so gern gewarnt, ihm mehr erzählt. Aber wie? Schon wegen des bisschens, das sie angedeutet hatte, war er hochgegangen, hatte Chrystal verteidigt, und dabei wusste er nicht mal in Ansätzen, auf wen er sich da einließ.

Doch wusste sie es?

Wusste sie überhaupt irgendwas?

Seit Tagen war Fienes Zustand unverändert. Jetzt war sie bei ihr gewesen, hatte sie berührt und … womöglich irgendwas ausgelöst?

Ruckartig schob Xenia ihren Stuhl nach hinten. Es gab nur einen, dem sie all ihre Fragen stellen konnte. Der mehr wusste. Jael! Und den würde sie jetzt aus seinem Versteck ziehen.

Draußen vor dem Krankenhaus blieb sie kurz stehen und sog tief Luft ein. Spuckte sie allerdings sofort wieder aus. Irgendwas Ekeliges hatte sie eingeatmet. Einen widerlichen Gestank. Der Mann neben ihr? Er schaute in die andere Richtung. Massig wirkte er, in seinem schwarzen Anzug eigentlich gepflegt. Doch Xenia sah trotzdem zu, dass sie wegkam. Der Geruch nach schimmeligem Fleisch kam definitiv aus seiner Richtung.

JAEL

Er war zurück. Mit zitternden Fingern zog er hinter sich die Haustür zu und lehnte sich mit dem Rücken dagegen. Sein Körper hing dem Verstand noch hinterher. Wie Hammerschläge pochte der Schmerz hinter seinen Schläfen, und die Reste des Chloroforms trieben seinen Würgereiz an. Doch er durfte keine Schwäche zeigen, keine Angriffsfläche bieten. Nicht jetzt.

Im Wohnzimmer traf er auf Chrystal und Akrom. Sie saßen am Couchtisch, über ein Schachspiel gebeugt. Aus Genos Zimmer drang Musik. Doch … wo war Rafi?

»In seinem Zimmer.« Chrystal beantwortete seine stumme Frage und lehnte sich mit verschränkten Armen auf dem Sofa zurück. »Aber kannst du uns mal verraten, wo du warst?«

»Später.« Er wollte erst duschen, sich die Zeit in der Burg vom Körper waschen, vorher aber nach Rafi schauen. Dass er nicht bei den anderen war, beunruhigte ihn. Er war nur ungern allein.

»Mach dich auf was gefasst«, rief Chrystal ihm hinterher. »Ach, und der Schlüssel liegt auf der Kommode.«

Sie hatten ihn eingesperrt? Verschlossene Türen! Rafis Alptraum.

Abgestandenes Dunkel empfing ihn, als er sein Zimmer betrat. Dazu das reinste Chaos. Sein Blick aber flog sofort zum Kleiderschrank. Dunkle Locken. Jael stockte der Atem. Zusammengekauert, den Kopf auf seinen Armen abgelegt hockte er darin. Seine Art der Selbstbestrafung.

»Rafi?« Seinen Puls hatte Jael unter Kontrolle, nicht aber seine Gedanken. Sie jagten zurück in die Vergangenheit.

Er sah Rafi, viel kleiner, der zum ersten Mal sein Zimmer im *Domicilius* betrat, sich verloren umschaute, dann die Tür des Kleiderschranks öffnete und sich hineinhockte. Das ganze Wochenende lang. Stumm. Ohne Regung.

Kaugummis waren es schließlich gewesen, mit denen er ihn aus seinem Versteck hatte herauslocken können. Kaugummis mit Zitronengeschmack. Und die waren es auch gewesen, die ihm dann die Zunge gelockert hatten. Er hatte zu reden begonnen, über das Erlebte, von dem er eigentlich gar nichts mehr hätte wissen können. Das Unterdrücken von Erinnerungen war Auftrag der Scientia. Dazu hielt man die Neulinge direkt nach ihrem Auffinden erst mal im *Castillo* fest. Rafis Erinnerungen waren damals allerdings noch bruchstückhaft vorhanden gewesen, und Jael hatte die zerrissenen Fetzen zusammensetzen können.

Ein Wohnmobil. Rafi, der während der Fahrt über Tische und Bänke turnte und sich auch auf Anweisung seiner Eltern nicht wieder hinsetzte. Stattdessen unter die Sitzbank hinten krabbelte. Sein Vater, der die Kontrolle verlor. Ein Lastwagen. Ein Knall. Die Gegenfahrbahn. Das Wohnmobil musste die Leitplanke durchbrochen haben. Erst nach Stunden hatte man Rafi aus dem Wrack befreien können.

Verriegelte Türen. Eingesperrt sein. Für ihn war das seither nicht zu ertragen. Und er wählte die Enge nur dann, wenn nichts mehr ging. Wenn er im Begriff war aufzugeben.

»Hey!« Jael hockte sich zu ihm und legte ihm eine Hand auf die Schulter.

Rafi zuckte zusammen, hob dann aber den Kopf. Seine müden Augen, das rot durchwobene Weiß in ihnen drückten Jael unangenehm auf den Magen. »Ich bin zurück, Rafi. Und regle das hier. Okay? Komm aber erst mal raus.«

»Es ist vorbei, oder? Für mich?«

»Nein. Sie wollten dich nur erst mal aus dem Verkehr ziehen. Offiziell heißt es, du hast Grippe. Mehr nicht.« Er redete ihm weiter gut zu, dass er es schaffen würde, dass der Partem sich noch nie gegen einen Entsendeten gestellt hatte.

Rafis Blick blieb trüb, doch irgendwann bewegte er sich. Erst die Beine, dann die Hände, mit denen er sich am Boden abstützte und sich hochstemmte.

Jael fuhr ihm durch die Locken, bevor er ihn an sich zog. »Wir packen das zusammen. Ich pass auf dich auf. Okay?«

Sie setzten sich auf die Bettkante, und er erzählte ihm von Xenia. Es war sein erster Testversuch, hier offen über sie als Immunitin zu reden, und es klappte, seine Stimme blieb klar. Doch Rafi knabberte an den ausgesprochenen Worten.

»Sie ist wirklich eine Immunitin?« Er knetete das Kissen in seinen Händen. »Wie lange weißt du es schon?«

»Vom ersten Moment an. Ich wollte mir nur ganz sicher sein. Wenn ich das echt schaffe, wenn ich sie knacke, dann erleichtert das auch eure Position. Dann lässt der Druck nach. Aber ich wollte euch keine falschen Hoffnungen machen.«

»Xenia also.« Er schüttelte den Kopf. »Echt wahr?«

Jael musterte ihn. Rafi war durchlässiger, als er sein durfte. Ein Anflug von Mitleid verdunkelte seine Augen. Etwas, das er sich selbst nicht erlauben konnte.

»Ja.« Er boxte ihm an die Schulter. »Und damit wir alle hier durchkommen, geh ich mal an die Arbeit.«

An der Tür drehte er sich noch mal um. »Wenn du mir versprichst, dich auf der Straße nicht sehen zu lassen, ist das hier übrigens Geschichte.« Er zog den Schlüssel ab und steckte ihn ein. Dabei glitt sein Blick über den Boden. Und er entdeckte etwas. Aus dem Klamottenberg vor seinen Füßen heraus leuchtete eine himmelblaue Ecke auf. Fienes Karte?

Seine Finger zuckten schon, er hatte Xenia versprochen, sie ihr zurückzugeben, doch er musste warten. Später würde er sie sich holen, unbemerkt, wenn alle schliefen.

In seinem Zimmer zog er sich die Schuhe aus und fingerte unter der Einlegesohle den Zettel heraus, der gestern Nacht unerwartet in seinen Besitz gekommen war. Das blinde Zimmermädchen hatte plötzlich in der Tür gestanden, den Finger auf die Lippen gelegt, dann kurz nach oben genickt, zur Deckenlampe. Kameras! Jael hatte verstanden, war versucht gewesen, sie auffliegen zu lassen, als ihre Lippen plötzlich einen Namen geformt hatten: Marisol.

Jael kannte sie, gut sogar, die Küchenhilfe aus dem *Domicilius*. Soweit es die Distanzregel zwischen Personal und Bewohnern zugelassen hatte, waren sie sich sogar recht nah gewesen.

Nachdenklich strich er jetzt über den Zettel.

Falls du mal andere Wege willst.

Darunter stand eine Telefonnummer.

Andere Wege gehen? Klang ganz nach den Rebellen. Hatten sie Marisol für sich gewonnen? Das *Domicilius* bereits infiltriert?

Nicht sein Problem. Der Kampf zwischen den Rebellen und dem Partem ging ihn nichts mehr an. Er war bald durch hier. Warum also noch die Pferde scheu machen?

Jael stand auf, nahm den Zettel mit ins Bad und zerriss ihn, bevor er die Fetzen in der Toilette versenkte.

Frisch geduscht und umgezogen versammelte er den Rest der Truppe um sich herum im Esszimmer.

Überraschung löste sein Bericht nicht aus, eher eisiges Schweigen, das Geno durchbrach. »Warum hast du das uns gegenüber verschwiegen?«

Am liebsten hätte er sich ihn geschnappt. Genickbruch, ein Griff nur. Geno hatte Xenia an die anderen verraten. Er hatte sie in Gefahr gebracht. Doch Jael blieb ruhig und gab erneut seine Erklärung ab. Bevor sie ihn dann weiter auf die Anklagebank drängen konnten, wies er sie an, den Befehlen des Partems zu folgen. »Nichts steht ab jetzt über dem Ziel, Xenia einzufangen. Ihr macht alle weiter euren Job und haltet mir den Rücken frei. Der Partem wird hier erscheinen, davon könnt ihr ausgehen. Vielleicht an der Schule, als Postbote, als was auch immer. Von daher: Gebt euer Bestes. Ach, und ...« Er bedachte Chrystal mit einem scharfen Blick. »Nie wieder verschließt hier irgendjemand irgendwelche Türen. Rafi ist unter Kontrolle.«

»Wie viel Zeit hast du bekommen?« Ihre Frage traf ihn beim Verlassen des Wohnzimmers im Rücken.

»Die Zeremonie wird in vier Wochen stattfinden. Bis dahin muss ich sie so weit haben.«

Oder besser: eine Alternative finden. Jael schnappte sich eine Flasche Wasser aus der Küche und zog sich in sein Zimmer zurück. Linda wäre eine geeignete Kandidatin. Seine Partnerin in Physik. Er hatte sie entleert, ihr die freundschaftliche Liebe genommen. Nichts, was er nicht rückgängig machen konnte. Ihr Stift lag noch im Koffer. Und so wie sie schon an ihm dranhing, müsste es ein Leichtes sein, ihr Herz zu gewinnen. Um Xenia zu verschonen. Nur würde der Partem sie nicht ziehen lassen. Sie würden jemand anderen auf sie ansetzen. Geno womöglich?

Er ließ sich auf den Schreibtischstuhl fallen und trank die Flasche fast in einem Zug leer. Wie er es auch drehte und wendete, es gab nur eine Lösung: Xenia musste weg. Raus aus der Stadt. Am besten raus aus dem Land. Das war ihre einzige Chance, zu überleben.

Sie hatte versucht, ihn anzurufen, auch mehrmals geschrieben. Am besten, er ging gleich zu ihr.

»Jael?« Chrystal fing ihn im Treppenhaus noch ab. »Wir müssen noch über Miriam sprechen. Ich habe Anweisung erhalten, sie fertigzumachen. Und ...« Ein unschuldiges Lächeln legte sich auf ihre Lippen. »Da du ja, was das angeht, meisterhaft bist, könnte ich deine Hilfe brauchen.«

Ihr bereits angedachter Plan klang nicht schlecht. Sie unter Medikamente setzen, um sie dann ausrasten zu lassen.

Er sicherte ihr seine Unterstützung zu, sehr gerne sogar, denn er wusste schon, wen er dafür nutzen konnte. Linda! Manchmal verteilte das Glück tatsächlich Geschenke. Als ehemalige beste Freundin von Miriam wäre sie ein perfekter Lockvogel, um sie in Rage zu bringen. Und er? Hätte mit der Aktion einen ganz offiziellen Grund, ihre Nähe zu suchen. Für seine ganz eigenen Zwecke. Linda als Ersatz für Xenia zu nutzen.

Kälte schlug im entgegen, als er das Haus verließ. Jael sah sich prüfend um. Schwarze Autos waren nicht zu sehen, doch er war sich sicher, dass ab jetzt jeder seiner Schritte beobachtet wurde. Unruhe beschlich ihn. Die Frau mit dem Kinderwagen? Der Mann, der hinten an der Bushaltestelle stand? Fröhlich pfeifend überquerte er die Straße und lief auf Xenias Haus zu. Eine Dame mit Hund kam gerade heraus, und Jael schlüpfte, bevor die Tür hinter ihr wieder ins Schloss fiel, unbemerkt hinein.

Auf sein Klingeln oben hörte er Schritte, ein leises Klackern. Xenia trug keine Absätze.

Dann öffnete sich die Tür. »Oh! Ja bitte?«

Claire Morin. Bisher hatte er sie nur aus der Distanz gekannt, jetzt stand sie direkt vor ihm. Obwohl Wochenende war, trug sie ein schmal geschnittenes Kostüm, dazu Schuhe mit Keilabsätzen, die ihr ein paar Zentimeter mehr Größe verliehen. Die Locken hatte sie klassisch hochgesteckt. Nur ihrem Gesichtsausdruck fehlte die Professionalität, die sie mit ihrer Aufmachung auszustrahlen versuchte. Sie kam ihm verkrampft vor.

Jael begrüßte sie, nannte seinen Namen und fragte dann mit einem scheu wirkenden Lächeln nach Xenia.

»Tut mir leid, sie ist nicht da. Aber … Sie sind einer von den Neuen drüben, oder?«

»Ja, das stimmt.« Er musterte sie. Irgendetwas ging gerade in ihrem Kopf vor. Ihre Professionalität hatte jetzt auch ihren Blick erreicht.

»Xenia hat schon viel von Ihnen erzählt. Auch von der tollen Feier. Von der Wohnung. Nur …« Sie schüttelte den Kopf. »Was danach passiert ist … mit Miriam, meine ich … ein Drama.«

»Ganz furchtbar, ja.« Jael klaute sich ihre Betroffenheit, hatte dabei aber Schwierigkeiten, seine Verwunderung zu verstecken. Sie log, was Xenia betraf, da war er sich sicher. Dazu Miriams Selbstmordversuch. War das wirklich ein Gesprächsthema zwischen Tür und Angel? Oder verfolgte sie hier ganz andere Ziele? Sein Kopf begann zu puzzeln. Sie war Psychologin. Miriam brauchte eine – und hatte sie womöglich in Claire schon gefunden?

Interessiert trat er näher. »Kennen Sie Miriam denn? Ich meine, wissen Sie, wie es ihr jetzt geht?«

»Nein, nein. Gar nicht. Ich hörte nur über Xenia von ihr.«

Sicher. Das zu schnelle Blinzeln ihrer Augenlider war ihm nicht entgangen, doch er nickte und setzte dann erneut sein scheues Lächeln auf. »Apropos Xenia, wissen Sie, wo sie ist?«

»Nein, leider nicht. Ich bin gerade erst nach Hause gekommen. Vielleicht bei Felix?« Sie wischte sich eine Locke aus der Stirn, und Jaels Blick blieb an ihrer Uhr kleben. Ein leicht zu öffnender Verschluss. Dazu ein kurzes Gespräch über die Liebe zu ihrer Arbeit? Sie hatte doch eh zu wenig Zeit für Xenia. Etwas, das er ganz schnell ändern könnte.

Jael gab vor, nicht sicher zu sein, ob er Xenias Nummer richtig eingespeichert hätte, zog sein Handy aus der Tasche und entsperrte es. »Vielleicht können Sie mir helfen?«

Der Abstand zwischen ihnen verringerte sich, als sie auf sein Display sah. Also Zugriff?

»Doch, das ist ihre Nummer.« Sie blickte auf, und das Licht im Treppenhaus brach sich in ihren Augen. Braun. Sie hatten die gleiche Farbe, das gleiche Goldbraun. Nur lag in ihnen kein verführerischer Glanz, nichts, was ihn anzog. Seine Vermutung bestätigte sich: Sie war keine Immunitin. Und doch schlug sein Herz plötzlicher schneller. Irritiert lauschte er in sich hinein. Xenia. Es war, als würde sie durch Claires Augen zu ihm sprechen, ihn bitten, es nicht zu tun.

Jael ließ seine Hand sinken und verfluchte sich gleichzeitig dafür. Seit wann nahm er Rücksicht auf andere?

Einen netten Abschied bekam er noch geregelt, drehte sich dann weg und eilte die Treppe hinunter.

Manipulierte Xenia ihn? Schwächte sie ihn schon aus der Distanz heraus? Ihn, als *Electos*?

Dunkles Gift breitete sich in ihm aus und verätzte seine Adern. Er brauchte das Gegenmittel, er musste entleeren, bevor es ihn verschlang. Wenn nicht Claire, dann jemand anderen. Die alte Dame mit Hund! Sie kam gerade zurück, und Jael ging ihr zielstrebig entgegen.

Stufe 5: Die fürsorgliche Liebe. Es war lächerlich einfach. Ein kurzes Verheddern seiner Füße in der Leine. Eine freundliche Entschuldigung. Ein interessiertes Gespräch über den Köter, seine Rasse, sein samtweiches Fell, und er hatte ihre Liebe. Dazu ein kleines Medikamentendöschen aus ihrer Handtasche, das er sofort in seiner Jackentasche verschwinden ließ.

Im Weitergehen riss die Dame ihren Hund so grob mit sich fort, dass Leute sich nach ihr umsahen. Auch Jael gab sich empört, überquerte dann aber mit schnellen Schritten die Straße. Er musste die gestohlene Liebe loswerden, und zwar schleunigst. Die Schwäche griff bereits nach seinem Körper, ließ den Boden unter seinen Füßen schwanken.

»Wow. Stufe 5. Macht dich aber ganz schön fertig, oder? Für einen *Electos*?«

Geno! Er lauerte im Hauseingang und hatte alles beobachtet.

Jael schob ihn wortlos zur Seite. Sein kurzes Ausholen dabei bemerkte Geno nicht, das Hervorschnellen seines Ellenbogens dann schon, nur zu spät. Mit Wucht traf er ihn, direkt unter dem Kinn. Sein Kopf flog nach hinten und knallte gegen die Wand. Leider fing das Geländer seinen Sturz dann auf. Ein paar gebrochene Rippen hätten ihm nicht geschadet.

»Stell dich mir nie wieder in den Weg, verstanden?«

Jael stieg über ihn hinweg.

Er hätte ihn töten können, damit aber Ärger provoziert, den er sich nicht leisten konnte.

Vier Wochen nur. Mehr Zeit blieb ihm nicht, und er hatte keinen Tag zu verschenken.

Einen Moment gab er sich, um wieder zu Kräften zu kommen, bevor er erneut die Wohnung verließ. Mit Lindas Stift in der Tasche. Ob sie zu Hause war?

XENIA

Danton und Partner. Agentur Schwertmann. Ihr Finger glitt über die Klingelschilder an Jaels Haus, und Unbehagen stieg in ihr auf. War das alles fake? Die Kanzlei? Die Agentur? Nie sah sie hier jemanden, weder Anzug tragende Anwälte noch irgendwelche Kunden. Selbst die kleine Frau aus der Wohnung unten war wie vom Erdboden verschluckt.

Oder von der Organisation verschluckt worden?

Sie zögerte, drückte dann aber doch die Klingel.

»Ja? Wer ist da?« Akroms Stimme schallte ihr entgegen.

»Ich bin's, Xenia. Ist Jael da?«

»Nein, tut mir leid, er ist grad weg. Soll ich ihm …«

»Ne, schon gut.« Sie bemühte sich um einen lockereren Tonfall. »Ich ruf ihn einfach an. Ciao.«

Er ist grad weg. Das bedeutete, er war vorher da gewesen. Xenia drehte die Erkenntnis wie eine Münze in der Hand. Licht und Schatten. Ihm war nichts passiert, er hatte nicht untertauchen müssen oder war verschleppt worden. Anderseits hieß es aber auch: Er hätte sich melden können. Nur ein kurzes Lebenszeichen auf ihre unzähligen Nachrichten.

Sie wollte gerade die Straße überqueren, als jemand hinter ihr die Haustür aufriss. »Xenia, warte!«

Geno kam auf sie zu. In lässiger Jogginghose und einer eng anliegend Trainingsjacke. Doch irgendwas an seinem Gang stimmte nicht. Humpelte er?

»Gut, dass ich dich sehe. Vor allem allein. Hast du kurz einen Moment?«

Seiner Hand, die sich auf ihren Arm legen wollte, wich sie instinktiv aus. Zu auffällig? Sein Blick verhärtete sich, ganz kurz nur, bevor er ihn wieder auf bittend stellte. Wenn auch er nichts fühlte, konnte er das perfekt überspielen. Mit hochgezogenen Schultern, die Hände jetzt in den Taschen vergraben, strahlte alles an ihm Unsicherheit aus.

Würde sie auf Distanz gehen, könnte sie sich verraten, immerhin hatten sie sich auf der Party gut verstanden. Also schaltete auch sie um, schluckte ihre Abneigung runter und gab sich interessiert. »Was ist denn?«

»Es geht um Jael.« Er sah auf den Boden, auf seine Füße, die neuen Stand suchten, dann wieder hoch. »Dass er dich interessiert, ist mir nicht entgangen. Nur ... muss ich dich warnen.«

»Was?« Genos Worte stolperten in ihrem Kopf rum. Er warnte sie vor Jael? Vor Kurzem war das noch genau andersherum gewesen.

»Xenia, ich weiß, wie er auf dich und alle anderen wirkt. Er ist ein Meister der Taktik. Aber ich kenne ihn schon seit Jahren und weiß, dass er nicht der Mensch ist, der er vorgibt zu sein. Er spielt mit dir, mehr nicht. Und ist dabei gnadenlos.«

»Danke für die Warnung.« Sie lächelte, versuchte es wenigstens. »Aber ich denke, ich kann ganz gut auf mich selbst aufpassen.«

Sie wollte sich wegdrehen, doch Genos Hand auf ihrer Schulter stoppte sie. Die Stille, die er ihr damit aufzwang, hatte nichts Friedliches mehr. Es war eher so, als drückte er sie gewaltsam unter Wasser.

»Das dachte ich auch immer. Aber niemand kommt gegen ihn an. Ich ...« Seine Hand verschwand und steuerte dafür den Reißverschluss seiner Trainingsjacke an. Als er ihn öffnete, dann den Kopf leicht anhob, weiteten sich Xenias Augen. Unter seinem Kinn prangte ein riesiger Bluterguss. Bläulich schimmernd, rotgerändert.

»Das war ... Jael?«

Geno nickte. »Und nicht nur das.«

Sie hatten sich geprügelt? Xenia sah die beiden vor sich, ihre Schläge, ihre Treffer. Geno hatte doch nie eine Chance gegen Jael. Er war viel größer, breiter. Damit auch gefährlicher?

»Geno, was auch immer zwischen euch war … das tut mir leid. Nur müsste ich beide Seiten kennen, oder?«

»Nein!« Er sah sie eindringlich an. »Bitte. Erzähl ihm nicht, dass ich dir was gesagt habe. Der macht mich sonst fertig!«

Sie nickte nur, um nicht lügen zu müssen, und verabschiedete sich. Ihr war klar, dass der Knoten in ihrem Hals sich erst wieder lösen würde, wenn sie Jael gesprochen hatte.

»Xenia?« Hinter sich hörte sie erneut Genos Stimme.

»Du weißt, wo er gerade ist? Oder … besser gesagt, bei wem?«

»Nein.« Sie kniff die Augen zusammen. »Und es interessiert mich auch nicht.«

Wie ein Feuerball erwischten sie dann fünf Buchstaben im Rücken. LINDA.

Groß. Schlank. Blond. In Jaels Jahrgangsstufe. Und von Anfang an Mitglied seines Fanclubs.

Sie biss die Zähne zusammen, versuchte, ihre Schritte locker wirken zu lassen, um einen einigermaßen würdevollen Abgang hinzulegen.

Hoffentlich hatte Geno bei Jael wenigstens ein paar Treffer landen können. Zwei, drei gebrochene Rippen? Oder 'ne aufgeplatzte Lippe?

Sie lief die Treppe hoch und knallte die Wohnungstür hinter sich zu. Dass keine Beschwerde kam, konnte nur bedeuten, ihre Mutter war tatsächlich noch mal los in die Praxis, was ihr nur recht war. Außerdem hatte sie ja auch noch was vor. Für Felix in den Bunker fahren.

Sie betrat das Wohnzimmer, zog ihr Handy aus der Tasche und ließ sich auf die Couch fallen. Er hatte sich noch nicht gemeldet, und wieder sah sie sein sorgenvolles Gesicht vor sich. Wie er in der Cafeteria gestanden hatte, nach dem Anruf der Stationsschwester. *Irgendwas ist mit Fiene.* Xenia schüttelte niedergeschlagen den Kopf. Der Tag hatte sein Maß an Scheiße doch schon erfüllt, oder?

Kannst du mir sagen, was los ist?

Sie tippte die Nachricht ein und drückte auf Senden. Um sich abzulenken, rief sie schon mal den Fahrplan auf. Zum Bunker musste sie die S-Bahn nehmen, anschließend den Bus. Mist! Samstags fuhren die nur halbstündlich, was bedeutete, dass sie eigentlich gleich wieder losmusste. Gerade als sie sich aufraffen wollte, plingte ihr Handy. Felix! Er hatte zurückgeschrieben. Mit flatternden Fingern öffnete sie seine Nachricht.

Sie ist wach!!!!!

Was? Xenia starrte ungläubig auf die Buchstaben. Sie begannen zu tanzen, verschwammen unter Tränen der Erleichterung.

Fiene war aufgewacht?

Niemand weiß, warum. Aber direkt nachdem du da warst, muss sie plötzlich die Augen geöffnet haben. Xen, ich sitz hier und heul echt vor Glück.

Ich auch, schrieb sie zurück, ließ dann das Handy sinken.

Direkt nachdem sie da gewesen war.

Sie hatte Fiene berührt, ganz kurz nur. Aber …

Xenia sah auf ihre Hände. War das möglich? Konnte es sein, dass ihre scheiß Leuchtdinger doch zu etwas gut waren?

Vor dem Bunker wurde sie bereits erwartet. Jemand lehnte am Eingang, kam ihr lächelnd ein paar Schritte entgegen und begrüßte sie – zum Glück ohne einen Handschlag zu erwarten.

»Ich bin Liam. Klasse, dass du für Felix eingesprungen bist, Xenia.«

»Kein Problem.«

An irgendwen erinnerte er sie. Die Augen waren es nicht, sie hatten ein unauffälliges Braun. Seine Haare konnten es auch nicht sein, er versteckte sie unter einer Strickmütze, und lediglich an seinem gepflegten Dreitagebart konnte sie ausmachen, dass sie dunkel sein mussten.

Nein, es war irgendwas anderes.

»Das ist ja ’ne Wahnsinns-Location.« Liam betrat mit ihr den Bunker, blickte zur Bühne, zur Theke, und schenkte ihr erneut sein absolut offenes Lächeln. »Denkt man von außen gar nicht.«

Das war es. Sie kannte seine Art zu lächeln, die Mischung aus Selbstsicherheit und Neugier. Aber von wem?

»Und Felix spielt Gitarre, hast du gesagt?«

»Äh … ja. Und du?«

»Cello.«

»Echt?« Xenia sah ihn erstaunt an.

»Ist nichts für dich, oder?« Amüsiert verzog er die Lippen. »Zu klassisch?«

»Nein, nein. Überhaupt nicht. Ich mag Cello.« Und ihr kam eine Idee. Kannte er womöglich das Lied? Leise begann sie zu summen, aus ihrer Erinnerung heraus Jaels Melodie.

Liam beobachtete sie mit wachsendem Interesse. »Du kennst das Klavierkonzert?«

Auf ihr Kopfschütteln hin erklärte er, dass es das zweite war, von Brahms, und mit dem Cello-Solo der dritte Satz anfing. »Ich hab es letzten Sommer spielen dürfen. Es ist wirklich … einfach unglaublich schön.«

Xenia mochte es, ihm zuzuhören. Er hatte eine völlig ungezwungene Art zu reden. Er erzählte von seiner Freude über den Studienplatz hier, der Uni und seiner ziemlich schrottigen Studentenwohnung. »Von daher super, wenn ich hier üben kann.«

Gemeinsam begannen sie, im Keller seinen Raum dafür freizuräumen, schoben alte Tische zur Seite, einige Stühle, ein Keyboard. Dabei ging es nun eher um sie, um ihre Interessen, ihr Leben, ihre Träume.

»Und Felix ist dein Freund?«

Seine Frage klang harmlos, und doch sorgte der Blick, den er ihr dabei zuwarf, in ihrem Magen für leichte Unruhe. Kein Kribbeln. Eher ein … erfreutes Schwirren.

»Nein. Wir sind nicht zusammen, wenn du das meinst. Felix ist ein guter Freund von mir.«

»Aha.« Diesmal schaute er nicht zu ihr, grinste dafür ziemlich offensichtlich den Haufen Kabel an, den er gerade mit den Füßen unter einen der Tische schob.

Hatte er echt Interesse?

Xenia lehnte ihren Kopf an den Türrahmen. Komisch! Der Tag hatte sich tatsächlich gedreht, von ziemlich blöd bis irgendwie doch ganz schön.

Liam hob den Kopf und kam auf sie zu. »Ich glaub, wir lassen es für heute, oder? Du siehst ziemlich müde aus.«

»Bin ich auch.«

Sein Angebot, sie nach Hause zu fahren, klang daher zu verlockend, um es abzulehnen. Kein Warten auf den Bus, kein Umsteigen in die S-Bahn. »Aber … du hast vorhin vom Westend gesprochen. Ich wohn quasi auf der anderen Seite der Stadt. Wäre für dich also ein langer Umweg.«

»Das hoffe ich doch!«

Xenia lachte auf. Liam tat grad einfach gut. Er war wie ein Stück normale Welt. So eine zum Ausmalen: mit Sonne, Wiese, blauem Himmel.

Draußen war dann das genaue Gegenteil. Dunkelheit überzog bereits den Hof, nur unterbrochen von dem diffusen Licht hoher Scheinwerfer. Liam steuerte auf einen alten Golf zu und schloss ihr auf. Beim Öffnen der Tür kamen sie sich dann irgendwie in die Quere. Xenia stolperte über einen seiner Füße.

»Hoppla!« Er grinste. Und dann war da plötzlich seine Hand auf ihrem Arm.

DÜSTERE SCHRITTE.

Xenia zog den Kopf ein. Liam klang nach einer ganzen Armee, die im Gleichschritt aufmarschierte.

»Entschuldige.« Er zog seine Hand zurück.

Hatte er etwas gemerkt? Sein Blick war auf der Suche, nach etwas in ihren Augen, bevor er sich abwandte.

Xenia stieg wortlos ein.

Eine Armee? Völliger Schwachsinn mal wieder. Das Geräusch passte nicht. In den ausgetretenen Turnschuhen, der locker sitzenden Jeans und der übergroßen Wollmütze wirkte Liam eher wie ein Pazifist. Wie jemand, der sich Frieden wünschte, keinen Ärger.

Mangels Navi musste sie ihn durch den Verkehr steuern, und bis auf ihre knappen Anweisungen blieb es die Fahrt über recht still zwischen ihnen. Anders als vorhin.

Und erst als er den Golf vor ihrer Wohnungstür geparkt hatte, sprach er ihre Berührung an. »Xenia, ich wollte dir nicht zu nahe treten. Ich hoffe, das ist nicht falsch rübergekommen.«

»Nein, Quatsch. Das … war nur irgendwie unerwartet.«

»Dann ist gut. Und vielen Dank, echt. Mit Felix treff ich mich morgen noch mal im Bunker, aber dass ich heute schon mal rein konnte, war super.«

Es sah so aus, als ob er noch mit aussteigen wollte, doch die Chance bekam er nicht. Denn wie aus dem Nichts tauchte plötzlich ein Schatten auf der Fahrerseite auf. Groß, breitschultrig. Sie erkannte eine schwarze Lederjacke. Jael! Er schlug Liams bereits geöffnete Tür einfach zu. Ein Klopfen dann auf die Motorhaube, eine knappe Kopfbewegung. Die Botschaft war unmissverständlich. Wer auch immer du bist, zisch ab!

Xenia war schon ausgestiegen, sah aber durch die Scheibe der Beifahrertür Liams fragenden Blick zu ihr. Sie nickte nur und winkte ihm zu, mehr ging gerade nicht. Das, was Jael hier abzog, war absolut bescheuert, und trotzdem gelang es ihm allein durch seine Anwesenheit, das in ihr hervorzurufen, was Liams Grinsen vorhin nicht geschafft hatte: ein völlig idiotisches Magenkribbeln.

»Wer war das?« Sobald Liam verschwunden war, tauchte sein kantiges Gesicht vor ihrem auf. Mit noch mehr Kanten? Es wirkte schmaler. »Ich hab dich was gefragt!«

»Ach, wirklich?« Ihr passte sein Ton nicht. »Das geht dich überhaupt nichts an. Außerdem …«

Jael griff nach ihrem Arm. Doch nicht nur der feste Druck seiner Finger ließ sie verstummen. Seine kathedralenhafte Stille erfüllte sie wieder. Sein Cello, es spielte nicht. Warum?

Während sie noch in seinen Augen nach dem Grund dafür suchte, zog er sie einfach mit sich.

»Hör auf damit!« Xenia wehrte sich, wollte ihren Arm befreien, hatte gegen seinen Griff aber keine Chance. Wut sammelte sich in ihr, sie öffnete ihren Mund, um sie rauszulassen, hörte dann aber ein leises »Bitte, Xenia.« So eindringlich, dass sie ihren Widerstand aufgab.

Was war nur los?

Er steuerte nicht auf ihre Haustür zu. Wegen des Lichts? Der Bewegungsmelder sprang an. Jael wich dem Schein aus und zog sie weiter zu der im Dunkeln liegenden Hauswand.

»Was soll das?«, zischte sie ihn an. Und doch fiel es ihr mit einem Male schwer, hart zu bleiben. Sosehr sie sich dafür auch verfluchte, sie hatte ihn vermisst. Sie hatte es vermisst, ihn anzusehen. Sein unglaublich schönes Gesicht, seine hellen Augen, seine Lippen. Und den Duft, den er verströmte, die Mischung aus Jael und Leder.

Auch er wirkte für einen Moment wie abwesend. Langsam ließ er seine Augen über sie wandern, den Kopf dabei leicht geneigt, die Lippen geöffnet.

»Jael?«

Sein Name brachte wieder Distanz in seinen Blick. Die Härte kam zurück. »Ich muss wissen, wer das gerade war.«

»Gar nichts musst du. Mich interessieren deine Treffen ja auch nicht. Oder willst du mir von Linda erzählen?«

Jaels Augen funkelten, und Xenia biss sich auf die Lippe. Sie hatte völlig bescheuert geklungen. Nach Eifersucht. Rote Flecken wanderten ihren Hals hoch. Für ihn ein gefundenes Fressen, doch er ignorierte sie, kniff nur nachdenklich die Augen zusammen.

»Woher auch immer du das weißt, ich kann nur sagen: Linda interessiert mich nicht. Ich muss hier weitermachen. Und dafür ist sie perfekt. Mehr nicht. Aber du ... Du bist ...«

»Was?« Sein plötzliches Stocken, sein Luftholen machte sie nervös. »Was ist mit mir?«

»Xenia, sie wissen, wer du bist.«

»Nein!« Ihre Knie begannen zu zittern, sie brauchte Halt und suchte ihn an der Wand im Rücken. *Sie werden dich töten.* Das hatte Jael doch gesagt. »Woher wissen sie es?«

»Das spielt keine Rolle. Und ich erzähle es dir nicht, um dir Angst einzujagen, ich will dich nur warnen.«

»Super.« Sie versuchte, die aufkommende Panik hinunterzuschlucken. »Damit bin ich doch ... Das heißt doch, ich bin so gut wie tot!«

»Nein. Das heißt es nicht. Ich habe mit der Organisation gesprochen, deswegen war ich weg. Du stehst unter meinem Schutz. Allerdings nur ...« Ein Lächeln legte sich plötzlich auf seine Lippen.

»Was?«

»Du müsstest vorgeben, dich für mich zu interessieren.«

»Hä? Verstehe ich nicht.«

»Solange sie das Gefühl haben, ich hätte dich unter Kontrolle, bist du sicher. Aber sie werden uns beobachten. Nicht nur die Organisation. Möglicherweise auch ihre Gegner. Das heißt: Hier überall kann jemand sein. Du musst mir also sofort Bescheid sagen, wenn dir irgendwas auffällt. Wenn irgendjemand Kontakt zu dir aufnimmt. Okay?«

Kontakt aufnimmt? Xenia runzelte die Stirn. Die Botschaften! Das Treffen morgen. Es gab jemanden, der etwas wusste, und dieser jemand wollte mit ihr reden.

Ihre Beine gewannen wieder an Kraft. »Die Organisation hat Gegner?« Sie reckte ihr Kinn. »Das ist doch gut. Genau die brauche ich doch, um …«

Wieder einmal schaltete Jael in Sekundenschnelle um. Sein kalter Blick schnitt ihr das Wort ab.

Jael, der Meister der Taktik?

Geno hatte sie vor ihm gewarnt.

Jael hatte sie vor Geno gewarnt.

Sie spielten Ping-Pong, mit ihrem Leben?

»Die Rebellen stehen der Organisation in nichts nach, Xenia. Ich habe Informationen erhalten, nicht viele, aber sie sind sicher interessant für dich.«

»Und welche sind das?«

Er wollte antworten, doch wie ein Tier, das plötzlich etwas witterte, hob er den Kopf und spähte über seine Schulter zur Straße.

»Was ist?«

»Sie sind schon da«, flüsterte er und nickte kaum merklich zur Seite. »Das Auto. Es nähert sich zu langsam. Zu langsam, um hier nur durchzufahren. Zu schnell aber, um etwas zu suchen. Also …« Er legte eine Hand direkt neben ihren Kopf an die Wand und zauberte es hervor, sein unwiderstehlich schiefes Grinsen. »Stell dir einfach vor, es gäbe nichts auf der Welt, das du dir sehnlicher wünschst als mich.«

»Schwierig. Da müsste ich schon …« Sie verstummte. Seine Lippen näherten sich ihren. Wollte er sie küssen? Xenias Herz begann zu rasen. Eingeklemmt zwischen Wand und ihm wusste sie überhaupt nicht, wohin mit sich. Mit ihren Händen. Mit den Augen. Ihr Blick flatterte über seine Lippen, über seine Wangen, verfing sich dann im hellen Grau seiner Augen.

»So nervös?« Er nahm sich eine ihrer Locken und ließ sie langsam durch seine Finger gleiten. »Also, für einen ersten Test finde ich, du machst das echt schon gut. Oder sogar ... zu gut?«

Scheißkerl. Das mit dem Auto war gelogen! Xenias Finger kratzten über den Putz an der Wand, doch ihrem Gesicht zwang sie absolute Freundlichkeit auf. »Weißt du, Jael, um mein Leben zu retten, würd ich sogar ein Schwein küssen. Von daher ...« Kumpelhaft klopfte sie ihm auf die Brust. »Keine falschen Hoffnungen.«

Jael lachte auf, schnappte sich dabei ihre Hand, und wie von selbst fanden seine Finger ihren Platz, jeder einzelne perfekt zwischen ihren. »Wir werden sehen, Xenia.«

Bei der Siegesgewissheit in seiner Stimme hätte sie ebenfalls gern aufgelacht, verächtlich, doch noch etwas anderes, etwas ganz Leises erreichte ihr Ohr. Sanfte Klänge.

Jaels Cello! Es spielte wieder.

Weil sie sich nah waren? Ihre Hände sich berührten?

Seine Augen leuchteten zu ihr herunter und strahlten Wärme aus. Doch plötzlich kniff er sie zusammen, riss sich von ihr los und wich zurück.

»Was ist?«

»Nichts. Geh rein. Ich muss los.«

Verwirrt starrte sie ihn an. Mal nett, mal scheiße. Zu gern hätte sie ihm gesagt, wie bescheuert sie die zweite Version von ihm fand. Doch Xenia schluckte die Worte runter. Eiskalt war sein Blick nun. Und bevor er ihn ihr wieder an die Kehle setzte, duckte sie sich unter ihm weg und verschwand im Haus.

FELIX

Die Farbe in Fienes Gesicht war zurückgekehrt. Aufrecht saß sie im Bett und sortierte ihre Karten. Irgendein Punktesystem stand dahinter, das er nicht verstand. Doch es war egal. Sie atmete, bewegte sich, murmelte vor sich hin. Und er? Konnte einfach nicht aufhören, sie dabei zu beobachten.

Ihr plötzliches Erwachen gestern Abend grenzte laut Dr. Hartmann an ein Wunder, auch wenn es, wie er sagte, sicherlich noch dauern würde, bis sie wieder ganz auf die Beine kam. Schade, dass er es nicht mehr mitbekommen würde. Ein unerwarteter Abruf an eine andere Klinik hatte den Arzt gestern erreicht. Selbst die Schwestern schienen überrascht gewesen zu sein.

»Ich hab jetzt fast alle Karten.«

»Echt?« Fienes ungewohnt sachlicher Tonfall, den sie aus ihrem langen Schlaf mitgebracht hatte, irritierte ihn noch immer, trotzdem lächelte er und setzte sich zu ihr. »Zeig mal.«

»Guck! Bei denen von Xenia waren richtig gute dabei. Jetzt fehlt nur noch die Himmelskarte. Und die hat Rafi!«

»Die kriegst du sicher auch noch.« Er wich ihrem fordernden Blick aus.

»Himmelskarte« war das erste Wort gewesen, das sie gestern mit geschlossenen Augen plötzlich geflüstert hatte. Seitdem wiederholte sie es ständig. Und blieb bei der Geschichte, Rafi habe sie ihr geklaut.

War diese verflixte Karte die einzige Möglichkeit, ihr verlorenes Lachen wiederzufinden?

Felix stand auf. »Mama kommt übrigens um elf Uhr und bringt dir ein paar Sachen von zu Hause mit.« Lächelnd zwickte er ihr in den Zeh. »Und deine Kekse.«

»Super«, antwortete sie, doch es klang eher, als wäre es ihr egal.

Er verabschiedete sich, verließ das Krankenhaus und zog auf dem Weg zum Bulli die Visitenkarte von Melanie und Christian aus dem Portemonnaie. Sie hatten zur Polizei gehen wollen, um von dem Vorfall im Park zu erzählen, und gesagt, sie würden sich anschließend bei ihm melden. Bisher aber hatte er nichts von ihnen gehört. Weit entfernt lag ihre Wohnung nicht.

Ob sie da waren?

Felix fuhr einfach los, in eine Gegend, in der es auch an Geld fehlte. Nur war es hier trostloser als bei ihnen außerhalb der Stadt. Alles grau in grau. Er kurvte mehrmals um eine Reihe Wohnblocks, fand dann die Hausnummer.

Gerade, als er aus dem Bulli aussteigen wollte, ging plötzlich die Tür auf, und drei Männer kamen aus dem Haus. In der Mitte Christian. Felix ließ sich langsam wieder auf den Sitz sinken. Das sah nicht gut aus. Christians Gesicht wirkte blutleer, er redete auf die anderen beiden Männer ein, doch sie schoben ihn weiter, zu einem dunklen Jeep, und verfrachteten ihn dort ziemlich unsanft auf die Rückbank.

Oben am Fenster bewegte sich eine Gardine. Melanie?

Scheiße, was ging hier vor?

Einkassiert und abgeführt. Wer waren die Männer?

Ein Motor heulte auf, und Felix zog den Kopf ein, als der Jeep plötzlich wendete, dann direkt an ihm vorbeifuhr und verschwand.

Unschlüssig spähte er zum Haus rüber. Er war hergekommen, um von den beiden die Aussage zu bekommen, doch Melanie hatte jetzt sicher ganz andere Sorgen.

CHRYSTAL

Bahnhofstoiletten waren der mit Abstand ekligste Ort überhaupt. Sonntags um die Zeit aber meist gähnend leer, für die Verabredung also perfekt. Vorsichtig stieß sie die Kabinentüren auf, eine nach der anderen, nur die mittlere ließ sie aus. Das rote Schild unter der Klinke quittierte sie mit einem zufriedenen Nicken. Besetzt. Wie abgesprochen.

Chrystal betrat die Nachbarkabine, schloss hinter sich ab und wartete.

Ein Husten.

Sie wartete auf das zweite.

Auf das dritte.

Erst dann hockte sie sich auf den Boden. »Ist bei Ihnen drüben noch Klopapier?«

»Sicher. Moment.«

Sekunden später wanderte ein Päckchen unter der Zwischenwand hindurch. Sie kontrollierte den Inhalt und nickte. Das Medikament, eine opiathaltige Substanz, die Miriams Untergang beschleunigen sollte, dazu noch die erst gestern aufgegebene Bestellung. Eine Himmelskarte. Abgegriffen, leicht verschmutzt. Perfekt. Sie steckte sie in ihre Hosentasche. Fienes Liebe würde mit ihr nicht wieder zurückwandern, dazu bräuchte sie das Original, aber die Karte würde ihr hoffentlich erst mal den Mund verschließen. Ihre Erinnerung infrage stellen.

Neben ihr ging die Klospülung. Zeit, das Geld rauszurücken. Chrystal zog den Umschlag unter ihrer Jacke hervor und schob ihn rüber. Sie hörte es rascheln. Ein kurzes Nachzählen? Dann fiel eine Tür ins Schloss, und Schritte entfernten sich.

Ungeduldig wippte Chrystal mit den Füßen, bis der Live-Standort sie auf ihrem Handydisplay erreichte. Der Bote hatte sich tatsächlich entfernt. Sie konnte raus.

Über den völlig versifften Waschbecken im Vorraum hingen noch Bruchstücke eines Spiegels. Sie schenkte sich ein zufriedenes Lächeln. Gab eben mal Tage, die liefen.

John Bone hatte vorhin ziemlich verschlafen gewirkt, sich erst auch ein wenig sperrig gegeben, doch Elias' Fundstücke waren letztendlich überzeugend gewesen. Wie auch immer er an die brisanten Infos über John gekommen war, sie hätten das Ende seiner Karriere bedeutet. Körperverletzung mit Todesfolge. Es musste viel Geld geflossen sein, um eine solche Klage verschwinden zu lassen. Hauptsache, er hielt sich jetzt an ihr neues Abkommen.

Beim Verlassen des Bahnhofsgebäudes zog sie ihr Handy aus der Hosentasche. Sie wollte Felix anrufen, doch ein Hauch von Kälte umschlang plötzlich ihren Nacken. Sie wurde verfolgt. Ein Schatten im Rücken! Er folgte ihr nach draußen, allerdings in einem so geringen Abstand, dass klar war: Er wollte bemerkt werden.

Jemand aus dem Clan?

Sie lief erst mal weiter, überquerte die Straße, bog dann ab. Ein schmaler Lieferanteneingang, begrenzt durch fensterlose Betonwände, der hinten auf einem Hof endete. Niemand war zu sehen. Dafür zu hören. Die Schritte wurden zögerlicher, verstummten dann ganz. Muffig roch es auf einmal, nach verdorbenem Fleisch. Doch durch den Gestank drang ein Hauch von Sandelholz zu ihr durch. Armata! Mit einem ihrer Wächter?

»Wir müssen reden, Chrysalia.«

»Worüber?« Sie drehte sich um.

Seit Wochen waren sie sich nicht begegnet, doch ihre Mutter schien keine Umarmung zur Begrüßung zu erwarten, sie blieb auf

Abstand. In Turnschuhen, einem kurz geschnittenen grauen Mantel, die Haare lose zusammengesteckt. Hinter ihr, breitbeinig aufgebaut, stand tatsächlich Nummer 31. Auch wenn eine Sonnenbrille seine weißen Augen verbargen und er den Mund geschlossen hielt: Die Wächter erregten immer Aufsehen. Warum hatte sie ihn im Schlepptau?

Armata ignorierte ihren fragenden Blick zu ihm und trat dann doch einen Schritt auf sie zu.

»Worum es geht?« Verächtlich schüttelte sie den Kopf. »Du hast dich meiner Anweisung widersetzt, die klar und eindeutig gewesen ist. Und ich kann mir gut vorstellen, wer dir dabei geholfen hat. Meine Idee war es sicher nicht gewesen, dir Elias zu schicken, aber eins ist klar, noch einen Fehltritt, und wir ziehen ihn sofort wieder ab. Hast du das verstanden?«

»Du sprichst sehr deutlich. War es das?«

»Nein.« Armatas Stimme wurde schneidend. »Du wirst das in Ordnung bringen. Die Kleine ist wach, und sie erinnert sich, Chrysalia. Das bedeutet, dass du mit der Dosis weit unter meiner Forderung geblieben bist. Verdammt, damit riskierst du alles! Das Leben von uns *allen*. Ist dir …«

»Darf ich mal?« Chrystal unterbrach den Redeschwall ihrer Mutter. »Du hast recht, das war riskant. Aber das Säubern ist meine Aufgabe, und zu viele Tote wollen wir nicht hinterlassen, oder? Dann würde uns der ganze Aufwand hier nämlich nichts bringen. Wir würden überleben, müssten uns aber verkriechen. Und darauf hat ja wohl keiner Lust. Das mit Fiene bring ich in Ordnung, aber auf meine Weise.«

Die Lippen ihrer Mutter waren, während sie sprach, immer schmaler geworden. »Was soll das heißen? Auf deine Weise?«

»Ich hab das, was sie will. Und wenn du mich jetzt gehen lässt, werde ich es ihr bringen.«

24 Stunden. 24 Stunden Zeit gab sie ihr, um das Problem Fiene zu lösen. »Wenn nicht, wird sie sterben. Dr. Hartmann haben wir

bereits ersetzt. Nummer 31 hat sich um ihn gekümmert. Hartmanns Nachfolger behält die Kleine bis auf Weiteres erst mal da und legt sie lahm, doch glaub mir, er wird nicht zögern, sie mundtot zu machen, sollte sie uns Schwierigkeiten bereiten. Dann bist du aber raus. Und Elias gleich mit. Das wird euch keiner durchgehen lassen. Hast du das verstanden?«

»Wie gesagt, du sprichst sehr deutlich.«

»Wirklich?« Armatas grüne Augen versprühten Gift. »Ich sag dir nur eins: Wenn du nicht spurst, Chrysalia, fällt das auf mich zurück. Und das werde ich nicht zulassen. Dafür macht Milena deinen Job vorbildlich. Sie hat Christian Meinhardt heute geschickt aus dem Verkehr ziehen lassen, und bis auffällt, dass an dem Vorwurf der Steuerhinterziehung gegen ihn nichts dran ist, sind wir schon über alle Berge. Du siehst also, selbst du bist sehr einfach zu ersetzen.«

Milena? Ihre – neben Elias – engste Vertraute?

Bittere Galle stieg in Chrystal auf, doch sie schluckte sie und reckte ihr Kinn. »War es das? Offiziell bin ich nur ’ne Runde laufen. Wenn du mich also durchlässt.«

Armata wich zur Seite. Schade eigentlich. Gegen einen Anrempler hätte sie nichts gehabt. Und 31? Lachhaft, dass die Alten die Wächter überall mit rumschleppten, sich nur auf ihre Kampfmaschinen verließen, anstatt selber mal zu trainieren.

XENIA

Nein, sie hatte keine Zeit. Jetzt nicht und auch die Woche über nicht. Nur wie machte sie das ihrer Mutter klar? Sie stand auf dem Balkon, Zigarettenqualm drang durch die nur angelehnte Tür in die Küche. War vielleicht gut, dass sie jetzt rauchte, oder? Entspannte sie ja meistens.

Xenia gab sich einen Ruck und stieß die Tür weiter auf. »Ich kann heute nicht.«

»Wie bitte?« Ruckartig drehte sich ihre Mutter zu ihr um. »Das ist ein Scherz, oder?«

»Nein. Ich bin verabredet.« Und dank Google wusste sie jetzt auch, wo. Im Eis-c-a-f-e. Sie hatte die Notennamen gefunden und zusammengesetzt. Welches gemeint war, wusste sie ebenfalls. Es gab nur eins, das sie kannte und das Anfang November noch offen hatte.

»Den Termin heute habe ich dir vor einer Woche mitgeteilt.« Ihre Mutter zerquetschte ihre Zigarette im Aschenbecher und schob sich an ihr vorbei in die Küche.

Xenia war klar, was jetzt kam. Es war ja nicht ihr erster Versuch, aus dem Begleitservice auszusteigen, nur wollte sie es diesmal schaffen. Während ihre Mutter also auf sie einredete, versuchte sie, ruhig zu bleiben, hörte sich an, wie wichtig dieses Sonntagstreffen für sie war und was Verlässlichkeit bedeutete.

»Aber es bessert sich nicht, Mama. Im Gegenteil. Erst waren es nur die Prozesse, und jetzt schon …«

»Nia!« Ihre Mutter griff nach ihrem Arm. Glasscherben. Xenia hätte sich am liebsten die Ohren zugehalten. Nicht nur den

Splitterregen wollte sie nicht hören, auch die harten Worte nicht, die ihre Mutter ihr an den Kopf warf.

Undankbar. Unzuverlässig. Unsensibel. Zum Schluss ... unmöglich?

Sie brauchte Abstand, musste aus dem schneidenden Lärm raus, aber ihre Mutter ließ es nicht zu und riss sie am Arm wieder zurück. Ihre Augen zorngeweitet.

»Nein! Du gehst jetzt nicht. Du gehst nicht auch noch. Das könnt ihr nicht alle machen. Mich allein lassen. Mich einfach vergessen.«

Was? Xenia starrte sie an. In ihrem Kopf wirbelten die Scherben umher. Doch ihre Mutter war noch nicht fertig mit ihr. Im Gegenteil, ihre Stimme wurde lauter, schriller. »Ich habe alles getan. Mich immer nach dir gerichtet. Alle Regeln befolgt. Und du? Bist ohne eine Erklärung, ohne Abschied einfach weg. Als sei nie was zwischen uns gewesen. Als wäre ich ein Nichts für dich. Ein absolutes Nichts!«

Schlagartig wurde es still. Nicht nur in der Küche, auch in Xenia. Ihre Mutter hatte ihren Arm fallen lassen, und sofort wich sie zurück. »Ich hab dich nicht verlassen. Und werd das auch nicht tun. Aber ... ich glaube, mich hast du gerade auch gar nicht gemeint, oder?«

Ohne ihre Antwort abzuwarten, verließ sie die Küche. Handy, Schlüssel ... Sie hatte alles dabei und zog hinter sich die Wohnungstür zu.

Bereits auf der Treppe griff die Kälte wieder nach ihr. Nur schien ihr diesmal die Hand nicht zu reichen. Sie ergriff ihren ganzen Körper. Xenia setzte sich auf die Stufen und musste sich an die Wand lehnen. Alles in ihr begann zu zittern. Nach außen nicht sichtbar, ihre Hand blieb vollkommen ruhig. Dann fing sie plötzlich an zu leuchten. Zu strahlen. Das Licht wurde immer größer, heller, und es nahm Formen an. Eine Blume? Aus ihrer Hand erwuchs eine Blume. Sechs Blütenblätter. Eine goldglänzende, runde Mitte. Fassungslos starrte sie auf das schimmernde Hologramm. Es sah haargenau so aus wie Chrystals Tattoo. Aber … was hatte das zu bedeuten? Was verband sie mit ihr?

Schritte von oben ließen sie zusammenzucken, und auch das Hologramm erzitterte. Es verlor an Intensität, wich zurück und verschwand in ihrer Handfläche. Xenia holte zitternd Luft und zog sich am Geländer hoch. Da kam jemand, und das Letzte, was sie jetzt wollte, war irgendwem aus dem Haus zu begegnen.

Sie schaffte den Weg nach draußen, stolperte aber plötzlich und kam ins Straucheln. Eine Hundeleine. Frau Steiners. Xenia wollte sich entschuldigen, dem Quieken des Kleinen nach zu urteilen hatte er sich erschrocken, doch etwas am Hals ihrer Nachbarin ließ sie ihre Worte vergessen. Die alte Dame hatte sich zu ihrem Hund gebeugt, und Xenia näherte sich ihr. Es war nur ein kleiner Fleck, und doch jagte er ihr erneut ein eisiges Kribbeln durch den Körper. Ein Fleck mit sechs Blütenblättern.

Frau Steiner schimpfte, murmelte etwas vor sich hin und zog ihren Hund so ruckartig weiter, dass er fast flog.

Xenia sah ihr nach. Sie konnte sich jetzt einreden, dass sie vollends verrückt wurde, doch ihre Erinnerung war zu klar. Sie hatte diesen komischen Fleck schon einmal gesehen, an der gleichen Stelle, nur an einem anderen Hals. Bei Janne. Als sie sich zu ihrem Schließfach gebückt hatte und danach so fies zu ihr gewesen war. *Du bleibst übrig*. Mit diesem Satz hatte Janne ihr die jahrelange Freundschaft zwischen ihnen achtlos vor die Füße geschmissen.

Geklaute Liebe. Hatte dieser Fleck etwas damit zu tun? Hinterließ das Entleeren Spuren? Und wenn ja, warum die Blume?

Warum immer diese Blume? Sogar in ihrer Hand!

Es gab nur einen, der darauf Antworten hatte. Jael! Und auch wenn er sie gestern Abend so plötzlich weggeschickt hatte, ohne Begründung, ohne Abschied, war er es, den sie jetzt sprechen musste.

Gerade als sie die Straße überqueren wollte, hielt ein Fahrrad vor dem Haus an. Blonde lange Haare verdeckten das Gesicht des Mädchens, das sich bückte, um das Rad am Zaun abzuschließen. Doch Xenia wusste auch so, wer es war, und ihr Herz krampfte sich zusammen. Es war Linda. In engen Jeans und einem viel zu großen Pulli.

Jaels Pulli.

JAEL

»Du hattest den richtigen Riecher. Und das, was ich gefunden habe, dürfte reichen, um Claire Morin in die Enge zu treiben.« Chrystal betrat sein Zimmer. In der einen Hand hielt sie die Unterlagen, in der anderen einen Kaffee.

»Schwarz?«

Sie nickte und überreichte ihm beides. Ein kurzes Überfliegen der Notizen, und Jael begann zu lächeln. »Gute Arbeit. Wie auch immer du an die Informationen gekommen bist, wenn sie stimmen, dann haben wir sie.«

»Sie stimmen, Jael.« Ihr Ton klang sanft, doch ihre Hand, die sie ihm bei ihren Worten auf die Schulter legte, ließ seine Nackenmuskeln zucken. Chrystal musste es gespürt haben. Sie lachte auf, strich ihm mit dem Finger den Hals entlang, bevor ihr Überlebensinstinkt dann wohl doch die Oberhand gewann und sie aus dem Zimmer verschwand.

Jael stand auf und stellte sich ans Fenster. Xenia würde ihm das, was er vorhatte, nie verzeihen. Und bei dem Gedanken an sie stiegen sie wieder in ihm auf. Leise, weiche Klänge.

Seit gestern Abend hingen sie in ihm fest und lauerten auf ihren Namen, auf ihre Augen, auf nur einen Gedanken an sie.

Er hatte sich ihre Hand geschnappt, ungeplant, und ihre zarten Finger gespürt. Sie hatten seine umschlungen und seinen ganzen Körper mit Wärme erfüllt. Er hatte Xenia nur noch an sich ziehen wollen, doch plötzlich war da dieser Schmerz gewesen, ein grausames Stechen in seiner Brust. Und er hatte sie zum ersten Mal wieder gehört. Altbekannte

Töne, die seine verloren geglaubte Erinnerung aufgebrochen hatten.

Aus dem Nichts heraus war es vor ihm aufgetaucht, das dunkle Holz, das Cello seiner Mutter, zum Anfassen nah. Dazu ihr verträumtes Gesicht, ihre Hand, die sanft den Bogen führte, bevor sie aufschaute. »Hey, Großer! Guten Morgen.« Ihr Lächeln hatte nur ihm gegolten. Sonst niemandem. Auch ihre Umarmung. Der Kuss auf seine Stirn.

Wie oft hatte sie morgens gespielt? Wie oft war er durch ihre Musik aufgewacht und hatte sich noch im Schlafanzug zu ihr ins Zimmer geschlichen?

Jael stöhnte auf, legte seine Stirn an das kühle Glas der Fensterscheibe und schloss die Augen. Sie sollten ihn hassen. Seine Eltern. Tjara. Mit Vorwürfen, mit Drohungen konnte er umgehen. Nicht aber mit ihrer Zuneigung.

Wie recht der Partem hatte. Erinnerungen waren Schwachstellen, nur hatte er kein Gegenmittel mehr. Die Kälte reagierte nicht. Nicht auf Xenia.

Er hob den Kopf und sah zu seinem zerwühlten Bett.

Hatte sie letzte Nacht schlafen können? Besser als er?

Sein fluchtartiger Abgang gestern Abend war absolut jämmerlich gewesen und hatte alles zerstört.

Dabei hatte er sie gehabt. Ihre zitternden Lippen. Ihr flatternder Atem. Sie hätte sich von ihm küssen lassen. Und es genossen.

Allein die Vorstellung trieb sein Herz erneut an. Linda hatte er gestern sein Verlangen vorspielen müssen, bei Xenia würde er die Kontrolle verlieren.

Und dann?

Würde er sie entleeren? Sich nicht bremsen können, aus einem einzigen Rausch heraus?

Leise begann er zu zählen. Und mit jedem Atemzug zwang er seinem Herz einen ruhigeren Rhythmus auf. Das Pochen in seinem Hals ließ nach, beruhigte sich dann ganz.

Kontrolle. Er hatte sie zurück, stellte das Fenster auf Kipp und setzte sich wieder an den Schreibtisch. Dann begann er zu schreiben. Die Zeilen an Claire flossen aus seinen Fingern. Es waren nur Notizen, abschicken würde er sie nicht. Anonyme Anrufe, jedes Wort ein Messerstich, so trieb man Opfer in die Angst. Und von der hatte Claire sogar schon mehr als genug, er müsste sie nur zum Klingen bringen. Jaels Mundwinkel begannen zu zucken. Es würde ein Leichtes sein, Claire zu motivieren, Miriam in eine geschlossene Anstalt zu befördern. Vor allem, wenn er ihr falsches Gutachten ansprach, das Chrystal ausgegraben hatte. Drei Jahre her, doch sicher nicht vergessen.

Ein Klopfen riss ihn aus seinen Gedanken.

»Ja?« Er drehte sich zur Tür, hob dann verwundert eine Augenbraue. »Hast du noch mehr gefunden?«

»Nein. Aber …« Chrystal schob sich ins Zimmer und zog hinter sich die Tür zu. »Du hast Besuch.«

Xenia! Sofort sprang sein Herz wieder an. Er hatte vorgehabt, später zu ihr rüberzugehen. Aber wenn sie ihm zuvorkam, bedeutete es, dass sie nicht sauer war?

»Sag ihr, ich komm sofort.« Erst mal musste er die Spuren auf seinem Schreibtisch verwischen.

»Mach ich. Nur verstehe ich nicht, was sie hier ma…«

»Pass mal auf: Ich hab Xenia bei euch nicht anmelden können, da ich sie hier gar nicht erwartet habe, okay?« Sein Ton klang ungehalten. Hob sie deswegen die Hand?

»Darum geht es nicht. Es ist nicht Xenia. Es ist Linda.«

»Was?« Jaels Augen verengten sich.

»Du hast schon richtig gehört. Linda steht hier. Und … Mann, Jael. Du sollst ihr Vertrauen gewinnen. Du sollst sie so weit bringen, Miriam in allem zu ersetzen. Aber du solltest sie nicht flachlegen, kapiert? Wenn das Xenia rauskriegt!«

War es Angst?

Angst, die das Blau ihrer Augen verdunkelte?

Ein Gefühl etwa?

Jael stand auf. Langsam. Baute sich vor ihr auf, genauso langsam, und strich mit dem Finger über ihren Hals, über die Kehle bis hoch zu ihrem Kinn. Dort verweilte er einen kurzen Moment, bevor seine Hand zugriff und ihren Hals umklammerte. »Wer auch immer du bist, merk dir eins: Wen ich flachlege, geht dich überhaupt nichts an. Du siehst nur zu, dass du die anderen in Schach hältst. Nichts weiter, verstanden?« Der Druck seiner Finger erhöhte sich. »Und wage es nie wieder, mir Vorschriften zu machen.«

FELIX

Chrystal hatte die Karte gefunden? Ungläubig starrte er auf das Foto auf seinem Display. Sie waren doch gemeinsam im Park gewesen, hatten alles abgesucht. Erfolglos!

Die nächste Nachricht, die aufblinkte, entwirrte seine Gedanken.

Im Mülleimer.

Lächelnd fuhr er sich durch die Haare, antwortete ihr schnell und schickte das Foto auch an Xenia weiter. Dann griff er zu seiner Tasche auf dem Beifahrersitz. Liam wartete jetzt auf ihn. Aber später, um fünf Uhr, traf er Chrystal hier auf dem Parkplatz, und sein Armband würde wandern, von seinem Handgelenk an ihres, ob sie nun wollte oder nicht.

Liam lehnte bereits am Eingang, winkte ihm entgegen und wirkte tatsächlich so, wie Xenia ihn beschrieben hatte. Unkompliziert, locker, nett.

Sie allerdings musste einen ebenso guten Eindruck hinterlassen haben. Denn während sie sich an die Arbeit machten, die Bühnentechnik zu warten, nutze Liam jede Gelegenheit, ihn über Xenia auszuquetschen. Felix musste sich immer wieder ein Grinsen verbeißen. Liam hatte echt Interesse an ihr, was ihm nur recht war. Alle, wirklich alle, waren besser als Jael.

»Sag mal, wir müssen hier heute aber nicht alles fertigkriegen, oder?« Liam stand mit dem neuen Scheinwerfer unten an der Leiter und sah zu ihm hoch.

»Doch. Aber du kannst gleich gehen. Den Rest … Arrgh, Scheiße!« Felix war die Halterung aus den Fingern gerutscht, er bekam sie nicht mehr zu fassen. Liam sprang zum Glück zur Seite, gerade noch rechtzeitig, bevor der Metallrahmen seinen Kopf erwischte. Blut tropfte trotzdem auf den Boden. Aus Liams Hand.

Die Holzleiter! Und ihre herausstehenden Nägel.

Sofort kletterte er runter, wollte Liam helfen, doch er wandte sich ab, die Hand zur Faust gepresst. Und … grinste?

»Ist halb so wild.«

»Was? Quatsch, Mann. Du musst zum Arzt.« Der Riss hatte echt fies ausgesehen. Doch egal, was er sagte, Liam wollte davon nichts wissen.

»Ich guck mir das zu Hause an. Aber …«, er zuckte mit den Schultern, »Pflaster drauf, und gut ist. Wollte ja eh grad gehen.«

Kopfschüttelnd sah Felix ihm nach.

In Filmen waren verletzte Typen, die nicht zum Arzt wollten, immer Gangster.

Aber das war seine Sache. Auch wenn … Na ja, auf dem Boden klebte schon ziemlich viel Blut.

Felix wischte es weg, machte sich dann allein wieder an die Scheinwerferleiste und schaffte es tatsächlich, pünktlich um kurz vor fünf fertig zu sein.

Nur war Chrystal nicht da.

Um fünf nicht.

Um zehn nach fünf nicht.

Hatte sie die Zeit vergessen?

Eher widerwillig betrat er das Kampfstudio. Eigentlich hatte er sich und ihr geschworen, hier nie wieder aufzukreuzen, doch vielleicht würde sie sich freuen, wenn er sie abholte? Im Vorraum sah er sie nicht.

»Ist Chrystal noch da?«

Die Bedienung am Tresen erkannte ihn wieder, lächelte, allerdings auf eine mitleidige Art. »Ne, Süßer. Sie war hier. Um … halb vier? Hat mit ’nem Typen gequatscht. Und ist dann weg mit dem.«

Bis zur Tür schaffte er es, seine Enttäuschung zu überspielen, draußen nicht mehr. Steinchen flogen auf, als er gegen eine leere Dose kickte. Nicht nur, dass er sich tierisch auf sie gefreut hatte. Endlich mal allein sein, außerhalb des Krankenhauses. Ihr ständiges »Muss los!«, diese beschissene Abhängigkeit von der Organisation nervte. Hatte sie wenigstens Bescheid gegeben? Felix' Griff in seine Hosentasche ging ins Leere. Wo war sein Handy? Zuletzt hatte er es im Bulli gehabt.

Er schloss ihn auf, fischte es von der Ablage und fluchte. Das Akkusymbol blinkte, drei Prozent hatte er noch. Keine Anrufe waren eingegangen, dafür einige Nachrichten. Die letzte von … John Bone? Felix setzte sich auf den Fahrersitz und öffnete sie. Der Vertrag ging in Ordnung, die Bedingungen auch, was ihn aber stutzig machte, war der Preis. Ungläubig überflog er die Nachricht ein zweites Mal. Bone bot ihm mehr als das Dreifache an? Weil es fairer wäre? Gerade, als er ihm antworten wollte, wurde das Display schwarz. Eine Zeit lang starrte er es unverwandt an, lehnte sich dann auf seinem Sitz zurück. 2500 Euro! Das … war unfassbar viel Geld. Aber woher der plötzliche Sinneswandel?

Wenn Gangster in Filmen von sich aus den Preis erhöhten, war immer was faul …

Felix legte das Handy weg. Was hatte er heute nur mit Gangstern?

Weil … er momentan ständig welchen begegnete?

Auf der anderen Straßenseite stand schon wieder so ein Mafia-Auto. Schwarzer Lack, abgedunkelte Scheiben, wie vorhin am Krankenhaus. Und heute Morgen bei Melanie.

Mit einem mulmigen Gefühl im Magen startete er den Motor und erwischte sich auf dem Weg durch die Stadt, wie er immer wieder in den Rückspiegel schaute. Felix schüttelte über sich selbst den Kopf. Natürlich folgte ihm niemand. Wahrscheinlich war er einfach nur völlig durch den Wind.

Beim Öffnen der Haustür empfing ihn der Duft von Bolognese. Seine Mutter hatte Nachtschicht und trotzdem noch für ihn gekocht. Hunger hatte er, aber keinen Appetit. Die Stille in den Räumen, Fienes fehlendes Lachen. Er brauchte Ablenkung, schnappte sich eine Bierflasche aus dem Kühlschrank und lief durch den dunklen Garten zum Schuppen.

Wenn Fiene bald wirklich wieder nach Hause käme, würde er Weihnachten einfach vorziehen. Die Ballettstange war eh schon fast fertig.

Im Schuppen war es kalt. Felix stellte sein Bier ab, schaltete den Heizlüfter ein, das Radio, und sah zur Werkbank. Den alten Fahnenmasten hatte er bereits zurechtgesägt, die Farbe abgeschliffen, jetzt brauchte das Holz nur noch eine Schicht Öl.

Er kam gut voran, hatte die Hälfte geschafft, als es urplötzlich still wurde. Der Heizlüfter summte noch leise. Aber die Musik? Hatte … jemand den Stecker gezogen?

XENIA

Ihrem Zickzack-Kurs durch die Stadt war keiner gefolgt. Hoffte sie zumindest. Immer wieder hatte sie die Richtung gewechselt, verschiedene U-Bahnen genommen, und dabei war sie niemand Auffälligem zweimal begegnet.

Doch je näher sie dem Eiscafé kam, umso tiefer zog sich Xenia in ihre Jacke zurück. Es war richtig, zu dem Treffen zu gehen. Nur … allein?

Sie war alle Möglichkeiten durchgegangen. Ergebnislos. Liva war noch nicht wieder zurück. Der Versuch, Felix die Wahrheit zu sagen, war gestern komplett gescheitert.

Und Jael? Niemals.

Ihre Hand umklammerte das Handy. Jeden seiner Anrufe hatte sie bisher weggedrückt, auch seine unzähligen Nachrichten ignoriert. Dass er sich überhaupt die Mühe machte!

War Linda schon weg?

Sie interessiert mich nicht.

Klar! Und Pullis verschenkte man ja auch einfach so.

Xenia lief über den Marktplatz und steuerte auf das Café zu.

Ob er ebenfalls schon da war, der Botschaftenschreiber? Sie beobachtete?

Krampfhaft versuchte sie, Lockerheit auszustrahlen. Vergeblich. Schweiß sammelte sich unter ihrer Mütze. Angst war wie das Meer. Wenn es zu fluten begonnen hatte, konnte man es nicht aufhalten.

Aber weglaufen, das konnte sie noch. Nur was dann? Die Organisation wusste von ihr. Man wollte sie töten!

War die Gegenseite, waren die Rebellen nicht ihre einzige Chance?

Die Türklinke unter ihren Fingern gab nach, und Xenia schubste sich rein. Schwersüßer Waffelduft quoll ihr entgegen. Auf einen verknoteten Magen? Keine gute Kombi.

Schnell ließ sie ihren Blick über die Tische fliegen.

Pärchen. Überall saßen Pärchen. An anderen Tischen noch mehr Leute. Drei. Vier. Aber … in Begleitung würde er hier nicht aufkreuzen, oder? Unschlüssig ging sie in ihrem Kopf die Möglichkeiten durch, die ihr jetzt blieben.

Sich setzen?

Am Eingang warten?

Oder … doch fliehen?

»Entschuldigung?« Eine Kellnerin sprach sie an, kaum älter als sie. »Bist du Xenia?«

Trockenheit breitete sich in ihrem Hals aus und ließ sie nur nicken.

»Prima. Dein Platz ist dort hinten.«

Ihr Platz? Vorsichtig spähte sie um den Tresen herum. Ein Tisch. Zwei Stühle. Beide leer. Doch neben dem Eiskartenaufsteller lag ein Päckchen. Verstohlen sah sie sich um. Wer auch immer hier gewesen war, hatte sie bestimmt noch im Blick. Oder? Die Bedienung zwängte sich zurück durch die Gänge. Überall Gespräche. Lachende Gesichter. Niemand der Anwesenden schien auch nur das geringste Interesse an ihr zu haben. Daher setzte sie sich auf die äußerste Kante des Stuhls und zog sich das Päckchen ran. Ein Klebestreifen hielt oben den Deckel geschlossen. Eigentlich leicht zu öffnen, aber mit zitternden Fingern? Sie knibbelte ihn auf.

Im Inneren des Päckchens lag in Seidenpapier gehüllt eine weitere Spieluhr. Wieder tanzende Pferdchen.

Xenia nahm sie vorsichtig heraus. Ihre Finger suchten gleich das Batteriefach, und tatsächlich, der Überbringer blieb bei seinem Muster. Auch hier klemmte ein zusammengefaltetes Stück Papier zwischen den Kontakten.

Es sind immer die verborgenen Töne, die einen Menschen ausmachen. Nur wir können sie hören und zum Klingen bringen. Tu es, Xenia! Das ist deine Gabe. Und deine Rettung.

Wieder und wieder las sie die Botschaft, versuchte, die Worte zu verstehen. Die Töne waren die Geräusche, die sie ständig hörte, dessen war sie sich sicher. Verborgen nannte er sie. Sie machten den Menschen aus. Das bedeutete doch, die Geräusche hatten nichts mit ihr zu tun. Das verzweifelte Löwengebrüll gehörte also zu Felix. Die Glasscherben zu ihrer Mutter.

Jael hatte immer von Gefühlen gesprochen, die sie beeinflussen konnte. Waren die Geräusche, die sie hörte, also Ausdruck von Gefühlen? Von verborgenen?

Zum Klingen gebracht hatte sie vorhin eins, und zwar lautstark. Die Wut ihrer Mutter.

»Vorsicht!«

Xenia schreckte auf. Die Bedienung stand neben ihr, mit einem Tablett in der Hand.

»Einmal der Organgensaft und zwei Kugeln Stracciatella-Eis. Sag mal, hast du Geburtstag?«

»Äh, nein. Nein, hab ich nicht.« Entgeistert starrte sie auf die Bestellung, die sie nicht aufgegeben hatte, und spürte, wie sich ihr Hals zuschnürte. Frisch gepresster Orangensaft. Dazu ihr Lieblingseis? Da hatte jemand recherchiert, und zwar gründlich.

Anrühren konnte sie das Eis nicht. Allein der Gedanke daran verklebte ihren Magen. Aber was trinken? Sie roch an dem Saft — nicht, dass da irgendwas drin war — und trank ihn dann in kleinen Schlucken. Gedankenverloren glitten ihre Finger dabei über das Glas. Es … hatte ein unregelmäßiges Muster? Xenia sah genauer hin. Nein. Es hatte Gravuren.

Eine Schultüte, mit einem Einhorn.

Weiter unten war eine Medaille ins Glas geschliffen worden.

Daneben stand ein Mädchen in einem kurzen Kleid.

Ihr Herz verstummte plötzlich.

Der runde Ausschnitt! Die Blumenstickerei am Kragen! Es war ihr Konfirmationskleid. Ihre erste Schwimmmedaille. Ihre Schultüte mit dem Einhorn.

Papa? Stumm bewegten sich ihre Lippen.

War er es? War er es, der sie warnte? Er, der etwas wusste?

Tränen stiegen ihr in die Augen und ließen alles um sie herum verschwimmen.

War er nie wirklich weg gewesen, sondern hatte sie begleitet? Als stiller Beobachter ihres Lebens?

Aber warum?

Xenia zog die Serviette unter dem Eisbecher hervor und wischte sich über das Gesicht.

Noch einmal las sie die Nachricht. Er sprach von *wir*!

Nur *wir* können sie hören.

Er hörte die Geräusche auch. Und er hätte ihr alles erklären können.

Er hätte sie verstanden.

Ihr Köper fühlte sich so an, als würde er sich plötzlich auf links drehen. Als würde alles aus ihr herausfallen.

Mit zitternden Fingern griff sie nach dem Paket, nach dem Glas, stopfte beides in ihren Rucksack und stand auf.

Sie musste hier raus.

Aus der »Küsschen-rechts-Küsschen-links«-Nummer kam sie irgendwie nicht mehr raus. Miriam schien sie richtig in ihr Herz geschlossen zu haben.

»Tja dann … weiter Kopf hoch!« Lächelnd öffnete Chrystal schon mal die Tür. »Lass dich nicht unterkriegen, okay?«

Miriam nickte. »Hab ja jetzt deinen Glücksbringer.«

Chrystal musste kurz schlucken, als sie sah, wie Miriam die Kette an ihrem Hals anhob und mit den Fingern über den kleinen Anhänger strich. Hoffentlich bekam die Kameralinse in dem Stein keine Fettflecken.

»Aber … wegen vorhin noch mal.« Miriam ließ die Kette fallen. »Kann es nicht sein, dass Linda gebeten wurde, das zu machen?«

»Nein. Die Idee, dich in der Schülervertretung zu ersetzen, kam definitiv von ihr und hatte nichts Vorübergehendes.«

Miriams Schultern sackten nach unten. »Danke für die Warnung. Ich hatte echt gedacht, sie will mir helfen.«

»Nichts ist selten, wie es scheint.« Chrystal biss sich auf die Lippen. Ein toller Satz, und so wahr!

Aufmunternd nickte sie ihr noch einmal zu, verließ dann die Marquardt-Villa und tauchte in das bereits einsetzende Dunkel des Abends ein.

Zwei Seitenstraßen weiter parkte Elias' grauer Wagen.

»Und?« Sie ließ sich auf den Beifahrersitz fallen. »Läuft die Kamera?«

»Perfekt sogar.« Er hielt ihr sein Handy entgegen. »Das Bild ist ab und zu verwackelt, aber der Ton ist glasklar.«

»Super.« Chrystal zog das Zopfgummi aus ihren Haaren und lehnte sich zurück. Mit dieser Aktion hier konnte sie beim Clan punkten. Das Opiat hatte sie vorhin im Bad der Marquardts gegen die weißen Schilddrüsentabletten ausgetauscht, die Überwachung stand, und so erfreut, wie sich Miriam über den angeblichen Kraftstein gezeigt hatte, war klar, dass die Kette ab jetzt Tag und Nacht ihr ständiger Begleiter sein würde.

Hauptsache, der Akku, der sich durch Licht und Bewegung selbst aufladen sollte, hielt durch. Bis zum Showdown.

»Und jetzt? Gehen wir zwei noch was trinken, oder?« Elias wollte den Motor schon starten, zog den Schlüssel aber auf ihr Kopfschütteln hin wieder ab. »Nein? Was ist los?«

»Ich kann nicht. Felix hat auf keine meiner Nachrichten reagiert.« Die noch immer grauen Häkchen hinter ihren Texten bedeuteten sogar, er hatte sie nicht mal gelesen. »Ich fahr zu ihm.«

Auf Elias' Gesicht trat ein nachdenklicher Ausdruck. »Du magst den echt, oder?«

»Kann schon sein.« Ihr Versuch zu lächeln misslang. *Mögen* war viel zu wenig. *Kann schon sein* auch. Und es abzustreiten war zwecklos. Elias kannte sie zu gut, und er wartete auf mehr.

»Es war nicht geplant«, fing sie zögerlich an. »Doch ich glaub, mit ihm ... Es ist mir tatsächlich noch nie so ernst gewesen. Und damit hab ich ...« Shit! Tränen stiegen in ihr auf. Sofort drehte sie sich zum Fenster und blinzelte hektisch dagegen an, doch Elias' Hand war schon bei ihr.

»Lass ruhig. Ist schön zu wissen, dass du dich noch nicht angesteckt hast bei deinen kalten WG-Leuten! Dass du noch was fühlst. Hut ab, echt, wie du das durchziehst.«

»Ich hätte es mir nicht so schwer vorgestellt. Akrom ist okay, Rafi ist eigentlich noch nicht so weit, aber irgendwie ... das Kind der Truppe halt. Aber Geno und Jael ... Boah!« Sie atmete ihre Abneigung lautstark aus. »Das sind echt scheiß Maschinen.«

Elias reichte ihr ein Taschentuch. »Vier Wochen noch, Chrystal. Danach können wir alle durchatmen.«

Sicher. Nur was wurde aus Felix?

»Sag mal, hast du …« Sie stockte und spielte nervös an ihrem Ring. Elias und sie, sie hatten sich immer alles erzählt. Er war ihr näher als sonst jemand aus der Familie. Aber das alles hatte eine Grenze. Sollte sie es sein, die sie überschritt?

»Komm, raus damit!« Seine Augen lächelten sie auffordernd an. Funkelndes Kristallblau. »Ich hab dich selten so verkrampft gesehen.« Er nickte zu ihren Fingern. »Und dem Ring ist sicher schon ganz schwindelig von deinem Gedrehe.«

»Hast du irgendwann schon mal darüber nachgedacht, auszusteigen?«

Schlagartig verschwand das Lächeln aus seinen Augen, er löste den Blick von ihr und ging auch mit seinem Körper auf Abstand. Hatte sie ihn falsch eingeschätzt? Sie hätte ihre Spraydosen, ihre Tattoo-Sachen, einfach alles, was ihr wichtig war, darauf verwettet, dass er vor vier Jahren auch schon mal kurz davor gestanden hatte, einfach abzuhauen. Wäre sie nicht gewesen. Hätte der Clan nicht auch von ihr eine Phiole.

Elias sah auf die Schlüssel in seiner Hand. »Die Frage stellt sich nicht. Wenn du am Leben bleiben willst, darfst du nicht mal daran denken, Chrys.«

Ihren Sandkastenspitznamen. Erwähnte er ihn absichtlich?

Die Schlüssel verschwanden plötzlich in der Faust, die seine Hand formte. »Einmal dabei heißt immer dabei. Und du weißt, wie akribisch sie suchen würden, um dich aufzuspüren. Und welche Freude sie dann hätten, wenn sie dich finden.«

Er sprach nicht von ihr, er sprach von seinem Bruder. Ihn hatten sie vor Jahren getötet. Weil er sich widersetzt hatte, einmal zu oft.

Für einen Moment wurde es still im Auto. Chrystal beobachtete das Schattenspiel der Blätter, das das Licht der Laterne auf das Armaturenbrett malte.

Einer für alle, alle für einen.

Für sie beide, für Elias und sie galt das schon immer. Und niemand würde das ändern.

»Kannst du mir was versprechen?« Sie legte ihren Kopf an seine Schulter, spürte sein vorsichtiges Nicken. »Passt du auf Felix auf? Passt du auf ihn auf, wenn ich es nicht kann?«

Wieder nickte er. »Mach ich.«

Die Fahrt über steckten sie beide tief in ihren Gedanken fest. Was ihn beschäftigte, wusste sie nicht. Sie spähte immer mal rüber zu ihm, bekam aber nur sein Profil zu sehen.

»Halt durch, Chrys.« Erst zum Abschied sah er sie wieder an. »Und sei vorsichtig. Auch uns haben sie wachsam im Blick.«

Duschen, Umziehen, Sachen packen. Da niemand in der Wohnung war, niemand, der ihr blöde Fragen stellen konnte, schaffte sie es in weniger als zwanzig Minuten, bestellte sich ein Taxi und meldete sich über die Blume in ihrer Tür ab. Auf dem Weg runter schrieb sie auch Jael eine Nachricht. Ärger mit ihm war das Letzte, was sie jetzt noch brauchte, und er wollte immer wissen, wo seine Schäfchen sich rumtrieben. Um sie, wenn der Wolf käme, zu beschützen? Chrystal verzog verächtlich die Lippen, kontrollierte dann zum hundertsten Mal ihren Chatverlauf. Felix hatte noch immer nicht geantwortet.

Ob er sie überhaupt sehen wollte?

Als das Taxi vor seinem Haus hielt, brannte nirgends Licht, weder in den Fenstern noch auf dem Hof. Verunsichert sah sie sich um, legte auf das Fahrtgeld zehn Euro drauf, mit der Bitte an den Fahrer, fünf Minuten zu warten, und lief zum Haus.

Auf ihr Klingeln hin rührte sich nichts. Chrystal wippte ungeduldig auf den Füßen. War er gar nicht da? Sie sah an der Fassade hoch, zu seinem Fenster, drehte sich dann um und lief über den Hof. Felix' Bulli lugte aus dem Unterstand heraus. Ohne ihn konnte er nirgends hin. Zudem war die Motorhaube unter ihren Fingern noch warm. Aber wo war er?

Unruhe überfiel sie. Mit einem Wink gab sie dem Fahrer zu verstehen, er könne jetzt los, wartete, bis sich die Rücklichter in der Dunkelheit auflösten, und schlich dann ums Haus. Alle Fenster waren geschlossen. Es wirkte verlassen, doch ... da war was. Leise Musik wehte ihr entgegen, und als sie um die Ecke bog, sah sie das Licht. Es quoll aus den Ritzen eines Schuppens, weit hinten im Garten. War er dort?

Ihr Herz begann zu klopfen, immer stärker, je näher sie dem Schuppen kam. Seit Tagen hatten sie sich nur unter Leuten gesehen, die meisten davon in weiße Kittel gehüllt. Aber jetzt?

Die Tür war nicht verschlossen. Vorsichtig zog Chrystal sie auf, und ein Lächeln schlich sich auf ihre Lippen, als sie ihn sah. Er war allein, stand vornübergebeugt an einer Werkbank, den Blick konzentriert nach unten gerichtet, auf den Pinsel in seiner Hand.

Ihr »Hi« verschluckte die Musik, sie müsste schreien, um sie zu übertönen, wollte es aber nicht und zog stattdessen den Stecker. Die Musik erstarb.

Felix hielt inne, hob dann irritiert den Kopf, bevor er sich zu ihr drehte.

Sie wartete, doch sie erschienen nicht, seine Lachfalten. Mit unbewegter Miene legte er den Pinsel zur Seite, verschränkte seine Arme vor der Brust und lehnte sich an die Werkbank. »Dich gibt's noch?«

Chrystal ließ ihre Tasche auf den Boden plumpsen. »Du hast meine Nachrichten nicht gelesen, oder?«

»Nein. Mein Handy liegt im Haus, am Stecker. Der Akku war leer. Aber ... ich war da. Um fünf. Du leider nicht.«

Ein paar Haarsträhnen verdeckten seine braunen Augen, doch sie meinte trotzdem zu erkennen, dass sie nicht sauer, sondern eher enttäuscht zu ihr rübersahen.

»Es tut mir leid.« Fahrig fuhr sie sich durch die Haare und ging ein paar Schritte auf ihn zu, um wenigstens den räumlichen Abstand zwischen ihnen zu verringern. »Ich war im Studio, wollte auch trainieren. Aber dann ist völlig unerwartet mein Cousin aufgetaucht.«

»Ach!« Felix kniff die Augen zusammen. »Du hast *doch* Familie hier?«

»Nein. Also ...« Shit! Ihr Herz schlug immer härter gegen ihre Brust, als wollte es sie wachklopfen, bei den Lügen nicht mehr mitzumachen. Aber wie? Wenn doch die Wahrheit alles kaputtmachte?

»Chrystal?«

»Okay ...« Sie atmete durch und zauberte ein Lächeln auf ihre Lippen. »Ich wollte dich eigentlich damit überraschen. Mein Cousin wohnt in London. Und arbeitet für die Kanzlei von meinem Onkel. Den, den ich auf eure Unterhaltsklage angesetzt habe. Er war heute in der Stadt und wollte mit mir zusammen die Unterlagen durchgehen.« Sie zeigte auf ihre Tasche. »Ich hab sie auch mit. Und kann sie ... « Verwundert hielt sie inne. Er hatte den Kopf sinken lassen.

»Mann, Felix, ich will dir doch nur helfen!« Die Wahrheit, die in diesen Worten lag, verlieh ihrer Stimme verzweifelte Kraft. Und sie drang zu ihm durch. Er gab seine Abwehrhaltung auf, die verknoteten Arme vor seiner Brust verschwanden. »Als du nicht da warst, bin ich ins Studio. Und hab da nur gehört, dass du mit 'nem Typen weg bist. Ich hab gedacht, die Organisation hätte dich wieder ... was weiß ich ... abgeholt? Dir Probleme gemacht?« Er zuckte mit den Schultern. »Ich weiß einfach zu wenig, Chrystal. Nicht mal, was die eigentlich von dir wollen.«

Was sollte sie ihm sagen?

Dass ihnen nicht mehr viel Zeit blieb?

Nein. Sie hatten vielleicht nur diesen einen Abend!

»Mit der Organisation hatte das diesmal nichts zu tun. Es ging heute nur um dich.«

Endlich erschienen sie, in Ansätzen zumindest, die fein gezeichneten Lachfalten an seinen Mundwinkeln. »Weißt du, am meisten hilfst du mir, wenn du einfach da bist. Dieser ganze andere Kram, das Geld, das interessiert mich nicht.« Seine Augen verfingen sich plötzlich an ihrem Kragen. Sie hatte begonnen, sich aus ihrem Schal zu wickeln. Und er? Erkannte er erst jetzt, was sie unter ihrer Jacke trug? Sie sah, wie er die Stirn runzelte, dann verstand und sich langsam, aber äußerst interessiert näherte. »Ein weißes Hemd? Bis oben hin zugeknöpft?«

»Ach, ist es das?« Sie wollte sich locker geben, nur spielten ihre Finger nicht mit. Sie zitterten leicht bei dem Versuch, das Hemd glattzuziehen. »Ich fand es irgendwie ganz passend für den Abend.«

»Durchaus.« Er stand jetzt vor ihr, den Kopf leicht geneigt, auf seinen Lippen ein verstecktes Grinsen. »Aber etwas sollte ich ändern.« Ein Kribbeln durchzog ihren Magen, als seine Finger den obersten Knopf berührten. Er sah ihr nicht in die Augen, schaute nur auf den Knopf und öffnete ihn vorsichtig. Nahm sich dann den zweiten vor. Mit einer Ruhe, die sie verrückt machte. Das Hemd hatte acht Knöpfe!

Ihre Hände suchten Halt, fanden seine Hüften und wanderten von da aus unter seinen Pulli. Er trug ein Shirt darunter, doch sie spürte seine Wärme durch den Stoff hindurch. Spürte, wie er mit geschlossenen Augen tief einatmete. Und als er sie wieder öffnete, trafen sich ihre Blicke. Das Braun in seinen Augen schimmerte dunkel, sie sah die goldenen Pünktchen in ihnen leuchten. Lichtblicke – für den Moment. Endlich ließ er die verflixten Knöpfe los. Und als seine Hände in ihr Hemd glitten, war sie es, die ihre Augen schloss. Seine Finger strichen über ihren Hals, hoben ihr Kinn an, und Chrystal entwich ein Seufzen, als seine Lippen ihre fanden. Nicht sanft, nicht weich. Davon hatten sie beide genug.

Fordernd teilte seine Zunge ihre Lippen, glitt in ihren Mund, und heißes Verlangen entflammte ihren Körper. Felix' Atem mischte sich mit ihrem. Sein Geruch. Sein Geschmack. Nicht neu, und doch ganz anders. Chrystals Hände griffen in sein Shirt und befreiten es aus der Jeans. Warme, glatte Haut. Ihre Hände konnten gar nicht genug davon bekommen. Wie berauscht wanderten sie über seinen jetzt freien Rücken, über seine Seite, dann nach oben zu seinen Schultern.

»Chrystal.« Seine Stimme klang rau, seine Lippen glitten über ihren Hals und küssten sich hoch zu ihrem Mund. Verharrten dort. Atemlos. »Hättest du was gegen einen Ortswechsel?«

»Wenn du damit dein Zimmer meinst, überhaupt nicht.«

»Na ja …« Er strich ihr eine Haarsträhne aus der Stirn. Dann erschien ein schiefes Grinsen auf seinen Lippen. »Ich könnte es noch weiter eingrenzen.«

Chrystals Hände wanderten nach vorn, über seine Brust, dann tiefer. Sie sah das Flackern in seinen Augen, als sich ihre Finger seinem Hosenbund näherten. »Wenn du damit dein Bett meinst, hab ich noch weniger dagegen.«

XENIA

Ungeschminkt kam die Wahrheit ans Licht. Das Gesicht ihrer Mutter war bleich, ihre Wangen farblos eingefallen, und an den Mundwinkeln zogen sich kleine Falten in die Haut. Xenia sah sie abwartend über den Küchentisch hinweg an.

Kerzen. Das feine Geschirr. Nudeln vom Thai. Ihre Mutter wollte beim Essen reden, hatte sie gesagt. Nicht die schlechteste Idee, nach allem, was geschehen war, nur bekam sie nichts runter.

»An dem Tag, als es passierte, waren wir gerade in Frankreich. Ich hatte mir eine Auszeit vom Studium genommen, und wir waren mit dem Wohnmobil unterwegs. Auf einem Campingplatz. Du warst fast zwei Jahre alt, und ... wir wollten dir die Welt zeigen.«

Xenia ließ die Gabel sinken und starrte ihre Mutter an. Sie wollte über *ihn* reden? Nach all den Jahren des Schweigens wollte sie über ihren Vater reden?

»Ich kam vom Einkaufen zurück. Und ... normalerweise seid ihr mir dann schon immer entgegengelaufen, auf dem Kiesweg. Oder einfach mitten durch die Zelte.« Sie musste es vor sich sehen, denn ein Lächeln huschte über ihr blasses Gesicht, bevor es wieder jeglichen Ausdruck verlor. »An dem Tag nicht.«

Xenia rührte sich nicht, atmete nicht. Sie vermied jede Bewegung, die ihre Mutter davon abbringen konnte, weiterzusprechen. Dass es sie Kraft kostete, war nicht zu überhören. Ihre Stimme klang gepresst. Zwischen den Sätzen machte sie immer wieder Pausen und holte zitternd Luft.

»Ich hab gedacht, ihr wärt vielleicht schon am Strand oder auf dem Spielplatz. Aber als ich die Einkäufe reingebracht habe, wusste ich sofort, das was nicht stimmte. Alles war aufgeräumt, der ganze Wohnwagen. Sogar das Geschirr gespült. Und …« Tränen traten in ihre Augen. »Seine Sachen waren weg. Alles. Seine Kleidung, seine Bücher, seine Zahnbürste. Und du! Ich hab die Tüten einfach fallen lassen. Bin rausgerannt, hab überall nach euch gesucht. Dich habe ich dann gefunden. Du warst bei einem älteren Ehepaar, das immer mal auf dich aufgepasst hat. Er war wohl bei ihnen gewesen, hatte was von einem Notfall erzählt. Seiner Mutter würde es nicht gut gehen. Nur … « Sie verstummte, schüttelte mit zusammengepressten Lippen den Kopf, gab dann den Kampf gegen die Tränen auf.

»Mama?« Xenia hatte sie noch nie so erlebt. So schwach. Sie musste es tun, beugte sich über den Tisch und griff nach ihrem Arm. Kein Scherbengewitter? Verwundert lauschte sie in sich hinein. Ein leises Rieseln hörte sie, ganz leicht nur im Hintergrund. Es klang fast … schön.

»In dem Moment wusste ich, dass ich ihn verloren hatte. Und diesmal für immer. Er war schon vorher immer mal weg gewesen. Ganz plötzlich. Für Tage. Für Wochen. Und hat mir nie erzählen wollen, warum. Aber gelogen? Hat er nie. Wenn er etwas nicht sagen wollte, hat er geschwiegen. Was für mich schwer genug war. Aber als die Frau das von seiner Mutter erzählt hat …« Sie sah hoch, in das Licht der Lampe und rang zitternd nach Luft. »Er hatte keine mehr. Sie war kurz nach seiner Geburt gestorben.«

Auch bei Xenia liefen jetzt Tränen. Sie stand auf, ging zu ihrer Mutter und legte ihr von hinten die Arme um den Hals. Wieder kein schmerzhafter Splitterregen. Wieder nur leises Geriesel. Dazu ihr aufgewühlt klopfendes Herz.

Es war tatsächlich möglich. Sie konnte sie berühren! Sie konnte ihre Wärme spüren. Ihre weiche Haut an ihrer Wange.

»Ich hab immer gedacht, ich komme drüber weg. Hab auch echt gekämpft. Die Fahrt zurück war der Horror. Mit dir allein.

Mit diesem riesigen Wohnmobil. Ich musste hier dann eine neue Wohnung finden, mein Studium wieder aufnehmen. Es hat irgendwie geklappt. Nur ... meine Angst ist geblieben.« Sie sah zu ihr hoch, und der Schmerz in ihrem Blick zerriss Xenia das Herz.

»Ich kann nicht mehr Autofahren. Schaffe es kaum, einkaufen zu gehen. Weil ich immer Sorge habe, irgendwas Schlimmes passiert in der Zeit. Und ... ich habe so schrecklich viel Wut im Bauch, Nia!«

»Das verstehe ich.« Und endlich sprach sie darüber. Xenia spürte, wie der ganze Tag über sie hereinbrach. Es war zu viel. Seit Langem war schon alles viel zu viel. Sie zog sich den Stuhl neben ihrer Mutter ran und setzte sich. Ihre Hand hielt sie dabei fest. Sie wollte sie nicht loslassen. Nie wieder. »Hast du noch mal was von ihm gehört? Also, ich meine, hat er sich irgendwann noch mal bei dir gemeldet?«

»Nein. Ich hab natürlich nach ihm gesucht. Aber unter seinem Namen war er nirgendwo gemeldet. Es schien ihn gar nicht gegeben zu haben. Ich war ... Ich war mit einem Geist zusammen.«

Oder einem Rebellen? Xenias Nacken überzog eine Gänsehaut. War er gegangen, weil er hatte untertauchen müssen?

»Kannst du mir noch mehr erzählen? Wie er so war?«

Ein müdes Kopfschütteln erhielt sie als Antwort. »Ich bin noch nicht so weit, Nia. Hab vorhin aber lange mit Susanne gesprochen. Ich werd mir Hilfe holen und kann nur hoffen ...« Erneut quollen Tränen aus ihren Augen. »Bitte verzeih mir!«

Xenia kuschelte sich an sie. »Das hab ich doch schon längst!«

Irgendwann stand ihre Mutter auf, nahm sich ihre Zigaretten und ging auf den Balkon. Dass Xenias Handy klingelte, zum wiederholten Mal, bekam sie durch die geöffnete Tür trotzdem mit.

»Willst du nicht rangehen?«

Jaels Anruf annehmen? Nein. Xenia steckte ihr Handy ein und wollte gerade den Tisch abräumen, als ihre Mutter den Kopf noch einmal zur Tür hereinsteckte. »Nia? Wenn es Jael war, solltest du mit ihm reden.«

»Was?« Ihr rutschte das Besteck aus den Händen. Woher wusste ihre Mutter, dass er versuchte, sie zu erreichen?

»Er war gestern hier und hat nach dir gefragt, sich auch noch mal deine Handynummer von mir bestätigen lassen. Und vorhin hat er es auf dem Festnetz probiert. Er klang …« Sie lächelte zaghaft. »Er klang wirklich traurig.«

Traurig? Xenia wollte das Wort nicht schlucken. Es passte nicht zu ihm. Und dass er gestern bei ihr gewesen war, hätte er ihr auch sagen können. Es sei denn … Nein! Plötzlich zog sich in ihr alles zusammen. Jael konnte entleeren! Und er war hier gewesen. Hatte er ihre Mutter …?

Sie kam gerade rein, drehte sich zur Spüle, und Xenias Augen flogen zu ihrem Hals. Doch sie sah nichts. Kein Fleck! Keine Blume. Jael hatte ihr nichts getan.

»Mama?« Eine Welle der Erleichterung durchzog ihren Körper. Und weil es ging, weil es endlich ging, lief sie zu ihr und ließ sich in ihre Arme fallen. »Ich hab dich lieb!«, flüsterte sie über das kaum hörbare Scherbengeriesel hinweg.

»Ich dich auch, Nia.«

Sie spürte das tiefe Durchatmen ihrer Mutter, die Wärme, die von ihr ausging. Dann ihre Hände an ihren Wangen, mit denen sie ganz sanft ihren Kopf anhob. »Und ich weiß gar nicht, wie du es allein geschafft hast, so großartig zu werden.«

Rot verweint waren ihre Augen, doch in ihnen lag ein Glanz, der ihnen bisher gefehlt hatte.

War das ihre Gabe?

Es sind immer die verborgenen Töne, die einen Menschen ausmachen. Hatte sie sie zum Klingen gebracht? Dann zum Verstummen?

War die Blume in ihren Händen erwachsen, weil sie ihre Gabe zum ersten Mal richtig eingesetzt hatte?

»So!« Ihre Mutter löste sich aus ihrer Umarmung, strich ihr lächelnd über das Haar und schob sie dann mit sanftem Druck Richtung Tür. »Abmarsch jetzt aus meiner Küche. Ich mach das Chaos hier weg.«

Vollkommen erschöpft ließ sich Xenia in ihrem Zimmer auf ihr Bett fallen. Chaos. Sie müsste hier auch mal aufräumen, die Sachen für die Schule morgen packen, Liva anrufen. Stattdessen aber schloss sie die Augen. Ihr Kopf dröhnte, so randvoll mit Fragen war er. Und auf viele davon hätte ihr Vater sicher Antworten. Er war gegangen, ohne Abschied. Ohne Erklärung.

Und tauchte jetzt plötzlich wieder auf.

Weil er wusste, dass die Organisation sie in den Fängen hatte?

Xenia legte ihren Kopf auf das Kissen, und eine leise Melodie stieg in ihr auf. *La Le Lu* war es nicht. Es war Jaels Cello. Eine Weile hörte sie ihm zu. Sah ihn vor sich. Sein Gesicht, ganz nah. Seine Augen.

Und plötzlich begann ihr Herz zu stolpern.

Es war keine Manipulation! Sie füllte die Menschen nicht mit irgendeinem Gefühl, sie holte etwas Verborgenes aus ihnen hervor. Und Jaels Melodie klang so sehnsuchtsvoll.

Konnte sie ihn hören?

Konnte sie auch ihm etwas zurückgeben? Seine Gefühle?

Auf dem Nachttisch lag ihr Handy. Xenia setzte sich auf und schnappte es sich. Zwölfmal hatte er versucht, sie zu erreichen, verriet ihr die Anrufliste. Dazu hatte er einen Haufen an Nachrichten hinterlassen. Und Felix auch? Seine musste ihr entgangen sein. Xenia öffnete sie, und als sie das Foto sah, das er ihr geschickt hatte, riss sie erstaunt die Augen auf.

Die Himmelskarte! Sie war wieder da?

Ungläubig schüttelte sie den Kopf, lächelte dann.

Mit der Karte würde Fiene ihre Liebe zurückbekommen! Sie würde wieder lachen. Sie vollquatschen. Felix nerven!

Doch noch eine andere Erkenntnis mischte sich zaghaft unter ihre Freude und sorgte dafür, dass in ihr etwas heilte. Etwas, das mit Jael zu tun hatte.

Sein Versprechen. Er hatte es gehalten.

Er hatte Rafi die Karte tatsächlich abgenommen.

Xenia lehnte sich zurück. Es war Zeit, seine Nachrichten zu lesen. Um Rückruf bat er. Um ein Gespräch. Zum Schluss um ein Treffen, morgen um sieben Uhr an der Ecke.

Ich werde da sein, schrieb sie ihm und erhielt in Sekundenschnelle Antwort.

Danke, Xenia! Jetzt kann ich schlafen.

Jael im Bett. Allein die Vorstellung von ihm, von seinem Körper zwischen den Laken, trieb ihr Hitze ins Gesicht. Xenia rollte die Augen. So einfach wollte sie sich nicht kriegen lassen. Und hatte es auch nicht vor.

Denn bevor sie morgen wirklich mit ihm laufen würde, musste sie noch etwas anderes erledigen. Und zwar: Kontakt aufnehmen. Sie krabbelte aus dem Bett und ging zu ihrem Schreibtisch. Sich nur auf Jael zu verlassen, war riskant.

Warum also nicht lieber auf beiden Seiten spielen?

Zumindest so lange, bis sie mehr wusste. Über die Organisation und die Rebellen. Nur musste sie sich der anderen Seite dazu erst mal nähern, ihr klarmachen, dass sie Bescheid wusste.

Die Nachricht war schnell geschrieben. Und er würde sie verstehen. Xenia riss ein Stück Tesafilm von der Rolle, klebte den Streifen an den Zettel, spähte dann vorsichtig in den Flur. Sehr gut. Ihre Mutter hatte sich bereits zurückgezogen, ihre Zimmertür geschlossen.

Leise schlich sie in die Küche, heftete die Nachricht unter eine der leeren Thaischachteln und schlüpfte aus der Wohnung. Draußen sprang sofort der Bewegungsmelder an. Gut, er sollte sie ja sehen. Er, der sie anscheinend zeitlebens im Blick gehabt hatte. Trotzdem zitterten ihre Finger leicht, als sie die Papiertonne öffnete und die Schachtel hineinlegte. Gut sichtbar, mit dem Boden nach oben, sodass er ihre Nachricht gleich finden konnte. Sie war kurz, bestand nur aus drei Noten. Einem d, einem a, einem d.

Dad.

FELIX

Aufzuwachen und zu wissen, dass man weiterträumen durfte …

Felix grinste. Eine Zeile für ein neues Lied?

Sie war noch da. Chrystal!

Sie lag neben ihm. In seinem Bett.

Ein Teil von ihm konnte es nicht fassen, der andere war … wie benebelt vor Glück.

Behutsam zog er seinen Arm unter ihrem Kopf hervor und richtete sich ein wenig auf. Er wollte sie nicht wecken, musste sie aber berühren. Wenigstens ihr Haar? Es lag aufgefächert auf seinem Kissen. Schwarz auf weiß. Vorsichtig nahm er eine Strähne und ließ sie durch seine Finger gleiten.

Ein leiser Laut verließ ihre geöffneten Lippen, ein Seufzen, mit dem sie sich verschlafen auf die Seite drehte. Dann aber wieder seine Nähe suchte. Sie kuschelte sich an ihn. Ihre Hüfte streifte dabei seinen Bauch. Felix' Herzschlag beschleunigte sich augenblicklich. Und obwohl sie die Nacht kaum mit Schlafen verbracht hatten, regte sich erneut Verlangen in ihm. Er sah sie wieder vor sich. Unter sich. Neben sich. Chrystals vollkommenen Körper. Das glitzernde Blau ihrer Augen. Ihr wunderschönes Tattoo. Es lugte unter der Decke hervor. Die drei bereits bunt leuchtenden Blütenblätter, darüber die noch farblosen drei. Alle aus der WG trugen dieses Tattoo, das wusste er jetzt, und auch, dass ihre Ausbildung innerhalb der Organisation erst abgeschlossen war, wenn die Blume vollständig erstrahlte.

Ganz sacht umfuhr er die noch leeren Blätter mit seinen Fingern. Könnte er sie doch einfach jetzt schon alle anmalen.

»Felix?« Ihre verschlafene Stimme, das müde Rekeln ihres Körpers verstärkte das drängende Pulsieren in ihm. Ihr Bein schob sich zwischen seine, und Felix hielt die Luft an. Sie musste es spüren. Sie musste ihn spüren. Und das Lächeln, das auf ihren Lippen erschien, noch bevor sie die Augen öffnete, bestätigte seine Vermutung.

»Guten Morgen!« Verführerisch glitt sie auf ihn und bedeckte seinen Körper mit ihrem. »Ich weiß gar nicht mehr, wo wir letzte Nacht stehengeblieben sind. Du?«

»Nein.« Felix verkniff sich ein Grinsen. »Ich kann mich an absolut gar nichts erinnern.«

»Was?«

Über ihren empörten Gesichtsausdruck musste er lachen. Doch ihre warme Hand, die sich plötzlich zwischen sie schob, über seinen Bauch glitt, dann tiefer wanderte, ließ ihn augenblicklich verstummen.

»Chrystal.« Felix stöhnte auf, als ihre Finger den Bund seiner Shorts erreichten, und es kostete ihn alles an Beherrschung, ihre Hand zu stoppen. »Wir haben, wenn du jetzt weitermachst, gleich mehrere Probleme.«

»Echt?« Sie stützte ihr Kinn auf seiner Brust ab. Chrystalblau! Wie konnte dieses klare, reine Meeresleuchten nur so abgrundtief sexy strahlen. »Also, um ein wirklich drängendes Problem würde ich mich wirklich sehr gerne kümmern.«

Felix strich ihr grinsend ein paar Haarsträhnen aus der Stirn. »Dieses drängende Problem hat auch tatsächlich ganz eigene Gedanken. Aber …« Er sah zum Nachttisch. »Es ist gleich sieben. Du wolltest Fiene vor der Schule unbedingt noch die Karte bringen. Und, vielleicht das durchaus problematischste Problem …« Seine Hand angelte eines der aufgerissenen Kondompäckchen aus der Schublade. »Wir haben keine mehr.«

»Stimmt ja. Wie blöd.« Sie zog sich ein Stück zu ihm hoch, strich ihm über die Wange, bevor sich ihre Lippen auf seine legten.

Sie küsste ihn, ungewohnt sanft, und hob dann lächelnd ihr Handgelenk. »Den ersten Knoten von meinem neuen Armband nutze ich jetzt. Und ich wünsche mir, dass das hier zwischen uns nur der Anfang ist.«

Eine kalte Dusche. Das war Felix' einzige Chance, um wieder einigermaßen klar denken zu können. Die Nacht. Das Aufwachen. Wenn es wirklich erst der Anfang war, dann von etwas Unglaublichem!

Sie tranken den Kaffee im Stehen. Mehr passte zeitlich nicht, und auch den Besuch bei Fiene mussten sie kurz halten. Sie freute sich über die Karte, verhalten zwar, aber immerhin! Und sie versprach, Rafi mit ihren Anschuldigungen in Ruhe zu lassen.

Müsste er selbst sich bei ihm entschuldigen?

Laut Chrystal war er krank. Hatte die Grippe.

Kurz vor acht war es bereits, als Felix auf den Parkplatz der Schule einbog. Sie mussten sich ranhalten, um noch pünktlich zu kommen, daher wunderte es ihn, dass Chrystals Hand auf dem Weg zum Eingang plötzlich aus seiner verschwand. Sie war stehen geblieben.

»Alles okay?« Er runzelte die Stirn, folgte dann ihrem angespannten Blick zur Seite, sah aber nichts außer Busse, Schüler. Das normale Chaos halt.

»Ja, ja. Alles okay. Ich … muss nur grad noch mal schnell telefonieren.« Ihr Lächeln war gut, hätte ihn überzeugt, wenn ihre Augen dabei mitgemacht hätten. »Wir sehen uns in der Pause, okay?«

»Klar.« Er ließ sie gehen, konnte aber nichts dagegen tun, dass Enttäuschung an ihm nagte. Dass es wieder um die Organisation ging, daran zweifelte er nicht. Doch warum log sie ihn an?

Gerade als er zum Sporttrakt abbiegen wollte, sah er sie zwischen kahlen Büschen hindurch auf der anderen Straßenseite stehen. Ein grauer Kleinbus hielt neben ihr. Felix duckte sich. War scheiße, sie heimlich zu beobachten, aber irgendwas stimmte da nicht. Hochgezogene Schultern. Hatte er bei ihr noch nie gesehen.

Die Fahrertür öffnete sich, und ein Mann stieg aus. Er wechselte ein paar Worte mit ihr. Dann glitt die seitliche Schiebetür auf, und Felix zuckte erschrocken zusammen, als der Typ Chrystal fast grob am Nacken packte und in den Wagen schob. Scheiße! Da stimmte was gewaltig nicht.

Ohne weiter nachzudenken, lief er los. Zurück zum Parkplatz. Der Kleinbus war stadtauswärts gefahren.

Wohin brachte man sie?

Seine Finger zitterten. Er brauchte mehrere Anläufe, um den Bulli zu starten, und raste dann vom Parkplatz. Vielleicht war es ein Fehler, ihr nachzufahren, doch seine Sorge um sie überwog die Zweifel.

An der nächsten Ampel sah er den Wagen wieder, hielt aber Abstand. So machte man das doch, oder? Immer ein, zwei Autos dazwischen lassen?

Blöderweise lichtete sich der Verkehr, sobald sie die Stadtgrenze erreicht hatten. Felix ließ sich absichtlich weiter zurückfallen, sah dann aber im Rückspiegel ein schwarzes Auto mit hohem Tempo näher kommen. Seine Finger um das Lenkrad verkrampften sich. War er aufgeflogen?

Die Straße vor ihm machte eine Kurve. Für einen Moment verlor er Chrystal aus den Augen, nicht aber den Wagen hinter sich. Er kam immer näher! Ein Mann saß am Steuer. Mehr konnte er nicht erkennen. Nur noch, dass er zum Überholen ansetzte. Was ihm nur recht war.

Felix drosselte die Geschwindigkeit, doch der Wagen, jetzt neben ihm, blieb auf gleicher Höhe.

Ruhig bleiben. Atmen. Fahren. Er versuchte, sich nichts anmerken zu lassen. Der Typ fuhr dicht neben ihm. Hinter den abgetönten Scheiben konnte er niemanden ausmachen, den Idioten nicht sehen. Mit aufheulendem Motor aber gab er plötzlich Gas, zog an ihm vorbei, nur um dann doch wieder abzubremsen. Ihm den Weg abzuschneiden? Felix schrie auf und trat auf die Bremse. Der Bulli brach unter seinen Händen weg. Er verlor die Kontrolle! Ein Parkplatz! Direkt vor sich sah er die Zufahrt, und mit aller Kraft riss er das Steuer herum. Der Bulli schwankte, holperte halb über die Ausfahrt, halb über das Feld, kam dann aber zum Stehen.

Schwer atmend hing Felix im Gurt, umarmte das Lenkrad und ließ seinen Kopf fallen. Scheiße, war das knapp gewesen.

Ein Nummernschild hatte er nicht. Nicht mal die Marke des Autos. Und einen Beweis? Ne. Abgedrängt hatte der Typ ihn, aber nicht tuschiert. Die hatten ihn loswerden wollen. Ohne Spuren zu hinterlassen?

Ein Quietschen ließ ihn hochschrecken. Das Quietschen von Reifen!

»Nein!« Felix' Herz begann zu rasen. Von vorne, vom anderen Ende des Parkplatzes kam der schwarze Wagen direkt auf ihn zugeschossen. Er musste raus. Weg hier. Felix stieß die Tür auf, zerrte an dem beschissenen Gurt. Da war der Wagen schon da. Bremste. Keilte ihn ein. Und schlug ihm mit der Stoßstange die Tür wieder zu.

Er saß in der Falle!

Ein Zittern ergriff seine Beine. Seine Arme. Panik verengte sein Sichtfeld.

Die Tür des Wagens neben ihm öffnete sich, das bekam er noch mit. Auch, dass jemand ausstieg.

Fassungslos begann Felix zu blinzeln. »Du?«

JAEL

Kein Lächeln. Kein Wort. Xenia lief neben ihm, und ihr runder Laufstil verriet sie als das, was sie war: eine Sportlerin. Ihre allmählich flacher werdende Atmung allerdings als eine, die länger nicht trainiert hatte. Und darauf setzte er. Eine Pause, an den Findlingen hinter dem Spielplatz.

Die Funkstille zwischen ihnen gestern hatte er sicher Lindas spontanem Auftritt bei ihm zu verdanken, und er musste Xenia zum Reden bringen, um ihr Vertrauen zurückzugewinnen.

Jael dirigierte sie nach links und steigerte unauffällig das Tempo. Da sie mitzog, hatte er sie bald so weit, und ihr ging die Luft aus.

»Bis zu den Steinen noch?« Er deutet auf die grauen Riesen, die sich in der einsetzenden Morgendämmerung bereits vor ihnen abzeichneten. Xenia nickte nur, lief langsam aus und ging ein paar Schritte – schwer atmend, die Arme erhoben.

Während sie dann ihre Waden dehnte, sah Jael sie an, den Kopf geneigt, eine Hand locker in die Hüften gestemmt. Keine verschränkten Arme! Die bedeuteten Abstand. Er aber wollte Nähe.

»Warum hast du mich gestern so zappeln lassen, Xenia?«

Sie wechselte die Beine, schaute nur kurz auf, bevor sie den Blick wieder auf den Boden heftete. »Ich hab sie gesehen.«

»Dachte ich mir.« Jael fuhr sich durch die Haare. »Und ... wenn ich jetzt sagen würde, es wäre nichts passiert, wäre es gelogen.«

»Super!« Ihr Stand geriet ins Wanken, sie verlor kurz das Gleichgewicht. »Wenigstens bist du ehrlich.«

Er gab sich zerknirscht, doch das Gespräch nahm genau die richtige Richtung an. Und da er Xenia bereits gut genug kannte, lehnte er sich ohne ein weiteres Wort an einen der Felsen, darauf wartend, dass sie auf ihn zukam. Nicht lange, und sie unterbrach tatsächlich ihre Dehnübungen.

»Warum, Jael?« Sie drehte sich zu ihm. »Warum lässt du mich dann nicht einfach in Ruhe?«

»Weil ich das nicht kann. Und nicht will. Linda ist nur ein Mittel zum Zweck. Du nicht. Du bedeutest mir was.«

Sie stieß ein verächtliches Lachen aus. »Und du meinst, damit komme ich klar?«

»Keine Ahnung.« Seine ratlose Haltung musste er in diesem Moment nicht spielen. »Ich weiß nichts von Beziehungen. Ich weiß nichts von Gefühlen. Aber ...« Er suchte ihre Augen und sprach erst weiter, als er es gefunden hatte. Das Goldbraun, das ihm gestern so gefehlt hatte. »Bisher ist mir auch niemand wichtig gewesen.«

Xenia wich seinem Blick nicht aus, und ihre angespannten Lippen verloren an Härte, auch wenn sich ein Lächeln noch immer nicht einstellen wollte.

»Was heißt Mittel zum Zweck? Was hast du mit Linda vor?«

»Ich muss sie dazu bringen, sich in mich zu verlieben. Das ist mein Auftrag. Der Abschluss der letzten Stufe.«

»Stufe? Lass mich raten. Es sind sechs, richtig?«

Überrascht zog er die Augenbrauen zusammen.

»Keine Antwort?« Sie kam näher. »Dann hab ich also recht. Ihr hinterlasst Spuren, oder? Eine kleine Blume am Hals? Mit sechs Blütenblättern?«

Jael spürte, wie ihm der Kiefer runterklappte. »Du kannst die Markierungen sehen?«

»Kann ich. Erst hab ich die Flecken nur für irgendwelche Stiche gehalten. Aber gestern bei meiner Nachbarin, da war die Blume ganz deutlich zu sehen.«

Ihre Nachbarin? Die Dame mit Hund sicher, sein letztes Opfer. Jael schüttelte den Kopf. Er hatte Xenia unterschätzt, und zwar vollkommen.

»Also: Was für Stufen gibt es?« Sie setzte sich neben ihn auf einen der Steine. »Komm schon. Ich weiß doch jetzt eh fast alles.«

Bei Weitem nicht. Jael atmete tief durch und zählte sie dann auf.

Die Liebe zu Hobbies, zu Gegenständen.

Die kindliche, neugierige Liebe.

Die freundschaftliche Liebe.

Die Eigenliebe.

Die fürsorgliche Liebe.

Die romantische Liebe.

Regungslos starrte Xenia auf den Boden, fast so, als wäre sie mit den Steinen um sie herum verschmolzen. Dann aber schluckte sie hart. »Das ist so widerlich, Jael. Ihr nehmt den Menschen das Wichtigste. Das, was uns alle ausmacht. Wieso? Wieso machst du da mit?«

»Ich kann nicht anders. Sie haben mich in der Hand.«

»Womit?«

Er konnte es ihr nicht sagen, zudem würde sie es niemals glauben.

Sein Schweigen übertrug sich auf sie.

Gehen oder bleiben? Jael sah, wie sie mit sich kämpfte. Sie knabberte nicht wie sonst an ihrer Unterlippe, sie verbiss sich fast in ihr.

Kies knirschte plötzlich in die Stille, als sie ihre Füße enger an sich zog, dann aufblickte. »Die Stufen. Also, ich finde die Reihenfolge komisch.«

»Wieso?«

»Weil mir immer gesagt wurde, dass man niemand anderen lieben kann, wenn man sich selbst nicht liebt. Von daher hätte ich gedacht, dass nicht die romantische Liebe, sondern die Eigenliebe die letzte Stufe ist. Also die höchste.«

»Ist das wirklich so?« Skeptisch hob er eine Augenbraue. »Soweit ich das mitbekomme, geben viele Menschen sich selbst auf. Für andere. Oder nicht?«

»Mag sein. Ich halte sie trotzdem für immens wichtig.«

»Darum geht es bei unseren Stufen aber nicht. Es geht nicht um Wertigkeit, sondern vielmehr darum, was für uns möglich ist. Wie leicht oder schwer es uns fällt. Um zu entleeren, müssen wir die Menschen dazu bringen, uns von dieser Liebe zu erzählen. Und da wir …« Jael stockte. Etwas Bitteres stieg in ihm auf. Ein unbekannter Geschmack, den er wegzuschlucken versuchte. »Da wir nicht liebenswert sind, ist die romantische Liebe für uns nicht einfach zu bekommen. Also die, die man uns entgegenbringt. Das darf keine Schwärmerei sein. Nichts Oberflächliches. Die Liebe muss echt sein. Verstehst du, was ich meine?«

Sie nickte, sah ihn dabei an. Lange. Und … griff nach seiner Hand? Sein Herzschlag setzte aus, nur um dann davonzujagen.

»Ganz selten, Jael, ganz selten bist du es. Liebenswert.«

Feuer! Plötzlich brach es in ihm aus, fraß sich glühend durch seine Brust. Er entriss ihr seine Hand und stand auf. Bewegung. Er musste sich bewegen.

Du bist mein Schatz, Jael. Ich hab dich so lieb.

Die Stimme seiner Mutter stieg wieder in ihm auf und trieb die Flammen in seinem Inneren weiter an. Dazu ihr Cellospiel. Den Blick auf den Boden geheftet, rang er nach Luft. Ging ein paar Schritte, begann sie zu zählen. Bis es in ihm allmählich leiser wurde. Dann still.

»Hey. Alles okay?«

Jael fuhr herum. Xenia näherte sich ihm zögerlich.

»Entschuldige. Ich …« Wie sollte er sich erklären? Was sollte er ihr sagen? Tief in ihm hörte er die Antwort: die Wahrheit! Doch hatte er für sie keinen Text.

»Ich … Ich kann sehr gut spielen, Xenia. Ich kann anderen was vormachen, sie manipulieren. Aber in Jemanden-mögen bin ich nicht gut. Und ich hab keinen Schutz mehr gegen dich.«

Ein Lächeln erschien auf ihren Lippen, zaghaft nur, das sorgte aber dafür, dass sich ihre Stirn wieder glättete.

»Hast du deswegen dein Versprechen gehalten? Weil du mich magst?«

»Versprechen?« Irritiert sah er sie an. »Was meinst du?«

»Ach komm. Ich weiß davon.«

Unruhe breitete sich in ihm aus, und mit angespanntem Blick verfolgte er, wie sie ihr Handy aus der Jackentasche holte, es entsperrte und ihm ein Foto zeigte. Die Himmelskarte? In seinem Kopf wirbelten die Gedanken umher. Klar, dass Xenia dachte, Fiene hätte ihre Liebe zurück. Nur hatte er das Original noch, es sogar dabei. Jael griff in die Tasche seiner Jogginghose und holte die beschädigte Karte heraus.

Augenblick verdunkelte sich ihr Blick. »Was ist das?«

»*Das* hier ist Fienes. Rafi hatte sie zerrissen. Ich hab versucht, sie wieder zusammenzusetzen. Aber eine Ecke habe ich bisher nicht gefunden.«

Die Enttäuschung in ihrem Gesicht war so greifbar, dass Jael sie körperlich spüren konnte. Als dumpfen Schmerz in seiner Brust. Sie nahm ihm die Karte aus der Hand und zog sich auf ihren Stein zurück. »Wer hat Fiene dann die andere gegeben?«

Sie sahen sich an und sprachen den Namen gleichzeitig aus. »Chrystal!«

»Sie wurde sicher beauftragt, Fiene zu besänftigen, um Rafi aus der Schusslinie zu bringen.« Hatte sie womöglich die fehlende Ecke? Er setzte sich zu Xenia. »Eine Frage habe ich: Gibt es unter den Karten nur *eine* Himmelskarte?«

»Nein. Es gibt sie in verschiedenen Farben. Wieso?«

»Weil damit ziemlich klar sein dürfte, dass Chrystal das fehlende Teil hat. Oder zumindest hatte. Immerhin wusste sie, dass

Fienes Karte blau war.« Und hatte ihm nichts von der Aktion gesagt. Jaels Nackenmuskeln zuckten. Sie kam ihm in die Quere. Und nicht nur das. Ihre Angst gestern … Chrystal war durchlässiger, als sie sein sollte, und seine Zweifel kamen zurück.

»Sag mal«, begann er vorsichtig, »du hast mir doch gesagt, dass alle Menschen für dich ein Geräusch haben, nur wir nicht. Gehört Chrystal auch dazu? Hast du sie mal berührt?«

»Nein.«

»Nein was? Nicht berührt?« Sein Ton klang schärfer als gewollt. Xenias Gesicht verlor an Farbe.

»Ich habe sie einmal berührt, ganz kurz nur auf der Party, und da war sie nicht still. Ich hab …«

»Shit!« Er stand auf. Aus Amerika? Gut ausgebildet? Er hatte das einfach so geschluckt und nie hinterfragt, was genau das zu bedeuten hatte.

»Und was heißt das jetzt?«

»Dass sie anders ist als wir. Vielleicht sogar ein Spitzel. Eingesetzt von der Organisation, um uns zu kontrollieren.« Kopfschüttelnd sah er in den Himmel. Respekt, das so durchzuziehen.

»Ist das schon mal vorgekommen?«

»Nein.« Er drehte sich zu ihr. »Aber jetzt gibt es möglicherweise eine Standleitung – und zwar nach ganz oben. Du hältst dich also von ihr fern, verstanden?«

Xenia nickte. Doch irgendwas spukte in ihrem Kopf noch rum, und sie sah längst nicht so ängstlich aus, wie sie aussehen sollte. Jael kniff die Augen zusammen. »Was ist?«

»Nichts, gar nichts. Aber … wir sollten los, oder?«

Sie schon. Er jedoch hatte andere Pläne. Chrystal hatte die Nacht bei Felix verbracht und würde sicher gleich direkt von ihm aus zur Schule fahren. Eine bessere Gelegenheit konnte es gar nicht geben, sich in ihrem Zimmer mal ungestört umzusehen.

»Ich komm mit.«

»Bitte was?«

»So wie du auf deine Uhr geschaut hast, dann auf die hier …« Sie stand auf und gab ihm die Himmelskarte. »Du willst bei Chrystal nachsehen, oder? Und ich komm mit.«

Jael schüttelte den Kopf. Mal abgesehen davon, dass Xenia ihn viel zu gut durchschaute, wollte er sie nicht dabeihaben. Aber ihr gerecktes Kinn, ihr fester Blick ließen darauf schließen, dass es nicht leicht wäre, ihr den Gedanken auszutreiben. Er versuchte es trotzdem, erklärte ihr, dass es zu riskant sei, dass es gefährlich für sie werden könnte, wenn einer aus dem Haus sie sehen würde, doch … sie lachte?

»Meinst du etwa Mr. Danton? Oder Mrs. Partner? Oder jemand anderen aus der so unglaublich bekannten Agentur? Mann, Jael, ich weiß, dass bei euch alles Fake ist, okay?«

Klein, süß, niedlich. In diese Schublade hatte er sie anfänglich gepackt. Süß war sie für ihn noch immer, doch was in ihr steckte, faszinierte ihn weitaus mehr.

»Sollte ich dich wirklich mitnehmen, müsstest du die Schule schwänzen.« Jael hob skeptisch die Augenbraue. »Weißt du überhaupt, wie das geht?«

»Idiot!« Sie schubste ihn weg, lief dann los.

Sobald sie aus dem Stadtpark kamen, holte das Leben sie wieder ein. Hier war wesentlich mehr los, auf den Bürgersteigen ebenfalls, sodass sie sich hintereinander durch die Leute schlängeln mussten. Gerade als sie in ihre Straße einbogen, er sich nach ihr umschauen wollte, zog plötzlich etwas anderes seine Aufmerksamkeit auf sich. Ein grauer Kleinbus! Direkt vor seinem Haus. Er schnappte sich Xenias Arm und zerrte sie in den nächstbesten Hauseingang. Sie stolperte, wollte losmotzen, doch ein Blick von ihm genügte, um sie zu stoppen.

»Was ist?« Angst mischte sich in den empörten Ausdruck ihrer Augen. Jael blieb stumm, nickte nur rüber zum Wagen.

Geno stieg gerade ein. *Drexlers Shuttle-Services*. Der weiße Schriftzug prangte auf der seitlichen Schiebetür, gut sichtbar.

Doch sonst? Nichts. Keine Telefonnummer. Keine E-Mail-Adresse. Jael kniff die Augen zusammen und musterte den Mann, der wartend im Hauseingang stand. Niemand Bekanntes. In der weit sitzenden Jeans, dem dicken Strickpulli und einer tief in die Stirn gezogenen Schirmmütze sah er aus wie ein x-beliebiger Fahrer. Und sollte auch sicher exakt diesen Eindruck vermitteln.

»Wer … Wer ist das?«

»Jemand, den die Organisation schickt.«

Akrom trat in diesem Moment aus dem Haus, stutzte, verschwand dann im Wagen. Sie wurden alle eingesammelt?

»Okay.« Jael legte Xenia seine Hände auf die Schultern und drehte sie zu sich. »Ich muss los. Aber du wartest hier noch einen Moment, okay? Bis wir weg sind. Die Aktion mit der Karte müssen wir verschieben.«

»Was? Quatsch!« Sie schüttelte seine Hände ab. »Ich kann doch allein suchen. Du musst mir nur den Code für eure Tür geben.«

»Nein! Das ist viel zu …«

»Gefährlich?« Der Ton, mit dem sie ihn unterbrach, gefiel ihm nicht. Die Schärfe in ihrem Blick noch weniger. »Ich hab es satt, Jael. Nur abzuwarten. Nichts tun zu können. Ich sitz doch eh schon in der Scheiße. Und für das, was Fiene passiert ist, bin ich mitverantwortlich. Also?« Sie griff nach seinem Arm. »Lass mich helfen!«

Ein Windhauch durchzog seine Brust, so kalt, dass er zu frösteln begann. Gab es das, Gänsehaut von innen? Irritiert legte Jael eine Hand auf sein zitterndes Herz und spähte dabei erneut zur gegenüberliegenden Straßenseite. Der Mann war eingestiegen, ohne aber den Motor zu starten. Er wartete auf ihn. Wenn Xenia ihm jetzt eine Szene machte — und er konnte davon ausgehen, dass sie das gleich tat —, würde er sie in noch größere Gefahr bringen. Hatte er also eine Wahl?

Mit zusammengekniffenen Lippen griff er in seine Hosentasche und fischte Fienes Karte heraus. »Nur weil ich jetzt losmuss und keine Zeit hab, dir das auszureden. Warte aber noch. Geh nach Hause und gib dich ganz normal, okay? Gut möglich, dass wir beobachtet werden. Wenn du dann später rübergehst, sei vorsichtig, es kann …«

»Schon klar.« Sie zog ihm die Karte aus den Fingern, lächelte dann auffordernd zu ihm hoch. »Und jetzt noch die Zahlen?«

»7518«

Der Windhauch in ihm entwickelte sich zu einem Sturm, als er Xenia an sich zog. »Ich meld mich, sobald ich kann.«

Ihre Hände lagen an seiner Hüfte. Hände, die dorthin gehörten. Hände, denen nie etwas passieren durfte. Jael schloss kurz die Augen, atmete mit ihr. Atmete sie ein. Riss sich dann los.

Möglichst locker überquerte er die Straße und lief auf den Wagen zu. Der Fahrer stieg sofort aus, gab ihm unmissverständlich zu verstehen, die Zeit, sich umzuziehen, bliebe ihm nicht mehr, und forderte mit ausgestreckter Hand sein Handy. Es hatte keine Anordnung gegeben. Man hatte ihn nicht informiert. Jael sah durch die geöffnete Schiebetür ins Innere des Wagens. Akrom nickte ihm zu und machte gleich Platz. Widerwillig übergab er dem Fahrer sein Handy und stieg ein. Als die Seitentür hinter ihm zuglitt, er sich anschnallen wollte, spürte er ihn. Seinen Fehler. Jaels Finger krallten sich um den Gurt, nur um nicht in die Tür zu greifen. Sie wieder aufzureißen. Xenia zu warnen! Denn nicht nur der Jasminduft fehlte hier im Wagen. Es fehlte noch jemand. Und diesem jemand würde sie in der Wohnung direkt in die Arme laufen.

XENIA

Warmes Wasser! Sie hatte den Duschregler weit nach links gedreht, um kurz wieder aufzutauen. Die Anspannung in ihrem Körper aber blieb. Jael hatte ein neues Geräusch! Ein unheimliches Säuseln. Es war zu ihr durchgedrungen, als er sie zum Abschied in seine Arme gezogen hatte, und hing noch immer in ihr nach. Das Säuseln hatte nach Angst geklungen. Hatte er Angst? Um sie?

Blödsinn wahrscheinlich. Sie stellte das Wasser ab, nahm sich ein Handtuch und schlüpfte aus dem Bad. Viel Zeit blieb ihr sicher nicht, bevor die WG zurückkam, und die wollte sie nutzen. Wer weiß? Vielleicht würde sie in Chrystals Zimmer noch mehr finden als nur das fehlende Teil der Karte. Jael hielt sie für einen möglichen Spion. Was aber, wenn sie jemand ganz anderes war? Jemand, der ihr helfen konnte? Bis jetzt hatte sie Felix nicht entleert, konnte sie womöglich auch gar nicht. Weil sie zu den Guten gehörte?

»Musst du nicht langsam los?« Ihre Mutter lugte aus der Küche, als sie zurück in den Flur kam. Müde sah sie aus, aber entspannter. In Jeans und einem eng anliegenden Rollkragenpulli. Die Haare trug sie offen.

»Bin schon auf dem Weg.« Xenia schlüpfte einfach zurück in die Laufschuhe und schnappte sich ihre Jeansjacke. Auch den Rucksack musste sie mitnehmen, ließ ihn aber unten im Treppenhaus stehen, versteckt hinter einem ausrangierten Kinderwagen.

Der Papiermülltonne schenkte sie ein flüchtiges Lächeln. Als Briefkasten taugte sie, und zwar in beide Richtungen. Bevor sie mit Jael joggen gegangen war, hatte sie reingeschaut. Die Thai-Box war noch da gewesen. Ihre Nachricht nicht mehr.

Ob er sie auch jetzt beobachtete?

Verstohlen sah sie sich um, wechselte die Straßenseite und nutzte einen vorbeifahrenden Lkw als Sichtschutz, um schnell in der Einfahrt zu verschwinden. Laut Jael hatten alle Türen im und am Haus den gleichen Code. Sie wollte den Hintereingang nutzen, lief geduckt über den Hof und gab dort die Zahlen über das Display ein.

Die herrschaftliche Stille, die sie empfing, ließ sie frösteln. Wer hatte nur so viel Geld, ein ganzes Haus komplett leer stehen zu lassen?

Das Holz einiger Treppenstufen ächzte unter ihren Füßen, und auf jedes Knarren, jedes Knacken hatte ihr Körper die gleiche Antwort. Es jagte ihr Schauer über den Rücken.

Xenia drückte sich nah an die Wand und schlich in ihrem Schatten Stockwerk um Stockwerk hoch. 7581. Vor der Wohnungstür gab sie erneut den Code ein. Das leise Klacken des Türschlosses hallte unheimlich im Treppenhaus wider. Sie sah sich noch einmal um und schob dann die Tür weiter auf. Der Duft nach Kaffee hing in der Luft, im Flur standen Schuhe, daneben Jaels Schultasche. Xenia lief nach links. Sie musste durchs Wohnzimmer, dann den Gang entlang, um zu Chrystals Zimmer zu gelangen. Komisch fühlte es sich an, wieder hier zu sein. Die Stille in den Räumen. Der Einblick in das Leben der WG. Auf der Couch lag eine zusammengeknüllte Decke, daneben eine leere Chipstüte, auf dem Tisch davor ein Controller. Irgendjemand hatte vor nicht allzu langer Zeit gezockt, der Bildschirmschoner lief noch. Sie schlich weiter, an der Kletterwand vorbei, und wollte gerade in den Gang einbiegen, als sie abrupt stoppte. Hinter ihr. Jemand atmete!

»Sieh an! Mit dir hätte ich jetzt nicht gerechnet.«

Rafi! Er ... war noch hier?

Zitternd drehte sie sich um. Sie wollte etwas sagen, sich erklären, doch über ihre Lippen kam kein Laut. Rafi stand vor ihr, mit einem Messer in der Hand. Und er kam näher. Die Augen zu Schlitzen verengt keilte er sie zwischen der Wand in ihrem Rücken und seinem Körper ein. Langsam ließ er das Messer nach oben über den Stoff ihrer Jacke wandern. Sie hörte das leise Kratzen der Klinge, dann spürte sie es kalt an ihrem Hals.

»Kannst du mir mal sagen, was du hier suchst?«

»Rafi, bitte! Ich … ich … Jael schickt mich.«

»Jael? Interessant.« Sein Blick glitt über ihr Gesicht. Scannte er sie? Er wusste, dass sie eine Immunitin war, doch konnte er auch ihr tödliches Wissen lesen?

»Wieso sollte er das machen, Xenia? Dich schicken?«

Sie rutschte an der Wand entlang, um ihn abzulenken, seinem starren Blick zu entkommen. Ein Fehler! Schmerz flammte in ihr auf, die Klinge des Messers hatte ihr Kinn erwischt. Rafi senkte seinen Arm. Blut lief ihm über die Hand. Ihr Blut!

Xenia suchte nach Halt, um nicht wegzukippen. »Er wollte, dass ich dir helfe. Er hat mir den Code gegeben.«

»Wirklich?« Er wischte sich die Hand an seinem Pulli ab, ging dann auf Abstand. »Wobei denn helfen?«

Xenia atmete flach. Ihre Gedanken jagten umher, verfingen sich aber ineinander, denn jedes Wort konnte jetzt falsch sein. Doch … die Karte! Es ging um die Karte. Mit fragenden Augen griff sie an ihre Hosentasche und zog sie auf sein Nicken hin heraus. »Ich soll mit dir zusammen das fehlende Teil suchen.«

Er nahm sie ihr aus den Fingern und betrachtete sie nachdenklich. »Warum?«

Um sie Fiene zurückzugeben, wäre die Wahrheit, doch wie sollte sie ihm die verkaufen?

»Darf ich mich setzen?«

Unschlüssig blickte er zur Couch, nickte dann erneut, bevor er im Bad verschwand, für Sekunden nur.

Um … ihr ein Tuch zu holen.

Sie nahm es entgegen und wischte sich mit stockenden Bewegungen über den Schnitt an ihrem Hals. Schmerzen? Nein. Sie fühlte in sich nichts mehr – außer Angst!

»Jael meinte, die Karte wäre dir wichtig. Ich weiß nicht, warum, aber …« Ihre Mundwinkel zitterten bei dem Versuch zu lächeln. »Du willst sie Fiene zurückgeben, oder?«

»Sicher.« Er hatte keine Probleme zu lächeln, auch wenn die Skepsis aus seinen Augen nicht ganz verschwand. Daher log sie weiter. Sie wüsste, dass das mit der Karte nur ein Missverständnis gewesen sei, und sie fand es toll von ihm, Fiene auch das Original zurückgeben zu wollen. »Chrystal hat ihr ja schon eine neue besorgt. Und ich glaube, genau das hat Jael heute Morgen auf den Gedanken gebracht, dass sie möglicherweise die fehlende Ecke hat.«

»Und die sollst du jetzt bei ihr suchen?«

»Ja.« Ihre Finger verknoteten sich in dem Tuch auf ihrem Schoß. »Hilfst du mir?«

»Beim Rumschnüffeln? Klar!« Endlich stellte sich sein altbekanntes Grinsen ein, und er stand auf, führte sie zuerst allerdings ins Bad.

Dort nahm er ihr das Tuch aus den Händen, befeuchtete es und wischte ihr vorsichtig das getrocknete Blut vom Hals. Ab und zu streifte Xenia dabei seine knisternde Stille, immer dann, wenn seine Finger ihre Haut berührten. Unweigerlich dachte sie an Fiene. An ihr Knistern. Ihre beinah verstummte Sirene. Würde sie je wieder heulen?

»Sorry, Xenia.« Rafi blickte fast schuldbewusst zu ihr herunter. »Ich wollte dich nicht verletzen.«

»Schon gut.« Sie zog sich zurück und spähte dabei unauffällig zur Radiouhr auf der Fensterbank. Sie verloren wichtige Zeit!

Während er sich dann an Chrystals Schreibtisch zu schaffen machte, nahm sie sich ihre Klamotten vor, ging eine Hose nach der anderen durch. Ihre Sportjacke. Hemden. Nichts. Die Taschen waren leer. Auch in den Schrankfächern mit der Wäsche fand sie nichts außer feiner Spitze.

Rafi blieb gleichsam ergebnislos. Hatte Chrystal das fehlende Teil irgendwo in ihrem Bad? Xenia drehte sich zur Tür, und ein hoffnungsvolles Kribbeln durchzog ihren Magen. Chrystals Lederjacke hing dort am Haken, und sie hatte Taschen. Verdammt viele. Mit flinken Fingern durchsuchte sie jede einzelne, doch erst, als sie sich das Innenfutter vornahm, stieß sie auf etwas Kleines, Hartes und zog es heraus. Triumphierend drehte sie sich zu Rafi um. »Ich hab sie!«

»Echt?« Er krabbelte unter dem Bett hervor. »Geil!«

Als sie ihm die kleine Ecke der Karte in die geöffnete Hand legte, umschloss er sie sofort mit seinen Fingern. Dabei leuchtete das Braun seiner Augen auf, allerdings nicht glücklich, der Glanz hatte vielmehr etwas Teuflisches. Er wollte die Karte abgeben, klar, nur sicher nicht an Fiene.

Ob Jael sie ihm noch mal abluchsen konnte?

»Komm!« Rafi nahm sie mit in sein Zimmer, setzte sich an den Schreibtisch und öffnete dort eine Schublade. Seine Finger griffen nach einem Kleber, dann aber stockte er plötzlich in der Bewegung, einen kurzen Moment nur, bevor er sich wieder zu ihr umdrehte. Xenias Finger umklammerten den Türrahmen. Die Härte in seinem Blick war zurück. Warum? Hatte sie sich verraten? Irgendwas falsch gemacht?

»Ich wollte dich das vorhin schon fragen, war aber abgelenkt.« Er rollte mit dem Stuhl ein wenig zurück. »Kannst du mir erklären, warum Jael nicht mit hier ist? Du machst blau, aber er wollte lieber in die Schule?«

»Nein. Da ist er doch gar nicht.«

»Ach nein? Wo dann?«

Er wusste es nicht? Xenia setzte sich auf die Kante seines Bettes. »Wir waren joggen und haben dann den Wagen gesehen. Ihr … Also die anderen wurden abgeholt.«

»Abgeholt?« Rafi starrte sie an und ließ dabei den Kleber sinken, ganz langsam, wie in Trance. »Dann ist es aus. Sie werden mich abziehen.«

»Die Organisation?« Hatte Jael nicht gesagt, die ließen niemanden einfach so aus ihren Fängen?

»Wenn sie die anderen eingesammelt haben, mich aber nicht, dann war es das für mich.« Ein Zittern überfiel seinen Körper. Wie Schüttelfrost. Xenia hätte ihn gerne beruhigt, ihm irgendwie geholfen, doch er murmelte nur abwesend etwas vor sich hin, und ein Wort kam ständig dabei vor. Er sprach von Schuld.

»Was hast du denn gemacht?« Sie kniete sich vor ihn, wiederholte ihre Frage, doch er antwortete nicht, sah nur wie weggetreten durch sie hindurch. Dann aber riss er den Kopf hoch, so plötzlich, dass sie erschrocken zusammenfuhr.

»Da kommt jemand!« Er sprang auf, stieß sie zur Seite und war mit einem Satz am Fenster. »Falsch. Er ist schon da.«

»Wer?« Xenia rappelte sich hoch und versuchte, an seiner Schulter vorbei nach unten zu spähen. Ein Bulli fuhr über den Hof, wendete, parkte dann rückwärts zum Haus. »Ein Handwerker?«

»Ja, nur gibt es hier nichts zu reparieren.«

Wieder schob er sie zur Seite, lief zum Schreibtisch zurück und rüttelte dort grob an der Platte. Aus einem kleinen Fach zwischen ihr und der oberen Schublade fischte er ein Amulett an einer Kette heraus. »Wenn mir was passiert, Xenia, bring es nach Hause. Bring es meiner Familie, okay?« Rafi legte es ihr in die Hand. »Versprich es mir!«

Sie nickte, auch wenn sie nichts mehr verstand. Angst blockierte ihr Denken.

Wenn man Rafi holte, was passierte mit ihr?

Panisch verfolgten ihre Augen, wie er zur Tür stürmte, dann umkehrte und sie am Ärmel packte. »Du bleibst hier. Ganz still, okay? Schalt dein Handy aus und komm erst raus, wenn ich mit dem fertig bin. Hast du das verstanden?«

Ihre Antwort wartete er nicht ab. Es wäre ihr aber auch keine über die Lippen gekommen. Kalt war ihr. Eiskalt. Filme konnte man einfach abstellen. Das hier nicht. Reglos stand sie da und sah zu, wie Rafi an der Tür einen Knopf betätigte, bevor er sie hinter sich zuzog.

Was war das? Ein Fenster nach draußen? Xenia bewegte sich zitternd auf die kleine Glasscheibe in der Tür zu. Eine Blume mit sechs Blütenblättern. Die Mitte bestand aus durchsichtigem Glas. Auf Zehenspitzen, die Finger um die Umrandung geklammert, erlaubte es ihr einen kleinen Ausblick nach draußen. Sie sah Rafi, er lehnte im Wohnzimmer an der Wand. In der Hand das Messer!

Drexlers-Shuttle-Service.

Geräuschlos glitt die Seitentür auf, und die Hand des Mannes zwang sie unsanft einzusteigen. Akrom und Jael belegten die vorderen Sitze, sie musste an ihnen vorbei nach hinten klettern. Dabei stutzte sie. Jael war beunruhigt? Sein Blick, sein kurzes Nicken in ihre Richtung wirkten beherrscht, doch sie sah das Spielen seiner Finger an der Naht seiner Trainingshose. Weil …? Ihr Blick flog nach hinten. Weil Rafi nicht da war.

Chrystal setzte sich, griff zur Seite, um sich den Gurt zu angeln, und … sah ihn! Felix. Auf der anderen Straßenseite lief er zurück zum Parkplatz. Um ihr zu folgen? Nein! Am liebsten hätte sie geschrien, ihn mit eigenen Händen zurückgezerrt.

»Alles klar?« Geno sah auf den Gurt in ihren Fingern. »Von alleine schließt der sich nicht.«

Sofort knarzte es, und Lautsprecher schalteten sich ein. »Es wird nicht gesprochen.«

Chrystal lächelte, lehnte sich betont entspannt zurück, atmete in gleichmäßigen Zügen. Wie es in ihrem Inneren aussah, wie die Angst sich durch ihren Körper fraß, durfte niemand mitbekommen. Sie wusste, dass sie nicht nur belauscht, sondern auch beobachtet wurden. Sichtbare Unregelmäßigkeiten in der Innenverkleidung verrieten es ihr. An den Türen. An der Decke. Überall waren Kameras. Sie musste folgsam sein und ihre Rolle spielen. Unauffällig glitten ihre Finger zu Felix' Lederband. Sie hatte es nicht haben wollen, nicht bevor alles gut war. Jetzt brauchte sie einen Knoten, hielt ihn fest und schickte ihren Wunsch in den Himmel. *Lasst mir Felix!*

Die Trennwand zum Fahrer fuhr hoch, und sobald sie die Stadtgrenze verließen, verdunkelten sich auch die Scheiben. Keine Blicke rein. Keine mehr raus.

Ihre Welt beschränkte sich nur noch auf vier Sitze, gemeinsames Atmen und stummes Vor-sich-hin-Gestarre.

Dann erklang plötzlich ein leises Surren, und mit ihm drehten sich die Sitze von Jael und Akrom langsam in ihre Richtung. Chrystal setzte sich auf, und auch Geno neben ihr zog die Füße ein. Der Wagen fuhr gleichmäßig weiter, nur dass sie sich jetzt gegenübersaßen. Wieder ein Surren, diesmal über ihren Köpfen. Ein Teil der Decke öffnete sich, und aus ihr heraus fuhr eine schmale Säule. Auf Augenhöhe stoppte sie und entklappte einen kleinen Monitor. Bei Jael und Akrom wohl ebenfalls, denn sie starrten beide gebannt nach vorn.

Zu sehen war erst mal nur Schwärze, dann aber hellte sich der Bildschirm auf. Sie erhielten Einblick in ein Zimmer mit grauen Wänden, nüchtern eingerichtet: fünf Stühle, ein langer Tisch. Es hatte was von einer Pressekonferenz, nur fehlten die Teilnehmer. Noch.

Eine Tür öffnete sich. Chrystal hörte ein leises Scharren, dann Schritte, und fünf Gestalten erschienen. Sie kannte sie alle, auch wenn die tief in die Stirn fallenden Kapuzen der diesmal grauen Umhänge ihre Gesichter verschluckten. Doch sie konzentrierte sich nur auf den einen, der sich den mittleren Stuhl heranzog und sich setzte. Wie immer würde er es sein, der das Wort an sie richtete. Der Supremus.

»Guten Morgen!« Er hob den Kopf, und Chrystal spürte, wie Geno neben ihr zurückzuckte. War ja auch schon gruselig, das graue Nichts, in das man blickte und aus dem heraus sich Worte bildeten. Dabei war es nur ein eingearbeitetes Stück Stoff, ein engmaschiges graues Netz, das sich von der Kapuze herab vor das Gesicht ziehen ließ.

»Sicher seid ihr über den spontanen Ausflug verwundert, doch bevor wir euch darüber aufklären, was es mit dieser Fahrt auf sich hat, müssen wir euch etwas anderes mitteilen. Es geht um Rafael. Für ihn als jüngsten unter euch war der kurzfristig bestimmte Einsatz eine große Herausforderung, und wir sind uns einig, dass er sie gut gemeistert hat. Doch so kurz vor der Zeremonie müssen wir achtsam bleiben. Daher wird Rafael heute die WG verlassen. Zu seinem, aber auch zu eurem Schutz. Er hat ja noch Zeit. Und er bekommt seine zweite Chance. Wir werden ihn später erneut einsetzen.«

Eine zweite Chance? Chrystals Augenbrauen zuckten verwundert. Sie wusste, was das bedeutete, doch verfügte Rafi niemals über die Voraussetzungen dafür.

»Aber nun zu euch.« Der Supremus beugte sich ein wenig vor. Sein Lächeln war nicht zu sehen, doch er legte es in seine Stimme, als er von einer Universität erzählte. Von Einführungsveranstaltungen, die sie heute besuchen durften. Und von den unzähligen Möglichkeiten, die sich ihnen dort bieten würden, Menschen zu entleeren. »Wir überqueren dazu die Landesgrenze. Adäquate Kleidung findet ihr im Kofferraum, passende Ausweise und auch den Studentennachweis unter den Sitzen. Verteilt euch auf dem Gelände, um nicht aufzufallen. Bis zum Nachmittag bekommt ihr Zeit. Nutzt sie. Entleert! Und ihr kommt auf eurem Weg ein gutes Stück voran.«

Chrystal verdrehte innerlich die Augen. Was sollte sie denn da machen? Dumm rumlaufen?

Sobald die Übertragung beendet war und die Monitore wieder hochfuhren, zog sie unter ihrem Sitz einen Umschlag heraus. Ein Prickeln legte sich in ihren Nacken, als sie den Namen auf ihrem Ausweis sah. Sophie Pankwitz. SP! Die Initialen standen für *Supremus parti*.

Ein neuer Auftrag also – diesmal von ganz oben!

Während die anderen auf dem Universitätsgelände sofort ausschwärmten, schlenderte sie durch die Eingangshalle und betrachtete ausgiebig die Aushänge.

»Entschuldigung.« Eine Stimme im Rücken ließ sie aufhorchen. »Bist du Sophie?«

»Ja.« Chrystal drehte sich um. Erstes Semester, höchstens zweites. Der Junge, der ihr wie gebannt in die Augen starrte, war nicht viel kleiner als sie, sah aber so aus, als würde zu Hause noch die Mutti seine Wäsche rauslegen. Jeans mit Bügelfalte!?

»Ich wurde gebeten, dir das zu geben.«

Bevor ihm der Umschlag aus der sicher feuchten Hand rutschen konnte, nahm sie ihn entgegen und verabschiedete sich.

Gepolstert war er. Damit der Schlüssel von außen nicht zu ertasten war? Er rutschte in ihre Hand, als sie den Umschlag öffnete, zusammen mit einer Wegbeschreibung.

Der Wagen, den sie an dem angegebenen Ort vorfand, konnte sich sehen lassen: eine klassische Limousine in Anthrazit, mit Ledersitzen, dazu PS-stark. Wo auch immer es also hingehen sollte, sie würde schnell ankommen.

Chrystal setzte sich auf den Fahrersitz, stellte den Rückspiegel ein und startete das Navi. Es ging zurück?

Zwar nicht in die Wohnung, aber wenigstens in die Stadt. Richtung Felix!

Sie drehte den Zündschlüssel, wollte Gas geben, als sie aus dem Augenwinkel etwas auf dem Beifahrersitz liegen sah. Schwarze Handschuhe. Ihre Handschuhe!

Kalt, weich und glatt war das schwarze Leder. Sie passten sich wunderbar ihrer Waffe an und hinterließen zudem keine Spuren. Weder Fingerabdrücke auf der Pistole noch Schmauchspuren an ihren Händen. Der Auftrag war unmissverständlich. Sie sollte töten. Nur wen?

XENIA

Gespenstisch still war es um sie herum, nur ihr Herz schlug Alarm. Es war ein Fehler gewesen, auf Rafi zu hören. Hier in seinem Zimmer war sie gefangen. Sie konnte nur warten, beobachten, aber nicht raus.

Rafi lehnte noch immer reglos an der Wand. Doch da! Plötzlich zuckte sein Blick zur Seite. Ein Schatten fiel vom Flur aus ins Wohnzimmer. Jemand kam. Xenias Füße begannen zu zittern. Sie verlor kurz den Halt, kämpfte sich aber wieder hoch auf die Zehenspitzen – und sah ihn. Einen Mann. Er war mittelgroß, in mittlerem Alter und trug weiße Handwerker-Kleidung. Ein Maler?

Der Mann sagte etwas. Hören konnte sie ihn nicht, doch er bewegte die Lippen. Rafi bewegte sich nicht, er stand noch immer versteckt hinter dem Regal.

Warum? *Sie* hatte er vorhin sofort angegriffen.

Worauf wartete er jetzt?

Der Mann ging unter der Galerie entlang, spähte in ein Zimmer, dann ins nächste. Noch zwei Türen, und er hätte sie!

Verdammt! Sie konnte doch nicht nichts tun. Darauf warten, dass er sie erwischte. Fliehen? Jetzt? Durch das Esszimmer, dann raus?

Langsam drückte sie die Klinke nach unten, und sofort bekam der Mann eine Stimme. »Rafael! Bitte. Wir müssen reden.«

»Ach wirklich?«

Xenia zuckte zurück. Rafi gab sich zu erkennen! Aus dem Augenwinkel sah sie, dass der Mann herumfuhr, doch sie konnte den Blick nicht von Rafis Händen lösen. In der einen hielt er noch immer versteckt das Messer, mit der anderen gab er ihr ein Zeichen. Zwei ausgestreckte Finger. Zwei Männer?

»Rafael! Wie schön, dass du das Versteckspiel aufgibst. Wir sind hier, um dich abzuholen. Nichts weiter, okay? Du machst lediglich eine Pause.« Die Stimme klang beschwichtigend. Dazu die erhobenen Hände. Xenia runzelte die Stirn. Gefährlich wirkte der Typ nicht wirklich. Er machte auch keine Anstalten, Rafi irgendwie zu bedrohen, sondern redete ruhig auf ihn ein. Er sprach vom Nachhausefahren, von einem späteren Wiedersehen. Einer zweiten Chance.

Eigentlich fair. Doch Rafis Miene blieb kühl. »Glaubt ihr wirklich, ich kaufe euch das ab?« Er stieß sich von der Wand ab und ging auf den Mann zu. Lachte dann plötzlich. Lachte dem Typen mitten ins Gesicht, holte unvermittelt aus und … stach zu!

Xenia presste die Hände auf den Mund. Kein Laut drang aus ihrer Kehle, obwohl sie innerlich schrie. Der Mann taumelte nach hinten, griff sich an den Bauch, an das Messer. Doch Rafi war schneller. Er zog es heraus und rammte es ihm erneut in den Körper. Xenia begann zu würgen, hielt sich am Türrahmen fest. Blut quoll aus dem Mann heraus, aus seinem Mund, aus seinem Bauch. Der weiße Stoff färbte sich dunkelrot. Gurgelnde Laute verließen seine Lippen, er wankte ein paar Schritte, bevor er in sich zusammenbrach.

Entsetzt starrte sie durch den Türspalt. Nur wenige Meter lag er von ihr entfernt. Das Messer steckte tief in seiner Brust, doch seine Füße, seine Hände, zuckten noch, sie suchten Halt am Boden, rutschten dann weg.

War er … tot?

Ein Schluchzer sammelte sich in ihrem Hals. Sie versuchte, ihn hinunterzuschlucken. Doch wohin? Ihr Magen krampfte und drückte Übelkeit nach oben. Der Kopf des Mannes lag auf der Seite. Schreckgeweitete Augen, die ins Leere starrten.

Xenia zerrte ihren Blick von ihm, suchte Rafi, sah ihn aber nicht. Dafür hörte sie plötzlich Lärm aus dem Flur. Dumpfe Schläge. Ein Stöhnen. Hatte er sich auch den Zweiten geschnappt?

»Alter Schwede!«

Sie horchte auf. Die Stimme, das tiefe Lachen, das folgte, das war nicht Rafis.

»Mannomann, wie war denn der drauf? Aber ich hab ihn. Der schläft erst mal 'ne Runde.«

Die Stimme kam näher, und Xenia wich zurück. Dann tauchte der andere Mann auf – ein Riese. Sein massiger Körper steckte ebenfalls in Malerkluft. Er bewegte seine Hand, streckte die Finger, als müsste er sie dehnen, und sah sich dabei um. »Komm, genug jetzt. Lass den Scheiß und pack mal mit an!«

Irritiert starrte sie ihn an. Mit wem redete er? Wie viele waren denn noch hier?

»Ey, das ist kein Scheiß. Der Mistkerl hat ordentlich zugestochen.«

Nein! Xenia riss die Augen auf. Das war unmöglich! Der Tote, er sprach! Und er bewegte sich. Erst hob er nur den Kopf, dann setzte er sich auf. Dabei steckte die Klinge noch immer in seiner Brust. Kaltes Grauen packte sie. Das ganze Blut um ihn herum. Auf seinem Pullover. Verschmiert an seinen Händen, die plötzlich zugriffen, an den Schaft des Messers, und es mit einem einzigen Ruck herauszogen. Das schmatzende Geräusch dabei hallte in ihrem Körper nach. Sie wandte sich ab, lehnte sich zitternd an die Wand und schloss die Augen. Atmen. Sie musste atmen. Durfte hier nicht wegkippen.

»So kannst du aber nicht raus.« Die Stimme des Riesen klang belustigt. »Nicht mal in den Hof runter.«

Sie hörte den Mann stöhnen. Dann aufstehen? Als hätte sie nicht schon genug gesehen, drehte sich ihr Kopf wieder zur Tür. Der Tote schälte sich gerade aus seinem blutdurchtränkten Oberteil, und zwei rot verschmierte Einstiche wurden sichtbar.

»Geht's?« Der Riese ging auf ihn zu und fuhr mit seinen Fingern über die Wunde. »Sieht doch ganz gut aus. Die schließen sich schon. Ich hol dir was zum Überziehen.«

Xenias Blick hing wie festgeklebt an dem Bauch des Mannes. Wie war das möglich? Rafi hatte zugestochen – tief! Doch die Wunden schienen bereits zu heilen.

Der Mann ließ sich eine Jacke geben, Rafis Jeansjacke, und zog sie an — ungelenk zwar und mit schmerzverzerrter Miene, doch er konnte sich bewegen. Sprechen. Atmen. Leben.

»So ein Theater.« Er schüttelte den Kopf, lachte dann auf. »Und dabei bringen wir ihn doch nur nach Hause.«

»Na ja, damit war ja zu rechnen. Aber lass ihn uns erst mal zum Wagen schaffen, bevor er aufwacht. Um den Rest kümmern wir uns gleich.«

Gleich. Das Wort war das Einzige, was sie noch auf den Beinen hielt, ihren Knien Kraft gab, nicht einzuknicken. Denn es war ihre Chance!

Die Männer würden den Hinterausgang nehmen, Rafi zum Wagen bringen, und in dieser Zeit konnte sie vorne raus.

Sobald sie nichts mehr hörte, wagte sie sich aus dem Zimmer. Die Wohnungstür hatten die Männer offen stehen lassen. Xenia lauschte und betrat das Treppenhaus, als unten die Tür ins Schloss fiel. Jetzt! Sie lief die Stufen hinunter, hörte ihre Schritte, das Knarren der Holzdielen, stoppte aber abrupt. Die Himmelskarte! Die Männer durften sie nicht finden. Nur ihretwegen war sie hier gewesen. Es ging um Fiene! Sie machte kehrt, rannte wieder hoch, erreichte die Wohnungstür und wollte gerade hindurchschlüpfen, als sie von unten erneut Stimmen hörte. Die Männer kamen zurück.

In ihrem Kopf rasten die Gedanken durcheinander, verkeilten sich. Der Weg raus war versperrt. In die Wohnung zurück? Niemals. Also … nach oben?

Eng an die Wand gedrückt nahm sie die erste Stufe. Hielt die Luft an. Das Knarren. Die Männer würden es hören. Xenia passte sich den Schritten an, die von unten zu ihr hochdrangen, den Blick flehend nach oben gerichtet. Und tatsächlich, es gab eine Tür!

Sie behielt sie im Blick, die hoffnungsvolle Tür, erreichte das obere Stockwerk und schlich auf sie zu.

»Ich pack seine Sachen. Und du kümmerst dich um die Sauerei.«

Während der eine Mann sprach, nutzte sie die Gelegenheit und drückte zaghaft die Klinke. Sie gab nach! Vor ihr öffnete sich ein kleiner Raum, vollgestellt mit großen Geräten. Die Heizungstechnik? Auf Zehenspitzen betrat sie die Kammer und schloss hinter sich die Tür.

Das Zittern begann in ihren Knien, breitete sich dann aus. Es ergriff Besitz von ihren Beinen, ihren Armen, ihren Händen. Als hätte der Schrecken nur darauf gewartet, allein mit ihr zu sein, brach er jetzt aus ihr heraus. Sie wankte, stützte sich ab, an der Wand, an einem Schrank, und schleppte sich mühsam weiter, hinter einen Kessel. Dort kauerte sie sich auf den Boden. Die Beine fest umschlungen füllten sich ihre Augen mit Tränen. Und Xenia ließ sie frei.

Das, was sie gesehen hatte, konnte nicht sein.

Das hätte niemand überlebt. Kein Mensch!

Ein Stich in den Bauch, der andere in die Brust. Das viele Blut.

Doch wenn nicht Menschen, was waren die Männer dann?

Wer war Jael?

Und ... wer war sie?

Leuchtende Hände. Das Hologramm in ihnen. Die Blumen am Hals der Opfer. Auf irgendeine Weise schien sie mit dem ganzen Schrecken verbunden zu sein.

Xenia ließ den Kopf auf die Arme sinken, verkroch sich immer mehr in sich selbst. Bis alles um sie herum schwarz wurde und sie ins Nichts fiel.

FELIX

Von irgendwoher kam ein Klopfen. Mühsam öffnete er die Augen. Ein weiß-graues Karomuster, mehr sah er nicht, doch es kam ihm bekannt vor. Der Stoff fühlte sich warm unter seiner Hand an, ein wenig rau.

»Felix?«

Jemand rief nach ihm. Schmerzhaft verzog er das Gesicht. Kleine Hammerschläge klopften fies gegen seine Schläfen, als er den Kopf hob. Er war im Bulli. Aber ... wieso auf der Rückbank?

»Hey. Alles klar?« Ein Gesicht tauchte an der Scheibe auf. Dunkler Bartschatten. Braune Augen. Die Wollmütze! Liam?

Felix richtete sich auf. Er brauchte Wasser. Sein Körper fühlte sich völlig ausgetrocknet an. Zitternd griff er an die Tür und zog sie zur Seite.

»Hey Mann! Was ist los? Was machst du hier?« Liams laute Stimme dröhnte in seinem Schädel.

»Keine Ahnung.« Seine Stimme war nicht mehr als ein heiseres Krächzen. »Und du?«

»Ich? Du hast mich doch angerufen. Hast gemeint, du bräuchtest Hilfe.«

Ungläubig blinzelte Felix gegen das Zuviel an hellem Licht an. Er hatte Liam angerufen?

Sein Handy lag vor ihm im Fußraum, neben seiner Schultasche.

Er entsperrte es, und tatsächlich. Sein letzter Anruf ging an Liam. Vor knapp zwanzig Minuten.

Warum konnte er sich daran nicht mehr erinnern?

Warum konnte er sich an gar nichts mehr erinnern?

Vorsichtig setzte er einen Fuß nach draußen, kletterte aus dem Bulli, ging dabei aber fast zu Boden.

Scheiße! Was war mit ihm los?

Von Liam gestützt lief er ein paar Schritte einen matschigen Weg entlang, wieder zurück und sog dabei gierig Luft in seine Lungen. »Hast du was zu trinken dabei?«

Liam nickte, griff nach seiner Tasche, die neben dem Bulli auf dem Boden lag, und beförderte eine angebrochene Cola aus ihr heraus. »Ist nicht mehr viel drin. Aber wenn du willst ...«

Klar wollte er, nur reichte es nicht. Die warme, süße Brühe rann ihm die Kehle hinunter, brachte jedoch keine Linderung.

»Was hab ich am Telefon denn gesagt?«

Liam erzählte ihm von seinem komischen Anruf. Stockend hätte er gesprochen, lediglich gemeint, ihm würde es nicht gut gehen, und gefragt, ob er herkommen könnte. Dann hatte er ihm seine ungefähre Position durchgegeben. »Ein Kumpel hat mich hier abgesetzt. Aber, ey Alter, hast du gesoffen?«

»Ne.« Oder doch? Angestrengt versuchte er, irgendwas aus dem Brei in seinem Kopf herauszuquetschen. Er war mit Liam im Bunker gewesen, daran erinnerte er sich noch. Hatte dann am Parkplatz auf Chrystal gewartet. Und ... von John Bone einen besseren Preis für sein Lied bekommen. Fantasie oder Wirklichkeit? Felix runzelte die Stirn, checkte dann die Nachrichten auf seinem Handy. Die Erinnerung stimmte: Bone hatte ihm tatsächlich geschrieben. Aber da war es dunkel gewesen, oder? Nicht hell, wie jetzt. Ihm fehlte der Übergang.

Unruhig sah er sich um. Er war im Wald. Doch das Rauschen, das von links durch die Bäume in einem steten Rhythmus zu ihm durchdrang, ließ auf eine nahegelegene Straße schließen.

Er wollte hier weg. Aber wohin?

11:22 Uhr zeigte sein Display an. Und es war Montag. Um die Zeit war er normalerweise in der Schule, hätte gerade Pause.

Liam löcherte ihn weiter mit Fragen, die er alle nicht beantworten konnte. Als wäre seine innere Festplatte gelöscht worden. Wenigstens kam sein Körper so langsam wieder in Schwung, bis auf seinen rechten Arm, der sich komisch schlapp anfühlte. Muskelkater?

»Vielleicht hattest du einfach zu viel Stress? Mit deiner Schwester und so?«

»Kann sein.« An Fiene erinnerte er sich und an die Himmelskarte. Sie war wieder aufgetaucht – dank Chrystal. Und … sie hatte sich doch mit ihm treffen wollen, oder?

Er ging auf dem Handy ihre Nachrichten durch. Wie es schien, war es nicht dazu gekommen. Sie würde sich verspäten. Es täte ihr leid. Warum hatte er nicht geantwortet?

»Willst du zum Arzt?« Liam musterte ihn besorgt. »Soll ich dich fahren?«

»Nein, geht schon.« Er wollte nur nach Hause – allein sein und nachdenken. Felix steckte das Handy ein und öffnete die Fahrertür.

»Du willst selbst fahren?« Liam sah ihn erstaunt an, doch als er nickte und beteuerte, dass es schon klappen würde, stieg er mit ein.

Langsam steuerte er den Bulli aus dem ihm unbekannten Waldstück auf die Straße. Die kannte er. Aber wenn er unterwegs zur Schule gewesen war, hatte er sich kilometerweit verfahren. Sie lag viel weiter im Westen.

Was hatte er hier gewollt? Sich mit Bone treffen? Hatte der ihm eine verpasst? Vorsichtig strich er sich mit der Hand über die Stirn, über die Haare, über seinen Hinterkopf, fand aber nichts. Keine Beule, Schramme oder sonst was. Trotzdem störte ihn etwas, er bekam es nur nicht zu greifen.

Liam musterte ihn von der Seite. »Hattest du das schon mal? So einen Blackout?«

»Ne.« Aber Fiene! Felix' Fuß rutschte kurz vom Gas. Ihren plötzlichen Fall ins Koma hatte keiner kommen sehen. War das was Erbliches?

Ein Handy klingelte in Liams Tasche. Er ging ran, lehnte sich ans Fenster und sprach leise. Nicht aus Rücksicht. Die Hand, mit der er versuchte, die Stimme aus dem Handy abzudämpfen, signalisierte eindeutig: Das Gespräch ging ihn nichts an.

Es dauerte nicht lang. Ab und zu ein Ja, ein Nein, dann unterbrach Liam die Verbindung und wandte sich ihm wieder zu. »Ich müsste in die Stadt. Kannst du mich da irgendwo rauslassen? Also, schaffst du den Rest allein zu dir raus?«

»Sicher.« Mittlerweile war sein Kopf tatsächlich wieder klar, das schwarze Loch zwischen gestern und heute mal ausgenommen. Er ließ sich den Weg zur Unibibliothek beschreiben, fand in der Nähe eine Lücke zum Halten und schlug dann in Liams Hand ein, die er ihm zum Abschied hinhielt. »Danke, Mann. Echt!«

»Kein Ding.« Liam schnappte sich seine Tasche. »Und mach mit allem vielleicht mal 'n bisschen langsamer, hm?«

Toller Tipp. War nur grad echt schwierig.

Felix sah ihm nach und entdeckte dabei weiter hinten ein Kioskschild. Konnte er hier stehen bleiben, nur ein paar Minuten? Um sich was zu trinken zu kaufen? Die Cola verklebte immer noch seinen Hals.

Auf dem Weg zurück zum Bulli fiel sein Blick beim Aufdrehen der Wasserflasche auf sein Handgelenk. Und wie ein Blitz schoss ihm die Erkenntnis durch den Körper.

Sein braunes Armband. Es fehlte! Das war es also gewesen, was er vorhin bemerkt, aber nicht verstanden hatte.

Ich wünsche mir, dass das hier zwischen uns nur der Anfang ist.

Felix blieb stehen und ließ die Flasche sinken. Er sah Chrystal plötzlich vor sich. Über sich. Glänzende Lippen. Die Haare offen. Er spürte, wie sie ihm weich über die nackte Brust strichen. Ein Wunschtraum, hätte er sich einreden können, wenn nicht das Band gefehlt hätte.

War er doch noch zu ihr gefahren? Gestern Abend?

Hatte er allen Ernstes mit ihr geschlafen und konnte sich nicht mehr daran erinnern?

Lautes Hupen ließ ihn zusammenzucken. Ein Transporter musste sich an seinem Bulli vorbeiquetschen. Der Fahrer gestikulierte blöd, aber … er kniff die Augen zusammen. Die Straße weiter runter, auf dem Bürgersteig. Das war Liam! Felix sah seine blaue Jeansjacke. Die graue Wollmütze. Doch das, was sein Herz verstummen ließ, war nicht er. Es waren lange, schwarze Haare. Es war die Person, die Liam fest umschlungen hielt. Chrystal!

Der erste Impuls war: hingehen! Sie aus seinen Armen reißen. Sie zur Rede stellen. Aber welches Recht hatte er dazu?

Sie hatten nie darüber gesprochen, ob sie fest zusammen waren.

Ich wünsche mir, dass das hier zwischen uns nur der Anfang ist.

Wieder hörte er ihre Stimme ganz nah an seinem Ohr, sah die Bilder in seinem Kopf. Ihre makellose Haut, ihre durchtrainierten Beine, um seine Hüfte geschlungen. Ihr Tattoo am Rücken. An dem … Felix' Gedanken bremsten abrupt ab. Leere Blütenblätter! Drei, in denen die Farbe noch fehlte. Wie konnte er von ihnen wissen?

Es musste stimmen. Er war bei ihr gewesen.

Doch was war das dann, was sich wenige Meter von ihm entfernt abspielte? Nach einem Ende sah es nicht aus. Eher nach noch einem Anfang.

Felix schraubte die Flasche auf, trank sie in einem Zug aus und drehte dem Plastik mit beiden Händen den Hals um, als er sah, wie Liam sich von Chrystal löste, ihr durch die Haare strich und sie dann mitnahm. Wohin auch immer.

JAEL

Er hatte ihr heute Morgen gesagt, sie solle noch warten, sie dürfe nicht sofort rübergehen. Hatte Xenia auf ihn gehört, ein einziges Mal nur?

Erneut drückte er die Klingel, presste diesmal den kleinen Knopf bis zum Anschlag runter. Vergeblich. Im Haus tat sich nichts.

War sie wirklich Rafi in die Arme gelaufen? Momentan war er unberechenbar, und sollte er geahnt haben, dass er abgezogen wurde, wäre das Anlass genug gewesen auszurasten. Und wozu er im Stande war, trotz seiner ansonsten eher friedlichen Art, hatte Jael schon erlebt.

An die andere Möglichkeit wollte er gar nicht denken. Die Männer, die geschickt worden waren, um Rafi abzuholen, wussten sicher nichts von Immuniten. Wussten nicht, wie wichtig sie für den Partem waren. Und zwar lebend!

Er selbst hatte bei dem Hausmädchen nicht gezögert.

Warum also hätten sie es tun sollen?

Jael schlug mit der Hand gegen die Hauswand, drehte sich weg und rannte über die Straße. Noch war er drüben allein.

Aber was erwartete ihn?

Man hatte ihn früher von der Uni abgeholt, angeblich, um ein Amulett zu suchen, das Rafi gehörte, bei seinen Sachen allerdings nicht aufgetaucht war. Nur ein Vorwand?

7852. Er gab den Code ein, unten an der Haustür, auch oben vor der Wohnung, und betrat den Flur.

Der Geruch! Lag etwas Metallisches in ihm?

Sein Blick flog umher. Nichts deutete auf einen Kampf hin. Im Flur nicht. Im Wohnzimmer nicht. Doch der metallische Geruch wurde intensiver. Blut! Kalt rieselte ihm die Erkenntnis den Rücken hinunter. Es roch nach Blut.

Seine Hände verkrampften sich. Unruhig glitt sein Blick über den Boden. Und er sah es! Nicht das Blut, aber das glänzende Holz unter seinen Füßen. Hier hatte jemand gründlich geputzt.

Xenia war nicht zu Hause.

Xenia ging nicht an ihr Handy.

Hatte er sie verloren?

Jaels Herzschlag beschleunigte sich, dazu das Pochen im Hals. Es nahm ihm die Luft. Ihr Tod wäre für den Partem ein Tiefschlag, und auch für ihn hätte er folgenschwere Konsequenzen. Doch das allein war es nicht. Es ging ihm um sie. Um Xenia! War ihr etwas zugestoßen, trug er die Schuld. Wie damals bei seiner Familie. Doch diesmal wäre es eine, die ihn niederzwingen würde.

»Xenia?« Er rief nach ihr, suchte nach ihr, in jedem Zimmer, in der Küche, in den Bädern. Nichts. Jael rannte in den Flur zurück. War sie doch drüben? Hatte sie sein Klingeln nur nicht gehört?

Er nahm die ersten Stufen, bremste aber ab. Kleine verstreute Lehmkrümel lagen auf der Treppe, aber auf der, die nach oben führte. Er sah sie durch das Geländer hindurch. Die Wiese im Stadtpark war feucht gewesen, und ein Lichtblick stahl sich in seine Gedanken. War Xenia oben? Hatte sie fliehen können?

Jael griff ins Geländer und rannte hoch. Eine Tür! Am liebsten hätte er sie aufgerissen, doch er hielt sich zurück. Es war beinahe 13 Uhr. Wenn sie wirklich noch immer hier war, dann hätte sie stundenlang in dem Raum ausgeharrt. Und in welchem Zustand?

Vorsichtig legte er seine Hand auf die Klinke und drückte sie nach unten. Eine kleine Kammer öffnete sich vor ihm. Sie lag im Dunkeln, lediglich ein schmaler Lichtstreif fiel durch das winzige Dachfenster. Er kniff die Augen zusammen, sah Geräte, Regale, Leitungen an der Decke, Xenia aber nicht.

Doch sein Herz schien sie zu spüren. Pulsierend strahlte es Wärme aus und zog ihn weiter in den Raum hinein.

Hinter dem Kessel dann: dunkle Locken!

»Xenia.« Jael ging vor ihr in die Knie.

Schwerelosigkeit durchzog seinen Körper. Ihm war, als ob sich in seiner Brust eine Tür öffnete und alles Beengende aus ihm herausfloss.

Erleichterung kam von leicht. Von Leichter werden.

War es das, was andere dabei fühlten? Das Verlieren von Enge?

Xenia atmete. Sie lebte!

Für ihren Tod trug er noch keine Schuld.

Jael beugte sich zu ihr. Seine Hände zitterten, als er sie nach ihr ausstreckte. Er wollte sie hochheben, sie an sich ziehen, sie wie einen Schatz bewahren. Doch kaum berührten seine Fingerspitzen ihr Haar, riss Xenia ihren Kopf hoch. Sie schrie auf und verkroch sich weiter hinter dem Kessel. Jael wich zurück, er wollte ihr Raum geben. In ihren Augen, in dem Goldbraun, schien etwas zersprungen zu sein.

Was nur hatten sie mitansehen müssen?

CHRYSTAL

»Die wirst du sicher bald wieder brauchen, Chrysalia.« Armata schob ihr die schwarzen Handschuhe über den Tisch hinweg zu. Ihr Lächeln dabei hätte es ohne Weiteres auf die Titelbilder sämtlicher Hochglanzmagazine geschafft: strahlend weiße Zähne zwischen rot geschminkten Lippen. Sie hob ihr Glas. »Auf einen schönen Abend. Und: Auf das baldige Ende unserer Durststrecke! Good Job, Chrysalia! Wirklich.«

Chrystal nickte ihr zu, kippte den Champagner dann wie Wasser in ihre Kehle.

Gemeinsames Feiern beim Nobel-Italiener. Armata war stolz auf sie. Auf ihre Kaltblütigkeit? Auf das Abdrücken der Waffe, ohne auch nur mit der Wimper zu zucken?

Chrystals Magen rebellierte und drückte den Champagner wieder hoch. Ja, der Welt draußen konnte sie was vorspielen, sich beherrschen und Überlegenheit demonstrieren. Dabei raste ihr Herz noch immer, es fand in ihr keine Ruhe. Seine Augen. Er war bei Bewusstsein gewesen, er hatte sie angeschaut. Auf Knien, die Hände im Rücken gefesselt.

»Du fährst gleich zu Elias?« Armata holte sie ins Jetzt zurück.

»Ja. Wir müssen es noch zu Ende bringen. Elias ist schon mal vorgefahren.«

»Gut.« Ihre Mutter nickte unauffällig zum Nebentisch. »Nimm ihn mit.«

Den Wächter? Nr. 31 lächelte zu ihnen herüber. Eine täuschend echte Zahnschiene versteckte sein goldenes Gebiss, Kontaktlinsen das schlierige Weiß seiner pupillenlosen Augen. Er schien länger kein Opfer mehr zwischen seinen Zähnen gehabt zu haben, zumindest umgab ihn kein Verwesungsgeruch, trotzdem war Chrystal seine Anwesenheit unangenehm. Zum Glück hielt er Abstand, während des Essens und auch als sie das Restaurant verließen, auf dem Weg zu ihren Limousinen. Den Abschied voneinander hielten ihre Mutter und sie kurz. Eine Umarmung, gehauchte Küsse auf die Wangen. Ohne viele Worte.

Chrystal setzte sich selbst ans Steuer, sehr zum Missfallen von 31, der sich auf die Rückbank zwängen musste. Doch einen Vorteil hatten die mutierten Kampfmaschinen: Sie waren leicht zu kontrollieren. Willenlos, auf die Mitglieder des Partem programmiert, bedurfte es nur eines harten Tonfalls, eines unnachgiebigen Blickes, und sie spurten. Weil sie wussten, wie schnell ihrem Leben ein Ende gesetzt werden konnte?

Das Apartment, das Elias für seinen Aufenthalt bezogen hatte, lag im Gewerbegebiet, unweit des Bunkers, und Chrystals hochgezogene Fassade begann zu bröckeln, als sie die Einfahrt dorthin passierte. Sie vermied es, nach rechts zu schauen, und zwang sich, nicht an Felix zu denken, denn über den Rückspiegel beobachtete sie ein aufmerksames Paar Augen.

»Elias?« Über die Freisprechanlage rief sie ihn an. »Ich bin gleich bei dir. In liebevoller Begleitung.«

Die wulstigen Lippen von 31 verzogen sich zu einem fast menschlichen Lächeln. Liebevoll! Die Wächter waren alles andere als das, doch Elias wusste, was das Wort bedeutete.

»Verstanden. Ich lass euch rein.«

Sie hielt zwischen ausrangierten Lkw, die an der Zufahrtsstraße abgestellt worden waren, und stieg aus. Nr. 31 ließ ihr mit einem geduldigen Lächeln den Vortritt und lehnte sich an die Kühlerhaube ihres Wagens. Ging er bei Armata echt immer voran und checkte die Lage?

Einsamer konnte eine Gegend doch gar nicht sein. Von den Fabrikhallen um sie herum standen viele leer, und die paar wenigen noch in Betrieb gehaltenen hatten ihre Ausfahrten genau auf der anderen Seite des Geländes.

Wer also sollte sich hierher verirren?

Ein leichter Wind wehte ihr Haarsträhnen ins Gesicht. Chrystal griff sich an ihren Zopf, um ihn neu zu binden. Dabei bewegte sich das Lederband an ihrem Handgelenk. Es rutschte tiefer in die aufgerollten Ärmel ihres Hemdes. Armata hatte es vorhin im Restaurant missbilligend betrachtet. Sie mochte kei…

Ein Schrei gellte durch die Stille.

Chrystal zuckte zusammen, stieß sich vom Auto ab und rannte zur Fabrik. Im Durchgang zum Innenhof war es dunkel, doch sie sah den mächtigen Schatten von 31. Er hielt jemanden umklammert.

Nein! Nicht ihn.

»Aufhören!« Messerscharf schnitt ihre Stimme durch die Nacht. »Hey! 31. Zurück! Sofort zum Wagen.«

FELIX

Chrystal? Durch das Rauschen in seinem Körper, den Wirbel aus Panik und Verzweiflung drang ihre Stimme zu ihm durch.

»Hey! 31. Zurück! Sofort zum Wagen.«

Der Klammergriff um seinen Brustkorb lockerte sich. Er bekam wieder Luft, und gierig sog er sie in seine Lunge.

Dieses Monster, dieser bullige Typ, gehörte zu ihr?

Musste er wohl, denn er drehte sich zu ihr um und ließ so unvermittelt von ihm ab, dass Felix ins Straucheln kam. Er taumelte, fand keuchend Halt an der Mauer des Durchgangs. Mit zitternden Fingern tastete er seinen Hals ab. War das ein Messer gewesen? Noch immer spürte er den Druck von spitzen Zacken an seiner Kehle.

»Felix?«

Er blickte zur Seite. Der Typ war weg, Chrystal aber stand noch im Durchgang. Ihre Silhouette zeichnete sich vor dem Licht der Straßenbeleuchtung ab. »Alles okay?«

»Okay?« Der Typ hatte ihn wie eine Schrottpresse zerdrückt, und seine Lungen, sein Herz, seine ganzen Organe begriffen erst langsam, dass sie sich wieder ausbreiten durften.

Felix versuchte, sich aufzurichten. Chrystal hatte den Scheißkerl wie einen Hund zurückgepfiffen. »31, ja? Hast du mehrere von denen, oder was?«

Sie überging seine Frage, kam aber auf ihn zu. Schwarze Lederhose. Jeansjacke. Er blinzelte. War das ein weißer Kragen, der unter ihrem Schal aufblitzte? Sie trug das Hemd. Wie Blitzlichter zuckten erneut Bilder in ihm auf. Seine Finger an einem der Knöpfe. Ihre glänzenden Lippen.

»Hat er dir was getan? Bist du verletzt?«

»Nein. Dank dir nicht.« Felix kämpfte noch immer mit seinem Atem. »Aber wer war das? Warum ist der sofort auf mich los?«

Erneut verhallte seine Frage in der Nacht. Und Chrystal blieb stehen – regungslos auf Abstand.

Gab es eine Steigerungsform von Distanz?

Er würde ihre Augen gerne sehen, sie lesen — in der wahrscheinlich bescheuerten Hoffnung, in ihnen Nähe zu finden. Mühsam stieß er sich von der Wand ab und näherte sich ihr. Doch sie verschränkte sofort ihre Arme vor ihrer Brust, wich sogar zurück. »Was machst du hier? Bist du mir gefolgt?«

»Ich dir? Nein.« Auch wenn das Wort *folgen* komisch durch seinen Kopf streifte – als würde es etwas suchen, aber nicht finden. »Ich wollte zu Liam.« Er spähte über den Hof zur erleuchteten Fensterfront hoch. Eine Penthouse-Wohnung auf dem Fabrikdach. Von wegen Studentenwohnheim. Seine wirkliche Adresse hatte er beim Durchstöbern von Jeffs Büro gefunden. *Vorübergehend* hatte auf dem Zettel gestanden, dazu der Name einer Firma. *Sojus Production Ltd.*

Chrystal räusperte sich. »Zu wem wolltest du?«

Die Ahnungslosigkeit in ihrem Blick war gut gespielt, sehr gut sogar. Heiße Wut sammelte sich in Felix' Bauch, kochte hoch und zischte aus ihm heraus. »Ich hasse Lügen, Chrystal. Also lass es. Ich weiß Bescheid. Ich habe dich mit Liam gesehen.«

»Hast du?« Sie lachte auf. »Und jetzt? Spielst du den eifersüchtigen Deppen, oder was?«

»Wie bitte?« Seine Augen verengten sich zu Schlitzen. Er spürte das Zucken seiner Lider. Wer zum Teufel war das gerade vor ihm?

»Ach komm, Felix. Dachtest du echt, das zwischen uns sei was Besonderes?« Erneut lachte sie, legte dann den Kopf schief. Das

Aufleuchten ihrer Augen dabei trieb ihm bittere Galle die Kehle hoch.

»Ich hab Liam gestern kennengelernt. Der Parkplatz vor dem Bunker scheint echt 'ne tolle Dating-Plattform zu sein. Und Liam …? Ach, er ist toll. Ganz anders als du. Älter, cool, so …«

Sie verstummte, und auch das idiotisch versonnene Lächeln rutschte ihr von den Lippen, als er sich vor ihr aufbaute. »Bist du fertig?« Am liebsten würde er sie sich packen, sie schütteln. Doch er beherrschte sich, hob nur mit spitzen Fingern ihr Kinn an. Dass sie es zuließ, verwunderte ihn. Und nicht nur das. Es schien ihm, als würde das schimmernde Blau ihrer Augen auf einmal ein Hauch von Unsicherheit überziehen. Spielte sie das Ganze nur? Gab es Lauscher, für deren Ohren sie das hier abzog?

»Sag mir, dass das hier nicht die Wahrheit ist«, flüsterte er. »Sag mir, dass das nicht *unsere* Wahrheit ist, Chrystal.«

Eindringlich sah er sie an. Doch sie? Verzog nur verächtlich ihre Lippen und wischte sich seine Hand vom Gesicht. »Kapier es einfach. Zwischen uns, da war nichts. Und da wird auch nie was sein. Verstanden?«

»Ich glaub dir kein Wort.«

»Dein Problem, nicht meins.«

»Wirklich? Und was war gestern Nacht?« Mittlerweile war er sich sicher, dass die wenigen Erinnerungsfetzen, die er an den Abend hatte, echt waren.

Sie wich seinem Blick aus, guckte zu Boden, aber er hatte es gesehen: ein trauriges Lächeln, bevor sie es hatte abstellen können. Hoffnung stieg in ihm auf, eine, die ihm Mut machte, noch mal nachzufragen. »Chrystal? Letzte Nacht, war da auch nichts? War das alles nur vorgespielt?«

»Es war ganz nett. Mehr nicht.« Gefrorenes Kristallblau traf ihn, als sie wieder zu ihm hochschaute. Kurz nur. Dann schob sie ihn einfach zur Seite.

Felix sah ihr nach, innerlich völlig leer. Wie sie über den Hof lief, auf das Fabrikgebäude zu, sich dann noch einmal zu ihm umdrehte. »Hey, ein Tipp noch: Sei nicht so furchtbar korrekt, okay? Und nicht so langweilig – wie ihr alle da draußen in dem Kaff. Hat euren Vater sicher auch vergrault.«

XENIA

Es gab keinen Platz, keinen Fluchtweg. Eingezwängt zwischen der Wand und dem Kessel – vor ihr jetzt Jael. Sie saß in der Kammer fest.

»Xenia, ich bin's. Bitte! Ich tu dir nichts.«

Beruhigen wollte er sie. Um sie sich dann zu schnappen?

Ihr Sichtfeld färbte sich rot. Wieder sah sie den Toten vor sich. Das Messer in seiner Brust.

»Wer … Wer bist du, Jael? Wer bist du wirklich?«

»Wer ich bin?« Er wollte nach ihrer Hand greifen, doch sie zog sie weg. Aus seinem Schatten heraus sah sie das Grau seiner Augen leuchten. »Wie meinst du das? Ich hab dir alles erzählt.«

»Nein. Du hast mir nicht …« Wieder überfiel sie das Zittern. Und es verschluckte alles Ungesagte.

»Xenia, was auch immer passiert ist, was auch immer du gesehen hast, wir reden darüber. Aber erst mal müssen wir hier …« Er stockte, und seine Augen verengten sich. Irgendetwas an ihr schien ihm zu missfallen. Er hob die Hand. Um … sie zu berühren?

Xenia zuckte zurück. »Fass mich nicht an!«

Sofort ging er auf Abstand, doch sein Gesicht wirkte plötzlich fahl. »Du bist verletzt. Unter dem Kinn. Wer war das?«

»Rafi.« Sie hob den Kopf und strich vorsichtig mit ihrem Finger über den Riss. Er fühlte sich verkrustet an.

Jaels Blick folgte ihrer Bewegung, er scannte ihren Hals. »Scheint nur oberflächlich zu sein.« Die Feststellung klang nüchtern, doch ihr war nicht entgangen, wie sein Brustkorb sich bewegt hatte. Wie tief er durchgeatmet hatte.

»Kannst du aufstehen? Wir müssen hier schleunigst raus.«

Raus? Das wollte sie auch. Nach Hause. Nur gaben ihre Beine schon nach, als sie sich nur aufzurichten versuchte. Trotzdem ignorierte sie die Hand, die er ihr anbot. Allein seine Nähe war zu viel. Sie stützte sich an der Wand ab, taumelte dann hinter ihm aus der Kammer.

Die Treppe runter schaffte sie irgendwie, doch ohne Geländer wurde es draußen schwer. Jael wollte mit ihr über den Hof?

»Vor der Tür, auf der Straße, überall können Bewacher stehen, von denen aber niemand wissen darf, dass du im Haus warst. Wir müssen hintenrum.« Er musterte sie, sah das Zittern ihrer Beine, das sie nicht abstellen konnte. »Lass mich dir helfen, okay?«

Xenia schluckte. Am liebsten hätte sie ihm gesagt, er solle sich seine Hilfe sonst wohin stecken. Aber der Weg hintenrum bedeutete Zäune, Mauern, Nachbargrundstücke. Sie wusste, sie würde es nicht ohne ihn schaffen, und brauchte sie tatsächlich: seine stützende Hand, seine Kraft, um sich hochzuziehen. Seinen Halt, um sich fallen zu lassen. Doch bei jeder Berührung hätte sie sich am liebsten die Ohren zugehalten. Sein Cello spielte, und die warmen Klänge trieben ihr Tränen in die Augen. Ohne ihn, wäre Jael nie aufgetaucht, wäre ihr Leben noch normal. Alles an seinem Platz. Und nicht zusammengefallen – wie jetzt.

»Der Wagen drüben.« Jaels Arm auf ihrer Schulter drehte ihren Körper kaum merklich zur Seite. Sie waren zurück in ihrer Straße und schlenderten sie gespielt normal hinunter. Ihm schien es nicht schwerzufallen, doch eingewickelt in seinem Arm spürte sie, wie sich seine Muskeln anspannten. »Siehst du das schwarze Auto?«

Sie nickte. Ein Mann saß auf dem Fahrersitz. »Ist das ein Bewacher?«

»Ja. Und sicher nicht der Einzige.« Jael lachte, als hätte sie irgendwas Lustiges erzählt, und zog sie im Weitergehen noch enger an sich.

Angst klebte sich in ihren Nacken. War das jetzt ihr Leben? Auf schwarze Autos achten zu müssen? Auf Männer, die sie verfolgten? Töten wollten?

Die leisen Cello-Klänge an ihrem Ohr verdichteten sich. Jaels Hand war von ihrer Schulter zu ihrem Hals gewandert, und sein Daumen strich sanft über ihre Haut. »Weiter lächeln. Ich bin da.«

Verrückt oder bescheuert? Oder doch eher beides? Den Impuls, ihren Kopf an seine Schulter fallen zu lassen, konnte sie gerade noch unterdrücken. Das, was sie fühlte, allerdings nicht. Schutz. In seiner Nähe, eng bei ihm spürte sie in sich ein Gefühl von … Geborgenheit.

Vor ihrer Haustür löste er sich von ihr und bat wortlos um ihre Schlüssel.

Irritiert beobachtete sie ihn.

Woher wusste er sofort, welcher der Richtige war?

Woher wusste er im Haus gleich, wo das Licht anging?

Der Schalter war nicht leicht zu finden.

»Ist deine Mutter da?«

Xenia schüttelte den Kopf, wollte oben an ihm vorbei in die Wohnung schlüpfen, doch Jael ließ sie nicht durch. War ihm klar, dass sie ihm die Tür vor der Nase zugeknallt hätte?

»Wir müssen reden, Xenia.«

»Echt?« Erschöpft lehnte sie ihren Kopf an den Türrahmen. »Weißt du, was? Ich hab das so oft gewollt. Reden. Und du? Bist meinen Fragen ausgewichen. Die Orga…«

»Nicht hier!« Warnend sah er sie an und machte es schon wieder. Er konnte mit Blicken steuern! Jael schob sie einfach vor sich her, in den Flur, schloss hinter ihr sogar ab und steckte den Schlüssel ein.

Fremdbestimmt. Aus der Welt geschmissen. Aus der, die sie kannte. Verzweiflung brach aus ihr heraus, eine, der sie nichts mehr entgegenzusetzen hatte. Und plötzlich stürzte sie sich auf ihn. Trommelte mit den Fäusten gegen seine Brust. Schrie ihn an, bis ihr die Stimme brach.

Und er? Ließ es über sich ergehen. Nicht mal einen Millimeter war er zurückgewichen.

»Bist du fertig?« Unbewegt sah er zu ihr herunter.

Xenias Herz raste noch immer. Ihre Hände tief in den Ärmel des Pullis vergraben zog sie sich rückwärts in die Küche zurück. Sie hasste ihn. In diesem Augenblick hasste sie ihn. Ihn und ihre Machtlosigkeit.

Doch war sie das wirklich? Machtlos?

La Le Lu. Sie sah das Karussell vor sich, die Pferdchen, die sich drehten. Sie hatte eine Macht im Rücken. Die Rebellen. Ihren Vater. Oder?

Und je mehr Informationen sie jetzt aus Jael herausbekam, umso wertvoller musste sie doch für den Widerstand sein.

Er war ihr gefolgt, lehnte neben dem Kühlschrank an der Anrichte und ließ sie nicht aus den Augen. Sein Körper verschluckte zu viel Platz. Xenia schlang sich die Arme um den Bauch. Ihr Magen schien nichts zu kapieren, oder hatte vom Außen nichts mitbekommen, sonst würde er jetzt nicht so bescheuert knurren.

»Kein Frühstück?« Mit hochgezogener Braue musterte er sie.

»Wann denn?« Sie schob sich einen Stuhl zurecht und ließ sich fallen. Eine angebrochene Wasserflasche stand auf dem Tisch. Und … neben ihr plötzlich ein Glas.

Misstrauisch blickte sie auf. »Du scheinst dich hier ja gut auszukennen.«

»Gläser sind meistens in der Nähe der Spülmaschine. Und so wahnsinnig viele Schränke habt ihr ja nicht.« Er goss ihr ein und setzte sich zu ihr. »Ich muss wissen, was passiert ist.«

Xenia ignorierte das Glas, griff zur Flasche und trank sie in einem Zug aus. Zögernd drehte sie den Verschluss dann wieder zu. »Bevor ich irgendwas erzähle, beantwortest du mir eine Frage.«

»Welche?«

»Bist du wie sie? Gehörst du zu den Männern, die Rafi geholt haben?«

»Ich weiß ja nicht, wer da war. Und ich weiß auch nicht, was sie getan haben. Aber …« Er wich ihrem Blick aus, nahm sich das Glas, ohne zu trinken, behielt es nur in seiner Hand. »Ich gehöre zu niemandem.«

Zitterte er? Xenia sah auf das Wasser in seinem Glas. Es bewegte sich in leichten Kreisen. Er log. Er log sie jetzt noch an?

»Das reicht mir nicht. Das ist scheiße, Jael!« Woher ihr Körper die Kraft nahm, wusste sie nicht. Doch ihr Stuhl flog nach hinten, als sie hochschnellte. »Ich hab es gesehen. Ich habe einen Mann sterben sehen. Rafi hat auf ihn eingestochen. Und dann, dann … ist der Kerl aufgestanden und hat sich das Messer aus der Brust gezogen. Einfach so, verstehst du?« Sie baute sich vor ihm auf, schlug mit der Faust auf den Tisch, um ihn aus seiner Starre zu holen. »Verdammt noch mal, sag was!«

Stille. Zwischen ihnen hing Stille.

Jael sah sie nicht an, er hatte sich von ihr abgewandt und starrte wie weggetreten auf den Boden. Doch sein Mund öffnete sich. Dann zuckte er zusammen. Immer wieder, mit schmerzverzerrtem Gesicht – wie unter Schlägen!

»Jael?«

Zu schnell drehte er sich zu ihr. Zu schnell sprang er plötzlich hoch und drängte sie zurück, die Hände fest um ihren Hals gelegt. Xenia keuchte auf und klammerte sich an die Anrichte hinter ihr. Sein eiskalter Blick – sie kannte ihn. Messerscharf saß er an ihrer Kehle.

JAEL

Sie wusste es. Das, von dem niemand sprach. Von dem niemand sprechen durfte. Das Geheimnis des Partems.

Unter seinen Händen spürte er ihren Puls. Wild pochte er gegen seine Finger.

»Jael … bitte!«

Ihr Flehen drang nur leise zu ihm durch. Die Kälte hatte übernommen, steuerte ihn jetzt — mit dem Ziel, zu töten.

Xenias Hände suchten nach seinen. Nicht, um sich gegen den Griff um ihren Hals zu wehren. Nein, sie blieben ruhig auf seinen Händen liegen und strahlten gefährliche Wärme aus.

»Du willst das nicht tun, Jael. Ich kann es hören. Ich … Ich höre dich.«

Er stieß ein Knurren aus. Fester. Er musste fester zudrücken.

»Ich … bin's.« Sie röchelte heiser. »Xenia.«

Xenia? Er horchte auf.

Xenia. Xenia.

Sein Herz schlug plötzlich ihren Namen, und es trieb Hitze durch seinen Körper. Goldbraun. Ihre Augen hielten seine gefangen, ließen sie nicht mehr los. Schmerz erfüllte seine Brust, und Bilder zuckten durch seinen Kopf. Seine Mutter. Tjara. Sein Vater. Ein Junge. Ein Freund? Hatte er Freunde gehabt? Sie alle lächelten und strahlten ihn an.

Jael spürte, wie ihm die Hände entglitten. Sie rutschten von ihrem Hals, und Xenia rang nach Luft. Dann bewegten sich ihre Lippen, Worte aber verstand er nicht, sie kamen gegen den Schmerz nicht an. Ein Stechen, das ihm fast die Brust zerriss. Jael taumelte und wich zurück. Er spürte einen Schrank im Rücken, lehnte sich gegen ihn und rutschte ab.

Er hätte sie beinahe getötet.

Er hätte Xenia beinahe getötet.

»Jael?« Ihr Gesicht tauchte vor ihm auf. Warum?

»Wie kannst du noch hier sein?« Seine Stimme klang gepresst. »Ich hab gerade versucht, dich zu töten, Xenia.«

»Nein. Das hast du nicht.« Zitternd hob sie ihr Kinn an, und Jael kniff verwundert die Augen zusammen. Wie war das möglich? Bis auf den roten Striemen, den Schnitt von Rafi, war ihr Hals unversehrt.

»Irgendwas in dir wollte es. Aber du hast nicht zugedrückt.«

Er sah auf seine Hände, dann zuckte sein Blick zu ihr hinüber. Auf ihre geöffnete Hand, die auf ihrem Knie lag und … leuchtete!

Hellweiß. Dann glitt eine Lichtspur über sie hinweg und malte zitternd etwas auf ihre Handfläche.

»Ich kann es sehen. Das Leuchten«, flüsterte er, bevor das Licht schwächer wurde, flackerte und schließlich erstarb.

»Wirklich?« Xenia setzte sich neben ihn auf den Boden. »Sie war noch ganz schwach, aber einmal ist sie schon aufgestiegen. Eine goldene Blume.«

Ihre Gabe. Sie hatte sie eingesetzt, gegen seine Kälte, und gewonnen. Erschöpft lehnte Jael seinen Kopf zurück.

Die Mauer, die man in ihm errichtet hatte, um das Geheimnis zu wahren, gab es nicht mehr. »Es tut mir leid, Xenia. Ich … Ich war gerade nicht bei mir. Wir wurden konditioniert, nichts zu sagen. Wir wurden programmiert zu töten, um nichts zu verraten. Aber du weißt es eh schon, oder?« Er schluckte und wandte ihr sein Gesicht zu. »Der Mann, den du gesehen hast, die Menschen für die ich arbeite – sie sterben nie.«

XENIA

Sie sterben nie.

Ein Trank. Ein Ring. Ein Stein. In Büchern gab es das, Erzählungen über den Wunsch, über den Drang, den Tod zu besiegen. Wesen, die es von Anbeginn waren: unsterblich. Götter, Elben, Vampire. Aber in ihrer Welt?

Sie hatte die Männer drüben gesehen, und nichts an ihnen war besonders gewesen, heldenhaft oder übernatürlich.

Ein Spiel nur, eine Täuschung – das hatte sie gehofft.

Doch das Geräusch, das Schmatzen, das viele Blut!

Die Küche um sie herum, der Stuhl, der Tisch, alles wurde größer, begann plötzlich zu wachsen. Oder sie zu schrumpfen? Ihr Atem wurde hektischer, flacher. Sie bekam nicht genug Luft!

»Hey!« Hände griffen nach ihr und zogen sie hoch.

Musik.

Wärme.

Jael!

»Xenia!« Er gab ihr Anweisungen zu atmen, wenig Luft rein, viel wieder raus, und hielt sie dabei fest. Xenia ließ den Kopf an seine Schulter fallen. Sie sog seinen Duft ein, und langsam wurde es ruhiger in ihr.

Er fragte, wo ihr Zimmer sei, und half ihr den Flur entlang.

Sie auf dem Bett, er vor ihr auf dem Teppich, so ähnlich hatten sie schon mal dagesessen, drüben bei ihm auf der Party. *Du hast eine Gabe!* Damit hatte alles begonnen, und wo waren sie jetzt?

»Erklär es mir.« Sie sah ihn an. »Ich brauch mehr. Mehr, um das glauben zu können.«

Jael senkte den Kopf. Ein Bein ausgestreckt, das andere angewinkelt und mit den Armen umschlungen, starrte er vor sich auf den Teppich. Xenia konnte sehen, wie es in ihm arbeitete. Sie sah die Falte zwischen seinen Augenbrauen. Dann endlich blickte er hoch.

»Die Organisation. Es sind 39 Männer und Frauen. Sie nennen sich der Partem. Seit wann es sie gibt, weiß ich nicht. Jahrhunderte?« Er zuckte mit den Schultern. »Aber sie haben es geschafft, ein Elixier zu entwickeln, das sie nicht altern lässt.«

Xenia kniff die Augen zusammen, schüttelte den Kopf, als würden Jaels Worte so besser in ihr ankommen, einen für sie passenden Platz finden. »Ein Elixier? 39 Menschen haben das, wonach die Menschheit sucht, forscht – seit Urzeiten. Aber die haben das und keiner weiß davon?«

»Nur wenige Auserwählte.«

Er schien zu wissen, dass ihr das nicht reichte, hob seine Hand, um ihre Nachfrage zu stoppen, und stand auf. Xenia verfolgte seine Schritte, das Tigern durch den Raum.

An der Fensterbank fand er Ruhe, lehnte sich mit dem Rücken an und sah zu ihr herüber. »Es gibt einen inneren Kreis, Leute, die für den Partem arbeiten. Wie gut sie informiert sind, ob sie in alles eingeweiht sind, weiß ich nicht. Aber wir sind es. Ihre Diener. Mit zwölf bekommen wir unser zweites Herz. Wir werden …«

»Moment, was?« Sie rutschte auf dem Bett nach vorne. »Was bekommt ihr?«

Jael atmete tief durch, löste sich dann von der Fensterbank und drehte sich um. Xenia stockte der Atem, als seine Hände in sein Shirt griffen und es langsam hochzogen. Über die tief sitzende Jeans, Zentimeter für Zentimeter weiter. Sie sah gebräunte Haut, unter der sich seine Muskeln bewegten. Dann eine Blume. Ihr Herz begann zu rasen. Auf Jaels unterem Rücken leuchtete eine Blume. Sie schimmerte in unterschiedlichen Farben. Blau, Grün …

Der Stoff fiel, und Jael wandte sich ihr wieder zu. Doch Xenia steckte noch in ihren Gedanken fest. Das zweite Herz. Das Tattoo. Er hatte das gleiche wie Chrystal.

»Jael, warum immer diese Blume? Was bedeutet sie?«

»Es ist der Ursprung der *Blume des Lebens*. Ihre Mitte. Wir bekommen das Tattoo mit zwölf Jahren eingebrannt, am Tag der Baptisma. Unserer Taufe.«

»Eingebrannt?« Xenia erschauderte. Mit Rindern machte man das, Brandzeichen setzen. Aber bei Kindern?

»Sie nennen es *weihen*, letztendlich ist es aber einbrennen. Das Eisen, also die Form der Blume, wird erst ins Feuer gehalten, dort erhitzt, bis es rot glüht. Dann tauchen sie es kurz in das Elixier und ...« Jael schluckte. »... pressen es uns auf den Rücken.«

Wie schmerzhaft es gewesen sein musste, konnte sie nur erahnen, er aber schien es noch immer zu spüren. Seine Mimik blieb unbewegt, doch auf seiner Stirn bildeten sich kleine Schweißperlen.

Mit dem Elixier gebrandmarkt. Xenia musterte Jael. Groß war er, stark, auf eine unglaubliche Weise besonders – wie alle drüben. Außerirdische hatte Felix sie genannt. Nicht von dieser Welt.

Sie schob ihre zitternden Finger unter ihre Beine. »Wenn ihr Kontakt mit dem Elixier hattet, seid ihr auch ...?« Sie brachte das Wort noch immer nicht über die Lippen.

»Unsterblich?« Er half ihr aus, schüttelte dann den Kopf. »Das Tattoo stärkt uns, gibt uns Energie. Aber die Unsterblichkeit teilen sie nicht mit uns. Mit niemandem.«

»Warum machst du das dann? Nur weil sie dir damals geholfen haben?«

»Nein.«

Müde und abgespannt hatte sie ihn schon erlebt, doch gerade schien er vor ihren Augen zusammenzufallen. Das Überlegene blätterte von ihm ab. Sein Gesicht wirkte weicher, weniger kantig. Jünger.

Er kam auf sie zu und setzte sich neben sie, als ob er Nähe suchte, sie brauchte.

»Warum dann, Jael?« Sie zog die Füße aufs Bett und drehte sich zu ihm. »Warum tust du das?«

»Das Elixier speist sich von der Liebe anderer. Sie muss ihm zugefügt werden, immer und immer wieder, damit sich die Wirkung nicht abschwächt. Und der Partem überlebt. Wenn ich meinen Dienst erfülle, bekomme ich das zurück, was ich verloren habe.« Seine Stimme zitterte, sie war kaum mehr zu hören. »Meine Eltern und Tjara.«

»Was?« Xenia starrte ihn entgeistert an. Die waren doch tot. Das hatte er ihr zumindest gesagt.

Mit einem Mal sah sie Leichen vor sich, vom Wasser aufgeschwemmte Körper, die sich erhoben und ihre Augen öffneten. Übelkeit flutete ihren Magen. »Jael. Wie soll das gehen?«

»Die Seelenwanderung braucht Zeit. Seelen brauchen Zeit, um sich zu verabschieden. Bei Unglücken, Unfällen, Katastrophen. Immer dann, wenn das Leben schlagartig vorbei ist, haben sie die aber nicht, und sie hängen in den Körpern fest. Der Partem sammelt diese Leichen ein. Und er hat sie, meine Eltern und auch Tjara. Ich weiß es. Ich habe sie gesehen. Und …« Jael griff sich mit beiden Händen in die Haare. »Sie warten auf mich.«

Xenia versuchte, tiefer zu atmen, um die Übelkeit irgendwie wegzudrücken. Vorsichtig streckte sie ihre Hand nach ihm aus und berührte seine Schulter. In Jael musste es toben. Die Klänge, die ihr entgegenströmten, waren heiser, kratzig, wurden immer lauter. Er begann zu zittern, schaute schmerzverzerrt zu ihr und entwand sich ihrer Hand.

»Ich kann nicht.« Mehr sagte er nicht, stand auf und ging. Im Türrahmen aber blieb er noch einmal stehen, die Hand am Holz abgestützt. »Ich brauche eine Pause. Es tut mir leid.« Ohne sich umzusehen verschwand er im Flur.

Xenia sah ihm nach. Die Wohnungstür schlug zu.

Sie war jetzt allein, doch still war es nicht. Ihr Herz pochte hart gegen ihre Brust. Als wollte es ihr zeigen, dass sie noch lebte, dass es sie noch gab. Ihre Welt. Das Mädchen in ihr. Xenia Morin. Ein bisschen komisch, ein bisschen anders.

Ansonsten … normal.

Jetzt war nichts mehr normal.

FELIX

»Liva, ich weiß es nicht, okay?« Er klemmte sich sein Handy zwischen Ohr und Schulter und schloss die Haustür auf. »Xen geht nicht ans Telefon. Und zu Hause war sie heute Mittag auch nicht.« Leider. Er hätte sie gebraucht, nachdem er Chrystal mit Liam gesehen hatte, eng umschlungen in der Stadt. Hatte bei ihr geklingelt und reden wollen.

»Ich versteh das nicht.« Livas Stimme hatte den vorwurfsvollen Unterton verloren, sie klang jetzt eher besorgt. »Hast du sie denn am Wochenende gesehen?«

»Am Samstag, ja. Bei Fiene im Krankenhaus. Am Abend hat sie dann 'ne Schicht von mir im Bunker übernommen.« Und Liam kennengelernt. »Aber Liva, wie grad schon gesagt, ich bin echt noch nicht wieder ganz fit und einfach nur müde, okay?« Er beteuerte ein weiteres Mal, dass keiner sie von irgendetwas hatte ausschließen wollen, er nicht mit Xenia blau gemacht hatte, und versprach ihr, sich zu melden, sollte er noch etwas von ihr hören, bevor er dann auflegte.

Was ein scheiß Tag! Felix schmiss das Handy auf den Küchentisch und ließ sich auf einen Stuhl fallen. Er müsste was essen. Was trinken. Stattdessen stützte er seine Ellbogen auf den Tisch und vergrub das Gesicht in seinen Händen. Nicht ganz wieder fit? Wohl leicht untertrieben. Ihm war, als hätte man ihm das Herz aus der Brust gerissen. Nein, geschnitten. Chrystal hatte es fein säuberlich herausgeschnitten, mit eiskalter Miene, und die Klinge zum Schluss noch mal ordentlich in die Wunde gebohrt.

Tränen brannten hinter seinen Augen, und ihm rutschten die Arme weg. Irgendwas raschelte auf dem Tisch. Ein Briefbogen. Auf ihm klebte ein Post-it.

Ruf bitte an, wenn du da bist! Mama

Ungewöhnlich. In der Regel vermied sie Telefonate während der Arbeit, vor allem im Nachtdienst. Mühsam setzte er sich wieder auf und nahm den Brief in die Hand. Ein Anwaltsschreiben? Sein Blick flog über den Text. Es ging um die Unterhaltszahlungen seines Vaters, die rechtlich gesehen versäumten, ausstehenden und zukünftigen. Felix rauschte das Blut durch die Adern. Alle Beträge addiert ergaben eine Summe von mehr als hunderttausend Euro.

Kein Wunder, dass seine Mutter ihn sprechen wollte. Sie wusste ja nicht mal, dass das Thema überhaupt im Raum stand, dass Chrystal ihn dazu gebracht hatte, es zumindest mal anzustoßen.

Scheiße. Er hatte es seiner Mutter schonend beibringen wollen, bisher aber keine Gelegenheit dazu gehabt. Jetzt war es zu spät und er definitiv zu müde, um sich darüber noch weitere Gedanken zu machen. Außerdem war doch eh alles hinfällig. Der Anwalt war Chrystals Onkel und hatte ihr zuliebe auf sein Honorar verzichten wollen. Nun sicher nicht mehr. Und selbst wenn doch … Felix zerknüllte den Brief und pfefferte ihn gegen die Wand. Er wollte es nicht mehr. Er wollte ihre Hilfe nicht mehr.

Seiner Mutter schrieb er kurz eine Nachricht. *Hat sich erledigt. Ich erklär es dir morgen.*

Dann sah er auf die Uhr. Zehn vor neun war es erst, trotzdem war ihm nur noch nach duschen, dann schlafen. Um den Tag irgendwie abzuhaken.

Er stand auf, holte sich eine Flasche Wasser und wollte gerade das Licht in der Küche löschen, als sein Blick auf die Papierkugel fiel. Sie lag vor der Spüle auf dem Boden. Felix entsorgte sie im Mülleimer, richtete sich wieder auf, runzelte dann plötzlich die Stirn. Zwei Kaffeebecher? In der Spüle standen zwei Becher.

Seiner, mit dem Smiley drauf, daneben der aus Amsterdam. In ihm steckte ein Löffel, und ein hellbrauner Kaffeerest schwamm auf dem Boden. Er selbst trank seinen Kaffee schwarz, seine Mutter nur mit Zucker. Aber Chrystal — sie nahm Milch.

Bewegungslos stand Felix da und starrte in die Spüle, während sich in ihm Fragen auftürmten.

Sie waren *hier* gewesen? Chrystal hatte hier übernachtet?

Wenn ja, wann hatte er sie dann verloren? Und wo?

Im Wald war er nach seinem komischen Blackout allein gewesen, zumindest allein wieder zu sich gekommen.

Chrystal verschwand also, dafür tauchte Liam auf. Liam, der sie später umarmt hatte und angeblich ihr neuer Freund war. Zufall womöglich, nur ... ein ungutes Gefühl schlängelte sich ihm die Wirbelsäule empor, an Zufälle hatte er noch nie geglaubt. Er lief in den Flur zurück, schnappte sich seinen Autoschlüssel von der Kommode und schaltete das Licht im Hof an. Vielleicht fand er im Bulli irgendetwas, das ihm helfen konnte, sich zu erinnern. Er stand im Schatten des Unterstands. Felix wollte ihn gerade öffnen, ließ den Schlüssel in der Hand jedoch wieder sinken. Was war das denn? Unten an der Tür war das Blech eingedrückt. Sein Bulli hatte so einige Dellen und Macken, was ihn nicht groß störte. Die hier aber war neu und echt 'ne Nummer. Er hockte sich hin und fuhr mit dem Finger über die Stelle.

Irgendwas hatte er erwischt. Oder etwas ihn?

Hinter seinen Schläfen begann es zu pochen, und wieder zuckten Bilder in ihm auf. Grauer Asphalt. Ein Wagen, der direkt auf ihn zugeschossen kam. Er hörte Bremsen quietschen, seinen panischen Atem.

Felix' Knie begannen zu zittern, er verlor den Halt und ließ sich auf den Boden sinken. Einen Zusammenstoß konnte es nicht gegeben haben, dazu war der Schaden zu gering.

Aber ... hatte es jemand versucht? Versucht, ihn zu erwischen?

JAEL

»Es tut mir leid, dass ich dich so ausfrage. Aber jemanden Fremdes in meiner Küche anzutreffen …« Claire Morin versuchte sich an einem entschuldigenden Lächeln. »Das erlebe ich nicht jeden Tag.«

»Ist schon okay. Ich wollte Sie auch wirklich nicht erschrecken.« Jael schaltete den Herd runter und drehte sich zu ihr um.

Es war ein gegenseitiges Taxieren. Seitdem sie ihn in ihrer Küche vorgefunden hatte, beobachtete sie ihn, stellte ihm Fragen und nutzte die Zeit, in der Xenia schlief.

»Wir wohnen jetzt seit ein paar Wochen drüben. Vorher war ich in Spanien. Unser Programm sieht das so vor, diese Wechsel, um uns international auszubilden. Anstrengend. Aber wir profitieren natürlich davon.«

»Das klingt nach einer Riesenchance. Wer fördert euch?«

Eigentlich ein sicheres Terrain, er war auf Fragen zu der Organisation vorbereitet, nur war sie Therapeutin! Ungeschminkt, in Jeans und Pulli und mit offenen Haaren wirkte sie zwar ungewohnt weich, doch in ihrem Blick lag absolute Wachsamkeit. Zudem hatte er sich nach allem, was passiert war, noch nicht wirklich gefangen. Der Schmerz, der ihn vorhin fast zerrissen hatte, hing wie ein Nachhall in ihm fest. Jael spulte seinen Text ab und griff dabei auf sein ganzes Repertoire an einnehmender Gestik zurück. Gab sich offen, auf eine charmante Art selbstbewusst, an den richtigen Stellen nachdenklich, manchmal verunsichert. Und es gelang ihm, er fing sie ein. Ihr Lächeln wurde echter, ihre Züge entspannter.

»Weiß Xenia eigentlich, dass du hier bist und für sie ko…«

»Nein, das weiß ich nicht.«

Xenia? Jael wandte sich um. Noch verschlafen lehnte sie im Türrahmen und blinzelte in die Küche.

»Hey! Na ja, ich dachte, nach dem Laufen tun uns ein paar Kohlehydrate ganz gut, oder? Zehn Kilometer ist ja schon ne Strecke.«

»Ach, du bist ja super.« Das Lächeln, mit dem sie sich von der Tür löste, gelang ihr gut, die Nähe zu ihm noch besser. Jael sog scharf die Luft ein, als ihre Hand im Vorbeigehen unvermittelt über seine Seite wanderte. »Und es riecht wirklich toll. Aber … kannst du kurz mal mitkommen?«

Schon im Flur sprudelten die Fragen aus ihr heraus. Was das sollte? Seit wann er überhaupt wieder da war?

Jael zog sie in ihr Zimmer und schloss hinter ihnen die Tür.

»Ich bin vorhin einfach gegangen, und das war, nach allem, was du erlebt hast, nicht okay. Ich hab geklingelt, aber du hast nicht aufgemacht. Und da ich den Schlüssel noch hatte, bin ich rein. Ich wollte mich mit dem Essen bei dir entschuldigen. Dass deine Mutter dazwischenfunkt, damit hatte ich nicht gerechnet.«

Hatte er. Schließlich kannte er ihren Terminkalender, zumindest in Ausschnitten. Die Kamera in Miriams Halskette erlaubte interessante Einblicke in Claires Praxisleben, und ein nettes Mutter-Tochter-Gespräch heute Abend, in dem Xenia möglicherweise mehr ausplauderte, als sie durfte, musste er um alles in der Welt verhindern.

»Du entschuldigst dich? Und das mit einem Essen?« Sie verzog skeptisch die Augenbrauen. »Muss ich misstrauisch werden?«

»Nein. Das meine ich ernst. Ich kann nur erahnen, wie verwirrend das alles für dich ist.« Seine weiche Stimme – es war schon erstaunlich, wie viel der Klang von Worten ausmachte. Dazu ein Lächeln. Ihre Miene entspannte sich.

»Ich hab dir übrigens auch dein Handy mitgebracht. Es lag noch in der Kammer.«

»Danke.« Sie erwiderte sein Lächeln, doch es verschwand urplötzlich.

»Was ist los?«

»Die Himmelskarte. Hast du sie bei Rafi gesehen?«

»Die Karte?« Jael runzelte die Stirn. Langsam ging ihm das Himmelsding wirklich auf die Nerven. »Ich dachte, du hättest sie.«

»Nein. Ich wollte sie noch holen, hatte aber keine Zeit mehr. Sie müsste auf seinem Schreibtisch liegen.«

Das tat sie nicht. Rafis Zimmer war komplett ausgeräumt worden: seine Schränke, sein Schreibtisch, alle Schubladen. Bis jetzt hatte er auch das Amulett nicht gefunden.

»Jael?« Unruhig flackerte ihr Blick über sein Gesicht. »Warst du in seinem Zimmer?«

»Ja, aber es ist leer.«

»Verdammt!« Xenias Lippen begannen zu zittern. »Ich brauch die Karte. Kannst du ihn anrufen? Er ist doch jetzt zu Hause. Kannst du Rafi fragen, ob er sie hat?«

»Zu Hause?« Er hatte Mühe, die Frage harmlos klingen zu lassen. Ein Zuhause gab es nicht.

»Das haben die Männer gesagt. Dass sie ihn nach Hause bringen wollen. Und vielleicht ist die Karte ja bei seinen Sachen. Wenn nicht, dann war alles umsonst.« Ihre Augen begannen verdächtig zu schimmern, und sein erster Impuls war, sie in den Arm zu nehmen, sie an sich zu ziehen, doch er zögerte. Ihre Gabe hatte an Kraft gewonnen, das hatte sie vorhin eindrucksvoll bewiesen. Ihn aufgebrochen. Berührungen waren ab jetzt gefährlich.

Sie war es dann, die seine Nähe suchte, auf ihn zukam und ihren Kopf kraftlos an seine Brust fallen ließ. »Ich kann nicht mehr.«

»Hey!« Vorsichtig strich er mit den Händen über ihren Rücken. Wärme durchströmte ihn, keine Hitze. Stoff ging also noch, nur Haut nicht mehr? »Xenia, ich hab eine Nummer, okay? Ich versuche ihn zu finden.« Bisher hatte er nicht gewusst, wo er mit seiner Suche beginnen sollte, doch sie hatte ihm gerade einen wertvollen Tipp gegeben. Nach Hause – damit konnte nur das *Domicilius* gemeint sein. »Geh du schon mal in die Küche. Ich muss mal telefonieren.«

Xenia nickte, ihre Locken kitzelten sein Kinn. »Wenn du ihn sprichst, dann sag ihm: die Karte gegen das hier.« Sie löste sich von ihm und holte etwas aus ihrer Hosentasche heraus.

Das Amulett! Ungläubig starrte er auf ihre Hand. »Woher hast du das?« Er wollte danach greifen, doch sie schloss blitzschnell die Finger um das silberne Schmuckstück.

»Rafi hat es mir gegeben, und er bekommt es nur im Austausch gegen die Karte zurück.«

Nicht gut. Der Partem hatte ihn beauftragt, es zu suchen, doch Xenias Blick war so unnachgiebig, dass es keinen Sinn hatte, sie jetzt weiter unter Druck zu setzen. So oder so, er würde es schon noch bekommen.

»Okay, Xenia. Zeig es aber niemandem. Verstanden?«

»Hältst du mich für bescheuert?«

»Alles andere als das.«

Sein Lächeln kam nicht an. Sie verzog nur skeptisch die Lippen und verließ das Zimmer.

Von einem Amulett hatte Rafi nie was gesagt. Warum? Jael zog das neue Prepaid-Handy aus seiner Hosentasche und setzte sich an Xenias Schreibtisch. Eigentlich hatte er es ihr geben wollen, um unbelauscht mit ihr kommunizieren zu können, doch jetzt brauchte er es. Er musste Rafi finden, und Marisol war die einzige Verbindung zum *Domicilius*. Den Zettel mit ihrer Telefonnummer hatte er zerrissen, nicht aber, ohne sich vorher die Ziffern einzuprägen. Sie zu kontaktieren war gefährlich, vor allem wenn sie tatsächlich zu den Rebellen übergelaufen war, doch was blieb ihm anderes übrig?

Ich pass auf dich auf. Er hatte es Rafi versprochen. Zudem war die Himmelskarte die zuverlässigste Bindung zu Xenia. Solange die Chance bestand, er könnte sie zurückholen, würde sie bei ihm bleiben.

Jael tippte die Nummer ein. Es klingelte. Endlos.

Unruhig griff er nach einem Bleistift und ließ ihn zwischen seinen Fingern kreisen. Noten? Auf dem Blatt vor ihm war eine Tonleiter abgebildet. Das d und das a umkringelt. Warum? Xenia spielte doch gar kein Instrument?

Es knackte in der Leitung, und jemand nahm das Gespräch an. »Digame?«

»Marisol?« Er ließ den Stift sinken.

»Si. Quién está?« Es war ihre Stimme. Unverkennbar, rauchig tief.

»Soy yo, Jael.«

Atemlose Stille. Dann hörte er Schritte. Eine Tür fiel zu.

»Bist du es wirklich?«

Er mochte ihr rollendes R. Im *Domicilius* hatten sie sich oft auf Deutsch unterhalten. War ihr Sprachwechsel jetzt ein Test?

»Ich bin der, der weiß, wo du die Schokoladenkekse versteckst. Hinter den Töpfen im Schrank unten rechts.«

»Así es.« Marisol lachte leise auf. »Aber … warum rufst du an?«

»Ich muss Rafi sprechen. Ist er schon da?«

»Ich verstehe nicht. Rafi ist bei dir, oder nicht?«

Jael runzelte die Stirn. Möglich war, dass er noch nicht eingetroffen war. Unmöglich aber, dass im *Domicilius* niemand etwas von seinem Abzug wusste. »Du willst mir sagen, dass ihr Rafis Rückkehr nicht vorbereitet?«

»Ja, das will ich. Aber warum auch? Eine Rückkehr gab es noch nie. Jael, was ist passiert?«

»Das kann ich dir nicht sagen. Und ich hab auch nie mit dir gesprochen. Verstanden?«

»Das hab ich. Aber …« Sie schluckte. »Geht es dir gut?«

Er ließ die Frage unbeantwortet und legte ohne ein weiteres Wort auf. Die kleine Marisol. Gehörte sie wirklich zu den Rebellen? Wichtige Informationen hatte er nicht preisgegeben, trotzdem durfte man das Gespräch nicht nachverfolgen können. Jael fischte die SIM-Karte aus dem Handy. In einem Stiftebecher vor ihm auf dem Schreibtisch steckte eine Schere. Er nahm sie sich und zerschnitt die Karte, bevor er eine neue einlegte. Die winzigen Schnipsel verstaute er anschließend in seiner Hosentasche.

Dann stand er auf und trat ans Fenster. Der Partem hatte von einer zweiten Chance gesprochen. Bisher hatte er daran geglaubt, auch daran, dass man Rafis Messerangriff als Affekthandlung werten würde. Doch was, wenn nicht? Was, wenn sich der Partem das erste Mal gegen einen Entsendeten stellte?

Ausgesetzt. Er hatte davon gehört. Von Regelbrechern aus den jüngeren Jahrgängen, die nach einem Clearing abgeschoben wurden. Wenn sie Glück hatten, kamen sie zu entfernten Verwandten, zu Leuten, die sie nicht wirklich haben wollten, wahrscheinlich nicht mal kannten. Wenn sie Pech hatten und es keine Familienangehörigen mehr gab, setzte man sie irgendwo einfach aus – allein und auf sich gestellt.

Rafi hatte noch Großeltern in Spanien. Aber wo genau?

Ich passe auf dich auf.

Er musste nach ihm suchen. Er war verantwortlich für ihn. Nur konnte er Xenia nicht hier zurücklassen. Unschlüssig fuhr Jael sich über den Nacken und massierte seine verspannten Schultern. Sie mitzunehmen wäre die Lösung, doch würde Claire da niemals mitspielen. Mitten im Schuljahr eine Fahrt nach Spanien? Und dann auch noch mit ihm? So kurz, wie sie Xenia an der Leine führte, würde sie das nie erlauben.

Es sei denn, er würde dafür sorgen, dass sich das änderte.

Jael löste sich vom Fenster und lauschte Richtung Küche. Stimmen drangen durch die Wand. Ein Lachen.

Claire zu entleeren, ihr die fürsorgliche Liebe zu nehmen, würde Xenia aus ihren Fängen befreien. Das war seine Chance. Möglicherweise aber auch sein Untergang, denn sollte Xenia das herausbekommen, würde sie es ihm nie verzeihen.

Doch das Risiko musste er in Kauf nehmen.

CHRYSTAL

»Du hast das Richtige getan, Chrys.« Elias saß vor ihr auf der Kante des Küchentischs und sah zu ihr herunter. »Felix ist zu nah dran.«

»Ich weiß. Es ist nur nicht fair, dass es sich so beschissen anfühlt, das Richtige zu tun. Ich hätte es ihm gern erklärt.«

»Die Möglichkeit hast du aber nicht. Die haben wir nie.«

»Das weiß ich auch. Nur war es mir bisher egal.« Chrystal presste die Lippen aufeinander. Sie zitterten noch immer, wie alles in ihr drin. Felix' Blick nach ihrem Spruch zum Schluss, seine fassungslosen Augen – dieses Bild hatte sich in ihr eingebrannt.

»Komm schon, Kopf hoch. Wir müssen sehen, wie wir jetzt weitermachen.«

»Jetzt?« Sie lachte hart auf. »Jetzt mache ich mich erst mal bei meiner Mutter unbeliebt. 31 hat Felix gesehen.«

»Du willst ihn beseitigen?«

»Sicher. Was bleibt mir denn anderes übrig?«

Elias wirkte überhaupt nicht begeistert, und doch war klar, dass er ihr helfen würde. So wie bei Rafi. Sein Versprechen, ihn wegzubringen, hatte sie bereits, und mit der Aktion riskierte er verdammt viel. Für sie. Chrystal blickte zu ihm auf. Ohne die Wollmütze, ohne die braunen Kontaktlinsen – in ihm sah sie ihr Spiegelbild. Es war, als hätte die Natur es schon vor ihnen gewusst. Ihre Seelen waren miteinander verflochten.

»Na dann, lass uns alles mal durchgehen.« Elias zog sich einen Stuhl ran und setzte sich neben sie. »Wenn wir 31 erledigt haben, muss ich zumindest offiziell aus der Stadt verschwinden. Denn Felix wird trotz allem sicher keine Ruhe geben und Nachforschungen anstellen. Das können wir nicht riskieren.«

»Aber mit welcher Begründung gehst du? Das fällt doch auf.«

»Nö.« Elias grinste und versicherte ihr dann, dass er vorgesorgt hatte. Schnelle Rückzüge waren grundsätzlich mit einkalkuliert. Ein Stipendium. Er hatte an der Uni bereits breit gestreut, dass er insgeheim auf einen Ruf an die *Manhattan School of Music* wartete. Wenn er jetzt verschwand, würde sich keiner wundern. »Ich muss nur später noch mal im Bunker vorbei. An meinem ersten Tag hab ich Jeff dort blöderweise die Adresse hier angegeben. Und der Zettel sollte verschwinden.«

Bunker. Felix. Chrystal sah auf das Armband an ihrem Handgelenk, zerrte ihren Blick dann weg. »Wo tauchst du unter?«

»Wahrscheinlich in der Wohnung am Bahnhof. Ich werde hier nur noch einiges zusammenpacken müssen, bevor ich morgen fahre. Den Rest übernimmst du?«

»Mache ich. Morgen Abend wird hier nicht mehr viel stehen.«

»Gut. Die nächsten Tage sollten wir uns dann intensiver um Miriam kümmern. Sie schlägt schon ganz gut auf das Opiat an, zeigt erste aggressive Züge. Jael müsste Claire bald in unserem Sinne steuern.«

»Sag ich ihm.« Müde lehnte sich Chrystal zurück. Die Liste wurde immer länger. Ohne Elias' Hilfe? Undenkbar.

»Guck nicht so. Du kannst mir später danken. Aber …« Er zog eine Augenbraue hoch. »Eins ist klar. Nach allem hier sind wir quitt.«

Quitt? Sie nickte. Mehr als das. Und 31 würde sie ganz offiziell auf ihre Kappe nehmen. Elias' Protest prallte an ihr ab. Die Enttäuschung, möglicherweise auch die Wut ihrer Mutter, sollte nicht ihn treffen. »Lenk ihn nur ab, Elias. Und greif ein, sollte er Ärger machen. Seinen Tod aber verantworte ich.«

»Und die Leiche?«

Sie zuckte mit den Schultern. »Hier gibt's doch bestimmt einen Keller, oder?«

»Der ab morgen verschüttet ist? Sicher.«

Chrystal dehnte ihre Finger. Sie wusste, wo sich die Ventile der Wächter befanden. Am Nacken, meist versteckt unter einem gestärkten Kragen. Ein gezielter Griff nur, mehr Chancen hatte sie nicht. Ihr Leben verteidigten sie, da half auch Strenge nichts mehr. Sollte 31 also etwas merken, würde es eng für sie werden. Es war nicht nur die Größe der Wächter, die Kraft, die in ihnen steckte und sie zu Kampfmaschinen machte. Es waren ihre Gebisse. Sie konnten Kehlen durchtrennen.

Elias stand auf. »Ich geh vor und seh zu, dass er sich auf das Sofa setzt, mit dem Rücken zur Küche, okay? Dann kommst du besser ran.« Er hatte umgeschaltet. Den netten Musikstudenten würde ihm so keiner mehr abkaufen. Die langen schwarzen Haare zum Zopf gebunden, den Rücken gestreckt, im Blick eisige Kälte. All das erinnerte sie an den alten, ehrwürdigen Krieger, der er früher gewesen war.

»Los geht's!« Er lächelte ihr auffordernd zu und öffnete die Tür zum Wohnzimmer. »Setz dich, 31!«

Auch wenn sie die Reaktion des Wächters nicht sehen konnte, Elias' Tonfall hatte genau die Härte, auf die sie reagierten. Und tatsächlich: Leder knarzte. 31 saß.

Doch noch wartete Chrystal. Wartete und lauschte.

»Wir benötigen gleich deine Hilfe.«

»Immer gern.« Das widerlich kehlige Lachen des Wächters trieb ihren Puls an. Adrenalin rauschte durch ihren Körper.

Sic itur ad astra.

Sie drehte an ihrem Ring, betrat dann ebenfalls das Wohnzimmer. 31 witterte sie sofort und wandte ihr den Kopf zu. Diese milchig weißen Augen. Kaum vorstellbar, dass sie ihn zum Sehen befähigten.

»Lasst euch nicht stören.« Sie lächelte, nickte Elias zu, der sofort weitersprach. So fordernd, dass er den Blick des Wächters wieder an sich fesselte. Chrystal verbot sich zu atmen, zu schlucken, während sie sich 31 von hinten näherte. Steif saß er vor ihr. Aber sie sah es, das leichte Zucken an seinem breiten Nacken. Weil er sie spürte?

Elias redete weiter und nahm dabei neben dem Wächter Platz. Um sie zu schützen? Um einzuspringen, sollte sie versagen?

»Du hinterlässt keine Spuren, 31. Verstanden?«

Der Wächter lehnte sich vor, ein Stück nur, und das Ventil blitzte unter seinem Kragen auf. Jetzt! Chrystal schnellte vor, streckte ihre Hand aus und hatte es. Nur bekam sie den kleinen Deckel nicht richtig zu fassen.

Ein tiefes Knurren ließ den Boden unter ihr vibrieren. Die Hände des Wächters schossen empor und krallten sich um ihren Arm. Mit einem Ruck riss er sie von den Füßen. Chrystal schrie auf. Ihr Körper wirbelte durch die Luft, drehte sich. Sie bekam nichts zu fassen, trat um sich, krachte dann mit voller Wucht auf den Tisch. Schmerz schoss durch ihren Rücken, durch ihren Arm und lähmte ihre Gedanken. Gespaltenes Holz ragte neben ihr auf. Nein. Sie rang nach Luft. Das Holz ragte *aus ihr heraus*. Ein riesiger Splitter hatte ihre Schulter durchbohrt. Stöhnend versuchte sie, sich aufzurichten, irgendwie an den Splitter zu kommen, doch wie festgetackert lag sie da. Ihr wurde schwarz vor Augen. Erlösender Nebel griff bereits nach ihrem Körper. Aber da war was. Irgendetwas spürte sie unter ihren Fingern, und mit letzter Kraft hob sie den Kopf. In ihrer Hand lag der Deckel des Ventils. Und jetzt hörte sie es auch, das leise Zischen. Ihr Blick zitterte zur Seite. Der Wächter lag auf dem Boden, sich windend wie eine Schlange. Ihm ging die Luft aus. Neben ihm hockte Elias. Und das Letzte, was sie sah, war sein Lächeln, sein triumphierendes Lächeln, bevor die Dunkelheit sie umhüllte.

JAEL

»Hey!« Er riss die Tür weiter auf und taumelte aus dem Haus. Mülleimer wurden oft durchsucht, nicht aber Altpapiertonnen. Der Mann, keine zwei Meter entfernt, hob ruckartig den Kopf und ließ den Deckel fallen. Unter seiner tief sitzenden Hutkrempe sah Jael nur Schatten, keine Augen, trotzdem konnte er ihn spüren, den durchdringenden Blick des Mannes, bevor er sich umdrehte und verschwand.

Dieser Hut! Irgendetwas setzte er in seiner Erinnerung frei, nur nicht greifbar. Er musste dem Mann nach, er wollte ihn schnappen, gab Befehle an seine Hände, seine Beine, doch sie gehorchten nicht. Die Schwäche hatte ihn schon vollkommen im Griff. Der Boden unter ihm bewegte sich, in einem leichten Auf und Ab, wie Wellen. Jael wankte über die Straße, hangelte sich an der Steinmauer entlang, fand durch sie den Eingang. Mit starren Fingern gab er den Code ein und zog sich ins Innere des Hauses. Er hatte es geschafft.

Schwer atmend lehnte er sich mit dem Rücken an die Haustür. Er musste Claires Liebe loswerden, griff in seine Hosentasche und fingerte den Ohrring heraus. Die Hände gefaltet, in ihnen die goldumfasste Perle, hob er sie an seinen Mund. Ein tiefer Atemzug, dann ließ er sie fließen, aus seiner Brust, hinein in den Ohrring: Claires fürsorgliche Liebe. Die Liebe zu ihrer Tochter.

Den Kopf ans Holz gelehnt, begann er plötzlich zu krampfen. Das Aufschreien seines Herzens zerriss ihm die Brust. Man konnte ihn foltern, mit Stromschlägen traktieren, doch nichts war schlimmer, als fremde Liebe in sich zu tragen. Jael öffnete den Mund, atmete tief in jeden Krampf hinein, bis der Schmerz verebbte.

Jetzt würde die Markierung erscheinen, am schmalen Hals von Claire Morin. Für Xenia sichtbar.

Schritte von oben unterbrachen seine Gedanken. Geno!

Seine grinsende Visage war jetzt das Letzte, was er brauchte.

»Na, da war wohl jemand erfolgreich.« Interessiert blickte er auf die Perle in seiner Hand. »Xenias ist das nicht. Aber du warst drüben. Also ...« Er sah auf, und in seinen Augen blitzte es. »Claire Morin, oder? Jetzt wirklich?«

»Verpiss dich, Geno.«

»Oh, schlechte Laune? Macht die Kleine Stress?«

Jael knirschte mit den Zähnen. Tage hatten nur vierundzwanzig Stunden, manche aber zogen sich endlos. Den Drang, Geno erneut eine zu verpassen, unterdrückte er, näherte sich ihm vielmehr freundlich lächelnd. »Weißt du, es gibt Verlierer und Gewinner. Find dich damit ab, dass du zur ersten Kategorie gehörst, okay? Und der Einzige, der hier wirklich stresst, bist du.«

»Wirklich? Wollte ich grad gar nicht.« Geno übernahm sein falsches Lächeln, verbeugte sich dann vor ihm, die eine Hand auf den Rücken gelegt, die andere in gebieterischer Geste Richtung Keller deutend. »Eigentlich war ich nur gerade auf dem Weg zum Thesaurus, um meine neueste Errungenschaft in Sicherheit zu bringen. Aber ich lass dir gern den Vortritt. Wäre ja ärgerlich, wenn über Nacht etwas verschwinden würde und du mor...«

Jael schnitt ihm mit einem kalten Blick das Wort ab und nahm die Stufen nach unten. Er hatte nicht vorgehabt, den Ohrring in den Koffer zu legen. Er hatte nicht vorgehabt, Claires Liebe wirklich zu opfern, doch die Warnung in Genos Worten war nicht zu überhören gewesen. Würde er es tatsächlich wagen, in sein Zimmer zu kommen? Um Beute zu machen?

Sicherer war der Ohrring im Thesaurus. Nach der erfolgreichen Uni-Aktion war der Inhalt des Koffers bereits abgeholt worden und die nächste Leerung würde erst wieder kommenden Mittwoch anstehen. Zeit genug also, den Ohrring wieder herauszuholen.

Jael kniete sich auf den Teppich vor dem Koffer und legte die Perle in seine Schublade. Dabei fiel ihm ein kleines Stück Papier auf. Kaum größer als ein Stecknadelkopf lugte es unter Genos Schublade aus dem Holz heraus. Sollte sie jemand öffnen, würde es hinunterfallen. Geno checkte, ob jemand heimlich seine Schublade öffnete? Und hatte allen Ernstes gedacht, dass er das Papier übersah? Verächtlich schüttelte er den Kopf. Ein jämmerlicher Trick!

Zurück in seinem Zimmer stellte er sich vor die Blume des Lebens. Sie flammte auf, und Jael ließ den warmen Strahl des Linsenscanners über seine Augen gleiten.

»Ich schwöre Treue, Loyalität und bedingungslosen Gehorsam.«

Ein Knacken war zu hören, nachdem er den Schalter an der Seite des kleinen Fensters gedrückt hatte, und eine Stimme meldete sich. »Was gibt es, Jael?«

»Ich bitte um Erlaubnis, am Wochenende zu verreisen. Nach Rom oder Paris. Ein romantischer Ausflug, von dem ich mir verspreche, mit der Immunitin einen großen Schritt weiterzukommen.«

Xenia musste er noch überzeugen. Claires Einverständnis aber würde er bekommen. Nicht nur, dass ihr die Liebe fehlte. Ab morgen hätte sie noch mit einem ganz anderen Problem zu kämpfen.

XENIA

Sehen wir uns gleich an der Ecke? Jael

Verwundert starrte sie auf das ihr unbekannte Handy. Sie hatte es klingeln hören, vom Schreibtisch aus.

Hatte er es ihr gestern Abend noch gegeben? Und irgendwas dazu gesagt?

Sie war müde geworden, zu müde, um dem angeregten Gespräch zwischen Jael und ihrer Mutter am Tisch noch folgen zu können, und hatte sich früh zurückgezogen.

Xenia sah zu ihrem Bett hinüber. *Ich bleibe, bist du schläfst.* Er war noch zu ihr gekommen und hatte ihr von Spanien erzählt. Vom *Domicilius*, von der tollen Landschaft, von Ausflügen an den Strand. Ihre Sehnsucht, mal wieder zu verreisen, war voll darauf angesprungen. Meeresrauschen hatte sie in den Schlaf begleitet. Jael wollte echt mit ihr dahin? Eine illusorische Vorstellung.

Seufzend griff sie nach dem Handy und schrieb ihm zurück.

Heute nicht. Ich bin gleich mit Liva verabredet. Wir treffen uns schon früher an der Schule. Bis später.

Seine Antwort kam prompt.

Echt jetzt? Xenia musste lachen. Es war ein GIF. Ein kleines weißes Häschen mit großen dunklen Augen, das nacheinander die Ohren hängen ließ.

Jael und ein Häschen!?

Sie packte ihren Rucksack, schlich an der noch geschlossenen Zimmertür ihrer Mutter vorbei, zog Jacke und Schuhe an und schlüpfte aus der Wohnung. Bei ihr schien es gestern spät geworden zu sein, und das, obwohl sie heute ins Gericht musste. Das erste Mal allein. Ihr die Wochenaufgaben noch mal ins Gedächtnis zu rufen, daran hatte sie trotzdem gedacht. Der Zettel hatte für sie auf dem Küchentisch bereitgelegen. Einkaufen, Wäsche, Putzen.

Kühler Wind fuhr ihr draußen unter die Jacke. Sieben Uhr abends oder sieben Uhr morgens? Mittlerweile war es so spät im Jahr geworden, dass das kaum mehr zu unterscheiden war. Zumindest nicht am Licht. Es war einfach nur dunkel. Dunkel und nasskalt.

Bevor sie auf die Straße trat, öffnete sie die Altpapiertonne. Die Thaiboxen stanken ihr entgegen, aber ansonsten – nichts! Keine neue Nachricht. Warum?

Langsam müsste doch mal was in Gang kommen.

Liva winkte ihr schon entgegen, als sie die Haupthalle der Schule betrat, und das Lächeln auf ihren Lippen ließ Xenias Schritte auf einmal fliegen.

»Ui!« Liva wickelte ihre Arme um sie. »Womit hab ich das denn verdient?«

Weil du da bist. Weil es dich noch gibt. Selbst die einsamen Tropfen, die sie hörte, kamen ihr gerade wie ein Geschenk vor. In Liva herrschte kein Knistern, kein komischer Hall.

»Es tut mir so leid, dass ich mich nicht gemeldet hab.« Vorsichtig löste sie sich aus der Umarmung. Was Livas Geräusch wohl bedeutete? War sie wirklich einsam?

»Hast du vorhin doch schon geschrieben. Aber was genau war denn jetzt mit deiner Mutter?«

»Sie hat mit mir gesprochen. Endlich.«

»Was? Nein. Über *ihn*?« Ungläubiges Blau. Liva sah sie mit großen Augen an. »Wie? Wann? Einfach so?«

Nein. Weil ich eine Gabe habe. Ich kann Gefühle hören, sie hervorzaubern. Auch wenn Liva Fantasybücher liebte, sie würde sie doch für vollkommen bekloppt halten, wenn sie ihr das jetzt auftischte.

»Keine Ahnung!«, log sie stattdessen. »Sie hat mich damit auch ziemlich überrascht.«

Sie erzählte ihr von dem unerwarteten Gespräch, vertauschte dabei nur die Mahlzeiten, aus Abendessen machte sie Frühstück, aus Sonntag einfach Montag. »Jetzt weiß ich wenigstens, woher die Angst bei ihr …« Sie stockte. Die WG traf ein. Liva folgte ihrem Blick. »Wirklich wie die Cullens, oder?«

Xenia nickte. Wenn sie nur wüsste, wie recht sie damit hatte. Blut war es allerdings nicht, was sie anderen aussaugten. Es war Liebe. Nicht weniger schlimm.

Wie immer hinterließen sie eine Schneise in der Menge, die mittlerweile die Haupthalle flutete. Jael blieb in der Nähe des Eingangs hängen, bei Leuten aus seinem Abijahrgang. Darunter natürlich Linda.

»Hast du Jael am Wochenende gesehen?«

»Ja, er war gestern Abend da.«

»Ne, echt? Erzähl!«

Es wurde ein Eiertanz, ein Gemisch aus Auslassungen, Lügen und Verdrehungen. Aber wie sollte sie es anders machen?

Zudem bekam sie den Blick nicht von ihm weg. Er hatte sich wieder seine Lässigkeit übergezogen, lehnte entspannt an einem Schaukasten und unterhielt sich mit den anderen. Auf den Lippen sein verfluchtes schiefes Grinsen.

»Hey! Das muss nichts heißen, Xen.«

Was? Dass Linda gerade ihren Kopf an seine Schulter lehnte?

Xenia presste die Lippen zusammen, doch genau in dem Moment sah er auf. Zu ihr! Hitze knallte ihr ins Gesicht. Auch wenn er fragend die Augenbrauen hob, den Kopf leicht schüttelte – seine Hand lag auf ihrer Schulter!

Wenn ich jetzt sage, es wäre nichts passiert, wäre es gelogen. Sie dachte an seine Worte im Park. Linda und er wirkten ziemlich vertraut. Wie nah waren sie sich wirklich gekommen? Hatte er … Hatte er mit ihr geschlafen?

»Dass die sich alle an ihn ranschmeißen, ist doch klar. Aber gekocht hat er gestern für dich.« Liva stupste sie mit der Schulter an. »Ob Geno das auch kann? Kochen, meine ich?«

Ihr verträumter Blick in seine Richtung machte Xenia klar, dass die Sache mit Geno noch nicht vom Tisch war. Wie auch? Das Date mit ihm hatte Liva ihretwegen abgesagt. Logisch, dass sie auf ein Neues hoffte.

»Vielleicht sollten wir von den allen doch lieber die Finger lassen.« Xenia drehte sich zu ihrem Spind, schloss ihn auf und zählte dabei auf, was an den Neuen einfach Mist war. Liva machte komische Gesten, zischte ihr was zu, doch Xenia war so im Fluss, dass sie erst still wurde, als hinter ihr plötzlich ein Schatten auftauchte. Jael. An ihre geöffnete Tür gelehnt grinste er zu ihr runter.

»Das müssen ja grauenhafte Typen sein, über die du da sprichst. Kenn ich jemanden davon?«

»Nein.« Xenia versteckte ihr Gesicht im Schrank. Scheiße. Was hatte sie als Letztes gesagt? Arrogante Affen?

»Na, ich … ähm … Ich geh schon mal.« Liva neben ihr zuckte entschuldigend mit den Schultern. »Vokabeltest. Und ich sollte mir ein paar Wörter noch mal anschauen.«

Xenia starrte noch immer in ihren Spind, musste aber langsam mal wieder auftauchen, denn von allein verschwand Jael sicher nicht.

»Vokabeltest?« Er zog das Wort amüsiert in die Länge. »Lernt ihr in Deutsch gerade Fremdwörter?«

»Du kennst meinen Stundenplan?«

»Jedes Fach, jeden Lehrer, jeden Raum.«

Hier in der Schule schien ihr Körper zu vergessen, wer er wirklich war. Seine Nähe, sein Blick. Ihr Magen kribbelte. »Tja. Dann weißt du ja auch, dass ich jetzt hoch sollte.«

»Wirklich?« Jael sah auf die Uhr. »Raum 301. Dritter Stock. Brauchst du echt zehn Minuten dafür? Oder musst du auch noch Vokabeln lernen?«

Er lachte über ihr entnervtes Augenrollen, wurde aber schnell wieder ernst, als er sah, dass sie sich wegdrehen wollte. »Xenia, was ist los? Dich ärgert Linda, oder?«

»Quatsch. Ist doch deine Sache. Und …« Sie nickte an ihm vorbei Richtung Schautafel. Linda starrte zu ihnen herüber. Nicht gerade freundlich. »Vielleicht solltest du lieber zu ihr rübergehen.«

Ihre Bemerkung bewirkte genau das Gegenteil. Jael beugte sich zu ihr hinüber und stütze seine Hände rechts und links neben ihrem Kopf ab. »Willst du mich was fragen?«

Ihr Herz begann zu rasen. »Nein.«

»Sicher? Dein Blick vorhin. Ich hätte schwören können, dass eine Frage in ihm lag.« Seine Augen strahlten hell zu ihr herunter. »Linda hat meinen Pulli bekommen, Xenia. Aber mehr Kleidungsstücke sind nicht gefallen. Ich brauche ihre Liebe, nicht ihren Körper. Okay?«

Sie schluckte. Er war ihr so nah. Spürte er die Hitze, die ihr aus dem Kragen der Jeansjacke hochstieg? »Selbst wenn, es wär mir egal.«

Er biss sich auf die Lippe, doch die Kringel, die sich an seinen Mundwinkeln zeigten, waren eindeutig. Er grinste. »Ist es nicht. Wenn du lügst, verziehst du deine Nase. Wie ein … Häschen.«

Such dir jemand anderen zum Spielen.

War es so weit? Sollte sie ihm den Satz noch mal hinknallen?

Der Gong kam ihr dazwischen. Oder besser gesagt, erlöste sie. Xenia stieß sich von den Spinden ab, stutze dann aber, als Jael einen neben ihr öffnete. Das war doch Rafis?

»Er braucht ihn nicht mehr«, kam prompt die Erklärung. Und in ihr lag eine Schwere, die sie bei ihm stehen bleiben ließ. »Hast du was von ihm gehört?«

»Nein. Und offiziell hat er ein Stipendium bekommen, falls jemand dich fragt.« Er verschloss den Spind. »Hast du mit Claire gesprochen? Wegen des Wochenendes? Wir könnten ihn suchen gehen.«

Er meinte das echt ernst? »Vergiss es. Meine Mutter dreht ja schon durch, wenn ich nur mal bei Liva übernachten will.«

Abgesehen davon würde sie selbst auch durchdrehen. Ein Trip nach Spanien mit Jael?

»Wir sollten hoch«, zischte er plötzlich und deutete mit dem Kinn Richtung Lehrertrakt. Weber kam gerade raus, mit einer Frau, die Xenia nicht kannte. Blonde Haare, Mitte 40. »Komm.« Jael wollte sich ihre Hand schnappen, zuckte jedoch zurück. Wie früher. Warum? Ihrem fragenden Blick wich er aus, raunte ihr auf dem Weg nur zu: »Eine neue Sekretärin. Und das mitten im Schuljahr? Ich fress 'nen Besen, wenn die nicht von der Organisation geschickt wurde.«

Kälte lief ihr über den Nacken. »Wie geht das? Wie kommen sie an die Schule?«

»Sie kommen überall hin.«

Jael verabschiedete sich im Gang von ihr, sie würden sich in der Pause sehen. Xenia blieb stehen und blickte sich nach Felix um. Zwischen dem ersten und zweiten Gong wäre jetzt so seine Zeit, in der er normalerweise eintraf, doch sie sah ihn nicht. Dafür dröhnten ihr aus dem Klassenzimmer lautstark Stimmen entgegen. Kein chaotisches Durcheinanderschwatzen wie sonst, kein Lachen. Es klang nach Streit.

»Sag mal, spinnst du?« Janne war beteiligt. Valentina auch und die zwei Mädchen, die vor ihnen saßen.

»Geht um Klamotten«, flüsterte Liva ihr zu, als sie sich neben sie setzte. »Und wer hier wen kopiert.«

»Echt jetzt? Die sehen doch eh alle gleich aus.« Auch Janne mischte da jetzt mit, trug selbst die schweineteuren Must-have-Schuhe, die gerade der halben Schule an den Füßen klebten, warf den anderen das aber vor. In einem Ton, der Xenia frösteln ließ.

Janne, ihre Freundin! Die, die sie verloren hatte, an die beschissene Organisation. Die kleine Blume in ihrem Nacken war deutlich zu sehen. Sie schimmerte in … Nein! Xenia riss die Augen auf. Sophie! Neben Janne. Sie strich sich gerade über den Hals, und auch an ihm prangte eine Markierung. Xenias Blick flog durch die Klasse, über jeden Nacken, der nicht von Haaren bedeckt war. Sieben! Sie zählte sieben Blumen. Rafi war weg, aber er hatte Spuren hinterlassen. Doch wie viele waren es wirklich? Hier? An der ganzen Schule?

Vor ihrem Gesicht tauchte plötzlich ein Stift auf. »Alles okay?« Liva wedelte mit ihm rum und sah sie verwundert an.

»Ja.« Xenia versuchte zu lächeln, gab irgendeinen Blödsinn von sich, während in ihr Wut mit Verzweiflung kämpfte.

Liva müsste krank werden. Oder von der Schule fliegen. Am besten alle, alle müssten fliegen.

Jael ging es um seine Familie. Aber hier ging es um die Lebenden. Waren sie weniger wert?

Den Unterricht bekam sie kaum mit, die unterschwellig aggressive Art ihrer Deutschlehrerin allerdings schon. »Schlampiges Arbeiten«, sogar »Dummheit« knallte sie Sophie vor den Kopf, dabei klang ihre Gedichtinterpretation in Xenias Ohren gar nicht schlecht. Den Beweis am Ende der Stunde hätte sie gar nicht gebraucht, sah ihn aber, als auch sie ihre Hausaufgabe auf das Lehrerpult legen musste. Unter dem schmalen Seidentuch ihrer Lehrerin lugte eine Blume hervor.

Liva verlor sie auf dem Weg in die Pause irgendwo, zumindest tauchte sie am Spind nicht auf. Dafür Herr Dr. Weber. »Xenia, weißt du, wo Felix steckt?«

»Äh, nein. Tut mir leid.«

»Gestern nicht da, heute nicht da. Beides unentschuldigt. Dazu sein ständiges Zuspätkommen.« Weber plusterte sich auf, mit einem dämlichen Grinsen auf den Lippen. »Tja, da wird wohl ein Brief fällig werden.«

»Gar nichts ist da fällig.« Xenia ballte die Hände zu Fäusten. »Felix hat grad echt Probleme. Und sie wissen das mit Fiene. Von seiner Mutter sicher auch. Und ihm nur, weil er nicht mehr Basketball spielt, ständig mit Schulverweis zu drohen? Das ist ... Das ist das Letzte.«

Dem Direktor fiel das Grinsen aus dem Gesicht, und eine bedrohliche Röte stieg an seinem schwammigen Hals hoch. Doch bevor er mit einem Konter ansetzten konnte, nutzte sie das Codewort. »Bärchen 96«, zischte sie ihm entgegen. »Sie lassen Felix in Ruhe.«

Was auch immer das Wort zu bedeuten hatte, es wirkte erneut. Die Röte, mittlerweile auf seinem Gesicht angekommen, verfärbte sich noch dunkler, aber er sagte nichts, drehte sich weg und ging.

Xenia blies sich eine Locke aus der Stirn. Heiß war ihr geworden, vor Zorn, aber auch vor Angst. Den Direktor zu erpressen, ihn zu beschimpfen ... Wo war sie nur gelandet?

Und wo verdammt noch mal war Felix?

Mit Chrystal unterwegs? Machte er sich mit ihr einen schönen Tag und riskierte seinen Rauswurf?

Auf ihre Nachricht, die sie ihm versteckt schrieb, erhielt sie keine Antwort. Den ganzen Vormittag nicht.

Als sie mittags die Mensa betrat, wirkte ihr Cliquen-Tisch völlig verwaist. Julian saß am Kopfende, Janne setzte sich, ließ aber zwei Stühle dazwischen frei. Von Liva wieder keine Spur. Sofort zuckte Xenias Blick zu den Zwölfern. Akrom lachte gerade, den Arm um die Schultern seiner Tischnachbarin gelegt. Aber Geno war nicht da.

Das musste nichts heißen. Xenia wiederholte den Satz innerlich immer wieder und steuerte die Essenausgabe an. Geno konnte sonst wo sein.

»Ich weiß es nicht. Heute Morgen hatte ich sie noch.«

Liva? Sie hörte plötzlich ihre Stimme. Xenia schob sich an der Schlange vorbei, die zum Essen anstand.

»Bis du dir sicher?« Jael stand bei ihr.

»Ja.« Sie zog gerade ihre Hände aus den Jackentaschen und blickte verzweifelt zu ihm hoch. »Ich weiß es, weil ich heute auf dem Hinweg kontrolliert wurde.«

Es ging um ihre Busfahrkarte?

Sie vermisste etwas?

Angst stieg in ihr auf. »Hey, ihr zwei.«

»Xen!« Liva sah auf. In ihren Augen schimmerten nicht nur Tränen. Es schien so, als hätten sie an Farbe verloren. Das strahlende Hellblau war weg.

»Ich hab meine Jahreskarte verloren.«

Nein, sicher nicht verloren. Xenia biss die Zähne aufeinander und funkelte Jael an. Er wusste es, das zeigte ihr sein Nicken. Und das Zucken seiner Schultern sollte bedeuten, dass er es nicht gewesen war?

»Hast du an den Spinden geschaut? Oder im Sekretariat nachgefragt?«

Das erste bejahte Liva, das zweite nicht. Jahreskarten waren beliebt, wurden ständig unter der Hand weitergegeben, die Chance, dass sie also jemand abgegeben hatte, stand gleich null.

»Scheiße, echt! Ich werd das selber zahlen müssen.«

Xenia wollte Liva in den Arm nehmen, sie trösten, doch plötzlich schob sich Jael dazwischen und griff unauffällig nach ihrem Arm. Sein Blick: eine einzige Warnung! Keine Berührung. Erschrocken wich Xenia zurück und stopfte ihre Hände augenblicklich in ihre Hosentaschen. Entleeren und Füllen. Folgte es zu schnell aufeinander, würde sie ihrer Freundin nur schaden. So wie Fiene.

Liva bückte sich gerade, um ihre Tasche aufzuheben, und Xenia erschauderte. Sie war da, die kleine Blume an ihrem Nacken.

Ein Blütenblatt schimmerte Orange. Welches war es? Welche Liebe hatte sie verloren?

Nach Antwort suchend sah sie zu Jael, der erst zögerte, sich dann eine Hand auf sein Herz legte, bevor er unauffällig zu Liva runternickte. Xenias Nase begann zu kribbeln, und Tränen stiegen ihr in die Augen. Die Liebe zu sich selbst?

»Komm, wir fragen trotzdem mal im Sekretariat nach, ja?« Er nahm sich Livas Tasche, dann ihren Arm und verschwand mit ihr in der Menge.

Es war ja richtig, sie von ihr zu trennen, und doch wäre sie jetzt gerne bei ihr. Verloren sah sich Xenia in der Mensa um, sah nur noch Markierungen, an so vielen Hälsen. Sie wischte sich über die Augen, zog den Kopf ein und schlängelte sich raus. Auf dem Weg zu den Schließfächern brummte ihr Rucksack. Das Handy von Jael?

Pass später auf Liva auf. Der erste Tag, also heute, ist für sie der Schlimmste.

Xenia drehte sich zum Spind um, öffnete ihn und schrieb in seinem Schatten zurück.

Hol sie wieder, Jael! Livas Karte. Egal, wie!

Dass er ihr antwortete, hörte sie, doch ihre Augen klebten an etwas anderem fest. Ein braunes Päckchen lag neben ihrem Mathebuch. Jemand war an ihrem Spind gewesen.

Unruhig sah sie sich in der Haupthalle um, griff dann zögernd nach dem Päckchen und stopfte es sich unter die Jacke.

Noch hatte sie Zeit, bevor der Unterricht weiterging, und sie eilte zu den Toiletten. Dort, in einer der Kabinen, knibbelte sie vorsichtig die Klebestreifen ab. Eine Münze? In einer kleinen Holzschachtel, auf schwarzem Samt lag sie, eingeschlagen in dünnes Seidenpapier. Doch da war noch mehr. Xenias Herz klopfte, als sie einen Brief herauszog, ihn auseinanderfaltete und die geschwungene Schrift wiedererkannte.

Meine liebe Xenia!
Du hast jetzt noch die Wahl: Kampf oder Rückzug.
Wählst du Rückzug, werde ich alles für euch vorbereiten. Claire und du, ihr müsst verschwinden.
Wählst du Kampf, werde ich dir zur Seite stehen.
Du bist die Verbindung, Xenia. Mit deiner Hilfe, mit deinem Zugang zu dem Insensiblen können wir es schaffen, den Partem zu vernichten. Entscheide dich! Für Rückzug steht die Zahl. Für Kampf der Reiter. Wähle die Seite und leg die Münze ohne das Seidenpapier zurück in die Schachtel. In der Nähe der Schließfächer, neben dem Putzraum, steht eine Vitrine. Unter ihr versteckst du sie.
In gespannter Erwartung

Xenia lehnte sich an die Trennwand und holte zitternd Luft. Mit drei Noten war der Brief unterschrieben.

Einem d, einem a, einem d.

»Hallo?« Ein Klopfen ließ sie zusammenfahren. »Kannst du dich mal beeilen?«

»Ja, Moment.« Sie betätigte die Spülung, verstaute den Brief und die Münze wieder im Päckchen und schob es zurück unter ihren Pulli. Welche Seite sie wählen würde, war klar. Es ging um Liva, um Fiene, um alle Opfer hier an der Schule. Und um die unzähligen, die noch folgen würden. Jael hatte seiner Familie ein Versprechen gegeben. Ihr Versprechen galt den Lebenden. Sie würde kämpfen, an der Seite ihres Vaters. Mit einer Bedingung: Jael musste heil aus der ganzen Sache herauskommen.

CHRYSTAL

Die Uhr auf ihrem Schreibtisch zeigte 11:10 Uhr. In zwanzig Minuten würde der Prozess beginnen, und jetzt, genau in diesem Moment, betrat Claire Morin das Gerichtsgebäude. Die Überwachung stand, und wie immer steuerte Xenias Mutter als Erstes die Toilette im Personaltrakt an. Menschen hatten so eigenwillige Angewohnheiten.

Chrystal wandte sich wieder ihrer Zeichnung zu und zog ruhig mit dem Bleistift die feine Linie weiter. Sie ging von Felix' Handballen aus, formte seinen Daumen und würde später ihre Hand berühren. Immer wieder spähte sie dabei kurz auf den Bildschirm ihres Laptops und verfolgte den roten Punkt, der sich bewegte. Als sich länger nichts mehr tat, griff sie zum Handy. Jael hatte ihr den Text diktiert. Er klang anders als der erste Entwurf, war aber sicher nicht minder wirksam.

Da Claire seine Stimme mittlerweile zu gut kannte, hatte er sie aufgefordert, das Gespräch zu übernehmen.

Wobei ... Gespräch? Chrystal lauschte grinsend dem Freizeichen. Würde sicher sehr einseitig werden, ihr Gespräch.

»Hallo?«

»Claire Morin!«, stellte sie erfreut fest, unterbrach dann aber in einer kühleren Stimmfarbe die vorsichtige Nachfrage, wer denn dran sei. »Das spielt gerade keine Rolle. Wichtig ist, dass sie mir zuhören. Ich erwarte von Ihnen nur bestätigende, freundliche Antworten. Wir wollen doch nicht, dass sich in einer der benachbarten Kabinen jemand erschreckt, nicht wahr?«

»Was woll...«

»Haben sie mir nicht zugehört?« Chrystal setzte sich auf. »Wir wissen von ihrem missglückten Urteil vor drei Jahren. Dem kleinen Fehltritt in ihrer ansonsten doch so bilderbuchhaften Karriere. Wollen sie die aufs Spiel setzen?«

»Nein.«

»Gut gemacht, Claire. Ein Nein. Gerne auch ein Ja. So ist es richtig. Also, es geht um Folgendes.«

Sie spulte Jaels vorbereiteten Text ab. Sosehr er sie ja nervte, sie ständig herausforderte – mit Worten konnte er umgehen. Von einer kleinen Gefälligkeit war die Rede, damals gegenüber Staatsanwalt Hinrichs. Claires wohlwollendes Gutachten hatte weitreichende Folgen gehabt. »Der von ihnen als ungefährlich eingestufte Jugendliche hatte kurz nach dem Prozess eine Passantin niedergeschlagen, Sie erinnern sich?«

Ein gepresstes »Ja« war zu hören. Ein zitterndes Luftholen.

»Gut. Und damit dies nicht noch einmal geschieht, Claire, wenden wir uns sozusagen als gut meinende Ratgeber an Sie. Es geht um Miriam Marquardt.« Chrystal betonte, wie überaus aggressiv sich Miriam in den letzten Monaten schon gezeigt hatte, nicht nur sich selbst gegenüber, sondern auch ihrem Umfeld, und sie verdeutlichte unmissverständlich ihre Forderung: das Mädchen nach einem eindeutigen Gutachten in die psychiatrische Klinik zu überstellen.

»Solange dies dauert, wird sie von Ihnen ruhiggestellt. Ich denke, das ist keine Schwierigkeit für Sie. Mit Tabletten kennen Sie sich ja bestens aus, wie wir wissen. Wobei Miriam sicher keine Betablocker helfen werden, wie in Ihrem Fall.«

»Woher wiss…«

»Aber nicht doch.« Chrystal griff zu ihrem Bleistift und schraffierte eine Stelle an der bereits gezeichneten Hand. »Ich denke, wir haben uns verstanden. Ist es nicht so?«

Claire schien mit den Tränen zu kämpfen. Chrystal hörte ihr Schniefen, dann ein bestätigendes »Ja«.

»Na prima. Dann lass ich sie jetzt mal schön aussagen, nicht wahr? Der Prozess beginnt ja gleich. Aber, ach nein, eins noch Frau Morin …« Sie legte sich ein Lächeln in die Stimme. »Die offenen Haare stehen ihnen unglaublich gut. Lassen Sie das Hochstecken, ja? Es ist Ihr Zeichen an uns, dass Sie Folge leisten, solange Miriam auf freiem Fuß ist. Einen schönen Prozess wünsche ich Ihnen.«

Zufrieden verwischte sie die Schraffierung zu einem weichen Schatten. Was das mit den Haaren sollte, verstand sie nicht, aber Claire fraß ihnen jetzt aus der Hand, dessen war sie sich sicher.

Bis kurz nach eins wollte sie noch weiter zeichnen, an ihrem Abschiedsbild für Felix. Zwei ineinander verschlungene Hände. Ob er es sich überhaupt anschauen würde?

Ich glaub dir kein Wort.

Verzweifelte Hoffnung hatte sich in seine braunen Augen geschlichen. Augen, in denen sie die Nacht davor noch versunken war.

Ihr Bleistift kratzte hart über das Papier, die Linie misslang, und Chrystal schmiss ihn auf den Schreibtisch. Schmerzhafte Sehnsucht durchzog ihren Körper. Nach ihm, seinen Armen, seiner Nähe.

Selten blieb sie über Nacht.

Selten blieb sie irgendwo für länger.

Hatte sie das gestört? Bisher nicht. Alles außerhalb des Clans war ein endloses Spiel, dessen Sieger schon im Vorhinein feststand. Sie gewann jedes Mal. Diesmal nicht. Diesmal hatte sie verloren, und es war kein Spiel gewesen. Felix. Sie dachte an ihre erste Begegnung am Bunker, an sein plötzliches Auftauchen im Hinterhof. Er hatte sie beim Sprayen erwischt. Und nicht nur das. Es hatte sie voll erwischt.

Weil er einer der wenigen war, der sich gegen sie stellte? Der sich nicht hatte einschüchtern lassen?

Sie lächelte unter Tränen. Er hatte sie wirklich anzeigen wollen. Und wäre nie bei ihr geblieben. Nicht Felix, dem die Wahrheit so wichtig war. Der sie, wüsste er alles, verachten würde.

Ein Brummen holte sie aus dem Tief ihrer Gedanken. Doch nicht das Prepaidhandy vor ihr meldete sich, das Vibrieren kam aus ihrer Schultasche. Sie zuckte zusammen, als sie sich zu ihr hinunterbeugte. Die Wunde, die ihr der Holzsplitter zugefügt hatte, heilte erschreckend langsam. Die äußere Hautschicht hatte sich bereits geschlossen, doch darunter pulsierte der Schmerz. Wie hielten andere das nur aus?

›Zahnarzt‹ stand auf dem erleuchteten Display, und Chrystal nahm das Gespräch an.

»Elias?«

»Rafi ist zu Hause angekommen. Ich hab soeben die Nachricht erhalten.«

»Danke dir.« Wenigstens das hatten sie für ihn noch tun können. »Und wo bist du jetzt?«

»Schon in Frankreich. Mache gleich mal 'ne Pause. Aber, wer weiß, wenn ich weiter so gut durchkomme, schaffe ich es vielleicht doch noch bis heute Abend. Wollen wir was Essen gehen?«

»Wär super.« Auszeit von den Jungs? Klang verlockend. »Ich zahle auch.«

Elias lachte. »Du bist doch eh dran.«

Sie einigten sich auf Italienisch, was Chrystals Magen zu einem sehnsuchtsvollen Knurren animierte, und beendeten dann das Gespräch.

Bis zum Abend war es noch hin, und mal was zu essen sicher nicht die schlechteste Idee, nur musste sie noch einiges besorgen, um später ein nicht vorhandenes Leck in der Gasleitung glaubhaft in ein vorhandenes umzuwandeln. Und auf Elias' Hilfe konnte sie diesmal nicht bauen.

Chrystal sah aus dem Fenster. So richtig weit war es zum Industriegebiet ja nicht.

Ob man den Knall wohl bis hierher hören würde?

JAEL

War sie bei Liva? Dass sie entleert worden war, hatte Xenia hart getroffen, doch beschützen konnte er nur sie, nicht ihr Umfeld, und selbst das war lediglich eine Frage der Zeit.

»Hey!«

Jael zuckte zusammen, sammelte sich jedoch schnell wieder und drehte sich auf dem Stuhl um. »Ja?«

»Dein Kaffee.« Lindas Hand, die ihm den Becher hinhielt, zitterte leicht.

»Danke.« Lächelnd strich er mit seinem Daumen über ihre Finger, bevor er ihr den Kaffee abnahm. Die Berührung zeigte Wirkung, ihr Atem stockte, doch zu schnell zog sie sich wieder zurück und lehnte sich stirnrunzelnd neben ihn an ihren Schreibtisch. »Was ist mit dir?«

»Wie meinst du das?«

»Wie ich das meine? Ich fasse das Ganze hier mal kurz zusammen, ja? Ich komm vom Klavierunterricht, und du sitzt bei uns im Wohnzimmer. Heute! Wir waren für morgen verabredet. Bei den Physikhausaufgaben vorhin war ich schneller als du. Und … generell sagst du kaum ein Wort. Irgendwas stimmt doch nicht.«

Bis auf die Tatsache, dass er im falschen Zimmer war? Und sie das falsche Mädchen?

»Es ist wirklich nichts. Zumindest nichts, was mit dir zu tun hat.«

»Ach ja?« Skeptisch sah sie ihn an. »Mit wem dann? Mit Xenia?«

Langsam und ohne sie aus den Augen zu lassen, stellte Jael den Becher auf dem Schreibtisch ab und stand auf. »Xenia interessiert mich nicht, Linda. Auch wenn sie das vielleicht gerne hätte. Ihre Familie steht irgendwie im Kontakt zu der Organisation, die uns betreut. Eine wichtige Geschäftsverbindung, die Geld bringt. Ich soll nur nett zu ihr sein.« Er lächelte gequält. »Was mir echt schwerfällt. Aber mit dir?« In Gedanken tauschte er es schnell aus, das Blau ihrer Augen gegen ein warmes Goldbraun, ihr Blond gegen Xenias dunkle Locken, nahm Linda ihren Becher aus der Hand und stellte ihn neben seinen. Sie war es nicht, doch die Vorstellung allein half ihm, sich ihr zu nähern. Sanft legte er seine Hand an ihre Wange und beugte sich zu ihr. Er musste die Augen schließen, um träumen zu dürfen.

Lindas Lippen öffneten sich bereitwillig für ihn, und ein leises Seufzen mischte sich in ihren Atem, als ihre Zungen sich fanden. Jael verspannte sich, zählte die Sekunden.

Sie war es nicht. Und würde es nie werden?

Lindas Hand fand seinen Nacken, verschwand in seinen Haaren. Etwas, das er mochte, auf das sein Körper ansprang. Heute nicht. Statt Verlangen regte sich in ihm nur Widerstand.

Zeit, es zu beenden.

Er gab sich atemlos und verabschiedete sich mit einem sanften Kuss von ihren Lippen. Ihr Gesicht schimmerte erhitzt. Sie war schon zu weit, zu weit für ihn. Noch konnte er sie nicht entleeren und mit ihr seinen Abschluss feiern. Stufe sechs. Er hatte sie noch nicht erfüllt. Erst wenn das letzte Blütenblatt seiner Blume erstrahlte und warm auf seinem Rücken pulsierte, konnte er Liebe, die man ihm entgegenbrachte, in sich aufnehmen.

»Das …« Linda lächelte ihn an. »Das war schön.«

»Schön? Für mich war es weit mehr als das.« Jael strich ihr eine Haarsträhne aus dem Gesicht. »Und vor allem etwas, das wir unbedingt wiederholen sollten.«

»Hätte ich nichts dagegen.«

Dass er damit nicht heute, nicht jetzt gleich meinte, enttäuschte sie, doch er bemühte sich, einen möglichst sanften Abgang zu finden. Ein wichtiges Treffen in der WG schob er als Ausrede vor, versicherte ihr, wie gerne er noch geblieben wäre, und sammelte währenddessen mit entschuldigender Miene seine Sachen zusammen. Linda begleitete ihn nach unten, als plötzlich aus dem Wohnzimmer eine harte Stimme zu hören war.

»Ich weiß, wo ich den Brieföffner hingelegt habe. Aber wahrscheinlich hast du mal wieder deine Finger nicht von meinen Sachen lassen können.« Lindas Vater? Wirklich ärgerlich, die Angewohnheit seiner Frau. Nur war sie diesmal nicht die Urheberin des Verschwindens.

Sie beteuerte dies auch nachdrücklich, doch mehr von dem Streit bekam Jael leider nicht mehr mit, da Linda vorsichtig die Tür schloss. Die irritierte Falte auf ihrer Stirn würde sich in der nächsten Zeit sicher öfter zeigen. Wenn die romantische Liebe fehlte, wie lange blieb ein Ehepaar dann noch zusammen? Hatte ihr Vater ihm nicht vorhin erzählt, dass nächstes Jahr die silberne Hochzeit anstand?

Hoffentlich hatten sie noch nichts gebucht.

Auf dem Weg zur U-Bahn zog Jael sein Handy aus der Tasche. Die Ortung funktionierte, der Chip in Claires Schlüsselbund sendete klare Informationen. Der rote Punkt wanderte gleichmäßig über den auf dem Display angezeigten Stadtplan, immer genau an der gelben Linie entlang. Claire saß in der Bahn? Wie praktisch. Wenn er sich beeilte, lief sie ihm gleich vor ihrem Haus direkt in die Arme.

Jael rannte die Treppen zum U-Bahn-Schacht runter, stemmte sich durch die Tür der bereits blinkenden Bahn und zog, um sich setzen zu können, den Brieföffner aus der Hosentasche. Ungesehen ließ er ihn im Innenfutter der Jacke verschwinden.

Der Schnitt, den er sich dabei zufügte, war nicht geplant. Jael fluchte und fingerte nach seiner Taschentuchpackung, doch als er dann das Blut im weißen Stoff versickern sah, konnte er sich ein Grinsen nicht verkneifen.

Manchmal bot das Leben doch unerwartete Chancen. Claire hatte den ganzen Badezimmerschrank voll mit Pflastern, Medikamenten, Desinfektionsmitteln.

Und sich verarzten zu lassen, gehörte doch zu den vielversprechendsten Anfängen eines guten Gesprächs. War es nicht so?

FELIX

»Danke, Xen, ehrlich.« Er stellte den Motor aus und sah zu ihr rüber. »Dafür, dass du mich aus dem Haus gelockt hast. Und … dass du bisher nichts gesagt hast.«

»Hä? Was denn?«

»Wie wäre es mit: Ich hab dich ja gewarnt?«

»Wegen Chrystal? Quatsch!« Empört schüttelte sie den Kopf. »Was sie mit dir abgezogen hat, damit hätte ich im Leben nicht gerechnet. Und ich kapier es auch nicht. Woher kennt sie Liam überhaupt?«

»Keine Ahnung. Angeblich vom Parkplatz am Bunker. Aber ob das stimmt?«

»Ach Scheiße, Mann. Alles wäre besser, wenn die hier nie aufgetaucht wären.«

»Wirklich?« Skeptisch hob er die Augenbrauen. »Jael auch? Ich mein, er kocht für dich, plant ein Wochenende mit dir. Scheint doch ganz gut zu laufen zwischen euch beiden.«

»Geht so. Ist eher kompliziert.« Xenia knabberte an ihrer Lippe, und es erschien ihm, als wollte sie noch etwas sagen, schluckte es dann aber.

Reden war immer das, was er mit ihr am besten konnte, und er hätte ihr einiges zu erzählen, doch irgendwie waren sie in letzter Zeit ziemlich aus der Übung gekommen.

Er zog den Schlüssel aus dem Zündschloss. »Also, auch wenn das grad schön war, bei Liva. Mit dir und mit Julian – fast so wie früher. Du fehlst mir, Xen.«

»Du mir auch.«

»Ja?« Felix lächelte, runzelte dann aber verwundert die Stirn. Waren das Tränen in ihren Augen?

Zu schnell wich sie seinem Blick aus, schnallte sich ab und … Überrascht öffnete er seine Arme. Xenia suchte Nähe?

Die Hände zwar tief in ihren Ärmeln vergraben kuschelte sie sich tatsächlich an ihn. »Lass uns ganz bald mal wieder was zusammen machen, ja? Nur wir zwei.«

»Unbedingt.« Er zog sie noch näher zu sich und sah durch die Scheibe in die bereits einsetzende Dämmerung. Licht schien durch einige Fenster auf die Straße, durch Xenias auch. Felix kniff die Augen zusammen. Da stand doch wer auf dem Balkon, oder? Und es war nicht nur ihre Mutter. Sofort verspannte sich sein Nacken. »Ich glaube, du wirst erwartet.«

»Was?« Sie richtet sich auf und folgte seinem Blick nach oben. »Jael? Was macht der denn da?«

»Nett mit deiner Mutter quatschen?« Sein Versuch, locker zu klingen, misslang ihm völlig. Ärger, Wut quoll in ihm hoch. Schleimte der Typ sich bei Claire Morin ein? Bei der, die Xenia das Leben zu Hölle machte?

»Sie ist im Moment okay.« Beschwichtigend legte Xenia ihre Hand auf sein Knie. »Echt anders als sonst. Aber das erzähl ich später mal, ja?«

»Mach das.« Felix startete den Motor. »Wirklich. Bin total gespannt.«

Kaum war sie weg, zog er den Schlüssel wieder ab. Jetzt, wo er schon mal hier war und auf der anderen Straßenseite auch Licht brannte – sollte er es wagen? Ein abschließendes Gespräch mit Chrystal? Er würde ihr gerne noch einiges sagen.

Unschlüssig starrte er zu den erleuchteten Fenstern der WG in der Hausnummer 17 hoch, gab sich dann einen Ruck und fischte Chrystals Schal von der Rückbank. Jasminduft. Auch wenn er über Nacht im Schuppen gelegen hatte – er roch noch nach ihr.

Lebt lang und in Frieden, Jungs. Felix hob seine Hand zum vulkanischen Gruß und legte seine Hand auf das alte Band-Logo am Bulli, merkte aber, dass sie leicht zitterte, und verfluchte sich dafür.

Hoffnung war so unbelehrbar, egal, wie oft sie einen auf den Deckel bekam, sie tauchte immer wieder auf.

»Ne, sorry Mann.« Auf sein Klingeln hin knallte ihm Akroms Stimme durch die Freisprechanlage entgegen. »Chrystal ist nicht da. Und ich hab auch ehrlich gesagt keine Ahnung, wo sie ist.«

»Alles klar. Danke.«

War sie bei Liam?

Felix schloss den Bulli auf. Selbst wenn nicht, mit ihm war er ja auch noch nicht durch.

Das Gewerbegebiet wirkte genauso verlassen wie gestern, zumindest der Teil, den er ansteuerte. Felix parkte ein wenig abseits, zwischen zwei riesigen Lkw an der Straße, und stieg aus. Stille. Inmitten der Fabriken, den hohen Schornsteinen und den großen Lastzügen wirkte sie fast unheimlich.

Ob Liam überhaupt da war?

Felix spähte in den Durchgang, lief dann über den Hof. Im Loft oben brannte kein Licht, doch wer weiß, vielleicht gab es Zimmer nach hinten raus?

Das Klingelschild am Eingang der Halle machte den Anschein, als würde es ihm entgegenspringen, wenn er es nur berührte, Namen waren auch nicht mehr zu lesen. Aber: Liam wohnte im Penthouse. Müsste ja der Knopf ganz oben sein. Er hob seine Hand, ließ sie dann aber wieder fallen. Die Tür. Sie war nur angelehnt, und vorsichtig drückte er sie weiter auf.

Flackerndes Neonlicht huschte über kahle Betonwände, und ein Gang tat sich vor ihm auf. Links von ihm führte eine Treppe hoch, den Rest verschluckte zuckende Dunkelheit. Sein Atem schlug ihm laut entgegen, als er den Gang betrat, und er zog unweigerlich den Kopf ein. In Filmen wäre das jetzt der Moment, in dem die Cops ihre Pistolen ziehen würden, sich nur noch mit Gestik verständigten.

Geraschel von der Seite ließ ihn zusammenfahren. Kleine Schatten huschten an ihm vorbei. Ratten?

Egal, wie geil die Wohnung oben auch war, wie konnte Liam hier leben?

Felix zog sein Handy aus der Tasche und schaltete die Taschenlampenfunktion ein. Staub wirbelte im Schein des Lichtstrahls. Die Treppe vor ihm führte auch in den Keller, er aber nahm den Weg nach oben. Jedes Stockwerk hatte Türen, doch sie waren abgesperrt. Gelb-schwarze Klebebänder, überkreuzt angebracht, prangten an den schmutzverkrusteten Metallrahmen. Nicht so im oberen Stockwerk. Felix' Schritte stockten. Die Tür war nicht nur nicht abgesperrt, sie stand sogar einen Spaltbreit offen.

»Liam?« Seine eigene Stimme trieb ihm Gänsehaut über den Rücken, sie klang so hallig, doch da ansonsten alles ruhig blieb, schubste er die Tür weiter auf.

Vorübergehend hatte über Liams Adresse gestanden, auf dem Zettel, den er bei Jeff gesehen hatte. Doch vorübergehend schien bereits vorbei zu sein. Bis auf ein abgewetztes Sofa, einen völlig zertrümmerten Holztisch und einige verranzte Schränke in der Küche war die Wohnung leer. Was hatte Chrystal hier gewollt? Ratlos streifte Felix durch die Räume, blieb dann vor der großen Fensterfront stehen. Das Draußen wirkte völlig stillgelegt, nur am Horizont zeichnete sich die Silhouette der Stadt ab. Plötzlich zuckte er zurück, und sein Herz begann zu rasen. Ein Schatten auf dem Hof! Er verschwand gerade im Durchgang. Von wegen stillgelegt, so verlassen war es hier nicht. Mit zitternden Fingern schirmte er das Handylicht ab und wich zurück. Egal, welche Gestalten sich hier rumtrieben, er wollte niemandem begegnen. Durch die Küche raus, das war sein Plan, doch ein hell schimmerndes Papier unterbrach seine Flucht. Es hing an einer Seitenfront der Hängeschränke, mit Klebestreifen befestigt. Eine Zeichnung, unschwer zu erkennen, von wem. Er griff nach dem Papier und löste es vom Schrank. Chrystal hatte Liam gut getroffen, ihn von der Seite gezeichnet, sitzend, den Ellbogen lässig auf seinem Knie abgelegt.

Unschlüssig, was er damit anfangen sollte, holte er Luft, stieß sie aber gleich wieder aus und hob irritiert den Kopf. Es roch so komisch. Nach ... Gas! Irgendwo strömte Gas aus – und das heftig. Er musste hier weg. Felix rannte los, aus der Wohnung raus, die Treppen runter. Schon im Laufen begann er zu husten, der Geruch wurde immer schlimmer.

Er erreichte den Gang, versuchte, flacher zu atmen, fand die Tür und stolperte ins Freie.

Nach Luft ringend lief er über den Hof. Er musste zum Durchgang. Wenn er ihn erreichte, wenn er auf ... Eine mächtige Detonation hinter ihm zerfetzte seine Gedanken. Sie riss ihn von den Füßen und schleuderte ihn zu Boden. Schmerz explodierte in seinem Schädel und nahm ihm die Luft. Flach, ganz flach presste er sich auf den Boden und legte schützend die Hände über seinen Kopf. Staub und Beton flogen über ihn hinweg, nebelte ihn ein, während hinter ihm die Welt zusammenbrach.

Felix krallte seine Finger in die Ritzen der Steinplatten unter sich und robbte weiter. Den brennenden Schmerz und das grelle Piepsen in den Ohren versuchte er zu ignorieren. Er wollte nur weg, aus dem Durchgang raus zur Straße. Der Staubnebel wurde beißender, Rauchschwaden durchzogen ihn. Die Fabrik hinter ihm, sie stand in Flammen.

Noch zwei Meter. Noch einen. Der Boden vor ihm wechselte den Belag. Asphalt! Er hatte es geschafft!

Vorsichtig stützte er sich ab und versuchte, auf die Beine zu kommen. Blut floss ihm über das Gesicht, hatte seine Jacke schon durchtränkt. Zu seinen Füßen lag sein Handy. Das Pochen hinter seinen Schläfen zerriss ihm fast den Schädel, als er sich bückte, um es aufzuheben. Und etwas Knisterte unter seinem Pulli. Er hatte die Zeichnung noch?

Zerknittert steckte sie in seinem Hosenbund. Felix zog sie raus, schwankte dann zu seinem Bulli.

Gleich würden sie hier antanzen, Polizei und Feuerwehr, und was sollte er ihnen sagen? Er hätte einen Schatten gesehen? Aus einer Wohnung heraus, in der er nichts verloren hatte?

Schnell schloss er den Bulli auf, hievte sich auf den Fahrersitz und startete den Motor. Erstmal in die Dunkelheit rausfahren. Dann über die Landstraße weg?

Hinter ihm in der Ferne flackerten bereits Blaulichter auf, und Felix gab Gas.

Zum Glück hatte er den Durchgang noch erreicht, ansonsten hätten ihn die umherfliegenden Trümmer sicher lebendig begraben. Felix klammerte sich ans Lenkrad und versuchte, das Zittern seiner Knie zu ignorieren. Wenigstens wurde mit jedem Kilometer, den er zwischen sich und die Explosion brachte, sein Kopf wieder klarer und auch das Piepsen leiser. Den Rückspiegel zu sich gedreht besah er sich sein Gesicht. »Scheiße!« Die linke Seite der Stirn war aufgerissen, blutete zwar nicht mehr stark, doch die Wunde sah übel aus, verdreckt, musste aber vermutlich nicht genäht werden.

Er hatte echt Schwein gehabt, zumindest redete er sich das ein, immer wieder, bis er endlich an der Landstraße ein Parkplatzschild erspähte – mit WC.

Er bog ab, stellte den Motor aus und lief auf das Toilettenhäuschen zu. Der Gestank im Inneren war widerlich, doch zum Glück war niemand da. Felix wusch sich vorsichtig den Dreck vom Gesicht, klopfte ihn aus seinen Haaren, den Klamotten, und stützte sich dann am Waschbecken ab. Spuren verwischen – wie ein Verbrecher. Mann, wo war er gelandet? Und was war das gerade gewesen? Ein marodes Fabrikgebäude. Gut möglich, dass da mal was passierte, und ohne den Schatten im Hof auch eine Theorie, an die er hätte glauben können. Aber jemand war dagewesen, kurz bevor er den Gasgeruch wahrgenommen hatte.

Gestern und heute. Als ob das Unheil es auf ihn abgesehen hätte und sich von allen Seiten auf ihn stürzte.

Weil er einmal an sich gedacht hatte?

Und sich blöderweise in die Falsche verliebt hatte?

Felix griff in sein Shirt, trocknete mit dem Stoff sein Gesicht ab und lief zurück zum Bulli. Er musste seine Mutter anrufen, ihr mitteilen, dass er sich verspäten würde, aber auch, dass sie die Verhandlungen mit dem Anwalt sofort stoppen musste. Sie war dafür, seine Hilfe anzunehmen, vor allem, da er zugesagt hatte, weiterhin kostenlos für sie zu arbeiten. Doch warum?

Eine Hand wäscht die andere.

Klar – er, Fiene, seine Mutter, sie konnten das Geld gut gebrauchen, was aber wusch sich die andere Seite mit dem Deal von den Händen?

Während er darauf wartete, dass seine Mutter ranging, nahm er die Zeichnung vom Beifahrersitz und legte sie vor sich aufs Lenkrad. Buchstaben drückten sich durch das Papier, und Felix drehte das Blatt.

Für Elias

Die Widmung irritierte ihn. Doch das Datum daneben ließ seine Brust vor Zorn entflammen.

Was hatte Chrystal gesagt? Sie hätte Liam vorgestern auf dem Parkplatz kennengelernt?

Felix zerknüllte das Papier in seinen Händen und schmiss es neben sich in den Fußraum. Nichts an ihr war echt, dafür alles gelogen.

Vor drei Jahren. Sie hatte dieses verdammte Bild vor drei Jahren gezeichnet.

XENIA

Ein Jugend-Camp in Belgien. *Natur hautnah erleben!*

Woher Jael die Unterlagen hatte, war ihr schleierhaft, doch ihre Mutter hatten sie überzeugt. So wie er sie als Ganzes überzeugte.

Xenia schob die Papiere zur Seite und griff nach ihrem Toast. Bisher hatte sie nie alleine irgendwohin fahren dürfen, und jetzt? War das auf einmal kein Problem mehr?

Mit Liva oder Felix würde sie ja sofort weg – auch zu dem blöden Camp. Nur ging es da ja gar nicht hin. Dafür mit Jael nach Spanien.

»Ich weiß wirklich nicht, warum du so zögerlich bist, Nia.« Ihre Mutter stand abmarschbereit in der Küchentür, mit offenen Haaren – noch eine Neuerung – und nickte zu den Unterlagen auf dem Küchentisch. »Fahr mit. Jael ist vielleicht das Beste, was dir passieren kann. Und gerade du solltest da nicht zu wählerisch sein.«

»Was?« Ihr fiel der Toast aus der Hand.

»Ach komm. Es ist ja nicht gerade so, dass die Jungs bisher Schlange gestanden haben, oder? Meine Unterschrift ist auf jeden Fall schon drauf. Und da ich im Moment ziemlich unter Druck stehe, ist es das Beste, wenn du ein paar Tage weg bist.«

Fassungslos starrte Xenia ihre Mutter an. Sie hätte auch zuschlagen können. Verprügelt von innen, so fühlte sie sich. Ihr Gesicht glühte, und Tränen stiegen ihr in die Augen, doch bevor sie etwas erwidern konnte, bevor sie begreifen konnte, was gerade passiert war, drehte sich ihre Mutter weg und verließ die Wohnung. Mit einem nüchternen *Bis später*. Und einer nachgeschobenen Erinnerung an ihren Putzdienst – auch im Treppenhaus.

Anders? Ihre Mutter war anders geworden? Kein Stück, eher schlimmer. Sprach sie jetzt das aus, was sie wirklich dachte?

Wie unter Schock sammelte Xenia die Unterlagen zusammen, ließ das Frühstück stehen und packte stattdessen ihre Schulsachen. Klar war, sie würde fahren. Egal, wohin – nur weg hier.

Ohne ihre Kopfhörer lief sie zur Straßenbahnstation, wich auch Entgegenkommenden nicht mehr aus. Im Gegenteil, jeder Anrempler, jedes Geräusch, das sie wahrnahm, zeigte doch: Es gab noch Normale. Nicht-Entleerte! Blöderweise nur hatte sie durch ihre Flucht aus der Wohnung gerade noch so die Bahn früher erwischt, und was das bedeutete, wurde ihr erst klar, als sie ihren Namen hörte und zwischen den Leuten im Gang die WG sah. Friedlich nebeneinandersitzend.

Shit! Akrom stand sogar für sie auf.

»Für hübsche Frauen doch immer!«

Xenia verdrehte die Augen, zog aber ihren Rucksack vom Rücken und setzte sich auf den frei gewordenen Platz neben Jael. Nicht, weil Akrom es erwartete, Chrystals Füße ihr jetzt gegenüber lockten sie an. Sie zog sie zwar ein. Die ganze Fahrt über aber sicher nicht. Sie brauchte nur eine Berührung, ganz flüchtig, um sie zu testen.

»Was für eine angenehme Überraschung.« Jael lehnte sich mit dem Rücken ans Fenster und grinste so unverschämt, dass Xenia nervös die Finger verknotete. Lässigkeit spielen konnte er wirklich meisterhaft, doch etwas anderes spielte auch, sein Cello, als sie sein Knie an ihrem spürte.

»Habt ihr eigentlich Dauerkarten für die Sitzplätze hier?«

»Nö.« Geno lachte. »Wir haben einfach nur unverschämtes Glück.«

Xenia musste sich zwingen, ihn anzusehen und dabei ihre Wut zu verstecken. Sein offenes Lächeln, seine unschuldigen blauen Augen. Liva hatte er damit eingefangen, gestern dann entleert und beklaut. Jael hatte ihre Busfahrkarte nicht zurückholen können, wie sie es gefordert hatte, doch er half ihr jetzt. Sie spürte seine Finger kurz über ihre streichen, als er sich zu ihr lehnte und mit belanglosen Themen versuchte, die Situation zu entspannen. Akrom gab immer mal seinen Senf dazu, ebenso Geno. Die Einzige, die sich äußerst zurückhielt, sowohl mit Wortbeiträgen als auch mit Blicken, war Chrystal. Die Füße noch immer unter ihrem Sitz verschränkt, starrte sie vor sich hin, nur ihre Finger bewegten sich, strichen immer wieder über ihr Handgelenk. Xenia stutze, als sie sah, was unter dem Ärmel ihrer Lederjacke hervorblitzte. Felix' Lederband! Sie trug es noch?

Warum? Wenn sie ihn doch angeblich so langweilig fand?

»Werte Fahrgäste!« Eine Durchsage durchbrach ihre Gedanken. »Die Weiterfahrt verzögert sich aufgrund einer Weichenstörung um wenige Minuten. Wir bitten, dies zu entschuldigen.«

Unmut erklang von allen Seiten. Xenia fand es nicht weiter schlimm, sie hoffte eher auf eine Verlängerung der Chance, Chrystal irgendwie doch noch zu berühren, aber entweder war sie einfach besonders rücksichtsvoll oder sie wich ihr absichtlich aus, denn selbst beim Aussteigen aus der Bahn ließ sie ihr und Jael großzügig den Vortritt.

Draußen war viel zu viel los, es ging nicht richtig vorwärts. Und das nach acht Uhr? Der Vorplatz der Schule müsste längst leer sein, quoll aber über vor Menschen.

Xenia klammerte sich an Jael, der sie mit sich durch die Menge zog, und plötzlich begann ihr Herz zu rasen. War das Blaulicht, das den Himmel durchzuckte? Über der Schule? Verdammt, sie war zu klein, sie konnte nichts wirklich sehen.

Jael aber anscheinend. »Scheiße!«, hörte sie ihn fluchen und spürte den fester werdenden Druck seiner Hand um ihren Arm. Dann brachen sie durch die Menge. Es wurde heller, das Licht bedrohlicher. Es war blau und zuckte aus unzähligen Rettungswagen, Feuerwehrzügen und Polizeiautos.

Stimmen wurden laut, man sollte zurücktreten. Die Schultür stand offen, Männer in Schutzanzügen gingen aus und ein. Bilder, ein Szenario, das man nur aus dem Fernsehen kannte.

»Warte hier.« Jael ließ ihren Arm los, zückte sein Handy und eilte auf einen Einsatzwagen zu.

Warten? Als ob. Wo war Felix? Wo Liva? Xenia kämpfte sich zu einer Mauer durch, die die Fahrradständer abgrenzte, und kletterte hoch. Einsatzkräfte bildeten wenige Meter vor ihr eine Schneise durch die Masse, Sanitäter schoben Tragen auf Rollen aus dem Inneren der Schule heraus. Auf ihnen lagen Körper, an Schläuche angeschlossen.

»Xen!«

Felix? Sie wirbelte herum, sah seine braunen Haare, seine Hände, die sich nach ihr ausstreckten, und ließ sich fallen.

Über sein Löwengebrüll hörte sie ihn flüstern: »Mann, Xen! Ich hab echt gedacht, du wärst da schon drin.«

»Und ich, dass du Blödmann ausgerechnet heute mal pünktlich warst. Aber … was ist hier los? Was ist mit Liva?« Sie zog sich aus seinen Armen zurück, sah dann erschrocken zu seiner Stirn hoch. Er war verletzt? »Was hast du da?«

»Das ist von gestern. Ich war bei Liam. Oder besser: Elias. Hier … « Seine Stimme klang heiser, war kaum zu verstehen. »Xen, hier stimmt was ganz gewaltig nicht.«

Elias? Irritiert schaute sie ihn an und wollte gerade nachfragen, wer das sein sollte, als sie von hinten angerempelt wurde. *La le Lu.* Ganz leise stiegen Töne in ihr auf. Das Schlaflied! Ruckartig drehte sie sich um und sah einen Sanitäter, der sich direkt vor ihr durch die Schülermenge drückte. Ihr Vater?

»Felix, ich komm gleich wieder, ja?« Sie ließ ihn einfach stehen, ignorierte den Ärger der Leute, an denen sie sich vorbeizwängte. Ihre Aufmerksamkeit galt nur dem leuchtenden Orange der Weste vor ihr, sie durfte es nicht verlieren!

»Nun mal langsam hier, ja?« Starke Hände griffen plötzlich

nach ihr, und ein Pferd wieherte. »Du bleibst wie alle anderen schön zurück.«

Eine Polizistin hielt sie unerbittlich fest, während das Orange sich vor ihren Augen auflöste. Er war weg.

Xenia presste die Lippen zusammen und kämpfte mit den Tränen. Warum? Warum war er nicht geblieben? Warum hatte er nicht wenigstens mit ihr gesprochen? Ganz kurz nur, sodass sie wusste, wie seine Stimme klang. Wie er sie ansah.

»Ich kümmer mich um sie. Danke!« Jaels Stimme drang zu ihr durch. Man übergab sie ihm wie eine Puppe.

»Mach jetzt keinen Ärger!«, raunte er ihr zu und öffnete mit seiner Hand ihre geballte Faust. Das unheimliche Säuseln war zurück, als sich seine Finger um ihre schlangen und er sie mit sich zog, irgendwohin, wo weniger los war. Jael hatte Angst?

In der Nähe des Parkplatzes ließ er sie unvermittelt los und ging ein paar Schritte. Mittlerweile kannte sie das von ihm, das Gehen, das »Auf den Boden blicken«, das tiefe Durchatmen – seine Reaktion auf ihre Gabe. Sie sah auf ihre Hand. Sie leuchtete, doch zum Glück nur schwach. Angst war jetzt sicher nicht das beste Gefühl, das sie in ihm auslösen sollte. Fröstelnd sah sie sich um. Auch hier standen Einsatzwagen, Lautsprecherdurchsagen hallten zu ihnen herüber, und noch immer wusste sie nicht, was eigentlich passiert war.

»Wir müssen hier weg, und zwar schleunigst.« Jael tauchte neben ihr wieder auf und nickte ernst zur Schule. »Das war ein Chloranschlag. Bisher vermutet man dahinter verblödete Schüler, aber die Organisation hat Zweifel.«

»Das heißt, ihr wart das nicht?«

»Nein.« Jael zog verwundert die Augenbrauen hoch. »Wieso auch? Uns bringt das nichts außer Unruhe und Ärger.«

»Ärger? Verletzte sind für dich Ärger?« Aus dem ganzen Chaos in ihr gewann ein Gefühl die Oberhand: Wut! »Wirklich blöd für euch«, zischte sie ihn an. »Aber doch irgendwie passend, dass die Bahn vorhin stecken geblieben ist, oder? Hat euch zumindest gerettet. Und du fragst dich allen Ernstes, warum ich deine beschissene Organisation nicht dahinter vermute?«

Mit Zurechtweisung hätte sie gerechnet, mit seinem kalten Blick. Umso erstaunter war sie, dass er die Klappe hielt, sie nur nüchtern musterte, dann mit einem Mal nickte.

»Ja, Xenia. Ein merkwürdiger Zufall.« Er kam auf sie zu und beugte sich so nah zu ihr, dass sie seinen Atem an ihrer Wange spüren konnte. »Und da du ja scheinbar wie ich nicht an Zufälle glaubst, lenk deine Gedanken doch mal in die andere Richtung.«

Eisige Kälte stieg in ihr auf, als sie verstand. »Du meinst die Rebellen.«

»Genau die. Vielleicht ging es ja gar nicht darum, *uns* zu schützen, sondern dich?« Jaels Augen suchten nach ihren. »Ich habe dir gesagt, dass sie nicht minder gefährlich sind. Dass sie über Leichen gehen. Hoffen wir, dass es hier keine gegeben hat.«

Ihr Vater sollte ein Mörder sein? Verantwortlich für das Chaos um sie herum? Xenia schüttelte sich, wich zurück, doch ihre Gedanken folgten ihr. Er war hier. Sie hatte ihn gehört, gesehen. Verkleidet in der Uniform eines Retters brachte er den Tod?

»Ich möchte, dass du nach Hause gehst und deine Sachen packst.« Jael sprach vorsichtig und sah sie bittend an. »Lass uns heute schon abreisen.«

»Und Liva?« Plötzlich brachen Tränen aus ihr heraus. Die, die sie geschluckt hatte, heute Morgen. Vorhin. »Ich hab sie nicht gesehen. Und ich hab so Angst, dass sie da drin ist.«

»Ich suche sie, und ich gebe auch Claire Bescheid, dass wir früher abreisen, aber nur wenn du jetzt gehst, deine Sachen packst und in deiner Wohnung auf mich wartest.«

Claire? Xenia wischte sich übers Gesicht. Ihrer Mutter würde das scheißegal sein, doch Bescheid geben würde sie ihr selber. Und zwar ordentlich.

»Kümmere du dich nur um Liva. Meine Mutter übernehme ich selbst.«

»Okay! Meld dich bitte, wenn du zu Hause bist.« Er strich ihr eine Locke aus der Stirn, zog sie dann in seine Arme. Sie hörte sein Herz schlagen, umwoben von seiner sehnsuchtsvollen Melodie, dann ein leises »Pass auf dich auf!«, bevor er in Richtung Schule verschwand.

Xenia holte zitternd Luft. Sie wollte Felix noch Tschüss sagen, doch ihn in dem Chos wiederzufinden war unmöglich. Würde er sein Handy hören? Sie kramte ihres aus dem Rucksack und berührte dabei plötzlich etwas Kaltes, vorne an der kleinen Tasche. Ein neuer Button! *I love Swimming*. Daneben ein rotes Herz. Xenia ging in die Knie. Hatte ihr Vater den Button an ihren Rucksack geheftet? Sie deshalb angerempelt?

Ihre Finger flatterten bei dem Versuch, ihn abzumachen. Eine Nachricht dahinter gab es nicht, doch auf dem roten Herz entdeckte sie weitere Buchstaben – ganz klein geschrieben. *Puente la reina*.

Puente hieß Brücke, das hatte ihr Jael gestern Abend erklärt, als sie sich Rafis Amulett angeschaut hatten – vor allem das eingravierte Familienwappen. Auch auf ihm war eine Brücke abgebildet. Gemeinsam hatten sie das Internet durchsucht, in der Hoffnung, irgendeinen Anhaltspunkt über Rafis Aufenthaltsort zu bekommen. Hielt sie ihn jetzt in den Händen?

»Bisher gehen wir davon aus, ja.«

Xenia sah auf. Ein uniformierter Beamter marschierte an ihr vorbei und sprach mit ernster Miene in sein Handy. Den Blick gesenkt, nahm er von ihr überhaupt keine Notiz. »Der Ursprung könnte der Putzraum bei den Schließfächern gewesen sein. Von da aus hat sich das Gas weiterverbreitet.«

Die Vitrine! Sie stand neben dem Putzraum. Xenias Finger krallten sich so fest um den Button, dass ihr die Nadel schmerzhaft ins Fleisch stach. Die kleine Holzschachtel. In ihr die Münze. Sie hatte auf Kampf gesetzt. Und womöglich mit ihrer Entscheidung das alles hier ausgelöst?

CHRYSTAL

»Wir müssen hier sofort weg.« Jael zog sie zur Seite. Bisher hatte sie gedacht, sämtliche Facetten seines Mienenspiels zu kennen, doch nie zuvor hatte sie ihn so vereist gesehen. »Warum?«

»Kann sein, dass wir aufgeflogen sind.«

»Die Rebellen?« Nach Spanien jetzt auch hier?

»Vermutlich. Sammle Akrom und Geno ein. Ich hab noch was zu erledigen. Wir sehen uns in der Wohnung.«

»Okay.« Chrystal sah ihm nach. Ein erneuter Abbruch wäre nicht nur für ihn tödlich. Für sie womöglich auch. Für sie alle!

»Darf ich mal? Vorsicht!« Den Kopf gesenkt bahnte sie sich einen Weg durch die Menge, achtete dabei auf jedes Paar Turnschuhe, in der bescheuerten Hoffnung, Felix noch zu finden. Doch es waren nicht seine Schuhe, die sie zu ihm führten, es war seine Stimme, ganz in der Nähe.

»Liva Winter. Sie geht in die Zehnte.«

Erleichterung durchströmte Chrystal. Ihm war nichts passiert.

»Ja, ich kann Bescheid geben.« Er sprach mit einem Sanitäter, sah von der Trage vor ihm auf und entdeckte sie. Sofort verspannten sich seine Schultern, doch in seinen Augen meinte sie einen warmen Glanz zu sehen. Ganz kurz nur, bevor er sie auf kühl stellte, ihr zunickte, sich dann wegdrehte. Um zu gehen?

»Hey, Felix!« Sie hielt ihn am Arm fest, zuckte aber zurück, als er sich losriss und sie mit einem abfälligen Blick musterte. »Was willst du?«

»Ich … Du bist verletzt?«

»Ich wüsste nicht, was dich das angeht. Aber bestell doch Elias einen schönen Gruß von mir, ja?«

Elias? Mit offenem Mund starrte sie ihn an.

»Überrascht?« Spöttisch hob er eine Augenbraue. »Ja, das war ich auch. Und ich weiß nicht, was noch alles gelogen ist, Chrystal. Oder, Moment ... Heiß du überhaupt so? Egal! Geh mir einfach aus den Augen, okay?«

Ihre Lippen begannen zu beben, und sie bemühte sich krampfhaft, es nicht sichtbar werden zu lassen. Sie verstand ihn ja. »Ich lass dich in Ruhe. Nur eins, Felix: Was immer du weißt oder zu wissen glaubst, halt die Klappe. Bitte! Und nimm das Geld an.«

Eine Antwort wartete sie nicht ab, zog im Umdrehen ihr Handy aus der Tasche und tauchte ab.

Woher wusste Felix das? Woher wusste er von Elias?

Nervös lauschte sie dem Freizeichen. Shit! Seit seiner Nachricht gestern Abend, er würde sich doch verspäten und müsse das Essen absagen, hatte sie nichts mehr von ihm gehört. Und auch jetzt ging er nicht an sein Handy? Ungewöhnlich für jemanden, der es sonst rund um die Uhr bei sich trug.

Mit Akrom und Geno im Schlepptau betrat sie kaum eine halbe Stunde später die Wohnung. Jael empfing sie im Wohnzimmer. Über ihm kreiste der Kronleuchter und verteilte sein buntes Licht im Raum. Sie wurden bereits erwartet.

Er musterte sie eindringlich, einen nach dem anderen, schob dann das Gemälde an der Wand zur Seite und betätigte Schalter drei. Der Projektor schwebte herab, um sein gleißendes Licht freizusetzen. Die Jungs neben ihr nahmen Haltung an, als sich die Wand ihnen gegenüber schwarz färbte, und auch Chrystal hob ihre Handflächen und blickte nach oben.

»Sic itur ad astra.« Die Stimme des Supremus erklang, woraufhin ihre Antwort mit denen der anderen im Wohnzimmer erscholl: *»Per aspera ad astra.«*

»Setzt euch!«

Chrystal wählte ihren Platz auf dem Teppich und versuchte, sich beim Hinsetzen nichts anmerken zu lassen. Gehen war okay, stehen und sitzen auch, doch jedes Hinunterbeugen zog noch immer schmerzhaft durch ihre Brust.

»Viel gibt es momentan nicht zu sagen.« Grau war der Umhang des Anführers, wie sicher auch seine Gesichtsfarbe, die unter dem dunklen Netz wie üblich verborgen blieb. Die Anspannung, auch auf der anderen Seite, musste enorm sein. »Offiziell gibt es noch keine verlässlichen Angaben, wir aber vermuten die Rebellen hinter diesem Anschlag. Doch auch wenn sich dies bestätigt, sind wir uns einig, dass wir euren Einsatz hier nicht beenden werden.«

Chrystal horchte auf. War es Jaels Durchatmen, das hörbar durch den Raum wehte? Wenn ja, übersetzte es nur die Erleichterung aller.

»In den nächsten Tagen müsst ihr äußerst wachsam sein. Wir werden eure Sicherheit verstärken, heute aber zieht ihr euch vorerst zurück. Das bedeutet, dass ihr abgeholt werdet, in folgender Reihenfolge: Chrystal, Geno, Akrom, Jael. In einer Stunde erwarten wir dich im Hof, Chrystal. In zehnminütigem Abstand dann jeweils den nächsten. Packt nur das Wichtigste zusammen, ihr werdet nicht lange weg sein.«

Der Supremus verabschiedete sich, auf eine ungewöhnliche Weise, kurz angebunden, nickte, und das Bild erlosch.

Sobald der Projektor wieder verschwunden und das Gemälde zurück an der Wand war, verließ Jael als Erster kommentarlos das Wohnzimmer. Akrom stand bei Geno, die beiden unterhielten sich flüsternd, für sie die beste Gelegenheit, sich ebenfalls in ihr Zimmer zurückzuziehen. Wechselklamotten, ihr Handy, Geld und Ausweisdokumente. Während des Packens besserte sich ihre Laune. Eine kurze Auszeit, sicher mit Elias, würde sie wieder auf Kurs bringen.

Pünktlich um elf Uhr erschien sie mit ihrer Tasche im Hof. Ein grauer Wagen erwartete sie bereits, und Chrystal bemühte sich, emotionslos auf ihn zuzugehen, denn Jaels Fenster über ihrem Kopf war sicher nicht verwaist. Doch als sie die Tür des Wagens aufriss und schon den Mund öffnete, um Elias fröhlich zu begrüßen, blieben ihr die Worte im Hals stecken.

»Ich freue mich auch, dich zu sehen, Chrysalia. Steig ein.«

Auf dem Fahrersitz saß nicht Elias. Dort saß Armata, eiskalt lächelnd!

JAEL

»Hast du alles?«

Xenia nickte. »Bis auf mein Handy halt.«

Warnend hob er die Augenbrauen. Das Thema war durch. Abschiedsnachrichten hatte er ihr noch durchgehen lassen, jetzt aber steckte es ausgeschaltet in seiner Jacke. Und da würde es auch bleiben, bis sie wieder zurück waren.

Etwas zu laut für seinen Geschmack zog sie die Wohnungstür zu, lief dann hinter ihm die Treppe runter.

Unruhe beschlich ihn. Etwas zu verschweigen war nicht das Gleiche, wie in voller Absicht zu lügen. Das Zurückhalten seines Wissens über Xenia hatte der Partem ihm verziehen. Wenn jedoch rauskam, was er jetzt vorhatte, würden sie nicht lange fackeln. Es wäre sein Tod.

»Xenia?« Die Hand bereits an der Türklinke, drehte er sich noch einmal zu ihr um. »Wenn wir jetzt da rausgehen, beginnt das Spiel. Und deine Rolle ist klar, oder? Du bist einfach völlig verzückt von der Vorstellung, gleich in Paris zu sein. Aber …« Er setzte sich sein schiefes Grinsen auf die Lippen. »Viel entzückter bist du natürlich von mir.«

Ihr genervtes Schielen war einzigartig. »Dann gib dir mal Mühe, du Idiot.«

Auf dem Weg zum Bahnhof sah Jael sich immer wieder um, nahm die Umgebung unter die Lupe, jeden Passanten, jeden Fahrgast in der Straßenbahn. Doch erst im Zug, als sie ihre reservierten Sitzplätze einnahmen, entdeckte er ihn: ihren Bewacher. Ein kleiner Mann, etwas älter schon, mit Nickelbrille und

Zeitung. Er saß drei Reihen weiter vorne, mit Blickrichtung zu ihnen, und gab vor zu lesen. Doch so lange, wie er für eine Seite brauchte, war klar: Kein Wort des Gedruckten drang zu ihm durch. Jael selbst hatte man beigebracht, die Umwelt durch Lippenlesen zu belauschen. Ob das Professorchen das auch konnte? Harmlos wirkte er, wie so viele, die sie entsandten. Doch Jael spürte, wie sich seine Finger anspannten. Sollte irgendwas an seinem Plan schiefgehen, würde er das Männchen da vor ihm beseitigen.

Er sah zu Xenia, die in dem Reiseführer blätterte, den er ihr mitgebracht hatte. Dass ihre Finger zitterten, sie viel zu flach atmete, entging ihm nicht. Strahlend beugte er sich zu ihr. »Vier Tage Paris. Was machen wir als Erstes?«

»Ähm ...« Sie blickte auf. »Ich will unbedingt in den Louvre!«

Gut so, sie spielte mit.

»Lass mal sehen.« Gemeinsam studierte er mit ihr die Seiten. Dabei ließ er seinen Finger wandern, deutete gezielt auf einzelne Worte. *Mann. Drei. Reihen.* Xenia verkrampfte sich, nickte, bevor sie vorsichtig unter ihren Locken nach vorne spähte.

»Nur einer?«

»Schschsch...«, zischte er durch die Zähne, stieß dabei unauffällig mit seinem Fuß gegen ihr Bein und lachte auf. »Nur einer? Komm, ich denke, ein Tag shoppen sollte genügen, oder?«

»In Paris?« Ihre gespielte Empörung zitterte so verräterisch, dass Jael die weitere Konversation übernahm. Er las ihr verschiedene Sightseeing-Routen vor und machte Pläne. Hin und wieder berührten sich ihre Finger beim Umblättern der Seite, was Jaels Puls automatisch in die Höhe trieb. Wie sollte das klappen? Wie sollte er ihre Nähe ertragen? Die Tage über? In den Nächten?

Während er aus der Tasche zu seinen Füßen eine Flasche Wasser herauszog, kramte sie im Vordersitz das Bahn-Magazin hervor und ... freute sich über ein Kreuzworträtsel.

Sie schlug es auf, fischte einen Stift aus ihrem Rucksack und begann wahllos, Buchstaben über die auszufüllenden Felder zu schreiben.

Typ – loswerden – Spanien – ?

Gespielt interessiert beugte er sich über das Rätsel. »Guck mal hier, surprise. Das englische Wort für Überraschung.«

Sie verzog die Stirn, setzte dann den Stift erneut an, schrieb aber etwas völlig anderes. *Rafi*, dahinter *Puente la Reina*.

Jetzt war er surprised. War das sein Aufenthaltsort?

»Woher kennst du die Stadt?«

»Ach, hab in Erdkunde halt aufgepasst.« Während sie irgendwas über den Plantagenanbau in Südamerika erzählte, schrieb sie das Wort *Google* in einige Felder. Jaels Augenbrauen zogen sich zusammen. Gestern Abend hatten sie gemeinsam das Internet durchsucht. Ergebnislos. Woher Xenia jetzt die Gewissheit nahm, sie hätte die Stadt gefunden, interessierte ihn brennend, nur war das hier sicher nicht der richtige Ort, eine Erklärung einzufordern. Daher zog er ihr mit einem Lächeln den Stift aus den Fingern und trug das Wort *später* irgendwo ein.

Zwei Stunden waren es noch – nicht bis Paris. Sie würden vorher aussteigen, um nach Spanien abzubiegen. Zeit, ein wenig zu schlafen? Die Fahrt runter war lang.

Auf seinem Handy rief er die zusammengestellte Playlist auf, bot Xenia einen der Kopfhörer an und schloss dann die Augen. Ihren verwunderten Blick spürte er trotzdem und musste lächeln. Liva hatte ihm Xenias Lieblingssongs verraten, und zeitlich abgestimmt füllten sie genau die Zeit bis zum geplanten Bistrobesuch aus.

Tief war er nicht weggewesen, doch entspannter, als die plötzliche Stille ihn wie geplant weckte. Xenia neben ihm sah aus dem Fenster. Vorsichtig stupste er sie an und nahm ihr den Kopfhörer ab. »Ich hab Hunger. Du auch?«

»Ähm … ja klar.«

Ihre Hände, die nach ihrem Rucksack greifen wollten, stoppte er und deutete auf ihr Portemonnaie. Mehr nicht, signalisierte er ihr, der Rest blieb hier.

»Entschuldigung?« Jael stand auf und trat auf den Professor zu. »Könnten Sie für einen Moment auf unsere Sachen achtgeben? Wir wollen nur kurz im Bistro was essen.«

»Natürlich. Gern«, presste dieser hervor, obwohl ihm diese Bitte sichtlich missfiel.

Auch Xenia wollte Erklärungen, vor allem, als er das Bistro mit ihr nicht nur betrat, sondern ganz durchquerte und wieder verließ. Der Zug wurde bereits langsamer.

»Wir steigen aus«, unterbrach er ihre Fragen, lächelte nett in die Runde der mit ihnen Wartenden an der Tür und mischte sich mit Xenia draußen am Bahnhof sofort unter die Menge.

»Und meine Sachen?« Immer wieder drehte sich sie sich um.

»Brauchst du nicht, wir gehen doch einen ganzen Tag lang shoppen.«

Die Autovermietung ein paar Straßen weiter erwartete ihn bereits. Der Wagen stand vollgetankt auf dem Hof, und nach dem Erledigen des Papierkrams konnten sie starten.

»Jan Hüttner.« Xenia betrachtete seinen Führerschein. »Woher hast du den?«

»Ist einer von vielen. Aber da ich den Namen schon mal benutzt habe, müsste er aus unserem System raus sein.« Und die zugehörigen Dokumente eigentlich zerstört. Ein Wink des Schicksals, dass er sie aufgehoben hatte?

»Ich will nicht wissen, was du als Jan Hüttner gemacht hast, oder?«

»Nein, das willst du nicht. Aber ich, wie du auf *Puente la Reina* gekommen bist.«

Über die Brücke auf Rafis Amulett, erklärte sie ihm. »Du hast mir gesagt, dass er Stiere mag. Und da ist mir die Stadt Pamplona eingefallen. Ich hab mal was über diese Stierrennen dort gelesen. Und weil die Stadt im Norden liegt, Rafis Akzent, wie du meintest, wohl auch daher stammt, habe ich mir die Umgebung auf Google Maps ganz genau angesehen. Puente la Reina ist ein kleines Dorf dort in der Nähe. Könnte also passen.«

»Clever kombiniert.« Jael nickte. Allerdings hätte er ihr gern in die Augen gesehen, was der Verkehr leider nicht zuließ. Ein leichtes Schwanken in ihrer Stimme hatte er wahrgenommen. Warum?

Weil sie log?

Oder war er einfach unfähig, zu vertrauen?

FELIX

Momentan hielt er sich mehr in Krankenhäusern auf als sonst wo. Felix nickte der Empfangsdame am Eingang zu und lief die Treppen zu Fienes Station hoch. Gerade war er noch bei Liva gewesen, man hatte sie ins Klinikum Nord gebracht. Kreislaufzusammenbruch nach Schock. Zum Glück keine Vergiftungserscheinungen – sie würde heute noch nach Hause kommen. Andere hatte es weit schlimmer erwischt. 19 Schwerverletzte, so hieß es, darunter Herr Dr. Bartels und der Hausmeister. Dazu eine noch nicht absehbare Anzahl an Leichtverletzten. Eine verseuchte Haupthalle. Mit Schule war bis nächste Woche erst mal nichts.

Fiene saß am Tisch, als er ihr Zimmer betrat, und Felix musste schlucken. An den Anblick des Rollstuhls konnte er sich einfach nicht gewöhnen, auch wenn er wusste, dass er nur vorübergehend war. Fienes schmaler Körper versank fast in ihm.

»Na, du.« Er setzte sich zu ihr. »Warst du heute schon mal draußen? Wollen wir runter ins Café?«

»Hä?« Ihre Augenbrauen zogen sich düster zusammen. »Du hast gesagt, dir wäre nichts passiert. Aber was ist das?« Sie zeigte auf seine Stirn.

»Hat mit heute nichts zu tun. Läuft für mich nur gerade nicht so super gut.« *Laufen.* Zu spät merkte er, wie bescheuert seine Wortwahl gewesen war, doch Fiene lächelte. Also zumindest zeigte sie das, was sie zurzeit an Lächeln aufbringen konnte. »Passt schon. Kannst dir ja auch so'n Stuhl besorgen.«

»Von wegen. Und aus dem kriegen wir dich auch bald raus.«

»Bestimmt. Hast du die Wasserflasche dabei?«

»Hab ich.« Felix griff in seine Tasche. Kein weiteres Wort über den Vorfall an der Schule? Eigentlich hatte er damit gerechnet, dass sie ihn sofort weiter ausquetschen würde. Stattdessen ging es um die Flasche. Es hatte eine ganz bestimmte sein müssen. Marke, Größe – sie hatte ihm vorhin alles genauestens durchgegeben.

»Danke.« Sie öffnete sie und trank so gierig, als wäre sie kurz vor dem Verdursten.

»Fiene, was stimmt hier nicht?«

Sie wischte sich über den Mund und stellte die Flasche auf den Tisch. »Ich hab seit gestern nichts mehr getrunken.«

»Warum?«

»Ich hab dir ja gesagt, dass ich hier immer so schlecht träume.« Sie lehnte sich zurück. »Aber letzte Nacht, das war gruselig. Und ich weiß nicht, ob das wirklich nur ein Traum war.«

Kälte rieselte in seinen Nacken. »Erzähl!«

»Ich hab Licht gesehen, also das Flurlicht. Weil die Tür offen stand. Und dann war da eine Hand. Genau da.« Sie zeigte zu ihrem Nachttisch, auf die Flasche, die dort stand.

»Die Hand hat meine Wasserflasche weggenommen und sie kurz darauf wieder hingestellt. Ich weiß nicht, vielleicht hat mir der Mann da was reingetan und ist dann wieder weg.«

»Der Mann? Du hast einen Mann gesehen?«

»Nein.« Sie schüttelte den Kopf. »Aber die Hand war groß, und da waren Haare dran. Und ein Ring.«

Felix rieb sich über den Nacken, die Kälte jedoch blieb. Dass jemand hier nachts rumschlich, klang mehr nach einem Horrorstreifen als nach Krankenhausrealität. Doch im Moment war alles um ihn herum ja irgendwie Horror.

»Ich will hier nicht mehr sein.«

»Das verstehe ich.« Er beugte sich zu ihr und strich sanft über ihre Wange. »Ich klär das mit Dr. Wingender. Er wollte mich eh gleich sprechen.«

Mit ihr noch die übliche Runde Karten zu spielen, fiel ihm extrem schwer, immer wieder entglitten ihm seine Gedanken. Und Fiene? Für die schien das Thema besprochen und damit abgehakt zu sein. 5:0. Sie zog ihn haushoch ab.

»Warum ist Chrystal nicht mitgekommen?«

Felix senkte schnell den Blick und sammelte die Karten ein. »Im Moment ist alles ein wenig chaotisch. Aber ... ich frag sie mal, ja?« Die Ringe um Fienes Augen waren schon dunkel genug, er wollte da nicht noch einen Schatten drauflegen.

Er versprach ihr, nach dem Gespräch mit Dr. Wingender nochmal kurz reinzuschauen, und machte sich auf den Weg Richtung Arztzimmer.

»Es ist nicht nur ihre emotionale Abkapselung. Sie müsste vor allem körperlich schon viel weiter sein. So lange ist sie doch gar nicht weg gewesen.«

Felix' Turnschuhe quietschten auf dem abgetretenen Linoleum, als er seine Schritte abrupt abbremste. Die beiden Schwestern, die sich vor ihm im Gang unterhielten, sahen überrascht auf, bevor sich ein mitleidvoller Ausdruck auf ihre Gesichter legte. Ging es um Fiene?

»Hallo Felix. Du kannst schon rein.« Die Jüngere der beiden hatte sich schneller wieder im Griff und deutete lächelnd zu Wingenders Tür.

Der Arzt empfing ihn an seinem Schreibtisch. Glänzend weiße Oberfläche, schön aufgeräumt. Wie der Typ selbst.

Felix versuchte, sich von der gelackten Fassade seines Gegenübers nicht einschüchtern zu lassen, und hörte sich den Bericht über Fienes neueste Untersuchungsergebnisse an, die leider überhaupt nicht nach dem klangen, was er für sie erreichen wollte: eine schnellstmögliche Entlassung – am liebsten heute noch.

»Das geht auf keinen Fall.« Dr. Wingender schüttelte auf seine Bitte hin vehement den Kopf, wobei sich eine Strähne aus seinen dunklen, mit Gel angeklatschten Haaren löste. Beim Versuch, sie wieder an Ort und Stelle zu platzieren, verkrampften sich plötzlich Felix' Finger. Dr. Wingender trug einen Ring. Wie sicher viele Männer hier. Doch wie viele von denen hatten am Handrücken Haare?

Der Arzt führte sämtliche Komplikationen auf, die bei einer frühzeitigen Entlassung auftreten könnten, und betonte, dass ohne Einverständniserklärung seiner Mutter sowieso nichts gehen würde. »Sie müsste unterschreiben, dass sie ihre Tochter auf eigene Verantwortung mit nach Hause nimmt.«

»Das wird sie«, konterte Felix, wobei er sich nicht wirklich sicher war. Doch er hoffte, sie überzeugen zu können – heute Abend nach Dienstschluss.

»Und die Kosten, die auf euch zukommen?« Dr. Wingender lehnte sich auf seinem Stuhl zurück, mit einem überheblichen Lächeln, das Felix Säure in den Hals trieb.

»Machen Sie sich darüber mal keine Gedanken.« Er klaute sich das arrogante Lächeln von den Lippen des Arztes, stand auf und klopfte als Ersatz für irgendeinen Abschiedsgruß auf die Tischplatte, bevor er das Zimmer verließ.

Was für ein widerlicher Scheißkerl.

Wie viel finanziell auf sie zukommen würde, wusste er nicht. Doch eins war klar: Das Geld von Chrystals Nuklear-Anwalt würde er trotzdem nicht annehmen. Dafür war John Bones Überweisung aber bereits auf seinem Konto eingegangen.

Felix schaute noch kurz bei Fiene vorbei, die mit dem Ergebnis, morgen entlassen zu werden, zufrieden zu sein schien. Er aber verließ das Krankenhaus nur widerwillig, und nicht ohne die Schwester ausfindig zu machen, die heute Nachtdienst hatte und der er das Versprechen abrang, immer mal bei Fiene vorbeizusehen.

Aus dem erstbesten Bankautomaten zog er 400 Euro, Geld, mit dem er seine Mutter hoffentlich später überzeugen konnte, dass sie es irgendwie schaffen könnten, und fuhr dann – wie ausgemacht – noch einmal bei Liva zu Hause vorbei.

Auf sein Klingeln hin öffnete allerdings Julian die Tür, mit einer genervten Miene, die nichts Gutes verhieß.

»Was ist los?« Felix schlüpfte aus seinen Turnschuhen und betrat den Flur.

»Liva feiert ihr Leben, stürzt aber gerade ab.«

»Ne!« Entgeistert starrte er Julian an. Blieb Scheiße denn immer an einem kleben?

»Feeelix!« Mit glasigen Augen erschien sie an der Tür zum Wohnzimmer, und eine Alkoholdunstwolke zog ihm entgegen. Mann, sie nahm doch Medikamente!

»Wie schschön, dass du nischt auch weg bist. Wie Xen. Komm rein.«

Deswegen also? Sie trank, weil Xen weg war?

Der Gedanke an sie zog auch seine Stimmung noch eine Etage tiefer in den Keller. Sie hatte ihn an der Schule einfach stehen lassen.

Bin dann mal weg.

Ihre blöde Abschiedsnachricht vorhin hätte sie sich sparen können.

XENIA

Helligkeit schimmerte durch ihre noch geschlossenen Augenlider. Es war schon Tag?

Zu müde, um ihn zu begrüßen, wollte sie wieder in den Schlaf abtauchen, doch zu den Fahrgeräuschen und der leisen Musik, die sie schon die ganze Nacht über begleitet hatte, mischte sich noch ein anderes Geräusch: geflüsterte fremdsprachige Worte. Jael?

Mühsam blinzelte sie zu ihm rüber. Die aufgehende Sonne leuchtete ihm ins Gesicht und gab dem Blond seiner zerzausten Haare einen leicht rötlichen Schimmer.

Seine Worte begleiteten ein Lied aus dem Radio, und immer wieder blitzte dabei seine Zungenspitze zwischen den Lippen auf. Zwischen unglaublich schön geschwungenen Lippen, die sich plötzlich zu einem Lächeln verzogen. »Ich weiß, dass du wach bist.«

Verdammt. Sofort kniff sie ihre Augen zusammen. Jael hatte sie doch nicht mal angesehen. »Selbst wenn wir mal annehmen würden, du hättest recht. Woher weißt du das?«

»Deine Atmung hat sich verändert.«

»Und das hörst du über die Musik?«

Jael lachte leise. »Ich höre alles, Xenia.«

»Echt?« Sie öffnete widerwillig ihre Augen. »Hast du irgendwie ’ne andere körperliche Ausstattung?«

»Du möchtest dich wirklich mit mir über meine körperliche Ausstattung unterhalten?«

»Ach, halt die Klappe!« Sein Grinsen trieb ihr Röte ins Gesicht. Jael auf nüchternen Magen – diese Mischung hatte sie schon mal gehabt und überforderte sie wieder.

Müll raschelte im Fußraum, als sie ihre Beine ausstreckte. Burger-Packungen, Pommesschachteln – irgendwo mussten auch noch die leeren Coladosen rumfliegen. Koffein, das es nicht geschafft hatte, sie wachzuhalten.

Jael stützte seine Ellbogen am Seitenfenster ab und sah immer wieder zu ihr herüber.

»Was ist?«

»Weißt du, was an Mädchen, die sich nicht schminken, das Beste ist?«

»Nein. Und ich bin mir auch nicht sicher, ob ich das hören will.«

»Man erlebt am nächsten Morgen keine böse Überraschung.«

»Wow.« Xenia verdrehte die Augen. »Klingt ja nach mächtig viel Erfahrung.«

»Touché!« Er lachte auf. »Aber so endlos lang, wie du vielleicht denkst, ist die Liste gar nicht.«

»Und wenn schon ...« Sie wandte sich zur Seite und sah aus dem Fenster. »So viel Raum nimmst du in meinen Gedanken gar nicht ein.«

»Sicher?«

»Boah, Jael! Was an ›Klappe halten‹, verstehst du eigentlich nicht?« An Koffeinmangel schien er zumindest nicht zu leiden, auch wenn ihr die dunklen Schatten unter seinen Augen nicht entgangen waren.

Sie spähte auf die Uhr am Armaturenbrett. Es war kurz vor acht. Die Autobahn hatten sie anscheinend verlassen, sie fuhren auf einer Landstraße. Felder zogen an ihnen vorbei, geschwungene Wege, vereinzelte Höfe. »Wo sind wir?«

»Ach, ich darf wieder?« Amüsiert blitzte er sie an. »Noch in Frankreich. Aber bald an der Grenze. Ich muss mal 'ne Pause machen.«

In Frankreich! Auch wenn sie wusste, dass das hier kein normaler Wochenendtrip war, tanzte das Wort durch ihren Bauch.

Wie lange hatte sie sich gewünscht, mal woanders zu sein? Wie oft hatte sie ihren Koffer gepackt, nur um den Inhalt dann doch unberührt wieder ausräumen zu müssen? Und ausgerechnet Jael erfüllte ihr jetzt diesen Traum?

Er bog gerade ab, fuhr an einer Tankstelle vorbei und steuerte ein kleines Bistro an.

Wie auf Knopfdruck fing ihr Magen an zu knurren.

Milchkaffe, Baguette und Käse schlug er vor, und für sie klang das nach einem guten Plan, doch als sie ausstieg, folgte sie ihm nicht. Leichter Wind wehte ihr entgegen, und in ihm lag ein salziger Geschmack. Das Meer?

»Xenia?«

»Moment.« Wie von selbst bewegten sich ihre Füße, allerdings in die entgegengesetzte Richtung, über sandigen Untergrund hin zu einer Anhöhe. Und da lag es plötzlich wie ein schimmernder blauer Teppich vor ihr: das Meer. Xenia öffnete ihren Mund und atmetet tief ein. Die salzige Luft, das leise Rauschen, das glitzernde Spiel der Sonne. Das Gefühl von Glück.

Jael musste ihr gefolgt sein, sie spürte ihn an ihrer Seite, und dass er zu ihr sah – nicht aufs Meer. Weil es für ihn den Tod gebracht hatte?

»Ist es okay für dich? Ich meine, okay, hier zu sein?«

»Ich kann es mittlerweile aushalten, vor allem, wenn es schweigt. Aber für dich ist es mehr als okay, oder? Ich kann deine Freude nicht teilen, aber ich sehe sie in deinem Gesicht, vor allem in deinen Augen.«

Freude nicht spüren zu können – auf einige Gefühle könnte sie womöglich verzichten, aber nicht auf die Leichtigkeit, die Schwerelosigkeit, die Glück mit sich brachte.

Gänsehaut überzog ihre Arme. Wie leer musste es in ihm sein?

»Jael, darf ich es dir zeigen?« Sie wandte sich ihm zu, und da er nicht zurückwich, sie nur unbewegt anschaute, griff sie nach seiner Hand. Sie zuckte leicht, als würde er es sich doch anders überlegen, dann aber glitten seine Finger zwischen ihre. Wärme durchzog ihre Hand, ihren Arm, floss weiter und erfüllte ihre Brust. Mit ihr erklang ein leises Plätschern. Nein, es war kein Plätschern, es war eher ein Flitschen. So, als würde ein Steinchen übers Wasser springen. Erst verspielt, doch es schwoll von Sekunde zu Sekunde an.

Jael hatte die Augen geschlossen, das Gesicht der Sonne zugewandt. Ihr Licht ließ es erstrahlen und legte sich schimmernd auf seine markanten Züge. Es war, als würde die Sonne jede Falte, jede Anspannung in seinem Gesicht wegradieren.

Jael weichgezeichnet – ein unglaublicher Anblick.

Nur war das Flitschen mittlerweile so laut, dass es in ihren Ohren zu stechen begann. Xenia presste die Lippen zusammen. Sie musste durchhalten, ihre Gabe brauchte Zeit!

Doch Jael war es dann, der die Verbindung zu ihr trennte. Er stöhnte plötzlich auf, packte sie grob am Arm und riss seine Hand aus ihrer. Sein Gesicht war dabei schmerzverzerrt.

Kälte stieg in ihr auf, vor allem in ihrer Hand, und Xenia zog sie sofort in den Ärmel ihrer Jacke zurück. Leuchten würde sie sicher, aber für das Aufsteigen der Blume hatte es nicht gereicht. Trotzdem überfiel sie ein leichter Schwindel.

»Es geht nicht«, stieß Jael heiser aus. »Deine Freude. Es war beeindruckend. Aber sie tut mir weh.«

Mit diesen Worten drehte er sich weg, wollte gehen, doch Xenia hielt ihn auf. Es war Zeit. Zeit, ihm die Wahrheit zu sagen.

»Jael, es war nicht meine Freude, die du gespürt hast. Es war deine.«

»Was?« Aus zusammengekniffenen Augen sah er sie an. »Was sagt du da?«

»Ich manipuliere nicht. Also, ich fülle die Menschen nicht mit irgendwelchen Gefühlen. Ich wecke verborgene. Und ich kann sie hören. Jael … ich hör dich auch.«

Wie versteinert stand er vor ihr, nur seine Kiefermuskeln bewegten sich. Sie zuckten leicht, doch auf welchen Worten er auch immer kaute, sie blieben stumm.

»Wenn wir uns nah sind, höre ich Cellomusik. Wenn du dir Gedanken machst, oder Sorgen, höre ich ein leises Säuseln. Und gerade …«

»Du hörst ein Cello?«, unterbrach er sie.

Sie nickte und summte leise seine Melodie. Unglaube vertrieb die Skepsis in seinem Blick. Sie sah in das helle Grau seiner Augen, und seit Langem war er wieder da, der warme, grünliche Schimmer in ihnen.

»Das hat meine Mutter gespielt. Sie hat das geübt, bevor …« Er sprach den Satz nicht zu Ende, doch sie konnte sich denken, wie er weiterging. Bevor das Unglück passiert war.

Jael griff sich in die Haare, ließ seine Hand dann wieder sinken. »Du hörst also meine Bilder?«

»Du … du siehst was dabei?«

Erst nickte er nur stumm, dann aber begann er zu erzählen. Von seinen Erinnerungen, die in ihm aufstiegen, wenn sie ihn berührte. Vergessene Momente voller Nähe. »Ich sehe meine Mutter. Höre auch ihre Stimme. Manchmal taucht mein Vater auf – wie gerade. Seltener auch Tjara.« Tränen funkelten in seinen Augen. »Das meintest du also in der Küche, als du gesagt hast, du kannst mich hören?«

»Ja. Ich habe das Cello gehört. Und meinen Namen. Ganz leise.« Vorsichtig lächelte sie ihn an. »Jael, du bist nicht mehr still. Deine Gefühle sind noch da, irgendwo tief in dir drin.« Sie hörte die Hoffnung in ihrer Stimme, er aber teilte sie offenbar nicht. Im Gegenteil, seine Miene verdunkelte sich, und er wich zurück. Xenia kam es so vor, als würde er dabei den Reißverschluss über seinem Innersten, den er ihr gegenüber für einen Moment geöffnet hatte, bis oben hin wieder schließen.

»Das muss aufhören, Xenia. Du darfst mich nicht aufbrechen.« Den Blick auf den Boden gerichtet ließ er sie stehen.

Sie folgte ihm nicht. Sie hatte das Zucken in seinen Fingern gesehen, die Anspannung seiner Schultern, und was darauf folgte, kannte sie bereits: seine eisige Kälte.

Unschlüssig sah sie aufs Meer. Hätte sie mit der Wahrheit doch warten sollen?

Sie hörte sein Lachen, der Wind trug es zu ihr herüber, dann seine Stimme. Mit irgendwem sprach er und hatte seine charmante Fassade wieder hochgezogen.

Ach Scheiße, sollte er doch!

Sie schlüpfte aus ihren Turnschuhen und zog die Socken aus. November. Der sandige Boden unter ihren Füßen war kalt, das Meer sicher noch kälter, und trotzdem lief sie barfuß den schmalen Weg zum Strand hinunter, immer weiter über den weichen Sand, bis hin zum Wasser. In kleinen Wellen kräuselte es sich vor ihr, und Xenia schnappte nach Luft, als es ihre Füße umspielte.

Wenn man aufs Wasser blickte, erschien alles möglich. So weit, so grenzenlos war der Horizont.

Nur durfte man dabei nicht an Jael denken …

Sie schmiss ihre Schuhe hinter sich und ging ein paar Schritte den Strand entlang. Muscheln schien es hier nur als Splitter zu geben, sie piekten ihr in die Fußsohle. Aber einen kleinen, abgeflachten Stein fand sie. Konnte sie das? Ihn hüpfen lassen? Ihr Versuch schlug fehl, der Stein hinterließ nur kreisförmige Wellen, als er mit einem Plop im Wasser versank.

»Du musst ihn flacher werfen.«

Erschrocken fuhr sie herum. Jael! Er stand vor ihr, und in seiner Hand lag ein weiterer Stein. »Du musst den Arm beim Ausholen mehr öffnen. Versuch's noch mal.«

Alles, was sie schaffte, war wieder nur ein Plop. Und auch die nächsten Steine wollten einfach nicht hüpfen – bis er ihr half. Dicht stellte er sich hinter sie, legte seine Hand auf ihren Arm und führte ihn. Ein paar Mal, um ihr den Schwung zu zeigen. Sie aber spürte nur ihn. Seine Brust an ihrem Rücken, seinen Atem an ihrem Ohr. Und prickelnde Wärme, die sie von innen auflud.

Der nächste Stein hüpfte tatsächlich, im Gleichklang mit dem Flitschen, Jaels Geräusch, das seine Nähe in ihr hervorrief. Durch den Stoff ihrer Jacke klang es gedämpft, aber es war hörbar. Wie auch sein Atem in ihrem Nacken.

Der Stein war weg, doch Jael stand noch immer bei ihr.

»Mein Vater hat es mir beigebracht. Wir waren oft zusammen Kanufahren. Manchmal über Nacht. Und an einem dieser Abende hat er es mir gezeigt.«

»Ich höre euch. Ich höre das Springen der Steinchen. Aber danke für das Bild dazu.« Xenia wandte sich zu ihm. »Ich …« Mit einem Mal vergaß sie, was sie noch hatte sagen wollen. Jaels Lippen. Sie waren ihren so nah – leicht geöffnet glänzten sie in der Sonne. Es müsste sich nur einer von ihnen bewegen. Sie ihr Kinn heben. Oder er seines senken. Alles in ihr sehnte sich danach, ihn zu berühren. Jael zu küssen. Und er? Sie suchte seinen Blick, suchte nach einer Erlaubnis darin. Grün schimmerten seine Augen zu ihr herunter, und ein Funkeln lag in ihnen, das ihr die Luft nahm. Dann aber rutschte sein Blick von ihr ab.

Nein. Xenia hätte ihn am liebsten festgehalten, sich Jael einfach geschnappt. Stattdessen stopfte sie die Hände tief in ihre Hosentaschen und versuchte, ihr Herz wieder einzufangen.

Er war zurückgewichen, bückte sich gerade nach einem weiteren Stein und holte aus. Fünfmal sprang er über das Wasser, bevor er versank.

»Frühstück?« Es war keine richtige Frage. Bei Fragen wartete man auf Antworten. Er aber hatte sich schon wegdreht und steuerte auf die Decke zu, die auf dem Sand lag. Auf ihr zwei noch dampfende Becher neben einigen Papiertüten.

Xenia schluckte. Einfach umschalten?

Jael konnte das und zwang es ihr ebenfalls auf – zusammen mit einer Landkarte, die er während des Essens aus einer der Tüten zog, um mit ihr die weitere Route zu besprechen. Völlig sachlich, als hätte es diesen Moment zwischen ihnen nicht gegeben.

Klar, es ging hier um Rafi, nicht um einen romantischen Trip ans Meer, auch wenn ihr Herz das nicht begreifen wollte. Es zog sich zusammen, wann immer Jaels Zunge über seine Lippen strich, sich die Sonne in seinen Augen spiegelte oder seine Finger ihre beim Teilen des Baguettes streiften. Er aber war nicht mehr da, der Jael von vorhin. Er hatte sich zurückgezogen, in seine nüchterne, undurchlässige Hülle.

Auch im Auto dann blieb er auf Distanz, war wortkarg beim Einkaufen von Wechselklamotten, Zahnbürsten und Lebensmitteln, und verstummte ganz, als sie sich dem Ort Puente la Reina näherten.

Erst als sie das kleine Hostal betraten, das man ihnen bei einem Zwischenstopp empfohlen hatte, und der Mann dort am Tresen sie beide misstrauisch musterte, fand er seine Sprache wieder. Mit einem gewinnenden Lächeln und fließendem Spanisch glättete er die Falten in dem zerfurchten Gesicht des Portiers. Oder waren es letztendlich die 50 Euro, die Jael ihm versteckt in den Hemdsärmel schob?

Sie erhielten den Schlüssel und wurden eine alte Holztreppe nach oben geführt. Der Mann würdigte sie dabei keines Blickes, schüttelte nur den Kopf, bevor er auf Zimmer elf deutete und dann verschwand.

Die Dielen unter ihren Füßen knarrten, als Xenia vor Jael den kleinen Raum betrat. Ein Doppelbett? Stirnrunzelnd drehte sie sich zu ihm um.

»Gab kein anderes. Und du bist meine Cousine. Ansonsten hätte er uns das Zimmer nicht gegeben.«

»Verstehe.« Ausweise hatte Jael gar nicht vorgezeigt, was wahrscheinlich in den 50 Euro mit inbegriffen gewesen war. Sie legte ihre Tüte mit den Einkäufen auf die Seite des Betts, die dem Fenster näher war. 1,40 m. Breiter war die Matratze sicher nicht, und sie gab nach, als Jael sich setzte. Jede ihrer Bewegungen würde er spüren, jeden Atemzug hören – heute Nacht.

Sie räusperte sich. »Wenn du schnarchst, schmeiß ich dich raus.«

»Echt?« Jael grinste schief zu ihr hoch. »Allein dafür werde ich es mir vornehmen.«

»Du bist so ein Idiot«, nuschelte sie und beugte sich zu ihrer Einkaufstüte hinunter, um ihre Wechselklamotten rauszuholen. Sein Lachen ignorierte sie. Sie wollte duschen und verschwand mit den Sachen unter ihrem Arm im angrenzenden Bad. Toilette, Waschbecken, eingelassene Dusche. Alles auf nicht mal zwei Quadratmetern. Ein Fenster gab es nicht, die Fliesen wirkten stumpf, und das Türschloss ließ sich auch nach mehreren Versuchen nicht verriegeln.

Xenia war sich zwar sicher, dass Jael nicht einfach hereinplatzen würde, trotzdem beeilte sie sich.

»Ich bin fertig. Du kannst jetzt …« Ein Lächeln huschte über ihre Lippen, als sie nur wenige Minuten später aus dem Bad kam und zum Bett sah. Jael lag auf dem Rücken, sein Brustkorb hob und senkte sich unter regelmäßigen Atemzügen. Er schlief.

Leise schlich sie auf ihre Seite und schob behutsam seinen Arm weg, der es sich auf ihrer Hälfte bequem gemacht hatte. Doch er kam wieder zurück. Sobald sie lag und sich auf die Seite gedreht hatte, spürte sie seine Hand an ihrer Schulter. Das Cello spielte, ganz zaghaft nur, wie von fern. Jael musste bereits tief weg sein und bekam davon sicher nichts mit. Egal. Müde schloss sie die Augen. Wenn diese Nähe die Einzige war, die sie von ihm bekommen konnte, wollte Xenia sie haben.

JAEL

Sein Herz schlug Alarm, und Jael riss die Augen auf. Helles Tageslicht ließ ihn blinzeln.

Er war tief weg und wie immer, wenn er schlief, in seinen Träumen bei ihr gewesen. Doch diesmal war etwas anders. Die Locken lösten sich nicht auf. Sie waren da. Xenia war da! Es war ihr Körper, den er umschlungen hielt. Er spürte ihre Atmung, ihren Herzschlag.

Hatte er sich Xenia im Schlaf geschnappt?

Auch wenn sein Herz davonraste, legte er seine Stirn an ihre Schulter, ganz vorsichtig, und schloss die Augen. Er wollte bei ihr sein, nur einen Moment noch, und wach von ihr träumen. Er sah ihre blass schimmernde Haut vor sich. Ihre Augen. Ihre geöffneten Lippen. Vorhin am Strand … Er hatte mit sich gerungen, dagegen angekämpft, sie einfach zu umarmen. Sie zu küssen. Und wieder ergriff ein verlangendes Ziehen seinen Körper, drängender als je zuvor. Jael unterdrückte ein Stöhnen, rollte sich zur Seite und floh aus dem Bett.

Jogginghose, Sweatshirt, Turnschuhe. Im Bad zog er sich um und verließ dann das Zimmer. Er brauchte frische Luft.

Das Hostal lag auf einer Anhöhe. Eine Straße wand sich in Kurven runter ins Dorf, und er sah die alte Brücke, von der tief stehenden Sonne strahlend in Szene gesetzt. Die Helligkeit brannte in seinen übermüdeten Augen. Sie waren trocken, überstrapaziert von den Glaslinsen. Erst in den frühen Morgenstunden, als Xenia im Auto eingeschlafen war, hatte er sie herausgenommen, doch später musste er sie wieder einsetzen. Xenias Augen hielt er ohne sie nicht stand.

Staub wirbelte unter seinen Füßen auf, als er das Hostal umrundete, dann den Feldweg einschlug – Richtung Wald.

Sobald er seinen Laufrhythmus gefunden hatte, vergrößerte er seine Schritte, stieß sich kraftvoll vom Boden ab und trieb sich an. Stundenlang konnte er so laufen, und mit jedem Meter, den er zwischen sich und das Hostal brachte, wurde es in ihm stiller.

Xenia brach ihn nicht nur auf, sie brachte ihn um den Verstand. Ihre Gabe war wesentlich gefährlicher als gedacht. Sie füllte ihn nicht. Sie weckte seine Gefühle! All das, was er tief in sich vergraben hatte und mit seiner Kälte schützte, um zu überleben. Denn nur so konnte er dienen, war dem Partem von Nutzen und in der Lage, seine Schuld zu begleichen. Würde er Xenia verfallen, lief er Gefahr, auf den letzten Metern zu versagen.

Treue, Loyalität, Gehorsam. Auch wenn er gerade gegen all dies verstieß, sprach er es aus, sein Mantra. Flüsternd. Und gewann an Kraft.

Der Waldweg vor ihm gabelte sich. Jael wählte den Weg, der ihn von der Richtung her am ehesten wieder zurückführen würde, doch nach wenigen Metern stieß er auf ein Tor. Gusseiserne Verschnörkelungen wies es auf, verwitterte Ranken, oben pfeilförmige Spitzen. Die beiden Flügeltüren umschloss eine verrostete Kette.

Eine Hofeinfahrt? Verlassen wirkte sie auf den ersten Blick, doch die Reifenspuren zu seinen Füßen verhießen das Gegenteil. Hier unter den hohen Bäumen war der Boden feucht, und die Spuren drückten sich deutlich in den schlammigen Untergrund. Sowohl vor dem Tor als auch dahinter.

Jael besah sich die Kette genauer, und erst da entdeckte er es. Moosüberzogen, zwischen zwei berankten Löwenköpfen prangte es über dem Schloss am Tor: ein ihm bekanntes Wappen.

Rafis Familienwappen.

War das möglich? Das Schicksal servierte ihm Rafi auf dem Silbertablett?

Witternd hob er den Kopf und besah sich die Umgebung genauer. Niemand war zu sehen. Doch die Reifenspuren am Boden waren frisch. Irgendjemand war vor Kurzem erst hier gewesen, oder war sogar noch da?

Fragen, auf die er nur Antworten erhielt, wenn er nachsah. Vorsichtig trennte er zwei Glieder der Kette, um sie später wieder verschließen zu können, schlüpfte durch das Tor und zog es hinter sich zu.

Gras bedeckte den Wegrand. Gras, das Fußabdrücke schluckte. Er lief die Zufahrt entlang. Sie machte eine Biegung, und eine Lichtung öffnete sich. Jael blieb stehen. Vor ihm erhob sich ein Bau aus Sandstein. Früher sicher herrschaftlich, bot er jetzt einen jämmerlichen Anblick. Teile des Daches waren eingefallen, die wenigen noch vorhandenen Fensterscheiben erblindet. Aus den Mauern wuchsen Gräser.

Sollte Rafi wirklich hier gewesen sein, dann nicht, um zu bleiben. Jael umrundete das Haus, scannte dabei die Umgebung, doch sein Instinkt sendete ihm kein Warnsignal. Außer ihm war niemand hier.

Auf der Rückseite öffnete sich ein weiter Garten. Vormals sicher akkurat angelegt, hatte sich die Natur ihn zurückgeholt. Er wollte gerade umkehren und sehen, ob er vorne irgendwie ins Haus käme, als er auf der Wiese links neben dem Kiesweg das Profil von Reifen entdeckte. Die Spur führte zu einer Baumgruppe, die den hinteren Teil des Grundstücks abzugrenzen schien. Geduckt und sich immer wieder umschauend folgte er der Spur. Sie stoppte unter tief hängenden Ästen. Vorsichtig hob er sie an. Licht fiel hier nur spärlich durch das dichte Blätterwerk über ihm, aber er sah eine Ansammlung von verwitterten Steintafeln. Ein Friedhof. Das Familiengrab?

Die eingravierten Zahlen und Buchstaben waren kaum mehr zu erkennen, die vormals sicher abgesteckten Beete zu Füßen der Steintafeln hatten sämtliche Konturen verloren und waren überwuchert von Schlingpflanzen.

Hatte Rafi hier nach seinen Eltern und nach seinem Bruder gesucht? Warum? Die Gräber waren doch leer, die Leichen im Besitz des Partems.

Jael umrundete die Gräber und entdeckte plötzlich frische Erde. Auf dem Weg waren es nur Krümel, auf dem Beet neben ihm mehr. Die Pflanzen mussten dort bewegt worden sein. Herausgerissen und wieder eingesetzt?

Er ging in die Hocke. Vier Namen standen auf der Steinplatte vor ihm, drei davon kaum lesbar, der untere aber gestochen scharf. In frischem Gold eingelassen.

Rafael Hernandez.

Ein Schrei brach aus seiner Kehle und zerfetzte ihm die Brust.

Ich passe auf dich auf.

Er hatte versagt.

Jael ließ sich auf den Boden fallen. Rafi war tot. Verstorben vor zwei Tagen.

Kein Wind ging, kein Rascheln von Blättern war zu hören. Die Natur schwieg. Doch in dieser Stille lag ein Vorwurf. Lag Verachtung.

Kalte Dunkelheit erwuchs um ihn herum. Und es war, als ob sein Körper sich öffnete, ihn in sich hineinzog und hinter ihm die Tür schloss.

FELIX

»Die Polizei geht nach wie vor von einer defekten Gasleitung aus. Noch ist die Ursachenermittlung allerdings nicht abgeschlossen. Da die Fabrik einsturzgefährdet ist, wird die …«

Er schluckte und drehte dem Radiosprecher den Ton ab.

Vom Beifahrersitz kam ein Seufzen. »Als ob die Stadt auf irgendeiner schwarzen Liste steht.« Seine Mutter schüttelte den Kopf. »Ich kann das alles auch nicht mehr hören. Und gerade heute nicht, oder?«

»Nein. Heute nicht.« Und morgen nicht. Und übermorgen nicht. Er hatte sich entschieden. Gegen eine Aussage bei der Polizei. Und für das Schweigen. Dem hoffentlich das Vergessen folgen würde. Irgendwann.

Nichts, auf das er stolz war, doch mittlerweile wuchs ihm alles über den Kopf, und das letzte bisschen Kraft, das noch in ihm steckte, musste er für Fiene aufbewahren. Ihre Betreuung für die nächsten zwei Wochen hatten er und seine Mutter bis ins Kleinste durchgesprochen, die Tage untereinander aufgeteilt. Mithilfe eines unglaublich verständnisvollen Personalchefs im Altenheim, der seiner Mutter heute sogar früher freigegeben hatte. Abgekämpft und noch in ihrem weißen Pflegerinnenkittel saß sie neben ihm und strich immer wieder über den kleinen Holzschuh an ihrer Handtasche. Fienes letztes Geburtstagsgeschenk an sie. Ein Souvenir aus Amsterdam.

»Wir schaffen das zusammen, okay?« Felix legte ihr seine Hand aufs Knie. »Fiene freut sich schon.«

»Und ich mich erst.« Sie richtete sich ein Stück auf. »Um vier Uhr hast du gesagt?«

»Jep.« Auch das waren sie schon öfter durchgegangen. »Ich fahre gegen zwei ins Krankenhaus und denke, ich bin dann mit ihr spätestens um vier wieder zu Hause.«

Seiner Mutter blieben also noch etwas über drei Stunden, um alles für Fienes Heimkehr vorzubereiten. Wobei eigentlich eh schon alles fertig war. Inklusive Girlanden, frischer Blumen und Fienes Lieblingskuchen. Auch die Ballettstange hing mittlerweile an ihrem Platz, an der verspiegelten Wand im Keller.

»Ich kann es noch gar nicht richtig glauben. Fiene zurück!« Ein Lächeln legte sich auf die so angespannten Gesichtszüge seiner Mutter. Eines, das auch ihm Hoffnung machte, der ganze Scheiß um sie herum würde sich wirklich irgendwann mal wieder auflösen. Bis er das Fahrrad sah.

Felix trat auf die Bremse. Am Straßenrand lag es, ein Rennrad, halb im Graben, halb auf der Fahrbahn. Ein Reifen drehte sich noch.

Von seinem Besitzer aber keine Spur.

Während er sich noch abschnallte und nach seinem Handy griff, war seine Mutter schon draußen. Felix folgte ihr, entsperrte im Laufen bereits das Display. Stabile Seitenlage und Wiederbelebung einer Plastikpuppe – mehr Erste-Hilfe-Erfahrung hatte er nicht. Seine Mutter zum Glück schon.

»Hallo? Ist alles in Ordnung?« Sie hockte vor dem Graben, streckte ihre Hand aus und … lächelte?

Erleichtert stieß Felix Luft aus. Jemand antwortete, und eine Hand tauchte auf, ein Arm, eine Schulter. Dann ein Kopf. Geno!

Felix presste die Kiefer zusammen. Auch ihn hatte er vergessen wollen. Ihn, Chrystal und die anderen Außerirdischen. Doch unversehrt, wie es schien, kletterte er vor ihm die kleine Böschung hinauf.

Jemandem Schlechtes zu wünschen, war nicht okay. Aber menschlich, oder? Wenigstens eine kleine Gehirnerschütterung, die Geno im Kopf vielleicht einiges zurechtrückte?

»Hi!« So neutral wie möglich begrüßte er ihn. »Vom Weg abgekommen?«

»Ne, ein schlingernder Lastwagen. Der Typ hat nicht mal mitbekommen, dass er mich geschnitten hat.«

»Tja, gibt halt schon erstaunlich viele Arschlöcher. Nicht nur in der Stadt.«

»Du sagst es.« Ein leichtes Grinsen erschien auf Genos Lippen, bevor er sie vor Schmerzen verzog. »Ah, shit!«

Scheinbar war doch nicht alles okay.

Seine Mutter reagierte sofort, fragte nach, wie genau er denn gestürzt war und wo er Schmerzen hatte.

Geno gab stockend Auskunft. Ein Druck auf der Brust, womöglich vom Sturz über den Lenker. Dazu ein aufgeschürftes Knie. »Aber es geht schon – glaube ich. Mein Fahrrad hat es sicher schlimmer erwischt.«

Felix stellte es auf und inspizierte den Schaden. Der Vorderreifen war platt, ein Pedal leicht verzogen, dazu die Kette abgesprungen. »Nichts Tragisches. Aber was machst du eigentlich hier draußen?«

»Musste mal raus. Frische Luft schnappen.«

»Sagt mal, ihr kennt euch, oder?« Der Blick seiner Mutter pendelte zwischen ihnen hin und her, blieb dann an ihm haften. »Felix?«

»Äh, ja.« Er stellte ihr Geno vor, in Kurzform: neu hier, gleiche Schule, eine Klasse höher.

»Na, da hast du ja Glück gehabt. Wir wohnen nicht weit weg. Felix, packst du sein Fahrrad ein?« Sie nickte auffordernd zum Bulli, wandte sich dann Geno wieder zu. »Und du kommst erstmal mit. Ich will mir dein Knie genauer ansehen. Und sicher sein, dass wirklich alles in Ordnung ist.«

Es wog fast nichts, das bestimmt scheißteure Rennrad, und Felix ließ es lauter in den Kofferraum fallen als nötig.

In die Stadt zurück hätte er Geno ja gefahren, aber ihn mit nach

Hause zu nehmen? Es fühlte sich ungut an. So als ob er einen bösartigen Virus durch die Tür in ihr Leben ließ.

Auf der Fahrt mied er den Blick in den Rückspiegel, konzentrierte sich auf die Straße, während seine Mutter die Zeit nutzte, um Geno regelrecht auszuquetschen. Woher er kam? Was er hier machte? Wie das Leben so in der WG war? Freundlich und offen gab er sich in seinen Antworten. Hatte sein Schädel bei dem Sturz doch mehr abgekriegt?

Auf dem Hof angekommen, verschwanden die beiden sofort im Badezimmer, und Felix machte sich daran, das Fahrrad wieder auf Vordermann zu bringen. Den Schlauch bekam er geflickt, das Pedal allerdings war schon arg verbogen, müsste aber auch so noch seinen Dienst erfüllen. Hauptsache, Geno verschwand möglichst schnell wieder. Doch zurück im Haus klang es nicht danach.

Aus der Küche hörte er ein Lachen. »Nein, sie hat nicht Geburtstag. Aber sie kommt heute endlich wieder nach Hause. Und … Ach, Felix!« Seine Mutter sah auf. »Magst du auch einen Kaffee?«

Er stieß sich vom Türrahmen ab. Geno saß auf Fienes Stuhl. Vor ihrem geschmückten Teller. Vor *ihrem* Schokokuchen.

»Nein danke. Und angeschnitten wird der erst, wenn sie da ist.«

»Logisch.« Geno hob abwehrend die Hände. »Ich will auch gar nicht weiter stören. Und … mach mich gleich mal auf.«

Den tadelnden Blick seiner Mutter hätte Felix nicht gebraucht. Er wusste, dass er sich scheiße benahm, kam da aber nicht raus. Und schaffte es auch nur mit Mühe, seine Gesichtszüge nicht entgleisen zu lassen, als sie ihm vorschlug, Geno auf dem Weg ins Krankenhaus in die Stadt mitzunehmen.

»Der Schock kommt manchmal erst später. Und dich, Felix, kann ich hier eh nicht gebrauchen. Ich wollte Fienes Zimmer noch hübsch machen.«

War es doch schon. Zähneknirschend nickte er, auch wenn Geno nicht so aussah, als ob er einen Chauffeur bräuchte. Er schien wieder fit zu sein, folgte ihm durch den Flur nach draußen und faselte etwas von Dank und dem Glück, das er gehabt hatte. Doch im Bulli, kaum dass Felix den Motor gestartet hatte, begann er plötzlich zu zittern.

»Alles okay bei dir?«

Geno lehnte an der Scheibe und hielt die Hände komisch vor dem Mund – wie zum Beten gefaltet.

»Geht schon«, stieß er aus. »Fahr einfach los.«

Über das Motorengeräusch hörte Felix ihn immer wieder tief Luft holen. Ab und zu ein leises Stöhnen, was nicht wirklich nach »geht schon«klang. Doch nach einem guten Teil der Strecke schien er sich zu fangen. Er blieb zwar stumm, atmete aber gleichmäßiger, und auch seine Haltung festigte sich, er setzte sich wieder aufrechter hin.

»Danke noch mal, Felix.« Vor seinem Haus ließ er es sich dann auch nicht nehmen, sein Fahrrad selbst aus dem Kofferraum zu angeln. »Ich glaub, ich leg mich erst mal hin.«

»Ist denn bei euch jemand da?« Irgendwie wirkten die Fenster oben ziemlich verlassen.

»Wenn du mit *jemand* jemanden bestimmtes meinst, leider nicht. Aber ich kann Chrystal gerne was ausrichten.«

»Nicht nötig.«

»Na dann, grüß deine Mutter noch mal von mir, okay? Sie ist wirklich ... nett.«

»Mach ich. Bis dann.« Felix drehte sich um und sah zu, dass er wegkam. Früher war er gerne hier gewesen, jetzt aber drückten beide Straßenseiten unangenehm auf seinen Magen. Xenia hatte sich noch immer nicht gemeldet, weder bei ihm noch bei Liva. Sie war mit dem Idioten echt weg. Wo auch immer.

Seine Stimmung besserte sich erst wieder, als er Fiene endlich bei sich im Bulli hatte. Ohne Rollstuhl. Ihre Schritte waren tatsächlich sicherer geworden.

»Auf Nimmerwiedersehen.« Sie warf der Klinik durch die Beifahrerscheibe einen finsteren Blick zu, zog sich dann die Schuhe aus und legte ihre Füße aufs Armaturenbrett. Wie immer. Felix lächelte. Wenigstens das hatte sich nicht verändert, wenn schon so vieles an ihr fremd wirkte. Vor allem ihr ernstes Gesicht.

»Kommt Chrystal auch?«

»Ähm … Nein.« Felix griff fester ins Lenkrad. Seine Mutter wusste Bescheid. Fiene noch immer nicht, und heute schien ihm nicht der richtige Tag zu sein, das zu ändern. »Sie ist nicht da. Und außerdem wollten Mama und ich heute erst mal allein mit dir feiern.«

»Okay.« Sie rutschte auf ihrem Sitz rum, pulte dann in der Ritze zwischen Sitz und Rückenlehne herum und hielt etwas zwischen ihren Fingern. Eine rote Holzperle?

»Ist die nicht von Mamas Anhänger?«

»Mag sein. An dem hat sie vorhin die ganze Zeit rumgespielt.« Lächelnd sah er zu seiner kleinen Schwester und wuschelte ihr durch die Haare. »Kann es noch gar nicht glauben, dich Nervensäge endlich wiederzuhaben.«

Zunge rausstrecken konnte sie zum Glück auch noch, und ihr »Blödmann« lag dicht dran, am Originalton Fiene.

Dass ihre Mutter ihnen nicht schon über den Hof entgegenlief, als er den Bulli im Unterstand abstellte, verwunderte ihn. Dass sie nicht in der Tür auf sie wartete, dann noch mehr.

Felix schloss auf und stellte Fienes Koffer im Flur ab. »Ma?«

Nichts.

»Wir sind zurück!«

Keine Antwort.

»Sie ist weg.« Fiene zupfte ihn am Sweatshirt und deutete auf die Fußmatten unter der Garderobe. »Ihre Schuhe stehen nicht hier.«

Sie hatte recht. Ihre Stiefeletten fehlten.

»Komm!« Felix nahm Fiene mit in die Küche, zückte dabei schon sein Handy, schob es aber wieder in die Hosentasche zurück, als er einen Zettel auf dem Tisch liegen sah.

Bin mit Renate im Theater, sie hatte eine Karte übrig, für die Premiere.
Bei mir wird es sicher spät.
Mama

Felix' Herzschlag hatte sich bei jeder gelesenen Zeile verlangsamt. Jetzt schien es stillzustehen.

»Ich ... Ich weiß gar nicht, was ich sagen soll.« Fassungslos drehte er sich zu Fiene um. »Sie hat sich wirklich gefreut. Und wollte ...«

»Was denn? Ist doch okay.« Fiene setzte sich an den Tisch und zog sich den Kuchenteller ran. »Wir lassen ihr einfach was übrig.«

Okay? Okay war überhaupt nichts. Felix ging zur Spüle und öffnete den Unterschrank. Dann zerriss er die Nachricht in kleine Fetzen und ließ sie langsam in den Mülleimer rieseln.

Er wusste nicht, was ihm mehr Übelkeit verursachte: die Gleichgültigkeit seiner Mutter oder Fienes.

XENIA

Es liegt in der Nähe und ist preislich okay.

Das waren Jaels Argumente für das Hostal gewesen. Und dass Rafi tatsächlich ganz in der Nähe wohnte, war nur Zufall? Blödsinn.

Wütend zog sie das gusseiserne Tor weiter auf und lief die Zufahrt hinunter. Hätte der Portier Jael nicht in den Wald laufen sehen, wäre sie nie auf die Idee gekommen, ihn hier zu suchen. Und sie hätte auch das Wappen am Tor nicht entdeckt.

Xenia beschleunigte ihre Schritte. Jael würde sicher nicht erfreut sein, dass sie hier einfach aufkreuzte, aber ihr war das egal. Sie wollte nur das wiederbekommen, was sie so dringend brauchte: die Karte von Fiene – im Austausch gegen das Amulett.

Der Weg vor ihr machte eine Biegung, und Umrisse eines Gebäudes schimmerten durch das lichter werdende Grün der Bäume. Es wirkte groß, ausladend, doch als sich der Wald vor ihr öffnete, verlangsamten sich ihre Schritte wie von selbst. Hier wohnte niemand mehr, das Haus war völlig zerfallen.

Enttäuscht starrte sie auf das heruntergekommene Anwesen, ließ dann den Blick über das Grundstück gleiten. Nur grüne, verwilderte Natur. Bis auf … Sie kniff die Augen zusammen. Links von ihr, weit hinten zwischen Büschen und Sträuchern blitzte etwas Weißes auf.

Jael? Sein weißes Sweatshirt?

Sie wollte nach ihm rufen, holte Luft, ließ sie aber stumm wieder frei. Was, wenn er es gar nicht war?

Sie wandte sich zur Seite und zwängte sich durch das Gestrüpp, das die Grundstücksgrenze umgab. Zweige schlugen ihr ins Gesicht, Laub knisterte unter ihren Schuhen, obwohl sie ihre Schritte vorsichtig setzte, den Boden kaum berührte. Immer Ausschau haltend nach dem Stück Weiß.

Eine lichte Stelle. Xenia huschte über sie hinweg, erreichte eine Baumgruppe und … sah ihn! Es war Jael. Seine ausgestreckten Beine. Er saß nur wenige Meter von ihr entfernt auf dem Boden, an einen Baumstamm gelehnt. Und hatte sie nicht gehört?

»Jael?«

Keine Reaktion.

Angst verschloss ihr den Hals. Er saß viel zu ruhig da. War … War ihm etwas passiert?

Xenia holte zitternd Luft und umrundete den Baumstamm. Seine Augen waren geöffnet, blickten aber starr geradeaus. Doch sein Brustkorb bewegte sich. Er atmete!

»Jael, hörst du mich?« Hastig kniete sie sich vor ihn. Seine Augenlider zuckten, sein Blick jedoch blieb starr. Irgendwas fixierte er. Xenia drehte sich um. Bäume, Büsche. Efeu. Eine Steinplatte?

Sie erhob sich und ging auf die moosbewachsene Tafel zu.

»Nein!« Der Schreck fraß sich glühend durch ihre Brust. Rafi. Sein Name leuchtete ihr in goldenen Buchstaben entgegen. Die Tafel war ein Grabstein.

Taumelnd wich sie zurück, fand hinter sich den Baumstamm und ließ sich neben Jael auf die Erde fallen.

Wir bringen dich doch nur nach Hause.

Das hatten die Männer also gemeint?

Nach Hause bedeutete seinen Tod?

Sie dachte an den ersten Tag zurück, als die Neuen in der Schule aufgetaucht waren und ihr Rafi zugeteilt worden war.

Sie sah sein Lächeln vor sich, seine Grübchen. Dann das Messer in seiner Hand, und ihr Blut, das ihm über die Finger lief.

Ihre Augen begannen zu brennen, und kraftlos ließ sie ihren Kopf an Jaels Schulter sinken. Ihre Stirn berührte dabei seinen Hals, sie spürte die Wärme seiner Haut. Und doch hörte sie nichts.

Ruckartig setzte sie sich auf. Er war wieder still.

Sie sah ihn an. Sein Blick aber glitt weiter durch sie hindurch, als ... sei sie aus Glas.

»Jael?«

Wieder zuckten seine Lider. Doch diesmal auch seine Hand. Sie lag auf seinem Oberschenkel. Zaghaft griff Xenia nach ihr und schob ihre Finger zwischen seine.

SCHRITTE.

In Jaels Stille erklangen plötzlich Schritte. Sie hallten etwas, so als würde jemand durch eine große Halle gehen. Xenias Schultern verkrampften sich. Irgendein Gefühl weckte sie gerade in ihm. Aber ... durfte sie das? Durfte sie in Jael hineinhorchen, ohne dass er es wusste?

Durch deine Nähe zu dem Insensiblen haben wir eine Chance.

Ihr Vater wollte, dass sie ihn aufbrach.

Hatte er auch gewollt, dass sie das Grab fanden?

Hatte er von dem Mord an Rafi gewusst und ihr deswegen den Tipp gegeben? Um ihr zu zeigen, wie grausam der Partem war?

Das war ihr doch längst klar!

Xenia schluckte und sah auf Jaels Hand. Die Schritte wurden immer lauter. Sie wusste nicht, was sie zu bedeuten hatten. Sie wusste nur, dass es falsch war, was sie tat, und zog langsam ihre Finger zwischen seinen hervor. Doch seine Hand bewegte sich. Sie spürte ein Zittern, dann ein Suchen, ein Tasten. Nach ihr?

Sie ließ ihre Hand auf seinem Bein liegen, und als seine Finger ihre berührten, griff er zu und umschlang sie fest.

Ihr Herz begann zu rasen. Wollte er das wirklich?

Die Schritte erklangen erneut, diesmal nur dröhnender. Doch in einer Pause hörte sie plötzlich eine Stimme. »Das ist der Kleine?«

Sie klang tief. Ein Mann? Jemand antwortete, doch die Worte verschluckten die nächsten Schritte.

»Seine Eltern sind wirklich unter den Toten?«

Wieder die Männerstimme, und die Kälte, die in ihr lag, ließ sie frösteln.

Die Antwort verpasste sie erneut. Sie presste die Augen zusammen, jeder Schritt war jetzt ein Donnerschlag. Sie versuchte den nächsten zu erahnen, sich auf ihn vorzubereiten. Die Pausen waren wichtig, auf die musste sie sich konzentrieren.

»Seine Schwester auch?« Ein hartes Lachen erklang. »Sehr gut. Dann nehmen wir ihn mit.«

Xenia rang nach Luft, denn auf einmal sah sie einen kleinen Jungen vor sich. Mit blonden Haaren und verquollenen Augen kauerte er auf dem Boden, auf schmutzigem Beton.

Woher kamen die Bilder in ihrem Kopf? Der plötzliche Geruch nach … Meer. Vermischt mit etwas Süßlichem, Vergammeltem, das Übelkeit in ihr aufsteigen ließ. Die Bilder in ihr bewegten sich. Als sei sie selbst in der Halle, konnte sie sich umschauen und sah sie plötzlich dort liegen: die Toten.

Aufgeschwemmte Leichen, in endlos langen Reihen. Xenia begann zu würgen.

»Sieh dir das gut an, Kleiner. Sieh dir die Toten an. Unter ihnen sind deine Eltern. Deine Schwester. Du aber nicht. Und weißt du, warum? Nein? Weil du die Schuld trägst. Für alles hier. Für ihren Tod.«

Ein quälender Schrei zerriss die Bilder. Xenia zuckte erschrocken zusammen. Es war Jael. Sein Blick galt dem Himmel, sein Gesicht war schmerzverzerrt. Die Adern an seinem Hals quollen hervor, er schrie aus tiefster Seele.

Dann erstarb plötzlich seine Stimme, und er entriss ihr seine Hand.

Xenia verlor den Halt, als er sie wegstieß. Sie lag auf dem Boden, als er losrannte. Seine harten Schritte ließen die Erde unter ihr erzittern. Oder war es ihr Herz? Es schlug so fest gegen ihre Brust, dass sie kaum Luft bekam.

Zitternd versuchte sie, sich wieder aufzurichten. Schmerz pochte hinter ihren Schläfen und gab dem Dröhnen in ihrem Kopf einen quälenden Rhythmus. Dann spürte sie die Kälte in sich aufsteigen. Sie sah nach unten. Ihre Hand verlor an Farbe, sie wurde gläserner, bis sie den Blick auf den Waldboden freigab. Behutsam legte Xenia sie auf ihrem Knie ab. Das Leuchten kam wie immer aus dem Nichts, genau wie die feine Lichtspur, die dem hellen Strahlen folgte. Sie erhob sich, gewann an Intensität und stieg auf. Das Hologramm! Über ihrer Handfläche erwuchs die Blume. Goldglänzend entfalteten sich aus ihrer Mitte heraus die Blütenblätter. Zwei. Drei. Vier. Fünf. Bevor das sechste sich jedoch aufblättern konnte, begannen die Umrisse der Blume wieder zu flackern. Sie schaffte es nicht, sich zu vollenden, und fiel zitternd in sich zusammen.

Das Leuchten verschwand, und mit ihm auch die Kälte. Zumindest aus ihrer Hand, in ihrem Inneren aber blieb sie. Das, was sie gesehen hatte, legte sich wie eine Gänsehaut um ihr Herz. Jael war sechs gewesen, als er seine Familie verloren hatte. Sechs Jahre! Und anstatt ihm zu helfen, hatte man ihn nicht nur die Toten sehen lassen. Man hatte ihm die Schuld für das Unglück aufgeladen.

Lautlos rannen ihr die Tränen über das Gesicht. Jetzt wusste sie von dem *Warum*, nachdem sie ihn so oft gefragt hatte. Mit der Schuldfrage hatte man Jael in der Hand – und sicher auch die anderen.

Ich kann meine Schuld nicht begleichen.

Das hatte Rafi doch gesagt, bevor die Männer ihn abgeholt hatten. Um ihn zu ermorden.

Xenia wischte sich über das Gesicht und rappelte sich auf. Der Wald um sie herum schien sie düster anzustarren, die Sonne hatte sich bereits verkrochen und auch die Wärme mitgenommen.

Fröstelnd verfiel Xenia in einen leichten Laufschritt und hielt nach Jael Ausschau – auf dem Rückweg, später aus dem Fenster ihres Zimmers.

Wie es ihm wohl ging? Sie hatte ihn aufgebrochen, so wie er es nannte. Ungefragt – und ihn damit verloren?

Solange das Auto noch auf dem Parkplatz vor dem Hostal stand, hoffte sie, dass er zurückkehren würde. Was sie machen würde, wenn er nicht mehr auftauchte, wusste sie nicht. Lange starrte sie in die Dunkelheit, behielt den Weg Richtung Wald im Auge, doch irgendwann gewann die Müdigkeit den Kampf über die Sorge um ihn. Xenia legte sich aufs Bett und wartete auf den erlösenden Schlaf. Vergeblich.

Ihre Gedanken kreisten nicht nur um Jael, sie dachte auch an Rafi. Mussten sie seinen Tod nicht melden?

War es nicht endlich Zeit, die Organisation auffliegen zu lassen? Ihr Vater musste ihnen doch helfen können. Immerhin hatte sie von ihm den Tipp bekommen, nach Puente la Reina zu fahren. Also musste er doch was gesehen haben. Irgendetwas, womit man dem Partem wenigstens den Mord an Rafi nachweisen konnte.

Sie drehte sich auf die Seite. Das Kissen neben ihr roch nach Jael. Sie ließ ihre Hand darüber gleiten, wollte es gerade zu sich herüberziehen, als sie ein Knarren hörte. Xenia horchte auf. Die Treppe?

Jemand kam. Leise Schritte näherten sich und hielten genau vor ihrer Tür. Jael? Oder … Ihr Herz begann zu pochen. Jemand anderes?

Die Klinke schimmerte in die Dunkelheit des Zimmers, und sie bewegte sich nach unten! Xenia hielt den Atem an, lag stocksteif da und starrte zur Tür. Schuhe tauchten im Lichtkegel der hereinfallenden Flurbeleuchtung auf. Verdreckte Turnschuhe.

»Jael!« Erleichtert richtete sie sich auf. Sie sah nur den Umriss seines Körpers, hörte, wie er die Tür hinter sich schloss, und in der Stille, die folgte, seinen Atem. Er kam stoßweise.

»Ist alles okay?«

Ihre Frage blieb unbeantwortet. Er verharrte einen Moment auf der Stelle, dann bewegte er sich schleppend Richtung Badezimmer. Als er die Tür öffnete und das Licht in dem kleinen Raum anschaltete, sah sie seinen Rücken. Schweißdurchtränkt klebte das Shirt an seiner Haut. Der Stoff war verdreckt, an manchen Stellen sogar zerrissen. Jael stützte sich am Türrahmen ab, rang nach Luft, bevor er ins Helle wankte.

Was war passiert? Xenias Finger krallten sich in die Decke. Hatte es einen Kampf gegeben? Oder war er einfach gerannt? Hatte weggewollt von allem?

Auch … von ihr?

Im Bad ging die Dusche an, ein leises Plätschern drang durch die dünne Wand. Kein fließendes Wasser. Weil es nicht stumm war? Weil er rauschendes Wasser jetzt nicht ertrug?

Xenia starrte auf das Holz der Tür, die Knie angezogen, mit den Armen umschlungen. Sie verachtete das, was er tat. Das Leid, das er unzähligen Menschen zufügte. Und doch schlug ihr Herz für ihn – nicht zaghaft. Es sehnte sich nach ihm.

Mit feuchten Haaren und einem Handtuch um die Hüften geschlungen tauchte er nach endlosen Minuten wieder im Türrahmen auf. Tropfen lösten sich aus einzelnen Haarsträhnen und fielen auf seine Schultern, auf seine Brust, liefen von da aus weiter nach unten. Xenia schloss die Augen und drehte sich weg. Die Schranktür wurde geöffnet, sie hörte das leise Quietschen, das Rascheln von Kleidung, bevor er erneut im Bad verschwand. Diesmal nur kurz.

»Es tut mir leid, ich hätte dich nicht allein lassen sollen.« Seine Stimme klang erstaunlich fest. Und … er entschuldigte sich bei ihr?

Die Matratze unter ihr gab nach, und Xenia öffnete die Augen. Er saß auf seiner Seite, den Rücken ihr zugewandt.

»Wenn noch jemand in der Nähe gewesen wäre, hätte man dich erwischen können. Und dann hätte ich dich auch verloren.«

»Und ich …« Sie musste sich räuspern. »Ich hätte das nicht tun dürfen. Also, deine Hand nehmen. Dazu hatte ich kein Recht.«

Er wandte sich ihr zu. Die nassen Haare fielen ihm ins Gesicht, doch seine Erschöpfung überdeckten sie nicht. »Allein wäre ich da nicht wieder rausgekommen. Ich war wie eingesperrt, Xenia. Außerdem weiß ich, dass ich dich festgehalten habe.«

Sie richtete sich ein Stück auf. »Ich habe Bilder gesehen. Ich habe dich in einer Halle gesehen. Mit ganz vielen Toten. Jael, man redet dir ein, dass du Schuld hast. Schuld an dem ganzen Unglück?«

Sein Rücken versteifte sich. »Die trage ich. Aber das ist jetzt gerade nicht wichtig. Was zählt, ist: Sie haben gelogen. Sie haben erzählt, Rafi bekommt eine zweite Chance. Wie die aussieht, weiß ich jetzt. Und wie es für uns endet, wenn wir nicht liefern, weiß ich jetzt auch. Also werde ich liefern.«

Xenia schüttelte den Kopf. Er war wieder in sich verschwunden. Kein Wort über damals? Kein Wort darüber, wie es ihm selbst ging, nach dem Verlust von Rafi?

Sie sah zu ihm. Wenn sie ihn jetzt berührte, wäre er wieder still?

»Ich muss morgen noch was klären, kann dich dabei aber nicht gebrauchen. Du bleibst hier und wartest.«

»Was?«

»Ich muss nach Barcelona. Meine Leute, meine frühere WG finden. Angeblich warten sie auch irgendwo auf ihre zweite Chance, und ich hab das geglaubt. Jetzt nicht mehr. Ich muss wissen, was passiert ist.«

»Dann komm ich mit. Ich warte nicht hier.«

Müde blickte er auf, sie sah sein kantiges Profil. »Nein. Nicht mal ich sollte da hin. Es ist uns verboten, an frühere Einsatzorte zurückzukehren. Also werde ich dich sicherlich …«

»Mitnehmen«, unterbrach sie ihn. »Wenn du dich da nicht blicken lassen darfst, kann ich mich ja für dich umsehen.«

Jael missbilligte ihren Vorschlag, versuchte, es ihr auszureden, doch sie blieb hart. Und sie brachte ihn schließlich mit dem Argument, auch hier wäre sie nicht sicher, zum Schweigen.

»Du bist ein Fluch, Xenia.« Er drehte sich zu ihr und sah sie das erste Mal wieder an. »Ein Fluch und ein Segen.«

»Ich weiß.«

Ein Schauer durchzog ihren Körper, als er seine Hände auf dem Bett abstützte und sich ihr näherte. Langsam, Zentimeter für Zentimeter. Der Geruch seines Duschgels stieg ihr in die Nase und sorgte in ihrem Magen für nervöses Kribbeln.

Was … hatte er vor?

»Danke, Xenia.« Er war jetzt bei ihr, ihr Körper zwischen seinen Händen gefangen. »Nur verstehe ich es nicht. Warum bist du noch hier? Bei mir?«

»Weil …« Sie holte zitternd Luft. »Ohne dich wäre ich ihm ausgeliefert. Dem Partem, meine ich. Und außerdem … Du interessierst mich, Jael.«

Ein Lächeln huschte über seine Lippen. Ihm gefielen seine Worte aus ihrem Mund?

»Tue ich das?« Er ließ seinen Blick über ihr Gesicht wandern, dann hob er seine Hand, und Xenias Herz geriet ins Stolpern, als sie seine Finger auf ihrer Wange spürte. Ganz sanft strichen sie über ihre Haut. Und sie hörte es wieder spielen, sein Cello!

»Schlaf gut«, flüsterte er, so nah an ihrem Ohr, dass seine Lippen ihren Hals streiften. Xenia schloss die Augen. Sie wollte ihn zu sich ziehen, ihn berühren, doch ihre Hände, die sie nach ihm ausstreckte, rutschten an seinen Schultern ab. Er zog sich zurück?

Sie spürte die Matratze unter sich schwanken, und als sie die Augen öffnete, war er nicht mehr da.

Schlaf gut? Frustriert presste sie die Lippen zusammen. Wie sollte sie denn jetzt Ruhe finden?

Sie drehte sich zur Seite, weg von ihm. Doch auf einmal waren seine Hände wieder da und griffen nach ihr. Eingewickelt in ihre Decke zog er sie zu sich.

Jael wollte so mit ihr einschlafen?

Sie spürte seine verlockende Wärme im Rücken und kuschelte sich noch enger an ihn.

»Vorsicht!«, erklang es von hinten – ein wenig heiser. »Provozier mich nicht, Xenia.«

Nicht? Ein Lächeln stahl sich auf ihre Lippen. Doch, genau das würde sie. Und irgendwann gegen seine Abwehr gewinnen.

CHRYSTAL

Stunden der inneren Einkehr und Besinnung. Das war das übliche Ritual vor der Auffrischungszeremonie, doch sie pfiff auf die Besinnung, schwang sich über die Brüstung und kletterte mit geübten Griffen die steile Felswand hoch. Sie kannte jeden Vorsprung, jede noch so kleine Kerbe zwischen den Gesteinsschichten, schließlich verschwand sie schon seit Jahren auf diesem Weg ungesehen aus der Burg. Immer dann, wenn die strengen Traditionen sie zu sehr einengten und ihr die Luft nahmen.

Oben auf dem Plateau angekommen streckte sie sich, dehnte ihre Muskeln – vorsichtig auch ihre Schulter. Nach außen hin war von der Wunde nichts mehr zu sehen, doch im Inneren ebbte das unangenehme Ziehen trotz der Salbe nicht ab.

Chrystal legte ihren Kopf in den Nacken. Über ihr erhob sich der Wald, und zwischen den Baumkronen blitzten die grauen, zerklüfteten Felsmassive durch, die das Castillo nach hinten hin auf natürliche Weise vor Eindringlingen schützten. Kam doch mal jemand ungebeten, ging er nicht mehr. Oder besser gesagt: tauchte irgendwo anders wieder auf. Meist als Unfallopfer oder Herzinfarktverstorbener. Selten auch mal als rätselhaftes Mordopfer. Um die Polizei bei Laune zu halten.

Chrystal grinste. Das Legen von falschen Fährten gehörte zu Elias' und ihren Lieblingsbeschäftigungen, immer dann, wenn sonst nichts groß anstand. Wie hoffentlich bald mal wieder.

Geduckt tauchte sie in den Wald ein, fand im Unterholz den schmalen Trampelpfad, kurz darauf auch die alte, knorrige Buche. Die morschen Holzstreben unter ihren Schuhen knarzten, als sie die Leiter zum Baumhaus erklomm. Ein Jugendwerk. Wobei das Wort »Haus« leicht übertrieben war. Es gab kein Dach über dem Kopf, das Baumhaus bestand nur aus einer gezimmerten Plattform, die bei Regen mit einer Plane gegen die Feuchtigkeit abgedeckt werden konnte. Die Nässe heute kam aber nicht von oben, sie schien aus dem Waldboden um sie herum aufzusteigen, in Form von wabernden Nebelschwaden, die lautlos umherschlichen und versuchten, alles bodennahe Leben um sie herum zu schlucken.

Chrystal setzte sich auf die feuchten Planken und angelte die kleine Tube mit Salbe aus ihrer Trainingsjacke. Dabei fiel ihr auch Elias' Brief in die Hände. Beides hatte ihr sein Zimmermädchen gestern nach ihrer Ankunft auf dem Gang heimlich zugesteckt.

Hab ich aus dem Labor geschmuggelt. Spiel nicht die Tapfere, die
Salbe wird helfen. Wir sehen uns morgen Abend.
Bleib stark, BITTE!

Nicht die Tapfere spielen, aber stark bleiben? Passte nicht ganz. Doch wenigstens war er hier, auch wenn er den fröhlichen Abend gestern mit Milena und ein paar anderen ihrer engsten Verbündeten verpasst hatte. Ihre Mutter wollte einen Keil zwischen sie treiben? Fehlanzeige. Sie hatten alle ausgelassen gefeiert – bis auf Elias eben. Ein Auftrag, der ihn zurückhielt. Tatsächlich ein Rebell? Es wurde gemunkelt, dass noch an diesem Wochenende eine Opferung stattfinden sollte. Auch wenn sich ihr Magen allein bei dem Gedanken daran zusammenzog, sie wünschte es ihm. Sie wünschte es Elias, diesen Fang gemacht zu haben. Der Erfolg würde ihn weiterbringen und damit auch den Jüngeren unter ihnen – sie miteingeschlossen – endlich mehr Mitspracherecht ermöglichen. Etwas, für das sie schon seit Jahrzehnten kämpften.

Chrystal öffnete die Tube, schlüpfte mit einer Hand unter ihr Shirt und verteilte die Creme großzügig auf der Stelle oberhalb ihrer linken Brust. Sie hatte echt Schwein gehabt. Ein kleines bisschen weiter nur, und der Holzsplitter hätte ihr Herz getroffen. Etwas, das selbst sie ausknockte – das letzte Mal für Tage.

Sie rutschte ein Stück nach hinten, lehnte sich an den Baumstamm und schloss die Augen. Erdig, modrig, würzig. Sie liebte diesen Geruch, sog ihn tief in ihre Lungen und spürte, wie er langsam die Knoten in ihrem Inneren umschlang und sie zu lösen begann. Die ganze Anspannung der letzten Wochen. Das ständige Sich-Verstellen und Unterordnen. Die lauernde Gefahr, aufzufliegen. Und … Felix.

Nie hätte sie gedacht, dass der Einsatz sie so viel Kraft kosten würde. Und umso entspannender war es, wieder hier zu sein. Heimat – gefühlt ein Fremdwort in ihrem unsteten Leben. Doch das *Castillo* war ihre feste Burg. In den Berg eingeschlagen, mit ihren unzähligen Kammern, den Verliesen und der unterirdischen Kathedrale war sie seit Jahrhunderten im Besitz des Partems. Nach vorne hin ein altes, großzügig angelegtes Herrenhaus, das offiziell eine Blindenschule beherbergte, war das, was dahinter verborgen lag, nicht zu erkennen.

Ihr wirkliches Elternhaus gab es nicht mehr – zumindest nicht für sie. Es stand noch, wurde für Empfänge und Gesellschaften vermietet, doch sie selbst war kaum mehr da gewesen, seit Timor … seit ihr Vater gestorben war.

Chrystal fluchte und rappelte sich auf. *Besinnung und innere Einkehr.* Zum Glück war der Scheiß gleich vorbei. Denn genau dazu führte das doch: zu Gedanken, die nicht erwünscht waren.

Sie stieg die Holzleiter hinunter und machte sich auf den Rückweg – über die Felswand, den kleinen Balkon, zurück in ihr Zimmer.

Viel Zeit blieb ihr nicht mehr. Sie duschte im angrenzenden Bad, nahm sich dann das auf dem Hocker bereitgelegte weiße Gewand und zog es sich über. Der Stoff lag schwer auf ihren Schultern, die tief sitzende Kapuze verengte ihr Sichtfeld, und doch stieg in ihr ein freudiges Prickeln auf. Die Zeremonie würde sie aufrichten, sie stärken für die letzten Wochen, die noch anstanden.

Drei. Vier. Fünf. Mit dem sechsten Glockenschlag verließ sie ihr Zimmer. Neben ihr öffneten sich auch die anderen Türen, und der Flur füllte sich mit weiß umhüllten Gestalten, die alle Richtung Haupthalle zogen. Schritte, das Rascheln der Gewänder – mehr war nicht zu hören, das Sprechen noch immer untersagt. Durch das Portal, einem in die Felswand gezimmerten Holztor, betraten sie den Zugang zur unterirdischen Kathedrale. Die Wächter begleiteten sie die Stufen nach unten, verharrten dann am Eingang, umstellten diesen und die weiteren Ausgänge nach draußen. Als Schutz gegen Eindringlinge, die es bis hierher doch nie schafften. Nummer 42 starrte sie an. Der Neue ihrer Mutter. Armata hatte ihre Lüge, 31 hätte sich in einem Moment völligen Durchdrehens selbst getötet, geschluckt und den Platz an ihrer Seite neu besetzt. Nicht mit einem Frischling, sie hatte Milena ihren Wächter entzogen. Ein Recht, das der Führung zustand. Wie so viele Rechte, die der Führung zustanden. Und den Alten.

Als die Flügeltüren geöffnet wurden, legte Chrystal die Handflächen aneinander und senkte den Blick. Bläuliches Licht erhellte die ansonsten dunkle Kathedrale. Keine Kerzen, keine Fackeln. Nur das Wasserbecken in der Mitte leuchtete hell. Leichte Wellen überzogen die Oberfläche. Der Brunnen lebte, er spürte ihre Anwesenheit.

Der Supremus führte die Prozession an, am Wasserbecken vorbei hin zum Hochaltar, auf dessen glänzender Marmorplatte die silbernen Kelche standen. In ihnen das herausgefilterte Elixier.

Auch bei der Verteilung galt: erst die Führung, dann die Alten, zum Schluss die Jungen. Eine Hierarchie mit fieser Struktur, wenn man nicht aufsteigen konnte. Chrystal sah sich nach Elias um. Er wäre vor ihr dran, doch nirgends ragte seine große Gestalt unter den Kapuzen um sie herum auf. Spätestens hier bei der Auffrischung hatte sie ihn erwartet.

Sie war an der Reihe, nahm ihren Kelch entgegen und wäre fast ins Stolpern geraten, als sie auf dem Weg zum Brunnen den winzigen Schluck in ihm erblickte. Er bedeckte kaum den Boden.

Ihre Lage war ernster, als sie gedacht hatte. Das Elixier war nahezu verbraucht.

»*Sic itur ad astra.*« Die warme Stimme ihres Obersten durchbrach die erwartungsvolle Stille, und er erhob den Kelch. Chrystal folgte seinem Beispiel.

Leicht süßlich war das Elixier, zähflüssiger als Wasser, und sobald es ihre Kehle erreichte, verströmte es seine nährende Wirkung. Ihr Rückgrat streckte sich, jeder Muskel, jede Sehne in ihrem Körper dehnte sich, gewann an Stärke und Elastizität.

Ihr Herz schlug eine Nuance langsamer, in einem gleichmäßig kraftvollen Rhythmus, der Ruhe mit sich brachte.

Sie senkte den Kelch und ließ ihren Blick über den Brunnen gleiten. Auf der bewegten Wasseroberfläche spiegelten sich die Umrisse der *Sphaira*, der großen, in Gold eingefassten Glaskugel, die hoch oben über dem Brunnen schwebte. In ihr wartete der Nachschub, die neu gesammelten Gegenstände.

Auch Fienes Karte?

Ein unangenehmes Ziehen erwischte ihren Magen. Nicht heute, aber das nächste Mal, wenn sie von dem Elixier trank, würde sie sich von ihr nähren. Von Fienes Liebe. Der von Valentina. Von Claire. Miriam … und, wenn alles glatt lief, von Xenias Liebe zu Jael.

»Dein Pokal, Chrysalia?« Armata berührte sie sacht an der Schulter. Ihre Augen strahlten in einem fast türkis schimmernden Grün, kühl und warm zugleich. Sie nahm ihr den silbernen Kelch aus den Händen, forderte sie dann mit einem Nicken auf, ihr zur Loge zu folgen. Der Choral stand an, ihre Hymne.

Sic itur ad astra.

Das Singen verband sie seit jeher, vereinte ihre Kräfte und glättete Wogen, die sich oftmals überschlugen.

Die Loge war aus dunklem Holz gezimmert und umfasste hohe Stühle, in Reihen angeordnet. Vorne befanden sich die Plätze der Führung, dahinter waren die Stuhlreihen den Generationen zugeordnet. Ihre war die letzte.

Sobald alle vor ihren Plätzen standen, setzte die warme Stimme des Supremus ein und erfüllte die Kathedrale. Nach und nach mischten sich mehr Stimmen hinzu, auch ihre. In vollem Klang erhoben sie dann die Arme. Segnende Hände, die aufstiegen, höher und höher, bis zu den Sternen.

Chrystals Herz pulsierte glühend. Ja, hier war sie richtig. *Hier* war ihr Platz, nicht unter Menschen.

Der warme, durchmischte Gesang erfüllte die Kathedrale bis hoch in die Kuppel und klang noch lange nach, auch als niemand mehr sang.

Lächelnd senkte sie den Kopf. Ihr Körper war voller Kraft, sie war Teil des Ganzen – und gleich würden sie feiern. Ihre Füße drehten sich bereits nach links, um sich in die Formation des Auszugs einzureihen. Doch … die Führungsriege setzte sich.

Verwundert spähte sie zwischen den weißen Gewändern nach vorne. Nein. Nicht die ganze Riege. Der Supremus stand noch, wandte seinen Kopf zur Seite und nickte. Chrystal schnappte nach Luft. Die Tür. Die Tür zu den Verliesen öffnete sich. Es stimmte also, eine Opferung stand bevor. Aber … hier und jetzt?

Trommelschläge setzten ein und vibrierten dumpf in ihrem Magen. Dann erschienen die Wächter in der Tür, in schwarze Umhänge gehüllte, massige Gestalten.

Chrystals Finger begannen zu zittern. Nie wieder hatte sie an einer Opferung teilgenommen. Denn nie hatten sie die Augen der kleinen Immunitin losgelassen. Augen, die sie anflehten, es nicht zu tun. Doch sie hatte es getan. Sie hatte das Messer angesetzt und ihr die tödlichen Schnitte verpasst.

Sie versuchte, ihre Atmung zu kontrollieren, um ihre Anspannung nach außen nicht sichtbar werden zu lassen. Ihr Problem mit Opferungen war bekannt, wurde belächelt und ihr als Schwäche ausgelegt. Zudem ging es um Elias. Um seinen Triumph. Um seinen möglichen Aufstieg.

Entschlossen reckte sie ihr Kinn und blickte nach vorne. Ob sie ihn kannte, den Rebellen? War er ihr schon mal begegnet?

Die Wächter kamen näher, das Trommelspiel wurde lauter, drängender, und trieb ihren Puls an. Dann traten sie auseinander und gaben den Blick frei auf den Gefangenen.

Nein! Chrystal taumelte nach hinten. Elias! Es war Elias. Ihn hatte man in Ketten gelegt. Seine schwarzen Haare hingen ihm strähnig ins Gesicht, Schmutz haftete an seinem Hemd, an seiner Jeans. An seinen nackten Füßen.

Entsetzen packte sie und quoll als heiseres Stöhnen aus ihr heraus, übertönt von den dröhnenden Trommeln, dem aufgeregten Gemurmel um sie herum. Sie fingerte nach dem Stuhl vor ihr, brauchte Halt und stützte sich ab.

»Hey!« Eine Hand legte sich sanft auf ihren Rücken. Milena? »Lass dir nichts anmerken, Chrystal. Sei stark.«

Ihre Worte durchzuckten sie.

Sei stark. Bitte!

Hatte er das in seinem Brief an sie gemeint? Hatte er es gewusst?

Die Trommelschläge versiegten, und nur ihr Herz durchbrach die einsetzende Stille. Angsterfüllt. Flehend.

»Wer uns unterwandert, kommt vor den Rat. Und wir haben getagt.« Die Stimme des Supremus wurde schneidend. »Du, Elias, bist schon oft über Grenzen gegangen und wagst es, gerade jetzt, in unserer schwersten Zeit, gegen uns zu arbeiten?«

Elias wandte ihr den Kopf zu, und voller Wärme blickte er sie an. Kurz nur. Dann straffte sich sein Rücken, und das Kriegerische, Erhabene in ihm kehrte zurück. »Wir nähren uns von Liebe und saugen die Welt um uns herum aus. Wir töten, um selbst nicht zu sterben. Ich schließe mich denen an, die euch bereits verlassen haben. Und ... bevor ihr fragt: Ja! Ich würde es wieder tun.«

»Was denn?« Zu leise verließ die Frage ihre Lippen. Sie holte Luft und wiederholte sie – verzweifelt laut. »Was denn? Was hat er denn getan?«

Sein Kopf flog zu ihr zurück. Wilde Entschlossenheit hatte die Wärme in seinen Augen abgelöst. Chrystal kannte diesen Blick von unzähligen Einsätzen. Ein Blick, der besagte, sie solle sich raushalten, es wäre sein Kampf.

Wie ferngesteuert nickte sie – und verstand doch nichts.

»Für alle. Damit jeder es weiß.« Jeden Einzelnen von ihnen sah er an, fesselte ihre Blicke. »Ja, ich habe es getan. Ich habe Rafael, einen unserer treuen Diener, beerdigen lassen. Er hat es verdient, seine ewige Ruhe zu finden, nach allem, was er für uns getan hat. Und ich bereue nichts.«

Nein, das stimmte nicht. Chrystal sackte das Blut weg. Es war ihre Schuld. Sie hatte Rafi töten müssen, und es war ihre Bitte an Elias gewesen, ihn nicht den Wächtern zum Fraß vorzuwerfen.

»Elias, nein!« Sie wand sich aus Milenas Griff, aus ihren Händen, die sie festzuhalten versuchten, und bat verzweifelt um Gehör, doch ihr Rufen, ihr Flehen, ging in dem erbosten Tumult der anderen unter.

Zu schnell griff der Supremus in die Tasche seines Umhangs. Zu schnell hielt er sie bläulich funkelnd über den Rand des Wasserbeckens: Elias' Phiole.

Chrystal schmerzte die Kehle, kein Laut kam mehr über ihre Lippen, obwohl das Schreien in ihrem Inneren nicht verebbte.

»Sei stark!« Milenas Hand schob sich in ihre, drückte sie. Eine zarte Berührung, die sie trotz allem zu halten schien, auch wenn ihre Knie zitterten, Panik sich in ihr hochschraubte und sie mitzureißen drohte.

Elias. Ihr Cousin. Ihr Freund seit Anbeginn.

Die wieder einsetzenden Trommeln, dazu das rhythmische Stampfen der Mitglieder um sie herum verschluckten ihr Wimmern. Der Boden der Kathedrale erbebte unter den Füßen derer, die seinen Tod forderten.

Chrystal sah zu Milena. Auch ihr Fuß bewegte sich. Auch sie machte mit? Und hielt dabei ihre Hand?

Sie entwand sie ihr und suchte erneut Elias' Blick. Alles um sie herum verschwamm unter aufsteigenden Tränen, doch sie sah ihn am Fuße der Treppe stehen. Und … er lächelte? Er lächelte sie an?

»Memento mori!« Die Worte des Supremus, seine an sie alle gerichtete Warnung, übertönte den dumpfen Rhythmus.

Bedenke, dass du sterben wirst.

Die Phiole blitzte im Schein des Brunnes auf. Er hatte sie geworfen! Das Wasser schoss ihr entgegen, bildete eine riesige Fontäne, die sich Richtung Kuppel schraubte. Blutrot gefärbt.

Elias brach zusammen. Sein Körper fiel auf die Stufen, und augenblicklich begann er zu altern. Aus dem jungen Elias wurde ein reifer Mann. Der, der er niemals geworden war.

Langsam höhlte sich sein scharf gezeichnetes Gesicht aus, Falten bildeten sich, um seinen Mund, um seine Augen. Das Schwarz seiner Haare verfärbte sich grau. Doch auf seinen Lippen blieb es: sein unvergleichliches Lächeln.

Chrystal begann zu schluchzen. Wie konnte sie zusehen, wie er sich verwandelte? Wie konnte sie noch atmen? Schlucken? Wieso schlug ihr Herz noch?

Milena redete beruhigend auf sie ein, strich ihr immer wieder über den Rücken. Verlogene Zuneigung. Verratene Freundschaft. Gänsehaut überzog Chrystals Nacken. Doch sie konnte sich nicht rühren, Milenas Hand nicht mal abschütteln.

Elias' Umrisse flimmerten, dann setzte der Rauch ein. Dunkel quoll er aus seiner Brust, waberte über den Boden, suchend nach seiner Heimat – dem Brunnen.

Das Stampfen wurde leiser und auch die Trommelschläge sanfter. Um den Rauch nicht zu erschrecken?

Schwindel ergriff Chrystal, als sie versuchte, sich aufzurichten. Sie hielt sich zwar auf den Beinen, bekam von ihrer Umgebung aber nicht mehr wirklich etwas mit. Ihr Körper hatte einfach alles auf stumm gesetzt, sich ausgeschaltet.

Die Loge leerte sich – irgendwann.

Chrystal gab sich einen Ruck und sah auf. Die Mitglieder des Partems standen in Gruppen zusammen, Blicke streiften sie immer wieder. Sie hielt den Kopf gesenkt, wankte stumm an ihnen vorbei und verließ die Kathedrale.

Bevor sich das Holztor aber hinter ihr schloss, drang eine Stimme zu ihr durch. Die Stimme ihrer Mutter. »Ich glaube, bei ihr ist es beides. Einmal die Erleichterung, seine ständigen Eskapaden nicht immer wieder ausbügeln zu müssen, aber sicher auch das für uns so ungewöhnliche Spüren eines Verlustes. Immerhin haben die beiden seit Ewigkeiten eng zusammengearbeitet. Aber lassen wir uns doch von ihrer Schwäche nicht den Abend vermiesen, ja? In der Bibliothek ...«

Chrystal schloss das Tor.

Kraftlos zog sie sich die Stufen hoch, versuchte die Übelkeit zu kontrollieren, das Würgen irgendwie abzufangen, bis sie oben im Gang war, der zu ihrem Zimmer führte.

Plötzlich hörte sie Schritte. Sie näherten sich ihr von hinten, und ein leises Klopfen ertönte. Ihr Zimmermädchen! Das Zeichen für Notfälle. Chrystal bog in einen Seitengang ab, drehte sich um und ergriff die nach ihr tastende Hand. »Was ist?«

»Ich habe einen Brief. Ich soll ihn überbringen.«

Ihr Name stand auf dem Umschlag. Die überschwänglich ausufernde Handschrift erkannte sie sofort, und erneut stiegen Tränen in ihr auf. Ein Brief von Elias. Worte eines Toten.

»Danke«, brachte sie zitternd hervor, wandte sich um und floh in ihr Zimmer. Sie schaffte es noch, die Tür hinter sich zu schließen, zu ihrem Bett zu wanken, und brach dort zusammen. Der Verlust von Elias fraß sich als brennender Schmerz durch ihre Adern. Konnte ein Herz verglühen? Sie fühlte es nicht mehr schlagen, spürte nur einen heißen Lavastrom, der sich qualvoll langsam in ihrer Brust ausbreitete, bereit, alles zu verschlingen.

Sie zog die Beine an, legte sich auf die Seite, den Umschlag noch immer in den Händen. Tränen tropften auf das Papier und verflossen mit ihrem Namen. Das Siegel auf der Rückseite war unangetastet. Niemand hatte ihn geöffnet, niemand gelesen. Aber … wie war Elias überhaupt zu Stift und Papier gekommen, zu Wachs und seinem Siegel?

Man hatte ihn doch sicher festgehalten, im Kerker, tief unten im Berg.

Vorsichtig löste sie das Wappen und zog mit zittrigen Fingern den Brief aus dem Umschlag.

Liebe Chrys,
sie haben mich abgefangen, auf dem Rückweg, direkt an der Grenze. Und ich kann mir denken, wie du dich jetzt fühlst, doch dich trifft keine Schuld!

Es war und ist meine Entscheidung. Ich wollte schon lange nicht mehr und gehe jetzt in Frieden.

Ich hätte mich gern von dir verabschiedet, sie hatten es mir freigestellt, doch mir war klar, dass du mich nicht einfach gehen lassen würdest. Und damit hätte neben meiner auch deine Phiole im Brunnen landen können. Ich bin jeden Weg gern mit dir gegangen – ausschließlich mit dir! –, nicht aber diesen letzten. Denn du bist hier noch nicht fertig.

Chrys, die letzten Jahre über musste ich mitansehen, wie du dich verändert hast. Du bist immer härter geworden, hast wie eine Maschine deine Arbeit erledigt, mit kalter Präzision.

Dass dich jetzt gerade dein Einsatz unter den Gefühlskalten wieder zurück zu dir gebracht hat, zu deinen Gefühlen, war für mich faszinierend zu beobachten.

Ohne mich wird es leichter für dich sein, deinen Weg zu gehen. Folge deinem Herzen, Chrys.

Es ist noch da und dir näher als je zuvor.

Sic itur ad astra!

Wenn du diese Zeilen liest, bin ich schon auf dem Weg zu den Sternen, wo auch immer sie auf mich warten. Aber – ich reserviere dir einen neben mir, okay?

In Liebe verbunden

Elias

Chrystal schluchzte auf, rollte sich auf den Rücken und presste den Brief an ihre Brust. Ihretwegen hatte er sich geopfert.

»Elias!« Der Schmerz überrollte sie. Quälte sie. Riss alles in ihr auseinander.

Wie sollte sie überleben, wenn es ihn nicht mehr gab?

XENIA

War sie zu blöd, eine Hausnummer zu finden?

Sie zog sich das *I-love-Barcelona*-Basecap tiefer in die Stirn und wechselte erneut die Straßenseite, was bei dem Verkehr und der Menschenmenge, die sich durch die Stadt drückte, an sich schon eine Herausforderung war. Überall standen Leute für irgendwas an. Museum, Galerie? Sie wusste es nicht, nur, dass sie ihr die Sicht nahmen.

Die geraden Hausnummern waren doch hier, oder?

Da, weiter hinten! Sie entdeckte die Nummer 342. Daneben aber die 348? Dann die 354 …

Verdammt! Immer wieder fehlten Zahlen, immer wieder gab es Durchgänge zwischen den stuckverzierten Häuserfassaden, Einfahrten, Hinterhöfe. Aber vor allem Gerüste und Absperrungen – als ob die ganze Stadt renoviert wurde. Jael hatte neue Handys gekauft und ihr klare Anweisungen gegeben, die in Kurzform lauteten: Nur gucken, nichts anfassen. Sie sollte lediglich das Haus fotografieren und ihm die Bilder sofort schicken. Schwierig, wenn das Objekt fehlte.

Unschlüssig blickte sie sich um. Ihr erster Auftrag, und den verbockte sie? Nein!

Weiter unten war ein Café. Xenia schlängelte sich an den spärlich besetzten Tischen vorbei und betrat das Innere.

»Entschuldigung. Äh, excuse me.« Der Mann hinter der Bar sah auf. »Do you speak English?«

»Yes. Aber auch ein bisschen Deutsch.« Er lächelte und fragte mit spanisch gefärbtem Akzent, womit er denn helfen könnte.

Verstohlen sah sie sich um. Hier drinnen war schon mehr los, Stimmen erfüllten den Raum, aber da sie niemand groß beachtete, trat sie näher an den Tresen. »Ich … Ich suche das Haus mit der Nummer 350.«

Kaum hatte sie die Zahl ausgesprochen, veränderte sich die Miene des Kellners. Sein Lächeln verschwand, und seine Schultern verspannten sich. War es ein Fehler gewesen? Ein Fehler, überhaupt nach der Hausnummer zu fragen?

Sie folgte seinem flüchtigen Blick zu dem Handy auf der Ablage vor ihm, dann zur Küchentür, aus der sich gerade eine Frau mit einem Tablett schob. Der schnelle harte Wortwechsel zwischen ihnen hatte was von einem Maschinengewehrduell, und Xenias Rücken begann zu kribbeln. Kopf einziehen und verschwinden? Es zog sie zurück zum Ausgang, doch die beiden hinter dem Tresen waren gerade miteinander fertig, fixierten jetzt sie, während die Hand des Mannes sich bewegte. Sie steuerte das Handy an. Um jemanden zu kontaktieren? Um der Organsition zu melden, dass hier jemand Fragen zum Haus stellte?

Mist! Sie brauchte eine Geschichte hinter ihrer so harmlosen Frage, vor allem eine, die die Frau einfing. Er schien sich bereits entschieden zu haben, denn seine Finger entsperrten gerade das Display.

»Also… Ich bin Au-pair-Mädchen und hab hier endlich Leute kennengelernt. Auf einer Party. Die Adresse habe ich von einem Jungen, den ich unbedingt sprechen muss. Weil … « Ihre Hand legte sich wie von allein auf ihren Bauch, und sofort versuchte sie, ihn mit Luft zu füllen. War scheiße, so was vorzutäuschen, doch … es funktionierte. Die Frau stoppte die Finger des Mannes. Ihr Deutsch war kaum zu entschlüsseln, Fetzen aber bekam Xenia mit.

Was sie von dem Jungen wollte?

Geld, um das »problema« zu lösen?

»Nein. Nein. Ich möchte es ihm nur sagen. Ich will daraus kein Geheimnis machen. Denn …« Ihre Lippen begannen zu zittern.

Und auf einmal waren da Tränen in ihren Augen. In ihrer Stimme. »Ich weiß, wie es ist, ohne Vater aufzuwachsen. Ich kenne ihn nicht mal. Und ich wollte ihm nur die Chance geben, sich …« Sie stockte.

»Hey?« Die Frau hielt ihr eine Serviette hin. In ihren Augen lag verständnisvolle Trauer. Weniger verständnisvoll nahm sie dem Mann das Handy ab und verstaute es geräuschvoll in einer Schublade unter der Kasse.

Dann stand plötzlich eine Tasse Kaffee vor Xenia auf dem Tresen, daneben ein Glas Wasser und ein kleiner Teller mit zwei winzigen Croissants.

»Danke.« Den Kaffee würde sie nicht runterbekommen, aber gegessen hatte sie bisher nicht viel.

Die Frau umrundete die Theke und zog sich neben ihr einen Barhocker ran. »Du musst weg. Und nicht mehr fragen, ja?« Sie flüsterte, und ihr Deutsch wurde durch ihre sichtbare Nervosität noch spanischer. »Schlimme Geschichte. Una cosa peligrosa.«

Die trockenen Croissant-Krümel blieben ihr im Hals stecken. »Was ist denn passiert?«

»El apartamento … die Wohnung – alles kaputt. Erst zusammengefallen, dann großes Feuer. Ein Fehler in … en la construcción, man sagt. Niemand überlebt. Sie sind tot, die jungen Leute. Alle sechs Körper man hat gefunden.«

»Nein!« Jaels Vorahnung hatte ins Schwarze getroffen. Xenias Hände klammerten sich an die Bar. Wie viele Tote denn noch?

»Du musst gehen und nie wiederkommen. Niemand darf reden. Ein Journalist ist verschwunden. Hatte zu viele Fragen, kannte einen der Jungen. Ein Polizist ist tot. Aber alle sind still. Sagen nichts.« Sie stand auf. »Tut mir leid.« Mit dem Finger auf ihren Lippen nickte sie zur Tür. Gehen und schweigen. Xenia verstand, erhob sich und fingerte nach dem Zwanzigeuroschein in ihrer Hosentasche. Doch beide, der Mann und die Frau, wollten ihr Geld nicht. Sie lächelten nur milde, suchten dabei die Hand des anderen. Sie hatten Angst – wie sie.

Draußen empfing sie die Stadt, kühler als vorher. Eine Gruppe Touristen zog an ihr vorbei, und Xenia nutzte sie, um abzutauchen. Wurde sie beobachtet? Verfolgt?

Drei Stationen bis zu Jael. In der Bahn behielt sie ihr Umfeld im Blick, sah sich immer wieder um, entdeckte aber niemand Auffälligen. Was sicher nichts heißen musste.

Kalter Schweiß sammelte sich in ihrem Nacken. Ja, sie hatte Informationen erhalten. Doch wie würde Jael sie aufnehmen?

Er sah sie schon von Weitem, faltete seine Zeitung zusammen und klemmte sie unter die Colaflasche auf dem kleinen Bistrotisch vor sich. Mit Basecap, weitem Kapuzenshirt und Sonnenbrille wirkte er so anders, lockerer – was sich änderte, als er die Brille abnahm. »Fotos kamen keine bei mir an, aber du scheinst Neuigkeiten zu haben.«

»Schon, ja. Ich weiß nur nicht, wie ich es dir sagen soll.« Sie zerrte an einem Stuhl, der sich unter dem Tisch verfangen hatte, und setzte sich. »Ich hab dir keine Bilder geschickt, weil es euer Haus nicht mehr gibt. Es ist eingestürzt. War offiziell wohl ein Baufehler, aber …«

»Woher weißt du das?« Sein Blick durchbohrte sie.

»Ich hab fragen müssen, weil ich es nicht gefunden hab. Und … Jael, deine Freunde, sie … Sie sind tot. Alle.«

Er schluckte hart, stützte die Ellenbogen auf den Knien ab und starrte unverwandt auf den Boden. Xenia wollte ihn berühren, seine Hand nehmen, doch er zog sie zurück. »Mit wem hast du gesprochen?«

Sie berichtete von ihrem Besuch in dem Café. Er schien es zu kennen, flüsterte einen Namen und hob dann eine Augenbraue, als sie ihm von dem armen Au-pair-Mädchen erzählte.

»Jetzt doch schwanger?« Ein zynisches Lächeln legte sich auf seine Lippen.

»Es hat geholfen, immerhin hat die Frau dann geredet, obwohl sie echt Angst hatte. Man hat sechs Leichen gefunden, ein Journalist, der jemanden von euch kannte, ist verschwunden, und die Polizei …«

»Moment, sechs?« Stirnrunzelnd sah er sie an. »Sie haben sechs Leichen gefunden?«

»Ja, wieso?«

»Weil es nicht sein kann.«

»Was soll das heißen?«

Er lehnte sich zurück und lüftete sein Basecap. Sie konnte förmlich sehen, wie sich dabei seine Miene entspannte. Aber warum?

»Mit mir waren es sechs, Xenia. Nur lebe ich ja noch, oder? Also gehe ich mal davon aus, die anderen auch, und es war nur ein durchdachter Rückzug, angeordnet vom Partem, weil wir aufgeflogen sind.«

Die Bedienung kam und fragte, ob auch sie etwas bestellen wollte, aber Xenia winkte ab. So langsam quoll ihr Kopf über vor Fragen. Vor Unverständnis. Wenn nicht seine Leute gestorben waren, woher kamen dann die Leichen?

Sie beugte sich vor, um nachzufragen, doch Jael hob genau in diesem Moment die Hand. »Du sagtest, der Journalist, der verschwunden ist, kannte jemanden von uns?«

»Ja, wieso?«

Jael schob seinen Stuhl so ruckartig nach hinten, dass sie erschrocken zusammenfuhr.

»Weil es dann jemanden gibt, den ich aufsuchen will. Ich muss wissen, was hier passiert ist und wo meine Leute sind. Solange wartest du im Hotel. Hast du das verstanden?«

Ihr missfiel sein überheblicher Ton, und doch nickte sie. Das Ganze wurde ihr zu groß, um sie herum alles zu laut. Und auch wenn sie wusste, dass sie, solange Jael hier draußen irgendwo rumlief, niemals Ruhe finden würde, zog es sie zurück auf ihr Zimmer. Sie hatten es buchen und beziehen können, ohne mit jemandem sprechen zu müssen. Die gesamte Kommunikation lief über Internet, Automaten und Barcodes. Eine Anonymität, die Sicherheit versprach?

Jael brachte sie zurück, kam noch mit rauf und verschwand kurz im Bad. Zum Abschied erhielt sie nur die Anweisung, sich sofort bei ihm zu melden, sobald sie sich unwohl fühlte. Keine Umarmung. Er sah sie nicht einmal an, schloss einfach die Tür hinter sich und ging.

Frustriert schüttelte sie den Kopf. Ob sie es je schaffen würde, ihn aus der Kälte zurückzuholen? Es schien so, als müsste sie jeden Tag wieder von Neuem beginnen. Von der Nähe zwischen ihnen gestern Abend war heute Morgen nicht mehr viel übrig geblieben. Wortkarg war er gewesen, als sie das Hostal verlassen hatten. Stumm dann an Rafis Grab. Sie hatten ihm sein Amulett gebracht. Dazu eine Packung Kaugummi, für die Jael extra vorher noch zur Tankstelle gefahren war. Es hatte Zitronengeschmack sein müssen. Warum, hatte er ihr bis jetzt nicht verraten.

Unschlüssig sah sie sich im Zimmer um. Duschen und irgendwoher was Essbares organisieren? Ihr Magen meldete sich, und unten im Aufenthaltsraum standen doch Automaten, oder? Xenia wühlte aus ihrem Einkaufsbeutel frische Wäsche raus und verschwand im Bad. Dass das Wasser nicht richtig warm wurde, passte zur Stimmung. Und dass sie Jaels Sachen von dem schmalen Regalbrett fegte, als sie zum Handtuch griff, genauso. Entnervt sammelte sie alles wieder auf. Sein Rasierzeug, seine Zahnpastatube, eine Geschichtscreme und … ein kleines Döschen. Es war aus der Verpackung der Creme herausgerutscht. Verwundert hielt sie es in den Händen. Kontaktlinsen. Jael hatte eine Sehschwäche? Und versteckte sie vor ihr?

Warum sie das Döschen öffnete, wusste sie nicht, doch als sie die kleinen Glaslinsen darin liegen sah, zog sich alles in ihr zusammen. Sie waren gefärbt. Grau! Ein Grau, das den grünlichen Schimmer seiner Augen überdeckte? Ein Grau, das ihn vor ihr schützte? Er hatte gesagt, dass ihre Augen für ihn gefährlich waren. Aber auch, dass Vertrauen ihnen helfen würde, miteinander umzugehen. Hielt sie dieses Vertrauen jetzt in den Händen? Eine Glasschicht, die er zwischen sie und sich brachte?

Am liebsten hätte sie die Scheißdinger zertreten. Die Toilette wäre auch noch eine Alternative. Aber dann? Wahrscheinlich hatte er Hunderte von den Linsen.

Wann hörte das endlich auf? Die Unwahrheiten, Halbwahrheiten, das Misstrauen?

Sie stellte alles fein säuberlich zurück, zog sich an und verließ das Zimmer.

»Scheiße!« Ihr Portemonnaie! Auf dem Gang fiel ihr ein, dass sie es vergessen hatte, griff in ihre Hosentasche, doch alles, was sie in ihr fand, waren die zwanzig Euro. Keine Zimmerkarte. Xenia presste die Lippen zusammen, um nicht laut zu schreien. Wie doof war sie eigentlich? Die Karte steckte in ihrer Jacke, und die hing schön ordentlich am Haken hinter der Tür.

Warum nur gab es für das Leben keine Rückspultaste?

Schokoriegel, abgepackte Kekse, eingeschweißte Salami. Mehr Auswahl bot der Automat nicht, doch das war nicht das einzige Problem. Er nahm natürlich keine Scheine, und die Jungs, die draußen vor dem Eingang rauchten, hatten nicht genügend Kleingeld, um zu wechseln. Dafür beschrieben sie ihr den Weg zu einer Bar. Angeblich ein Geheimtipp, an einem kleinen Platz, ganz in der Nähe.

Nie im Leben hätte sie damit gerechnet, gerade dort auf ihn zu stoßen. Jael! Er stand keine zehn Meter von ihr entfernt, mitten auf dem Platz, an einen Brunnen gelehnt. Den *Jemanden* hatte er anscheinend gefunden. Und dieser Jemand schien ganz begeistert darüber zu sein, ihn zu sehen. Wut stieg in ihr auf. Wut und eine geballte Ladung Verachtung. Denn der Jemand war eine Sie, hatte dunkel glänzende Haare und ultralange Beine. Dazu ein strahlendes Lächeln, das Jael ihr genau in diesem Moment von den Lippen küsste.

JAEL

Nadjas Hände legten sich um seinen Nacken, und eine Träne löste sich aus ihren dunkel schimmernden Augen. »Ich habe gedacht, ich sehe dich nie wieder, Jael.«

»Ich weiß. Aber jetzt bin ich da.«

Ihr Lächeln hatte nichts an seiner Schönheit verloren, und doch sträubte sich alles in seinem Inneren, als er sich zu ihr beugte, um sie zu küssen. Nadja und er waren ein Paar gewesen. Gespielte Wiedersehensfreude also, nur um an das zu kommen, was er brauchte: Informationen.

»Was hast du im Bistro gesagt, nachdem ich dich angerufen habe?«

»Dass es mir nicht gut geht. Und sie haben mir geglaubt, keine Sorge.«

Gut. Eine Lüge, die sich später bewahrheiten würde.

Sie nahm ihn mit in ihre Wohnung, und auf sein vorsichtiges Nachfragen berichtete sie ihm stockend, aber bereitwillig, was passiert war. Dass ihr Vater nie an den Baufehler geglaubt hatte, genauso wenig wie einer der Polizisten, der an dem Fall dran gewesen war. »Nur lebt der jetzt nicht mehr. Er ist mit zwei Promille gegen einen Baum gefahren. Für jemanden, der nie Alkohol trinkt, ganz schön viel, oder?« Ihre Lippen begannen zu zittern. »Ich und auch Mama haben Papa angefleht, Ruhe zu geben. Aber du kennst ihn ja, seine Leidenschaft für aufklärenden Journalismus. Er hatte eine Spur und wollte unbedingt in die Schweiz, ist von dort aber nie zurückgekommen.«

Tränen. Schluchzen. Es kostete Jael Mühe, seine mitfühlende

Fassade aufrechtzuerhalten. »Weißt du denn, was er in der Schweiz wollte?«

»Nein. Das Einzige, was ich gefunden hab, sind zwei Telefonnummern.« Sie griff nach ihrem Handy. »Ich hab sie von seiner Schreitischunterlage abfotografiert, aber … da geht niemand ran.«

Jael horchte auf, sah, wie Nadja ihr Display entsperrte, und beugte sich zu ihr.

Nuria und *Emilio*. Dahinter standen Zahlen.

N und E. *Norte* und *Este*. Die spanischen Bezeichnungen für Norden und Osten. Nicht sehr einfallsreich – aber okay. Man musste die angeblichen Vorwahlnummern nur weglassen, und schon war es eindeutig: GPS-Daten.

»Wirklich seltsam.« Er nahm ihr das Handy ab. »Und ihr habt es bei beiden Nummern versucht?«

Sie nickte und senkte so passend den Kopf, dass Jael seine Chance nutzte. Er schlug zu, gezielt in ihren Nacken.

Nadja brach lautlos zusammen.

Ihr in diesem Zustand die Spritze zu verpassen, war ein Kinderspiel. Ein Stich in ihren Hals, und Jael drückte den Kolben hinunter. Nicht bis zum Anschlag. Zwei Stunden sollte sie vergessen, nur die letzten beiden, und möglichst zügig wieder zu sich kommen – mit sicher dröhnendem Schädel.

Die Zahlen fotografierte er ab, verwischte seine Fingerabdrücke auf ihrem Handy und trug Nadjas erschlafften Körper zum Bett. Ihre Schuhe drapierte er auf dem Boden, wie weggekickt, und ließ seinen Blick abschließend noch einmal durch ihr Zimmer gleiten. Nichts von ihm durfte seine Anwesenheit hier verraten. Immerhin war er offiziell tot, und das sollte er auch bleiben.

Auf dem Rückweg versuchte er, Xenia zu erreichen, aber sie ging nicht an ihr Handy. Auch nicht, als er es noch weitere Male probierte. Unruhe beschlich ihn, die seine Schritte schneller werden ließ.

War es ein Fehler gewesen, sie allein zu lassen?

Er sah sie früher als erwartet, bereits beim Betreten des Eingangsbereichs durch die gläserne Tür des Aufenthaltsraumes hindurch. Doch seine Unruhe verflog nicht. Im Gegenteil. Er musste sich beherrschen, das Glas nicht einzutreten. Xenia saß am Tisch, völlig entspannt, und lachte gerade einen Typen an, der ihr gegenübersaß.

Jael riss die Tür auf. *Bleib auf dem Zimmer.* Seine Anweisung war eindeutig gewesen, doch anstatt sich ertappt zu fühlen, hob sie nur kurz den Kopf, bevor sie sich wieder dem Typen zuwandte.

»Komm mit. Sofort!« Unsanft zog er sie vom Stuhl, ignorierte ihren Protest, sah nur den Gang vor sich, die Treppenstufen nach oben, und begann sie zu zählen. Er musste sich wieder fangen, schaffte es aber nicht mal ansatzweise.

Im Zimmer, kaum dass er die Tür hinter ihr geschlossen hatte, kesselte er sie zwischen der Wand und seinem Körper ein. »Was an ›*Bleib auf deinem Zimmer*‹ verstehst du nicht, Xenia?«

»Ich? Gar nichts«, zischte sie ihn an. »Weil ich deine Ansagen nämlich satt hab. Du amüsierst dich da draußen und erwartest von mir, dass ich …«

»Was tue ich?« Er beugte sich zu ihr und glaubte, ihren Herzschlag hören zu können, der weit außerhalb jeglicher Norm lag. »Ich versuche hier Klarheit zu bekommen. Und du sagst, ich amüsiere mich?«

»Oh! Hattest du keinen Spaß mit … keine Ahnung wie sie heißt? Aber …« Sie lachte auf. »Vielleicht weißt du es ja selbst nicht mal. Kommt man ja sicher durcheinander, bei der Menge.«

Jael kniff die Augen zusammen. Sie war ihm gefolgt und hatte ihn mit Nadja gesehen? Den Kuss.

»Wahrscheinlich kommt jetzt das übliche ›*Sie interessiert mich nicht*‹, oder? Aber weißt du, was? Das ist mir mittlerweile scheißegal. Ich hab deine Lügen satt. Das ganze Rumgeeier, von wegen Vertrauen und so.« Sie hob ihr Kinn, und das Goldbraun ihrer Augen durchbohrte ihn.

Er wollte ihr alles erklären, sie beruhigen, doch die Nähe zwischen ihnen, ihr Atem auf seinem Gesicht, ihr erbarmungsloser Blick – es war zu viel. Ohne Schutz war er ihr ausgeliefert.

»Bitter, oder?« Ihre Stimme troff vor Sarkasmus. »Tue ich dir weh, Jael? Brauchst du deine Linsen? Sie liegen im Bad.«

»Hör auf. Bitte.« Seine Arme, links und rechts neben ihrem Kopf, begannen zu zittern. Ja, sie tat ihm weh, doch das war es nicht. Jeden Schmerz würde er ertragen, jede Folter über sich ergehen lassen, um sie ein einziges Mal nur an sich ziehen und küssen zu dürfen.

Doch konnte er sich trauen? Würde er es dabei belassen können? Oder würde er sie im Rausch entleeren?

Trommelschläge stiegen plötzlich in ihm auf, als Xenia sein Kinn berührte. »Hey, kommt noch was von dir?«

Ruckartig wandte er sich ab und trat ans Fenster.

Abstand und Kälte – er brauchte gerade beides.

»Ich trage die Linsen nur, um die Kontrolle nicht zu verlieren, Xenia. Du gehst mir unter die Haut, und das weißt du. Aber gerade jetzt darf ich mir keine Fehler erlauben.«

Er drehte sich zu ihr um, erzählte ihr kurz, wer Nadja war, was er von ihr erfahren hatte, und forderte sie dann auf, ihre Sachen zu packen. »Wir reisen heute Abend noch ab.«

Nicht, weil er es so eilig hatte. Er musste den Rhythmus ändern, nachts fahren und tagsüber schlafen. Im Auto, am Strand, auf einer Bank oder sonst wo.

Nur nicht noch einmal mit Xenia im Bett.

CHRYSTAL

»So, hier ist alles drin. Deine Sportklamotten, das Programm der Kurse, die du angeblich besucht hast, und ein paar Gegenstände für deine Schublade.« Milena drückte ihr die Tasche in die Hand und schlug den Kofferraumdeckel zu.

»Danke.« Manchmal war es ein Segen, nicht so auszusehen, wie man sich fühlte. In der Scheibe des Vans spiegelte sich ihr Gesicht wider. Keine Schatten unter den Augen, keine verquollenen Lider. Äußerlich stimmte so weit alles für den Wiedereinzug in die WG. Ihr Inneres ging niemanden was an.

»Na dann.« Chrystal drehte sich weg und wollte gerade den Arm heben, um sich ein Taxi heranzuwinken, als Milenas Hand sie daran hinderte.

»Warte, ich muss dir … Also, wegen Jael. Weil er abgetaucht ist. Es … Es gibt jetzt doch Kameras in eurer Wohnung.«

»Was?« Ihr Körper erstarrte. Es hatte heute Morgen eine Abstimmung darüber gegeben, bei der sie noch einmal klar und deutlich ihre Bedingung wiederholt hatte: keine Überwachung, keine Aufnahmen von ihrem Einsatz. Und damit war sie doch durchgekommen. »Das ist ein Scherz, oder?«

»Nein. Die Abstimmung war Fake. Es gab schon gestern eine ohne dich. Und die war eindeutig.«

Ohne sie? Chrystals Atmung wurde immer flacher, und nur mit äußerster Beherrschung konnte sie sich daran hindern, Milena an den Kragen zu gehen. »Warst du auch dafür?«

»Wir waren alle dafür, das Ergebnis war einstimmig. Aber bevor du mich jetzt verurteilst, sollte dir eins klar sein: *Ich* habe keine Mutter in der Führung. Also hatte ich keine Wahl. Genauso wenig wie die anderen.«

Einer für alle. Alle für einen.

Ein Wort sollte dringend ausgetauscht werden, um dem Satz die Wahrheit zurückzugeben.

Einer für alle. Alle *gegen* einen.

Milena sprach weiter auf sie ein, dass sie es ihr nicht hätte sagen müssen, vor allem aber gar nicht hätte sagen dürfen, und versuchte, sie damit zu besänftigen, dass ihr Zimmer und das Bad von der Überwachung ausgenommen worden waren. »Außerdem kamen Akrom und Geno zu früh zurück. Wir sind nicht ganz fertig geworden. Bei denen und auch in der Küche sind deswegen keine Kameras.«

Sie wollte ihr noch die genauen Standorte verraten, aber Chrystal winkte ab. Also ob gerade sie die kleinen Scheißdinger nicht sehen würde.

Im Garderobenhaken oder hinter dem Spiegel? Sobald sie den Flur betrat, spürte sie die kleinen Linsen, die Augen, die ihr unablässig folgten, und zwang sich ein Lächeln auf die Lippen. In das sich allerdings Verachtung mischte, als sie mit nur einem flüchtigen Blick gleich drei von ihnen ausmachte. Nicht wirklich kreativ. Elias hätte … Sie schluckte, beugte sich nach unten, um ihre Schuhe auszuziehen, und nutze den Moment, um ein letztes Mal durchzuatmen.

Die Show musste beginnen.

»Chrystal, hey!« Akrom saß auf der Couch, als sie das Wohnzimmer betrat, und legte den Controller aus den Händen. »Wo warst du?«

»Ach, auf einer Convention. Ging um Kampfsport. Nichts wirklich Neues, war aber nicht übel.«

»Wirklich?« Ein Grinsen erschien auf seinen Lippen. »Für ›nicht übel‹ siehst du aber ganz schön fertig aus.«

»Echt?« Sehr gut. Dann hatte sich das Umstyling im Taxi ja gelohnt. Verwuschelte Haare, weiß gepuderte Haut, leicht rotgeränderte Augen. Chrystal setzte sich neben ihn und seufzte demonstrativ erschöpft auf. »Hat aber mit Sport nichts zu tun.«

Ein Lippenstift. Ein Schlüsselbund. Ein Feuerzeug. Eine EC-Karte. Nacheinander präsentierte sie ihm ihre gesamte, angeblich so fleißig gesammelte Beute. »Dürfte für einen Aufstieg reichen, oder?«

»Glückwunsch!« Geno stand im Türrahmen und klatschte. Sein Gesicht allerdings spiegelte seine Begeisterung nicht wider, es wirkte verkniffen. »Und schön, dass du wieder da bist. Dürfen wir Jaels Rückkehr von seinem Urlaubstrip dann auch bald erwarten?«

»Wie? Ist er noch nicht da?« Es gelang ihr, sich ahnungslos zu stellen.

Geno kam näher und zog sich den Sessel ran. »Nein, ist er nicht. Und ich hab die Sonderregelungen für ihn langsam echt satt! Immer geht es nur um Jael. Um seine Vollendung. Darum, dass er zum Abschluss kommt. Aber damit ist bald Schluss!«

»Wie bitte?« Ruckartig setzte sie sich auf. »Es geht nicht nur um ihn, Geno. Kapierst du das nicht? Knackt er Xenia, ist das für uns alle gut. Wir sind ein Team. Wir funktionieren nur zusammen. Alle für einen. Einer für alle. Schon mal was gehört davon?« Die Worte rutschten ihr raus, in exakt der Tonfarbe ihrer Mutter, die sicher stolz war, sie so reden zu hören. Ihr aber wurde übel.

Und das vor laufenden Kameras.

Chrystal stand auf und drückte die Knie bis zum Anschlag durch, um das Zittern aus ihren Beinen zu bekommen. »Ich geh duschen. Und Geno, du solltest dich vielleicht auch ein bisschen abkühlen.«

Im Bad schaffte sie es gerade noch zur Toilette. Dann brach alles aus ihr heraus. Ein nicht enden wollendes Herauswürgen ihrer Verzweiflung, ihrer Wut, ihrer Hoffnungslosigkeit.

Bis nichts mehr da war in ihr – nur Leere. Erschöpft hockte sie sich auf den Boden und legte ihren Kopf auf die Knie.

In ihr war Leere? Ein Lachen quälte sich aus ihrer brennenden Kehle. Die Ironie des Lebens. Manchmal wechselte das Schicksal einfach die Seiten und schlug zurück.

Wie viele Kinder hatten sie genau in diese Leere geführt? Ihre Traumata ausgenutzt, sie tagelang isoliert, bis nichts mehr in ihnen war? 200? 300? Oder noch mehr?

Sie war wichtig, die Leere, denn durch sie entstand das Vakuum. Die Grundvoraussetzung des Entleerens.

Jetzt war sie es, die das Vakuum in sich trug. Mit dem Unterschied, dass sie es nicht nur körperlich spürte. Nein, sie konnte es fühlen. Und es zerriss sie.

Folg deinem Herzen, Chrystal. Es ist noch da.

Leise stiegen Elias' Worte in ihr auf, und sie wiederholten sich hartnäckig. Chrystal legte ihre Hand auf ihre Brust.

Ja, es schlug noch. Und es gab nur einen, zu dem es sie hinzog. Zu Felix.

FELIX

War echt schön, der Abend. LG Carla

»Das ist jetzt nicht wahr, oder?« Er ließ sein Handy sinken und sah zu Julian. »Du hast der meine Nummer gegeben?«

»Klar, Mann. Die war doch echt süß.« Grinsend flüchtete er aus dem Bulli, hatte aber genug intus, um es nicht weit zu schaffen. Felix holte ihn schon am Gartenzaun ein, nahm ihn in den Schwitzkasten und drohte mit Revanche. Ihr gegenseitiges Geschubse auf dem Weg zu seiner Haustür wurde immer schwächer und endete schließlich damit, dass Julian ihm den Arm um die Schultern legte. »War mal wieder ein geiler Abend!«

»Absolut.« Felix schubste ihn ins Haus und war schon wieder fast am Bulli, als Julian ihn noch mal zurückpfiff. »Hey, und versprochen, ne? Das Mädchen, dessen Namen ich nicht mehr weiß, ist ab heute Geschichte.«

»Die mit den schwarzen Hosen?« Felix hob grinsend den Daumen. »Vergessen und vorbei.«

Mit dem Abend hatten sie es besiegelt. Es war Julians Idee gewesen, auf jeden Buchstaben ihres Namens anzustoßen, um ihn aus seinem Kopf zu löschen, und zum ersten Mal seit Tagen fühlte er sich von ihr echt befreit.

Kurz nach elf. Es war später als geplant, und auch wenn er keinen Alkohol getrunken hatte, musste er sich beim Fahren ziemlich konzentrieren. Er kam zwar gut aus der Stadt raus, hatte draußen dann aber mit der Dunkelheit zu kämpfen. Immer öfter begann er zu blinzeln, freute sich einfach nur auf sein

Bett und war umso überraschter, dass bei ihnen im Haus noch Licht brannte, als er auf den Hof fuhr. War seine Mutter noch wach?

»Felix?« Kaum hatte er die Haustür aufgeschlossen, wurde er tatsächlich gerufen, allerdings von Fiene.

Verwundert blieb er stehen. »Du bist noch auf?«

»Jep. Und wir haben Besuch.«

Um die Uhrzeit? Er schmiss den Schlüsselbund auf die Ablage und lugte um die Ecke. Kristallblaue Augen trafen ihn. Felix musste sich am Türrahmen festhalten, um nicht rückwärts zu stolpern. Neben Fiene saß Chrystal. Sein schwarzer Engel, den er gerade erst zum Teufel geschickt hatte.

»Was machst du hier?«

»Ich wollte dich sehen. Und ... Fiene hat gemeint, du würdest gegen zehn kommen und ich könnte hier auf dich warten.«

»Wie nett von ihr.« Er sah zu Fiene und gab ihr mit einem Kopfnicken zu verstehen, sie solle gehen.

»War das falsch?«, flüsterte sie ihm im Vorbeigehen zu. »Mama ist nicht da, und es hat geklingelt. Durchs Fenster hab ich ...«

»Ist schon gut, Fiene. Ab ins Bett.«

Sobald sie verschwunden war, schloss er die Tür hinter ihr und lehnte sich mit dem Rücken dagegen. Unter seinen verschränkten Armen spürte er sein Herz rasen. Nicht einknicken, bleib locker, beschwor er sich, bekam aber kaum Luft.

»Warum kreuzt du hier auf?«, presste er hervor.

Unsicherheit flackerte in ihren Augen auf. In Jogginghose, weitem Sweatshirt und verwuscheltem Haarknoten war sie insgesamt kaum wiederzuerkennen. »Mir müssen reden.«

»Ach, echt?« Er stieß ein gequältes Lachen aus. »Wie oft wollte ich das? Wie oft habe ich versucht, an dich ranzukommen? Und was hab ich bekommen? Ein stummes Kopfschütteln oder Lügen. Nichts weiter. Von daher ...« Er nickte zur Tür hinter sich. »Geh! Ich hab dir nichts mehr zu sagen.«

Dass seine Worte sie trafen, war beabsichtigt, dass sie ihr aber Tränen in die Augen trieben, hatte er nicht erwartet, und er musste wegsehen.

»Bitte, Felix. Genau deswegen bin ich doch hier. Ich will mich entschuldigen und dir …«

»Ich glaub, du verstehst nicht. Es geht nicht um dich und das, was du willst. Und auch nicht um mich. Denn …« Verdammt. Es gab diese Chrystal, die er mochte, und die zeigte sie ihm gerade. Ungeschminkt echt saß sie vor ihm, sah ihn an, während die Tränen ihr jetzt über die Wangen liefen.

Er stieß sich von der Tür ab, schob ihr die Küchenrolle über den Tisch hinweg zu, suchte aber sofort wieder Abstand.

Mit zitternden Fingern riss sie ein Stück ab, behielt es jedoch in den Händen. »Um wen geht es dann, wenn nicht um uns?«

»Um all das hier.« Mit einer hilflosen Geste blickt er sich um. »Um Fiene. Um meine Mutter, auch wenn sie sich gerade einen Dreck um uns schert. Und um unser – wie hast du es genannt? Unser *langweiliges* Leben.«

»Das … Das hab ich nicht so gemeint.«

»Wirklich?« Skeptisch hob er eine Augenbraue. »Ich glaube schon, dass meine Welt im Vergleich zu deiner langweilig ist. Aber es ist die, in der ich nun mal lebe. Und die gerade kaputt geht. Ich hab mal alle Teile zusammengepuzzelt, die in den letzten Wochen so … zerbrochen sind. Und alle hängen mit euch zusammen. Von daher: Keine Sorge, ich werde tatsächlich die Klappe halten, auch wenn es mir verdammt schwerfällt. Dafür erwarte ich aber, dass du, dass ihr alle uns in Ruhe lasst.«

Sie nickte, wischte sich über die Augen, brachte aber keinen Ton mehr raus. Stumm stand sie auf und ging.

C-h-r-y-s-t-a-l.

Sein Kopf hatte die Buchstaben löschen wollen, sein Herz aber ließ sie nicht los.

JAEL

Ihr Kaffee wurde kalt. Doch so, wie sie dasaß, den Kopf an die Scheibe gelehnt, eingekuschelt unter seiner Jacke, konnte er sie noch nicht wecken. Der Tag Auszeit in Marseille gestern hatte ihr sichtlich gutgetan. Eine leichte Sonnenbräune überzog ihre Haut und ließ sie bronzefarben schimmern.

Jael riss sich von ihrem Anblick los und konzentrierte sich wieder auf die Straße.

Weit war es nicht mehr, sie hatten die Schweiz schon erreicht, doch die durchfahrene Nacht hing wie zäher Nebel in seinem Kopf.

Ihre Recherche in dem kleinen Internetcafé gestern Nachmittag hatte nicht viel ergeben. Die GPS-Daten bezogen sich auf einen Punkt in einer sehr bewaldeten Region – ziemlich abgeschieden von der Zivilisation und im Besitz eines Holzbetriebes. Laut Google ein florierendes Unternehmen. In der Hand des Partems?

»Guten Morgen.« Xenia neben ihm räkelte sich. Sie sah erst ihn an, dann verwundert auf seine Jacke.

»Du hast gefroren.«

»Da…« Sie räusperte sich. »Danke.«

»Kein Ding.« Jael deutete mit einem Nicken auf ihren Becher. »Wir sind bald da. 20 Kilometer noch. Du solltest also langsam wach werden.«

»Oh.« Sie legte die Jacke auf die Rückbank und nahm sich ihren Kaffee. »Und dann? Wir wissen noch immer nicht, was uns da erwartet, oder?«

»Nein. Wir werden wohl improvisieren müssen.«

»Super. Klingt so, als könnte nichts schiefgehen.«

Jael hielt ihr eine Brötchentüte hin und spähte auf sein Handydisplay, um sich zu orientieren. Beschildert war hier kaum was, und je näher sie ihrem Ziel kamen, desto weniger Fläche gab es. Der Wald um sie herum wurde immer dichter. Ab und zu durchbrachen ihn schmale Schotterwege, und einen von ihnen nutzte Jael. Er bog ab und parkte das Auto einige Meter weiter neben einem Holzstapel. »Dann los?«

Xenia nickte, doch ihm entging nicht, wie sich ihre Finger nach dem Aussteigen sofort in die Ärmel ihrer Jacke krallten.

Das Satellitenfoto auf seinem Handy zeigte nur Grün an. Zu Recht, wie es schien, denn sobald sie den Wald betraten, war es, als würde er sich hinter ihnen wieder schließen. Bäume, Büsche, dazwischen oft rutschige Felsvorsprünge. Nach kurzer Zeit schon hörte er Xenia fluchen. Er konnte nicht riskieren, ihr die Hand zu geben, passte seine Schritte jedoch ihren kleineren an.

Wie aus dem Nichts tauchte dann ein Zaun vor ihnen auf, gut drei Meter hoch, oben mit Stacheldraht umrollt, und das kaum hörbare Summen verriet ihm, dass das Metallgeflecht zumindest teilweise unter Strom stand. Abgeriegeltes Gelände. Einen eindeutigeren Beweis dafür, dass sie hier richtig waren, konnte es gar nicht geben.

»Und jetzt?« Xenia hob fragend die Augenbrauen. »Also ich komm da nicht drüber.«

»Solltest du auch nicht versuchen. Der ist elektrisch. Außerdem wissen wir nicht, ob hier irgendwo Kameras sind.« Er zog sie wieder ein Stück zurück und schlich mit ihr um das abgegrenzte Waldstück herum, den Zaun dabei immer im Blick. Er lauerte auf einen Fehler, eine Unebenheit im Boden, die ihnen ein Durchschlüpfen ermöglichte – und fand sie. Über einen flachen Felsen gespannt klaffte tatsächlich eine Lücke.

Xenia schlüpfte vor ihm durch und hielt sich anschließend an seine Anweisung, sofort hinter der nächsten Baumgruppe unterzutauchen. Was war das hier?

Weit und breit kein Haus, dafür wurde das Gelände vor ihnen immer steiler. Er bewegte sich nach rechts auf einen Felsvorsprung zu und spähte in die Tiefe. Eine schmale Zufahrtsstraße. Direkt unter ihm schlängelte sie sich hoch und endetet nur wenige Meter weiter vor einem großen Metalltor. Rot leuchtende Verbotsschilder zierten die Felswand neben dem abgeriegelten Eingang. Auf ihm selbst prangte ein weiteres Schild: Eisen und Schlägel – allerdings auf den Kopf gestellt.

»Ist das ein Bergwerk?« Xenia erschien neben ihm.

»Ja, aber es ist nicht mehr in Betrieb.«

»Okay, nur … mit Klingeln und einfach reinspazieren ist nicht, oder?«

»Nein. Siehst du die Kabel rechts und links an den Bäumen? Der Eingang wird überwacht. Aber Bergwerke haben in der Regel Lüftungsschächte. Wir müssen weiter hoch.«

Skeptisch sah sie ihn an. »Du willst da echt rein?«

Versuchen wollte er es auf jeden Fall. Nur – mit ihr?

»Lass uns erst mal gucken, ob wir überhaupt einen Zugang finden, okay? Dann sehen wir weiter.«

Zögernd nickte sie, und Jael ließ sie vorgehen. Der Wald um sie herum wurde lichter, der Boden immer steiniger, bis sie endlich das Plateau erreichten. Akribisch scannte er die Umgebung. Und da! Eine Unregelmäßigkeit in der Natur. Bäume, die vom Alter her nicht passten, sondern vielmehr so wirkten, als wären sie nachträglich angepflanzt worden. Jael gab Xenia ein Zeichen und näherte sich der Stelle. Der Boden war hier moosbewachsen, doch er wirkte zu eben. Das Moss zu grün. Zu … künstlich! Um etwas unter sich zu verbergen?

Gemeinsam begannen sie es vorsichtig abzutasten. Ein Eisenring. Xenia hatte ihn plötzlich in den Fingern, und mit einem kräftigen Zug brachte er mit ihm den Boden in Bewegung. Eine Luke öffnete sich. 50 Zentimeter breit. 50 Zentimeter lang. Sie führte in bodenlose Schwärze.

Die Taschenlampenfunktion seines Handys brachte auch kaum Licht ins Dunkel, lediglich das Metall einer Leiter blitzte auffordernd am Rand des Zugangs auf. Fragend blickte er zu Xenia hoch.

»Sag nix!« Sie hob warnend die Hand. »Mir war schon klar, dass du nicht nur gucken willst. Und mich zieht da absolut gar nichts runter. Aber ich bleib jetzt sicher nicht alleine hier und warte brav auf dich.«

»Und das war mir klar.«

Er steckte sich das Handy vorn in den Hosenbund, griff nach einem Stein und ließ ihr den Vortritt, um die Luke hinter ihnen vorsichtig wieder zu schließen – den Stein als Keil dazwischen.

Je tiefer sie in den Berg stiegen, desto kälter wurde es.

20 Meter? 30 Meter? Die Leiter schien kein Ende zu nehmen, doch gerade, als er dachte, ihm würden die Finger abfrieren, hörte er Xenia erleichtert aufatmen. »Ich bin da.«

Fünf Stufen weiter, und auch er spürte Boden unter den Füßen.

Feuchtnass war hier alles. Jael ließ das Licht seines Handys über die Felswände gleiten, der schmale Tunnel führte zu beiden Seiten weiter, und die Decke war so tief, dass er den Kopf einziehen musste.

»Scheiße, ist das kalt.« Xenia verschränkte die Arme vor ihrer Brust. So taff sie auch wirkte, ihr ganzer Körper zitterte, und das sicher nicht nur vor Kälte. »Wohin jetzt? Nach links oder rechts?«

»Keine Ahnung. Aber wenn das hier ein Fluchtweg ist, haben sie ihn sicher markiert.« Jael suchte die Wände ab und fand nur wenige Zentimeter über dem Boden tatsächlich einen kleinen Pfeil – eingeritzt in den Felsen. Weiter vorne noch einen. Sie zeigten zur Leiter zurück. »Siehst du die Pfeile? Genau denen folgen wir jetzt, nur in umgekehrter Richtung.«

»Okay.« Ihr Gesicht wirkte geisterhaft, und an ihrer Haltung hatte sich nichts verändert. Verschränkte Arme, mit denen sie sich zu umarmen schien. Jael lockerte sie vorsichtig, rollte einen ihrer überlangen Ärmel bis über ihre Hand hinunter und umschlang ihre Finger mit seinen. »Besser?«

»Ein bisschen.« Sie lächelte, doch ihre Finger sprachen eine andere Sprache. Sie umklammerten seine Hand.

Vor ihnen gabelte sich der Tunnel immer wieder, sie befanden sich in einem Labyrinth aus Felsgestein, in dem sie ohne die Pfeile verloren gewesen wären. Plötzlich dann aber eine Sackgasse. Der Gang endete nach einer Kurve völlig unvermittelt vor einer Wand.

»Das kann nicht sein, hier muss irgendwo …«

»Schau mal.« Sie zeigte auf einen Spalt an der Seite. Er war schmal, zwei Handbreit nur, doch als sie sich durchzuzwängen versuchte, knirschte es. Die Wand bewegte sich, und Xenia zuckte erschrocken zurück. Im dahinter liegenden Gang flackerte kaltes Neonlicht auf, und es offenbarte sich ihnen eine völlig andere Welt. Weiße Wände, betonierter Boden, schwere Metalltüren rechts und links.

Jael kniff die Augen zusammen und suchte nach Kameras, die ihr Eindringen filmten, doch er konnte keine entdecken, und bis auf ein leises Summen der Neonröhren blieb es absolut ruhig. Keine Schritte, die sich näherten, keine Stimmen.

»Ich weiß nicht, was uns hinter den Türen erwartet, also bleib immer in meinem Schatten.«

Die Tür rechts vor ihnen hatte keine Klinke, ein großer Hebel prangte stattdessen mittig auf ihr. Jael drehte ihn mit Schwung zur Seite, und ein Klacken ertönte, mit dem die Tür aufsprang. Sofort spannten sich seine Muskeln an, er war bereit zuzuschlagen, würden sie angegriffen, doch als sich auch hier nichts regte, nickte er Xenia zu und zog die Tür weiter auf. Erneut flackerte Licht auf und erleuchtete einen von oben bis unten gefliesten Raum. In der Mitte stand ein Stahltisch, an einer Wand ein großes Waschbecken, daneben eine Glasvitrine mit medizinischen Gerätschaften. Wie in der Gerichtsmedizin, schoss es ihm durch den Kopf. Fehlten nur die Leichen.

Oder … doch nicht?

Ein leichtes Frösteln überkam ihn, als er eine Vielzahl an Griffen weiter hinten an der Wand entdeckte, in exakt gleichen Abständen über- und untereinander angebracht.

Nadjas Vater hatte diesen Ort ausfindig gemacht, auf der Suche nach Mizan, Keel und den anderen.

Waren sie doch tot und lagerten hier?

Jael ging auf die Wand zu. Kleine Schilder prangten unter jedem Griff, alphabetisch angeordnet. Vor ihm gab es eine Reihe an Namen mit dem Anfangsbuchstaben T. Weiter links mit S. Dann … Irritiert starrte er auf die Schublade daneben.

Rafael?

»Da liegen Leichen drin, oder?« Xenias Stimme in seinem Rücken klang gepresst. Er hörte ihre Schritte, spürte dann ihre Hand an seiner Seite. Seine hielt schon den Griff umklammert. »Ich weiß es nicht, aber schau nicht hin, ja?«

Langsam zog er die Schublade auf – immer weiter, bis sie einrastete. Ein weißes Laken. Darunter zeichneten sich schemenhaft die Umrisse eines Körpers ab. Von der Größe und der Statur kam es hin. Jaels Finger rutschten am Griff ab. Lag vor ihnen wirklich Rafi?

Zentimeter für Zentimeter zog er das Laken ab. Dunkle Locken kamen zum Vorschein, geschlossene Augen, dann Nase und Mundpartie. Nein. Er schüttelte den Kopf. Die Lippen waren eine Spur zu voll, das Kinn zu spitz. Die Leiche sah ihm zwar zum Verwechseln ähnlich, doch er war es nicht.

»Oh Gott, der sieht aus wie Rafi.« Xenias Gesicht überzog ein grünlicher Schleier. »Was … Was ist das hier? Wozu heben sie hier Tote auf?«

Eine Ahnung stieg in ihm auf. Waren das Ersatzleichen? Er schob Rafis Doppelgänger zurück, suchte dann auf den Schildern nach weiteren bekannten Namen. Und fand *Mizan*. Jaels Vermutung bestätigte sich, als er die Schublade leer vorfand.

»Ich denke, sie nutzen die Leichen, um unsere Tode nur vorzutäuschen. Rafis haben sie nicht gebraucht, ihn haben sie ermordet. Aber Mizans wohl schon. Was bedeutet: Er wenigstens lebt noch.«

Auch zu den anderen WG-Mitgliedern fanden sie Schubladen. Die seiner früheren waren leer, die der aktuellen alle belegt. Seine ebenfalls, und er hörte, wie Xenia hinter ihm nach Luft rang, als sie auf den Toten sah, der ihm ähnelte. Nur auf den ersten Blick – wie bei den anderen, doch diesen hier kannte er aus dem *Domicilius*. Er war drei Jahrgänge über ihm gewesen und hatte es nicht geschafft, entsendet zu werden. War das so? Ging der Partem die Durchgefallenen durch und besorgte sich unter ihnen schon mal passende Ersatzkörper für die Besten der Folgejahrgänge?

Er schob die Leiche zurück und ging mit Xenia die restlichen Schubladen noch einmal akribisch durch. Doch ein Name fehlte tatsächlich. Chrystal.

»Dann hattest du recht.« Xenia lehnte sich an den Metalltisch. »Wenn es zu ihr hier niemanden gibt, arbeitet sie für den Partem, oder?«

Er nickte und spürte, wie sich sein Nacken verspannte. Sobald er seinen Auftrag beendet hatte, würde er sie ausfindig machen. Und dann, das versprach er sich, konnte man sie auch tiefkühlen.

Mit seinem Jackenärmel fuhr er über die Griffe der Schubladen, um seine Fingerabdrücke zu beseitigen, und gab Xenia mit einem Wink zu verstehen, ihre ebenfalls vom Tisch zu wischen. Mit dem Raum waren sie fertig, und sie wollten ihn gerade verlassen, als ihm an der Wand rechts neben der Tür etwas auffiel. Die Fugen zwischen einigen Fliesen wiesen tiefere Rillen auf. Vorsichtig klopfte er sie ab, und der dumpfe Widerhall bestätigte seinen Verdacht. Hinter der Wand befand sich ein Hohlraum.

»Vielleicht ist deswegen der Abfluss hier?« Xenia deutete auf eine kleine, geriffelte Metallplatte auf dem Boden. »Der macht doch hier keinen Sinn.«

»Nein, absolut nicht.« Auf sein Nicken hin berührte sie die Platte mit ihrem Fuß, und lautlos glitt die Wand zur Seite.

Xenia schrie auf und taumelte zurück in seine Arme.

Da lagen Körper. Massige Gestalten auf montierten Tischen. Schläuche führten in sie hinein und wieder heraus. Diesmal handelte es sich nicht um Leichen, denn ein lautes Atmen erfüllte den Raum, ein chaotisches Gemisch aus Luftholen und -ablassen. Jael zog Xenias Kopf schützend an seine Brust. Für sie musste der Anblick grausam sein, ihn jedoch faszinierte er. Sie hatten die Aufzuchtstation der Wächter gefunden.

»Was sind das für Menschen?« Xenia sah zu ihm hoch, und das Entsetzen in ihren Augen nahm ihnen jeglichen Glanz.

»Es sind Wächter. Beziehungsweise: Es werden Wächter. Die Leibgarde des Partem. Abgerichtet darauf, zu töten.«

Über ihren Kopf hinweg spähte er zu den Tischen. Graue Hosen, graue Shirts. Alle, die hier lagen, trugen die gleiche Kleidung, und sie schmiegte sich so eng an ihre Körper, dass sie ihre Muskulatur und Stärke beeindruckend zur Schau stellte.

Aber aus wem heraus, aus welchem menschlichen Material erschuf man sie? Und in was für einem Stadium waren sie?

Glatzen hatten sie alle schon, doch für einen fertigen Wächter hatte zumindest der Typ, der ihnen am nächsten lag, noch zu feine Gesichtszüge. Jael näherte sich ihm, Xenia noch immer im Arm haltend. Sie atmete flach gegen seine Brust, zu hektisch, schien sich aber zu halten.

Die Nase des Halbwächters. Irgendetwas kam ihm an ihr bekannt vor. Sie war verhältnismäßig lang und hatte einen leichten Knick nach … Mizan! Jael entwich ein Keuchen. Vor ihm lag sein ehemaliges Teammitglied. Aufgepumpt. Entstellt. Zum Leben eines Wächters verdammt.

Er verlor den Boden unter den Füßen, musste sich festhalten, um nicht zu straucheln. Hatte er bisher Xenia gestützt, hielt sie jetzt ihn auf den Beinen.

Das war die zweite Chance?

Das war es, was sie erwartete, wenn ihre Mission missglückte?

»Du kennst ihn, oder?«

»Es ist Mizan.«

Sein Blick glitt über die anderen Tische.

Nummer 44. Nummer 45. Nummer 46. Nummer 47.

Er erkannte sie noch alle. Vor ihm lagen seine ehemaligen WG-Mitglieder. Doch nicht mal ihre Namen hatte man ihnen gelassen, auf den Schildern über ihren Köpfen standen nur Zahlen, neben blinkenden Apparaturen, die ihre Verwandlung auslösten.

Bisher hatte er in den Wächtern nicht mehr als dressierte Kampfmaschinen gesehen, aber niemals ihren menschlichen Ursprung.

Xenias Hand berührte seine Brust, sie legte sich auf sein Herz und brachte es aus dem Takt. Töne stiegen in ihm auf. Helle Glöckchen, die nach glitzernden Sternen klangen.

Wir entsenden heute wieder unsere Besten.

Er sah den Versammlungsraum des *Domicilius* vor sich, die holzvertäfelte Wand, an die ihre Bilder projiziert wurden. Goldglitzernde Abbilder ihrer Gesichter.

Sic itur ad astra. Steigt auf zu den Sternen. Erfüllt euren Auftrag. Und die Verheißung ist euch gewiss.

Sie hatten daran geglaubt, als Sieger zurückzukehren und über den Tod zu triumphieren. Und alle, die es nicht schafften, hielt man fest? Gefangen in der Hülle eines Monsters?

Eisiges Gift durchspülte seine Adern, und alles, was er nun noch vor sich sah, was er denken konnte, war: Zerstörung. Grob schob er Xenia zur Seite, ergriff Mizans Arm, bekam den Schlauch zu fassen und …

»Nicht, Jael!« Xenias Stimme klang panisch, und ihre Hand griff nach seiner. »Wenn du das tust, fliegen wir auf. Und dann war alles umsonst.«

Ihre Wärme brannte seinen Arm hoch und ließ sein Herz aufschreien. Tjara. Seine Eltern. Xenia!

»Du kannst wiederkommen, wenn alles vorbei ist. Räch dich dann, Jael. Aber nicht jetzt!«

Er entriss sich ihrem Griff und wich zurück. Die Hände zu Fäusten geballt, um sich zu beherrschen. Denn sie hatte recht. Hier alles zu zerstören, würde seine Mission gefährden, sein Leben – und damit auch ihres.

Doch gab es wirklich ein *später*?

Gab es ein *Wenn alles vorbei ist*?

Eins. Zwei. Drei ... Er begann, die Fliesen auf dem Boden zu zählen, von seinen Füßen hin zu ihr.

Sie stand noch bei Mizan, legte seinen Arm zurück auf den Tisch und strich flüchtig über seine wulstigen Finger. »Wir kommen wieder.« Dann drehte sie sich weg, machte den ersten Schritt auf ihn zu, als ihr Körper plötzlich zurückgerissen wurde. Ihr Schrei gellte durch den Raum. Mizans Finger hatten ihr Handgelenk umkrallt. Aufrecht saß er da und starrte sie an, mit aufgerissenen Augen und fratzenhaft verzogenem Mund.

»Mizan!« Jael brüllte ihn an, war mit einem Satz bei ihr und versuchte, sie aus der Umklammerung zu befreien. Er schlug auf ihn ein, kam gegen die Kraft des Wächters aber nicht an. Xenias Augen waren schreckgeweitet, und aus ihrem Mund kamen qualvolle Töne, die sich in Jaels Herz fraßen.

Nummern! Die Wächter wurden nur mit Nummern angesprochen.

»Aufhören, 43!« Seine Stimme donnerte durch den Raum. »Lass sie los!«

Ein Zucken ging durch Mizan. Er sah auf und ließ Xenia tatsächlich los. Sofort umschloss Jael ihren Körper mit seinen Armen und zog sie mit sich vom Tisch weg. Er spürte ihr Zittern, ihr Ringen nach Luft. Und bekam selbst zu wenig.

»Hey!« Behutsam strich er ihr über den Rücken. Ihr Arm hing

schlaff herunter. Ein breiter dunkelroter Ring zierte ihr Handgelenk, und es schien angeschwollen zu sein. Hatte Mizan es ihr gebrochen?

»Kannst du die Finger bewegen?«

»Ja, es tut nur …«

Ein heiseres Flüstern unterbrach sie, und Jael fuhr herum. Mizan hatte sich wieder zurückfallen lassen, war aber noch bei Bewusstsein. Sein Kopf lag auf der Seite, und aus seinem zahnlosen Mund drangen gelallte Worte. »Jael? Jael, bist … Bist du das?«

Er erkannte ihn? Vorsichtig löste er sich von Xenia und ging wieder auf den Tisch zu, blieb aber in sicherem Abstand stehen. »Ja, ich bin es, Mizan.«

»Sie haben uns geholt. Sie haben … « Das Sprechen schien ihm schwerzufallen, seine Stimme brach immer wieder weg. »Sie haben uns hierhergebracht.«

»Wer, Mizan? Wer ist das gewesen?«

»Die interne Kontrolle. Ich habe sie sprechen gehört. Bevor sie …« Seine Augen verdrehten sich, und er begann zu zucken.

»Hey, hey! Nicht wegsacken.« Jael schüttelte ihn an den Schultern. Er brauchte einen Namen. »Wen hast du gehört? Wer war das?«

»Armata und Chry… Chrysalia.«

Nein. Jael keuchte und taumelte zurück. Nie gab sich der Partem zu erkennen, jetzt aber hatte er ein Gesicht. Chrystal war kein Informant, sie war ein Mitglied des Partem. Unsterblich, unbezwingbar und absolut tödlich.

Wie benommen ließ er sich auf den Boden sinken, während sein Kopf zurückspulte und alles auf Anfang setzte. Er bot ihm jede Szene, jeden Moment mit ihr wie in Filmausschnitten an.

Best-of Chrystal. Und sie war verdammt gut gewesen.

Fassungslos schüttelte er den Kopf. Wie gern würde er sie enttarnen, ihr vor die Füße knallen, was er jetzt wusste. Doch es würde ihn sein Leben kosten. Sollte der Partem auch nur ahnen, dass er das Spiel durchschaut hatte, würde man seinen Abschluss sicher noch erwarten, ihn dann aber beseitigen.

Und Xenia?

Sie saß völlig verstört neben ihm, das Gesicht schmerzverzerrt. Er musste sie hier rausschaffen, nur würde der Rückweg eine Qual für sie werden.

Er erhob sich mühsam, zog seine Jacke aus und griff in sein Shirt. Der Stoff gab unter seinem Reißen nach. Er brauchte nur einen Streifen, kühlte ihn am Waschbecken mit Wasser, bevor er sich zu ihr hockte. Vorsichtig legte er ihr einen provisorischen Verband an. Gebrochen war offenbar nichts, doch jede kleinste Berührung schien sie zu schmerzen.

»Jael, wenn Chrystal für das hier verantwortlich ist, dann ist sie nicht nur ein Spion, oder?«

»Nein. Sie ist ein Teil davon. Sie gehört zum Partem. Aber …« Er sah sie eindringlich an. »Sag das niemandem, Xenia. Auch Felix nicht. Was für ein Spiel sie mit ihm treibt, weiß ich nicht. Aber ein Wort nur, und wir sind alle tot.«

Er half ihr beim Aufstehen und warf noch einen letzten Blick zu Mizan, bevor er mit ihr den Raum verließ. Regungslos lag er wieder da. Doch Jael gingen die Bilder seines Angriffs nicht aus dem Kopf. Fast hätte er Xenia verloren.

XENIA

Sie konnte nicht richtig greifen. Der Weg durch die Tunnel war okay gewesen, doch die Leiter wurde zum Problem. Nur mit einer Hand hochzuklettern, war unmöglich. Immer wieder schwankte sie zur Seite weg und verlor den Halt.

»Hey, warte!« Jael hinter ihr holte auf. »Wir machen das zusammen. Schön langsam, okay? Lehn dich an mich.«

Er griff über ihr in die Leiter und stützte sie mit seinem ganzen Körper ab. Ihren Kopf mit seiner Brust. Ihren Rücken mit seinem Bauch. Xenia hörte seine leise Melodie, begleitet von dem Säuseln, das sie bereits kannte und ihr verriet: Nicht nur sie hatte Angst.

Oben erwartete der Wald sie mit frischem Grün und weitaus angenehmeren Temperaturen. Sie fror trotzdem.

Der Weg den Berg runter wurde zu einer einzigen Rutschpartie, doch mit Jaels Hilfe schaffte sie es – irgendwie.

Am Auto angekommen stieg er nicht sofort ein, sondern ging ein paar Schritte, die Hände tief in den Hosentaschen vergraben. Das war seine Zeit, das wusste sie und lehnte sich erschöpft an den Kofferraum. Die Augen schließen ging nicht, das holte alles zurück. Die Leichen. Mizan. Ihren Schmerz. Sie legte ihren Kopf in den Nacken und sah hoch, ins Grün der Blätter. Sie spielten miteinander im Wind – so ahnungslos.

»Xenia?« Jael kam auf sie zu, kickte einen Tannenzapfen zur Seite und lehnte sich neben sie. »Für dich wäre es besser, nicht zurückzukehren. Aber es gibt in Spanien jemanden, den ich anrufen kann. Sie heißt Marisol, und sie würde dich sicher bei sich aufnehmen.«

Auch wenn sie es nie vorgehabt hatte, es klang verlockend, einfach unterzutauchen. Nur würde sie alle zurücklassen. Felix. Liva. Ihre Mutter. Und ... Jael.

»Ich meine das ernst.« Die Hände noch immer tief in den Hosentaschen stellte er sich vor sie und wartete, bis er ihren Blick eingefangen hatte. »Du bist da sicherer, und wenn ich entscheiden dürfte, würde ich dich jetzt sofort zum Bahnhof bringen.«

»Aber?«

»Na ja, du hast gestern gesagt, dass du meine Ansagen satthast.«

Ungläubig schüttelte sie den Kopf und konnte nicht verhindern, dass Tränen in ihr aufstiegen. Er hatte es verstanden?

»Hab ich was Falsches gesagt?«

»Nein, überhaupt nicht. Es ist nur ...« Sie hatte es ihm schon mal gesagt und wiederholte es. »Du hörst gut zu.«

»Manchmal.« Auch er schien sich an den Moment zu erinnern, denn ein leichtes, fast scheues Lächeln erschien auf seinen Lippen. »Und besonders gut höre ich zu, wenn ich die Person mag, die etwas erzählt.«

Xenia erwiderte sein Lächeln und sah ihn unverwandt an. Direkt in das grünlich schimmernde Grau seiner Augen. Er trug keine Linsen, und doch wich er ihrem Blick nicht aus.

»Dann danke, dass du mich entscheiden lässt. Aber ich fahr nicht nach Spanien. Ich komme mit dir mit.«

»Warum?«

»Weil ich bei der Person bleiben will, die *ich* mag.«

Jaels Lider begannen zu zucken. Und plötzlich war er bei ihr, zog sie in seine Arme und legte seine Stirn an ihren Kopf. »Wenn alles vorbei ist, Xenia, wenn wir es geschafft haben, darfst du es versuchen, ja? Ich will fühlen. Ich will, dass du mir zeigst, wie das geht. Aber jetzt brauche ich meine ganze Kraft, um durchzukommen. Um dich dabei nicht zu verlieren.«

Er löste sich von ihr, so unvermittelt, wie er sie umarmt hatte, und öffnete ihr die Tür.

Xenia stützte ihr Handgelenk ab und ließ sich vorsichtig auf den Sitz gleiten. Jael sah eine Chance für sie.

Aber später? Jeder Tag, den er noch im Dienste des Partems verbringen musste, war – nach dem, was sie gesehen hatte – einer zu viel. Und sie wusste, sie brauchte Hilfe, um ihn da rauszuholen. Keine beschissenen Briefchen mehr, sondern alles, was ihr Vater ihr an Unterstützung bieten konnte.

Jael fuhr los und versteckte sich wieder hinter seinem Schweigen. Was ihr nicht besonders half. Im Gegenteil, es gab der Angst in ihr nur mehr Raum, und den Bildern, die in ihr festhingen, genug Zeit, immer größer zu werden. Die Leichen, als Ersatz für Lebende. Die Wächter, herangezüchtet, um Leben zu beenden. Mizan, der nach ihr griff.

Vorsichtig spähte sie unter den Verband. Ihre Haut darunter war komplett blau.

»Wird es besser?«

Seine Frage ließ sie zusammenzucken, und sofort schoss ein brennender Schmerz durch ihr Gelenk.

»Das reicht als Antwort. Wir besorgen dir in München was aus der Apotheke.«

»München?«

Jael nickte und begann endlich zu reden. Nicht über das, was sie im Berg gesehen hatten, sondern darüber, wie es jetzt weitergehen sollte: von München aus mit dem Zug nach Hause.

»Wir waren offiziell in Rom, untergebracht über Airbnb. Die geben Namen nicht so einfach preis. Und da hatten wir ein paar schöne Tage. Kennst du die Stadt?«

»Nein. Also, schon. Aber ich war noch nie da.«

»Okay. Dann hör gut zu.« Jael schien alles über Rom zu wissen und nutzte die Zeit, ihr von den Sehenswürdigkeiten dort zu erzählen. Sollte jemand Fragen stellen, bräuchte sie Antworten, und nach seinem ausführlichen Bericht hatte sie die. Trotzdem testete er ihr neu erworbenes Wissen mit beständigem Nachfragen. Auch im Zug noch.

»Als ob mich irgendjemand so ausquetschen würde.«

»Nein bestimmt nicht. Aber es hat dich abgelenkt, oder? Zumindest ist deine Gesichtsfarbe wieder ein wenig menschlicher.«

»Du hast …« Xenia schüttelte den Kopf. »Machst du eigentlich auch mal irgendwas, ohne vorher nachzudenken? So ganz spontan?«

»Nein. Das kann ich mir nicht erlauben. Und du machst jetzt bitte auch erst mal nichts ganz spontan, wenn ich dir das hier zurückgebe.« Er zog ihr Handy aus seiner Jacke und überreichte es ihr. In Xenia stiegen erneut Tränen auf, völlig bescheuert, aber irgendwie steckte in dem kleinen Gerät ziemlich viel von ihrem Leben drin. Ihrem normalen.

Es brummte, als sie es entsperrte, und sofort ratterte die Zahl der Nachrichten nach oben. Von Felix. Von Liva. Aus einigen Gruppen. Nur von ihrer Mutter nicht.

»Schreib ihnen ruhig, dass wir bald zurück sind. Ich entsorg in der Zeit mal die anderen Dinger.« Er nahm ihr das Prepaidhandy ab und verschwand auf der Toilette.

Wie es sich wohl anfühlte, zurückzukehren?

Sie schrieb Felix, Liva und auch ihrer Mutter, wartete, dass jemand ihre Nachrichten las und antwortete. Aber keiner meldete sich.

»Ach, das macht doch nichts.« Jaels Stimme holte sie aus ihren Gedanken. Er stand bei einem älteren Paar am Tisch und schenkte ihnen seine charmante Aufmerksamkeit. Es ging um Rom. Die zwei waren dort gewesen, und er plauderte einen Moment mit ihnen, bevor er sich wieder neben sie auf seinen Sitz fallen ließ.

»Wir sind bald da, und ich hab mich auch zurückgemeldet. Das heißt, sobald wir in den Bahnhof einfahren, werden wir erwartet. Und diesmal werden sie eine ganze Armee schicken. Von daher:

Lass dir nichts anmerken. Bleib locker und genieß einfach völlig glücklich die letzten Minuten mit mir, okay?«

»Und wie?« Allein der Gedanke daran schnürte ihr die Luft ab.

»Halt dich nur an mich, Xenia.«

Und das tat sie. Auf dem völlig überfüllten Bahnhof wich Jael ihr keinen Millimeter von der Seite, und sie klammerte sich an alles, was sie von ihm kriegen konnte. An seinen Arm. An seine Taille, wenn er sie umarmte. An sein Lächeln, das er ihr immer wieder schenkte und hinter dem versteckt er jeden ihrer Bewacher auf dem Weg zur Tram ausmachte.

»Wie erkennst du die?«

»Jahrelange Übung.« Er flüsterte ihr wie zärtlich einige Auffälligkeiten ins Ohr, und langsam bekam sie einen Blick dafür. Ein zu gemächlicher Gang. Eine Haltung, die nicht passte. Ein zu langes Verweilen. Aber eines hatten alle gemeinsam: Kopfhörer, meistens ohne Kabel.

Als sie in ihre Straße einbogen, zog er sie plötzlich noch näher an sich. »Und hier? Wer ist es hier, Xenia?«

»Die zwei im dunklen Wagen neben eurer Einfahrt.«

»Sehr gut. Zwei andere warten weiter unten auf mich.«

»Warten?« Ihre Finger krallten sich in seine Jacke. »Heißt das, sie werden dich abfangen?«

»Ganz sicher.«

Jael wurde langsamer, und auch sie verspürte den Wunsch, nirgendwo mehr anzukommen. Einfach weiterzugehen. Ihn mitzunehmen. Festzuhalten.

Doch der Weg war gnadenlos und endete direkt vor ihrem Haus.

Jael drehte sie zu sich. Sein Gesicht lag im Schatten. Wirkte es deshalb so düster?

»Ich weiß nicht, was genau mich erwartet. Sie werden mich am Leben lassen, aber angenehm wird es nicht. Von daher…« Er strich ihr eine Locke aus der Stirn und ließ seine Finger über ihre

Wange gleiten. »Halt dich erst mal fern von mir. Ich weiß nicht, wer ich morgen bin.«

»Nein.« Ihr Herz krampfte sich zusammen. »Bitte, Jael! Dann lass mich dir zeigen, wer du heute bist.« Sie stellte sich auf die Zehenspitzen, legte ihre Hände in seinen Nacken und wartete mit klopfendem Herzen auf seine Erlaubnis. Seine Schultern verspannten sich. Sie sah das unruhige Flackern in seinen Augen. Doch dann schloss er sie und zog sie mit einem Seufzen zu sich. Warm und unendlich weich waren seine Lippen. Sie berührten ihre, strichen über sie hinweg. Ganz sanft nur – wie eine Feder. Und doch lösten sie in ihrer Brust eine prickelnde Hitze aus, die sich glühend durch ihren Körper zog. Dazu die Celloklänge. Drängender als sonst, fast rau. Xenia ließ ihre Hände über seinen Hals wandern, spürte, wie Jael unter ihrer Berührung erschauerte und sie noch fester an sich zog.

»Merk dir das hier bitte, Xenia.« Sein Atem strich über ihre Lippen. »Und lass uns genau hier weitermachen, wenn alles vorbei ist.«

Ein schmerzerfülltes Lächeln, dann ein sanftes Streichen über ihren Hals, und er drehte sich weg.

Jael ging, direkt auf den schwarzen Wagen zu.

In Xenias Augen sammelten sich Tränen. Sie dachte an die Wächter im Bergwerk, spürte das Pochen in ihrem Handgelenk.

Was nur würden sie mit Jael machen?

Den Schlüssel aus ihrer Jackentasche zu kramen, war schwierig mit nur einer Hand, genauso wie das Aufschließen der Türen.

In der Wohnung empfing sie nur Stille. Auf dem Wohnzimmertisch das gewohnte Papierchaos, in der Küche benutztes Geschirr. In der Luft hing kalter Zigarettenrauch. Wo war ihre Mutter?

Fast wäre es ihr lieber gewesen, mit Beschimpfungen empfangen zu werden als mit der Leere um sie herum.

Sie öffnete die Balkontür und sah auf die Straße. Der schwarze Wagen war weg. Jael war weg. Und doch spürte sie ihn noch.

Seine Lippen auf ihren. Seine Hand an ihrem Hals. Seine Arme, die sie so fest gehalten hatten.

Segen und Fluch. Auch für sie war er beides.

Und was davon war er morgen?

Als hätte der Schrecken nur darauf gewartet, bis sie allein war, schlug er plötzlich zu. Sie begann zu zittern, schaffte es noch irgendwie zum Bett und verkroch sich unter der Decke. Ihre Schreie, ihr Schluchzen schluckte sie, nicht aber ihre Tränen. Es waren zu viele, und sie durchtränkten den Stoff.

Sie brauchte Hilfe. Sie brauchte ihren Vater. Nur wie kam sie an ihn heran?

Die Altpapiertonne konnte sie als Briefkasten nicht mehr nutzen. Ihr Haus wurde bewacht. Aber … das Eiscafé?

JAEL

»Wir missbilligen dein Verhalten aufs Schärfste.«

Eine Bewegung. Er spürte sie direkt vor sich. Sehen konnte er nichts. Wieder mal hatte man ihm die Augen verbunden, doch die Luft veränderte sich. Jemand kam auf ihn zu. Dann erklang erneut die Stimme der Frau.

»Anhand der Beweise, die wir in deiner Tasche gefunden haben, wissen wir jetzt, dass du die Wahrheit gesagt hast. Ihr wart in Rom. Dass du dich aber der Immunitin gegenüber im Griff hast, wie du behauptest, ist etwas, das du uns erst noch beweisen musst. Knie nieder.«

Die Hände, die seine Arme auf dem Rücken verdreht festhielten, drückten ihn erbarmungslos runter, und der brutale Schmerz, der ihm dabei durch die Schultern schoss, ließ Jael aufstöhnen. Nicht bewegen. Ab jetzt durfte er sich keinen Zentimeter mehr bewegen. Denn ein Zucken nur, und seine Gelenke würden brechen.

»Wer trägt die Schuld an allem, Jael?«

»Ich.«

»Warum trägst du die Schuld?«

»Weil ohne mich meine Familie noch am Leben wäre.«

Fragen zu beantworten war nicht so qualvoll wie die Bilder, die sie ihm üblicherweise zeigten, nur war er angeschlagen.

Der Kuss. Er hatte ihn gewollt, er hatte sich nach ihm gesehnt, doch er hatte sein Herz aufgerissen.

Frage drei folgte.

Frage vier.

Frage fünf.

Jael zählte sie mit, beantwortete sie, schrie dabei innerlich nach der Kälte. Ohne sie würde er das nicht überstehen.

Die Fragen gingen weiter und führten ihn erbarmungslos zurück. Zurück zu dem Eis in Tjaras Hand. Zu seiner Hand, die nach ihrem Fuß gegriffen hatte. Zu dem Stiel, der Tjara die Lippe aufgerissen hatte, als sie gefallen war. Zur Absage des Ausflugs am nächsten Tag. Zu den Wellen, die seine Familie mitgerissen hatten. Nur ihn nicht, der als Strafe im Hotelzimmer hatte bleiben müssen.

Jael ballte seine Hände zu Fäusten, presste seine Fingernägel so fest in die Haut, dass Blut floss.

Frage 17.

Frage 18.

Schweiß sammelte sich auf seiner Stirn, und er begann zu zittern.

Ich möchte bei der Person bleiben, die ich mag.

Xenia. Er hörte ihre Stimme, spürte ihre Hand in seinen Haaren, ihre Lippen auf seinen. Und plötzlich war sie da, die Kälte. Sie zischte aus seinem Herzen, floss durch seine Adern, in jeden Winkel seines Körpers und fror ihn ein.

Frage 22.

»Ja, ich werde euch dienen.«

Frage 23.

»Ja, ich werde sie opfern.«

Frage 24. »Wer wird sie an den Opfertisch fesseln?«

»Ich.«

Ohne zu zucken, kamen die Antworten aus ihm heraus, kalt und präzise.

»Gut, Jael. Steh auf.«

Man zog ihn brutal an seinen Armen hoch.

»Wir geben dir zwei Wochen. Finde bis dahin deinen Abschluss. Ob durch sie oder jemand anderen. Mehr Zeit bleibt dir nicht.«

Sie bestanden nicht länger auf Xenia? Jael versteckte seine Irritation hinter einer demütigen Verbeugung. Warum?

Ihr Herz würde den Brunnen besänftigen, für einen langen Zeitraum.

Ohne ein weiteres Wort wurde er abgeführt, aus welcher Halle auch immer, und wieder ins Auto verfrachtet. Erschöpft sank er auf dem Sitz in sich zusammen. Die Kälte verschwand aus seinem Körper und ließ ihn verwundet zurück.

Analysieren. Bewerten. Lösen. Jael flüchtete sich in sein System, doch das, was eben passiert war, stellte alles auf den Kopf. Die Kälte hatte nicht ihn geschützt und damit seine Familie. Sie war gekommen, um Xenia zu beschützen.

Erst als das Auto wieder hielt, durfte er die Augenbinde abnehmen. Er bekam seine Tasche zurück und stieg aus.

Bei Xenia brannte Licht.

In der WG auch.

Jael öffnete die Haustür und zählte jede Stufe auf dem Weg nach oben. Kontrolle war jetzt wichtig, er durfte sich nichts anmerken lassen – vor allem Chrystal gegenüber nicht. Doch wie er feststellen musste, war sie nicht die einzige Verbindung zum Partem, die ihn in der Wohnung erwartete. Sobald er den Flur betrat, spürte er verborgene Blicke, die jeder seiner Bewegungen folgten. Kameras!

»Ach, ne.« Geno kam ihm aus dem Wohnzimmer mit einem tiefgefrorenen Lächeln entgegen. »Was für eine Freude, dich wiederzusehen.«

»Oder? Und eine, die ich zu 100 Prozent teile.« Jael versteckte seine Hände in den Hosentaschen, nicht nur, um ihm keine zu verpassen. Niemand sollte das Blut sehen, das an ihnen klebte. »Sind die anderen auch da?«

»In der Küche. Wir wollen gleich essen.«

»Dann gebt mir zehn Minuten.«

Beim Durchqueren des Wohnzimmers entdeckte er die nächste Kamera. Nicht die Linse selbst, doch am Kronleuchter hatte sich jemand zu schaffen gemacht, zwei Kristalle direkt unter der goldenen Mitte hingen leicht schräg. Schlampige Arbeit. Hier und auch an seiner Tür. Der Scanner hakte ein wenig, als er sich in seinem Zimmer offiziell über die Blume des Lebens zurückmeldete. Das nächste versteckte Auge. Es ging also um ihn?

Sein Bad war, wie es schien, nicht verwanzt, ganz im Gegenteil zum Esszimmer, das er wenige Minuten später frisch geduscht betrat. Chrystal verriet es ihm. Sie schenkte ihm zwar ihr schönstes Lächeln, doch ihr kurzer Blick zuvor zur Vitrine war ihm nicht entgangen.

»Gut, dass du wieder da bist.« Akrom rückte sein Basecap zurecht. »Können wir jetzt anfangen?«

»Wer hat den Tisch gedeckt?« Geno erschien mit einer Lasagne im Durchgang, stellte sie auf dem Tisch ab und begann, seinen Teller und das Besteck wieder einzusammeln.

»Was soll das?« Stirnrunzelnd verfolgte Jael, wie er den Platz gegenüber von ihm bezog, auf der anderen Kopfseite des Tisches.

»Oh! Ab heute ist alles anders, Jael. Deine Rolle als einziger *Electos* hast du verloren. Ich bin aufgestiegen, dir damit jetzt ebenbürtig. Von daher ist dieser Platz wohl mehr als gerechtfertigt.«

»Du bist Stufe sechs?« Jael schob seinen Teller ein Stück nach vorne und stützte die Ellenbogen auf dem Tisch ab. Eine interessierte Geste, die nur darüber hinwegtäuschen sollte, dass Säure gerade seine Kehle verätzte.

»Ich bin Stufe sechs, ja.« Geno stand noch immer, erhob mit der einen Hand das Glas und hielt mit der anderen einen kleinen Holzschuh in die Luft. »Dank Eva Steinkamp.«

Steinkamp? Wie Felix Steinkamp? Jael spürte ein Zucken unter seinen Armen. Die Tischdecke hatte sich bewegt. Weil Chrystals Finger sich in ihr verkrallt hatten?

Wenn, dann nur ganz kurz, denn sie erhob gerade ebenfalls ihr Glas. »Tja, dann würde ich sagen, auf dich, Geno. Gratulation. Das wird den Partem bestimmt freuen zu hören.«

Nein, nicht *wird*. Er hatte es sicher schon gehört. Denn jetzt konnte sich Jael erklären, warum man ihm so unerwartet auch einen anderen Abschluss erlaubte. Weil Geno in den Startlöchern stand. Nicht, um sich Xenia gleich zu schnappen, dazu fehlte die Zeit. Sie verschenkte ihr Herz nicht leicht, und schon gar nicht an Geno. Doch er hatte ja keinen Druck. Er war jünger, konnte Jaels Abschluss, der den Partem über Wasser halten würde, ruhig abwarten, um sich dann an sie ranzumachen.

Jael aß seine Lasagne, auch wenn er jeden Bissen in sich hineinzwängen musste, und gab Müdigkeit als Grund an, sich nach dem Essen schnell zurückzuziehen.

Würde er überhaupt schlafen können?

Die Kamera, die er selbst im Dunkeln zu spüren glaubte, hatte sein Bett im Blick. Er drehte sich zur Wand und schloss die Augen. Die letzten Nächte hatte er sie bei sich gehabt. Jetzt fehlte sie ihm, und aus Angst, im Schlaf nach ihr zu rufen, verbarg er seinen Mund tief im Kissen.

Doch sein Herz schlug ihren Namen.

Xenia. Xenia.

Und er begann, stumm jeden Schlag zu zählen.

XENIA

Der Schule sah man auf den ersten Blick nicht an, was sich letzte Woche hier abgespielt hatte, auf den zweiten dann schon. Kameras! Überall klebten sie, am Eingang und auch in der Haupthalle. Die Schule wurde jetzt videoüberwacht.

Xenia steuerte auf ihr Schließfach zu und wappnete sich für einen Tag voller Lügen. Lügen über Rom. Über ein verstauchtes Handgelenk durch einen Sturz. Über vier Tage voller Leichtigkeit und Freude.

Liva war die Erste, die auftauchte, und schluckte alles, nicht nur ihren Reisebericht, sondern auch ihre Entschuldigung vorweg. Und das so ungewohnt zurückhaltend und still, dass Xenia sie sich schnappte und fest in ihre Arme zog. Zum ersten Mal hörte sie den gruseligen Hall auf ihren Tropfen, und am liebsten hätte sie laut aufgeschrien.

»Macht ihr heute denn auch was zusammen? Also Jael und du? Oder hast du Zeit?«

»Ähm … nö. Also, ich habe Zeit.« Mit ihr mal wieder in die Stadt zu gehen, klang gut, und schloss einen Besuch im Eiscafé ja nicht aus. War zu zweit vielleicht sogar unauffälliger.

Sie sah zu den kleinen Noten neben dem *I-love-swimming*-Button auf ihrem Rucksack. Mit schwarzem Edding hatte sie die gestern noch auf den Stoff gemalt. Eis-c-a-f-e.

Ob ihr Vater die Botschaft entdeckt hatte?

Felix sah sie erst kurz nach dem Klingeln im Chemieraum, und als er vor ihr stehen blieb und seine Arme fragend öffnete, gab es für sie nichts Schöneres, als sich in sie fallen zu lassen. Dass ihr dabei sein Löwe laut entgegenbrüllte, war zwar unangenehm, aber für den Moment das größte Geschenk. Felix war noch da! Und damit das so blieb, musste sie ihn dringend warnen. Nur wie?

In der Pause nutzte sie die Chance, ihn mal für sich zu haben, und hakte sich bei ihm unter.

»Huch. Hat man dich übers Wochenende irgendwie vertauscht oder hast du nur ein so unfassbar schlechtes Gewissen?« Er nickte lächelnd zu ihrem Arm an seiner Seite. »Ich meine, ich mag das ja, kenn es nur nicht von dir.«

»Vertauscht nicht. Schlechtes Gewissen schon.« Sie begann, auch ihm die Romlüge aufzutischen, und nur weil es der zweite Durchgang war, wurde es nicht leichter.

»Und deine Mutter hat das echt erlaubt?«

»Na ja, wir haben ihr nicht die Wahrheit gesagt, sondern irgendwas von einem super interessanten Camp erzählt. Und sie schien fast erleichtert zu sein, mich mal los zu sein. Wahrscheinlich, weil sie selbst wegwollte.«

»Deine Mutter?« Felix blieb verwundert stehen.

»Sie ist nicht da. Und hat mir heute Morgen nur geschrieben, dass sie ganz eventuell heute zurückkommt. Von wo auch immer.«

»Super. Drehen die denn alle gerade komplett durch?«

»Wieso alle?«

»Ach, meine Mutter ist neuerdings auch auf 'nem Egotrip.«

Felix erzählte von seinem Wochenende, und mit jedem Satz verlangsamte sich ihr Herzschlag, bis sie glaubte, er wäre ganz verstummt. Geno war bei ihm gewesen. Damit war klar, was seiner Mutter passiert war.

Aber Chrystal? »Was … Was wollte die von dir?«

»Sich entschuldigen – angeblich. Aber ich hab sie rausgeschmissen. Und ich … « Er fuhr sich durch die Haare. »Xen, ich weiß nicht, wie ich das logisch klingend rüberbringen soll. Aber für mich verpesten die Neuen hier alles. Und eigentlich hatte ich mir vorgenommen, jedem Typen, mit dem du mal zusammenkommst, eine Chance zu geben, aber bei Jael krieg ich das nicht hin. Für mich ist das nicht einfach nur ein Arschloch. Ich halte ihn und die anderen für gefährlich.«

Xenia schüttelte innerlich den Kopf. Verdrehte Welt. *Sie* hatte *ihn* warnen wollen. Und jetzt war es umgekehrt?

»Ich verstehe dich, Felix. Besser, als du wahrscheinlich denkst. Nur ... Jael ist ...«

»Was bin ich?« Sein Gesicht tauchte so plötzlich vor ihr auf, dass sie zurückzuckte. Dann aber suchte sie sofort in seinen Augen nach irgendwelchen Anzeichen. Wie es ihm ging? Wer er heute war? Sie konnte jedoch keine Kälte in ihnen entdecken. Im Gegenteil, sie leuchteten hell zu ihr herunter.

»Sag mal«, wandte er sich an Felix, »kannst du mir Xenia für einen Moment leihen?«

»Leihen?« Felix' Miene hatte sich versteinert. »Klingt, als ob du irgendein Buch haben willst, oder? Vielleicht fragst du sie einfach selbst?«

»Natürlich.« Jael hob amüsiert eine Augenbraue und verbeugte sich gentlemanlike vor ihr. »Liebste Xenia, du würdest mir eine unglaubliche Freude bereiten, wenn du dich kurz von dem Herrn hier lösen könntest und mit mir rausgehst.«

Super. Sie stand zerrissen zwischen ihnen, wusste aber, dass Jael nicht lockerlassen würde, und ließ Felix gehen.

»Und?« Jael legte ihr seinen Arm um die Schultern und steuerte mit ihr auf den Ausgang zu. »Was wolltest du Felix von mir erzählen? Ich hoffe nur Nettes?«

»Wenn, wäre es ein kurzes Gespräch geworden. Verdammt, Jael! Geno hat Felix' Mutter entleert. Wusstest du das?«

Augenblicklich erlosch sein Lächeln, dafür verstärkte sich der Druck auf ihre Schulter, und er zog sie mit sich zur Seite. »Ich kenne die Opfer der anderen nicht alle. Und Genos Schublade ist kein Selbstbedienungslager. Solltest du mich also wieder fragen wollen, ob ich irgendwas aus ihr zurückholen kann, ist die Antwort Nein.« Er sah sie warnend an und deutete mit dem Kinn auf die neue Sekretärin, die gerade an ihnen vorbeilief. »Außerdem ist das kein Thema für hier.«

Xenias Unterlippe begann zu zittern. Überall um sie herum entdeckte sie die Blumen, an so vielen Nacken klebten sie schon. Und er? Erwartete er echt, dass sie das hinnahm? Zuschaute, wie es immer mehr wurden?

Sie versuchte, sich aus seinem Arm zu befreien, doch er ließ es nicht zu. »Bitte, Xenia. Ich hab den Abend gestern überstanden. Und das ist es, was ich dir eigentlich nur mitteilen wollte. Sie haben mich verhört, gnadenlos, und erst Ruhe gegeben, als sie den Reiseführer und die Museumstickets gefunden haben.«

»Welchen Reiseführer? Und welche …« In diesem Moment begriff sie und starrte ihn ungläubig an. »Du hast das Pärchen beklaut. Im Zug. Vor allen Leuten?«

»Irgendwas brauchte ich ja, um sie zu überzeugen. Und wie gesagt, es hat geklappt. Der Rest der Unterhaltung war dann allerdings weniger angenehm. Aber sie haben mich nicht gebrochen. Ich bin da durch, und das hab ich dir zu verdanken. Deinem Abschied gestern. Das … Das hat mir viel bedeutet. Lass mich jetzt nicht im Stich. Bitte. Halte noch zwei Wochen durch.«

Er meinte ihren Kuss? »Jael, mir hat das zwischen uns auch viel bedeutet …«

»Aber?«, fügte er leise das Wort an, das ihrem Satz noch gefehlt hatte.

»Aber nichts. Es ist nur … Ich weiß nicht, wie ich das aushalten soll.«

Es gongte, doch bevor sie zurück in den Unterricht gehen konnte, bog sie zu den Toiletten ab. Sie brauchte eine Auszeit, nur schien jemand anderes wohl die gleiche Idee gehabt zu haben, denn im Vorraum stieß sie mit Chrystal zusammen.

Ein Jammern stieg in Xenia auf, so qualvoll, dass sie sofort zurückwich. Sie hatte sich also auf der Party nicht getäuscht. 200 Jahre? Oder 300 Jahre? Überlegene Unsterblichkeit steckte in Chrystals Körper, und doch war ihr Geräusch ein Jammern.

»Alles okay?« Auch wenn das Kristallblau ihrer Augen ungewohnt stumpf wirkte, schien es sie bis auf den Grund zu durchleuchten.

»Ja ja, alles okay. Ich … ich hab mir nur am Wochenende mein Handgelenk verstaucht. Und das tat grad weh.«

»Oh, wie ärgerlich.« Sie griff an die Türklinke, lächelte aber über ihre Schulter noch einmal zurück. »Ich hoffe, Jael war nicht zu grob?«

»Nein. Ich bin gefallen«, antwortete sie leise, auch wenn Chrystal sie nicht mehr hören konnte. Sie war schon weg. Doch etwas von ihr war Xenia geblieben. Das Bild ihrer Hand an der Klinke. Chrystal trug noch immer das Lederband von Felix. Und sie suchte Kontakt zu ihm. Das sah nicht so aus, als sei es für sie nur ein Spiel.

»Können wir? Oder musst du dich noch anderweitig verabschieden?« Liva stupste sie an und nickte zu Jael rüber. Er stand bei den Theaterleuten, die sich für die »Effi Briest«-Probe sammelten, und sah gerade auf seine Uhr. Dann zu Nils und Linda rüber. Störte es ihn, dass sich die beiden lachend in den Armen hielten?

Xenia drehte sich weg und hakte sich bei Liva unter. »Nein, ab jetzt gehört der Tag uns.«

Und einem Haufen weiterer Lügen. Denn natürlich quetschte Liva sie im Café wieder aus, vor allem über Jael.

Xenia schaffte es, sich bei ihren Unwahrheiten und Ausweichmanövern nicht zu verheddern, und das, obwohl sie in Gedanken ganz woanders war. Bei jedem Gast, der hereinkam, bei jedem Passanten, der an ihrem Fenster vorüberging, doch ihr Vater, sollte er überhaupt unter ihnen sein, gab sich nicht zu erkennen.

Dafür harrte der Mann draußen auf der Parkbank erstaunlich lange aus. Ein Bewacher?

Die einzige Möglichkeit, die ihr blieb, war, die Bedienung beim Bezahlen am Tresen auszuhorchen. Sie erfuhr von ihr aber nur, dass sie den Mann mit dem Paket hier nicht mehr gesehen hatte. Bevor Liva vom Klo zurückkam, kritzelte Xenia schnell die Nummer von ihrem alten Prepaidhandy auf eine Serviette und bat die Bedienung darum, sie dem Mann auszuhändigen, sollte er nochmal aufkreuzen.

Auf ihre Nachfrage, was denn die Schnitzeljagd eigentlich zu bedeuten hätte, erfand sie eine rührende Vater-Tochter-Story. In Ansätzen ihre eigene Geschichte, der Rest frei erfunden. Und es klappte tatsächlich immer besser, das Lügen.

Zu Hause erwartete sie ein Koffer im Flur, die Jacke ihrer Mutter am Haken, darunter ihre Schuhe. Sie war zurück!

»Mama?«

In der Küche war sie nicht, im Wohnzimmer brannte kein Licht.

»Ma?« Xenia klopfte an ihre Zimmertür und öffnete sie einfach, als von drinnen keine Antwort kam. Auch hier war es dunkel, doch ein gleichmäßiges Atmen war vom Bett aus zu hören. Sie schlief. Xenia schlich zu ihr.

Sie lag auf der Seite, ein Arm unter dem Kopf, der andere hing schlaff über die Bettkante. War das ein Bluterguss? An ihrer Ellenbeuge?

Sie kniete sich vor das Bett und nahm sich vorsichtig ihre Hand.

Nein! Erschrocken ließ Xenia sie wieder fallen und presste sich die Hände auf den Mund. Um ihren Schrei, ihre Verzweiflung zu ersticken. Auf dem leisen Scherbengeriesel ihrer Mutter lag ein gruseliger Hall.

JAEL

»Hast du einen Moment?« Kaum, dass er die Wohnung betreten hatte, fing Chrystal ihn ab. So unschuldig lächelnd, dass es ihm alles an Beherrschung abverlangte, es ihr nicht aus ihrem so makellosen Gesicht zu schlagen. Stattdessen nickte er nur und nahm sie mit auf sein Zimmer.

»Ist alles okay bei dir?« Sie musterte ihn interessiert. »Du siehst ein wenig blass aus.«

»War ein anstrengendes Wochenende.« Er setzte sich auf seinen Schreibtischstuhl und drehte sich so, dass die Kamera in der Tür ihn gut einfangen konnte. »Jemandem vorzuspielen, dass er einem die Welt bedeutet, wenn er dich eigentlich nur langweilt, kann sehr zäh werden.«

»Glaub ich dir gern. Dann dürfte das Projekt Miriam ja eine willkommene Ablenkung für dich werden. Hast du die Fotos?«

Jael nickte und griff zu seinem Handy. Auch wenn er den Sinn hinter der ganzen Aktion nicht mehr verstand, da Miriam ja dank der Medikamente scheinbar Ruhe gab, musste er mitspielen. Keinen weiteren Fehltritt durfte er sich erlauben. Kein kritisches Hinterfragen. Nichts, das den Partem noch mehr verärgerte.

Er rief die Bilder auf. Von der Uhr übertragen hatte er sie bereits und schickte eins davon an Chrystal.

»Fantastisch.« Sie lächelte anerkennend. »Nils und Linda – ein nettes Pärchen. Dürfte reichen, um Miriam explodieren zu lassen.«

Sie gingen den Zeitplan für morgen noch einmal durch. Chrystal hatte Miriam über die Kamera in ihrer Halskette rund um die

Uhr im Blick. Und um kurz vor drei, direkt vor ihrer nächsten Therapiestunde, sollte die Show stattfinden.

»Dann statte ich ihr jetzt noch einmal einen lieben Besuch ab und schicke ihr die Bilder über Umwege morgen gegen Schulschluss.« Sie stieß sich von der Wand ab und ging zur Tür, verharrte dort aber. »Jael, du machst deinen Job echt großartig. Lass dir von Geno nicht den Rang ablaufen, okay? Und schnapp sie dir. Xenia, meine ich.«

»Nichts anderes habe ich vor.« Kontrolliert ließ er seine Mundwinkel nach oben wandern. »Und danke, Chrystal. Wo immer du auch herkommst, ein Kompliment an deine Ausbilder.«

Konnte man innerlich kotzen? Jael hatte das Gefühl, literweise Galle zu schlucken.

Chrystal nur zu sehen, war schon herausfordernd — mit ihr gemeinsam auf so engem Raum zu sein, zu viel.

Eine Runde Joggen und dann zu Xenia? Bei ihr würde er Ruhe finden.

Vorher aber musste er in den Keller, zum Thesaurus, und sich Claires Ohrring zurückholen. Dass sie weg war und noch immer nicht zurück, spielte ihm in die Karten. Xenia hatte bisher keine Ahnung, was er getan hatte. Doch provozieren sollte er das Schicksal nicht.

Im Keller kniete er sich vor den Koffer und holte eine Brille aus seiner Trainingsjacke. Da sicher auch hier Kameras waren, brauchte er für sein Vorhaben einen triftigen Grund. Und was war besser, als etwas in seine Schublade zu legen, um etwas Kleineres dabei herauszunehmen?

Nur … sie war leer.

Fassungslos starrte er auf den roten Samt. Der Ohrring von Xenias Mutter war weg.

Geleert wurde immer mittwochs. Heute war Montag.

Warum hatte man die Gegenstände bereits geholt?

Warum gerade dieses eine Mal früher?

Seine Hand zitterte, als er die Brille hineinlegte. Jael schirmte sie mit seinem Körper ab und zwang sich, ruhig zu bleiben.

Kaum aber hatte er den Kellerraum verlassen, schlug er mit voller Wucht gegen die Wand. Die bereits verheilten Wunden an seiner Hand rissen wieder auf. Aber Schmerz war gut, er lenkte ab und war doch nur ein Bruchteil des Schmerzes, den er Xenia zugefügt hatte.

Konnte er ihr weismachen, dass er es nicht gewesen war?

Konnte er sie belügen?

Joggen ging er noch, zu Xenia nicht mehr. Ihrem Blick würde er nicht standhalten. Er musste sie meiden, zumindest bis das mit Miriam erledigt war.

Daher nahm er am nächsten Morgen extra eine Bahn früher und nutzte auch in der Schule jede sich bietende Gelegenheit, ihr aus dem Weg zu gehen.

Xenia entging sein distanziertes Verhalten natürlich nicht, und ihr fragender Blick aus der Entfernung, ihre sich immer fester ballenden Fäuste zeigten ihm deutlich, dass er den Bogen überspannte. Ein Fehler, der viel Zeit und Mühe kosten würde, ihn wieder auszubügeln.

Ich stehe gerade sehr unter Beobachtung. Muss mich heute um Linda kümmern. Sehen wir uns am Abend?

Seinen Zweizeiler fand sie nach Unterrichtsschluss in ihrem Spind. Ein Lächeln zauberte er ihr zwar nicht auf die Lippen, doch sie nickte unauffällig in seine Richtung und verließ bei Felix untergehakt das Schulgelände.

Sollte das zu einer Gewohnheit zwischen den beiden werden, müsste er einschreiten. Und ein Arm in Gips reichte da nicht aus. Der Kerl hatte ja zwei davon.

»Da bin ich. Können wir?« Linda legte ihm von hinten ihre Hände an die Taille.

Jael täuschte ein Schnurren vor und wandte sich zu ihr um. »Nichts lieber als das.«

Ab jetzt galt der akribische Zeitplan, sie mussten die S-Bahn in die Innenstadt erreichen, am Kirchplatz aussteigen, von wo aus es nicht mehr weit war bis zur Praxis. Chrystal hielt ihn über jeden Schritt von Miriam auf dem Laufenden, die Nachrichten erreichten ihn auf seiner Uhr. Sie kamen lautlos, doch Jael behielt sie im Auge, versteckt hinter zärtlichen Gesten, die Linda verzauberten.

Noch zwei Minuten, und sie sind an der Kreuzung. Los geht's.

Er schob den Ärmel seiner Jacke über die Uhr und flüsterte Linda etwas von einer Überraschung ins Ohr, die er jetzt abholen müsste. »Wartest du auf mich? Die Straße runter ist ein total schönes Bistro. Ich brauch sicher nur zehn Minuten.«

Ein Kuss. Aus dem Augenwinkel der Mercedes der Marquardts. Und Jael verschwand.

Über die Konzerttickets würde sie sich ganz bestimmt freuen, nur musste er sie nicht mehr abholen, er hatte sie bereits. Daher bog er zwar um die Ecke, jedoch nur, um über einen schmalen Durchgang zurückzukehren und die Straße weiter im Blick zu behalten.

Miriam und Linda. Sie liefen sich direkt in die Arme, und es gab genug Zeugen für diese sicher explosive Begegnung.

Drei Meter? Mehr waren es nicht, die sie noch voneinander trennten, und Miriam sah endlich auf. Blieb dann wie angewurzelt stehen. Ihre Miene verzerrte sich zu einer wütenden Fratze. Lindas Lippen konnte er nicht sehen, Miriams aber, und die beiden schienen keine Nettigkeiten auszutauschen, denn Passanten drehten sich bereits nach ihnen um. Linda wich zurück, die Hände entschuldigend erhoben, fand aber keinen Abstand zu Miriam. Die kam ihr nach und baute sich bedrohlich vor ihr auf. Dass Miriam Linda anging, war geplant, gewollt und medikamentös provoziert, die Dimension nur nicht einschätzbar. Jael trat aus dem Durchgang, um notfalls einschreiten zu können, sollte es aus dem Ruder laufen. Doch der Schubser kam zu plötzlich. Die Bordsteinkante unerwartet. Linda verlor den Halt und stolperte auf die Straße. Der Autofahrer hatte keine Chance. Noch bevor er abbremsen konnte, erwischte sein Wagen sie.

Der Knall schluckte alles. Das Entsetzen. Die Schreie.

Jael spürte, wie ihm die Knie wegbrachen. Er taumelte zurück und suchte Halt an einer Hauswand. Rufe wurden laut, nach einem Krankenwagen, nach der Polizei. Er aber versuchte, sie auszublenden und schloss die Augen.

Analysieren: Ihr Auftrag war erfüllt.

Bewerten: An Miriams Geisteszustand bestand kein Zweifel mehr. Nur hatte es Linda erwischt. Das Mädchen, das er gerade noch im Arm gehalten hatte. Und das er hatte nutzen wollen, um Xenia zu verschonen.

Lösen: Erst mal verschwinden.

XENIA

Hass!

Wie oft sagte man das einfach so?

Ich hasse den. Oder: Ich hasse das.

Was Hass aber wirklich bedeutete, spürte sie erst, als die Wohnungstür der WG vor ihr aufging und Geno ihr freundlich entgegenlächelte.

Hass war heiß – wie Feuer. Fraß sich durch den Körper und steckte den Kopf in Brand.

Er musste es gewesen sein. Nach Felix' Mutter hatte er auch ihre entleert. Und ihr dadurch den Menschen genommen, der ihr zwar keinen Halt, aber wenigstens ein Zuhause gegeben hatte.

»Komm rein.« Er trat zur Seite. »Jael ist nicht zu Hause, aber er kommt sicher gleich. Magst du was trinken?«

»Gern.« Ein Lächeln bekam sie nicht aus sich herausgequetscht, gab ihm aber auf seine Aufforderung ihr Handy und folgte ihm in die Küche.

Natürlich war Jael nicht da. Er war mit Linda unterwegs und würde hoffentlich auch in den nächsten Minuten nicht auftauchen. Sie war wegen Chrystal hier. Ihr Vater hatte sich nicht gemeldet, und da sie ohne ihn völlig hilflos war, wollte sie ihr jetzt auf den Zahn fühlen. Um wenigstens den einen zu retten, der ihr noch geblieben war: Felix!

Doch als sie plötzlich in der Küche auftauchte, geriet ihr Plan ins Wanken. Die unsterbliche Chrystal. Sie war nicht nur größentechnisch überlegen, es war vor allem ihre Haltung, die aus den fehlenden Zentimetern zwischen ihnen Meter machte.

»Hi, Xenia!« Lächelnd holte sie sich ein Messer aus der Schublade, setzte sich an den Tisch und angelte sich einen Apfel aus der Obstschale.

»Und?« Geno missfiel Chrystals Anwesenheit sichtlich. »Bist du fertig mit dem, was auch immer du so Wichtiges zu tun hattest?«

»Ja. Und es ist einfach jedes Mal ein gutes Gefühl, Dinge zum Abschluss zu bringen.«

»Kann ich mir vorstellen.« Die Vorlage war super. Xenia lehnte sich an die Arbeitsplatte und sah sie mit hochgezogener Augenbraue an. »Und im Etwas-zum-Abschluss-Bringen scheinst du ja im Moment mächtig Übung zu haben, oder? Ist vielleicht nur für andere kein gutes Gefühl.«

»Ich vermute, du spielst auf etwas an, das dich nichts angeht?« Chrystals Blick war eine einzige Warnung, doch als hätte jemand in ihr einen Stöpsel gezogen, sprudelten die Worte aus Xenia heraus. »Echt? Also *mich* gehen meine Freunde was an. Siehst du vielleicht anders. Oder … hast du vielleicht gar keine?«

Geno verschluckte sich an seinem Lachen und begann zu husten, während Chrystal stumm das Messer aus der Hand legte. »Geno.« Ohne sie dabei aus den Augen zu lassen, nickte sie zur Tür. »Das wird hier grad ein Frauengespräch. Also verschwinde!«

Kaum war er draußen, versuchte Chrystal auch sie zu steuern und deutete mit einer kurzen Geste auf den Stuhl ihr gegenüber. Sie sollte sich setzen? Ne!

»Danke. Aber ich steh ganz gern.« Xenia musterte sie abschätzend. Die Positionen gefielen ihr gerade. Sie stand und Chrystal saß.

»Na dann.« Langsam schob sie den Apfel und das Messer Richtung Tischmitte, um ihre Ellenbogen abzustützen. »Schieß los, Xenia. Was genau willst du mir eigentlich sagen?«

»Dass ich dich nicht verstehe. Du kannst doch jeden haben und suchst dir ausgerechnet ihn aus? Spielst mit dem Anständigsten? Mit dem, der eh schon so zu kämpfen hat? Was soll das?«

»Ein Spiel, ja?« Sie lachte verächtlich auf. »Und das weißt du woher?«

»Wie soll ich das denn anders nennen? Du hast ihm das Gefühl gegeben, ihn zu mögen. Und dann? Tauschst du ihn einfach aus. Gegen irgendjemanden. Nur reicht dir das ja nicht. Du musstest ihm auch noch vorhalten, wie langweilig er ist. Wie sehr dich seine Familie nervt. Einfach abservieren war dir wohl …«

»Hör auf!« Sie schnitt ihr das Wort ab. »Ich war bei ihm. Ich weiß nicht, ob er dir das auch erzählt hat. Aber er wollte meine Entschuldigung nicht. Er hat mir nicht mal zugehört.«

Diesmal war Xenia es, die verächtlich auflachte. »Kann ich verstehen. Was für eine Entschuldigung sollte da auch schon kommen? Außer Schwachsinn.«

Chrystal sah sie entgeistert an, schüttelte dann den Kopf. »Weißt du, was? Du hast keine Ahnung. Nicht den blassesten …«

»Bist du dir da sicher?« Der Zorn in ihr wurde übermächtig. Xenia ging auf sie zu, musste sich an etwas festhalten und fand eine Stuhllehne. »Ich weiß, dass du nicht die bist, die du vorzugeben versuchst. Ich kann dich hören, Chrystal. Und ich glaube, es wäre dir sicher ganz recht, wenn das keiner von mir erfährt, oder?«

Ihr Gesicht verlor an Farbe, doch geschlagen gab sie sich nicht. Im Gegenteil, sie sammelte sich äußerst schnell und beugte sich mit einem herablassenden Lächeln vor. »Sieh mal einer an. Die kleine Xenia. Wie schlau du doch bist. Nur würdest du dein vorlautes Maul sicher nicht so aufreißen, wenn du wüsstest, wen genau du vor dir sitzen hast.«

»Und wenn doch?« Das Messer! Sie sah nur noch das Messer, direkt vor ihr, schnappte es sich und zog es quer über Chrystals Hand. Blut floss auf den Tisch. In Xenia rauschte es durch den Körper und übertönte kaum das Jammern, das in ihr aufstieg, als Chrystal sie am Handgelenk packte und es fest umklammert hielt.

»Respekt, Kleine. Nur selten dämlich.« So schnell, wie ihr Körper herumgewirbelt wurde, konnte sie nicht mal schreien. In Chrystals hartem Griff spürte sie das Messer an ihrem Hals. »Dir ist schon klar, dass das dein Todesurteil war?«

»Ja. Aber hatte ich je wirklich eine Chance?« Tränen stiegen in ihr auf, und Xenia schloss die Augen. »Mach es. Bring es zu Ende. Aber wenn dir Felix irgendwas bedeutet, dann hilf ihm, da heil rauszukommen.«

»Felix?« Chrystals Atem flatterte über ihren Nacken. »Was meinst du, was ich die ganze Zeit tue?«

»Dann hatte ich recht.« Ein Anflug von Erleichterung ließ ihren Tränen freien Lauf. »Du magst ihn?«

»Mehr als das.«

Der Druck der Klinge wurde schwächer, und auch das Jammern erstarb, als Chrystal ihren Griff lockerte. Sie ließ sie frei? Zitternd drehte sich Xenia um. Nein. Das noch immer erhobene Messer zeigte ihr, es war noch nicht vorbei.

»Was weißt du alles?«

Sie schluckte. Das konnte sie ihr nicht sagen. Würde sie ihr von Mizan erzählen, von Spanien, den Wächtern, würde sie Jael verraten. Xenia wischte sich übers Gesicht, reckte ihr Kinn und sah ihr fest in die Augen. »Ich bin die Tochter eines Rebellen. Mehr muss ich, glaube ich, nicht sagen.«

Chrystal wollte etwas erwidern, doch genau in diesem Moment öffnete sich die Tür.

»Miriam sind wir los. Hat nur ein wenig heftig reagiert. Linda liegt auf der Intensivstation.« Jaels Stimme drang durch den Spalt, er sprach nach hinten gewandt – so kalt wie lange nicht mehr.

»Shit!« Chrystals Fluchen in ihrem Rücken war nur ein Flüstern.

Xenia stand wie benommen da, bis ein heftiger Schmerz sie durchzuckte. Ihr Daumen begann zu brennen. In der anderen Hand fühlte sie kaltes Metall. Das Messer.

Chrystal zog sie auf einen Stuhl, stellte sich selbst ans Waschbecken und sah sie warnend an.

In Sekunden war das passiert. Alles, bevor Jael die Küche betrat.

»Xenia?« Stirnrunzelnd wechselte sein Blick von ihr zu Chrystal, bevor er das Blut auf dem Tisch entdeckte. »Was ist passiert?«

»Ach, sie hat sich geschnitten. Sieht aber schlimmer aus, als es ist.«

Xenia sah auf den Schnitt an ihrem Daumen, zu dem Blut, direkt vor ihr auf dem Tisch. Und sie begann zu begreifen. Chrystal hatte die Rollen verändert. Um das, was hier gerade passiert war, Jael gegenüber zu verschweigen?

War es ein Vorgriff auf das, was Xenia erwartete? Die Opferung?

Die Szene in der Küche bot alles. Ein Partemmitglied, ein *Electos*, eine Immunitin. Und sogar das Messer als Requisit lag bereit.

Jael spürte, wie ein Windstoß durch seinen Körper fuhr und ihn innerlich frösteln ließ, zwang sich aber zur Ruhe. »Was ist passiert?«

»Ach, Xenia hat sich geschnitten. Nicht schlimm, hat nur ordentlich geblutet.«

»Tatsächlich?«

»Ja, total bescheuert. Beim … Beim Apfelschneiden.« Xenia sah ihn nicht an, starrte nur auf ihren Daumen. Ihr Gesicht dabei war kreideweiß.

»Ein Apfel, ja?« Jael setzte sich neben sie und gab ihr ein Taschentuch. »Dann solltest du Obstsalat am besten gar nicht erst probieren.«

»Sehr witzig.«

Noch immer wich sie seinem Blick aus, Chrystal hingegen hielt ihm stand. Mehr noch. Hinter ihrer Stirn arbeitete es, und das leichte, fast triumphierende Lächeln auf ihren Lippen verhieß nichts Gutes.

»Hab ich euch bei irgendwas gestört?« Er schnappte sich einen Apfel und lehnte sich zurück.

»Nein gar nicht«, versicherte ihm Xenia, fast zu schnell, schaffte es aber immerhin, den Blick von ihrem verdammten Daumen zu lösen. »Ich wollte eigentlich zu dir, und dann sind Chrystal und ich so ins Quatschen gekommen.«

»Ach ja? Und worüber so?«

»Über Xenias Einzug hier.«

»Was?« Der Apfel in seinen Händen bekam tiefe Dellen. Doch an irgendetwas musste er sich festklammern, um nicht zu explodieren.

»Na ja …« Mit einem fröhlichen Schulterzucken setzte sich Chrystal neben Xenia. »Wir beide haben gerade über die WG gesprochen und wie lustig es hier ist – so ohne nervige Mütter. Und da hab ich ihr Rafis Zimmer angeboten.«

Jael glaubte, zu ersticken. Ihr Plan war teuflisch gut und eine grandiose Vorlage für einen *Electos*. Allerdings nur für einen, der vorhatte, sein Opfer zur Schlachtbank zu führen.

Xenia musste sich da selbst raushelfen und irgendeinen Einwand vorbringen. Doch sie schwieg.

Um das Ganze irgendwie noch zu retten, beugte er sich zu ihr vor und zog wie amüsiert eine Augenbraue hoch. »Also ich hab bestimmt nichts dagegen. Wobei mir mein Zimmer für deinen Einzug noch lieber wäre.«

»Spinner!«, konterte sie. Und das war alles?

»Na, dann geht das ja klar, oder?« Chrystal umarmte sie strahlend. Und ihre Freude darüber, nicht mehr das einzige weibliche und vor allem normal denkende Wesen in der WG zu sein, gab ihm den Rest.

Er musste raus und versuchte, Xenia so unauffällig wie möglich daran zu erinnern, dass sie ja drüben noch mit ihm lernen wollte. Glücklicherweise war ihr Kopf zumindest klar genug, darauf einzugehen.

Bei ihr in der Wohnung dann hatte er das Gefühl, sein Schädel würde platzen, wenn er nicht Dampf abließe. »*Spinner*? Das war das Einzige, was du drüben zu sagen hattest?«

»Ach, und du?« Sie reckte ihm ihr Kinn entgegen. »Warst ja auch nicht gerade hilfreich, oder?«

»Ich? Was hätte ich denn sagen sollen? Chrystal hat mir doch eine super Vorlage geliefert. Die Rebellen sind möglicherweise hier, wollen uns in die Quere kommen, und mit deinem Einzug bei uns hätte ich dich voll unter Kontrolle, bis …«

Jael stoppte sich gerade noch rechtzeitig, doch Xenia hakte nach. »Bis was?«

Bis zur Opferung. Bis ich dich so weit hätte.

Das wäre die Wahrheit. Die er mit ihr aber nicht teilen konnte.

»Bis ich mit Linda so weit bin. Der Partem hat mir mitgeteilt, dass man dich am Leben lässt, solange ich dich unter Kontrolle habe. Das habe ich dir doch gesagt.«

»Super. Und danach? Was ist danach, Jael? Was passiert dann mit mir?«

»Du musst untertauchen. Ich werde das organisieren und eine Möglichkeit für dich und deine Mutter finden. Aber bis …«

»Meine Mutter?« Ihre Augen füllten sich mit Tränen. »Geno hat sie schon erwischt. Sie wurde entleert.«

Sie wusste es bereits?

Jael gab sich überrascht, kam aber nicht umhin, dem Schicksal zu danken. Xenia zog ihre eigenen Schlüsse, was ihm das Lügen ersparte. Um sie wenigstens zu trösten, streckte er eine Hand nach ihr aus, doch sie drehte sich weg und ging wortlos in die Küche.

Er ließ ihr einen Moment, fand sie dann am Fenster stehen, mit Blick nach drüben.

»Ich habe dir gesagt, Jael, dass ich nicht viele Menschen habe, die mir was bedeuten. Oder denen ich etwas bedeute. Aber die wenigen habt ihr jetzt alle. Bis auf Felix. Und den wollte ich schützen. Deswegen bin ich rüber. Um Chrystal auszuhorchen. Sie trägt noch sein Lederband. Sie schaut ihn ständig an. Ich glaube, dass …«

»Das ist ein grandioses Spiel, Xenia. Mehr nicht. Bei dem du jetzt drüben allerdings an vorderster Front mitspielen darfst.«

»Mag sein. Aber weißt du, was das Komische ist?« Sie drehte sich zu ihm um, und der gefasste Ausdruck in ihren Augen traf ihn unvorbereitet. »Ich hab keine Angst mehr. Ist wahrscheinlich so, wenn man alles verloren hat. Von daher …«, sie zuckte mit den Schultern, »gehe ich mal packen.«

Wieder lief sie weg, diesmal in ihr Zimmer.

Jael nahm ihren Platz am Fenster ein, stützte die Hände in die Seiten und sah zum dritten Stock rüber. War es im Endeffekt nicht sogar besser so? Die Wohnung hier bot keinen Schutz, und drüben hätte er sie im Blick, rund um die Uhr – solange sie auf seinen Vorschlag einging, bei ihm zu schlafen. Ein Gedanke, der nicht nur seinem Kopf gefiel. Er hätte Xenia wieder bei sich, in seinen Armen.

Sie brauchte nicht lange, stand wenig später mit gepackter Tasche vor ihm und nickte zur Tür. »Können wir?«

Ihr Ton, ihre Haltung, ihr Blick. Zum ersten Mal zeigte sie, was wirklich in ihr steckte. Eine beeindruckende Stärke.

»Moment noch.« Jael griff vor ihr an die Klinke. »Drüben sind Kameras. Wir werden also beobachtet.«

»Was?« Ein kleiner Riss zeichnete sich in ihre so ungewohnt kühle Fassade. »In der Küche auch?«

»Nein. Aber im Wohnzimmer. Im Esszimmer. Und auch in meinem. Wir beide müssen da also gut spielen, wenn wir …«

»Das kannst du vergessen. Ich zieh nicht bei dir ein. Ich nehme Rafis Zimmer. Und solltest du damit nicht klarkommen, bleib ich hier.«

»Das ist Blödsinn. Ich kann dich nur beschützen, wenn du bei mir bist.«

»Beschützen?« Ein zynisches Lächeln legte sich auf ihre Lippen. »Was heißt das schon? Lande ich dann wie Linda auch auf der Intensivstation?«

Die Wahrheit hinter ihrem Angriff stach ihm ins Herz. Jaels Hand rutschte von der Klinke. Es war nicht nur Linda. Es waren so viele. Und über allen schwebten die Worte: Du bist schuld.

XENIA

War Gefühlskälte ansteckend? Hatte Jael sie schon infiziert?

Sie setzte sich auf die Kante von Rafis Bett und sah sich im Zimmer um. Von ihm war nichts geblieben, seinen Aufenthalt hier hatte man wegradiert. Genau wie sein Leben.

Würde sie seinem Schicksal folgen?

Und wenn schon. Sie hatte Jael gegenüber nicht gelogen, in ihr hatte sich tatsächlich ein leeres Ist-Mir-Egal-Gefühl ausgebreitet. Das Einzige, was sie beschäftigte, war Chrystal. Sie hätte sie vorhin töten können, stattdessen hatte sie ihren Angriff vertuscht. Dann noch das Angebot, hier einzuziehen … Warum?

»Xenia?« Jaels Stimme drang durch die geschlossene Tür, begleitet von einem zaghaften Klopfen. »Darf ich reinkommen?«

»Ja.« Sie streifte ihre Schuhe ab und zog die Füße zu sich in den Schneidersitz.

Den ganzen Abend über war er ihr nicht von der Seite gewichen, hatte sie beim Essen umsorgt, ihr beim gemeinschaftlichen Zocken geholfen, dabei immer wieder ihre Nähe gesucht – auch körperlich.

Ein Spiel nur für die Kameras?

Immerhin hatten sie ihre Wohnung im Streit verlassen. Jael war ihr Spruch sichtlich nahe gegangen, genauso wie die Tatsache, dass sie seine Erklärung für das Unglück mit Linda nicht hatte hören wollen. Sie wollte einfach gar nichts mehr hören. Nichts, das die Angst doch wieder weckte, die sich gerade irgendwo in ihr verkrochen hatte.

»Alles gut so weit?« Er setzte sich auf den Schreibtischstuhl und ließ den Blick ziemlich verloren durch Rafis Zimmer gleiten. »Bist du das erste Mal wieder hier drinnen?«

Jael nickte, rollte dann mit dem Stuhl näher zu ihr. »Ich hoffe, ich bin dir den Abend über nicht zu nahe gekommen. Es ist nur … Die Kameras brauchen was von uns.«

»Schon okay.«

»Gut. Und wenn es dir zu viel oder zu dicht wird, gib mir ein Zeichen, ja?«

»Soll ich dir dann eine knallen?«

Jaels Mundwinkel zuckten, und in Ansätzen zeigte sich sein schiefes Grinsen. »Ich glaube, ich würde auch eine harmlosere Variante verstehen. Aber wegen heute Nacht …« Er wurde wieder ernst. »Es ist gut, dass du als Mitbewohnerin dein Handy nicht mehr abgeben musst. Halt es immer bereit, okay?«

»Du machst dir Sorgen? Wieso? Am Tisch vorhin haben doch alle mitgekriegt, wie ich meiner Mutter geschrieben habe, dass ich bei euch bin.«

Er bestand trotzdem auf einen versteckten Code, und sie sprachen sich ab. Ein kurzes *Ich mag dich* bedeutet *alles okay*. Ein *Du fehlst mir* das Gegenteil.

»Ich hab mein Handy unterm Kissen.« Er stand auf. »Und falls was ist, bin ich da.«

Sein warmer Blick durchbrach ihren Schutzwall, und dahinter nagte das schlechte Gewissen an ihr. »Danke. Und wegen vorhin … Es tut mir leid.«

»Das muss es nicht. Schlaf gut.«

Sie stand ebenfalls auf, doch was auch immer sie für einen Abschied erwartet hatte, eine Umarmung, eine kurze Berührung, sie blieb aus.

Hatte sie zwischen ihnen etwas zerstört?

An der Tür zögerte er die Klinke runterzudrücken. »Du weißt, dass ich nicht so gut in so was bin, Xenia. Aber … ich trag dich tief in mir drin. Wie einen Schatz. Und glaub mir …« Über die Schulter sah er zu ihr. »Diesen Schatz werde ich mit meinem Leben beschützen.«

Sie stand einfach nur da und atmete gegen das Zuviel an Gefühl an, das wie aus dem Nichts in ihr aufstieg. Seine Worte waren so viel mehr gewesen als eine Berührung.

Zeit, ihm zu antworten, ließ er ihr nicht. Er verschwand einfach. Dabei hätte sie ihm gerne noch gesagt, dass sie vorhin jemanden vergessen hatte. Nicht nur Felix war ihr geblieben, auch er.

Trotz allem.

CHRYSTAL

Sie kam nicht an Xenia ran. Jaels Rundumbetreuung den Abend über war nahezu lückenlos, und in den wenigen Momenten, in denen er mal unaufmerksam war, schlich Geno um sie herum.

Ihr Plan, sie mit ihrem Einzug im Blick zu haben, ging auf, nicht aber, ihre drängenden Fragen zu klären.

Wie umfangreich war ihr Wissen?

Und warum war sie aus der Deckung gekommen?

Wenn sie wirklich mit den Rebellen zusammenarbeitete, wäre das selten dämlich. Außerdem: Sie zögerten NIE und hätten ihre Tarnung als Gefühlskalte schon längst auffliegen lassen, um Unruhe zu stiften und die WG erneut ins Chaos zu führen.

Sie musste mit ihr reden, doch selbst in der Nacht bot sich ihr keine Gelegenheit. Sie spürte Jaels Aufmerksamkeit bis in den Flur hinein. Es war wie ein Knistern, das sich elektrisierend auf ihre Haut legte.

Blieb ihr nur das Badezimmer.

Chrystal sorgte dafür, dass sie es am Morgen vor Xenia betrat. Neben ihrem stand jetzt ein weiterer Zahnputzbecher, unter dem sie den Zettel mit der Nachricht versteckte, und Xenias unauffälliges Nicken in ihre Richtung später beim Tischabräumen machte ihr klar, das Treffen stand.

Um 11:15 Uhr im Keller der Schule, vor dem Lehrmittel-Lager. Eine Viertelstunde bevor die Pause begann.

Dass der Schulkeller allerdings beliebter war als gedacht, hörte sie schon am Treppenabsatz. Es war zehn nach elf, und unten teilten zwei Halbstarke gerade eine Menge Münzen und einige

Scheine unter sich auf. Beute ihrer ach so dummen Freunde, wie sie auf dem Weg die Treppe runter aus ihrem Geflüster entnehmen konnte. Chrystal scheuchte sie auf, doch auf ihrer Flucht nach oben rannten sie fast Xenia über den Haufen, die gerade noch zur Seite sprang.

»Glückwunsch, Chrystal.« Sie kam zu ihr herunter, blieb auf der letzten Stufe stehen und sah ihr vernichtend in die Augen. »Beide markiert. Ihr habt hier bald alle, oder?«

»Du … Du kannst die Markierungen sehen?«

»Jede einzelne. Und ich frag mich echt, wie du das eigentlich ertragen kannst, mitzukriegen, wie hier alle zugrunde gehen. Wie sich alle gegenseitig zerfleischen, nur damit ihr endlos weiterleben könnt? Ist das noch ein Extrakick für dich, live dabei zu sein und zuzugucken?«

Ihr Frontalangriff erwischte sie unerwartet, ebenso die Stärke, die sie ausstrahlte. Unscheinbar? War Xenia schon lange nicht mehr.

»Schalt mal einen Gang runter, ja? Sonst wird das hier nichts.« Chrystal zog sie zu sich, dann weiter in den Keller hinein. »Denn eins ist klar: Wenn das hier zwischen uns nicht klappt, gehen wir alle drauf – Felix eingeschlossen.«

»*Wir?*« Xenia verzog verächtlich die Lippen. »Ich weiß, dass ich auf eurer Todesliste stehe. Und hab mich entschieden zu kämpfen. Aber du? Als Unsterbliche? Wie sollst du denn draufgehen?«

»Ihr könnt mich nicht töten. Aber der Clan kann es. Und das bedeutet, auch ich riskiere hier alles. Von daher muss ich wissen, wo du stehst.«

»Wirklich? Muss ich nicht erst mal wissen, wo *du* stehst? Du gehörst zum Partem. Zu denen, die die Menschen aussaugen lassen. Wieso sollte ich dir auch nur irgendwas von mir erzählen?«

Aussaugen. Das gleiche Wort hatte Elias benutzt.

Wir nähren uns von Liebe und saugen die Welt um uns herum aus. Wir töten, um selbst nicht zu sterben.

»Ich bin nicht mehr wie sie, Xenia.« Chrystal lehnte sich an eine Wand. »Das hat mit Felix angefangen. Langsam. Irgendwie so von Tag zu Tag. Und dann … Sie haben meinen Verbündeten getötet. Du kennst ihn als Liam. Er hieß aber Elias.« Tränen stiegen in ihr auf, und sie versuchte gar nicht erst sie wegzublinzeln. »Er gehörte zum Clan, war mein Cousin und immer an meiner Seite. Vor ein paar Tagen wurde er vor meinen Augen hingerichtet. Und das nur, weil er für mich den Kopf hingehalten und einen Regelbruch eingestanden hat, den ich begangen habe.« Einmal im Reden erzählte sie ihr auch von dem *Protectio*, das sie über Felix ausgesprochen hatte. »Nur gilt das nicht für den Partem. Sie werden ihn töten.«

Xenia hörte ihr schweigend zu und lehnte sich neben sie an die Wand. »Zeit, das zu beenden, Chrystal, oder? Nur … Wie weit bist zu bereit für ihn zu gehen?«

Für Felix? Sich von allem zu lösen? »Bis zu den Sternen.«

Xenia sah sie lange an, bis sie beide irgendwann zu lächeln begannen. Gaben sie sich gerade mit Blicken die Hand?

»Gut.« Xenia räusperte sich. »Aber eine Sache wäre da noch. Was auch immer wir tun, Jael muss heil aus allem rauskommen.«

»Jael?« Sie horchte auf. »Ist da wirklich mehr zwischen euch?«

Xenia zögerte, nickte dann aber. »Von ihm weiß ich das meiste. Er vertraut mir.«

Jael als Verbündeter. Und mit ihm womöglich auch die anderen? Gemeinsam mit den Jungs wär alles drin!

»Dann brauchen wir ihn. Noch ist es möglich, an die Gegenstände heranzukommen, die Liebe ist erst …«

»Das kannst du vergessen. Er wird nicht mitmachen. Dazu habt ihr ihn zu sehr in seine Schuldgefühle getrieben. Er würde viel für mich tun, aber niemals seinen Abschluss gefährden.«

»Da wär ich mir nicht so sicher. Aber lass das mal meine Sorge sein.« Über ihnen ertönte der Gong, es war Zeit, oben wieder aufzutauchen, doch sie hielt Xenia noch kurz zurück. »Ich muss mit Felix sprechen. Sag ihm, er soll nach der Schule direkt zum Bunker fahren, ja? Verrate ihm aber nichts.«

»Was willst du ihm sagen?«

»Alles!« Und damit er ihr überhaupt zuhörte, musste sie vorher dringend noch mal in die Wohnung.

FELIX

Es ist mir wichtig.

Xenias Nachricht ging ihm die Fahrt zum Bunker nicht aus dem Kopf. Wenn es so wichtig war, warum hatten sie nicht in der Schule darüber sprechen können?

Jeff nahm auf dem Parkplatz gerade eine neue Lieferung entgegen, als er auf den Hof fuhr, unterbrach seine Arbeit aber, sobald er ihn sah. »Dein Date ist schon da.« Mit einem merkwürdigen Grinsen kam er auf ihn zu. »Ich war so frei und hab ihr unten den Raum aufgeschlossen.«

»Alles klar.« Irritiert betrat Felix den Bunker, steuerte die Bar an und zog zwei Colaflaschen aus dem Kasten. Jeff kannte Xenia, mochte sie auch, hatte sie aber noch nie als sein »Date« bezeichnet.

Mit den Flaschenhälsen zwischen seinen Fingern lief er die Treppe hinunter und steuerte seinen Proberaum an. Die Tür stand offen, und das Glas unter seinen Händen begann zu klirren, als er auf der Schwelle abrupt innehielt. Auch wenn sie ihm den Rücken zukehrte, erkannte er sie sofort. Chrystal!

»Was machst du denn hier?« In seiner Stimme lag nicht die erzwungene Schroffheit, die er sich in den letzten Tagen für sie antrainiert hatte, doch er versuchte, sie in seine Miene zu setzen.

»Da ich weiß, dass du mir nichts mehr zu sagen hast und dass du mir wahrscheinlich nicht mehr als ein paar Sekunden Zeit geben wirst, möchte ich erst mal nur, dass du dir das ansiehst.«

Sie kam auf ihn zu, und Felix war kaum in der Lage, seinen Blick von ihren Augen zu lösen. Es war, als wäre das ganze Leuchten, Strahlen und Glitzern aus ihnen verschwunden. Übrig geblieben war eine Tiefe in ihrem Kristallblau, in der er zu versinken drohte. Schnell räusperte er sich und nahm die Papierrolle entgegen, die sie ihm hinhielt. »Was ist das?«

»Etwas, das ich dir eigentlich erst hatte schenken wollen, wenn … wenn alles um uns herum ruhiger geworden wäre. Aber ich glaube, jetzt brauche ich es als Türöffner für ein Gespräch zwischen uns.«

Noch mehr Verträge? Noch mehr Geld? Hatte sie noch immer nicht begriffen, dass er nicht käuflich … Alles in ihm verstummte, als er die Noten erkannte, die sich vor ihm entblätterten. Seine Handschrift. Sein Text.

Du hast dich für mich entschieden. Vaterstolz.

Er hielt sein Lied in den Händen.

»Ich verstehe das nicht.« Oder … doch?

Wut keimte in ihm auf. Hatte sie es zurückgekauft? Hatte er auf diese Weise doch ihr beschissenes Geld angenommen und damit seiner Mutter Freiraum erkauft?

»Ich werde es dir zurückzahlen, Chrystal. Jeden Cent.« Er rollte die Papiere zusammen, wollte sie ihr zurückgeben, doch sie hob abwehrend die Hände.

»Mir musst du nichts geben. Das Geld stammt von ihm. Von Bone. Er wollte es wirklich haben, hat auch freiwillig den Preis erhöht, weil es klar war, dass er dich mit den paar Hundert Euro abgezockt hatte. Die Rechte an deinem Lied hat er mir dann aber förmlich aufgedrängt, weil ich noch Informationen über ihn hatte, die ihm … na ja, sagen wir mal, Schwierigkeiten gemacht hätten, wären sie an die Öffentlichkeit gelangt. Felix, bitte.« Sie sah ihn eindringlich an. »So ein Arsch darf das Lied nicht singen. Es ist deins. Das, was du gebraucht hast, deinen ganzen Zorn mal rauszulassen. Nimm es zurück. Mach was draus. Und hör mir bitte zu.«

Er schüttelte den Kopf. Nicht, weil er das Lied nicht haben wollte. Nicht, weil er das, was sie für ihn getan hatte, nicht wertschätzte. Seine Gedanken mussten sich sortierten. Er legte die Noten aus der Hand und lehnte sich an ein Regal, die Arme verschränkt, den Blick auf seine Schuhe gerichtet. »Zuerst interessiert mich nur eins.« Er sah hoch und suchte ihren kristallblauen Blick. »Wer ist Elias?«

Der Name ließ ihre Augen wieder leuchten. Doch es war kein fröhliches Strahlen. Es waren Tränen. Chrystal weinte?

Sie wandte sich von ihm ab und setzte sich auf einen Tisch vor dem schmalen Kellerfenster, auf dem Werkzeug lag.

»Er war mein bester Freund, über viele Jahre. Nie mehr. Aber auch nie weniger.«

Ihr bester Freund? Verrückt wahrscheinlich, doch das winzige bisschen Hoffnung, das sich in ihm festgebissen hatte, blühte wieder auf.

»Ich habe gelogen, um dich zu schützen. Und nichts anderes hat Elias versucht. Er war es, der dich daran gehindert hat, uns zu folgen. Am Morgen nach … nach unserer Nacht bei dir. Er hat auf dich aufgepasst, er war immer an meiner Seite. Bis man ihn getötet hat.«

»Was?« Der Schreck ließ sein Herz verstummen, und in der Stille, die plötzlich den Raum erfüllte, hörte er, wie sie nach Luft rang. »Ich muss woanders anfangen. Ganz von vorn. Aber du musst mir versprechen, mich ausreden zu lassen, okay?«

Felix nickte nur, Worte kamen gerade nicht. Er zog sich einen Stuhl heran und setzte sich.

Chrystal sah kurz zur Decke, fast so, als wünschte sie sich von oben Beistand. Dass ihre Finger dabei an seinem Knotenarmband spielten, entging ihm nicht, auch nicht, dass sie zitterten.

»Ich bin Mitglied dieser Organisation, Felix. Ich arbeite nicht für sie, sondern gehöre ihr an. Sie heißt Partem, und man wird hineingeboren. Wir sind eine Familie, und so organisiert, wie wir jetzt sind, gibt es uns seit mehr als 300 Jahren. Angefangen hat alles mit der Arbeit meines Vaters.«

»Moment.« Felix zog die Augenbrauen zusammen. »Da passt was nicht. Vor 300 Jahren? Und begonnen hat alles mit deinem Vater? Dann wäre er ja …«

»Er wäre im Mai 347 Jahre alt geworden.«

Die Zahl war zu groß, und das, was sie erzählte, unmöglich. Doch die Ernsthaftigkeit in ihrem Blick radierte in ihm alle Gedanken weg. In seinem Kopf herrschte absolute Leere, und er konnte Chrystal nur anstarren.

»Sagt dir der Name Nicolas Flamel etwas?«

»Klar.« Aus Büchern und Filmen kannte er ihn. Auch die Mythen um ihn, und er hatte sie bisher alle als absoluten Unfug abgetan. Wollte sie ihm jetzt etwa sagen, dass er damit falschgelegen hatte?

»Nicolas war Alchemist. Ihn selbst habe ich nicht kennengelernt, aber seine Tochter Florentine. Sie hat mit Timor, meinem Vater, eng zusammengearbeitet und es …« Sie unterbrach sich, legte ihren Kopf schief und sah ihn prüfend an. »Du glaubst mir kein Wort, oder?«

»Ich …« Felix schluckte. »Ich versuche gerade noch deinen Satz aufzudröseln. Du hast gesagt, du hast Nicolas Flamels Tochter kennengelernt. Das heißt, auch du bist …«

»Ich bin 302 Jahre alt.«

»Nein.« In Felix' Hals stieg ein ungläubiges Lachen auf, das aber als Entsetzensschrei aus ihm herausbrach, als sie sich den Schraubenzieher neben ihr schnappte und mit voller Wucht in ihre Hand rammte.

Felix sprang auf, wollte zu ihr, doch er stand einfach nur wie erstarrt da. Festgetackert hatte sie sich – auf der Tischplatte. Lächelte ihn fast entschuldigend an und zog den Schraubenzieher seelenruhig aus ihrem Handrücken.

»Ignorier das Blut. Die Wunde schließt sich gleich wieder.«

Mit einem Taschentuch wischte sie ihr Blut vom Tisch, hielt ihm dann ihre durchlöcherte Hand entgegen. »Siehst du? Wir nehmen ein Elixier zu uns, das uns körperliche Unversehrtheit garantiert, nur ... Es wird langsam schwächer, womit die Wirksamkeit nachlässt. Daher brauchen wir besonders im Moment dringend die Arbeit unserer Diener. Die Jungs aus der WG. Sie sorgen für Nachschub und sichern uns so die Unsterblichkeit.«

Felix hörte ihr zu, ohne ihr auch nur in Ansätzen folgen zu können, und starrte unablässig auf ihre Hand. Es stimmte. Die Wunde schloss sich tatsächlich bereits wieder, als wäre der sonst sicher wochenlang andauernde Heilungsprozess einfach auf Zeitraffer gestellt.

»Es tut mir leid, dass ich es dir so drastisch zeige«, hörte er sie flüstern. »Doch anders hättest du mir nicht geglaubt, oder?«

Sein Kopf schüttelte sich ganz von allein. Er selbst hatte den Zugang zu seinem Körper verloren, spürte ihn nicht mal mehr. 302. Die Zahl brannte sich in sein Herz.

Chrystal war 302 Jahre alt.

Sie rutschte von der Tischplatte und griff nach seiner Hand.

»Wir spielen der Welt seit Jahrhunderten was vor. Doch bei dir bin ich trotzdem ich, Felix. Bei dir spüre ich wieder Leben. Spüre mich.«

»Und ich weiß grad nicht, wer ich bin. In welcher Welt ich lebe. An was ich glauben soll.«

»Das verstehe ich, und ... es ist leider noch nicht alles. Bitte lass mich weiterreden. Wenn ich es jetzt nicht mache, weiß ich nicht, ob ich es mir später noch mal zutraue.«

Mechanisch nahm er wieder Platz. Zum Glück war atmen etwas, das man von allein tat, ansonsten wäre er wahrscheinlich erstickt. An dem, was er erfahren hatte, und an dem, was folgte. Sie ernährten sich von Liebe?

Chrystal erzählte, dass Florentine, die Tochter von Nicolas Flamel, bereits durch ihren Vater an ein lebensverlängerndes Elixier gekommen war, welches die erwünschte Unsterblichkeit allerdings noch nicht bewirkt hatte.

»Sie hat sich mit meinem Vater zusammengetan. Florentine hatte das Geld, Timor das Wissen. Und gemeinsam haben sie es geschafft, den Brunnen fertigzustellen, der uns das Elixier liefert. Anfänglich war er beständig und brachte uns das Gewünschte, bei einem internen Machtkampf aber wurde er beschädigt. Seitdem müssen wir ihm Liebe zufügen, die unsere Diener für uns sammeln.«

»Wie funktioniert das?« Felix rettete sich, indem er sich das Ganze als Film vorstellte. So als würde ihm jemand gerade ein Drehbuch anbieten, das er auf Logik prüfte.

»Wir bilden Entleerer aus. Die externe Sicherheit entsendet Sucher, die in alle Katastrophengebiete reist, an besondere Unfallstellen oder Kriegsgebiete. Dort halten sie Ausschau nach Kindern, die zu Waisen geworden sind, und nehmen sie, wenn sie passend sind, auf.«

»Was bedeutet *passend*?«

Sie zögerte, rutschte plötzlich vom Tisch und stellte sich vor die schmale Fensterluke. »Du wirst mir das alles nie verzeihen, Felix. Und ich mir auch nicht.«

»Was bedeutet *passend*, Chrystal? Du wolltest doch alles rauslassen. Der beste Weg, oder? Um sich überhaupt einem Verzeihen anzunähern?«

»Wir brauchen Kinder, die drei Kategorien erfüllen.« Ihre Stimme klang kalt, als sie weitersprach, so als bräuchte sie die Härte, um sich innerlich anzuschubsen. »Erstens: Niemand aus der nahen Familie darf überlebt haben. Zweitens: Sie müssen einen traumatischen Schock in sich tragen. Und drittens: Sie sind, auf welche Weise auch immer, Auslöser für das persönliche Schicksal ihrer Familie.«

»Warum?«

»Die Educatio, die Erziehungssektion, arbeitet mit Schuld. Sie ist das beste Mittel, um Kinder dazu zu bringen, ihre Gefühle abzuschalten. Diese absolute Leere ist wichtig, denn sie ermöglicht es, die Gabe des Entleerens zu erlernen. Nicht alle schaffen es, nur die besten.«

Felix' Magen rebellierte. Sie benutzen Kinder. Jael, Geno, Rafi, Akrom. Sie waren Marionetten, die missbraucht wurden, um das Leben einiger Weniger zu verlängern?

Er erfuhr, wie sie vorgingen – dass sie ihren Opfern Gegenstände klauten, um die Liebe daran zu binden, die sie sich über eine nur kurze Berührung nehmen konnten. Felix dachte an das komische Fließen, das er selbst gespürt hatte – bei Jael und Geno –, und an die veränderte Stimmung in der Schule, innerhalb seiner Clique. Er nannte Namen, und sie nickte fast alle ab. Darunter auch Fiene und seine Mutter. Chrystal erzählte irgendwas von Stufen, die durchlaufen werden mussten, während ihn die Fassungslosigkeit benebelte. Der Film wurde zu seinem Leben, und es schnürte ihm den Hals zu. Fiene und seine Mutter waren Entleerte? Sie hatten ihre Liebe verloren?

»Warum …« Felix musste sich räuspern. »Warum hat es mich nicht erwischt?«

»Ich hab dich unter Schutz gestellt.«

»Wow!« Verächtlich schnaubte er auf. »Ich hoffe, du erwartest keine Dankbarkeit von mir.«

»Nein.« Chrystal sah auf ihre Füße. »Es ist mir ja auch nicht gelungen. Obwohl ich alles versucht und dich sogar gewarnt habe. Der Vorfall mit Fiene, dein hartnäckiges Dranbleiben hat Aufmerksamkeit erregt. Wir haben überall unsere Lauscher, auch bei der Polizei.«

Felix umschlang seinen Körper mit den Armen. Ihm war eiskalt. »Warum erzählst du mir das alles?«

»Ich kann nicht mehr – und will das auch alles nicht mehr. Ich bin aber für den Partem selbst nur eine Marionette. Unsere Hierachie geht streng nach Alter, und obwohl meine Mutter zur Führung gehört, habe ich nichts zu sagen. Von daher …« Fast hilflos zuckte sie mit den Schultern. »Mir bleibt nur die Möglichkeit, auszusteigen. Aber vorher will ich alle Gegenstände, die noch nicht genutzt wurden, zurückholen. Xenia will mir dabei helfen. Und vielleicht schaffe ich es auch, Jael und die anderen Jungs von meinem Plan zu überzeugen.«

»Wieso Xenia?« Ihr Mitmischen hatte er verdrängt, dabei war sie es doch gewesen, die ihn hierhergelockt hatte. »Was hat sie mit der ganzen Sache zu tun?«

Chrystal atmete hörbar ein, und ihr konzentrierter Gesichtsausdruck verriet ihm, dass sie ihre Worte mit Bedacht wählte. »Sie spielt eine ganz eigene Rolle in dem Ganzen. Doch da ihr euch nahesteht, sollte sie dir davon selbst erzählen. Und dann bleiben dir zwei Möglichkeiten. Mitzumachen und zu kämpfen oder du nimmst endlich das Geld von meinem Onkel an und verschwindest schleunigst.«

Zwei Möglichkeiten?

Die Wut, die plötzlich in ihm hochstieg, zog ihn vom Stuhl. »Ich habe dir schon mal gesagt, dass Verpissen nicht meins ist«, zischte er sie an. »Ich habe also keine Wahl. Und du. Ihr alle. Ihr widert mich an. Ich hab zwar noch immer keinen Durchblick, aber ich werde kämpfen, Chrystal. Nur wenn irgendwas dabei schiefgeht, glaub mir, dann kämpfe ich nur gegen eine. Und das bist du!«

XENIA

Sie wusste genau, wie es ihm ging. Felix saß ihr gegenüber auf dem Boden, den Rücken ans Sofa gelehnt. Er war blass, fast grünlich im Gesicht, und sah sie unentwegt an.

Sie hatte die Lücken geschlossen, die in Chrystals Erklärung noch geblieben waren, und mit ihren Entdeckungen in Spanien geendet.

»Das ist alles so verrückt. Total abgedreht.« Er fuhr sich mit der Hand durch die Haare und schüttelte den Kopf. »Aber weißt du, was das Komischste ist? Nach dem ganzen Wahnsinn, den ich gehört habe, beschäftigt mich eine Frage am meisten: Warum hast du nichts gesagt, Xen?«

Mit dem Vorwurf hatte sie rechnen können, und doch traf sie die Traurigkeit in seinem Blick. »Ich bin da so reingeschlittert, hab von Jael immer nur Häppchen an Informationen bekommen. Aber in einem war er sehr klar: Jeden, dem ich davon erzähle, würde ich in Gefahr bringen. Und dann hab ich es einmal versucht. Weißt du noch? Im Krankenhaus. Ich hab dabei aber den völlig falschen Moment getroffen.«

»Stimmt.« Er senkte den Kopf.

»Von meinen Geräuschen habe ich nichts erzählt, weil meine Mutter es mir verboten hat. Sie kann sehr überzeugend sein, wie du weißt, und hat mir schon als Kind eingetrichtert, alle würden mich nur für verrückt halten. Und ich würde mein Leben, aber auch ihres damit kaputtmachen.«

»Was?« Ruckartig hob er den Kopf. »Ey, auch wenn ich jetzt weiß, woher ihre Angst kommt, es bleibt nicht mehr viel übrig, was ich auch nur in Ansätzen an ihr mag.«

Und sie mag mich nicht mehr.

Xenia sah nach oben, um die Tränen wegzublinzeln, die in ihr aufstiegen. Chrystal war jetzt zwar auf ihrer Seite, hatte einen Plan, doch für den brauchte sie die Jungs. Ob Jael da mitmachen würde? Sie bezweifelte es.

Und je mehr sie das tat, umso sicherer wurde sie, dass sie einen Plan B benötigte.

Dazu war die Gelegenheit heute zu günstig.

»Was ist?« Felix sah sie stirnrunzelnd an, nickte dann zu ihren Händen, die unablässig auf ihren Knien trommelten.

»Ich muss meinen Vater finden. Er hat sich nicht bei mir gemeldet, aber vielleicht hat Susanne ja irgendwelche Infos über ihn. Sie ist von klein auf meine Ärtzin und die beste Freundin meiner Mutter. Vielleicht hat sie ja die Geburtsurkunde. Hier ist sie nämlich nicht, ich habe gesucht.«

»Selbst wenn, würde sie die doch nicht einfach rausrücken …« Seine Augen weiteten sich, als sie zu lächeln begann. »Du willst in ihre Praxis einbrechen?«

»Nö. In ihre Wohnung nebenan, und zu der hab ich einen Schlüssel.« Eigentlich nicht wirklich. Ihre Mutter hatte ihn, aber er hing griffbereit am Schlüsselbrett im Flur. »Mama ist heute Abend mit ihr in der Oper, und da könnte ich doch mal in der Zeit ganz spontan bei Susannes Kater vorbeischauen, oder? Und dabei völlig unbeabsichtigt durch die Zwischentür in die Praxis fallen?«

Es brauchte einiges an Überredungskunst, Felix für den Plan zu erwärmen, und schlussendlich war es die Tatsache, dass sie es so oder so machen würde – mit oder ohne ihn.

Er stand auf und sah aus dem Fenster. »Ach Scheiße«, flüsterte er. »Wären die doch nie hier aufgetaucht.«

Den Gedanken kannte sie zu gut, und sie musste an den Tag zurückdenken, als sie den Einzug der WG in die Hausnummer 17 beobachtet hatte. Wie sie und ihre Mutter abgetaucht waren. Von Anfang an war etwas Unheimliches von den Neuen ausgegangen.

Auch Xenia verließ ihren Posten auf dem Bett und ging auf Felix zu. Immerhin war er ihr geblieben. Und nach allem, was er erfahren hatte, hielt er sich erstaunlich gut.

Kam der Schock verzögert?

Er hörte sie kommen, wandte sich ihr zu, und als er sah, dass sie in seine Arme wollte, ließ er es zu. Sein Löwengebrüll knallte ihr entgegen, auch wenn ihre Hände nur Stoff berührten. Verzweifelter Zorn.

Hatte er davon einfach zu viel geschluckt?

»Und? Was macht mein Löwe?«

»Er brüllt heftig.« Sie lächelte zu ihm hoch und kuschelte ihren Kopf dann an seine Brust. »Aber es tut so gut, dass du jetzt alles weißt.«

Felix musste noch Fiene von der Physiotherapie abholen, und sie zurück in die WG. Irgendeine gute Ausrede brauchte sie, um am Abend noch mal verschwinden zu können. Doch welche? Jael witterte wie ein Raubtier jede noch so kleine Unstimmigkeit und merkte natürlich sofort, dass mit ihr was nicht stimmte. War es ihr verkrampftes Lächeln am Abendbrottisch? Oder das leichte Flattern ihrer Hände beim Abräumen?

Er musterte sie eindringlich, zog sie dann unauffällig aus dem Geschehen, an den Kameras im Flur vorbei in Rafis Zimmer und provozierte damit genau die Nähe, der sie seit gestern aus dem Weg ging.

»Ich würde dir gerne helfen, nur müsste ich dazu wissen, was los ist. Sind es die anderen? Bin ich es? Oder ist es die Sache mit Linda?« Er lehnte am Schreibtisch, und in seinen Augen lag so eindeutig der Wunsch nach Nähe, dass es ihr das Herz zusammenzog. »Bitte Xenia, ich brauche irgendeinen Anhaltspunkt.«

Sie wich seinem Blick aus. »Ich … Ich fühle mich generell total unwohl hier. Die Kameras. Geno. Chrystal. Ich …« Sie stockte absichtlich. »Ich muss noch mal raus. Ich brauch grad einfach ein Stück normales Leben.«

»Verstehe ich.«

Er bot an, irgendwo mit ihr was trinken zu gehen, ins Kino, in den Park, doch sie wiegelte ab. »Mit normalem Leben meine ich nicht dich, Jael.«

Augenblicklich vereiste sich sein Blick. Sie hatte ihn getroffen, wollte irgendwas hinterherschicken, das die Wahrheit ihrer Worte weicher zeichnete, nur ließ er ihr dafür keinen Raum mehr.

»Um zehn Uhr hat hier jeder da zu sein. Die Regel gilt auch für dich.« Seine Stimme klang schroff, und ohne sie noch einmal anzuschauen, verließ er das Zimmer.

Super. Sie hatte Abstand gewollt, keinen Bruch.

Wie würde er erst reagieren, wenn er erfuhr, dass sie ihn hinterging?

Kaum Verkehr in der Stadt. Ein passender Parkplatz, unweit der Praxis. Wenige Leute auf der Straße.

Nervosität überzog kribbelnd ihren Rücken, als auch noch das Treppenhaus leer war. Keine Bewohner, die ihr Eindringen mitbekamen. Lief alles zu glatt?

Xenia schloss die Tür zu Susannes Wohnung auf und schlüpfte vor Felix hinein.

Oskar miaute ihr entgegen, verzog sich aber mürrisch, als sie ihm keine Beachtung schenkten. Wie gut, dass Katzen nicht petzen konnten.

Licht brauchten sie keins, die Straßenbeleuchtung spendete genug, und Xenia schlich voran, durchquerte das Wohnzimmer und stieß erleichtert Luft aus. Der Schlüssel zum Durchgang in die Praxis steckte in der Tür.

Sie sahen sich an, nickten sich zu und betraten die Anmeldung. Dort war es dunkler, schwere Vorhänge an den Fenstern sperrten die Helligkeit der Straße aus. Felix schaltete die Taschenlampe ein und leuchtete ihnen den Weg vom Empfangstresen bis hin zum Behandlungsraum 1. Sie mussten zu der kleinen Kammer, die dahinter lag. Susanne hatte erst kürzlich ihre Patientendaten auf digital umgestellt, benutzte aber zu gern noch die alten Akten, um schnell mal was nachzuschlagen. Und die lagerten dort.

Xenia kniete sich vor den Schrank und suchte die Schilder an den Schubladen ab. »K bis M. Hier!«

Sie zog die richtige heraus, und ihre Finger flogen über die Hängeordner. *Morin.* Hinter Claire fand sie ihre Akte, legte sie auf den Boden und blätterte in ihr ganz nach hinten. Einen Kinderarzt hatte ihre Mutter mit ihr nie besucht, Susanne hatte die U-Untersuchungen durchgeführt und mit ihrer kleinen, krakeligen Schrift alles schön dokumentiert. Felix zog über ihr sein Handy aus der Tasche und fotografierte die Seiten ab. Plötzlich hörten sie ein Knarren, und Xenia zuckte zusammen. Felix legte sich den Finger auf die Lippen und schlich zurück in den Behandlungsraum.

Wieder knarrte es – und diesmal eindeutig. Es waren Schritte. Schritte, die näher kamen, und jeder einzelne ließ Xenias Herz schneller schlagen. Wer war das? Susanne sicher nicht, die würde doch Licht machen.

Vorsichtig zog sich Xenia am Schrank hoch und spähte ins Nachbarzimmer. Nein! Ihre Hände klammerten sich an den Türrahmen. Felix lag auf dem Boden. Eine dunkle Gestalt hockte vor ihm, hob ruckartig den Kopf und starrte sie an. Entsetzen schnürte Xenia den Hals zu. Schreien ging nicht, Fliehen auch nicht, denn die Gestalt schoss hoch, riss ihr den Kopf zurück und presste eine Hand auf ihren Mund.

Xenias Herz donnerte so panisch in ihrer Brust, dass sie das Geräusch, das in ihr aufstieg, nicht zu fassen bekam.

»Hey, alles klar bei dir?« Eine Stimme aber drang durch. Sie kam aus der Anmeldung. Die waren zu zweit?

Der Griff um ihren Mund verstärkte sich. Kaltes Metall zerquetschte ihr schmerzhaft die Lippen. Ein Ring?

»Ja, alles okay. Hab nur so'n blödes Skelett umgehauen.«

Xenia riss die Augen auf. Hinter ihr – das war Chrystal! Und ihr Geräusch war ein klägliches Jammern.

»Wenn du Felix retten willst, halt die Klappe!«, zischte sie ihr die Worte direkt ins Ohr, und als Xenia zitternd nickte, ließ der Druck auf ihren Mund nach. Sie bekam wieder Luft!

»Dann mach mal hin!« Wieder die Stimme aus der Anmeldung. »Und knack mir hier das Passwort. Ich komm sonst nicht ins System.«

Was? Sie wollten auch an Daten?

»Ich komme!«, rief Chrystal zurück und ließ von ihr ab.

Xenia drehte sich auf wackeligen Knien zu ihr um. Ein warnender Blick traf sie. Ein Kopfschütteln, bevor Chrystal an ihr vorbei auf die Tür zuging und sie fest hinter sich schloss.

Xenia sackten die Beine weg. Sie hangelte sich zu Felix hinüber. Er atmete ruhig – sie viel zu flach.

Mit schweißnassem Rücken lehnte sie sich neben ihn an die Wand und zog seinen Kopf auf ihren Schoß. Er durfte keinen Laut von sich geben, wenn er wieder zu sich kam. Kein Jammern oder Stöhnen, keine Fragen. Es war noch nicht vorbei.

Aus dem Flur hörte sie dumpfe Stimmen. Verstehen konnte sie nicht viel, doch das Wort *Erzeuger* hatte sie mitbekommen. Und auch ihren Namen. Die beiden waren also aus dem gleichen Grund hier wie sie. Der Partem suchte nach ihrem Vater. Um ihn zu stoppen? Um ihn ebenfalls zu töten?

Xenia presste die Lippen zusammen und schloss die Augen. Hatte sie vorhin noch gehofft, sein Name würde hier zu finden sein, konnte sie jetzt nur flehen, dass es nicht so war.

Mit angehaltenem Atem lauschte sie nach drüben. Ab und zu war Gemurmel zu hören, ganz leise auch das Tippen von Tasten. Plötzlich ein Schlag, ein Fluchen.

»Shit! Hier ist nichts. Absolut nichts.«

Ihr Vater war also nicht im System?

Auf Xenias Lippen stahl sich ein zitterndes Lächeln, als Chrystal die Suche für beendet erklärte. Ergebnislos. Dann endlich verschwanden die beiden.

»Felix?« Vorsichtig strich sie ihm immer wieder über die Stirn. Er schien zu sich zu kommen, seine Lider begannen zu zucken. War es die Kälte ihrer Finger? Die Berührung?

Mühsam öffnete er die Augen und ließ den Blick irritiert über ihr Gesicht wandern, dann durch den Raum.

»Was … Was ist passiert?«

»Wir sind erwischt worden.«

»Das weiß ich.« Er stützte seine Hände auf dem Boden ab und richtete sich langsam auf. »Aber von wem? Wer war das?«

»Chrystal. Und ich glaub, sie hat uns gerade den Arsch gerettet.«

JAEL

Er gehörte nicht zu ihrem Leben.

Deutlicher hätte Xenia gestern Abend nicht werden können. Ihre Worte hatten ihn völlig unvorbereitet getroffen, sich in ihn gebrannt. Und sie glühten noch immer schmerzhaft nach.

Sie betrat gerade die Mensa, sah Chrystal an der Essenausgabe stehen und lächelte ihr zu. Eine irritierende Nähe strahlten die beiden aus, wie heute Morgen schon beim Frühstück.

Was nur hatte er verpasst?

Er stellte sein Tablett auf dem Tisch ab und setzte sich. In seinem Rücken registrierte er zwei sich streitende Mädchen. Es ging um den Platz neben ihm – Linda-frei war er jetzt heiß umkämpft. Die Gewinnerin begrüßte er mit einem Lächeln, ein paar netten Worten, war aber beim Essen mit seiner Aufmerksamkeit wieder bei Xenia. Er knirschte mit den Zähnen, als Felix sich den Stuhl neben ihr heranzog und wie selbstverständlich seine Hand auf ihren Arm legte, um sie nach dem Salzstreuer zu fragen. Wiedervereint, seit sie aus Spanien zurückgekehrt waren.

Warum?

Atmosphärische Veränderungen zu spüren, zu deuten und zu nutzen, war Plutos Steckenpferd gewesen, dem Trainer für Mentalstrategien. *Wenn ihr das meisterhaft beherrscht, könnt ihr Menschen spielen wie ein Instrument. Drückt die richtigen Tasten, und sie tanzen nach eurer Pfeife.*

Bisher war das für ihn ein Leichtes gewesen, nur waren es gerade zu viele Veränderungen, die sich als unangenehmes Pochen hinter seinen Schläfen ausbreiteten.

»Jael?« Chrystal beugte sich über den Tisch zu ihm. »Danke für die zehn Euro, aber ich hab mein Portemonnaie gefunden.«

»Alles klar.« Er nickte ihr zu und nahm das Geld an. Einen Schein, den er ihr nie gegeben hatte und unter dem versteckt ein Zettel lag. Beides steckte er vorerst ein und las ihre Nachricht erst später im Schatten seines Spindes.

Ich muss dich sprechen. 17 Uhr. Und komm allein. Keine Wachen.

Darunter war eine Adresse angegeben.

Seine Kopfschmerzen wurden schlimmer. Heute war Mittwoch, der Tag der üblichen Treffen. Was wollte sie vorher von ihm?

Er schob den Zettel zwischen zwei Bücher und rieb sich über die Stirn, als ihn Hände an seiner Seite zusammenzucken ließen.

»Alles okay?« Xenia stand bei ihm. »Wenn nicht, hätte ich da was für dich.« Sie kramte etwas aus ihrer Jackentasche heraus und schob es ihm lächelnd zwischen seine Finger.

Eine Aspirintablette.

Seine Aspirin?

Jael schüttelte den Kopf. »Danke, aber wenn es die ist, von der ich ausgehe, dass sie es ist, war sie ein Geschenk an dich.« Und etwas, das niemals wieder den Weg zu ihm zurückfinden sollte. Die Tablette war bereits zu lange in ihrem Besitz und damit ein persönlicher Gegenstand. Um sich gar nicht erst in Versuchung zu bringen, hatte er sich geschworen, ihr niemals etwas zu entwenden. Auch wenn sein Tattoo das anders sah. Es hatte zu pulsieren begonnen.

Zu dem von Chrystal vorgeschlagenen Treffpunkt kam er ungesehen, auch ohne eine Ausrede vorbringen zu müssen. Die Wohnung war leer, als er sie verließ. Xenia hatte einen Anruf von ihrer Mutter bekommen und war bei ihr drüben, Geno und Akrom hatten sich ins Fitnessstudio verabschiedet.

Bunker. Die Buchstaben prangten an einem recht schäbig aussehenden Gebäude, das er unter der angegebenen Adresse vorfand. Eine Konzerthalle, wie ihm das Innere verriet, auch wenn durch die gedimmte Bühnenbeleuchtung alles nur schemenhaft zu erkennen war. Eine Bar rechts, vor ihm die Tanzfläche, über ihm eine Empore.

Jaels Muskeln spannten sich an, als er eine Bewegung in der Luft spürte, die ein leises und trotzdem gut erkennbares Geräusch zu ihm trug. Akroms Atem. Auch er war hier?

»Was die wohl von uns will?«

Nein. Nicht nur er. Die Frage stellte Geno, er musste hinter einer Säule stehen, nicht mehr als zwei Meter von ihm entfernt.

Jael trat aus der Dunkelheit des Eingangs hinaus. »Zumindest hat das Wort *allein* bei ihr scheinbar eine andere Bedeutung.« Er wollte seiner spöttischen Bemerkung gerade noch etwas hinterherschicken, als sich der Vorhang bewegte und Chrystal auf der Bühne erschien.

»Ich hab euch alle eingeladen, nur wollte ich nicht, dass ihr euch vorher absprecht. Nicht ganz gelungen, aber gut, dass ihr hier seid.«

Ihm missfiel ihr Ton. Ihm missfiel die Führung, die sie sich gerade herausnahm. Und ihm missfiel ihre Position auf der Bühne, die sie zu ihnen herabblicken ließ.

Jael baute sich breitbeinig vor ihr auf. »Komm runter und rede, Chrystal. So viel Zeit bleibt uns nicht.«

»Oh doch.« Sie sprang herunter und setzte sich auf den Bühnenrand. Geno und Akrom zogen sich zwei Stühle ran, er aber bevorzugte es stehen zu bleiben.

»Was soll das heißen?«

»Sobald ihr nach Hause kommt, werdet ihr erfahren, dass das Mittwochstreffen für heute abgesagt wurde. Jetzt, da Xenia bei uns wohnt, möchte der Partem auf Zusammenkünfte dieser Art verzichten.«

Ein Fehler, liebe Chrystal. Das war ein Fehler.

Er ließ sich nichts anmerken, beobachtete aber, wie Genos Stirn sich augenblicklich verzog. »Es gibt zwei Electi, und doch hast du mehr Informationen als wir?«

»In der Tat. Und das hat einen ganz bestimmten Grund.« Sie holte Luft, und Jael sah, wie ihre Hände den Rand der Bühne suchten. Sie war nervös. »Ich komme weder aus Boston, noch besitze ich die Gabe des Entleerens. Ich bin entsendet worden, um euch zu kontrollieren. Mein Name ist Chrysalia, und ich bin Mitglied des Partems.«

Die Luft in der Halle stand still. So still, dass Jael Mühe hatte, auch nur etwas davon in seine Lunge zu bekommen. Sie verriet sich?

»Der Partem weiß nicht, dass ich mit euch spreche, und er würde mich töten, wenn er es wüsste. Aber ich kann nicht mehr. Seit Jahrhunderten treiben wir das Spiel schon, lassen euch für uns arbeiten, lassen andere für uns sterben, nur damit wir leben. Und leben. Und leben. Mit Abstand konnte ich das bisher gut ertragen, nicht aber in eurer Mitte. Ich will da raus und euch helfen.«

Jael kniff die Augen zusammen. War das ein Test? Hatten sie gespürt, dass Xenia ihm mehr bedeutete, und wollten seine Loyalität prüfen? Während Akrom und Geno wie versteinert wirkten, verschränkte er die Arme und sah herablassend auf sie hinunter. »Eine nette und sehr anrührende Geschichte, Chrystal. Die ich dir aber leider nicht abkaufe.«

»Das weiß ich.« Sie nickte nach oben, zur Empore. »Aber ihr hoffentlich.«

Schritte erklangen. Leise, leicht zögernd – und doch schlug jeder einzelne hart zu. Es waren unverkennbar Xenias.

Wellen brachen sich plötzlich in ihm, sie drohten ihn zu verschlucken und Xenia mitzureißen. Er würde sie verlieren. Neben seinen Eltern nun auch noch sie! Jaels Finger krallten sich in

Chrystals Kragen, und er zog sie vom Bühnenrand zu sich hoch. »Warum Xenia? Warum hast du sie hergebracht?«

Stimmen um ihn herum wurden laut. Hände griffen nach ihm. Eine davon erkannte er an den Lederbändern, doch dann war da noch eine. Eine warme Hand, die die Wellen in ihm weiter antrieb.

»Jael, bitte. Lass sie los.« Xenia schaffte es, zu ihm durchzudringen. »Und hör uns doch erst mal zu.«

Uns? Schlagartig tauchte er aus dem Tosen in seinem Körper auf. Es gab ein *uns*? Chrystal *und* Xenia.

Er stieß sie von sich, brauchte Abstand, zu Xenia und zu Felix, der sich sofort schützend vor sie stellte.

»Nenn mir nur einen Grund! Einen beschissenen Grund, warum wir dir helfen sollten!« Geno hatte seinen Platz direkt vor Chrystal eingenommen und reckte ihr herausfordernd sein Kinn entgegen.

Sie sah ihm fest in die Augen, suchte dann Blickkontakt mit jedem von ihnen. »Weil ihr alle nicht überleben werdet. Niemand hat die Burg nach der Zeremonie jemals lebend verlassen. Und wer es bis dahin gar nicht erst geschafft hat, den nutzen wir anderweitig. Lebenslang verdammt als Wächter.«

»Das ist nicht wahr!« Akrom sprang auf und brüllte sie an. Auch Geno wurde laut.

Jael aber kannte die Wahrheit hinter ihren Worten, und eine wachsame Unruhe breitete sich in ihm aus. »Was die Wächter angeht, hat sie recht.« Mit erhobenen Händen sorgte er für Ruhe und berichtete in knappen Sätzen vom Bergwerk. Chrystal sah ihn mit großen Augen an, Akrom und Geno hingegen wirkten erschlagen. Mit gesenktem Kopf zogen sie sich auf ihre Stühle zurück. Er gab ihnen einen Moment – und brauchte ihn selbst. *Niemand hat die Burg nach der Zeremonie jemals lebend verlassen.* Chrystals Worte stiegen wie eisiger Nebel in ihm auf. Entsprach auch das der Wahrheit? Sie würden sterben?

»Ihr dürft das nicht zulassen. Ihr dürft sie nicht gewinnen lassen.« Xenia näherte sich ihm, doch er stoppte sie mit nur einer Handbewegung. »Selbst wenn ihr uns tötet, Chrystal – uns treibt nicht unser eigenes Überleben an. Wir sind schon alle gestorben. Uns treibt das Überleben unserer Familien an. Warum sollten wir das aufs Spiel setzen?«

»Weil ...« Ihre Augen füllten sich plötzlich mit Tränen. »Weil alles eine Lüge ist. Wir können Tote nicht zum Leben erwecken. Nie hat auch nur einer von euch seine Familie wiederbekommen.«

Ihre Worte zogen ihm den Boden unter den Füßen weg. Jael taumelte nach hinten. Tjara, seine Mutter, sein Vater. In diesem Moment gingen sie unter, in den Wellen, die er jahrelang versucht hatte, zurückzuhalten. Er sah sie vor sich, kämpfend, hilflos mit den Armen rudernd. Dann das Wasser über ihren Köpfen zusammenschlagen.

XENIA

Verdammt! Chrystal hatte sie eingeweiht, aber die schlimmste Lüge vor ihr geheim gehalten.

Genos Schreie ließen den Boden der Halle vibrieren, und sie begleiteten auf grausame Weise die Bilder, die Jael ihr schickte. Über seine Hand, nach der sie gegriffen hatte und die jetzt eiskalt in ihrer lag.

Er sah seine Familie untergehen.

»Jael?«

Er ließ ihre Hand los und hob gequält den Blick. »Hast du das gewusst?«

»Nein! Jael, bitte! Das musst du mir glauben.«

»Ach ja? Nenn mir nur einen Grund, warum ich das tun sollte.«

Tränen quollen aus ihren Augen hervor, die sie nicht einfangen konnte. »Weil ich dich mag. Und ich sicher versucht hätte, dir das anders beizubringen.«

»Shit, Geno!« Chrystals Fluchen übertönte den Lärm an der Bühne. Geno hatte einen Stuhl zerschlagen und versuchte, mit einem riesigen Splitter auf Chrystal einzustechen. »Hör auf mit dem Scheiß. Du kannst mich nicht töten.«

Nein, sie nicht. Aber so im Wahn, wie er war, würde er Felix treffen. Er stand direkt hinter Geno und versuchte, ihn zu stoppen. Xenia sprang auf, rannte hinüber und riss Felix zurück. Genau in dem Moment griff Chrystal an. Mit einem heftigen Tritt holte sie Geno von den Füßen und zwang ihn zu Boden. Noch immer wild um sich schlagend tackerte sie ihn unter ihren Händen und Beinen fest. Nur wollte er die Waffe nicht hergeben.

Xenia hockte sich neben ihn, um an das spitze Holz zu kommen, und streckte die Hand nach ihm aus.

Stille. Die Berührung schaltete alles um sie herum aus.

Keine Geräusche mehr. Es gab nur noch sie und ihn.

Mit aufgerissenen Augen lag er vor ihr und sah sie an. Seine Lippen bewegten sich nicht, und doch hörte sie ihn plötzlich in ihrem Inneren schreien. Verzweifelte Rufe nach seinen Eltern. Schwindel überkam sie, und über ihre Finger drang die Kälte in ihren Körper. Ihre Hand wurde immer eisiger, bis Chrystal sie behutsam von ihm löste. »Vorsicht, Xenia! Wir brauchen euch beide noch. Mit klarem Kopf.«

Sie nickte wie benommen, stand auf und sah sich in der Halle um. Jael saß mit ausgestreckten Beinen an eine Säule gelehnt und starrte reglos auf den Boden. Akrom hockte am Bühnenrand, die Arme schützend über seinem Kopf verschränkt. Wie ein Kind, das sich zu verstecken versuchte, da, wo es nichts zum Verstecken gab. Geno hatte sich gefangen, lief aber rastlos am Bühnenrand auf und ab.

Chrystal hatte ihnen ihr Lebensziel, ihren Wunsch nach Wiedergutmachung schonungslos zerschlagen. Dass sie ihr nun ihre Unterstützung zusagten, würde schwierig werden.

»Ich glaube, sie brauchen jetzt dich, Xenia.« Felix musste das Gleiche gedacht haben. Er gab Chrystal mit einer Handbewegung zu verstehen, sie solle sich zurückziehen, und wandte sich wieder Xenia zu. »Wenn das hier noch Sinn machen soll, sprich du zu ihnen.«

»Okay.« Sie setzte sich neben Jael, der zwar scharf die Luft einsog, aber wenigstens nicht von ihr abrückte. Sie bat auch Geno, irgendwo für einen Moment Ruhe zu finden.

»Ich kann mir kaum vorstellen, wie hart das für euch sein muss. Und glaubt mir, ich hab eine beschissene Angst. Aber ich will kämpfen. Ich will, dass das alles aufhört. Und das schaffen wir nur als Team.«

»Als was bitte?« Geno schickte ihr einen verächtlichen Blick rüber. »Das waren wir nie. Und mir ist schleierhaft, wie du es neben dem überhaupt aushältst.« Sein Nicken galt Jael. »Er hat deine Mutter entleert. Wusstest du das?«

Nein. Das war gelogen. Das hätte er ihr niemals angetan. Allerdings …

Zweifel fraßen sich heiß durch ihren Brustkorb. Warum hatte er neben ihr dann zu atmen aufgehört? Warum verteidigte er sich nicht?

»War mir klar. Er hat es dir nicht erzählt.« Geno zog aus ihrem Schweigen die richtigen Schlüsse. Er würde so niemals mitmachen.

Verrat gegen Vertrauen. Gerade stand alles auf dem Spiel.

Xenia versuchte, das Zittern ihrer Hände zu verstecken, und hob ihr Kinn. »Doch, ich wusste es. Und ich habe alles versucht, das zu verhindern. Nur kam der Auftrag von ganz oben. Und euch ist allen klar, was das bedeutet.«

Jaels Hand. Sie rutschte auf dem Boden zu ihrer, doch sie zog sie zurück, nur ein paar Millimeter, sodass er verstand. Jetzt sicher nicht!

»Dann wäre das ja geklärt.« Felix erhob das Wort. »Außerdem weiß ich nicht, Geno, warum gerade du dich hier so aufspielst. Dir liegen Mütter ja auch besonders, oder? Und glaub mir«, seine Stimme wurde schneidend, »ich vertraue euch genauso wenig wie ihr euch untereinander, sehe für mich aber keine andere Chance, als es wenigstens zu versuchen.«

Einen Moment erfüllte nur ihr Atmen die Stille in der Halle.

Xenia sah zu Chrystal und nickte ihr auffordernd zu. Abschließende Worte sollten von ihr schon noch kommen.

Sie verließ ihren Platz am Bühnenrand und setzte sich zu ihnen auf den Boden. »Es tut mir leid, dass ich euch so überfahren habe. Doch es bleibt uns einfach zu wenig Zeit. Dir, Jael, nur noch ein paar Tage. Geno, dich hat dein Aufstieg ebenfalls auf der Todesliste weit nach vorn gebracht. Und dein Name wird unweigerlich folgen, Akrom.«

Leichenblass war er jetzt schon. Er hatte die Arme um seinen Körper gewickelt und wirkte in seiner verkrampften Haltung so klein. »Und was genau machen wir jetzt?«

Chrystal schlug vor, sich morgen erneut zu treffen, erwähnte die Kameras in der Wohnung und ermahnte alle, kein unbedachtes Wort fallen zu lassen. Während einige Nachfragen kamen, welche Räume genau überwacht wurden, blieb Jael weiterhin stumm in seiner erstarrten Haltung neben ihr. Doch als sie alle aufstanden, um zu gehen, immer zu zweit, damit sie keine Aufmerksamkeit erregten, spürte sie ganz vorsichtig seine Fingerspitzen über ihre Hand wandern. Sein Cello kam gegen das Tosen in ihm kaum an, aber leise hörte sie es, und es schien nach ihr zu rufen.

»Ist es okay für dich, mit Jael nach Hause zu gehen?« Felix fing sie beim Verlassen des Bunkers ab. »Wenn nicht, kannst du später auch bei uns mitfahren.«

Mit *uns* meinte er sich und Chrystal. Sie hatten sich arrangiert, als Team – nicht als Paar.

Xenia wiegelte ab. »Ne, das pack ich schon.« Was sie selbst betraf, war sie sich auch sicher. Jaels Schritte hingegen wirkten so, als würde tiefes Wasser seine Füße umspülen. Er verlor oft den Halt, griff hilfesuchend nach ihrem Arm, und die Wellen, die sich immer wieder von Neuem in ihm aufbauten, bestätigten ihre Vermutung: Jael drohte unterzugehen.

JAEL

Um jeden Meter Boden kämpfte er. Nicht mehr für sich. Nicht für seine Eltern. Nicht für Tjara. Sie waren verloren.

Er kämpfte um Xenia und um die schwindend geringe Chance, ihr wenigstens noch erklären zu dürfen, warum er es getan hatte. Warum er Claire entleert hatte und unfähig gewesen war, es ihr zu gestehen.

Die Treppenstufen hoch in ihre Wohnung schaffte er noch, doch bereits im Flur verlor er den Halt. Er lehnte sich von innen an die Tür und rutschte an ihr hinunter.

»Ich hab das nicht gewollt. Ich hab sie nie entleeren wollen«, brach es aus ihm heraus. Und nicht nur die Worte. Über Jahre zurückgehaltene Tränen stiegen in ihm auf, brannten in seinen Augen, bevor sie erlösend über seine Wangen liefen.

»Dann erzähl es mir. Bitte.«

Er spürte Xenia neben sich. Sehen konnte er sie mit seinem verschwommenen Blick nicht. Und sie ansehen schon gar nicht, als er versuchte, ihr von dem Abend zu erzählen, ihr klarzumachen, dass er Claire den Ohrring hatte zurückgeben wollen, die Sachen aus dem Koffer aber schon weg gewesen waren.

»Als du dann Geno verdächtigt hast, dachte ich, das Schicksal wäre auf meiner Seite. Ich würde keine Erklärung brauchen und dich damit nicht verlieren.« Er lehnte seinen Kopf zurück und schloss die Augen. »Dabei hätte ich es wissen müssen. Das Schicksal war noch nie auf meiner Seite. Warum auch? Ich bin es nicht wert. Alles, wofür ich gut bin, ist Zerstörung. Und jeden, den ich mag, ziehe ich mit runter.«

»Das Schicksal ist tatsächlich nicht auf deiner Seite, Jael. Zum ersten Mal hat es zugeschlagen, als du sechs Jahre alt warst – und zwar doppelt. Der Tsunami, dann der Partem. Anstatt dir zu helfen, hat man dich benutzt. Dir die Schuld gegeben und dich damit abgeschaltet. Aber das ist jetzt vorbei!«

Ihre Finger strichen zart über sein Gesicht, und Jael öffnete die Augen. Xenia kniete zwischen seinen ausgestreckten Beinen. Sie war noch da! Sie war noch immer bei ihm.

»Bitte, Jael, gib dich nicht auf. Kämpf um dich. Um uns.«

Um uns. Um uns. Sein Herz nahm die Worte auf, wiederholte sie mit jedem Schlag. *Um uns. Um uns.*

Sie sah ihn dabei an und strich immer wieder mit dem Daumen über seine Wange. Jaels Brust begann zu glühen. Xenia hielt nicht nur sein Gesicht in den Händen. Es war ihm, als wäre es sein Herz. Und wie ein Feuerball brach es plötzlich unter ihren Fingern auf. Sonne durchflutete ihn, gleißende Strahlen.

Mit einem schmerzerfüllten Stöhnen zog er sie zu sich, auf seinen Schoß. Ihre Beine umschlangen seine Hüfte, ihre Arme seinen Hals. Jael spürte ihre Finger in seinem Nacken, in seinen Haaren. Xenia war jetzt überall. Vor ihm, über ihm, um ihn herum, und wie ein Ertrinkender atmete er sie ein.

»Du bist kein Fluch«, flüsterte er. »Du bist mein Segen.«

Sie lächelte, er spürte die Bewegung ihrer Lippen an seinem Hals. »Und du mehr Fluch als Segen. Und trotzdem, Jael, gehörst du in mein Leben. In mein so verrücktes, verdrehtes Leben.« Mit ihren Händen hob sie sanft sein Kinn an. Er sah das warm leuchtende Braun ihrer Augen und wollte sie gerade küssen, als auf einmal die Konturen ihres Gesichts verschwammen. Er begann zu blinzeln, doch er konnte nichts dagegen tun. Es war, als löste sich Xenia vor ihm auf, um einem anderen Gesicht Platz zu machen. Keuchend zuckte er zusammen. Es war ein Junge, sein erstes Opfer. Ganz kurz nur blitzte der Kleine vor ihm auf, bevor auch er wieder verschwand und sein Kopf einfach weiterblätterte – wie in einem Fotoalbum. Ein Opfer nach dem anderen, alle wurden sie ihm gezeigt. Entleerte. Verletzte. Tote. Stumpfe Augen starrten ihn an, er sah schreiende Münder. Dazwischen immer wieder Xenia, die ihn etwas zu fragen schien. Ihn wachzurütteln versuchte.

»Nein!« Qualvoller Schmerz breitete sich in seiner Brust aus. Eine düstere Welle aus schwarzem, feurigem Teer. Schuld. Seine Schuld überspülte ihn. Und sie würde Xenia mitreißen.

Er stieß sie von sich und wollte aufstehen, sich bewegen, aber sie hielt ihn fest. »Jael, was ist los?«

Ihre Hände umklammerten seine Arme. »Hör auf, dich wieder zu verkriechen. Verdammt, schließ mich nicht aus!«

»Doch, genau das werde ich tun. Du gehörst nicht zu mir. Du gehörst nicht in mein verdrecktes Leben.«

Jael riss sich los und stürmte aus dem Haus.

Dunkelheit und Kälte. Das war alles, was er wahrnahm, alles, was er jetzt brauchte. Und er rannte los, ziellos in die Nacht.

XENIA

»Hast du Kopfschmerzen?« Liva schloss neben ihr den Spind.

»Äh … nein.« Sofort umschlossen ihre Finger die ziemlich mitgenommene Aspirintablette. Seit gestern Abend klammerte sie sich an das kleine Ding. Als ob das etwas bringen würde. Jael war verschwunden – ebenfalls seit gestern Abend.

»Ich hab sie nur …« Xenia stutzte. Liva hatte das Interesse an ihr bereits verloren, stand stattdessen bei Janne und Valentina und ließ sie bereitwillig ihre Hausaufgaben abfotografieren. Die beiden hatten in ihr ein neues Spielzeug gefunden, das sie an- und ausknipsten, wie es ihnen gerade passte, und Liva merkte es nicht mal.

Sie sah zu Jaels Spind rüber. Offiziell hatten sie Streit gehabt – Chrystals Idee für die Kameras. Eine hoffentlich überzeugende Begründung für sein Verschwinden und ihren plötzlichen Rückzug aus der WG.

Xenia schleppte sich beim zweiten Gong die Treppen hoch und ließ sich im Kursraum auf ihren Stuhl fallen. Punktlandung – denn genau in dem Moment kam ihre Lehrerin rein.

Und Felix? Würde er sie heute auch im Stich lassen? Sie sah auf den freien Platz neben sich, gab ihm in Gedanken noch fünf Minuten und verzieh ihm, dass es schlussendlich vierzehn wurden. Den Eintrag ins Kursbuch schluckte er kommentarlos, setzte sich neben sie und beugte sich zu seiner Tasche runter. »Jael ist wieder aufgetaucht.«

»Was?« Ihr rutschte der Stift aus der Hand. »Hast du ihn gesehen?«

»Nein. Hat Chrystal grad erzählt.«

Da sie von vorne ermahnt wurden, holte er sein Heft raus und schrieb eine Notiz. *Ist ziemlich fertig. Aber stabil. Kommt wohl noch nach.*

In die Schule? Xenia versuchte, durchzuatmen und ihr Herz wieder einzufangen. Sie hatte die Bilder gesehen, die gestern in ihm aufgestiegen waren, nur war die Abfolge viel zu schnell gewesen, um wirklich was zu erkennen. Eine Ahnung aber hatte sie. Seine Opfer.

In den Pausen hielt sie unablässig Ausschau nach ihm, auch beim Mittagessen, sah ihn aber nicht.

»Sorry, ich muss mal raus.« Frustriert stellte sie ihre zerstocherte Lasagne aufs Tablett und verabschiedete sich vom Tisch. Sollte sie sich noch mal bei ihm melden?

»Hi!« Wie aus dem Nichts stand er an der Geschirrrückgabe vor ihr und fing das Glas auf, das ihr vom Tablett zu rutschen drohte. »Dass jetzt schon Gläser auf mich fliegen! Wahnsinn.«

»Man könnte es ja auch als *nach dir schmeißen* interpretieren, oder?« Sein Grinsen machte sie einfach nur wütend. Eine schlaflose Nacht, ein verheultes Kissen und Stunden voller Sorgen. Scheinbar umsonst. Sie sah zwar die Ringe unter seinen Augen, doch ansonsten hielt er sich mehr als gut.

»Wie wäre es mit einem kleinen Versöhnungsspaziergang?« Als Frage formuliert, als Ansage gemeint. Xenia presste die Lippen zusammen und stellte ihr Tablett ab. Frische Luft brauchte sie tatsächlich – und Antworten auch.

An der Tür nach draußen staute es sich, sie mussten sich durchquetschen, und Xenia suchte Schutz in Jaels Rücken, als es plötzlich ganz still in ihr wurde. Verwirrt starrte sie auf ihre Hand, die seine Schulter berührte. Kathedralenstille. Er war es. Und er war es auch, der sie taumeln ließ, ein Stück zur Seite, bis sie sich fing. Schwindel und Stille. Jael blockte sie wieder ab.

»Was soll das?«, fuhr sie ihn an, sobald sie allein waren. »Du … Du stellst dich wieder gegen mich?«

Seine ruhig beherrschte Art ihr mitzuteilen, dass das nicht stimmte, machte sie wahnsinnig.

»Ach ja? Und warum höre ich dich nicht mehr? Warum wird mir schwindelig? Mann, Jael, wir waren so weit, und jetzt setzt du wieder alles auf Anfang?«

Seine Kiefermuskeln zuckten, ansonsten verriet seine Mimik nichts. Maskenhaft, eiskalte Schönheit, an der sie abrutschte. »Ich hab dich nie darum gebeten, Xenia.«

»Das stimmt nicht. Du hast gesagt, wenn alles vorbei ist ...«

»Eben. Wenn alles vorbei ist. Doch wird es das nie sein.«

Dumpf hallten seine Worte in ihr nach, und sie trieben ihr Tränen in die Augen. Jael sprach nüchtern einfach weiter. Er würde kämpfen, er würde im Team mitarbeiten, aber mehr könne er ihr nicht bieten. »Und wenn du das hier ebenfalls nicht versauen möchtest ...« Sein Kinn deutete auf die Sekretärin, die neben ihnen den Verwaltungstrakt verließ. »Dann spiel mit. Immerhin versöhnen wir uns doch gerade.«

Ein Zittern erfasste ihren Körper, als er sich eine ihrer Locken klaute und sie durch seine Finger gleiten ließ – bedacht darauf, sie ansonsten nicht zu berühren.

Worte bekam sie nicht raus, zwang sich aber ein Lächeln auf die Lippen, das hoffentlich auf die Entfernung echt aussah. Ihn überzeugte es nicht. »Das solltest du noch üben, bevor du heute Nachmittag wieder bei uns einziehst.«

FELIX

Die Kreide fest umklammert lehnte er sich an die Wand und ging geräuschlos in die Knie. Ein Wackler nur – und sie würden auffliegen.

Offiziell war er in der WG, um Chrystal bei Chemie zu helfen, und sie machten nur eine Pause. In Wirklichkeit markierte er im Wohnzimmer gerade überwachungsfreie Ecken auf dem Boden.

Chrystal stand vor ihm und gab genaue Anweisungen, ein etwas schief hängendes Bild auszurichten. Dabei hielt sie ihm versteckt eine Zeichnung hin. Jael hatte sie angefertigt und auf ihr akribisch genau die toten Winkel eingezeichnet. »Ich glaube, links noch ein Stück höher, Felix.«

»Okay.« Er hustete, um das Ansetzen der Kreide zu übertönen, und zeichnete die Abgrenzungen auf den Holzboden. Zwei Meter die Wand lang, 70 Zentimeter in den Raum hinein.

Aufrecht stehend tauchte er für die Kameras wieder auf. Mit zittrigen Knien und Kreide an der Hose, wie Chrystals Blick ihm verriet. Shit! Er drehte sich unauffällig aus dem Winkel. Ihm lief jetzt schon der Schweiß über den Rücken, und das war erst die erste Markierung. Von insgesamt acht in der Wohnung.

Sie schafften nicht alle, selbst mit Genos Hilfe nicht, der dazustieß und grandios mitspielte.

Komisch, gerade er.

Als Felix später seine Chemiesachen zusammenpackte, um gehen zu können, tauchte Xenia mit Jael auf. Das versöhnte Pärchen zu spielen fiel ihr sichtlich schwer. Sie suchte jede sich bietende Möglichkeit, Abstand von ihm zu nehmen, und hielt sich fast ausschließlich in den markierten Bereichen auf. Ihr bittender Blick hätte schon gereicht, doch als Chrystal ihn auch noch zum gemeinsamen Pizzabacken einlud, war klar, dass er noch bleiben würde.

Chrystal. Acht Buchstaben. Sein Kopf ließ sie wieder zu. Das Gespräch mit ihr in seinem Proberaum gestern Abend hatte eine neue, eine andere Art von Nähe zwischen ihnen entstehen lassen. Kein stummes Kopfschütteln war von ihrer Seite mehr gekommen, dafür eine Menge Antworten auf seine Fragen. Ein Anfang – immerhin.

Beim Vorbereiten der Pizza in der überwachungsfreien Küche herrschte recht lockere Stimmung. Den anderen gelang es, sie am Esstisch aufrechtzuerhalten, aber Felix schaffte es nicht, die Kameras hier auszublenden, und hielt sich – genauso wie Xenia – beim Gespräch zurück.

»Tja, Felix, würde Xenia sich überwinden, zu mir zu ziehen, wäre hier noch ein Zimmer frei.« Jaels Lächeln in ihre Richtung war gekonnt, und für die Kameras sah es auch so aus, als würde er unter dem Tisch nach ihrer Hand greifen, Felix aber sah, wie seine Finger Millimeter über ihren stoppten.

»Zu dir ziehen?« Lächelnd hob sie ihre Augenbrauen. »Dazu bräuchte es noch etwas mehr als … nette Worte und ein ganz passables Aussehen.«

Jaels Hand verkrampfte sich, bevor sie wieder über dem Tisch auftauchte und er völlig entspannt nach seinem Teller griff. »Na dann. Ich muss noch lernen, aber solltest du mich ablenken wollen, liebe Xenia, womit auch immer, weißt du ja, wo du mich findest.«

Sie kämpfte offensichtlich mit sich und ließ sich, kaum dass sie mit dem Abräumen fertig waren, erleichtert in der Küche auf einen Stuhl fallen. Felix setzte sich zu ihr, und die anderen folgten – bis auf Jael. Er war tatsächlich in seinem Zimmer verschwunden.

»Und jetzt?« Akroms Lider zuckten wieder. Beim Essen hatte er es abstellen können, doch jetzt schien es so, als holten sie alles nach. »In den Bunker können wir heute Abend nicht, hab ich gehört?«

»Nein.« Felix schüttelte den Kopf. »Da ist 'ne Veranstaltung. Außerdem will ich Jeff in das alles nicht mitreinziehen.«

»Müssen wir auch nicht.« Chrystal teilte ihnen mit, dass sie schon eine Alternative im Auge habe, für morgen allerdings erst. »Ich schreib euch das später alles auf und häng den Zettel neben das Bild im Wohnzimmer. Aber jetzt sollten wir für die Kameras wieder unauffällig auftauchen. Akrom, du am besten als Erster.«

Sie hatte es auch gespürt? Das Zucken seiner Lider hatte sich auf seine Füße übertragen und für eine ständige Vibration unter dem Tisch gesorgt. Eine Anspannung, die sich brutal entlud, als er kurz nach seinem Abgang im Wohnzimmer lautstark zu zocken begann.

»Den Kampf braucht er jetzt«, beantwortete Chrystal seinen irritierten Blick, und gegen wen, erfuhr er von Geno. Terroristen.

»Akrom hat als Kind mitansehen müssen, wie seine Eltern in einem Einkaufszentrum von einer Gruppe Vermummter erschossen wurden. Er hatte nur noch mal kurz zurückgewollt, in die Spielzeugabteilung. Seine Eltern haben vor der Tür auf ihn gewartet und waren die ersten Opfer von ... keine Ahnung wie vielen. Das weißt du sicher besser, Chrystal, oder?«

Felix glaubte, zu ersticken. Sich Akrom so klein vorzustellen, mit dieser Trauer, mit dem Schock, war schwer, wenn man ihn nur als den Koloss kannte, der er jetzt war.

Chrystal war aufgestanden. Er sah nur ihr Profil, doch so fest, wie sie auf ihre Unterlippe biss, kämpfte sie gerade verzweifelt mit sich. »Es waren 32. Akrom hat überlebt, weil er sich hinter einem Stapel Kuscheltiere versteckt hat, von denen er eins hatte kaufen wollen. Es war also ein Leichtes für Armata und die Scientia, ihn in seine Schuld zu führen. Genau wie bei dir.«

Jeden Moment rechnete Felix damit, dass Geno zusammenbrach, so leichenblass war er geworden. Xenia strich ihm über den Rücken. Fragte immer wieder, ob ihre Nähe okay für ihn sei. Doch als er nach ihrer Hand griff, war sie es, die umzukippen drohte. Ihre Augen waren weit aufgerissen und mussten etwas sehen, das sie kaum ertragen konnte.

XENIA

Zerquetschtes Metall, in sich verkeilte Waggons, dazwischen aufgerissene Körper. Von überall kamen Schreie. Inmitten von Trümmern und Glas lag eine Frau. Ohne Gesicht. Nur Blut und zerfetzte Haut …

Xenia keuchte auf und entzog Geno ihre Hand. Die zuckenden Bilder – die sie gesehen hatte, als wäre sie live vor Ort – verschwanden, doch in ihrem Kopf hämmerte es, als würde ihr jemand von innen die Schädeldecke aufschlagen.

Felix sah sie erschrocken an und machte schon einen Schritt auf sie zu, doch sie gab ihm und auch Chrystal mit Blicken zu verstehen, dass sie die Küche verlassen sollten. Wie es Geno ging, konnte sie nur erahnen, doch er wollte diese Erinnerung sicher nicht in großer Runde teilen.

»Du hast alles gesehen, oder?« Kaum war die Tür zu, drehte er sich zu ihr.

In seinem Gesicht stand Überraschung – kein Schmerz. Weil ihre Berührung zu kurz gewesen war? Und sie seine Gefühle nicht erreicht hatte?

Sie nickte. »Also, erst hab ich nur ein Rattern gehört, dann ein furchtbares Kreischen. Als du dann meine Hand genommen hast, kamen Bilder.« Sie erzählte ihm, dass es für sie möglich geworden war, nicht nur Gefühle zurückzuführen, sondern auch Erinnerungen über die Berührung wahrzunehmen. »Es war ein Zugunglück?«

»Ja. Das meine Eltern und meine Schwester überlebt hätten, wenn ich nicht weggelaufen wäre.« Er rückte seinen Stuhl nach hinten und stellte sich ans Fenster. »Ich wollte immer Zugführer werden und bin nur nach ganz vorne gelaufen, um ihn einmal zu sehen. Hab es aber nicht geschafft. Denn … irgendwann hab ich meinen Vater hinter mir gehört. Und meine Mutter, die ihm wohl nachgelaufen ist, um mich zu suchen. Aber sie haben so verärgert ausgesehen, dass ich mich erst versteckt hab und dann an ihnen vorbei zurückgeschlichen bin. Ich war keine Minute in dem Abteil, da kam der Knall. Die Lok ist wohl aus dem Gleis gesprungen und hat einen Brückenpfeiler gerammt. Um mich herum gab es viele Verletzte, aber keine Toten. Gestorben wurde weiter vorn.«

»Aber … deine Schwester?«, flüsterte Xenia.

»Sie war erst drei Monate alt. Meine Mutter hatte sie bei sich, im Tuch vor ihrem Bauch. Von daher …« Er drehte sich zu ihr. »Niemand kann sagen, mich trifft keine Schuld. Es ist offensichtlich. Unser Waggon ist entgleist, aber die vorderen haben sich in einander gefressen.«

Er sprach so nüchtern, als hätte das alles mit ihm nichts zu tun. Auch ihren Einwand ließ er nicht gelten, die Schuld hätte doch womöglich viel früher schon begonnen. Beim Konstrukteur der Gleise, bei den Wartungsmechanikern, bei der Technik.

»Selbst wenn man Schuld teilt, bleibt der eigene Anteil.« Er setzte sich wieder zu ihr. »Ich hab die Erinnerung nie vergessen, wollte um jeden Preis aufsteigen, aber jetzt geht es für mich nur noch um Vergeltung.«

Und dass es mit ihrem Team klappen könnte, davon war er überzeugt. Mit Chrystal, die aussteigen wollte und daher nur gewinnen konnte. Mit Akrom und ihm, die nichts mehr zu verlieren hatten. »Nur bei Jael bin ich mir nicht sicher.«

»Wieso?« Xenia runzelte die Stirn. »Er hat doch auch nichts mehr zu verlieren.«

»Nein? Mit einem Deal schon. Er könnte dich noch entleeren, um dich dem Partem zu überlassen. Als Pfand für sein Leben quasi.«

»Das ist Quatsch.« Lächelnd schüttelte sie den Kopf. »Jael kann mich nicht entleeren. Ich bin eine Immuni…« Genos hochgezogene Brauen und die Überraschung in seinem Blick ließen sie verstummen. Eine düstere Vorahnung schlängelte sich ihren Rücken hinauf, wie eine kalte, giftige Schlange. »Oder doch?«

»Er hat es dir also verschwiegen.« Geno beugte sich über den Tisch zu ihr, genau in dem Moment, als die Tür aufging.

»Ich störe hoffentlich nicht?«

Jael. Xenia starrte ihn an und musste sich an der Stuhlkante festklammern, als er mit seinem charmanten Lächeln die Tür hinter sich schloss, um sich dann in aller Seelenruhe eine Cola aus dem Kühlschrank zu holen.

»Warum hast du mir nicht gesagt, dass du mich entleeren kannst, Jael?«

Ihre Frage traf ihn im Nacken. Sie sah, wie seine Schultermuskeln zuckten, bevor er sich langsam zu ihr umdrehte. Nicht nur sein kalter Blick fror sie ein, es waren seine erbarmungslosen Worte. »Weil ich bis zum Schluss vorhatte, es zu tun.«

JAEL

Ich schwöre Treue, Loyalität und bedingungslosen Gehorsam.

Er hatte sich im Griff. Die Linse in der Tür scannte seine Pupille, und die darin eingebaute Kamera würde in seinen Augen nichts finden können. Kein Flackern, kein nervöses Zucken – nur absolute Entschlossenheit. Und die war nicht gespielt.

Xenias Enttäuschung über ihn, der Schrecken in ihrem Blick, als Geno ihr schonungslos erklärt hatte, was genau eine Immunitenopferung war, hatte ihm ins Herz gestochen, dann aber die Kälte in ihm nur weiter angefacht.

Die Kälte, die er sich aufzwang, um sie zu beschützen.

Es ging ihm nicht um Vergeltung, auch nicht um persönliche Rache. Es ging nur noch um Xenia. Die schwarze, feurige Welle seiner Schuld. Sein verdrecktes Leben. Er durfte sie damit nicht beschmutzen. Sie verdiente jemand anderen. Sie verdiente etwas Besseres.

Für die Kameras nicht sichtbar nahm er seine Bürste aus der Schreibtischschublade, öffnete den Griff und zog das Geld heraus. Scheine, die er über die Jahre bei jedem Auftrag abgezweigt hatte, um seinen Eltern später einen einfacheren Wiedereinstieg ins Leben zu ermöglichen. Jetzt brauchte das Geld Xenia – für ihren Ausstieg.

Tief über seine Physik-Unterlagen gebeugt begann er, an seinem Plan weiterzuarbeiten, bis Chrystal anklopfte und ihren Kopf durch den Türspalt schob. »Holst du Xenia? Wir haben uns auf *Es* geeinigt.«

Ein gemeinsamer Filmabend? Auf seine Ausrede hin, er wolle früh schlafen gehen, hatte sie zuckersüße Gegenargumente, doch besonders deutlich waren ihre Zeichen, für die Kameras noch was liefern zu müssen, und er wusste, dass sie recht hatte.

Als er ihr Zimmer betrat, hatte er sie auf ihrem Bett erwartet, den Kopf in die Kissen vergraben, und war umso überraschter, sie am Schreibtisch vorzufinden. Lächelnd. Mit dem Prepaidhandy in der Hand.

Langsam schloss er die Tür. »Was soll das? Was machst du da?«

»Dir eine Nachricht schreiben, was sonst? Und da sie nicht besonders freundlich ausgefallen wäre, wollte ich lieber nicht mein normales Handy benutzen.« Sie steckte es weg und drehte sich zu ihm. »Aber da du ja jetzt da bist, sag ich es dir halt so: Entweder bist du ein Arsch, Jael, oder du spielst den Scheißkerl nur, um …«

»Egal, was noch kommt, ich bin Ersteres. Und du solltest jetzt mitkommen. Entspanntes Filmgucken in der WG. Ich hoffe, du kriegst das hin.«

Im Wohnzimmer warteten schon die anderen. Sie hatten netterweise für sie beide das Sofa frei gelassen. Jael sog scharf die Luft ein, als Xenia sich plötzlich an seine Schulter kuschelte. Auch wenn sie zwischen sich und ihn ein Kissen geschoben hatte – die Nähe war nicht gut. Ihr Atem an seinem Ohr noch schlimmer. Und die Wärme, die von ihr ausging, brachte seine Kälte zum Schmelzen. Er sah auf seine Uhr, zählte mit dem Zeiger die Sekunden. Doch es half nichts. Xenias Atemzüge wurden immer tiefer, seine dafür flacher, und ihm raste der Puls weg, als ihr Kopf ins Rutschen kam und auf seinem Schoß landete. Sie war eingeschlafen.

Er wollte nicht und konnte sich doch nicht zurückhalten – ganz vorsichtig nahm er eine ihrer Locken und ließ sie durch seine Finger gleiten. Xenia! Sie war und blieb sein einziger Schatz.

Nur Träumen war erlaubt.

Und da er wusste, dass sie ihn diese Nacht nicht loslassen würde, und er Angst hatte, im Schlaf nach ihr zu rufen, blieb er bei ihr. In ihrem Zimmer, auf dem Boden, weit entfernt von ihrem Bett.

Hier waren keine Kameras. Keine Augen, die seine Tränen sahen. Und Jael ließ sie frei.

CHRYSTAL

Heute würden sie sich wieder treffen. Nicht wie das letzte Mal im Bunker, sondern bequem im Wohnzimmer. 3105. Sie gab ihren Ersatz-Code ein, und die Tür zum Kontrollraum schwang auf.

Es war 22:57 Uhr. In drei Minuten sollten die Geräte automatisch umschalten – wenn alles nach Plan lief. Von den Live-Bildern zu dem aufgezeichneten Band der letzten Nacht. Alle hatten sich gestern an die Anweisung gehalten, ihr Zimmer ab 23 Uhr nicht mehr zu verlassen. Kein Klogang, kein Ausflug in die Küche mehr. Und genauso ruhig würde es auch diese Nacht bleiben: Dunkle Bilder, leere Räume.

»Yes!« Chrystal hob triumphierend den Daumen, als die Kameras ohne Wackler umschalteten. Felix konnte jetzt mit seinem Aufstieg beginnen. Vom Hof aus über die Fassade auf den Balkon.

Akrom stand bereits draußen, als sie in die Wohnung zurückkehrte, und montierte auf ihr Nicken hin die Sicherung an der Brüstung. Der Gurt gehörte eigentlich zur Kletterwand, die seit der Party noch immer nicht abgebaut worden war, jetzt sollte er Felix' Aufstieg sichern. Acht Meter. Für sie ein Kinderspiel – auch ungesichert – für ihn aber eine Herausforderung. Und umso erleichterter wirkte er, als er die Brüstung erreichte und nach Luft schnappend auf dem Balkon landete.

»Dann schieß mal los.« Geno eröffnete das Gespräch, sobald alle im Wohnzimmer saßen, und blickte herausfordernd vom Sofa herab zu ihr auf den Teppich. »Wie kann man euch Unsterbliche vernichten?«

Sie erzählte ihnen, dass alle Partem-Mitglieder in den Brunnen eingelesen worden waren und sich von jedem ein Gemisch aus Blut und Elixier in einem kleinen Glasröhrchen befand. »Gelangen diese Phiolen in den Brunnen, verlieren wir unseren Schutz. Wir altern im Zeitraffer und …« Sie sah Elias vor sich, sein Lächeln, und fuhr mit leiser Stimme fort. »Dann … dann lösen wir uns auf.«

Die Nachfrage, wo sich die Phiolen denn befänden, hatte sie erwartet, doch genau das war der Knackpunkt. Es gab Bereiche im *Castillo*, zu denen ausschließlich die Führung Zugang hatte, und dazu gehörte blöderweise auch der gesamte nördliche Turm, in dem sich die Schatzkammer befand.

»Du weißt es nicht, oder?« Jael deutete ihr Schweigen richtig und lehnte sich auf dem Sessel vor. »Wie stellst du dir das dann vor? Wir können doch nicht einfach im *Castillo* rumspazieren und auf Schnitzeljagd gehen.«

»Nein. Nicht überall. Wir müssen nur die Schatzkammer finden, und ich bin mir sicher, dass sie in der Turmspitze ist. Da, wo früher mein Vater sein Reich hatte. Jetzt gehören die Räume dem Supremus.«

Geno schimpfte, ob es nicht ein wenig genauer ginge, und trieb sie mit seinen Fragen immer weiter in die Enge. In eine, aus der sie nicht rauskam. Denn die meisten bezogen sich auf ihren Vater. Und sie konnte keine davon beantworten.

»Mach mal ne Pause, Geno!« Akrom unterbrach sein Verhör, und auf einmal war da eine Hand auf ihrer. Eine mit Lederbändern am Handgelenk, die ihr Fingerspiel auf dem Teppich stoppte. Vor ihr lag ein ganzer Haufen an Flusen, die sie nervös herausgezupft hatte. Aber neben ihr saß jetzt Felix, und er ließ ihre Hand nicht mehr los.

»Es tut mir leid. Ich weiß nur, dass ich mit meinem Vater früher sehr eng war«, begann sie, sich zu erklären. »Er hatte mich immer in seine Arbeit miteinbezogen. Und dann … Es muss was Schreckliches passiert sein. Nach seinem Tod wurde nie wieder über ihn gesprochen. Ich hab nur noch vor Augen, wie er starb. Alles andere ist … wie gelöscht.«

Ihren Worten folgte Stille. Aber es war eine komische, irgendwie erwartungsvolle Stille, und als sie von den Flusen vor sich aufschaute, bemerkte sie, dass alle zu Xenia hinübersahen. Auf eine auffordernde Art.

»Ich könnte dir helfen, Chrystal«, beantwortete sie ihren fragenden Blick. »Es wird für uns beide sicher heftig. Aber wenn du es willst, kann ich versuchen, deine Erinnerungen zurückzuholen.«

Wenn sie es wollte? Seit Jahren, seit Jahrhunderten wünschte sie sich nichts sehnlicher, als Bilder von ihrem Vater in sich zu tragen. Andere als nur seine ausgestreckte Hand nach ihr. Aber wie sollte das funktionieren?

»Ich muss dich nur berühren. Und wenn du dich öffnest, wenn du es zulässt, kommt die Erinnerung zurück. Nur … Ich kann sie halt auch sehen. Das muss dir klar sein.«

Für sie war das in Ordnung, und auch, dass die anderen im Wohnzimmer blieben. Keine Geheimnisse mehr, kein Misstrauen. Außerdem hatte sie die Jungs in viel quälenderen Situationen erlebt. »Und wenn ich irgendwas sehe, sage ich es euch, okay?« Sie lächelte in die Runde, konnte dann aber nicht verhindern, dass ihr Herz zu rasen begann, als Xenia sich zu ihr setzte. Sie versicherte ihr, sie würde sofort aufhören, wenn es zu schlimm würde, doch die einzige Bedingung, die sie selbst stellte, war: Felix sollte bei ihr bleiben.

FELIX

Sie hatte die Augen geschlossen, ihre Hand lag warm in seiner, die andere hatte sich Xenia genommen.

Er wusste nicht, was ihn erwartete, und umso überraschter war er, als Chrystal neben ihm plötzlich zu flüstern begann.

»Ich bin in der Kathedrale. Das Wasserbecken leuchtet. Auf der glatten Oberfläche spiegeln sich zwei Gestalten. Es ist Florentine, in einem braunen Kleid. Neben ihr … das ist mein Vater. Er beugt sich zu ihr. Sie lächelt ihn an, und er … Er küsst sie!

Ich verstecke mich schnell hinter einer Säule, sehe von da aus aber plötzlich meine Mutter. Sie kommt aus der Loge gestürmt und schreit: »Ich habe es gewusst – von Anfang an! Du dringst nicht nur in unser Leben, sondern nimmst mir auch noch meinen Mann?«

Papa schweigt. Er will auf sie zugehen, aber sie ist schon an dem Tisch neben dem Brunnen. Da stehen Reagenzgläser, und sie greift nach einem.

Mein Vater sieht sie erschrocken an. Er bittet sie, es wieder zurückestellen, und wird laut. »Das ist gefährlich. Wir experimentieren mit unserem Blut, Armata, und …«

Die Phiole glitzert über dem Brunnen auf. Er schreit. Meine Mutter hat sie hineingeworfen.

Das Wasser verfärbt sich rot und sprudelt hoch – bis in die Kuppel. Aber mein Vater lacht nur. »Das gibt es doch gar nicht«, ruft er, schüttelt den Kopf, sieht aber total glücklich aus. »Das ist es, was gefehlt hat, die Liebe!«

Er lässt Mama stehen, wendet sich Florentine zu und …«

Chrystal zuckte plötzlich zurück und entriss Felix die Hand – die Augen weit aufgerissen.

»Nein«, flüsterte sie. Immer wieder dieses Wort, wurde dabei verzweifelter, bis sie plötzlich entsetzt aufschrie. Felix donnerte der Herzschlag bis zum Hals, er zog sie an sich, hielt sie fest und sah hilfesuchend zu Xenia. Doch auch ihr ging es nicht gut. Leichenblass hockte sie auf dem Boden, und alles an ihr schien zu zittern.

»Kann sich mal jemand um sie kümmern?« Seine Stimme klang brüchig, sorgte aber dafür, dass die anderen sich aus ihrer Starre lösten. Jael stand als Erster auf, zögerte jedoch, Xenia anzufassen. Er redete stattdessen ruhig auf sie ein, bevor er in der Küche verschwand, um Wasser zu holen. Geno und Akrom setzten sich zu ihnen auf den Boden und machten Jael Platz, der mit Gläsern und einer Flasche zurückkam.

Immer wieder strich Felix Chrystal behutsam über das Haar. Wie ein Kind lag sie in seinen Armen, weinte lautlos, doch ihre Atemzüge beruhigten sich langsam. Und auch Xenia schien sich zu fangen. Er hörte sie mit Geno reden, darüber rätseln, was passiert war, als Chrystal sich in seinen Armen bewegte. Sie setzte sich auf, nahm das Glas entgegen, das er ihr hinhielt, trank aber nicht, sondern sah nur auf das leicht schaukelnde Wasser darin.

»Sie hat ihn umgebracht.«

Was? Felix starrte sie entsetzt an.

»Sie hat meinen Vater in den Brunnen geschubst. Er hat versucht herauszukommen, hat mich noch gesehen, ist zu mir geschwommen, dabei aber immer wieder untergegangen. Und ich … Ich hab seine Hand nicht erreicht.«

Das Bild! Felix' Magen zog sich zusammen, und wie von selbst suchten seine Finger wieder nach ihren. Sie zitterten.

»Florentine lag am Rand des Brunnens und hat sich vor meinen Augen aufgelöst. Meinem Vater wäre es wahrscheinlich ähnlich ergangen. Ihr beider Blut war ja in der Phiole gewesen. Aber … er hat mir noch was gesagt. Irgendwas über den Tod. So was wie: Wenn du Hilfe benötigst, wenn du Erkenntnisse brauchst, schau beim Tod.« Fragend sah sie auf. »Aber das macht keinen Sinn, oder?«

JAEL

Doch, das machte Sinn, wenn man den Tod nur anders schrieb.

Thot war der Gott des Mondes, der Magie und der Wissenschaft. Und er hatte ihn kürzlich erst gesehen.

»Chrystal!« Er stoppte das Rätselraten der anderen. »Die großen Gemälde in der Bibliothek. Gehörte eins davon deinem Vater?«

»Nein. Warum fra…« Ihre Augen weiteten sich. »Thot! Du denkst, er hat ihn gemeint?«

»*Schau bei Thot.* Klingt doch so.« Er teilte den anderen, die ihn verständnislos anschauten, seine Vermutung mit, dass nicht der Tod an sich gemeint gewesen sein könnte, sondern die Gottheit. »Auf einem der Gemälde im *Castillo* ist er verewigt. Vielleicht hat dein Vater in ihm etwas versteckt, der Rahmen …«

»Nein«, unterbrach Chrystal ihn. »Wenn, dann in meinem Bild von Thot. Ich hab ihm eins gezeichnet, als ich noch klein war. Er hat es geliebt, und es hing immer über seinem Schreibtisch.«

»Und wo ist es jetzt?«

»Bei mir zu Hause, in der Wand in meinem Zimmer versteckt. Ich hab es gerettet, bevor meine Mutter alles von ihm verbrannt hat.«

Dass das Jahrhunderte alte Anwesen, von dem sie sprach, sogar näher lag als die Burg, hörte sich erst mal gut an, alles Weitere, was sie berichtete, nicht. Eine Agentur vermietete die unteren Säle an hochrangige Gesellschaften. Mit dem modernsten Sicherheitsstandard ausgerüstet kam niemand ungesehen hinein. »Für den Nordflügel haben wir zwar alle Zugangskarten, aber ich war seit

Jahren nicht mehr im Haus und kann da jetzt nicht einfach auftauchen.«

»Und wenn wir es ganz anders angehen würden?«

Jael horchte auf. Xenia hatte sich bisher zurückgehalten.

»Wir könnten mit den Rebellen zusammenarbeiten. Ich ... Ich habe Kontakt zu ihnen.«

»Was hast du?« Während die anderen noch überrascht an ihrem Satz kauten, glaubte er, ihm würde der Schädel explodieren. »Seit wann?«

»Ach, schon einige Zeit.« Sie sah ihn völlig ruhig an und ... lächelte sogar. »Bisher hat er mir nur versteckte Botschaften hinterlassen. Aber seit gestern Abend habe ich Kontakt zu ihm. Er hat sich bei mir gemeldet und möchte mich morgen treffen.«

Das Prepaidhandy! »Die Nachricht gestern war also gar nicht für mich?« Sie hatte gelogen, ihn hintergangen. Jael presste die Kiefer so fest zusammen, dass er glaubte, seine Zähne würden brechen.

Im Zoo. Bei der Robbenfütterung. Um 15 Uhr.

Er bekam mit, wie die anderen darüber diskutierten, ob überhaupt und wenn ja, mit wem sie dort auftauchen sollte, doch alles, was er tun konnte, war, sie anzustarren. Dass er sie bis zum Schluss hatte opfern wollen, entsprach nicht der Wahrheit, aber wie ehrlich war sie gewesen? Sie hatte ihm nicht alles erzählt, ihm nicht vertraut.

War der Rest dann auch nur vorgespielt?

Hatte sie ihm alles vorgespielt?

Felix sollte sie begleiten, so wurde entschieden, niemand sonst, um keine Aufmerksamkeit zu erregen. Dann wurde das Treffen für beendet erklärt.

Und ob er wollte oder nicht, er musste wieder in ihrem Zimmer übernachten, damit er am nächsten Morgen, wenn die Kameras wieder regulär aufzeichneten, am richtigen Ort war. Doch er zog sich so weit wie möglich von ihr zurück.

»Reg dich ab, Jael.« Xenia sah kopfschüttelnd von ihrem Bett aus zu ihm rüber, bevor sie sich zur Wand drehte. »Du wolltest Distanz zwischen uns, jetzt hast du sie.«

»Ich wünsche dir auch eine gute Nacht, Xenia.« Er ließ seine Stimme weich klingen, so als ob ihre Worte ihn nicht getroffen hätten, dabei hallten sie noch lange in ihm nach.

Ja, er hatte die Distanz gewollt, ihretwegen, doch niemals damit gerechnet, wie weit er sich dafür von seinem Herzen entfernen musste.

FELIX

14:25 Uhr. Sie waren ungesehen aus der Mensa entwischt und liefen im Zickzackkurs zum Zoo. Um mögliche Verfolger abzuschütteln, hatte Xenia ihm erklärt. Doch … konnten sie sich sicher sein?

Während seine Nervosität stieg, wirkten ihre Schritte äußerst entschlossen. In dem ganzen Dilemma, in dem sie steckten, war das Treffen mit ihrem Vater ihr Lichtblick, und Felix konnte nur hoffen, dass es auch tatsächlich stattfand.

Trotz Kälte und Novembergrau war am Robbenbecken bereits die Hölle los. An der Glasscheibe tummelten sich die Kinder, hinter ihnen standen ihre Eltern, und Felix gesellte sich zu ihnen. Dabei suchte er sich einen Platz, von dem aus er die Bank gut sehen konnte, auf der Xenia saß. Etwas abseits lag sie, durch den schmalen Spazierweg vom Getümmel am Becken getrennt, doch immerhin noch so nah, dass Xenia wirkte, als würde sie das Spielen der Robben interessiert verfolgen.

Noch drei Minuten, dann müsste er auftauchen. Felix ließ seinen Blick über die Menge gleiten und hielt Ausschau. Von links kamen Nachzügler, ein paar Kinder, eine Frau mit leerem Buggy und einem Baby auf dem Arm.

Mitte oder Ende vierzig müsste er sein, oder? Mit Locken? Eher klein?

Über ihm knisterten Lautsprecher, und gerade als eine Frauenstimme übers Becken hallte und die Zuschauer begrüßte, sah er jemanden auf die Bank zuschlendern. Einen Mann mit Hut. Brauner Mantel. Mittelgroß.

»Entschuldigung.« Jemand schob sich an Felix vorbei, und er verlor Xenia nur für ein paar Sekunden aus den Augen, doch als er wieder zur Bank sah, lag nur noch ihr Rucksack da. Sie selbst hockte bei der Frau mit dem Baby. Ihr Buggy war umgekippt, und Xenia half ihr, alles wieder einzusammeln, was herausgefallen war.

»Scheiße!«, fluchte er. Der Mann mit Hut war weg.

Felix reckte sein Kinn und suchte die Wege nach ihm ab. Erfolglos. Außer der Frau, die sich lächelnd von Xenia verabschiedete, war niemand zu sehen.

Trotzdem wartete er noch einige Minuten, hielt weiter Ausschau, doch als sich nichts tat, gab er seinen Platz am Robbenbecken auf und lief zu Xenia hinüber. Niedergeschlagen saß sie im Schneidersitz auf der Bank und spielte an ihren Schnürsenkeln. »Er kommt nicht mehr, oder?«

»Sieht fast so …« Stirnrunzelnd sah er zu der Packung Tierfutter auf ihrem Rucksack. »Ist die von der Frau eben?«

»Äh … nein.« Sofort nahm sie ihre Füße von der Bank runter und griff danach. Die Schachtel war geöffnet, und aus ihrem Inneren strahlte ihnen eine kleine silberne Nelke entgegen. Eine filigran gearbeitete Brosche, die mit einem Klebestreifen am Rand befestigt worden war. Und plötzlich hatten sie beide es nur noch eilig. Raus aus dem Zoo und auf dem schnellsten Weg in die WG zurück.

Chrystal öffnete die Tür mit einem strahlenden Kameralächeln und lief vor ihnen den Flur entlang. »Wir machen gerade ein Sit-In in der Küche. Jael kocht. Aber nicht Nudeln mit Knoblauch, sondern eher Knoblauch mit Nudeln. Und ich hab keinen Bock, dass später die ganze Wohnung stinkt.«

Clever. So konnten sie unbeobachtet reden.

Jael stand tatsächlich am Herd, die anderen erwarteten sie am Küchentisch und bestürmten sie sofort mit Fragen. Felix schilderte kurz, was passiert war, und Xenia kramte die Tierfutterpackung aus ihrem Rucksack.

Sie hatte auf dem Rückweg nicht weiter hineingucken wollen, genauso wenig, wie sie ihn in ihr Inneres hatte blicken lassen. Doch sie waren nicht zu übersehen gewesen, die Tränen, die sie krampfhaft versucht hatte wegzublinzeln. Die Enttäuschung, ihren Vater nicht getroffen zu haben, musste grenzenlos sein.

Nun hielt sie sich tapfer und löste erst die Nelke vom Rand der Verpackung, bevor sie den Inhalt auf den Tisch kippte. Hunderte von Körnern, darunter einen zusammengefalteten Zettel. Als Chrystal vorsichtig fragte, ob sie die Nachricht lieber erst mal allein lesen wollte, schüttelte sie den Kopf, holte zitternd Luft und faltete den Zettel auseinander.

Liebe Xenia,
nichts wünsche ich mir sehnlicher, als dir begegnen zu dürfen, doch noch ist nicht die Zeit dafür. Deine Bewachung ist so gut wie lückenlos, und wir dürfen nichts riskieren.

Aber ich möchte dir erklären, was dein Weg sein könnte, und muss dafür weiter ausholen.

Unser Blut ist giftig, sagen sie. Wir sagen, es ist rein.

Die Rebellion innerhalb des Partems begann früh. Es gab Mitglieder, die aus dem autoritären System aussteigen wollten, aber es wurde ihnen untersagt. Sie planten ihre Flucht, trafen sich nachts am Brunnen, um sich kleine Mengen des Elixiers abzufüllen, wurden jedoch von einem ihrer eigenen Leute verraten. Zwei der Abtrünnigen wurden regelrecht abgeschlachtet, die anderen konnten fliehen. Der Brunnen aber, in den viel Blut geflossen war, verzieh dem Partem nie. Wie erkrankt, verlor er an Energie.

Aus den Körpern der Geflohenen aber zog sich das Elixier zurück – ein langsamer, qualvoller Prozess. Doch sie bekamen das geschenkt, für das sie so erbittert gekämpft hatten: das vergängliche, aber damit wahre Leben.

Unsterblichkeit macht hochmütig. Sie erhebt sich über die Gefühle. Nichts ist mehr wichtig, dafür scheint alles möglich. Der Entzug des Elixiers aber führte bei den Abtrünnigen zu einer Wandlung. Die Gefühle holten sich ihre Wertigkeit zurück, und so entstand unsere besondere Form der Hypersensibiliät. Unsere Gabe.

Seit der Abspaltung werden wir als Rebellen gejagt, doch es ist nicht nur unsere Gabe, die sie fürchten, es ist das reine Blut in uns.

Ein entleertes Herz von uns besänftigt den Brunnen für Jahre.

Doch unser Blut ist gefährlich. Denn gelangt auch nur ein Tropfen davon in den Brunnen, ist er für immer zerstört.

»Was?« Geno lachte auf. »Aber das ist doch super. Und so viel einfacher als das mit den Phiolen, oder? Ich meine, Xenia kriegen wir doch ganz sicher irgendwie an den Brunnen ran.«

»Ey, und dann auch nur ein Tropfen?« Akrom grinste und steckte ihn damit an.

Es klang tatsächlich machbar, vor allem, wenn sie dafür nicht mal selbst zur Burg müsste. Während Chrystal bereits überlegte, wie sie es anstellen könnten, sah Felix zu Xenia. Ihr Blick klebte noch immer auf dem Brief, wie festgefroren. »Was ist?«

»Ich ... Ich war noch nicht fertig.« Ihre Stimme zitterte, als sie weiterlas.

Mit der Zerstörung des Brunnens befreien wir die Welt. Denn niemand, der sich mit dem Elixier verbunden hat, niemand, der sich von ihm ernährt hat, wird überleben.

Chrystal! Sie würde sterben? Felix' Blick flog zu ihr. Regungslos saß sie neben ihm und starrte vor sich auf den Tisch. Ins Nichts. Wie alle anderen auch.

Totenstill war es in der Küche, nur sein Herz schlug Alarm. Was war los? Waren sie jetzt ein Team oder nicht?

»Tja, schade!« So gleichgültig wie möglich zuckte er mit den Schultern. »Dann halt doch die Phiolen.«

Er sah, wie Chrystal die Augen schloss, kurz nur, bevor sich ihre Blicke trafen. Und Felix wusste, diesen Moment zwischen ihnen würde er nie vergessen. Sie lächelte, und im Blau ihrer Augen schwammen glitzernde Kristalle.

»Sehe ich genauso.« Mit verschränkten Armen lehnte sich Geno auf seinem Stuhl zurück. »Und das bedeutet: Wir müssen irgendwie doch in das beschissene Hochsicherheitshaus. Hast du Pläne oder irgendwelche Skizzen, Chrystal?«

»Was?« Als wäre sie versunken gewesen, tauchte sie plötzlich wieder auf, setzte sich aufrechter hin und stützte ihre Arme auf dem Tisch ab. »Ich … ich könnte welche anfertigen. Aber das ist es nicht. Da reinzukommen und später noch die Phiolen zu suchen – das ist total riskant. Und ich werde sicher nicht zulassen, dass ihr das macht, vor allem, wenn es eine einfachere Lösung gibt. Ich hab von dem Kampf am Brunnen nie zuvor gehört. Und das mit dem Blut ist …«

Sie wollte sich opfern?

Felix war zu geschockt, um etwas zu sagen, doch Xenia fiel ihr ins Wort. »Sagt mal, habt ihr auch so ein komisches Pfeifen auf den Ohren? Ich verstehe kein Wort von dem, was sie sagt.«

»Ist bei mir das Gleiche.« Akrom nickte.

»Bei mir auch«, bestätigte Felix sofort, und nach ihm auch Geno und Jael.

Chrystal starrte sie fassungslos an. »Und wenn ich das will? Ich bin verantwortlich für das, was euch passiert ist. Ich lebe schon so lange und bin auf nichts davon stolz. Aber hier, jetzt, das mit euch … Das ist nicht nur meine Chance, was gutzumachen. Ich hab auch das Gefühl, so gehen zu können. Ich hab mich hier gefunden, bei euch. Ich weiß jetzt, was …«

»Immer noch das Piepsen.« Akrom schüttelte den Kopf, als hätte er tatsächlich Wasser in den Ohren, und sah dabei so komisch aus, dass Felix ein Lachen rausplatzte. Völlig unangebracht. Aber wahrscheinlich war einfach der Punkt erreicht, an dem das Gehirn aus Eigenschutz abschaltete. Und es ging nicht nur ihm so. Die anderen lachten ebenfalls, und für einen Moment bekam der ganze Wahnsinn um sie herum ein anderes Gesicht.

»Ihr seid doch …« Selbst auf Chrystals Lippen erschien ein Lächeln, ein ungläubiges allerdings, bevor ihr Kinn auf einmal zu zittern begann. Sie weinte.

»Hey!« Er stand auf und hockte sich neben ihren Stuhl. »Ich kann gar nicht glauben, dass du das für uns tun würdest. Aber … Einer für alle, alle für einen. Das war dein Spruch, weißt du noch? Und jetzt gilt er hier.«

Er hatte sie damit aufbauen wollen, erreichte jedoch genau das Gegenteil. Seine Worte trieben ihre Tränen nur an.

Sie drehte sich zu ihm und ließ sich in seine Arme sinken.

»Felix hat vollkommen recht.« Jael setzte sich auf den frei gewordenen Stuhl und fasste nüchtern, aber treffend das zusammen, was sie alle dachten.

Chrystal hatte die Chance der Wiedergutmachung, genau jetzt, und jeder von ihnen riskierte dabei sein Leben. Doch jemanden schon im Vorfeld zu opfern, kam nicht infrage.

CHRYSTAL

»Nur du fehlst hier.« Sie legte Elias' Abschiedsbrief zurück in ihre Schreibtischschublade und stand auf. Ihn hatte sie verloren, aber ein neues Team gefunden. Und für das würde sie kämpfen!

Es war 23 Uhr, die Kameras schalteten jetzt um, Zeit für ihre nächste Besprechung also.

Felix kam wie gestern über die Fassade zurück in die WG und setzte sich so selbstverständlich neben sie auf den Teppich, dass sie fast von Neuem angefangen hätte zu weinen. Noch immer konnte sie nicht fassen, dass gerade er es gewesen war, der sich als Erster für sie eingesetzt hatte.

»Okay. Xenia und ich sind drüben erfolgreich gewesen.« Geno nahm die Führung wieder an sich und legte grinsend den Ausdruck einer abfotografierten Einladung auf den Tisch. »Wohltätigkeit war doch schon immer unser Steckenpferd, oder? Am Samstagabend findet bei euch in der Villa eine Benefizveranstaltung statt. Und dank Social Media, wo ja jeder alles Mögliche in die Kamera hält, haben wir die Einladung entdeckt. Und die kann man doch sicher fälschen, um dich, Chrystal, mit Begleitung da einzuschleusen, oder?«

»Sicher. Nur ... am Samstag ist doch Effie Briest. Das Theaterstück.« Die ganze Schule würde da sein. Und sie alle wussten, dass ihre Anwesenheit seitens des Partems dort erwünscht war. Eine günstigere Gelegenheit für viele Entleerungen auf einmal gab es nicht. »Sie werden jemanden schicken, der uns im Auge behält. Keinen Wächter, aber sicher einen von ihren Spitzeln.«

»Das ist uns klar.« Xenia drehte den Ausdruck um, und handgeschriebene Notizen kamen zum Vorschein. »Aber wir haben schon Ideen, wie wir den ablenken könnten.«

Uns. Wir. Chrystal entgingen die kleinen Risse nicht, die diese Worte in Jaels kühle Fassade zogen. Ihm schmeckte das Team »Xenia-Geno« überhaupt nicht, und doch blieb er weiterhin stumm, fast teilnahmslos auf seinem Sessel sitzen. Auch als sie mit den anderen die verschiedenen Möglichkeiten eines Ablenkungsmanövers durchgingen.

»Hast du auch was dazu zu sagen?« Geno sah zu ihm hinüber. »Sonst könnte man doch noch auf falsche Gedanken kommen.«

Warnend hob Jael eine Augenbraue, rutschte aber in seinem Sessel vor. »Wenn wir alle nur an einem Punkt arbeiten, kommen wir nicht weiter. Ich gehe gedanklich schon die nächsten Schritte durch, vor allem das Beschaffen der Phiolen.« Er betonte, dass die Wächter dabei ihr größtes Problem sein würden, womit er völlig recht hatte. Chystal bestätigte seine Befürchtung, dass der Partem sich bald schon auf die Burg zurückziehen würde. »Kurz vor der Zeremonie gibt es die Tage der Einkehr. Ab diesem Zeitpunkt werden alle Wächter eingesetzt, um das Anwesen zu schützen.«

»Alle?«, hakte er nach. »Auch die noch nicht fertig mutierten aus dem Bergwerk? Ich halte einen Einbruch ins *Castillo* für nahezu unmöglich, aber wenn wir sie mit ins Boot hol…«

»Das kannst du vergessen«, unterbrach sie ihn. »Die sind im Mutationsprozess und weder ansprechbar noch einsatzfähig.«

»Nicht ansprechbar?« Xenia sah nachdenklich auf ihre Hände, und was sie dann berichtete, hörte sich völlig irre an.

Sie hatte Mizan erweckt.

»Und er hat mit euch gesprochen?«

»Kurz nur, aber ich hab ihn ja auch nur flüchtig berührt.«

Chrystal schüttelte den Kopf. Xenias Gabe ging weit über das hinaus, was sie über Jahre hinweg geglaubt hatten.

Und die halb mutierten Wächter als Gegner gegen Ihresgleichen einzusetzen, klang verrückt. Aber genial verrückt.

Eine Idee, an der sie weiterarbeiten sollten, entschieden sie, kamen dann aber wieder auf den Schritt davor zurück: den Einbruch in die Villa. Chrystal war bewusst, das Geno gern den Part an ihrer Seite gehabt hätte, doch sie wählte Jael. Nicht nur, da er der Kontrolliertere der beiden war – sie wollte ihn zurückholen, an die Spitze des Teams.

Um zwei Uhr stand ihr Plan für Samstag. Etwas wackelig zwar, doch Pläne waren ja immer nur das Grundgerüst eines Vorhabens, der Rest freie Improvisation. Und das war ihre Stärke.

Bevor Felix sich wieder an seinen Abstieg machen konnte, zog sie ihn mit sich in ihr Zimmer. Ungeplant. Doch wenn nicht jetzt, wann dann?

»Ich weiß nicht, ob du es haben willst. Oder ob du es bescheuert findest. Oder …« Shit! Improvisieren war ihre Stärke? Ihr Magen fuhr gerade Achterbahn.

Felix legte seinen Kopf schief, sah sie fragend an, und bevor sie es sich anders überlegte, schob sie einfach ihre Schreibtischunterlage zur Seite. Zum Vorschein kam ihre Zeichnung: seine Hand in ihrer.

Felix kam näher, sagte aber nichts, nicht ein Wort.

Fand er es übergriffig?

Fühlte er sich bedrängt von der gezeichneten Nähe?

»Ich wollte damit nur … Also vorhin in der Küche, als du und die anderen … Als ihr zu mir gestanden habt …« Ihre Sätze führten ins Nichts. Aber bekam er überhaupt was mit?

Wie erschlagen stand er da und blickte auf die Zeichnung.

»Was ich sagen will, ist: Ich hatte nie wirklich Familie. Doch vorhin hat es sich so wie Familie angefühlt. Und bevor einem von uns etwas passiert, wollte ich dir das Bild geben.«

Endlich! Er drehte sich zu ihr um, sah sie aber kopfschüttelnd an. »Ich war verknallt in dich, Chrystal.«

»Ich weiß.« Sie nickte und wich seinem Blick aus.

»Dann hab ich dich verflucht.«

»Das verstehe ich.«

»Und jetzt?« Sie hörte, wie er sich vom Schreibtisch löste, und spürte, dass er auf sie zukam. Doch sie traute sich nicht, zu ihm aufzuschauen.

»Ich hab noch keine Worte für das, was ich jetzt für dich fühle. Aber …« Seine Hände! Ein Strom aus Wärme floss durch ihren Körper, als sie den sanften Druck seiner Finger an ihrer Seite spürte. »Aber eins weiß ich genau, Chrystal. Nach *Familie* fühlt sich das gerade definitiv nicht an.«

Tränen stiegen ihr in die Augen. Verschwommen sah sie, wie er sich zu ihr beugte. Und dann war da nur noch Felix. Seine weichen Lippen auf ihren, seine Arme, die sie umschlangen, sein Herzschlag an ihrer Brust. Chrystal klammerte sich an ihn, atmete ihn ein. Sie konnte nicht aufhören, ihn zu küssen. Seine Hände wanderten ihren Rücken hinauf, fanden ihren Nacken und strichen weiter über ihren Hals. Sie öffnete ihre Lippen, hörte sein Seufzen und glaubte, innerlich zu verglühen, als seine Zunge in ihren Mund glitt und mit ihrer zu spielen begann.

»Chrystal?«, flüsterte er irgendwann atemlos an ihrem Hals. »Bis wann laufen die Fake-Bilder?«

»Bis fünf Uhr.« Lächelnd löste sie sich von ihm, griff in sein Shirt und zog ihn mit sich zu ihrem Bett. »In drei Stunden also. Und glaub mir, diesmal werde ich dafür sorgen, dass du keine Sekunde davon vergisst.«

JAEL

»Jetzt warte doch mal!« Gegen den Besucheransturm, der sich in die Schule drückte, schlängelte er sich wieder raus. »Xenia, bitte! Was soll das?«

»Das weißt du ganz genau.«

Kalte Abendluft wehte ihnen entgegen, und Xenia umschlang ihren Körper fröstelnd mit den Armen. »Ich hab dir das schon so oft gesagt, mir geht das alles zu schnell. Und jetzt?« Verzweifelt schüttelte sie den Kopf. »Jetzt darf ich nicht mal mehr neben Felix sitzen?«

Ihre Stimme hatte genau die Lautstärke, die es brauchte, um den Journalisten zu erreichen. Er lehnte neben der Eingangstür und diktierte irgendwas in sein Handy. Den Bericht über die heutige Vorstellung sicher nicht. Schon beim Betreten des Schulgebäudes hatte Jael ihn als Bewacher enttarnt, und neben der falschen Sekretärin, um die sich Akrom an der Sektbar kümmerte, war er offenbar das einzige wachsame Auge.

»Hey, es sollte doch unser Abend werden, oder nicht?« Jael legte lächelnd den Kopf schief, wollte sie umarmen, aber sie ließ es nicht zu. Mit erhobenen Händen ging sie auf Abstand und hielt ihm vor, seine ständige Nähe würde sie einengen.

Verzweifelt versuchte er, sie zu besänftigen, kam jedoch nicht mehr dazwischen und fuhr sich nur noch genervt durch die Haare, als auch noch Felix auf der Bildfläche erschien.

»Gut, dass du da bist!« *Ihn* nahm sie in die Arme. »Und weißt du, was? Ich hab hier alles so satt. Lass uns verschwinden, okay? Am besten ganz weit weg.«

Verschwinden war das Stichwort. Alarmiert hob der Journalist den Kopf und beobachtete mit scharfem Blick, wie Xenia und Felix zum Parkplatz liefen.

»Ich weiß, wer Sie sind«, raunte Jael ihm im Vorbeigehen zu. »Kein Zugriff. Aber lassen Sie das Mädchen nicht aus den Augen!«

Zurück im Schulgebäude blieb Jael vor einem der Fenster stehen, und tatsächlich: Erst verschwand der Bulli in der Nacht, dann folgte ein Geländewagen.

Chrystals Mietauto wartete auf der Rückseite der Schule, und als Akrom ihm von der Sektbar zuprostete, konnten sie beide ebenfalls verschwinden. Die Sekretärin würde gleich sehr müde werden und ihre Abwesenheit beim Theaterstück sicher nicht mitbekommen. Schlafmittel und Alkohol – eine äußerst wirksame Kombi. Und zur anschließenden Feier würden sie alle pünktlich wieder zurück sein. Auch Felix mit einer kleinlauten Xenia.

Eine dunkelbaue Limousine. Jael hob anerkennend die Augenbraue, als er auf das Schmuckstück von Auto zuging. Dem Anlass angemessen. Und auch Chrystal verwandelte sich auf der Fahrt zur Villa in eine dem Anlass angemessene Begleitung. Ihr enges bronzeschimmerndes Oberteil entpuppte sich als Kleid, als sie den an der Taille gerafften Stoff bis kurz über das Knie nach unten zog. Die Lederhose darunter musste dem neuen Outfit weichen, genauso wie ihre Stiefel, die sie gegen schwindelerregend hohe Pumps tauschte. Er selbst konnte so bleiben und ergänzte seinen Look – schwarze Hose und weißes Hemd – lediglich mit einem Jackett, das Chrystal vorsichtig eingerollt in ihrer Handtasche mitgenommen hatte. Im Innenfutter des Stoffs fand er seine gefärbten Kontaktlinsen, eine schmale Tube Gel, mit dem er seine Haare zurückstrich, und sein Notfall-Kit, sollte doch etwas schiefgehen. Ein Blick zu Chrystal, und er konnte sich ein Grinsen nicht verkneifen. Ihm war schleierhaft, wie sie es angestellt hatte, ihre Haare zu einem lockeren, aber durchaus eleganten Knoten zusammenzubinden und ihre Haut dezent blass schimmern zu lassen. Doch der Hit war definitiv die übergroße Brille.

Pünktlich um Viertel vor acht stiegen sie als Herr und Frau Gerber aus und flanierten glamourös lächelnd auf das hell erleuchtete Eingangsportal zu.

Sicherheitskräfte kontrollierten den Einlass und überprüften die Gästeliste. Chrystals Arm, untergehakt in seinem, spannte sich an, als sie an der Reihe waren. Auch Jael hielt die Luft an. Es musste einfach klappen, der Rest wäre dann ein Kinderspiel.

»Gerber?« Der Typ schaute auf ihre gefälschte Einladung und blätterte stirnrunzelnd auf seinem Klemmbrett vor und wieder zurück, während Chrystal ihm freundlich, aber bestimmt vor Augen hielt, um welch unglaublich einflussreiche Persönlichkeiten es sich bei ihnen handelte.

»Ich kann sie auf der Liste nicht finden, aber …« Unangenehm berührt schaute er auf. »Würde es Ihnen etwas ausmachen, mir Ihre Einladung dazulassen? Dann würde ich sie nachtragen.«

Sie hatten überhaupt nichts dagegen. Jael nickte ihm nachsichtig lächelnd zu, und sie waren drin.

Sektempfang im Foyer. Mit einem Glas in der Hand unterhielten sie sich angeregt, und als sich die Menge langsam in den Veranstaltungssaal zurückzog, stellte Chrystal ihren Sekt ab und entschuldigte sich höflich.

Die letzte Kabine der Damentoiletten würde sie aufsuchen – denn darin befand sich ein Putzraum, der über eine weitere Tür mit dem Personaltrakt verbunden war. Ein Eindringling fiel weniger auf als zwei, hatte sie entschieden, und da sie sich hier auskannte, hatte er sich geschlagen geben müssen. Ihm blieb jetzt nur die Rolle des Abwartenden. Eine unruhige Rolle, wie er feststellen musste, als er sich während der Begrüßungsrede immer wieder dabei erwischte, auf seine Uhr zu blicken. Zehn Minuten. Fünfzehn. Zwanzig. Warum dauerte das so lange?

Jael klatschte an den passenden Stellen wohlwollend Beifall und verabschiedete sich dabei von einem Stehtisch zum nächsten unauffällig aus dem Saal.

»Nein, Schatz. Die Diagnose ist besorgniserregend, muss aber noch nichts heißen«, sprach er sanft in sein ausgeschaltetes Prepaidhandy. Ein Kellner an der Sekttheke hatte ihn im Blick, senkte auf seine Worte hin jedoch dezent den Kopf, und Jael verschwand im Gang.

Die Putzkammer hatte Chrystal sauber geknackt. Die Tür ließ sich öffnen, und auch in den Personaltrakt kam er.

Was aber war passiert?

Er versuchte, sich an ihre gezeichneten Pläne zu erinnern. Die Treppe hoch in den dritten Stock, dann in den Flur, der zum alten Gebäudeteil auf der Nordseite führte. Wäre sie erwischt worden, hätte er irgendeine Form der Unruhe spüren müssen, unten oder spätestens jetzt auf dem Weg nach oben. Doch es war still und um ihn herum alles dunkel – bis er die Tür zum dritten Stock öffnete. Antike Lampen brannten an den gemauerten Wänden und erhellten den holzvertäfelten Gang vor ihm. Chrystal hätte niemals Licht gemacht. Und Chrystal würde auch nicht plötzlich aus einem der Zimmer vor ihm auftauchen und entspannt den Gang runterlaufen.

Auch wenn die Person verdammt nach Chrystal aussah.

Sofort zog sich Jael in den Schatten einer Kommode zurück. Die Frau blieb vor Chrystals Zimmer stehen und klopfte an. »Milena, kommst du?«

Milena?

»Ja!«

Die Tür öffnete sich, und es erschien eine weitere Frau auf dem Gang. Sie war jünger und verschwand mit der anderen in einem der Räume auf der gegenüberliegenden Seite des Flurs.

Gut so. Nur – wenn diese Milena in dem Zimmer gewesen war, wo war dann Chrystal?

Wie viel Zeit ihm blieb, wusste er nicht, ob noch andere hier waren, ebenfalls nicht, daher nutzte er den Moment und schlich von Schatten zu Schatten den Flur hinunter.

Vorsichtig zog er die Tür auf und sah sie. Chrystal hockte vor einer Steinwand neben einem Schrank und zuckte erschrocken hoch, als er den Raum betrat.

»Scheiße, Jael!«, zischte sie ihn an, atmete dann aber durch und machte augenblicklich damit weiter, wobei er sie gestört hatte: mit dem Zerlegen des Bilderrahmens, um ihn und auch die Zeichnung darin in Handtaschenformat zu bekommen.

Jael begann schon mal damit, ihre Spuren zu beseitigen, schob die herausgenommenen Steine in den Hohlraum der Wand zurück, in der das Bild versteckt gewesen war, und holte aus dem angrenzenden Badezimmer Tücher, mit denen er die Brösel aus dem Mauerwerk unter das Bett beförderte.

Von Chrystal erfuhr er dabei, dass sie sich im Schrank hatte verstecken müssen. »Wegen der scheiß Verräterin Milena! Von wegen, sie hätte keine Wahl. Du kannst dir gar nicht vorstellen, wie die sich gefreut hat, gerade mein Zimmer zu bekommen, und Armata vorhin zugesäuselt hat.« Ihre Mutter! Die Mörderin ihres Vaters.

»Hey, ganz ruhig, okay?« Sie hatte alles verstaut, und Jael schnappte sich ihre Hand. »Die Gelegenheit, dich zu rächen, kriegst du, aber nur, wenn wir hier jetzt schleunigst verschwinden.«

Der Flur lag still und verlassen vor ihnen, als sie aus dem Zimmer traten. Ungesehen gelangten sie ins Treppenhaus, und von da aus über den Putzraum zurück in die Damentoilette.

Eine ältere Frau, die gerade aus einer Kabine kam, sah ihnen empört nach. Die Einlasskontrolle schluckte ihre Erklärung, etwas Wichtiges im Auto vergessen zu haben, zwar verwundert, doch das wir ihnen egal. Sie hatten es geschafft!

Und das sogar erfolgreich, wie ihm Chrystals glitzernder Blick im Auto verriet, mit dem sie aus dem zerstörten Rahmen erst einen kleinen Schlüssel, dann eine zusammengebundene Rolle Papier herauszog. Aufzeichnungen seiner Arbeit, wie es schien, dazu eine Vielzahl an Plänen und Skizzen, von der Burg im Allgemeinen sowie vom Brunnen.

»Well done, würde ich sagen.« Sie strahlte ihn vom Beifahrersitz aus an, hob ihre Hand, und Jael schlug grinsend ein. »Es war mir ein Vergnügen, Frau Gerber.«

Auf der Fahrt zur Schule zerstörte er seine Gelfrisur mit den Fingern, nahm die Linsen raus, und auch Chrystal nutzte die Zeit, um sich zurückzuverwandeln.

Kurz vor zehn betraten sie das Schulgebäude. Die After-Show-Party war schon im Gange, und sie mischten sich unauffällig, Ausschau haltend nach den anderen unter die Leute. Doch Jael machte nur Akrom aus, hinten bei den Basketballern.

Wo war Xenia? Felix? Geno?

»Nicht hier«, raunte Akrom ihm zu, entsperrte dabei sein Handy und hielt ihm das Display hin.

Eingegangen war eine Nachricht von Geno, vor fünf Minuten.

Sterbenslangweilig hier. Ich verschwinde.

Der Text schnürte Jael die Kehle zu, denn es war ihr Codesatz. Für den absoluten Notfall.

XENIA

Sie wusste, dass er ihnen folgte.

Und sie wusste auch, dass es gut war, dass er ihnen folgte. Trotzdem verkrampfte sich ihr Magen bei jedem Blick in den Rückspiegel. Zwei Scheinwerfer durchbrachen hinter ihnen die verregnete Dunkelheit, auf Abstand zwar, und doch schienen sie wie durch ein unsichtbares Band mit ihnen verbunden zu sein.

»Scheiße!« Felix zerriss das Schweigen im Auto, und Xenia sah erschrocken zu ihm. »Was ist?«

»An alles haben wir gedacht, nur ich Idiot nicht ans Tanken.«

Sie spähte zum Armaturenbrett. Die Leuchtanzeige war schon seit Wochen kaputt, aber unter ihr sah sie den Zeiger, der tief im roten Bereich lag.

»Aber … das ist doch nicht schlimm, oder?« Sie sollten ihren Bewacher lediglich beschäftigen und ein bisschen rumfahren – aus der Stadt raus und wieder rein. Da wäre es ja eigentlich nicht verdächtig, zwischendrin mal zu tanken.

»Schlimm nicht.« Felix schüttelte den Kopf, schaute dann aber ein wenig gequält zu ihr rüber. »Ich würde den Typen nur lieber auf Abstand halten.«

Als er den Blinker setzte, fielen die Lichter hinter ihnen ein wenig zurück, bevor sich ein orangefarbenes Flackern in ihren Schein mischte. Ihr Verfolger nahm ebenfalls die Ausfahrt und folgte ihnen zur Tankstelle, tauchte an den Zapfsäulen dann allerdings nicht auf.

Irgendwo in der Dunkelheit hinter ihnen musste er lauern.

Xenia stieg mit Felix aus. Säule drei. Während er ein paar Liter tankte, lief sie durch den Sprühregen schon mal zum Kassenhaus und zog unter der Überdachung ihr Portemonnaie aus der Jackentasche. Drinnen war nicht viel los. Sie kam schnell dran, zahlte und sah auf dem Weg nach draußen Felix in den Bulli steigen. Doch plötzlich verdunkelte sich der Eingang vor ihr, und Xenia erstarrte. Vor der Tür stand ihr Verfolger. Er hatte gerade etwas aufgehoben und hielt es jetzt in den Händen. Eine kleine silberne Nelke. Ihre Nelke. Sie musste ihr aus der Jackentasche gefallen sein, als sie das Portemonnaie herausgeholt hatte. Sie hatte ihr Glück bringen sollen. Würde sie hier und jetzt alles beenden?

Ihr wurde heiß. Dann eiskalt. Denn der Mann hatte den Kopf gehoben und starrte sie so durchdringend an, dass ihr klar war: Er hatte verstanden und in der Nelke das erkannt, was sie war. Das Symbol der Rebellion.

Mordlust. War es das, was in seinen Augen aufflackerte? Er griff unter seine Jacke, und als das schwarze Metall einer Pistole darunter aufblitzte, begann Xenia zu rennen, an ihm vorbei nach draußen.

Alles Denken war eingestellt. Der Puls, ihr Atem – beides flog ihr davon, unter dem dröhnenden Klopfen ihres Herzens.

Sie werden dich töten. Sie werden dich töten.

Und Xenia wusste: Jetzt war es so weit.

Hinter sich hörte sie harte Schritte, sein Keuchen. Sie wollte einen Bogen schlagen, um die Zapfsäulen herum zurück zum Bulli, doch der Mann war schneller. Er schnitt ihr den Weg ab und drängte sie immer weiter zur Seite. Vor ihr tauchte plötzlich ein Zaun auf. Niedrig nur, aus Holz – und sie sprang rüber. Bei der Landung aber rutschte sie weg. Nasses Gras. Ihr Fuß knickte um, und sie stürzte, kam ins Trudeln, ins Rollen, sah nur noch, wie die Welt sich drehte.

Ein Abhang? Sie verlor die Orientierung, sah Himmel und Erde zugleich, spürte dann einen Schlag an der Schulter. Ein Stein?

Brutal stoppte er ihren Fall, aber viel schlimmer war der Schatten, der direkt hinter ihr die Böschung hinunterglitt. Kontrolliert auf seinen Füßen, die Waffe bereits gezückt. Xenia stützte sich ab und rappelte sich hoch, um zu flüchten. Um zu überleben! Doch er war da. Sein Griff an ihrem Fußgelenk brachte sie erneut zu Fall, und grob wurde sie nach hinten gerissen. Sie schlug um sich, trat aus, bekam aber keinen Abstand zwischen sich und ihn. Wegzurennen anstatt zu bleiben – ihr wurde klar, wie tödlich dieser Fehler gewesen war.

Sie wollte schreien, die Welt oben auf dem Parkplatz erreichen, aber in diesem Moment schob er sich über sie und drückte ihr mit seinem Gewicht sämtliche Luft aus den Lungen. Kalt lächelnd beugte er sich zu ihr herunter. »Du dreckige, kleine …«

Eine Hand! Plötzlich tauchte sie aus der Dunkelheit auf und riss seinen Kopf zurück. Ein Tritt folgte, und er fiel zur Seite. Felix? Hatte er ihre Flucht beobachtet?

Xenia rollte sich weg und versuchte auf die Beine zu kommen, um ihm zu helfen. Um die dumpfen Schläge, das Keuchen und Brüllen neben ihr irgendwie zu beenden.

Doch auf einmal war es still. Totenstill.

Ihr Verfolger lag auf dem Bauch, den Kopf verdreht starrte er leblos zur Seite.

Nur – halb unter ihm … das war nicht Felix. Zitternd näherte sie sich dem Mann. Sein Gesicht war voller Gras und Schmutz. Auf seinen Lippen aber lag ein Lächeln, und auch wenn sie ihn zeit ihres Lebens nicht gesehen hatte, erkannte Xenia ihn sofort. Denn es war, als sähe sie sich selbst in die Augen.

»Papa?« Sie ließ sich auf den Boden sinken und versuchte, den erschlafften Körper von ihrem Vater runterzuschieben.

»Xenia!« Sein Lächeln wurde breiter. Er hob seine Hand, und als er sie vorsichtig nach ihr ausstreckte und ihre Wange berührte, stieg ein Lied in ihr auf.

La Le Lu.

Tief und warm sang er in ihrem Inneren das Schlaflied und zauberte dabei Bilder hervor. Sie selbst, ganz klein, auf seinem Arm. Er bei ihr am Kinderbett. Sein Blick voller Liebe.

»Ich … Ich habe mir so oft vorgestellt, wie … wie es ist. Wie es sein wird, dich zu sehen. Aber …« Er lächelte noch immer, doch seine Stimme kam stoßweise, klang gepresst. Xenia verstand seine Worte kaum und beugte sich näher zu ihm. Ihre Hand lag auf seiner Brust, und sie spürte seinen Herzschlag. Dann eine warme Flüssigkeit. Eine dunkle, klebrige Flüssigkeit, die ihr über die Finger floss.

»Nein!« Erschrocken richtete sie sich auf. Seine Jacke war durchtränkt von Blut. Panisch griff sie nach dem Reißverschluss, wollte ihn öffnen, doch er hielt sie zurück. »Tu dir das … nicht an, Xenia.« Seine Augen wurden fiebrig. Ihre füllten sich mit Tränen. »Was ist passiert?«

»Er … hat mich noch … erwischt.«

»Aber …«

»Schalldämpfer … an der Waffe«, fügte er hinzu, als er ihren verständnislosen Blick sah.

Nein! Sie presste die Lippen zusammen, doch ihr Kinn begann zu zittern, zu beben, bis ein Schluchzer in ihr alles zerriss. Sie hatte ihren Vater gefunden, nur um ihn gleich wieder zu verlieren? Sie wollte ihn aufrichten, sie musste ihn hier wegschaffen. Ihr Blick flog zur Böschung, dann aber spürte sie die Hand ihres Vaters in ihrer. Er zog sie zu sich, zurück in seine Arme.

»Kannst du mich hören?« Tief in ihrem Inneren erklang auf einmal seine Stimme, nicht keuchend, nicht gepresst, sondern warm und klar.

Er nutzte seine Gabe? Es musste so sein, denn seine Lippen bewegten sich nicht, und doch sprach er zu ihr.

Xenia nickte unter Tränen, legte ihren Kopf an seine Schulter und hörte über das Lied hinweg die Worte ihres Vaters.

»Es gibt nicht viele von uns. Wir Rebellen haben es nie geschafft, uns gut zu organisieren. Wir sind nicht unsterblich, hatten also gegen den Partem nie eine Chance. Aber wir haben versucht, sie zu stören. Immer wieder. Als ich Claire kennenlernte und du dann kamst, wollte ich aussteigen. Doch immer wieder haben mich Mitglieder der Rebellen aufgespürt und mich unter Druck gesetzt, meinen Beitrag zu leisten. Um euch zu schützen, musste ich weg. Und doch war ich immer bei euch. Habe euch aus der Entfernung erlebt. Euch aus der Entfernung geliebt. Dass unser Schlag gegen den Partem in Spanien dazu geführt hat, dass sie hierher zurückkommen, in deine Stadt, war nicht vorherzusehen. Und ich werde mir das nie verzeihen. Die Rebellen wollten eingreifen, wieder alles auffliegen lassen, doch ich habe gesehen, wie du Jael immer nähergekommen bist, und hab gedacht, wenn du ihn aufbrichst – wenn er sieht, was sie machen, dann …«

Seine Stimme wurde leiser, brach ihm wieder weg. Unter ihrer Hand auf seiner Brust verlangsamte sich sein Herzschlag. Er starb.

»Ich werde kämpfen, Papa«, presste sie unter Tränen hervor. »Wir alle werden kämpfen. Hörst du?«

Er nickte. Es war nur eine leichte Bewegung, die sie an ihrem Kopf spürte. Und das Lied erstarb.

Dafür schickte er ihr Bilder. Wie aus dem Nichts stiegen sie in ihr auf. Eine verwitterte Hütte im Wald. Xenia erkannte die Landstraße, die zu ihr führte. In einem der Bäume vor dem Eingang war ein Hohlraum im Stamm, in dem ein kleiner Kasten steckte. Ein Zahlendisplay. Sie musste lächeln, als ein Finger über die Zahlen glitt und ihr Geburtsdatum eingab. Das Innere der Hütte war überraschend modern und doch gemütlich eingerichtet, es gab eine Küche, ein Wohnzimmer, eine Stiege nach oben. Es war sein Zuhause gewesen, über Jahre hinweg, wie sie erkannte. Denn Bilder hingen an den Wänden – sie zeigten ihre Mutter, und sie zeigten sie.

»Noch kannst du mit Claire verschwinden«, hörte sie ihn wieder zu ihr sprechen. Leise – fast gebrochen. »Geld findest du hier genug. Oder du setzt dem ganzen Grauen ein Ende. Egal, wie du dich entscheidest, Xenia, ich liebe dich! Ich werde bei dir sein. Und ich werde für dich singen, wann immer du die Spieluhr …«

Er sah noch einmal zu ihr auf, bevor er seine Augen schloss.

Und Xenia wusste: Ihr Vater war tot.

JAEL

»Sie ist in ihrem Zimmer.« Felix ließ ihn in ihre Wohnung.

An seinen Händen klebte Blut. Ebenso an Xenias Jacke, die zusammengeknäult im Flur lag.

»Wie geht es ihr?«

»Unverändert. Sie spricht nicht.«

»Verständlich, oder?« Nur ein vages Update hatte er erhalten, über verschlüsselte Whatsapp-Nachrichten, die zwischen ihnen hin- und hergegangen waren. Was genau aber passiert war, steckte noch in ihr fest und musste so schrecklich sein, dass sie dafür keine Worte fand. Wie er damals. Wie sie alle in ihren unterschiedlichen *Damals*.

»Ist Chrystal bei ihr?«

»Nein.« Felix beugte sich nach unten, um seine Schuhe anzuziehen. »Sie wartet drüben auf mich. Wir müssen den Bulli wegschaffen. Oder besser gesagt … den Inhalt.«

Jael nickte. Xenia hatte ihren Vater nicht zurücklassen wollen und Geno und Felix etwas von einer Hütte erzählt, bevor sie verstummt war.

»Ist sie allein?« Jael nickte zum Wohnzimmer.

»Nein, Geno ist bei ihr. Aber …« Er sah ihn mahnend an. »Mach keinen Ärger, okay? Ihr geht es beschissen genug.«

Sein Magen hatte sich tatsächlich allein schon bei dem Namen verkrampft, und er rebellierte, als Jael das Wohnzimmer betrat. Geno hockte vor dem Sofa, eine Hand lag auf ihrem Knie, die andere hielt ein Kühlpack an ihren Knöchel. Xenia selbst kauerte zwischen den Kissen. Sie hatte die Füße aufgestellt, umschlang ihre Beine mit den Armen und starrte vor sich hin. In eine Leere, die nur sie sah.

»Ich bekomme nichts aus ihr raus.« Geno schaute zu ihm auf. »Wir wissen noch immer nicht, was ...«

»Geh!«, stieß Jael aus und fügte ein leises »Bitte« hinzu, als Geno die Stirn runzelte. Für mehr Worte hatte er die Kraft nicht. Es war, als ob alles in ihm zusammenfiele und er nur noch aus einem bestand: seinem Herzen. Das sich schmerzhaft ausdehnte und zu reißen drohte.

Er wartete, bis hinter ihm die Tür geschlossen wurde und sie allein waren.

Xenia hatte ihn an Rafis Grab aus seinem inneren Gefängnis befreit, und es war vermessen zu glauben, er würde das Gleiche für sie tun können. Aber Nähe und Wärme konnte er ihr schenken. Nur ... Würde sie das zulassen?

»Ich bin bei dir, Xenia«, flüsterte er, am Boden kniend vor ihr. »Wo auch immer du gerade bist, ich bin bei dir.« Beständig wiederholte er diese Worte, doch sie sah weiterhin durch ihn hindurch und klammerte sich an etwas in ihren Händen. Jael setzte sich neben sie und lehnte, ganz vorsichtig nur, seinen Kopf an ihre Schulter. Gefährlich dürfte die Berührung für sie nicht sein. In ihm war keine Spur von Kälte mehr, im Gegenteil, er floss über vor Wärme. Und sie?

Leise Töne verließen auf einmal ihre Lippen, und er erkannte in ihnen seine Melodie. Sie konnte ihn hören! Und ihre Starre zeigte erste Risse. Xenia kam ihm zaghaft entgegen. Ganz still blieb er sitzen, um sie nicht zu verschrecken, hörte sein Herz schlagen und ihr leises Summen. Dann stockte sie, und ein Beben ergriff ihren Körper. Xenia weinte erst lautlos, dann begann sie zu schluchzen.

Augenblicklich rutschte er nach hinten an die Lehne, umschlang ihren Körper mit seinen Armen und zog sie an sich. Halten. Er wollte sie nur halten und ihren Fall in das Grauen begleiten.

»Ich bin da«, flüsterte er unablässig. Und irgendwann, als ihre Tränen versiegten, drehte sie sich in seinen Armen zur Seite und legte ihren Kopf auf seine Brust. Ihre Hand auf seinem Herzen hielt sie noch immer zur Faust geballt, doch dann öffneten sich langsam ihre Finger. Etwas fiel auf sein Shirt. Jael spähte nach unten. Die kleine silberne Nelke!

»Es … Es ist meine Schuld.« Ihre Stimme klang gebrochen und das, was sie sagte, völlig unmöglich. Aber er blieb still und ließ ihr Zeit, bis sie tatsächlich anfing zu erzählen. Von dem Stopp an einer Tankstelle, von dem Verlieren der Nelke und schließlich von ihrem Vater, der sie gerettet und dabei sein Leben verloren hatte.

Jael spürte, wie sich eine Träne löste, ihm über die Wange lief, dann seinen Hals entlang. »Xenia, ich bin sicher der Letzte, von dem du etwas hören willst. Aber jemand, der mir alles bedeutet, hat mir mal gesagt, dass das mit der Schuld nicht so einfach ist. Dass Schuld oftmals viel früher beginnt. Und glaub mir bitte, die Welle, die hier gerade alles zu vernichten droht, die hast du nicht angestoßen. Niemals. Es wa…« Seine Stimme hatte zu zittern begonnen, und aus einer Träne wurden so viele.

Xenia bewegte sich in seinem Arm, zog sich ein Stück an ihm hoch und schenkte ihm zum ersten Mal ihren Blick. Tief glänzendes Goldbraun. »Und wie ist das mit deiner Welle, Jael? Die alles vernichtet hat? Gilt das für dich dann auch, dass Schuld niemals so einfach ist?«

»Wenn es dabei nur geblieben wäre«, flüsterte er. »Wenn es das Danach nie gegeben hätte. Dann vielleicht.«

Plötzlich waren sie wieder da, die Bilder seiner Opfer. Das Fotoalbum seiner Taten. Und es zerriss ihn.

Doch diesmal, mit Xenia im Arm, verschloss er seine Augen nicht, sondern blickte jedem Einzelnen von ihnen ins Gesicht. Stiche ins Herz waren es, die ihn qualvoll trafen, denn er konnte ihre Schreie hören. Und er konnte es spüren, ihr stummes Entsetzen, ihre Verachtung, ihren Schmerz.

Schwer atmend tauchte er wieder auf und sah Xenia unter dem Schleier seiner Tränen. Sie war noch immer bei ihm. Und ... hatte alles gesehen?

»Nein«, beantwortete sie seine stumme Frage. »Dazu brauche ich deine Hand. Aber ich habe die Schreie gehört.«

Sie setzten sich auf, und Xenia zog sich auf dem Sofa zurück. Von ihm? Es wäre mehr als verständlich.

Zu seiner Verwunderung aber blieb sie sitzen und sah eine Weile auf seine Hände, die er ineinander verknotet hatte. Dann schaute sie hoch, ihm direkt in die Augen. »Ich will sie auch nicht sehen. Jetzt zumindest nicht. Aber ... wenn ich dieser Jemand bin, von dem du gesagt hast, er bedeute dir alles, dann will ich *dich* sehen, Jael. Darf ich das?«

Sein Herz begann zu stolpern, als er verstand, was sie wollte. Ihn fühlen zu lassen! Ihn zu sich selbst zurückbringen. Doch würde er es ertragen – so wund, so dreckig, wie es in ihm war? Seine Hände ließen ihm keine Zeit, darüber nachzudenken, sie waren bereits auf dem Weg zu ihren. Xenia aber schüttelte den Kopf, begann dann zu lächeln und kletterte zu ihm auf seinen Schoß.

»Ich bin bei dir«, flüsterte *sie* jetzt seine Worte und schob ihre Finger zwischen seine.

Wärme war das Erste, was er spürte. Doch sie verwandelte sich schnell in sengende Hitze. Wie eine Walze überrollte sie ihn, steckte alles in Brand. Flammen züngelten um sein Herz, und als er zu keuchen begann, als er glaubte, dem Feuer nicht länger mehr standhalten zu können, zog sich der heiße Strom aus ihm zurück. Durch seine Arme zu seinen Händen, hin zu ihr.

Xenias Finger hatten an Farbe verloren. Sie löste sie aus seinen und zog sie zurück. Ihr Körper zitterte, schwankte leicht, und als Jael seine Arme um ihre Taille schlang, fiel sie ihm entgegen. Ihre Stirn berührte seine, und zwischen ihnen, fast verborgen, lagen ihre Hände. Sie leuchteten! Dann schraubte sich aus ihnen heraus eine Lichtspur empor. Das Hologramm.

Sie lehnten sich beide zurück, um ihm Platz zu machen. Die Blume des Lebens erhob sich. Leicht zitternd bildete sich ihre Mitte heraus und um sie herum jedes einzelne Blütenblatt. Erst nur zart schimmernd, doch in ihrer Vollendung erstrahlte die Blume in sattem Gold.

Jael fühlte, wie sein Herz sich öffnete, als er zu Xenia sah. In ihren Augen spiegelte sich das Schimmern wider. Und es erlosch selbst dann nicht, als sich das Hologramm zurückzog. Es kam aus ihr heraus.

»Deine Augen leuchten, Jael. Ganz hell. Als ob du von innen heraus strahlst.«

Seine Augen leuchteten auch? »Wenn das Strahlen wirklich meins ist, dann hast du es mir geschenkt.«

Ein Kribbeln durchzog seinen Magen. Denn Xenias Blick wanderte über sein Gesicht und blieb an seinem Mund hängen, zu lange, als dass es nichts zu bedeuten hätte.

Doch durfte er das ausnutzen?

Diesen Tag des Schreckens? Ihre Trauer? Den Verlust?

»Ich …«, begann er, nur um dann nicht weiter zu wissen. Sein Kopf war wie leer gefegt. Und dieses Kribbeln nahm zu.

Auf Xenias Lippen erschien ein Lächeln. »Unsicherheit steht dir gut, finde ich.« Und dann entschied sie für ihn. Sie näherte sich ihm, ihre Hände glitten seine Arme hinauf und legten sich um seinen Nacken. Jael schloss die Augen. Ihre Küsse waren zart, und sie wanderten von seiner Wange langsam zu seinen Lippen. Und jeder einzelne zog ihm tief unter die Haut. Elektrisierend. Beinah quälend, bis ihre Lippen endlich seinen Mund erreichten. Jael vergrub seine Hände in ihren Locken und zog sie mit einem tiefen Seufzen an sich. Ihre Beine umschlangen seinen Körper, ihr Kuss verlor alle Zartheit, wurde drängender und löste in ihm ein ziehendes Verlangen aus. Nach ihr. Nach mehr! Doch über den Rausch hinweg spürte er noch etwas anderes. Sein Tattoo.

Es pulsierte – voller Erwartung auf sein krönendes Opfer.

»Warte!«, stieß er aus und löste sich von ihren Lippen. Sie musste es erfahren. Sie musste verstehen, in welche Gefahr sie sich begab. »Als ich gesagt habe, dass ich es bis zum Schluss wollte, habe ich gelogen. Doch ab jetzt, Xenia, ist es möglich. Ich kann dich entleeren. Und wir …«

»Aber nur, wenn ich es sage, oder? Die drei Worte?« Lächelnd zog sie ihn vom Sofa, hinein in ihr Zimmer, und schloss die Tür. »Meine Mutter kommt sicher später, und …« Eine leichte Röte erschien auf ihren Wangen. »Also, versteh mich nicht falsch. Ich will nicht mit dir schlafen, Jael. Aber ich möchte dich heute Nacht bei mir haben.«

Sie bat ihn zu bleiben?

Die Erlaubnis des Partems musste er nicht einholen. Ob sie bei ihm drüben schlief oder er bei ihr – das war egal. Hauptsache sie waren zusammen.

Aber was war mit ihm? Mit seinem Plan?

Jael setzte sich auf ihr Bett und vergrub das Gesicht in seinen Händen. Er hatte ihr aus dem Weg gehen wollen, um sie mit sich nicht zu beschmutzen. Und jetzt? War ihm alles entglitten.

»Was ist los?«, fragte sie mit unsicherer Stimme. Doch noch während er ihr sein Verhalten der letzten Tage zu erklären versuchte, schüttelte Xenia den Kopf. »Mich hat schon mal jemand verlassen, um mich zu schützen, Jael. Tu du das bitte nicht auch.«

Der Schmerz in ihrem Blick traf ihn tief ins Herz. Und ohne Schutzwall war es eine Qual, der er nichts entgegenzusetzen hatte. Er zog sein Handy aus der Tasche und wählte Chrystals Nummer. Das Gespräch wurde ein Schauspiel für die sicher lauschenden Ohren. Er sprach von einer Versöhnung und dass er die Nacht bei Xenia bleiben würde, Chrystal von einem ausgiebigen Sonntagsfrühstück morgen in der WG, am besten ganz früh, bei dem er ihnen alles haarklein erzählen sollte.

Ganz früh. Weil später der Partem anrückte?

Unruhe machte sich in seinem Magen breit. Xenia nannte es Angst, als sie das unheimliche Säuseln in ihm hörte. Ein Gefühl – für das er noch keine Strategie hatte. Tödlich, für sie alle, wenn er dem Druck des Partems morgen nicht standhielt.

Es sei denn …

CHRYSTAL

Felix schlief noch, was nach der Nacht auch kein Wunder war. Sie hatten Xenias Vater in der Nähe der Hütte begraben, den Bulli gründlich gereinigt und waren dann, um noch einen möglichst guten Abschluss für den Tag zu finden, gemeinsam die Fundstücke aus dem Bilderrahmen durchgegangen. Und sie hatten alles: die Pläne vom Brunnen, die Zusammensetzung des Elixiers, eine detaillierte Skizze von der Burg samt des Nordturms und aller vorhandenen Geheimgänge, von denen einer sogar in den Wandschrank ihrer Kammer führte. Dazu den Schlüssel für den Schrein mit den Phiolen. Das wäre eigentlich eine Feier wert gewesen, wenn gestern alles glatt gelaufen wäre. Und wenn nicht gerade der Anruf gekommen wäre: Sie mussten antanzen, der Partem erwartete sie jetzt schon.

Lebe lang und in Frieden, Felix.

Chrystal verabschiedete sich an seiner Zimmertür mit einem letzten Blick von ihm. Sollte ihr etwas zustoßen, hatte er jetzt die Kopien aller Unterlagen als mögliches Druckmittel, versteckt unter der Werkbank im Schuppen. Und noch mehr.

Der schwarze Wagen parkte einige Meter vom Haus entfernt, und nachdem ihr die Maske ausgehändigt und das Handy abgenommen worden war, stieg sie ein. Reden durften sie auf der Fahrt nie, Stille war also normal, doch diesmal hatte sie etwas Gespenstisches. Keine Atemgeräusche. Akrom, Jael und Geno schienen wie sie die Luft anzuhalten.

Würde man sie in den Kammern getrennt voneinander zum Abend befragen? Würden ihre Geschichten übereinstimmen? Der

Anruf war zu früh gekommen. Kein Frühstück, keine Absprachen.

Die Kirche betraten sie noch gemeinsam, und sie wurden auch gemeinsam in ihre Umhänge gehüllt die Treppen hinunter in den Saal geführt. Als sie die Maske abnehmen durften, flog ihr Blick sofort zu den anderen. Akrom blinzelte zu oft. Geno war zu blass. Und Jael? Er wirkte ungewohnt verkrampft. Kälte kroch ihr zwischen die Schulterblätter. Zugrattern, Schüsse, Wellen. Mit welchen Mitteln auch immer der Partem versuchen würde, sie in die Knie zu zwingen, heute könnte er es schaffen.

Nur einer von ihnen musste einknicken, und sie alle würden fallen.

Auf der Empore über ihnen erklang der Choral, doch so wie das nur spärlich entzündete Kerzenlicht hatte auch die ihr so vertraute Melodie fast etwas Nachlässiges. Oder lag es daran, dass sie das alles nicht mehr erreichte?

Nach dem letzten verklungenen Ton und der üblichen Begrüßung kam der Supremus sofort zur Sache. Von einem misslungenen Abend sprach er, von einem verschwundenen Mitarbeiter, aber auch von missgestimmten Schwingungen, die er bis nach oben spürte. »Und wir werden der Sache auf den Grund gehen. Geno, Kammer 1!«

Sie wurden getrennt! Chrystals Finger krallten sich in den dicken Stoff des Umhangs, doch als Geno sich erhob, hielt Jael ihn plötzlich zurück.

»Ich würde das Ganze hier gerne abkürzen.«

Was? Ein Raunen erklang auf der Empore, geflüsterter Unmut, der ihn jedoch nicht abhielt. Zielstrebig ging er weiter auf die Fußbank zu. Und … zog seinen Umhang aus.

»Du missachtest unsere Befehle?«, donnerte es von oben, gefolgt von einer eindeutigen Anweisung, zurückzutreten.

»Das werde ich. Nur vorher habe ich euch etwas zu bieten, das uns allen Zeit und vor allem Kraft erspart.«

Chrystal brach unter der schweren Kapuze der Schweiß aus. Was hatte er vor?

Jael griff sich ins Shirt und zog es über seinen Kopf.

Im Saal wurde es totenstill. Oben sicher aus Anerkennung, aus Bewunderung. Von ihnen aus Entsetzen.

Sein Tattoo war vollendet. Die Umrisse schimmerten golden, und das letzte Blütenblatt strahlte blutrot.

Er … hatte Xenia entleert!

Der Supremus hob die Hände. Chrystal sah ihn als Schattenbild auf dem Boden vor sich, engelsgleich. »*Per aspera ad astra*, Jael. Du bist so weit?«

»Ja. Ich trage ihre Liebe bereits in mir. Sie muss es sich jetzt nur noch eingestehen, die Entleerung damit besiegeln, und dann …«, er wandte sich ihnen zu, »ist meine Arbeit für euch abgeschlossen.«

Chrystal konnte ihn nur anstarren, benötigte all ihre Kraft, um die Tränen in ihren Augen nicht freizulassen. Warum? Hatte er vor, sie alle zu verraten? Ihren ganzen Plan?

Sie erhielten Anweisungen und Maßregelungen, dann durften sie gehen.

Schweigen. Auch wenn sie innerlich zu platzen drohte, hielt sie sich an das Redeverbot im Auto. Diesmal hatte die Stille nichts Gespenstisches. Sie hatte etwas Mörderisches. Und sobald sie das Haus betraten und die Hintertür zufiel, schlugen sie zu. Akrom und Geno. Und jeder Schlag war ein Treffer.

XENIA

»Nia?« Die Stimme ihrer Mutter drang aus dem Flur, und mit einem Satz war sie zurück in ihrem Bett. »Oh! Du hast ja noch geschlafen.«

»Mhm …«

»Ich muss gleich ins Büro und anschließend zum Sonntagstreffen. Geh du bitte einkaufen. Am Bahnhof, ja? Ich hab es gestern nicht mehr geschafft.«

Einkaufen. Was ganz Weltliches, und doch klang es gerade so banal. Xenia nickte ihr vom Bett aus zu. Ihre Mutter wusste nichts. Gar nichts. Und in diesem Moment beneidetet Xenia sie darum.

Sobald sie verschwunden war, bezog sie wieder ihren Platz am Fenster. 10:20 Uhr. Jael hatte sich früh am Morgen rausgeschlichen. Er und die anderen waren abgeholt worden. Doch wann kamen sie zurück?

Sie ließ die Straße nicht aus den Augen, frühstückte im Stehen und verschluckte sich an ihrem Toast, als der schwarze Wagen einige Minuten später tatsächlich auftauchte. Schlüssel, Handy – sie hatte alles bereitgelegt und wartete noch kurz, bis der Wagen wieder verschwand, bevor sie die Treppen nach unten flog.

Als Chrystal ihr die Tür öffnete, blieb Xenia das Herz stehen. Jael! Er lag halb auf dem Boden, halb auf der Treppe. Blut floss ihm aus dem Mund. Blut klebte an Genos Faust. An Akroms Shirt.

»Seid ihr bescheuert?« Sie stürzte zu Jael, hob behutsam seinen Kopf an und legte ihn auf ihren Knien ab. Stöhnend sah er zu ihr hoch, versuchte zu lächeln, doch seine blutverschmierten Lippen zitterten nur.

»Du beschützt ihn noch?« Chrystal baute sich hinter ihr auf. »Weißt du eigentlich Bescheid? Weißt du, dass er dich und damit uns verraten hat?«

»Das stimmt nicht.« Xenia schloss die Augen und legte ihre Stirn an seine. »Er hat uns gerettet.«

Egal, wie oft sich die anderen bei Jael in der Küche entschuldigten, Xenia kapierte einfach nicht, warum sie ihm nicht mal die Möglichkeit gegeben hatten, sich zu erklären. Dabei war ihr Plan, an dem sie die ganze Nacht gearbeitet hatten, aufgegangen.

»Jael hat sein Tattoo gespürt, also gemerkt, dass es schon auf mich reagiert. Und uns war klar, dass das die Lösung sein könnte. Für euer heutiges Treffen mit dem Partem, aber vielleicht auch für später. Wir waren dann ganz vorsichtig und …« Sie wusste nicht, wie sie es erklären sollte. Ihre Nähe. Ihre Küsse. »Wir haben uns geöffnet, und es hat richtig angefangen zu glühen.« Sie selbst hatte gerade ebenfalls das Gefühl zu glühen, bei dem Gedanken an seinen Rücken unter ihren Händen, an seine warme Haut.

»Wir sind dann alles durchgegangen und haben einen Plan entworfen«, half Jael ihr weiter. Seine Lippe war geschwollen, doch die meisten Treffer hatten seinen Magen erwischt. Noch immer atmete er schwer. »Ich brauche allerdings ein paar weitere Informationen von dir, Chrystal, und dann reden wir alle heute Abend darüber, okay? Wenn auch Felix dabei ist. Aber: Wenn das mit den Halbwächtern tatsächlich klappt, könnte unser Plan funktionieren.«

Gänsehaut überzog ihre Arme. Könnte. Müsste. Sollte. Ihr Plan war riskant – und gleichzeitig so naheliegend. Denn um auf die Burg zu kommen, gab es nur eine Möglichkeit: Die Zeremonie musste stattfinden.

FELIX

»Seid ihr verrückt?« Ungläubig sah er in die Runde. Ein Einbruch in die Burg allein war schon riskant, aber ein Anschlag während der Zeremonie?

»Ich hab auch erst geschluckt, glaube aber, dass es funktionieren kann.« Chrystal kniete neben ihm vor dem Couchtisch und beugte sich über Jaels Skizze. »Das ist der Grundriss der unterirdischen Kathedrale. Und wie ihr seht, ist sie wie ein liegendes Kreuz aufgebaut. Hier oben ist die Loge des Partems.« Sie deutete auf das Kirchenschiff am Kopf des Kreuzes. »Und davor gibt es ein Gitter. Was eigentlich nur für Notfälle da ist, um den Partem zu schützen, sollte jemand ausrasten. Aber wenn wir auf der Empore jemanden hätten, der das Seil durchtrennt, an dem das Gitter hängt, sitzen sie in der Falle. Sie können nach hinten raus nicht weg.«

»Okay.« Die Unsterblichen auszuschalten klang schon mal gut. »Aber was ist mit den Wächtern? Wir können ja, wenn es überhaupt klappt, nur fünf von ihnen austauschen.«

»Stimmt, und deswegen müssen es die Wächter sein, die die wichtigsten Positionen innenhaben«, schaltete sich Jael ein. »Und das müsstest du entscheiden, Chrystal, wenn es so weit ist. Aber … Fangen wir doch gemeinsam ganz von vorne an, okay? Sobald ich den Anruf tätige und dem Partem mitteile, ich hätte Xenia erfolgreich entleert, werden sie uns, und natürlich auch euch, auf die Burg holen. Was sie aber nicht wissen, ist, dass du, Felix, auch da sein wirst und für uns alle Fäden im Hintergrund ziehst. Wir werden weggesperrt. Du nicht. Und so bist du der Einzige, der sich ungesehen in den Geheimgängen bewegen kann.«

Felix schluckte. Klar wollte er mitmachen, doch als Jael aufzählte, für was er alles zuständig sein sollte, war es nicht nur Nervosität, die sein Herz schneller schlagen ließ. Es war Angst. Denn *er* sollte die Halbwächter betreuen, bis sie in die Burg einfielen. *Er* sollte Chrystal beim Stehlen der Phiolen unterstützen und sie anschließend am Rand des Brunnens verstecken. Und *er* war derjenige, der am frühen Morgen dann den Überfall auf die Wächter und den Austausch durch ihre Leute koordinieren sollte.

»Du siehst, du bist Dreh- und Angelpunkt aller Aktionen.«

»Super.« Felix hob den Daumen, doch die Verantwortung seiner Rolle walzte ihn jetzt schon nieder. Und da half es auch nicht, zu hören, dass er bei der Zeremonie selbst nicht mehr viel zu tun hatte.

»Hier seid vor allem ihr gefragt«, wandte sich Jael an Akrom und Geno und zeichnete ihre Positionen ein, am Hauptportal – gegenüber der Loge. Auch Xenias Standort markierte er, etwas abseits auf dem Opfertisch im Seitenschiff, zuletzt seinen eigenen.

»An einem Kreuz?« Felix sah auf und bemerkte, dass auch Geno und Akrom verwundert die Stirn runzelten, doch Chrystal nickte bestätigend.

»Da sie davon ausgehen, dass in Jael Xenias Liebe ist, wird man ihn hochziehen, um ihn dann anschließend im Brunnen zu versenken. Nur sollten wir zusehen, dass wir ihn da schleunigst wieder runterkriegen. Jael baumelt fast direkt über dem Brunnen. Und der strahlt, wenn er unruhig wird, nach oben giftige Dämpfe ab.«

Doch zuerst musste das Gitter fallen, und das durfte es nicht, bevor Chrystal in der Nähe des Brunnens stand, wo die Phiolen versteckt waren.

Jaels Stift flog nur so über das Papier, als er jeden weiteren Schritt, jede auch nur mögliche Bewegung in der Kathedrale mit ihnen durchging. Irgendwas musste in seinem Kopf anders laufen. Sein Denken war so schnell, so präzise, als verfügte er über das Doppelte an Hirnzellen.

Gegen zwei Uhr rauchte nicht nur Felix der Schädel, auch die anderen sahen geschafft aus, und Jael legte den Stift nieder. »Wir werden das wieder und wieder durchgehen, okay? Aber erst mal holen Xenia und ich die Halbwächter aus ihrem Schlaf. Wir werden ...«

»Stopp.« Chrystal unterbrach ihn. »Also erst mal finde ich, dass du das hier genial machst. Ehrlich.«

»Aber?« Jael kniff die Augen zusammen.

»*Ich* werde mit Xenia fahren und hab auch schon die Erlaubnis.«

Felix hielt die Luft an und rechnete fest mit einem scharfen Angriff, doch erstaunlicherweise blieb Jael ruhig. »Wie das?«

Sie erzählte, dass sie am Abend in den Kontrollraum gebeten worden war. Erst mal war es im Gespräch mit dem Partem nur um den toten Bewacher gegangen, den die Polizei mittlerweile gefunden hatte. »Ich hab gesagt, wie scheiße unser Personal ist und dass ich das ab jetzt übernehmen werde. Na ja, und dann hab ich die Gelegenheit genutzt, zu fragen, ob ich Xenia nicht für ein paar Tage hier rausholen kann. Ohne Bewachung! Und hab ihnen einen Haufen Lügen aufgetischt. Xenia hätte Beziehungsängste. Ich würde das mit dir, Felix, nur spielen. Um ihr zu zeigen, wie toll Beziehungen sind und so.« Sie sah entschuldigend zu ihm, aber er schüttelte nur lächelnd den Kopf.

Schwarz und Weiß. Wahrheit und Lüge. Scheinbar gab es doch auch Graubereiche.

»Jael, ich kenne wirklich jeden Winkel im Bergwerk. Die Führungsposition unserer Sektionen bleibt immer gleich, aber darunter wechseln wir alle paar Jahrzehnte. Ich hab vorher lange für die *Scientia* gearbeitet, und die Halbwächter werden sicher erst mal Angst vor mir haben. Aber ich krieg das hin. Wirklich.«

Für ihn und die anderen klang es gut, nur Jael blieb still, und als Felix sah, wie behutsam er nach Xenias Hand griff, war ihm klar, warum. Er wollte sie nicht allein lassen.

»Pass auf, wenn irgendwas schiefläuft, kommen wir einfach nach«, schlug Felix ihm vor. »Offiziell für so ein Doppel-Date, okay? Um unserer Xenia ein bisschen auf die Sprünge zu helfen.«

Jael nickte, und die Erleichterung in seinen Augen war nicht zu übersehen.

Er hatte ihn wirklich verabscheut, und doch galt für ihn das Gleiche wie für Chrystal, oder?

Auch bei Menschen gab es diese Graubereiche.

XENIA

Die Worte »Auf Wiedersehen« hatten eine andere Bedeutung, wenn hinter ihnen keine Zuversicht, sondern lediglich Hoffnung lag.

Liva hatte gestern in der Schule nur angesäuert reagiert, als sie ihr von der angeblichen Jugendfahrt erzählt hatte, zu der sie von Chrystal eingeladen worden war. Ihre Mutter hatte ihr immerhin viel Spaß gewünscht. Zwei Worte und ein Ausrufezeichen waren auf ihrem Display erschienen, eine kurze Nachricht – wie üblich.

Schlimmer war es für Xenia gewesen, Felix, Akrom und Geno zurückzulassen, noch schrecklicher war Jael. Er hatte sie zur Autovermietung gebracht, ihnen dort geholfen, das Gepäck in dem Camper zu verstauen, war dann aber zügig gegangen.

»Alles okay?« Chrystal stupste sie mit der Schulter an, als sie vom Hof fuhren. »Ich glaub, er ist nicht so der Typ für viele Worte, aber schau mal nach hinten.«

Jaels Jacke! Xenia schnallte sich ab und angelte sie vom Boden des Wagens. Er wusste, wie sehr sie den Geruch mochte, die Mischung aus ihm und Leder. Hatte er sie extra dagelassen?

»Hab ihn beobachtet, als er sie reingelegt hat.« Chrystal zwinkerte ihr zu. »Uns war ja schon über Jahre klar, wie besonders er ist, aber jetzt mit dir … wow!«

Xenia lächelte, eingekuschelt in seine Jacke, und als sie vorsichtig nachfragte, begann Chrystal von diesen Jahren, aber auch von ihrem Leben generell zu erzählen. Über die verschiedenen Epochen, die sie erlebt hatte, von Kaisern und Königen, dem immerwährenden Reisen, um nicht aufzufallen, den stets von Neuem aufflammenden Kriegen. »Aber wenn dich nichts umbringen kann, lebst du wie in einer Blase, und alles, was um dich herum passiert, kommt dir wie ein Spiel vor. Du hast keine wirklichen Freunde, weil du ja nirgends länger bleiben kannst. Alles, was du hast, ist der Clan. Über Hunderte von Jahren die gleichen Leute. Du stumpfst ab und erkaltest. Und so richtig kapiere ich das jetzt erst.«

Mittlerweile waren sie schon über die Grenze gekommen, hatten sich ein paar Lebensmittel im Supermarkt gekauft und saßen, die Beine ausgestreckt, auf den schmalen Betten hinten im Camper.

Auch wenn im Bergwerk nur einmal wöchentlich, und zwar montags, ein Kontrollgang durchgeführt wurde, wollten sie auf die Nacht warten, um die Dunkelheit für sich zu nutzen. Verirrte Spaziergänger konnten sie nicht gebrauchen. Doch je mehr Zeit verstrich, desto stiller wurden sie beide. Xenia spürte, wie die Anspannung in ihr wuchs, und sah, dass auch Chrystal immer häufiger an ihrem Ring drehte, bevor sie ihn abnahm und in ihrer Hosentasche verstaute.

Stirnlampen, Windjacken, Spanngurte. Sie sammelten ihre Sachen zusammen und sprachen sich ein letztes Mal ab. Dann ging es endlich los – über verlassen wirkende Landstraßen hinein in den Wald. Chrystal kannte einen Weg, der etwas näher am Zugang ins Bergwerk lag, und doch wurde der Aufstieg durch die Finsternis um sie herum nicht leichter. Die Kälte nagte an Xenia, als sie die Leiter in den Schacht hinunterkletterten und den Tunnel entlangliefen. Die Kälte und die Erinnerung an den Angriff von Mizan.

Erst mal sollte sie es nur bei ihm versuchen. Und Chrystal war bei ihr, versuchte sie sich zu beruhigen, doch als sie die Aufzuchtstation betraten und Xenia die schweren Atemgeräusche von den Tischen aus hörte, fingen ihre Knie an zu zittern.

»Hey! Das klappt schon.« Chrystal zog ihr vorsichtig die Stirnlampe vom Kopf, nahm auch ihre ab und holte aus der Jacke die

Spanngurte heraus. »Er wird sich keinen Millimeter mehr rühren können, okay?«

Besonders stabil wirkten die Gurte nicht, doch Chrystal schien zu wissen, was sie da tat, als sie Mizans massigen Körper mit geübten Griffen am Tisch festzurrte. Dann war sie dran. Sie schloss die Augen und atmete ein letztes Mal durch, bevor sie ganz vorsichtig seine Hand berührte. Zuerst nahm sie nur Stille wahr, in die sich dann aber ein leises Knistern mischte. Mizans Hand bewegte sich unter ihrer. Erst war es nur ein Zucken seiner Finger, und es löste einen leichten Schwindel in ihr aus. Dann aber ging ein Beben durch seinen Körper. Die Gurte spannten sich, knarrten gefährlich, und sofort war Chrystal bei ihr, um sie von ihm wegzuziehen.

Mizan war wach!

Er zerrte mit aller Kraft an seinen Fesseln, brüllte auf, als sie nicht nachgaben, und fing an, seinen Kopf hin und her zu schlagen.

»Nummer 43. Ruhe!«, herrschte Chrystal ihn an, und wie bei Jael reagierte er auf den harten Tonfall. Mit aufgerissenen Augen starrte er vom Tisch aus zu ihr hoch. Nur seine wulstigen Lippen bewegten sich und formten lautlos ihren Namen. *Chrysalia.*

»Ganz richtig, 43! Ab jetzt aber bitte Chrystal.« Sie behielt ihren scharfen Ton bei, während sie ihm erklärte, warum sie hier waren, doch Xenia hörte sein verächtliches Ausatmen und wusste, dass das so nichts bringen würde.

»Darf ich mal?« Sie schob Chrystal zur Seite, versuchte, in ihm das zu sehen, was er einst gewesen war: kein zahnloses, aufgepumptes Monster, sondern Jaels Partner. Sie lächelte zu ihm hinunter. »Erkennst du mich, Mizan?«

»Ja.« Überraschung zeigte sich auf seinem Gesicht. »Du … warst hier. Mit Jael.«

»Genau. Und wir haben dir gesagt, dass wir wiederkommen.«

»Warum dann … die Fesseln?«

»Du hast mich letztes Mal angegriffen.« Vorsichtig setzte sie sich auf die Tischkante. »Ich möchte dir gerne von mir erzählen. Und von Jael. Wenn ich darf?«

Sein Blick huschte zu Chrystal, doch Xenia fing ihn wieder ein, indem sie ihm sanft ihre Hand an seine Wange legte. Der Schwindel traf sie erneut. Aber anders ging es nicht.

»Nur mir zuhören, Mizan, okay? Zu ihr kommen wir später.«

Sie gestand ihm, dass sie eine Immunitin war, erzählte von dem, was passiert war, und auch von ihrem Plan, den Partem zu vernichten. Um die Menschen zu retten und aus Rache für das, was er ihnen allen angetan hatte. Immer wieder musste sie Mizans Hand dabei berühren, weil er wegzukippen drohte, und verlor selbst an Kraft.

»Dir bleiben genau zwei Optionen.« Chrystal stellte sich hinter sie und gab ihr Halt. »Du wirst ein Wächter, 43, oder du bleibst Mizan und kämpfst mit uns gegen den Partem.«

Allein ihre Anwesenheit machte ihn unruhig, doch man sah, wie es hinter seiner Stirn arbeitete, dann tanzte das Neonlicht über seinen glatten Schädel, als er zu nicken begann.

Er war dabei!

Xenia stand schwankend auf und lehnte sich an die kühle Fliesenwand. Ab jetzt würde Chrystal übernehmen.

CHRYSTAL

Das Legen des Zugangs verlangte absolute Präzision. Bei dem Patienten vor ihr war Vorsicht allerdings nicht nötig. Er war schon tot.

Chrystal schob die Bare mit der Leiche, die sie sich aus dem Kühlraum beschafft hatte, direkt neben Mizans Tisch und drehte sie auf den Bauch. Mit einer Hand stützte sie dann den Kopf ab, mit der anderen holte sie kurz aus und stieß dem Toten das Zugangsrohr in den Nacken. Gleich würde Mizans Elixierzufuhr in ihn hineintröpfeln. Und das war wichtig, denn das Tropfen durfte nicht unterbrochen werden, ansonsten würden die Apparaturen Alarm schlagen.

Xenia war ein wenig grün im Gesicht, als sie sich zu ihr umdrehte, und Chrystal entging auch nicht, wie angestrengt sie versuchte, sich auf den Beinen zu halten. Sie mussten Mizan hier rausschaffen und sich die anderen für später aufheben. Xenia ging die Kraft aus, zudem war es sicher besser, erst mal abzuwarten, wie Mizan das Erwachen wegsteckte, bevor sie es gleich mit fünf Halbwächtern aufnahmen.

»Eine falsche Bewegung«, ermahnte sie ihn, »und das war es für dich. Verstanden?«

Auch wenn er nickte, verschwand das Misstrauen aus seinen dunklen Augen nicht, doch er blieb ruhig, als sie die Spanngurte um seinen Brustkorb löste, und setzte sich brav auf. Langsam, damit der Schlauch in seinem Nacken der Bewegung folgte. In Sekundenschnelle zog sie dann den Verbindungskanal aus seinem Ventil und verband ihn mit dem Toten.

Kein Piepsen. Kein Alarm. Chrystal hob grinsend die Hände. Mizan war frei.

Ihn zu überzeugen, die anderen vorerst zurückzulassen, war nicht leicht und Xenia übernahm das. Sie selbst kümmerte sich währenddessen um Ersatzkleidung für die Halbwächter und passende Gebisse, sodass sie bei ihrem großen Auftritt wie richtige Wächter aussehen würden. Dann füllte sie einige Spritzen. Mizan und später auch die anderen durften nicht auf Entzug gesetzt werden, sondern mussten weiterhin über den Zugang mit dem Elixier versorgt werden. Ein Druckmittel zusätzlich, sollten sie Ärger machen. Oder fliehen wollen.

Was er zumindest nicht vorhatte, wie er ihr versicherte, doch Chrystal teilte sein Misstrauen, ließ Xenia daher im Tunnel vorgehen und folgte als Letzte, um ihn im Auge zu behalten. Seinen Schritten fehlte die Kraft, seinen Armen noch mehr, als sie die Leiter hochkletterten. Sie überholte ihn, schnallte einen der Gurte um seine Taille und zog ihn mit hoch.

Oben angekommen ließ sie sich völlig fertig neben Xenia auf den Waldboden fallen. Mizan aber blieb stehen, wie abwesend. Den Kopf leicht schräg, die Augen geschlossen, atmete er immer wieder tief durch.

»Es riecht nach Welt. Nach Wald. Nach … Freiheit«, murmelte er dann, und ein Hauch von Sanftheit überzog sein bereits grobschlächtig mutiertes Gesicht. Chrystal lächelte und spürte doch gleichzeitig Tränen in sich aufsteigen, als sie den Mizan von früher in seinen Zügen wiedererkannte.

So viel Grausamkeit ging auf ihr Konto.

»Freiheit, Mizan – ja!« Xenia rappelte sich neben ihr auf. »Lasst sie uns zurückholen.«

Zurück im Camper war er einverstanden, dass sie ihn den Rest der Nacht mit Gurten fixierten – aus Eigenschutz, aber auch damit er sie nicht plötzlich angriff. Bevor sie sich dann ebenfalls hinlegten, bat Chrystal Xenia nach draußen.

»Ich werde gleich Jael schreiben, dass mit dir alles ganz gut läuft, er aber mit Felix morgen nachkommen soll. Was sie natürlich nicht tun, sondern schon mal zur Hütte fahren. Aber mit der Aktion startet sozusagen unser Vernichtungsplan. Und auch wenn du selbst nicht kämpfen wirst, wird es für dich heftig werden, Xenia.« Sie zog aus ihrer Jackentasche die kleinen Traubenzuckerpastillen heraus, die sie vorhin im Supermarkt hatte mitgehen lassen. »Sie werden dich in eine Gruft sperren und mit Medikamenten vollpumpen. Laufen kannst du dann noch, bist aber völlig benebelt. Von daher ist es wichtig, dass du die Tabletten nicht wirklich schluckst, okay?«

Von der Größe her kamen sie hin, und Chrystal zeigte ihr mithilfe der Pastillen, wie man Tabletten hinten im Kiefer verstecken konnte, ohne dass jemand etwas bemerkte.

»Üb das, okay? Ich brauch dich bei klarem Verstand, denn …« Sie blickte in den Himmel, Ausschau haltend nach Elias' hellem Stern, sah dann wieder zu Xenia und nahm ihre Hand. »Du musst mir eins versprechen: Sollte irgendwas schiefgehen, sollte die Gefahr für alle zu groß werden, nutzt du dein Blut zur Vernichtung, Xenia!«

FELIX

Von hinten angreifen und die Überraschung des Gegners nutzen. Das war ihm gelungen, nur das Messer in seiner Hand zitterte leicht, was Jaels scharfem Blick natürlich nicht entging. »Jetzt mach schon!«, forderte er ihn auf. »Stich zu!«

Er musste es tun, presste die Lippen zusammen und holte aus. Treffer! Das Messer versank bis zum Griff in Jaels Herz.

So sah es zumindest aus. Der Klappmechanismus hatte funktioniert! Nur würde das Messer am Samstag nicht über diese Mechanik verfügen.

Heute war Mittwoch. In drei Tagen also …

Jael schob ihn zur Seite und stand auf. »Respekt! Nur nicht zögern. Erwischst du ihr Herz nicht, erwischen sie dich.«

»Ich weiß.« Die Schwachstelle hatte Chrystal ihnen verraten. Töten konnten sie die Unsterblichen nicht, aber sie mit einem gezielten Stich ins Herz für eine Weile ausknocken.

Ein paar Mal gingen sie die verschiedenen Angriffe noch durch, die er in der vergangenen Nacht mit Geno und Akrom geübt hatte. Mit ihrer Kraft würde er nie mithalten können, doch er war schnell und hatte die Technik verstanden.

Schließlich fiel er verschwitzt aufs Sofa und gab Jael das Zeichen *time out*. Eine Nacht mal wieder durchzuschlafen wär schon was. Aber könnte er das überhaupt noch? Wenn es leise um ihn herum war, wurde das Summen in seinem Körper lauter. Wie Tausende Bienen klang das Adrenalin, das seit Tagen durch seine Blutbahn rauschte. Nirgends konnte er mehr sein, ohne zu überlegen, ob es das letzte Mal war. Besonders schlimm war es, wenn er Fiene sah. Würde sie ohne ihn klarkommen?

»Dir entgleiten deine Gedanken.« Jael reichte ihm eine Cola und setzte sich neben ihn. »Hast du eine Lösung dafür?«

»Nein.« Er prostete ihm zu. »Aber Xenia sagt, du zählst dann immer irgendwas, oder?«

»Das fokussiert mich.« Mit einem Blick auf seinen beständig wippenden Fuß fügte er hinzu: »Naja, meistens zumindest.«

Felix sah auf die Uhr seines Handys. Chrystal hatte ihre Ankunft in der Hütte für 22 Uhr durchgegeben, in 40 Minuten also.

Gemeinsam bereiteten sie in der Küche eine Suppe für die zahnlosen Halbwächter vor und befreiten anschließend den Esstisch von den gestern getätigten Einkäufen: Neben weiteren Lebensmitteln lagen dort fünf Paare milchig weiße Kontaktlinsen, Haftcreme für die goldenen Gebisse, ein Munitionsgürtel, sechs Taschenlampen mit ausreichend Batterien, ein Trichter, 40 gläserne Phiolen und ein Wasserfarbmalkasten. Außerdem noch Chrystals Tattoo-Equipment, das sie ihnen vor ihrer Abfahrt in die Hand gedrückt hatte.

Als leise Motorengeräusche zu hören waren und Scheinwerfer die Dunkelheit vor dem Haus durchbrachen, summten die Bienen in Felix auf einmal verdammt laut. Chrystal war wieder da!

Und mit ihr fünf unberechenbare Kampfmaschinen.

Xenia stieg als Erste aus dem Camper, und ihr Anblick war ein Schlag in den Magen. Sie sah so müde aus, so verletzlich in der ihr viel zu großen Lederjacke. Sie fiel regelrecht in Jaels Arme. Chrystal hingegen wirkte, als käme sie tatsächlich aus dem Urlaub, nur auf dem Kristallblau ihrer Augen lagen matte Schatten.

»Hey!« Er zog sie fest an sich und hätte sie am liebsten nicht mehr losgelassen.

»Punkt eins wäre geschafft.« Ein Lächeln huschte über ihre Lippen, als sie sich ein Stück von ihm löste, nur um ihn gleich darauf zu küssen. Und für einen winzigen Moment erstarb das

Summen in ihm. Er hörte nur seinen Herzschlag, spürte ihren an seiner Brust, bis ein Räuspern sie trennte.

»Dann begrüßen wie sie mal, oder?« Jael nickte zum Camper hinüber und fing den Schlüssel auf, den Chrystal ihm zuwarf.

Mizan, Keel, Tindra, Luke und Tilo. Die Namen hatte er gelernt, doch wer war wer? In Grau gekleidet stiegen fünf kahlköpfige Riesen aus und entfalteten ihre Körper. Knapp zwei Meter groß schätzte Felix jeden einzelnen, bepackt mit sicher 100 Kilo furchteinflößendem Kampfgewicht.

Jael ging auf sie zu, umarmte sie nacheinander und schien keine Probleme zu haben, sie auseinanderzuhalten.

Im Inneren der Hütte sah Felix dann, dass kleine Zettel an ihrer Brust hafteten, auf denen ihre Namen und die zugehörigen Nummern standen: Mizan, 43. Keel, 44. Luke, 45. Tilo, 46. Tindra, 47. Erstaunlicherweise war sie nicht die Kleinste unter ihnen, doch bei näherer Betrachtung meinte er, noch einen Rest an Weiblichkeit in ihrer Figur zu erkennen. Chrystal hatte erklärt, dass das Elixier in dieser hochaufgelösten Dosis zusammen mit einer enormen Hormonzufuhr die Körper in zweifacher Hinsicht veränderte. Einerseits führte diese Zwangsbehandlung dazu, dass die Menschen sich zurückbildeten, Haare und Zähne verloren, und auch vom Verstand her zurückfielen. Dadurch wurden sie einfacher steuerbar. Anderseits legten ihre Körper an Masse und Stärke zu, selbst ihre Gesichter blähten sich auf, sodass kaum mehr Konturen zu erkennen waren.

»Von Felix habe ich ja schon erzählt«, stellte Chrystal ihn vor. »Er wird für euch zuständig sein. Während der Zeit hier und bei eurem Einsatz in der Burg.«

Wie ein Mini zwischen Lkw kam er sich vor. Und genauso wurde er auch beäugt.

»Hi!« Harter Tonfall. Stechender Blick. Er war von Jael vorbereitet worden und versuchte, sich die Rolle des Chefs gleich überzuziehen. »Alle Pläne und Skizzen, die ihr hier an den Wänden sehen könnt, stecken in meinem Kopf. Ich kenne jeden Weg, jede Treppe, jeden Winkel im *Castillo*. Und nicht nur das. Auch die zeitlichen Abläufe habe ich abgespeichert. Das bedeutet: Ich sage, ihr macht. Verstanden?«

Sie nickten und wirkten zu seiner Überraschung fast eingeschüchtert.

Nach dem gemeinsamen Essen begleitete Chrystal die Halbwächter die Stiege hoch zum Schlaflager und bat Felix mitzukommen. »Die fertig mutierten Wächter können sich nachts selbst über einen simplen Mechanismus am Bett an ihre Schläuche legen. Mizan und seine Kollegen hier haben eine andere Dosis, was bedeutet, dass sie gespritzt werden müssen.«

Und das war ab jetzt offenbar sein Job.

Sie zeigte ihm, was zu tun war, dann beugte er sich reihum über die liegenden Körper, setzte die Injektionsnadel in die markierten Bereiche der Ventile und drückte den Kolben bis zur roten Linie hinunter. Alle acht Stunden musste er die Prozedur wiederholen, und Felix stellte sich einen Timer auf dem Handy ein.

Als sie wieder nach unten kamen, war der Abend für sie noch nicht beendet. Jael saß am Couchtisch. Die Phiolen hatte er bereits vor sich aufgereiht und konnte, sobald Chrystal ihm mithilfe der Wasserfarben ein originalgetreu blau schimmerndes Ersatz-Elixier gemischt hatte, mit dem Befüllen der Glasröhrchen beginnen. Felix verschloss die fertigen und schob sie in die Aussparungen des Munitionsgürtels. Chrystal würde ihn tragen und so die Fälschungen ungesehen in die Burg schmuggeln.

Dann war Xenia dran. Die Blume musste auf ihrem Nacken erscheinen.

»Du darfst morgen keinen Schal tragen oder irgendwas anderes, das deinen Hals bedeckt, okay?« Chrystal schaute von ihrer Schablone zu Xenia rüber. »Wir, die Mitglieder des Partems, können die Markierungen nicht sehen, aber sie werden jemanden aus dem *Domicilius* schicken, der das unauffällig prüft.«

Xenia nickte träge von der Couch herüber, als wäre sie schon halb eingenickt. Jael warf ihr einen besorgten Blick zu, und Chrystal beeilte sich, die kleine Blume auf ihrem Nacken erblühen zu lassen.

Erst dann, als alle Vorbereitungen abgeschlossen waren und Xenia tatsächlich auf dem Sofa eingeschlafen war, sprach Felix das Thema an, das ihm die meisten Bauchschmerzen bereitete. Denn noch immer war nicht eindeutig geklärt, welche der Wächter durch ihre ersetzt werden sollten.

»Also, es werden insgesamt nur acht von ihnen anwesend sein, und zwar die erfahrensten.« Chrystal führte sie rüber zur Wand, an der die Skizze der unteririschen Kathedrale hing. »Nummer 27 wird wie immer hier oben auf der Empore stehen und das Tor im Auge behalten.« Sie deutete auf das bereits eingezeichnete Kreuz. »Zwei weitere Wächter stehen neben uns am Hauptportal, das werden 22 und 26 sein. Und am Opfertisch 30 und …«

»31. Ich weiß, dass er da üblicherweise steht. Nur gibt es ihn ja nicht mehr«, wandte Felix ein. Chrystal hatte den Wächter ihrer Mutter getötet, aber noch keine Idee, wer seine Position übernehmen würde. Und das, obwohl es die wichtigste war. Denn genau dieser Wächter würde den Dolch bereithalten, der Xenia töten sollte.

»Wer bewacht Armata denn im Moment?«, fragte Jael.

»41. Milenas Wächter. Aber er ist noch relativ jung. Und eigentlich …«

»Dann wird er es nicht sein«, kam es von der Couch her, und Felix drehte sich überrascht um. Xenia war aufgewacht.

»Warum nicht er?« Jael nahm sie in den Arm, als sie sich neben ihn stellte. »Milena scheint Armata nun ja sehr nahe zu stehen.«

»Trotzdem. Chrystal, du hast mir so viel von Armata erzählt. Vor allem, wie traditionsbewusst sie ist. Dass sie Jüngeren nie eine Chance gibt. Von daher wird sie an einem so wichtigen Tag sicher nicht über ihren Schatten springen, sondern in der Rangfolge bleiben und auf einen erfahreneren Wächter zurückgreifen. Wer wäre denn nach 31 der nächsthöhere?«

»Nummer 32.«

»Gut.« Jael nickte und trug die Nummer auf dem Plan ein, wobei der Stift ein wenig fest auf das Papier drückte.

Und er schrieb noch etwas. Den Namen *Mizan*. Er sollte die Position von 30 übernehmen und am Opfertisch stehen. »Er ist der Fitteste von allen, und wenn wir uns mit 32 irren, wird er alles dafür tun, rechtzeitig an den Dolch zu kommen.«

Auch die anderen Positionen teilten sie zu und markierten abschließend noch die Schlafkammern der Wächter, in die sie einbrechen mussten, um den Austausch zu vollziehen.

Dann machte sich bei ihnen allen die Erschöpfung breit.

»Ihr kriegt den Camper«, entschied Xenia mit einem Lächeln in Chrystals Richtung. Einem Lächeln, das etwas zu wissen schien. So wie die beiden generell viel voneinander zu wissen schienen. Die Fahrt hatte sie spürbar nähergebracht. Sie wirkten füreinander fast wie eine … Schwester. Eine Schwester, die beide nie gehabt hatten.

Im Camper herrschte ziemliches Durcheinander, und sie mussten einiges zur Seite räumen, um die Betten freizubekommen. Dabei wurde Chrystal immer stiller.

»Was ist los?« Felix schnappte sich ihre Hand, als sie gerade zum vierten Mal versuchte, das Laken über die Matratze zu ziehen. Ihre Finger waren eiskalt.

»Vor der Zeremonie gibt es viele Rituale, die wir durchlaufen. Sobald Jael dem Partem also seinen Erfolg verkündet, werden sie mich holen.« Sie schluckte. »Das bedeutet: morgen schon.«

»Was?« Felix musste sich setzen. Er hatte die Stunden, die ihnen noch blieben, bereits gezählt, nur war er von wesentlich mehr ausgegangen. Deswegen also der Camper für sie beide. Es war ihre letzte gemeinsame Nacht.

Sanft zog er sie auf seinen Schoß. Ihre Augen schimmerten, und als sich eine Träne aus ihnen löste, nahm er ihr Gesicht in beide Hände. »Ich habe es noch nie zu jemandem gesagt. Und nach allem, was passiert ist, habe ich auch echt nicht damit gerechnet, es dir zu sagen. Aber, Chrystal, ich lie…«

»Schsch.« Ihr Finger legte sich auf seine Lippen. »Nicht. Sag es mir erst, wenn alles vorbei ist, ja?«

Auffordernd hob sie ihre Arme und lächelte dabei, wie nur sie es konnte. Abgrundtief unschuldig schuldig.

Felix' Hände berührten ihre Taille und wanderten unter ihr Shirt. Warme Haut. Chrystals warme Porzellanhaut. Prickelnde Hitze stieg in ihm auf, als er mit seinen Fingern höher glitt, über ihren Bauch, hin zu ihren Brüsten. Chrystal seufzte an seinen Lippen auf und riss sich das Shirt über den Kopf.

Nicht mehr denken. Nur fühlen. Ein letztes Mal?

XENIA

1:00 Uhr zeigte ihr Display an. Der Lärm oben hatte sich gerade erst beruhigt, nur um jetzt von Neuem zu beginnen.

Und wieder war es Tilo, den sie schreien hörte.

»Soll ich hoch?« Zum wiederholten Male stellte sie Jael die Frage, doch erneut kam von ihm ein Kopfschütteln.

»Du hast schon genug Kraft verloren«, flüsterte er an ihrem Ohr und zog sie noch näher an sich. »Außerdem muss Mizan das allein hinkriegen. Ansonsten können wir sie alle vergessen.«

In seinen Armen schlief sie irgendwann ein und wachte erst wieder auf, als Felix um halb acht in die Hütte kam, um den Halbwächtern ihre nächste Spritze zu verpassen. Er lächelte ihr zu, müde und ... Hatte er geweint? Seine Augen waren ziemlich verquollen.

Vor dem gemeinsamen Frühstück und der anschließenden Lagebesprechung ging Jael mit Mizan und den anderen raus, um eine Runde durch den Wald zu joggen. Mobilisierung nannte er es, und bei ihrer Rückkehr sahen tatsächlich alle ein wenig entspannter aus. Selbst Tilo.

Trotzdem entschieden sie aus Sicherheitsgründen, dass die Halbwächter ihre Gebisse erst vor Ort am *Castillo* erhalten sollten und Felix sie alle bis zu seiner Rückkehr heute gegen 16 Uhr in der Hütte einschließen würde. Nach außen wirkte sie zwar alt und heruntergekommen, aber sie verfügte über eine Technik, die an ein Hochsicherheitsgefängnis erinnerte.

Bevor sie sich mit den anderen dann auf den Weg zurück in die WG machte, trommelte Chrystal noch einmal alle zusammen. Sie würde die Halbwächter vor der Zeremonie nicht mehr sehen und schwor sie ein letztes Mal ein.

»Und denkt daran: Auf der Burg ist es Wächtern verboten, untereinander zu kommunizieren. Aber …« Sie sah lächelnd zu Felix. »Es gibt da einen Gruß, den ihr unauffällig nutzen könnt, um euch zu erkennen zu geben.« Chrystal erhob ihre Hand zum vulkanischen Gruß, und die Halbwächter folgten ihrem Beispiel.

Nur Xenia selbst kriegte es nicht hin, das Abspreizen der Finger, aber sie übte es, die ganze Rückfahrt über.

Um sich abzulenken. Um nicht nachzudenken. Um nicht zu weinen.

Denn auch ihnen stand jetzt die letzte Nacht bevor. Jael hatte die Nachricht an den Partem abgeschickt und nur Sekunden später die freundliche Einladung bekommen, sich mit ihr bereitzuhalten. Sie gaben ihm sogar eine Erklärung vor: Für ein romantisches Wochenende auf der Burg.

Im Rückspiegel des Campers sah sie, dass Felix den Blinker setzte. Er fuhr Chrystal in die WG zurück, Jael und sie mussten den Umweg über die Autovermietung machen.

Xenia drehte sich um und winkte Chrystal zu. Sie dachte an die Nacht von Mizans Befreiung und ihre Bitte zurück. Sie hatte ihr das Versprechen gegeben. Doch nur in der Hoffnung, es nie einhalten zu müssen.

Als sie später mit dem Taxi zurückkamen, begrüßten Akrom und Geno sie beinahe stürmisch, und auch Xenia freute sich, die beiden wiederzusehen. Es fühlte sich fast wie Nachhausekommen an.

Und sie staunte nicht schlecht, als sie sah, dass auch hier überall an den Wänden die Pläne und Skizzen von der Burg hingen. In den unbewachten Bereichen.

Sie kochten noch gemeinsam, obwohl niemand groß Hunger hatte, danach verabschiedete sie sich nach drüben. Sie würde Akrom und Geno morgen in der Schule sehen, Jael wollte mit den beiden noch mal alles durchspielen, dann nachkommen und die Nacht bei ihr verbringen.

Als sie die Straße überquerte, spürte sie plötzlich ein Brennen im Nacken. Ein schwarzes Auto fuhr zu langsam hinter ihr vorbei. Sicher eine Kontrolle des Partems. Überprüften sie die Blume an ihrem Hals? Xenia raste der Puls davon, und sie begann zu zählen. Ihre Schritte. Die Treppenstufen nach oben. Und die Sekunden, die sie benötigte, um die Wohnungstür aufzuschließen. Da ihr von drinnen nur Stille entgegenschlug, wusste sie, welchen Weg sie zu nehmen hatte – durch den Flur, in die Küche zum Tisch. Und richtig: Da lag ein Zettel.

Nia, ich bin über Nacht bei Susanne. Vielleicht bis morgen?

»Nein, Mama. Vielleicht sehen wir uns gar nicht mehr.«

Sie nahm den Zettel und legte ihn zuunterst in ihre Reisetasche. Klamotten folgten, ihr Kulturbeutel. Die Spieluhr auch? Besser nicht, man würde ihre Sachen sicher durchsuchen.

Die Zeit dehnte sich aus wie zäher Nebel. Sie sah fern – irgendwas, um sich abzulenken – und sprang erleichtert auf, als Jael endlich kam. Mit ihren Lieblingsnudeln?

»Na ja, du hast vorhin kaum was gegessen.« Fast verlegen sah er auf die Schachteln in seiner Hand, und Xenia warf sich lächelnd in seine Arme. Bei ihm zu sein war gerade alles, was zählte. Mit leichten Küssen schob er sie vor sich her in die Küche, um das Essen abzustellen und seine Hände freizubekommen. Dann umschlang er mit seinen Armen ihre Taille.

»Schon als ich dich zum ersten Mal gesehen hab, in der Bahn, wollte ich das machen.« Xenia wuschelte ihm durch die Haare, ließ dann ihre Hände in seinen Nacken gleiten. Und wie immer, wenn sie das tat, schloss er die Augen. Sie liebte das tiefe Schnurren, das seine Lippen dabei verließ.

Jael in ihren Händen. Xenia stellte sich auf die Zehenspitzen und küsste sich seinen Hals hinauf, weiter über das Kinn bis zu seinem Mund. Er hob sie so plötzlich hoch, dass sie überrascht auflachte.

Dann schlang sie ihre Beine um seine Taille. Er drehte sich mit ihr. Oder nicht? Seine Zunge, die ihre Lippen teilte, wirbelte alles in ihr durcheinander. Glühende Hitze sammelte sich in ihrer Brust und entflammte ihren Körper, als sie mit ihrer zu spielen begann.

»Xenia!«, stieß er aus, ohne sich wirklich von ihrem Mund zu lösen. »Wenn wir hier nicht aufhören, dann …«

»Dann was?« Sie lehnte ihren Kopf nach hinten, um ihn ansehen zu können. Seine wunderschön geschwungenen Lippen, seine markanten Züge, seine hellen Augen. »Wenn wir jetzt aufhören, dann wird das vielleicht nie passieren, Jael.«

Atemlos starrte er sie an. Doch nicht nur ihn hatten ihre Worte überrascht, auch ihr Herzschlag verhedderte sich. Aber war es nicht so? Wenn irgendetwas schieflief, würden sie alle sterben. Wenn also nicht jetzt, wann dann?

Jael wirkte völlig überrumpelt, und sie hörte ein leises Säuseln in sich aufsteigen, als er ihr vorsichtig eine Locke aus der Stirn strich. Hatte er Angst?

»Versteh mich nicht falsch, Xenia. Ich träume von dir. Und glaub mir, ich will dich! Aber … Ich weiß nicht, was mit uns passieren wird. Mich zerreißen schon allein deine Küsse, schmerzhaft und überwältigend zugleich. Aber … mehr? Was, wenn ich dich doch entleere? Aus Versehen. Im Rausch.«

»Auch wenn ich es fühle, ich werde es nicht sagen, okay?« Sie hüpfte aus seinem Arm und zog ihn lächelnd hinter sich her in ihr Zimmer. »Ich hab in meinem Leben bisher nie was riskiert. Mit dir aber schon. Und ich hör jetzt sicher nicht damit auf, wenn es morgen für alles zu spät sein könnte.«

»Aber ich hab noch nicht mal was dabei.« Jael hob entschuldigend die Hände und … wurde tatsächlich rot.

»Kondome? Macht nichts. Meine Mutter hatte mir welche für unsere Reise eingesteckt.« Woher sie den Mut nahm, so offen zu sprechen und ihm das Päckchen auch noch grinsend in die Hand zu drücken, wusste sie selbst nicht.

Legte sich Unsicherheit, wenn alles auf dem Spiel stand?

Jael biss sich auf die Lippe, legte das Kondom auf ihren Nachttisch, und in ihrem Magen stieg ein Prickeln auf, als er mit seinem unvergleichlich schiefen Grinsen auf sie zukam. »Ich weiß noch nicht, ob wir das wirklich brauchen werden.« Langsam ließ er seine Hände von ihrer Taille auf ihren Rücken wandern. »Denn es gibt so Vieles, was noch davor gehört.«

»Ach ja?«

Xenia hielt die Luft an, als sie spürte, wie seine Daumen über ihre Seite nach vorne strichen, dann Zentimeter für Zentimeter weiter nach oben glitten.

»Ähm … Gehören dazu eigentlich Klamotten?«

Jael lachte auf, hob sie kopfschüttelnd hoch und trug sie zu ihrem Bett. »Warum weiß ich jetzt schon, dass diese Nacht unvergesslich wird?«

Sie sah in das funkelnde Grün seiner Augen. »Weil wir es sind, Jael. Du und ich.«

JAEL

Der Schulgong beendete alles, was hinter ihnen lag.

Er fand Xenia in der Haupthalle, verließ sie mit ihr gemeinsam und blickte nicht mehr zurück.

»Ich liebe dich«, flüsterte er ihr zu, als er ihr die Tür der Limousine aufhielt. Es waren seine letzten unbelauschten Worte.

»Ich mag dich, Jael«, waren ihre.

Auf der Fahrt hielten sie sich aneinander fest und versuchten, fröhliches Pärchen zu spielen, das gemeinsam in ein unvorstellbar schönes Wochenende fuhr. Denn es gab keine Trennwand, der Fahrer bekam alles mit, und über Kameras bestimmt auch der Partem.

In Jael zog ein Sturm auf, ein fröstelndes Kribbeln, das ihn erzittern ließ. Angst. Ein Gefühl, das er nicht freilassen durfte. Fast sehnte er sich nach erleichterndem Chloroform, mit dem man ihn letztes Mal betäubt hatte. Andererseits konnte er sie noch berühren. Er konnte sie noch ansehen, um sich später an jedes noch so kleine Detail von ihr zu erinnern.

Die Auffahrt zur Burg ließ sie beide verstummen, und Xenias Hand krallte sich an seiner fest. Noch wenige Minuten blieben ihnen, bevor man sie trennen würde.

Jael legte ihr beim Aussteigen seine Lederjacke um die Schultern. Dürfte sie die behalten, hätte sie es wärmer in dem Verlies, in das man sie bringen würde.

Er hatte mit einer Begrüßung gerechnet, in welcher Form auch immer, doch kaum hatten sie die Eingangshalle betreten, wurde es um ihn plötzlich dunkel.

Und er hörte nur noch ihren Schrei.

CHRYSTAL

Sie war zurück im *Castillo*. Das Wasser in der Felsengrotte funkelte im Kerzenschein. *Purificatio*. Die Reinigung des Geistes wurde symbolisch über das Quellwasser vollzogen, das ihnen in hölzernen Kelchen bereits gereicht worden war. Neben ihr knieten die anderen Mitglieder der jüngsten Generation, und dass sich gerade Milena den Platz an ihrer Seite ausgesucht hatte, machte es Chrystal nicht leichter, ihre glückselige Fassade aufrechtzuerhalten.

Die lateinische Ansprache des Supremus zog Schleife um Schleife und zielte dabei doch immer nur auf das Gleiche ab: *Nutzt eure Macht und erhebt euch über die Unvollkommenheit der Welt.*

Oh ja! Sie würde sich erheben, nur diesmal über die unterirdische Welt!

Zurück auf ihrem Zimmer schlüpfte sie sofort aus dem grauen Umhang und zog sich ihre Sportklamotten an. Schwarze Leggings, schwarze Jacke – darunter der Munitionsgürtel mit den Phiolen und dem Schlüssel zum Schrein.

Kurz vor neun. Nur ein paar Minuten noch, und sie würde Felix wiedersehen – wenn alles geklappt hatte.

Den Wandschrank immer im Auge band sie sich ihre Haare zusammen und begann, ihre Muskeln zu dehnen.

Dann endlich das Klopfen! Chrystals Herz machte einen Satz, und als sie sah, wie sich die Schranktür bewegte, sprang sie auf und fiel Felix in die Arme. Sein Herz an ihrer Brust schlug ebenfalls außerhalb jeglicher Norm.

»Alles okay bei euch?«

»Ja. Bisher läuft's.« Die Halbwächter, so erfuhr sie, warteten einsatzbereit im Bulli. Er selbst hatte das Falltor im Felsen problemlos öffnen können und war ungesehen durch die Gänge gekommen.

»Gut, dann hol ich mir jetzt die Phiolen.«

Sie glichen ihre Uhren ab. 21:05 Uhr. In fünfzehn Minuten war die Führung in der Grotte und der Nordturm dadurch für knapp eine halbe Stunde unbesetzt.

»Beeil dich.« Felix zog sie noch einmal an sich, küsste sie – fast verzweifelt –, bevor sie durch die schmale Öffnung auf der Rückseite des Wandschranks im dahinter liegenden Geheimgang verschwand.

Mit seiner Taschenlampe in der Hand lief sie erst wenige Stufen nach unten, bog links ab, folgte dem Gang dann, bevor es steil bergauf ging. Sie war in den Mauern des Nordturms. Je höher sie kam, desto kälter wehte ihr der Wind durch die offenen Schießscharten entgegen. 30 Stufen. Dann sah sie links die Holztür, die in den Vorraum zur Turmspitze führte. Zur Schatzkammer! Chrystal hielt die Luft an, spürte, wie sich das Adrenalin kribbelnd in ihrem Körper ausbreitete, und zog vorsichtig den Riegel zur Seite. Roter, samtener Teppichboden schluckte ihre Schritte. Sie schlich die Wendeltreppe empor, blieb dann aber abrupt stehen. Shit! Eine Stahltür versperrte ihr die letzten Meter nach oben. Kein Schloss, nur ein verkabeltes Display. Neueste Technik, von der ihr Vater natürlich damals noch nichts gewusst hatte. Doch sie musste an die Phiolen kommen! Nur wie?

Hitze legte sich über die Kälte in ihrem Nacken. Die einzige Möglichkeit, die ihr noch blieb, war die Außenmauer, und Chrystal rannte zurück, die Wendeltreppe runter, durch die Holztür wieder in den Gang. Die Schießscharten waren beschissen schmal, doch sie schaffte es, sich durchzuzwängen, und sah mit klopfendem Herzen nach oben. Sechs Meter Steinmauer. Und sicher 30 Meter freier Fall, sollte sie abrutschen.

Sie zog ihre Schuhe aus, dehnte ihre Handgelenke und griff ins Mauerwerk. Langsam und kontrolliert versuchte sie, Lücken zu finden, kleine Spalten zwischen den Steinen, in die sie ihre Füße setzen konnte, Vorsprünge, die ihren Händen Halt gaben. Meter um Meter kletterte sie hoch. Schweiß lief ihr über die Stirn und brannte wie Feuer in ihren Augen. Selbst wenn sie es bis nach oben schaffen würde … sie musste ja auch wieder zurück. Und ihr rannte die Zeit weg.

FELIX

Sie kam nicht zurück. Unruhig tigerte er in ihrem Zimmer herum, sah dabei immer wieder auf die Uhr und zuckte zusammen, als es plötzlich klopfte. Nicht aus dem Wandschrank. Es stand jemand vor der Tür!

»Chrysalia?«

Sein erster Impuls war zu fliehen, doch dann wäre niemand hier, und Chrystals Abwesenheit könnte Wellen schlagen. Nicht zu antworten ebenfalls.

Es sein denn, sie hätte das Klopfen gar nicht gehört!

Felix floh ins Badezimmer und betätigte den Duschregler. An die geschlossene Tür gelehnt, lauschte er dann ins Zimmer. Sein Herzschlag dröhnte ihm über das Holz entgegen, doch da waren auch Schritte. Schritte, die näher kamen.

»In zehn Minuten gongt es. Ich lege dir den Umhang aufs Bett.«

Er nickte – völlig bescheuert –, hörte erneut Schritte, dann eine zufallende Tür.

Felix schloss die Augen und versuchte durchzuatmen, seinen Puls zu beruhigen. Zählen! Das half Jael. Doch alles, was sein Kopf gerade zählte, waren die Minuten, die ihm noch verblieben. Und das half überhaupt nicht. Wo war Chrystal?

Im Zimmer sah er einen weißen Umhang auf ihrem Bett liegen, darauf ein Paar schwarze Schlappen. *Reverentia*. Die Stunde des Respekts stand an. Die Stunde, die er hatte nutzen wollen, um die Phiolen am Brunnen zu verstecken. Sie begann in … acht Minuten.

Fahrig fuhr er sich durch die Haare, sie waren schweißnass.

Und als sich im Wandschrank nichts tat, griff er zum Umhang. Keine Worte. Keine Blicke. So hatte Chrystal ihm die Stunde beschrieben. Wenn er den Kopf gesenkt hielt, den Rücken krümmte, um an Größe zu verlieren, würde er es schaffen, unerkannt zu bleiben?

Noch vier Minuten.

Er hielt den Umhang hoch und entdeckte in der Kapuze versteckt ein Netz.

Ein Netz, das sein Gesicht verbergen würde?

Noch zwei Minuten.

Mit zitternden Händen legte er sich den Umhang über die Schultern und schlüpfte in die viel zu kleinen Schlappen.

Über ihm gongte es, und Felix gefror das Blut in den Adern.

Was blieb ihm übrig? Er musste es versuchen.

Die Arme angewinkelt, um seine Hände in den Ärmeln zu verstecken, betrat er den Flur. Seine Füße blitzten unter dem Stoff hervor. Definitiv nicht Chrystals. Felix ging leicht in die Knie und mischte sich unter die weiß gekleideten Gestalten, die den Gang fluteten. Unsterbliche. Mörder!

Schweiß rann ihm den Rücken hinunter, tropfte verborgen hinter dem Netz von seiner Nase auf seine Lippen, während er Schritt für Schritt vorwärts setzte und dabei krampfhaft versuchte, die dämlichen Schlappen nicht zu verlieren.

Es ging den Gang entlang, Stufen hinunter, durch ein großes Holztor dann nach draußen.

Niemand sprach. Niemand bemerkte ihn – bisher jedenfalls.

In der Mitte des Innenhofs stand meterhoch die in Gold gefasste Blume des Lebens. Flammen umzüngelten das Podest, auf dem sie thronte. Kreisend umschritten sie es, Runde um Runde.

Felix begann, jeden seiner Schritte zu zählen, bis er glaubte, seine Zehen keine Sekunde länger mehr in den Stoff der Schlappen krallen zu können.

Dann aber erklang ein warmer Gong.

Er hatte es geschafft. Es ging zurück!

Jetzt keinen Fehler machen, kein Stolperer. Felix konzentrierte sich auf jeden Zentimeter Boden vor sich, auf jede Stufe, die ihn zurück in den Gang brachte. Als die Zimmertür hinter ihm ins Schloss fiel, riss er sich die Kapuze samt Netz vom Gesicht. Luft! Er zog sie tief in seine Lungen und glaubte trotzdem zu ersticken.

»Felix!« Chrystal stürzte aus dem Wandschrank auf ihn zu. Und als er den Beutel mit den Phiolen in ihrer Hand sah, ließ er sich mit ihr im Arm erleichtert auf das Bett sinken.

Der Zeitplan war durcheinander. Aber alles noch möglich – wenn sie sich beeilten. Er zog den verschwitzen Umhang aus und hörte sich dabei an, was Chrystal passiert war. Dann schnappte er sich den Beutel.

»Ich liebe dich!«, flüsterte er zum Abschied, klaute sich das Lächeln auf ihren Lippen mit einem Kuss und verschwand durch den Schrank.

Noch war die unterirdische Kathedrale leer, doch bald schon würde das Personal erscheinen, um alles für die Zeremonie herzurichten. Er schlüpfte durch die Tür hinter dem Nebenaltar hinein. Das Leuchten des Brunnens, die erhabene Loge, das Kreuz – alles sah er zum ersten Mal, und es verschlug ihm den Atem bei dem Gedanken, was in nur wenigen Stunden hier passieren würde.

Vor dem Brunnenrand kniend ertastete er die lose Platte, die in den Plänen von Chrystals Vater eingezeichnet war. Dahinter lag ein Zugang für die Notbelüftung, in dem er den Beutel mit den Phiolen versteckte. Gerade, als er sich aufrichtete, erklang ein Knarren. Felix fuhr ruckartig herum. Der Riegel am Haupttor schob sich zurück, und zehn, zwanzig Gestalten in weißen Uniformen zogen ein, die sich tastend im Raum verteilten. Und er? Stand wie auf dem Präsentierteller mitten in der Kathedrale. Sie waren blind. Das ganze Personal war blind, versuchte er sich zu beruhigen, und wich lautlos zurück. Verharrte einen Moment. Schlich ein Stück weiter – mit angehaltenem Atem, die um ihn herumschleichenden Gestalten immer im Blick. Die Stühle der Loge wurden verrückt, der Opfertisch gereinigt, und Felix kam ins Straucheln, als aus der Kuppel die goldene Sphaira heruntergelassen wurde. Auch wenn die Kugel aus Glas war – der goldschimmernde Überzug ließ kaum einen Blick auf ihren Inhalt frei. Er aber wusste, was in ihr lag. Die Himmelskarte, der Schlüsselanhänger und unzählige andere Gegenstände – gefüllt mit gestohlener Liebe.

Schritte näherten sich von vorn. Zwei Frauen kamen auf ihn zu, blickten ihm direkt ins Gesicht und sahen doch nichts. Vorsichtig schlich er zur Seite weg, hinüber zum Nebenaltar. Dann zog er langsam, ganz langsam die Tür auf, verschloss sie hinter sich und rannte los. Aus der Burg raus, in den Wald.

Mizan musste ihn gehört haben, denn das Tarnnetz über dem Bulli schwang zurück, und seine massige Gestalt kam ihm entgegen. »Und?«

Atemlos nickte er. »Alles klar. Jetzt kommt es auf euch an.«

Etwas über fünf Stunden blieben ihnen noch, dann würden die Halbwächter einfallen. Felix trommelte alle draußen zusammen und teilte die Kontaktlinsen aus, danach die Haftcreme für die goldenen Gebisse. Er half ihnen beim Einsetzen und spielte den Überfall ein abschließendes Mal mit ihnen durch.

»Wer stürmt rein?«

»Ich.« Thilo hob den Finger.

»Warum?«

»Um die Tür zum Gang zu verschließen. Damit der Wächter nicht flüchten kann.«

»Gut. Was macht ihr, Tindra? Luke?«

»Wir schnappen ihn uns und halten ihn fest.«

»Richtig.« Felix nickte ihr zu. »Achtet beide aber darauf, seinem Gebiss nicht zu nahe zu kommen!«

Und sollte das alles bis dahin klappen, konnten Mizan und Keel problemlos das Ventil ziehen.

Die Halbwächter trainierten ihre Griffe, immer und immer wieder. Felix hätte einfach nur gern einen Moment geschlafen, doch so erschöpft er auch war, seine Augen blieben nicht zu.

Kurz vor fünf zeigte seine Uhr an, als der Timer sich meldete. Die Halbwächter mussten ein letztes Mal gespritzt werden, dann ging es los.

Schon das schmale Falltor war ein Problem für die Riesen, doch schlimmer wurde es für sie in den Gängen. Mit eingezogenen Köpfen quetschten sie sich hinter ihm durch.

27. Im Licht der Taschenlampe leuchtete die Kreidemarkierung an der Felswand auf, darunter die Aussparung, in der sich die Klinke befand.

5:10 Uhr. Felix nickte und trat zur Seite.

Der Wächter hatte keine Chance. Tilo raste durch die Tür, zeitgleich griffen die anderen an, und Sekunden später war ein Pfeifen zu hören. Der Tod kam schnell. Der Wächter fiel in sich zusammen, verlor an Masse, und Felix beobachtete mit einer Mischung aus Ekel und Faszination, wie die Haut über seinem Gesicht erst in unzählige Fetzen riss, sich dann zurückzog und schließlich verschwand. Übrig blieben nur Knochen. Die Kleidung. Das goldene Gebiss. Den ersten hatten sie erledigt, den zweiten bekam Felix auch noch mit, dann musste er los und seinen Platz auf der Empore beziehen. Er konnte nur hoffen, dass die nächsten Überfälle ebenfalls gelangen.

CHRYSTAL

Ihr weißes Kleid war ein Hauch von nichts. Der Ausschnitt im Rücken tief, die Träger nur schmale Bänder. Doch es war bodenlang, zum Glück, denn so waren die Manschetten an ihren Fußgelenken nicht sichtbar, in die sie zwei Messer schob. Eins für Akrom, eins für Geno. Sie sollten ihr den Rücken freihalten, während sie sich um die Phiolen kümmerte. Die Vernichtung des Partems! Chrystal warf sich im Spiegel einen grimmigen Blick zu. Diese Aufgabe wollte sie selbst erledigen.

Ob der Morgen bereits graute, sah sie nicht. Man hatte sie in eine der fensterlosen Kammern gebracht, neben Geno und Akrom. Aber die einsetzende Unruhe auf dem Gang war nicht zu überhören. Sie wurden abgeholt.

Kalt waren ihre Finger, als sie sich die letzten Haarsträhnen hochsteckte. Kalt war der Wind, der ihr über den freien Rücken strich, als man sie über Lautsprecher aufforderte, den Gang zu betreten. Und Gänsehaut überzog ihren Körper, als sie die anderen sah. Akrom und Geno – in weißen Hosen, oberkörperfrei. Ihre Muskeln zuckten vor Anspannung, ansonsten wirkten sie so audruckslos wie wandelnde Leichen.

Schwere Schritte erklangen. Zwei Wächter kesselten sie von beiden Seiten ein und begleiteten ihren Weg zum Haupttor. Doch wer steckte unter ihren schwarzen Umhängen?

Chrystal meinte ein Lächeln gesehen zu haben, auf den Lippen des Wächters vor ihr. Tindra?

Die Flügeltüren des Portals wurden geöffnet, hinter ihnen wieder geschlossen, und ihr Puls begann zu rasen, als das Flüstern einsetzte. *Astra. Astra.* Es kam von den Wächtern, die um das leuchtende Wasserbecken kreisten. Und es verstummte, als sie sich zurückzogen. Dann erklang die tiefe Stimme des Supremus. *Sic itur ad astra.* Erst sang er allein, dann mischten sich die Stimmen der Führung dazu. Und mit den Klängen des Chorals zog er ein: der Partem.

Ihre Familie. Ihre *verlogene* Familie. Jeden von ihnen erkannte sie, auch wenn rot leuchtende Umhänge ihre Körper verhüllten und ihre Gesichter wie goldüberzogen wirkten. Denn zur Feier des Tages trugen sie die Schnabelmasken aus purem Gold, auf dem sich das flackernde Licht der Fackeln widerspiegelte.

Wie gruselig das von hier aussah.

Langsam schritten sie auf die Loge zu, neben dem Supremus ihre Mutter, weiter hinten Milena. Der Gesang schwoll an, und sie spürte, wie sich in ihr etwas regte, sich ihr Körper danach sehnte, die Kraft des Chorals einzuatmen. Doch ein Blick zur Empore ließ sie die Sehnsucht sofort vergessen. Felix. Ganz kurz nur hatte sie dort seinen Schatten gesehen. Er war da! Und wenige Meter neben ihm ein Wächter. Hoffentlich Tilo!

Der Gesang erstarb, und sofort blickte sie wieder nach vorn. Der Partem hatte sich im Hauptschiff formiert und die Loge bezogen. Ihren Stuhl hatte man entfernt, sicher um ihr Fehlen nicht sichtbar zu machen. Doch ihr war klar, dass er dort niemals mehr stehen würde – egal, wie es ausging.

»*Sic itur ad astra!*« Der Supremus erhob die Hände, und sie antwortete ihm mit fester Stimme: »*Per aspera ad astra!*«

»Willkommen, Chrystal, Akrom und Geno. Bevor wir euch an den Brunnen bitten, lasst uns unsere Ehrengäste begrüßen.«

Erhaben nickte er zu den Seiteneingängen. Trommeln setzten ein, und Chrystal blickte hoch zur gläsernen Kuppel.

Wenn du mich siehst, Elias, wenn du mich hören kannst … Sei bei uns. Jetzt!

XENIA

Trommelschläge vibrierten in ihrem Körper und feuerten das Pochen hinter ihren Schläfen an. Kein Essen, kein Trinken. Sie musste das Schwanken ihres Körpers nicht spielen, als sie durch den Gang zum Seiteneingang der Kathedrale geführt wurde. Ein Wächter vor ihr, einer hinter ihr. Und noch immer kein Zeichen. Kein Hinweis. Die langen Ärmel ihrer Umhänge verbargen ihre Hände. Waren es Mizan und Keel?

Die Tür vor ihnen schwang auf. Schwerer Kerzengeruch lag in der Luft, und obwohl sie nur ein dünnes weißes Kleid trug, sammelten sich Schweißperlen auf ihrer Stirn. Sie spürte Blicke auf sich, brennend, als würden Fackeln über ihre Haut gleiten. Zur Loge sollte sie nicht schauen, hatte Jael ihr gesagt. Auch nicht zum Brunnen, nur nach vorn. Zu ihm!

Und ihr Herz schlug ihm entgegen, als er auf der anderen Seite des Brunnens erschien. Er trug eine weiße Hose, nichts weiter, und schritt bedächtig auf sie zu. Seine Augen ließen sie dabei nicht los. Sie durfte nicht lächeln, durfte ihn nicht wirklich wahrnehmen, denn sie war ja angeblich vollgepumpt mit Medikamenten. Doch als er sie in Empfang nahm, sie wie eine Braut zum Opfertisch führte, hörte sie über das angstvolle Säuseln hinweg sein Cello spielen und kämpfte mit den Tränen.

Die Trommeln verstummten. Die Wächter postierten sich auf beiden Seiten des Altars, direkt neben den glänzenden Metallrinnen, durch die ihr Blut später abfließen sollte. Hinter ihren schwarzen Masken verfolgten sie regungslos, wie Jael sie anhob und auf dem Altar ablegte. Doch dann, als sie ihren Kopf bewegte, sah sie die Hände der Wächter links und rechts von ihr. Beide spreizten versteckt ihre Finger, und Xenias Herz begann zu rasen. Mizan und Luke! Sie waren bei ihr.

JAEL

Ein kaum merkliches Lächeln glitt über ihre zitternden Lippen, und es fiel ihm schwer, es nicht zu erwidern.

Xenia hatte recht gehabt. Armata hatte 31 durch den Ranghöchsten ersetzt. Und so stand nicht nur Luke neben ihr, sondern tatsächlich auch Mizan. Und in seinem Umhang steckte der Dolch! Der, der sie töten sollte, sie jetzt aber beschützen würde. Jael strich ihr versteckt über den Arm, drehte sich dann zur Loge um, die Handflächen geöffnet, den Blick nach oben gerichtet. *»Per aspera ad astra!«*

Der Supremus begrüßte ihn wohlwollend, nickte mit seinem goldenen Schnabel nach hinten, und die Mitglieder des Partems setzten sich. Nur die Führungsriege blieb stehen.

Die Lobeshymne auf ihn, die folgte, ertrug er lächelnd, man bewunderte sein Tattoo, dann erhielt er die Anweisung, Xenias Fesseln zu schließen.

Das würde er tun, sie aber nicht einrasten lassen.

Vorsichtig klappte er den Verschluss um ihr Handgelenk zu und stoppte die Öse rechtzeitig mit dem Daumen. Dann wiederholte er das Schauspiel auf der anderen Seite.

Auch wenn er wusste, was nun folgte, zuckte er unter dem harten Griff der Hände zusammen, die ihn mit sich zogen. Man band ihn ans Kreuz, die Arme ausgebreitet, die Füße geschlossen, und zog ihn an einer schweren Kette hoch. Der Supremus verkündete feierlich, man würde ihn erheben, um seine Vollendung symbolisch zu untermauern, doch Jael war klar: Man würde ihn hier verrecken lassen.

FELIX

Alle Positionen stimmten. Tilo war bei ihm auf der Empore und stand an der Seilwinde. Keel und Tindra flankierten am Hauptportal Chrystal, Geno und Akrom. Mizan und Luke bewachten Xenia auf dem Opfertisch.

Nur unter den drei anderen schwarzen Umhängen verbargen sich noch wahre Wächter. Zwei von ihnen standen neben der Loge, einer bei Jael.

Der Supremus erhob die Hände. »Wir loben deinen Aufstieg, Jael. Du wirst über allem schweben, als leuchtendes Beispiel für die anderen. *Sic itur ad astra.*«

Felix spähte durch das Geländer nach unten. Scheiße! Die Knoten sahen fest aus. Würde er die gleich lösen können?

Astra. Astra. Unter dem Flüstern der Partemmitglieder zog der Wächter Jael hoch.

Wie gekreuzigt.

Besorgt schaute Felix zu ihm rüber. Leichter Schwefeldampf stieg bereits aus dem Brunnen auf. Er selbst fand den Geruch nur unangenehm. Jael aber würde der Dampf auf Dauer die Lungen verätzen.

Doch noch durfte das Tor nicht fallen.

»Chrystal, Akrom und Geno. Ihr habt fleißig gesammelt, ihr habt neue Stufen erreicht und seid eurem Ziel damit bedeutend näher gekommen. Tretet vor.«

Felix hob die Hand, das Zeichen für Tilo, sich bereitzuhalten. Er nickte, irgendwie zögerlich, hob aber das Beil.

Unten am Becken erschien als Erstes Chrystal. Sein schwarzer Engel, heute in Weiß. Felix' Hand, noch immer erhoben, begann zu zittern. Und sein Herz, das seit Tagen schon raste, vergaloppierte sich. Sie mussten es einfach schaffen!

Geno und Akrom tauchten neben ihr auf, und gemeinsam kreisten sie um den Brunnen. Drei Schritte noch. Zwei. Und sie war da. Chrystal stand direkt vor der Stelle, an der die Phiolen versteckt waren.

Jetzt! Felix' Hand schnellte nach unten.

Mit zusammengepressten Lippen erwartete er den Knall.

Das Fallen des Tores. Doch … nichts.

Sein Blick flog zu Tilo. Aber er war nicht da. Die Seilwinde war unbesetzt!

Kaltes Entsetzen krallte sich in seinen Nacken. Unten wurde die Führung nach vorne gebeten, vier Unsterbliche, die die Loge verließen, bevor sie verschlossen war. Felix sprang auf, sah das Beil, das Seil, daneben Tilo. Völlig abwesend kauerte der auf dem Boden.

»Damit der Brunnen sich mit euch verbindet, kniet nieder und legt eure Hand über das Wasser.«

Die Worte des Supremus drangen durch das panische Rauschen in seinem Körper zu ihm hoch, und Felix schlug zu, hieb auf das Seil ein, bis es riss!

Das Holzgatter krachte mit ohrenbetäubendem Lärm auf den Boden. Der Ausweg aus der Loge war versperrt.

Sekunden des Erstarrens folgten. Dann brach Geschrei aus.

Hinter dem Gatter sprangen die Gefangenen auf, traten und schlugen wie wild gegen das Holz. Am Brunnen brüllte die Führungsriege nach den Wächtern, doch der erste von ihnen war schon gefallen und lag sich windend auf dem Boden. Tindra hatte ihn niedergestreckt. Damit war der Posten unterhalb des Kreuzes frei. Felix raste nach unten, er musste Jael runterholen, kam aber kaum zu ihm durch. Schreie. Um ihn herum nur Schreie und aufeinander einschlagende Körper. Scheiße! Der so leicht geglaubte Kampf wurde zur Schlacht.

Geno lief an ihm vorbei. Blut floss ihm aus einem klaffenden Riss am Arm über die Hand, und doch rannte er zu Akrom, der es mit zwei Unsterblichen gleichzeitig zu tun hatte. Von vorn und von hinten griffen sie ihn an.

Hastig schlängelte sich Felix durch die Kämpfenden bis zu der Kette, die das Kreuz hielt. Dabei schlug er um sich, nach einer Gestalt in einem roten Umhang, die sich von hinten an ihn krallte. Hände packten plötzlich sein Genick, drückten seinen Hals zu, ihm die Luft weg! Felix wurde schwarz vor Augen, und er begann zu röcheln.

Gelenke, das hatte Jael bei ihrem Training gesagt. *Gelenke sind Schwachstellen.* Felix trat mit voller Wucht nach hinten aus, erwischte das Knie seines Angreifers, und der Griff um seinen Hals lockerte sich. Den Rest übernahm Tindra. Wie aus dem Nichts tauchte sie neben ihm auf und vergrub ihr Gebiss im Nacken des Unsterblichen. Mit blutverschmiertem Grinsen stieß sie ihm das Messer bis zum Anschlag ins Herz.

Felix wandte sich ab und zog, noch immer nach Luft ringend, das Kreuz herunter. Die Fesseln saßen stramm um Jaels Handgelenke, doch er konnte sie lösen. Die um seine Füße übernahm Jael selbst. »Hilf du lieber Luke.«

Unter der Empore hatte er einen Wächter überwältigt und hielt ihn umklammert am Boden fest, kam so aber nicht an das Ventil. Felix rannte zu ihm, kniete sich auf den massigen Rücken und erwischte den Mechanismus.

»Bingo!« Luke lächelte ihm zu, stürzte mit Tindra aber sofort auf den letzten Wächter, der sich an Keel festgebissen hatte.

In dem Moment fauchte der Brunnen auf. Eine blutrote Fontäne schoss nach oben.

Chrystal! Sie hatte die erste Phiole geworfen.

Felix wollte aufstehen, ihr den Rücken freihalten, als er plötzlich von hinten gepackt wurde. Diesmal waren es keine Hände. Es war kaltes Metall, und es ritzte ihm den Hals auf.

XENIA

Todesschreie. Das Donnern hinter dem Holzgatter. Brüllende Kämpfer. Jetzt das Auffauchen des Brunnes.

Die Kathedrale bebte. Und sie? Sie konnte hinter Mizans Rücken nichts sehen! Wie eine Wand stand er vor ihr und schirmte sie ab. Anweisung von Jael – damit niemand vom Partem sie sich schnappen und als Druckmittel verwenden konnte.

Das war doch Blödsinn!

»Aufhören. Sofort!« Plötzlich zerriss eine schrille Stimme den Lärm. »Sonst schlitze ich deinem Freund hier die Kehle auf.«

Es war eine Frau. Definitiv nicht Chrystal. Tindra auch nicht.

Xenia löste sich aus den Fesseln und sprang vom Altar. Mizans Schultermuskeln zuckten, doch er machte ihr Platz, ein Arm schützend vor ihr ausgestreckt. Sie klammerte sich an ihm fest, um nicht zu fallen. Die Kathedrale glich einem Schlachtfeld. Keel lag zuckend auf dem Boden, direkt vor ihren Füßen. Zwei Unsterbliche mit durchstoßenen Herzen weiter hinten. Überall Blutlachen, sich auflösende Wächter. Und mittendrin stand Felix. Hinter ihm die Frau. Roter Umhang, goldene Schnabelmaske. Armata? Sie hielt ihm ein Messer an den Hals.

Und alles hielt still. Selbst der Brunnen.

Verzweiflung kroch in Xenia hoch und verstopfte ihr den Hals. *Sollte irgendwas schiefgehen, sollte die Gefahr für alle zu groß werden …*

War es nun so weit?

Über den Boden glitt dunkler Nebel, den Chrystal jetzt durchschritt, vom Wasserbecken auf ihre Mutter zu.

Den Beutel hatte sie fallen lassen. Eine Phiole rollte über den Boden.

»Lass. Ihn. Los.«, fauchte sie Armata an.

Felix' Lippen bewegten sich, doch was er sagte, konnte Xenia nicht verstehen. Seine Augen waren flehend auf Chrystal gerichtet. Er streckte seine Hände nach ihr aus und erreichte sie doch nicht. Das Messer an seinem Hals hinderte ihn, es ließ nur noch mehr Blut fließen.

»Noch einen Schritt, du Miststück, und ich schneide seine Kehle durch!«

Chrystal zögerte. Xenia konnte nur ihren Rücken sehen, dann aber ging ein Ruck durch ihren Körper und sie drehte sich zu ihr.

»Tu es! Wenn du meine Freundin bist, meine Schwester, dann ... tu es. Jetzt!«

Sollte irgendwas schiefgehen, sollte die Gefahr für alle zu groß werden, nutzt du dein Blut zur Vernichtung, Xenia.

Sie hatte es ihr versprochen.

Kalter Schweiß brach ihr aus. Felix' markerschütternder Schrei ließ die Kathedrale erzittern. Doch ... hatte sie eine Wahl?

Der Supremus war bereits am Becken. Glas knirschte unter seinen Füßen. Er zertrat die Phiolen! Ihre einzige andere Lösung.

Mizan sah sie an, und auf ihr Nicken holte er den Dolch aus seinem Umhang. Dann traten sie aus der Dunkelheit hervor.

Als der Partem verstand – als alle verstanden, was sie vorhatte –, brüllten sie auf. Hinter dem Gitter mussten sie tatenlos zusehen. Aber die anderen noch lebenden Unsterblichen griffen an, und mit ihnen der letzte Wächter. Gold blitzte auf, als er seine Reißzähne fletschte, und er kam direkt auf sie zu. Xenia zuckte zurück, klammerte sich an Mizan, der sich schützend vor ihr aufbaute. Dafür schlugen Tindra und Luke zu. Sie rissen den Wächter zurück, bissen sich an ihm fest. Jael attackierte einen der Unsterblichen, Xenia aber musste sich auf jeden Schritt konzentrieren, den Brunnen immer im Blick. Ihr Herz raste, und Tränen liefen ihr über die

Wangen. Felix. Immer wieder schrie er sie an, es nicht zu tun. Sie hörte den Schmerz in seiner Stimme, fühlte ihn bis ins Mark. Doch es ging um die Vernichtung. Das Ausschalten des Schreckens.

Als sie den Brunnen erreichte, begann das Wasser darin unruhig zu brodeln. Spürte es ihre Anwesenheit?

Sie führte die Klinge scharf über ihre Handfläche und sah auf – ein letzter Blick zu Chrystal.

»*Sic itur ad astra*«, flüsterte sie und hob ihre Hand.

Das Wasser schlug Wellen. Es brauste ihrem Blut entgegen. Panische Rufe gellten durch den Raum. Und plötzlich war da grelles Licht. Es explodierte vor ihren Augen und brannte sich heiß in ihre Netzhaut. Dann erwischte sie eine Druckwelle. Xenia verlor den Boden unter ihren Füßen, wurde zurückgeschleudert – in Mizans Arme.

Sie versuchte, den Schmerz wegzublinzeln, und als sich ihr Blick wieder klärte, war da erst mal nur Rauch. Feuerrot, wie Flammen brach er aus dem Becken hervor, dann aber sah sie die Blume des Lebens. Sie wuchs aus dem Wasser empor, stieg meterhoch auf und schob sich leuchtend bis in die Kuppel. Dort entblätterte sie ihre Schönheit. Sechs goldglänzende Blütenblätter.

Eine Hand schob sich vorsichtig in ihre. Jael. Sein Cello spielte aufgewühlt, fast heiser.

Gemeinsam blickte er mit ihr nach oben.

Was hatte das Hologramm zu bedeuten?

Hatten sie etwas erschaffen, anstatt zu vernichten?

Ein kühler Luftzug strich ihr wie fröstelnde Finger über den Rücken. Von weit entfernt nahm sie ein Grollen wahr. Oder kam es von unten?

Jaels Griff um ihre Hand verstärkte sich, und er nickte zum Wasser, auf dessen Oberfläche sich Blasen bildeten. Plötzlich heulte ein grelles Kreischen auf. Als hätte der Brunnen sein Maul aufgerissen, sog er die Blume zurück und mit aufschäumendem Brodeln in sich hinein.

Jael riss sie nach hinten, aus dem Wasserwirbel heraus, und warf sich mit ihr zu Boden. Die Steinplatten unter ihnen bebten. Über sich spürte sie schützend seinen Körper, seine warme Haut. Seinen Herzschlag.

Langsam ebbte das Beben ab, und auch das Grollen erstarb. Übrig blieb nur ein staubiger Nebel. Dazu das Dröhnen in ihrem Kopf.

Jael erhob sich und half auch ihr auf die Beine. Das Becken dampfte. Nein. Das Becken … Es war gar nicht mehr da. Ein Krater öffnete sich vor ihnen, und sie blickten in bodenlose Schwärze.

Wenn es den Brunnen nicht mehr gab, war dann alles vorbei?

Zitternd drehten sie sich um. Über dem Boden hatte sich der Rauch verdichtet, er strömte in Schwaden aus den Körpern der umherliegenden Unsterblichen. Vor ihren Füßen lag der Supremus. Die Maske war ihm vom Gesicht gerutscht, und Xenia sah, wie im Zeitraffer aus Alt Uralt wurde. Seine Falten zogen sich tiefer in die immer dünner werdende Haut. Seine Wangen und Augen höhlten sich aus. Grausame Töne drangen aus einem qualvoll verzerrten Mund, und er streckte seine Hand nach ihr aus. Eine ausgemergelte Klaue.

Xenia stolperte nach hinten, über Knochen, über Umhänge, über Masken.

Auch hinter dem Holzgatter stieg Rauch auf. Er verwob sich und schlängelte zum Krater.

Der Partem war tot. Aber …

»Wo ist Chrystal?«, fragend schaute sie zu Jael hoch, sah seinen Blick zur Seite und fand sie. In Felix' Armen.

FELIX

Er hielt sie fest umschlungen und konnte seine Tränen nicht aufhalten. Noch atmete sie. Doch ihr Herzschlag an seiner Brust wurde immer schwächer.

»Warum?«, flüsterte er. »Warum auch du? Du hast so gekämpft.«

Chrystalblau schimmerten ihre Augen zu ihm hoch. Aber das Leuchten in ihnen zog sich schon zurück.

Würde er sich an dieses Blau erinnern können? Oder würde das Wort irgendwann nur noch eine Hülle sein, eine blasse Erinnerung. Nichts weiter?

»Ich … Ich möchte, dass …«

»Ja?« Er zog ihren Kopf noch näher zu sich. Sie versuchte zu sprechen, und ihr Finger deutete auf etwas.

Auf Xenia?

Sie kam zögerlich mit Jael und den anderen auf ihn zu. Nicht wissend, wie er reagieren würde?

Dabei spürte er keine Wut. In ihm war nur Schmerz.

Chrystal sah zu ihnen auf. »Wir … Wir haben's geschafft.«

»Nur durch dich.« Tränen waren so fremd in Jaels Gesicht. Er ging vor ihr in die Knie und strich sanft über ihre Wange. »Und ich habe mich geirrt, als ich gesagt habe, ich hätte in dir, was Taktik und Cleverness angeht, eine *fast* ernst zu nehmende Gegnerin. Du hast uns alle übertroffen, Chrystal.«

Akrom und Geno verabschiedeten sich ebenfalls. Wortkarg, völlig benommen.

»Meine Schwester!« Chrystal streckte ihre Hand nach Xenia aus, und sie hockte sich zu ihnen.

»Du … Du hast dein … Versprechen gehalten.« Ein Lächeln erschien auf Chrystals Lippen, ganz schwach nur, bevor sie zu zittern begannen. Sie bewegte sie noch, sie wollte noch etwas sagen, fand ihre Stimme aber nicht mehr.

Nie wieder?

»Nein!«, brach es qualvoll aus ihm hervor. Immer und immer wieder. Er wollte ihr Wärme schenken, ihre noch spüren, und umschlang ihren Körper mit seinen Armen.

»Ich kann sie noch hören, Felix. Und ich sehe ihre Gedanken.« Xenia nahm sich seine Hand. »Du jetzt auch?«

Wärme durchfloss ihn, und plötzlich stiegen Bilder in seinem Inneren auf. Von Chrystal und ihm.

Xenia nutzte ihre Gabe.

Er nickte, sah dann ein mattes Leuchten in Chrystals Augen. Und sie nahm ihn mit auf ihre gemeinsame Reise. Sie zeigte ihm den Bunker, vom Parkplatz aus. Und ließ ihn singen.

So hatte sie ihn zum ersten Mal gesehen?

Nur seine Hände, sein Profil und die Lederbänder.

Dann wechselte das Licht, aus Tag wurde Nacht. Chrystal stand mit ihren Spraysachen vor der Wand. Er sah, wie sie sich zu ihm umdrehte und er sie anstarrte. Mit der Taschenlampe als Waffe in der Hand. Er sah sein Erstaunen, hörte ihr Lachen, dann ihr fröhliches Summen auf dem Heimweg, den sie mit beschwingten Schritten zurücklegte.

»Ab da hattest du mich schon, Felix.« Ihre Stimme erklang in ihm. »Und du hast mich nicht mehr losgelassen.«

Der Film ging weiter, mit Bildern von der Party, ihrem Billardspiel, dem Kuchenessen bei ihm zu Hause, von ihnen beiden in seinem Zimmer, im Eiscafé.

»Ich hatte alles, und doch nichts. Ich hab lange gelebt, und doch nie wirklich. Ich habe große Persönlichkeiten getroffen, über Jahrhunderte hinweg, und durfte dich, die mir wichtigste, nur so kurz erleben. Ich liebe dich, Felix.«

»Ich dich auch, Chrystal. Für mich bist du …« Tränen erstickten seine Stimme. Und sein Herz schrie auf, als sie die Augen schloss.

»Vergiss nie, Felix, ich bin da. Such mich oben bei den Sternen, ja? Wenn es unten zu dunkel wird. Ich leuchte für dich.«

Weißer Rauch bildete sich um sie herum. Oder kam er aus ihr heraus? Er nahm alles nur noch verschwommen wahr.

»Guck weg, Felix. Ich gehe jetzt. Und ich will nicht, dass du mich als alte Schachtel siehst.«

Unter seinen Schluchzern musste er lachen. »Doch, das werde ich. Denn ich will sehen, was möglich gewesen wäre, wenn das Leben auf uns beide gewartet hätte.«

Und er hatte es gewusst: Sie blieb wunderschön – bis zum Schluss.

Doch eins fehlte. Das Kristallblau ihrer Augen. Sie hatte sie geschlossen – für immer.

JAEL

Auf einen Sieg hatten sie gehofft, ihn sich ausgemalt – nur ganz anders. Gemeinsam.

Doch Chrystal war tot. Chrystal gab es nicht mehr.

In einer Wolke aus weißem Rauch war sie entschwunden. Rauch, der nicht über den Boden gekrochen war und sein Ende in der Felsspalte gefunden hatte. Nein, er hatte sich Felix gesucht, und war in ihn hineingeflossen. Die Wunde an seiner Kehle hatte sich augenblicklich verschlossen. So wie es aussah, blutete sie nicht mehr. Die Hände in den Hosentaschen vergraben stand Felix jetzt vor dem Krater, neben ihm Akrom, den Arm um seine Schulter gelegt. Nicht nur Dreck überzog seinen nackten Rücken, auch Blut, von dem Jael nur hoffte, dass es nicht Akroms war.

Und Xenia? Er blickte zu ihr hinunter. Sie war nur noch ein Schatten ihrer selbst, lag erschöpft in seinem Arm und hatte den Kopf an seine Brust gelehnt. Ihre Tränen liefen ihm warm über die Haut.

»Die Halbwächter sind alle tot. Tilo auch.« Geno tauchte unter der Empore auf, seinen Arm mit einem Tuch notdürftig verbunden. »Ich habe seine Knochen grad oben gefunden. Dass ihre Verwandlung noch nicht abgeschlossen war, hat sie nicht gerettet.«

Jael nickte nur, strich Xenia weiter über ihre Locken und wartete. Es war an Felix, das Zeichen zu geben zusammenzupacken. Es folgte wenig später. Mit nur vier Worten. »Ich muss hier raus.«

Die *Sphaira* bekamen sie schnell heruntergezogen, schwieriger war es, sie zu öffnen, doch Geno machte kurzen Prozess. Ein Schlag mit dem Beil, und sie zersprang in tausend Stücke.

Auf Mizans Umhang, den Akrom auf dem Boden ausbreitete, sammelten sie die Gegenstände zusammen. Bis auf Fienes Himmelskarte und den Schlüsselanhänger seiner Mutter, die Felix sich gleich einsteckte. Und Claires Ohrring, der in Xenias Hand verschwand. Den Rest wollten sie später in der WG sortieren.

Die umherliegenden Knochen der Wächter warfen sie in den Krater, zusammen mit den goldenen Gebissen und den restlichen Umhängen. Nur vier davon behielten sie und legten sie sich um, für den Weg zurück in den Wald.

Bevor sie das *Castillo* dann verließen, öffnete Jael noch die Tore, die das Personal einschlossen.

Wer gehen wollte, sollte gehen können.

»Jael?« Zurück am Bulli spürte er Xenias Finger auf seinem Rücken und richtete sich auf. Er hatte gerade versucht, sich mit dem Wasser aus einer Flasche den Schmutz wegzuspülen. Tropfen liefen ihm noch über das Gesicht, doch die Überraschung in ihren Augen konnte er trotzdem sehen. »Was ist?«

»Dein Tattoo. Es ... ist weg.«

Sein zweites Herz? Das, mit dem man ihn gebrandmarkt hatte? An dem er über Jahre gemessen worden war?

Langsam stellte er die Flasche auf dem Boden ab und sah zu den anderen. Geno stand vor dem Bulli über die Tasche mit den Wechselklamotten gebeugt. Akrom saß abwartend auf einem der Wasserkästen. Tatsächlich: Auf ihrer Haut war nichts zu sehen.

Sie waren die Fesseln los, an die man sie gekettet hatte. Jael glaubte, das Reißen der Glieder zu hören, und spürte, wie sich sein Brustkorb weitete, seine Lungen sich mit Luft vollsaugten. Luft, in der sich alles Schwere auflöste. Luft, die ihn aufrichtete und ihm das zurückschenkte, was er verloren geglaubt hatte. Sich selbst.

»Hey Jungs!« Mit Tränen in den Augen drehte er ihnen den Rücken zu und streckte seine Hände dem Himmel entgegen. »Wir sind frei!«

XENIA

Mit dem Gemisch aus Sieg und Niederlage umzugehen, fiel ihnen allen schwer. Tränen lösten immer wieder das Lachen ab. Manchmal war es auch umgekehrt.

Felix saß neben ihr auf der Rückbank, in einer Hand die Himmelskarte, in der anderen der Schlüsselanhänger seiner Mutter. Lange hatte er aus dem Fenster geschaut, jetzt lehnte sein Kopf ruhig an der Scheibe. Er schlief.

Den Bulli fuhr Jael, neben ihm saß Akrom, und Geno war bei ihr hinten. Er hatte irgendwo einen Stift gefunden und kritzelte schon länger etwas auf die Rückseite einer ihrer Skizzen. So, dass sie nichts sehen konnte.

»Was machst du da eigentlich?«

»Ähm, ich fang an … also …« Fast beschämt hielt er ihr seine Notizen hin.

Liva Busfahrkarte
Valentina Busfahrkarte
Moritz Feuerzeug
Janne Stift

Und so ging es endlos weiter.

»Das sind aber nicht alles meine Sachen. Ich versuche mich auch daran zu erinnern, was Rafi genommen hat.«

»Da kann ich dir helfen«, kam es von Jael vorn, und Xenia traf sein finsterer Blick im Rückspiegel. »An meine erinnere ich mich auch noch, an jeden einzelnen.«

Sehr gut sogar. Das wusste sie aus den vergangenen Nächten. Sobald Jael die Augen zumachte, stiegen die Bilder in ihm auf. Er meinte zwar, dass es besser wurde, mit ihr an seiner Seite, doch klar war, dass er sich Hilfe holen musste. Geno und Akrom auch.

Und dann?

So präzise hatten sie alles geplant – nur das Danach nicht. Und das baute sich gerade wie eine Wand vor ihr auf.

»Sagt mal ...« Sie musste sich räuspern. »Bleibt ihr eigentlich? Ich meine, in der Stadt?«

Von Jael erntete sie im Spiegel nur ein verständnislos lächelndes Kopfschütteln – nach dem Motto: *Das fragst du jetzt nicht wirklich, oder?*

Und es ließ die Wand vor ihr sofort bröckeln.

»Wird sicher generell alles ziemlich schwierig.« Geno legte nachdenklich den Kopf schief, fing dann aber an zu grinsen. »Doch wenn es irgendwie geht, möchte ich schon bleiben. Hab ja außer euch Idioten niemanden.«

Akrom lachte laut auf. »Genau. Hat Chrystal doch mal gesagt, oder? Wir sind so was wie 'ne Familie. Und die kann man sich ja bekanntlich nicht aussuchen.«

Als er Chrystals Namen aussprach, zuckte Felix neben ihr.

War er aufgewacht?

Vorsichtig legte sie ihm ihre Hand aufs Knie, und als seine Finger sich zwischen ihre schoben, schloss sie erleichtert die Augen.

Vielleicht konnte auch sie nun endlich ein wenig schlafen.

Der Löwe brüllte zwar noch immer, aber ... Felix war ihr nicht böse.

Als sie zurückkamen, steuerten sie nicht direkt die WG an, sondern hielten zuerst bei Felix. Jael würde ihm den Bulli morgen vor die Tür stellen. Es war Xenias Vorschlag gewesen, damit er nicht allein nach Hause fahren musste, und er hatte ihn dankbar angenommen.

»Tja, dann gehe ich mal rein und verteil ein bisschen Liebe, oder?« Er lächelte in die Runde, nahm jeden in den Arm und verabschiedete sich von ihr als Letztes. Dabei hob er ihre Hand und fuhr ganz vorsichtig mit seinem Finger über den Schnitt, den sie sich mit dem Dolch zugefügt hatte. »Du hast das Richtige getan, Xen.«

Geno fand das *Liebe verteilen* so gut, dass er sich mit Akrom, sobald sie zurück in der WG waren, gleich wieder auf den Weg machte. Die Taschen voll mit Gegenständen.

»Und bei dir?« Jael trat hinter ihr ans Fenster und schlang seine Arme um sie. »Noch immer kein Licht drüben?«

»Ne.« Den Ohrring hatte sie ihrer Mutter auf den Küchentisch gelegt, zusammen mit einer Nachricht. Seitdem wartete sie.

»Wie wäre es dann mit einem Picknick hier vorm Fenster?«

»Du hast Brote geschmiert?« Lächelnd schaute sie nach unten, auf den Teller, der plötzlich vor ihrem Bauch auftauchte.

»Na ja, du hast ...«

Ihr Handy unterbrach ihn. Liva rief an.

Mist. Sie hatten sich doch noch gar nicht überlegt, wo sie angeblich gewesen waren.

Aber Liva fragte gar nicht viel nach, sondern fand es einfach nur super, dass sie wieder da waren. »Und stell dir vor, Geno war gerade da. Er will unser Date endlich nachholen.« Ihre Stimme überschlug sich fast, und sie sprach so laut, dass auch Jael sie hören konnte.

Sein schiefes Grinsen war einfach großartig.

»Sag mal, du kennst doch mein rotes Top, Xen, oder? Ich weiß nämlich nicht, ob ich das dann anziehen soll oder das weiße.«

Bei der Kälte?

Xenia lehnte sich lächelnd gegen Jael. Genau das hatte Liva sie schon einmal gefragt. Das rote oder das weiße? In der S-Bahn, als sie ihn zum ersten Mal gesehen hatte.

Ihre Freude, ihr Lachen … Xenia hörte ihr einfach nur zu und genoss es. Denn eins war klar: Ihre Busfahrkarte hatte sie definitiv wieder.

»Ich will euch ja nur ungern stören.« Jael mischte sich plötzlich flüsternd in die Diskussion ein, welches Oberteil ihr denn nun besser stand. »Aber drüben brennt Licht.«

Ihre Mutter war da?

Xenia beendete das Telefonat so sanft wie möglich, raste in den Flur, drehte sich aber in der Tür noch einmal zu ihm um. Wenn sie jetzt ging, wäre er allein.

»Ist schon okay.« Er konnte es noch, das Antworten auf nicht ausgesprochene Gedanken. »Das Danach fängt ja gerade erst an, oder?«

Sie lief noch einmal zurück, wuschelte ihm durch die Haare und küsste ihn. Lange. Dann aber musste sie rüber.

Ihre Mutter drückte auf ihr Klingeln hin den Türöffner, und Xenia flog die Stufen hoch.

»Nia!« Sie erwartete sie schon im Treppenhaus, lachend und mit ausgebreiteten Armen. »Wo warst du denn so lange? Ich hab mir solche Sorgen gemacht und …«

»Jetzt bin ich ja da.«

Glasscherbengeriesel. Ganz leise hörte sie es, als ihre Mutter die Arme um sie schloss.

Alles zurück auf Anfang. Aber … irgendwie besser.

Bologneseduft. Mit jeder Treppenstufe nach unten wurde er intensiver.

»Ne, Mama. Parmesan ist aus – glaub ich zumindest.« Die helle Stimme von Fiene drang aus der Küche in den Flur. »Aber Einkaufen war ja in letzter Zeit nicht so deine Stärke, oder?«

Felix schüttelte den Kopf. Seine aber auch nicht.

Er sah zur Garderobe, zum Schlüsselanhänger an der Handtasche seiner Mutter, und musste lächeln. Sie hätte ihn vorhin in ihren Armen beinah zerdrückt, unter einem nicht enden wollenden Strom an Entschuldigungen.

»Ha! Hier ist doch noch was.«

Als er in die Küche kam, stand Fiene in Socken auf einem Hocker und tauchte mit dem Kopf gerade wieder aus dem Kühlschrank auf. »Guck!« Lachend ließ sie sich in seine Arme fallen. »Manchmal gibt's halt Glückstage, oder? Und ich finde, heute ist irgendwie einer.«

Der Tag, an dem Chrystal gestorben war?

Felix stellte Fiene auf dem Küchenboden ab und drehte sich zum Fenster.

Wie viele Tränen hatte man eigentlich, bis man leer war?

»Hey!« Den Kopf an seinen Rücken gelehnt, schlang seine kleine Schwester ihre Arme um seine Hüfte. »So weit weg ist Amerika gar nicht. Du kannst doch ganz viel sparen, und ich hab auch noch was, und dann fliegst du hin und besuchst sie.«

»Klar!« Felix wischte sich über die Augen. Wie war das noch

mit Lügen? Sein Graubereich dehnte sich gerade extrem aus. Aber was sollte er auch sagen?

»Hast du denn schon im Schuppen nachgesehen?« Sie lugte an seiner Seite hervor.

»Im Schuppen?«

»Oh Mann.« Fiene verdrehte die Augen. »Hab ich dir vorhin doch erzählt, als du auf dem Bett gelegen hast. Sie hat da was für dich hingelegt und mir gesagt …«

Felix ließ sie stehen und rannte raus. Fiene hatte so viel geredet, aber in einem Tempo vor sich hingeplappert, dass er irgendwann abgeschaltet hatte.

Es gab etwas, das Chrystal ihm dagelassen hatte?

Irgendwas von ihr, das ihm blieb?

Mit ihrem Schal hätte er gerechnet. Oder noch einer Zeichnung von ihr. Aber nicht mit dem Stapel an Papieren, den er schließlich unter der Werkbank fand. Es waren Kopien der Skizzen ihres Vaters, von dem Brunnen, der Burg und irgendwelchen chemischen Formeln.

Doch zuunterst fand er noch etwas anderes – und Felix fielen die Blätter aus den Händen – bis auf den einen.

Ein Schenkungsvertrag für das Haus Nummer 17.

Neuer Inhaber: Felix Bergmann.

VIER MONATE SPÄTER

XENIA

Das dunkle Meer lag spiegelglatt vor ihnen. Als würde es ganz stillhalten und sie nur tragen wollen, bei dem, was sie vorhatten. Abschiednehmen.

Ihre Surfbretter glitten lautlos ins Wasser. Na ja, Livas nicht wirklich, sie machte am Strand ziemliches Getöse und quiekte bei den ersten kalten Spritzern laut auf.

Xenia spähte zu Jael. Sie wusste, dass ihn Livas Gezappel, wie er es nannte, manchmal nervte. Gerade aber nicht, denn er grinste über seine Schulter zu ihr hinüber. »Dein Neoprenanzug liegt im Hotel, Liva. Aber du wolltest ihn ja nicht.«

»Als Einzige in so einem Gummiteil? Ne! Außerdem hab ich dadrin wie ein Frosch ausgesehen.«

Geno lachte und schubste sie einfach ins Wasser. Von den Jungs mochte er sie am meisten, und er hatte sie schon oft gefragt, ob sie nicht auch eines der Zimmer ihrer Chaos-WG haben wollte. Angeblich nur, um Miete zu sparen, was aber kein so gutes Argument war, wenn man gar keine zahlte. Felix rechnete mit ihnen allen lediglich die Nebenkosten ab.

Liva und Geno. Zwischendurch hatte Xenia echt an das Pärchen geglaubt, momentan sah es mal wieder nicht so aus, als würde etwas daraus werden. Und Xenia konnte sie verstehen. Gerade wenn man nichts wirklich wusste, waren die Stimmungsschwankungen von ihm, Akrom und auch Jael sicher nicht immer leicht auszuhalten. Auch wenn sie hart an sich arbeiteten, Therapiestunden miteingeschlossen.

»Kommt ihr?« Akrom winkte ihnen zu. Er war schon ein Stück

weiter rausgepaddelt und zog sich gerade seinen wasserfesten Rucksack von den Schultern. Sie schlossen zu ihm auf, bildeten mit ihren Brettern einen Halbkreis, und jeder bekam ein Licht. Es waren kleine Schwimmlaternen, die sie mit Namen versehen hatten. Auf Jaels standen drei: Tjara und die seiner Eltern. Auf ihre hatte sie nur Noten gemalt: ein *d*, ein *a* und noch ein *d*. *Dad*.

Sie hatte Schwierigkeiten, die kleine Kerze in ihrer Laterne anzuzünden, ihre Finger rutschten immer wieder vom Feuerzeug ab, und als Jael es bemerkte, zog er ihr Brett zu sich und kletterte vorsichtig zu ihr rüber.

»Darf ich?« Er nahm ihr das Feuerzeug aus den Händen, und als sie zu ihm aufsah, hielt sie seinen Blick gefangen. Das Mondlicht spiegelte sich in seinen Augen und überzog sein Gesicht mit einem silbrig schimmernden Glanz.

»Die Natur mag dich, Jael.«

»Was?« Fragend legte er seinen Kopf schief, doch sie lächelte nur, setzte dann in seinen Armen ihr brennendes Licht aufs Wasser und ließ es mit den anderen schwimmen.

Wunderschön sah es aus, wie sie leicht auf dem Wasser zu tanzen begannen und immer weiter davontrieben. Nur eine Laterne blieb länger bei ihnen, als wollte sie nicht so wirklich weg. Es war Chrystals.

Liva hatte sie schwimmen lassen – stellvertretend für Felix. Das Musik-Festival war bisher sein größter Auftritt – verständlich also, dass er sich den nicht entgehen lassen wollte. Außerdem hatte er einen anderen Weg für sich gefunden, Abschied zu nehmen.

Einen ziemlich erfolgreichen sogar.

Chrystalblau. Sein Lied ging gerade ziemlich rum.

»Xenia? Mach mal die Augen zu, ja?« Jaels Atem strich ihr warm über den Hals, wurde dann aber von etwas Kaltem abgelöst. Eine Kette!

Sie griff nach dem Anhänger, während er den Verschluss einhakte, und wusste, bevor sie ihre Augen wieder öffnete, was es war. Die kleine silberne Nelke von ihrem Vater.

Tränen stiegen in ihr auf. Er hatte sie extra umarbeiten lassen?

»Dein Vater hat dich beschützt – mehr als ich es konnte.« Sanft drehte er ihr Gesicht zu sich. »Und so hast du jetzt wirklich beides, mich als Fluch und ihn als Segen.«

Sein Kuss schmeckte salzig, nach Meer und ihren Tränen, und Xenia schlang ihre Arme um seinen Hals.

Manchmal fragte ihre Mutter, wie sie es so schaffte – mit ihm und den Momenten, in denen er sich zurückzog, hin und wieder auch ganz verstummte.

Ihre Antwort war immer die gleiche.

Es gab eben auch die guten Momente – viel mehr sogar.

Und dieser, mit ihm jetzt hier, der war so einer.

Einer der besten.

FELIX

Er hob den Blick von seiner Gitarre und ließ ihn über die Zuschauermenge gleiten. Sollten sie seine Tränen ruhig sehen. Es war doch mittlerweile eh bekannt, dass er das Lied nicht ohne singen konnte.

Lichter. Überall glitzerten Lichter auf. Handys, Feuerzeuge, Leuchtstäbe. Felix ließ die Akkorde leise verklingen, nur den letzten nicht. Den zögerte er hinaus, einen winzigen Moment nur, und hörte das erwartungsvolle Atmen vor sich. Denn einmal noch würde er den Refrain singen – mit allen gemeinsam.

Doch auch immer, wenn die Nacht einzieht,
weiß ich eines ganz genau.
Egal, wie dunkel's in mir drin aussieht:
Dein Stern leuchtet Chrystalblau.